D

Vladimir Vertlib

Am Morgen des zwölften Tages

Roman

02.09.09

Deuticke

1 2 3 4 5 13 12 11 10 09

ISBN 978-3-552-06097-5

Satz: Eva Kaltenbrunner-Dorfinger, Wien
Druck und Bindung: CPI – Ebner & Spiegel, Ulm
Printed in Germany

In dir
finde ich nicht mehr die
Tränen …

Hartes Jetzt – ohne
Gedächtnis –
bleibt über wie Stein.

Raffaella Passiatore

Eins

1

Worte sind wie ein Vorhang, während Hände alles offenlegen. Doch Adels Hände geben nichts preis. »Gnädige Frau, wären Sie bereit, mit mir zu schlafen?«, fragt er. »Nur ein einziges Mal! Sie würden mir damit einen mehr als dreißig Jahre alten Traum erfüllen.« In der rechten Hand hält er die Zigarette, in der linken das Whiskyglas.

Der Mann wartet einige Augenblicke. Dann stellt er das Glas ab, drückt die Zigarette aus, hebt die Aktentasche hoch, kramt, holt eine alte Zeitschrift heraus, legt sie auf den Tisch. »Ich möchte Ihnen etwas zeigen …«

»Sie müssen mich verwechseln.«

»Keineswegs, gnädige Frau.«

Dass er mich »gnädige Frau« nennt, finde ich rührend.

»Ich hoffe, ich sehe nicht so alt aus«, sage ich und lache. »Vor dreißig Jahren war ich ein lästiges Gör. Sie hätten mich damals sehen sollen. Mein Spitzname war Fleischklößchen. Die meisten Mädchen in meiner Klasse redeten nicht mit mir. Schließlich hatten sie einen Ruf zu verlieren.«

»Ich fürchte, Sie zweifeln an meinem guten Geschmack, gnädige Frau«, erwidert der Mann und schlägt die Zeitschrift auf. An der Faltstelle liegt ein vergilbtes Lesezeichen mit der Aufschrift *Wissen verändert Ihr Leben. Städtische Büchereien*. Ein Werbebild füllt beide Seiten – ein weißes Auto, das bei mir die Nostalgie nach alten Filmklassikern weckt, ein verschwommener, abgedunkelter Hintergrund, undefinierbar, weder Straße noch Feld, und eine junge Frau, die auf der Kühlerhaube liegt. Sie hat den linken Oberarm und den Ellbogen gegen die Windschutzscheibe gelehnt, mit der linken Handfläche stützt sie den Kopf, die rechte wirkt als Verlängerung der elegant geschwungenen Linie des Halses. Ihr Haar ist rötlich, gewellt, die Augen grau, das moosgrüne Kleid lässt Schultern und Knie frei. Im linken oberen Rand des Bildes steht in dicken weißen Lettern: *Audi 100 GL. Die Spitze der Sport-Komfortklasse. Knüppelschaltung. 4 Halogen-Scheinwerfer. Einzel-Liegesitze. Rückbank mit Mittelarmlehne. Die Spitze: 179 km/h. Vorsprung durch Technik für nur DM 10 990,–*

»Niedlich«, sage ich. »Mein Großvater wäre davon begeistert gewesen. Er war ein Audi-Fan. Als ich noch im Kindergarten und in der Grundschule war, sind wir mit seinem Wagen …«

»Sehen Sie sich bitte das Gesicht der Frau an«, unterbricht er mich.

»Ich schätze, dieses Bild ist aus den Sechzigerjahren, nicht wahr?«

»1973 … Sie werden zugeben, dass diese Frau Ihnen zum Verwechseln ähnlich sieht.«

»Wie bitte?«

Der Mann streicht sanft mit dem Zeigefinger der rechten Hand über das Hochglanzpapier, sein Nagel kratzt am Haaransatz der Frau, macht einen Bogen an ihrer Wange entlang hinunter zum Kinn. Er sieht mich an, lächelt, streckt die Hand aus, berührt meine Wange. Seine Finger gleiten an der Oberlippe entlang zum Kinn und danach hinunter zum Hals.

Manchmal stelle ich mir vor, die Männer bestünden nur aus ihren Händen. In meiner Phantasie haben Männer keine Körper, kein Gewicht, vor allem aber keine Stimmen. Hände sind sie und sonst nichts als ein Hauch von Aftershave. Für mich spielt es keine Rolle, ob die Hände schön oder hässlich sind. Schöne

Hände können so aufregend sein wie ein Paar Wollhandschuhe. Die Form oder die Länge der Finger sagt nichts über ihre Qualität aus, und manchmal gibt es nichts Sinnlicheres als die beiläufige Bewegung einer hässlichen Hand. Adels nach Lavendelöl riechende Handcreme vermischt sich mit dem Geruch von Seife, Tabak und Schweiß und weckt Erinnerungen an meine Kindheit, an das Haus meines Großvaters, das im Unterschied zur Wohnung meiner Mutter immer reich an angenehmen Düften war.

»Als ich dieses Bild das erste Mal gesehen habe, war ich zweiundzwanzig, verheiratet und gerade Vater geworden. Es war früh am Morgen. Das Kind hat geschrien. Schließlich habe ich meine Frau wieder ins Bett geschickt, meinen Sohn in den Kinderwagen gelegt und bin damit im Wohnzimmer auf und ab gefahren. Um sechs war er endlich still. Ich aber musste schon um Viertel nach sieben aus dem Haus und wusste, dass ich nicht mehr einschlafen können würde.

Ich legte mich auf die Couch und blätterte in dieser Zeitschrift. Dann sah ich sie: Laura.«

»Laura?«

»So habe ich sie genannt. Ich habe sogar Notizen über sie gemacht, in denen ich ihr Leben festgehalten habe.«

»Eine Italienerin?«

»Aus Ferrara. Sie ist Modedesignerin. Mehr als dreißig Jahre lang hat sie mich begleitet. In den schlimmen Momenten meines Lebens tröstete sie mich, und die schönen machte sie noch schöner. Ich schlug diese Seite auf, so wie sie jetzt vor Ihnen liegt, sah sie an und empfand diese wunderbare Mischung aus Sehnsucht und Glück, die einen davondriften und alles vergessen lässt.«

»Modedesignerin. Sie hätten schon ein bisschen origineller sein können. Astronautin, Managerin oder zumindest eine Edelnutte. Ihr Blick hat einen vulgären Glanz, aber vielleicht liegt das ja am Hochglanzpapier. Ihr Haar ist aber tatsächlich schön.

Übrigens hatte meine Großmutter sehr schöne rote Haare, und das bis ins hohe Alter.«

»Bitte schlafen Sie mit mir! Ich werde mir Mühe geben, dass Sie es nicht bereuen«, sagt er. Diesmal schweben seine Hände über dem Tisch. Sie bilden einen Halbkreis, so als würden sie einen unsichtbaren Ball halten.

Ich öffne meine Handtasche und hole das Brillenetui heraus.

»Die Ähnlichkeit ist offensichtlich«, sagt der Mann. »Ich hätte nie gewagt, Sie anzusprechen, wenn dem nicht so wäre.«

Auch mit Brille kann ich kaum Gemeinsamkeiten zwischen mir und der Frau auf dem Bild feststellen. Sieht der Mann nur mein mit Henna gefärbtes Haar, das in Wirklichkeit braun und an manchen Stellen schon weiß ist? Sieht er nur meine grüngrauen Augen? Oder ist alles nur eine Masche, die er schon viele Male bei Frauen mit der passenden Haar- und Augenfarbe angewendet hat? Doch die Frage ist nicht, ob ich ihm glaube, sondern ob ich auf das Spiel einsteigen möchte. In meiner Jugend hätte ich gerne so ausgesehen wie diese Frau, enganliegende Kleider getragen und mich lasziv auf der Kühlerhaube eines Wagens in Pose geworfen, um bewundert und für eine Zeitschrift photographiert zu werden. Stattdessen stellte ich mich jeden Morgen auf die Waage, trug mein Gewicht in eine Liste ein, die ich mit Tesa an die Badezimmerwand rechts neben dem Spiegel geheftet hatte, erkannte, dass ich immer noch zehn Kilo über dem angestrebten Idealgewicht lag, und zog seufzend meine graue »Elefantenhose« und eine der langärmligen Blusen an, die ich in großer Menge in den Farben dunkelbraun und dunkelblau eingekauft hatte.

Ich klappe die Broschüre zu. Auf der Rückseite ist eine Flasche »Henkell trocken« abgebildet, zwei halb gefüllte Gläser, ein großer Kübel mit Eis. Der Hintergrund ist schwarz. Ich schiebe das Heft von mir weg und schaue wieder meinen Gesprächspartner an.

»Werden Sie es denn nicht bereuen?«, frage ich.

Er gibt mir keine Antwort, sondern winkt den Kellner zu sich. Ich merke, dass er von einem Augenblick auf den anderen nervös wird, wie er sich bemüht, dies zu verbergen, wie kontrolliert langsam seine Bewegungen auf einmal geworden sind.

»Ich übernehme die Rechnung«, sage ich.

»Oh nein, das kann ich nicht zulassen!«

»Das ist meine Bedingung«, entgegne ich. »Ich zahle, oder Sie sehen mich nie wieder.«

2

Vor zwei Jahren war *Rosis Eck* noch eine billige Vorstadtspelunke. Ein Kellner mit einer Kobra-Tätowierung auf der rechten Wange servierte den Gästen Bier und harte Getränke. Der dichte Zigarettenrauch machte den Raum noch schummriger, als er durch die schwache Deckenbeleuchtung ohnehin schon war, und das Fernsehgerät, das auf einem Brett zwischen Espressomaschine und dem Schrank mit den Getränken gestanden hatte, war auf einen Sportkanal eingestellt, der vierundzwanzig Stunden lang Fußball übertrug. Dann wechselte der Pächter, und es wurde alles anders. Der Fernseher ist verschwunden, an den Wänden hängen alte Schwarzweißphotographien von New York City und Chicago, aus dem Lautsprecher an der Decke dringt Jazzmusik, das Getränkesortiment ist exquisiter geworden, und der Kellner ist sauber gekleidet und spricht Hochdeutsch. Früher war ich selten in *Rosis Eck*, eigentlich nur dann, wenn meine Laune so schlecht war, dass sie durch den Besuch dieser Spelunke nicht mehr schlechter werden konnte. Heute komme ich oft direkt nach der Arbeit oder nach dem Abendessen hierher, insbesondere dann, wenn mein Tochter bei ihrem Freund übernachtet. Ich nehme einen Stapel Zeitungen mit, ziehe mich in eine Ecke zurück, bestelle einen Tee oder eine Rotweinschorle, zu besonderen Anlässen einen Cognac, oder ein Gläschen Rum, bleibe ein bis zwei Stunden und bin froh, wenn man mich in Ruhe lässt.

Ich hätte den Drink ablehnen können, auf den mich Adel eingeladen hat. Ich hätte auf die platte Anmache (»Darf ich mich zu Ihnen setzen, schöne Frau?«) schroffer reagieren, ich hätte zahlen und gehen können, anstatt mit den Schultern zu zucken und »Wenn's unbedingt sein muss« zu murmeln. Aber ich habe nachgegeben und mich in ein Gespräch verwickeln lassen, habe seinen Monologen zugehört, ab und zu genickt, habe »Tatsächlich?« und »Wirklich?« und manchmal »Das habe ich nicht gewusst« gesagt, auch dann, wenn ich alles wusste. Ich verhielt mich also, als wäre dies eine notwendige und keine beliebige Begegnung, die ich jederzeit beenden hätte können, oder vielmehr so, als wäre ich das junge Mädchen von früher, und das machte mir Angst. Vielleicht habe ich deshalb den ganzen Abend mit Adel ausgestanden – um mehr über mich selbst zu erfahren.

»Als Richard Löwenherz mit seinem Heer ins Heilige Land zog, um die Feinde des christlichen Glaubens aus der Stadt Jerusalem zu vertreiben, wurde er von einem Ritter namens Geoffrey begleitet, einem Mann von hohem Rang und Ansehen. Dieser Franke, die fremden Eroberer wurden von der einheimischen Bevölkerung ja alle als Franken bezeichnet, hatte angeblich blaue Augen wie ich«, erzählte Adel. »Er hatte blondes Haar, so wie meines, bevor es ergraute, und einen rötlichen Vollbart mit dunkelbraunen Stellen um die Mundwinkel und das Kinn. Ich hatte übrigens nie einen Vollbart. Geoffrey hatte schon mehrere Jahre in Palästina zugebracht und sich durch Tapferkeit, Anspruchslosigkeit und guten Willen ausgezeichnet, als er eines Tages auf dem Weg, der von Acco südwärts Richtung Nablus führt, einem Mädchen begegnete, dessen Anmut ihn dermaßen anrührte, dass er seinen Auftrag, seine Ehre und seine Religion vergaß und beim Vater des Mädchens, der zu den Führern eines mächtigen Clans gehörte, um dessen Hand anhielt. Das Mädchen hieß Yasmina. Es war fünfzehn Jahre alt und hatte ein Gesicht, das Geoffrey an die berühmte Madonna in der Kathedrale von Gloucester erinnerte. Wenn man Geoffreys Worten Glauben schenken darf, so bestach dieses Kunstwerk durch die Vollkommenheit seiner Proportionen, so wie Yasmina hatte es keinen Makel, keine Besonderheit, die es, und sei es nur im Ansatz, zu entstellen vermochte, kein Kinn, das zu breit geraten, keine Nase, die zu groß oder zu klein, keine Augen oder Ohren, die nicht auf perfekte Weise symmetrisch gewesen wären. Seine Schönheit war Harmonie – alles war aufeinander abgestimmt, war nichts ohne das andere, so wie einer jener mittelalterlichen Choräle, deren Musik längst verloren ist, nicht aber die Erinnerung an das Gefühl, das sie einst zu erzeugen vermochte. Wenn Gott Vollkommenheit verkörperte, dann musste er dieses Mädchen erschaffen haben, um allen Menschen, die es betrachteten, eine Ahnung von dieser Vollkommenheit zu geben. War es nicht ein Zeichen, dass er dafür ausgerechnet eine Muslimin gewählt hatte?«

Adel ist von seinen eigenen Worten und Bildern mitgerissen. Er breitet die Arme aus. Seine Hände dominieren den Raum. Es scheint, als suchten sie nach dem Mädchen, das er gerade so anschaulich beschrieben hat, oder als formten sie ihre Umrisse aus der stickigen Luft des Lokals.

»Geoffrey ließ sich beschneiden, trat zum Islam über und zog mit seiner jungen Frau in das Herrschaftsgebiet Saladins, zu seinen früheren Feinden, nach Jerusalem, wo er fortan lebte und zum Gründer einer angesehenen Händlerdynastie wurde. In den Jahrhunderten bis zur osmanischen Eroberung stand ihr Haus in der Nähe des Tempelbergs, etwa dort, wo sich heute das Armenische Hospiz befindet, und wann immer ein blonder Bub mit blauen Augen durch die Straße lief, die man heute als Via Dolorosa kennt, wussten die Menschen, dass es ein Kind aus der Familie des Franken war, und manche, die einen geringen Verstand und ein noch kleineres Herz hatten, hofften, sein fremdes Blut werde ihn ins Verderben stürzen. Im Laufe der Jahrhunderte wurden Geoffreys Nachkommen zahlreicher. Manche von ihnen zogen fort, nach Beirut oder Tunis, Istanbul und Kairo. Einer von ihnen – dies dürfte vor etwa dreihundertfünfzig Jahren gewesen sein – siedelte sich in Bagdad an. Dies, so wird behauptet, ist einer meiner Urahnen gewesen.«

Adel hat diese Geschichte offensichtlich schon sehr oft erzählt. Jedes Wort klingt wie auswendig gelernt. Seinen Gesichtszügen nach könnte er tatsächlich englische Vorfahren haben. Die blauen Augen und das weiße Haar verstärken diesen Eindruck. Er sieht gut aus. Man möchte kaum glauben, dass er schon 57 ist. Am schönsten sind Adels Hände mit den langen schmalen Fingern und den dunklen Härchen am Handrücken, einem Handrücken, auf dem kaum Falten, Flecken oder hervortretende Adern zu erkennen sind. Die Legende von Adels Herkunft wurde angeblich von Generation zu Generation mündlich weitergegeben und schließlich von Adels Urgroßvater aufgeschrieben. »Die Mittelmeerregion des Nahen Ostens wurde fast zweihundert Jahre lang von Kreuzfahrern regiert. So gibt es dort wahrscheinlich kaum jemanden, der nicht einen Tropfen Kreuzfahrerblut in sich trägt. Man munkelt, dass sogar die Familie des Hisbollah-Führers Hassan Nasrallah einen Kreuzfahrer zu ihren Vorfahren zählt. Seine Urgroßmutter soll noch Christin gewesen sein und eine andere Urgroßmutter Jüdin, die zum Islam konvertiert ist. Der Allmächtige erlaubt sich oft böse Scherze mit uns Menschen.«

Während Adel sprach, musste ich schmunzeln, und auch er lächelte mich an, weil er wohl annahm, ich sei von seinen Worten beeindruckt oder würde zumindest aus Höflichkeit so tun, als wäre ich es. In Wirklichkeit amüsierte es mich, wie er sich bemühte, mir zu imponieren. Doch seine Hände verrieten seine Unsicherheit. Wahrscheinlich war dies nach vielen Jahren sein erster Flirt. Vielleicht aber spielte er seine Rolle so perfekt, dass ich ihn nicht durchschaute, oder aber ich wollte ihn nicht durchschauen, weil es mir schmeichelte, dass er mit mir flirtete. Ich verwandelte mein Schmunzeln in ein dezenteres Lächeln und bestellte mir einen Eistee.

»Sie trinken keinen Alkohol?«, fragte er.

»Nicht heute.«

»Sehr vernünftig … Herr Ober, einen Whisky, bitte.«

»Wie lange haben Sie in Bayern gelebt?«

»Wieso … Warten Sie … Sie sind Musikerin, nicht wahr?«

»Nein, Buchhändlerin.«

»Oh! Wo denn?«

»Kennen Sie die *Buchhandlung Papanek*? Ein Buchladen direkt neben der Uni. Wir verkaufen hauptsächlich Lehrmaterialien für Studierende. Ich arbeite dort seit fast zwanzig Jahren.«

»Es ist dennoch bewundernswert, dass Sie trotz meines Akzents heraushören können, wo ich Deutsch gelernt habe. Spielen Sie ein Instrument?«

»Sie sprechen ausgezeichnet Deutsch, aber Ihr arabischer Akzent hat einen bayerischen Tonfall.«

»Wirklich? Dabei war ich nur wenige Jahre in München. Wissen Sie, ich bin schon seit 1970 in Deutschland. Ursprünglich wollte ich ein Jahr bleiben. Ich habe als Gastarbeiter in einem Chemiewerk, in einer Maschinenfabrik und später als Zeitungsverkäufer und Taxifahrer gearbeitet. Nebenher studierte ich in München Geschichte. Heute bin ich dreifacher Großvater, aber ich bin immer noch hier. Manchmal führen die Umwege, die wir in unserem Leben machen, in Sackgassen, die sich nachträglich als die eigentlichen Ziele erweisen.«

»Das haben Sie schön gesagt. Ich glaube, ich habe diesen Satz schon irgendwo gelesen. Übrigens habe ich als Kind Klavier spielen gelernt. Mein Großvater wollte das unbedingt, er war sehr ehrgeizig, was mich betrifft, aber meine Mutter hat es gut mit mir gemeint, und so blieben mir viele qualvolle Stunden erspart.«

»Sie sind nicht verheiratet, nicht wahr?«

»Nein. Meine Tochter würde mich gerne verkuppeln, aber ich denke, dass dieses Thema für mich abgeschlossen ist.«

»Sie glauben wirklich, dass man etwas für immer abschließen kann?«

»Glauben Sie, dass man auch dann einen Berg besteigen muss, wenn es einen bequemeren Weg durchs Tal gibt?«

Während Adel seinen Whisky trank, bestellte ich mir ein Sandwich mit Thunfisch und ein Glas Mineralwasser, holte mein Handy aus der Handtasche, hörte die Mailbox ab (sie war leer, meine Tochter hatte sich nicht gemeldet, nicht einmal eine SMS hatte sie geschickt) und prüfte automatisch nach, ob der Wohnungsschlüssel noch in der Tasche lag.

Adel ist der Besitzer eines Restaurants, das von vielen als das beste orientalische Lokal in Gigricht bezeichnet wird. Es liegt in der Patscher Vorstadt und heißt *Die vierzig Köstlichkeiten des Ali Baba*. Ich bin schon einige Male daran vorbeigegangen, hatte aber bis jetzt noch nie das Bedürfnis, hineinzugehen, wahrscheinlich weil jede dritte Kebab-Bude in Gigricht ebenfalls *Ali Baba* heißt und weil ich mir vor vielen Jahren an einem Stand mit dem Namen *Ali Babas Schwager* den Magen verdorben habe.

»Heute Abend haben wir Ruhetag, deshalb kann ich hier sitzen und mit Ihnen plaudern«, erklärte Adel. Der Name des Lokals sei übrigens nicht seine Erfindung gewesen, sondern die des Schwiegervaters, eines Libanesen, der schon in den Sechzigerjahren nach Gigricht gekommen war. Dessen Restaurant habe ursprünglich aus einem winzigen Raum, einer Bar und drei kleinen Tischen bestanden.

»Ich habe lange gezögert, ob ich mein Studium in München abbrechen und zu meiner Frau in die deutsche Provinz ziehen solle«, erzählte Adel. »Nach Bagdad wollte ich jedenfalls nicht zurückkehren, und ich danke Gott, dass ich hier, in diesem Land, leben darf. Wenn in den Nachrichten wieder einmal von einem

Terroranschlag berichtet wird, frage ich mich, wen von meinen Verwandten es wohl diesmal getroffen haben mag. Zwei Cousinen, ein Cousin zweiten Grades, zwei Nichten, vier Neffen, der kleine Sohn meines Neffen. Nein, reden wir nicht darüber! Wie froh bin ich doch, dass meine Eltern schon gestorben waren, bevor dieser Wahnsinn begann … Heute bin ich ein erfolgreicher Geschäftsmann. Hätte ich meine Frau nicht durch Zufall in einem Zugabteil kennengelernt, wäre ich vielleicht Taxifahrer mit Diplom geworden. Ich habe meine damalige Entscheidung, nach Gigricht zu kommen, aus dem Bauch heraus getroffen, und ich habe sie nie bereut.«

»Ich verstehe«, sagte ich. »Es war für Sie bestimmt das Beste, Restaurantbesitzer zu werden. Die wichtigsten Entscheidungen im Leben treffen wir ja immer aus dem Bauch heraus. Tagtäglich müssen wir entscheiden, wann, wo und was wir essen.«

Er lächelte, schwieg, zögerte und stellte mir schließlich die entscheidende Frage: »Gnädige Frau, wären Sie bereit, mit mir zu schlafen?«

3

Adel hält mich an der Hand. Die Ruhe, die er auf einmal ausstrahlt, übt eine starke Anziehung auf mich aus. Es wäre schön, wenn er die Hand auf meine Schulter legen und wenn er dabei, so als geschehe es aus Versehen, meinen Hals und meine Wange berühren könnte. Es wäre schön, wenn der Weg zu mir nach Hause länger wäre und wir noch einige Zeit schweigend miteinander unterwegs sein könnten.

Ich habe vermutet, Petra übernachte bei ihrem Freund, doch als wir eintreten, sehe ich, dass die Tür zum Zimmer meiner Tochter geschlossen ist – das Zeichen, dass sie zu Hause ist und nicht gestört werden möchte. Ich flüstere Adel ins Ohr, er solle leise sein, lotse ihn mit behutsamen Bewegungen ins Schlafzimmer, ohne das Licht im Vorraum einzuschalten.

Mein Zimmer ist spartanisch eingerichtet. Neben dem Bett stehen ein Nachtkästchen, ein Stuhl und ein Schrank. An der Wand hängt das Bild meines Großvaters in Wehrmachtsuniform. In meiner Jugend war der Großvater für mich wichtiger als die Mutter. Das Bild hatte er mir kurz vor seinem Tod geschenkt. Ich ließ es vergrößern und einrahmen. Einige der Männer, die ich in mein Schlafzimmer führe, irritiert es, dass auf seiner Uniform die Hakenkreuze gut sichtbar sind. »Wir können uns unsere Väter oder Großväter nicht aussuchen«, sage ich in solchen Fällen. »Aber wenn dich die Hakenkreuze stören, können wir in ein Hotel gehen.«

Bis jetzt hat es aber niemanden gegeben, der mein Zimmer verschmäht hätte. Ein jüngerer Mann, mit dem ich eine heftige, wenn auch kurze Affäre hatte, deckte das Porträt jedoch immer mit einem Tischtuch zu, bevor wir ins Bett gingen. Wenn es das Bild irgendeines Fremden wäre, würde ihn das nicht stören, aber meine Verwandtschaft wolle er nicht an seiner Intimsphäre teilhaben lassen, erklärte er.

Adel betrachtet das Bild meines Großvaters mit Interesse. »Das ist doch Professor Heisenberg!«, ruft er schließlich aus. »Sie sind also seine Enkelin!«

»Woher …«

»Er hat mir damals sehr geholfen, als ich das Restaurant meines Schwiegervaters vergrößert und die entsprechenden Baugenehmigungen und Kredite gebraucht habe. Ein Freund der Familie meiner Frau hatte mir den Tipp gegeben, mich an ihn zu wenden. Ohne seine Hilfe und seine Beziehungen hätte ich es viel schwerer gehabt. Wir haben viel über den Irak geredet. Er war ja einige Male dort. Leider ist mein Kontakt zu ihm bald wieder abgebrochen, weil …«

»Wollen wir jetzt über meinen Großvater sprechen?«, unterbreche ich ihn. Es gibt wohl niemanden, der es in dieser Stadt zu etwas gebracht und ein bestimmtes Alter hat, der meinen Großvater nicht gekannt hätte.

Adel streicht mir übers Haar, er gibt mir einen verhaltenen Kuss auf die Stirn, danach auf die Wange, dann berühren sich kurz unsere Lippen. Er möchte etwas sagen, aber ich schüttle den Kopf. Ich lockere seine Krawatte und knöpfe sein Hemd auf. Wir stehen am Bettrand, und ich überlege mir, dass wir uns setzen könnten, aber wir bleiben stehen, bis er sein Sakko, die Krawatte und das Hemd – sorgfältig gefaltet – über die Stuhllehne gelegt hat.

»Wie heißen Sie eigentlich mit Vornamen?«, fragt er mich.

»Astrid.«

»Ein schöner Name. Herb und poetisch zugleich.«

»Ich mag meinen Namen nicht. Für mich klingt Astrid wie ein Gewehr, das durchgeladen wird.«

»Unsinn! Sie dürfen nicht nur die Oberfläche der Melodie, sondern müssen den gesamten Klangraum des Namens, mit allen seinen Nuancen, auf sich wirken lassen. Ich heiße übrigens Adel.«

»Ich denke, unter den gegebenen Umständen können wir uns duzen«, sage ich.

Ich liege auf dem Rücken, spüre Adels Hände und finde es schön, dass er immer noch schweigt, dass er sich Zeit lässt und dass ich in der Dunkelheit sein Gesicht nicht erkennen kann. Ich schließe die Augen und sehe plötzlich das Bild des Audi 100 GL und der rothaarigen jungen Frau vor mir, und während Adel sich weiterhin bemüht, mich zu erregen, indem er mich an jenen Stellen streichelt, an denen ich seiner Ansicht nach in besonderem Maße erregbar sein sollte, beginne ich zu rechnen: Wenn die junge Frau im Jahre 1973 Anfang oder Mitte zwanzig gewesen ist, dann ist sie heute Ende fünfzig, vielleicht sogar sechzig. Wie sieht der schöne Körper auf dem Photo heute aus? Und wie werde ich selbst in zwanzig Jahren aussehen? Ich denke daran, mit welcher Mühe es mir gelungen war, so schlank zu werden, wie ich es mir im Alter der Rothaarigen gewünscht hatte, und dass ich zu diesem Zeitpunkt schon über dreißig gewesen war und meine Tochter im vorpubertären Alter und dass ich damals andere Sorgen hatte, als mich an meiner Schönheit zu erfreuen, und dass die Frau auf dem Photo heute wahrscheinlich fett oder verwelkt aussieht oder beides und mit Nostalgie an jene Zeit zurückdenkt, als man ihr Geld dafür bezahlte, um sie auf den Kühlerhauben neuer Wagenmodelle zu photographieren, und dass ich genauso verwelken werde, dass aber mein Blick zurück keine nostalgischen Gefühle wecken wird, an denen ich mich festhalten oder aufrichten werde können.

»Hör auf«, sage ich, ergreife Adels Hand, ziehe sie nach oben, lege sie auf meinen Bauch. »Wie lange bist du schon verheiratet?«

»Seit 37 Jahren«, murmelt er irritiert.

»Du bist ein gutaussehender und sinnlicher Mann, aber manche Dinge hast du nach so vielen Jahren Ehe offensichtlich verlernt.«

Für einen Augenblick wendet er sein Gesicht ab. Im Zwielicht kann ich nicht erkennen, ob er errötet. Ich lege meine Hände um seinen Hals und ziehe ihn zu mir, bis ich seinen Atem spüren kann.

Das Küssen hat er nicht verlernt. Während er mich küsst, denke ich, dass ich ihn nachher fragen muss, welches Aftershave er verwendet.

Ich ärgere mich darüber, dass ich ständig an die Frau auf dem Photo denken muss, dass ich mich nicht entspannen und die Situation nicht genießen kann. Ich mache mir wieder einmal alles selbst kaputt, denke ich. Dann sehe ich Adels Finger im fahlen Licht der Straßenlaternen, das durch den Spalt zwischen den Vorhängen fällt. Seine Fingerspitzen sind schwarz, so als habe man ihn gerade erkennungsdienstlich erfasst und seine Fingerabdrücke genommen.

Plötzlich lässt er mich los und richtet sich auf. In der Dunkelheit kann ich ihn nur schemenhaft ausmachen, doch habe ich den Eindruck, als würde er abwechselnd seine Hände und dann mich betrachten. Dann streckt er den rechten Arm aus und knipst die Nachttischlampe an.

Adel kniet neben mir auf dem Bett. Im Licht wird das erkennungsdienstliche Schwarz seiner Fingerspitzen zu blutigem Rot. »Ist das …?«

»Blut«, sage ich.

»Hast du etwa …?«

»Ja, ich habe die Regel.«

»Dann …«, murmelt er und stockt. »Dann nicht … Ich kann nicht … Das geht nicht … Nicht heute …«

Ich stehe auf und beginne mich anzuziehen. Er kniet weiterhin auf dem Bett. Er beobachtet mich. In seinem Blick sind Ärger und Enttäuschung.

»Du hättest es mir sagen sollen«, sagt er und wird plötzlich laut. »Normalerweise sagen Frauen das, bevor sie …«

»Du hättest fragen können. Normalerweise fragen Männer so etwas, bevor sie ihre Ehefrauen betrügen. Außerdem würde ich dich bitten, mich nicht anzuschreien.«

»Ich habe ja nicht ahnen können …«

»Was? Dass ich nicht halal genug bin für dich? Dass ich eine Frau aus Fleisch und Blut bin und kein Werbebild in einem alten Magazin? Das ist nun mal so bei richtigen Frauen«, sage ich und versuche, meiner Stimme einen höhnischen Unterton zu geben. Stattdessen klingt sie unsicher und ein bisschen lächerlich. »Richtige Frauen sind biologischen Prozessen unterworfen, und manchmal haben sie sogar Gefühle.«

»Mach dich nicht lustig über mich«, bittet er mit leiser Stimme. »Ich bin ein religiöser Mensch. Ein Moslem. Ich würde dich gerne glücklich machen, aber ich darf nicht. Blut ist unrein.«

»So?«, schreie ich wütend. Auf einmal ist es mir egal, ob meine Tochter mich hört oder nicht. »Ich bin also unrein, und du bist religiös. Bin ich etwa ein Schwein? Oder ein Tier, das gerade geschlachtet wurde und aus dem noch Blut tropft? Du bist Moslem? Aber als du den Whisky getrunken hast, warst du wahrscheinlich etwas anderes. Ein Jude vielleicht.«

»Nenn mich nicht Jude! Du hast kein Recht, mich zu beleidigen!«

»Moslem, Jude oder Christ … Sind Geilheit und Ehebruch gottgefällig?«

»Das ist etwas anderes. Manche Dinge kann ich einfach nicht tun. Die sind mir zu … zu … unüblich.«

»Ich verstehe. Du ekelst mich ebenfalls an. Ich denke, du solltest jetzt gehen.«

Ich kehre ihm den Rücken zu und höre, wie er zuerst die Zimmer- und dann die Wohnungstür hinter sich zuzieht.

Mein erster Impuls ist es, unter die Dusche zu gehen, aber ich lege mich ungewaschen ins Bett, weil ich den Geruch von Adels Aftershave an mir immer noch als angenehm empfinde, und gleichzeit hasse ich mich für diese Empfindung und fühle mich schmutzig, und während ich mit dem Polster die Tränen aus meinem Gesicht wische, denke ich, dass mein Leben anders hätte laufen sollen und dass ich nur mehr wenig ändern kann, dass es für die wesentlichen Dinge zu spät ist, und dass Tiefpunkte wie in dieser Nacht noch lange wie ein Schatten auf meiner Seele liegen werden.

4

Meine Tochter behauptet, ich verliebe mich in den Geruch der Männer, die mich besuchen. Ich hätte kein Herz, sagt sie, nur eine Nase. Am Morgen verbringe ich eine halbe Stunde im Badezimmer, obwohl ich mich selten schminke und kaum jemals ein Parfüm benütze. Eine halbe Stunde, um zu duschen und die Zähne zu putzen! Weshalb ich in meinem Alter überhaupt dermaßen auf mein Äußeres fixiert sei? Ich würde mich lächerlich machen, meint sie. Und wenn ich endlich fertig sei, lamentiert meine Tochter, bleibe mir keine Zeit mehr, ihr das Frühstück zu richten, bevor sie zur Schule geht.

»In zwei Monaten wirst du neunzehn, Petra«, sage ich, »du hast seit zwei Jahren einen festen Freund. Wenn du alt genug für eine Beziehung bist, kannst du dir auch selbst einen Tee kochen und die Marmelade aufs Brot schmieren.«

»Und du bist 39 und so kapriziös, als wärst du dreizehn! Dein Geist tickt wie eine Uhr, die zurückläuft, und deine Seele sucht nach dem Mann mit dem richtigen Rasierwasser.« Meine Tochter hat einen Hang zu ausgefallenen Formulierungen. Darin und in einigen anderen Dingen ähnelt sie meiner Mutter – was mir nicht besonders angenehm ist. Petra liest viel. Nach dem Abitur möchte sie Vergleichende Literaturwissenschaft und Kunstgeschichte studieren. Ich bin stolz, dass sie sich so gut entwickelt, auch wenn es mir lieber wäre, sie würde manchmal ein klein wenig unvernünftig sein, auf Partys gehen, sich den Bauchnabel oder einen Nasenflügel piercen und in den Ferien verreisen. Stattdessen verbringt sie ihre Freizeit mit ihrem Freund Gustav auf der Couch vor dem Fernseher. Wenn ich ins Zimmer komme, sehe ich immer dasselbe Bild: Er hat den rechten Arm um ihre Schultern gelegt, in der linken Hand hält er eine Tüte Chips, sie greift mit der rechten Hand in die Tüte und führt ihm die Chips zum Mund. Sie selbst trinkt Kräutertee. Junkfood lehnt sie ab.

Zu viel Fett, erklärt sie mir, zu viel Salz, zu viele Kalorien, zu viele Kohlenhydrate, zu viel von allem. Wenn Gustav die erste Packung aufgegessen hat, holt sie für ihn aus dem Regal gleich die zweite und aus dem Kühlschrank ein Bier. Sie hingegen mag gedünstetes Gemüse mit Reis und Sojasauce, fettfreies Joghurt und naturtrüben Apfelsaft.

Gustav ist 23. Er studiert Betriebswirtschaftslehre und ist ein höflicher junger Mann mit eigener Zweizimmerwohnung, einem Geländewagen, einer Kurzhaardackeldame namens Benita und zwei Dutzend Topfpflanzen auf der verglasten Terrasse. Finanziert haben das alles seine Eltern, besser gesagt sein Vater, der sich als Besitzer des renommierten Gasthofs *Zum Raben* in der Herrengasse stolz zur »Gigrichter Oberschicht« zählt. Der Vater hätte es gerne gesehen, wenn sein Sohn eine Freundin aus »geordneteren Familienverhältnissen« kennen- und lieben gelernt hätte, hat Gustav Petra »ganz im Vertrauen« erzählt, und sie erzählte es dann mir, ebenfalls ganz im Vertrauen. Aber wo finde man denn heute noch geordnete Familienverhältnisse?, habe Gustavs Mutter gefragt.

Ich komme gut mit Gustavs Eltern aus, weil ihr offensichtliches Desinteresse an meiner Person die angenehme Nebenerscheinung hat, dass sie niemals auf Petras Vater zu sprechen kommen. Die Unterhaltung dreht sich nach den üblichen Höflichkeitsfloskeln fast immer um ihr Lieblingsthema – den Marathonlauf. Seit einem Vierteljahrhundert verbringt dieses Paar die Freizeit laufend miteinander. Vielleicht hat die Ehe deshalb so lange gehalten.

Meine Freundinnen meinen, ich solle mich freuen. Solange meine Tochter mit Gustav zusammen sei, brauche ich weder Schlaftabletten noch Beruhigungsmittel. Ich schlafe trotzdem schlecht, aber das hat andere Gründe.

Wenn ich mit Gustav längere Gespräche führe, denke ich manchmal, dass ich meiner Tochter lieber doch einen anderen

Partner gewünscht hätte. Die Vorstellung, Petra könnte eines Tages seine Lebenseinstellung und seine Ansichten übernehmen, jagt mir Angst ein. Nach dem Studium möchte Gustav Karriere machen, am liebsten bei einem großen Konzern. Ich erinnere mich, wie er eines Tages stolz verkündete, er habe schon Kontakte zu Philip Morris geknüpft.

»Zu Philip Morris? Dem Tabakkonzern?«, schrie ich entsetzt. »Du willst also mit dazu beitragen, dass Menschen krank werden und sterben?! Dabei bist du selbst Nichtraucher.«

»Ach was, so ein Unsinn!«, meinte er. »Kein Tabakkonzern ist daran interessiert, dass Menschen krank werden und sterben. Im Gegenteil – sie sollen gesund bleiben, um so lange wie möglich Zigaretten kaufen zu können. Außerdem zwingt einen ja niemand zu rauchen.«

»Aber weil so viele trotzdem frühzeitig sterben, müssen immer wieder neue Kunden gewonnen werden, und die werden von Jahr zu Jahr jünger. Dabei willst du mittun? Hast du denn überhaupt kein Gewissen?«

»Ach, Mama, hör auf!«, fiel mir meine Tochter ins Wort. »Das ist doch peinlich.«

»Schon gut«, meinte Gustav.

»Wie ist das also mit deinem Gewissen?«, ließ ich nicht locker.

»Darüber denke ich nicht nach«, erklärte er. »Es gibt bei uns auf der Uni welche, die nach ihrem Studium ein oder zwei Jahre bei NGOs arbeiten, um ihr Gewissen zu beruhigen. Danach verdienen sie viel Geld bei Konzernen oder bei Banken und lassen das Vermögen von Leuten pfänden, die ihre Schulden nicht bezahlen können, oder machen mit einer Unterschrift fünfhundert Arbeiter zu Hartz-IV-Empfängern, weil sie rationalisieren müssen. Ich persönlich möchte mich, soweit es der Beruf erlaubt, an die Gesetze halten. Das ist mein Gewissen.«

»Wisst ihr, was ich heute gekauft habe? Auf dem Nachhauseweg sah ich plötzlich in der Vitrine …«, versuchte meine Tochter zaghaft, das Thema zu wechseln, doch ihr Freund ließ sie nicht ausreden.

»Gut, manchmal ist es günstig, von Gewissen zu reden, um authentisch zu wirken«, verkündete er. »Das ist heute im Berufsleben wichtig.«

»Du würdest mit gutem Gewissen auch Waffen in ein Kriegsgebiet verkaufen«, sagte ich schon etwas genervt.

»Klar doch«, entgegnete er. »Solange es nicht verboten ist, habe ich kein Problem damit. Es ist die Aufgabe des Staates, Rahmenbedingungen zu schaffen. Wenn die Leute was anderes wollen, sollen sie andere Parteien wählen, und wenn der Staat den Waffenexport verbietet, werde ich keine Waffen verkaufen.«

»Und wenn diese Waffen zum Beispiel Islamisten in die Hände fallen, die hier bei uns damit einen Terroranschlag verüben, bei dem du vielleicht selbst ums Leben kommst. Du kennst doch den Spruch: Wer anderen eine Grube gräbt …«

»Ein sehr theoretisches Beispiel. Und sogar wenn es so wäre, das ist eben das ganz normale Risiko im Leben. Wenn ein Autohändler von einem Auto überfahren wird, das er vor einiger Zeit selbst verkauft hat, wird ja auch niemand sagen, er hätte keine Autos verkaufen dürfen, weil Autofahren andere und sogar ihn selbst gefährden kann. Übrigens ist die Zahl der Verkehrstoten in Amerika jedes Jahr größer als jene der Opfer am elften September und der Gefallenen im Irakkrieg zusammen.«

Bevor ich darauf etwas erwidern konnte, griff meine Tochter ein und bat, fast flehentlich, wir sollten aufhören. Sie hasse fruchtlose Debatten, die aufregen, böses Blut machen und zu nichts führen. Wenn ich mit Petra allein bin, ist sie oft schnippisch und provokant, doch wenn Gustav anwesend ist, hat für sie Harmonie oberste Priorität.

Was meinen möglichen zukünftigen Schwiegersohn mehr beschäftigt als Gewissensfragen, sind die Schuhe, die er zu Vorstellungsgesprächen anziehen soll. In manchen Unternehmen, hat er

Petra und mir erklärt, schaue man nicht primär auf die Qualifikation oder die Zeugnisse des Bewerbers, sondern darauf, ob er bestimmte Markenschuhe trage oder nicht. Für den Job mag er noch so geeignet sein, mit den falschen Schuhen sei er trotzdem »unten durch«. Menschen, die beruflich »nur im mittleren Bereich« tätig seien, so wie ich, könnten sich gar nicht vorstellen, wie geschickt man sein müsse, um in dieser Welt »ganz nach oben« zu kommen.

An diesem Morgen ist Gustav nicht da. Insofern braucht meine Tochter kein Blatt vor den Mund zu nehmen und geht hart mir mir ins Gericht. »Wer war denn der Orientale, den du heute Nacht angeschleppt hast?«, fragt sie.

»Woher weißt du, dass er Orientale war?«

»Ihr habt mich geweckt mit eurem Geschrei, und als ich in den Vorraum ging, bin ich beinahe mit ihm zusammengestoßen. Er hat einen etwas desorientierten Eindruck gemacht. Nicht einmal gegrüßt hat er mich, obwohl ich ganz höflich Hallo gesagt habe.«

»Das beantwortet aber meine Frage nicht.«

»Ach so, ja. Das ist doch klar. Das sehe ich sofort an seinem Blick. Was ist er? Iraner? Araber? Oder Afghane? Es sind diese feucht glänzenden Augen, die manche Leute angeblich für sinnlich halten. Da können sie noch so blau sein.«

»Also Petra! Wirklich! Ich habe eine Rassistin großgezogen.«

»Ist er nun Araber oder nicht?«

»Das geht dich nichts an. Es tut mir leid, dass wir dich geweckt haben.«

»Schon gut, Mama … Hat er wenigstens gut gerochen, der Araber? Oder ist er vielleicht Pakistani? Nein, für einen Pakistani ist er nicht dunkel genug.«

»So, jetzt reicht's. Ende des Gesprächs. Ich muss zur Arbeit.«

»Schon gut«, sagt sie und lacht. »Ich mische mich in dein Liebesleben nicht ein. Ich bin ja nicht mehr dreizehn. Aber, ehrlich gesagt, siehst du ziemlich mitgenommen aus. Wann hast du diese Bluse das letzte Mal gebügelt?«

»Mein liebes Kind, vergiss nicht, dass ich deine Mutter bin.«

»Als stellvertretende Leiterin musst du auf dein Äußeres achten.« Sie geht auf mich zu, mustert mich skeptisch, streicht über einen Ärmel meiner Bluse, entdeckt einen Knopf, den ich vergessen habe zu schließen, knöpft ihn zu und meint, sie werde »zum Trost« heute Abend für mich kochen. Nach einer schweren Nacht, die mich offensichtlich nicht glücklich gemacht habe, werde ich mit Sicherheit einen schweren Tag haben.

»Auf keinen Fall!«, sage ich scharf. »Heute Abend möchte ich meine Ruhe haben.«

»Gut, dann übernachte ich bei Gustav.«

Petras altkluges Gehabe geht mir auf die Nerven. Wenn ich daran zurückdenke, wie ich selbst in ihrem Alter gewesen bin, scheint es mir, dass ich mehr vom Leben hatte, so verklemmt, naiv und unsicher ich damals auch gewesen sein mag. Andererseits ist meine Tochter das Einzige, was mir im Leben wirklich gelungen ist. Wie immer man es drehen und wenden mag, eines ist sicher: Selbst wenn ich ein, zwei oder drei andere Kinder haben könnte, mit einem Vater, der auch für sie da wäre, selbst wenn ich eine glückliche Ehe führen würde, mit einem Mann, der mich vor der Hälfte der Schiffbrüche beschützen könnte, die ich in meinem Leben erleiden muss, selbst wenn ich reich und sorgenlos leben könnte, selbst dann würde ich meine Tochter, so wie sie ist – mit ihren Zweifeln und ihren Schwächen, mit ihrer Verletzbarkeit und ihrer Härte –, nie eintauschen wollen gegen ein noch so vollkommenes Glück.

5

Wenn ich am Morgen mit dem Bus zur Arbeit fahre, sitzt oft eine Frau in der ersten Reihe am Fenster, eine eher nachlässig gekleidete Blondine um die Mitte dreißig, die immer einen unausgeschlafenen Eindruck macht. Wenn sie die Augen schließt, kippt ihr Kopf nach vorne, danach – langsam, wie in Zeitlupe – der Oberkörper, so lange, bis sie mit der Stirn die mattgrüne Wand hinter dem Sitz des Chauffeurs berührt. Sie schreckt hoch, richtet sich auf, um eine Haltestelle später wieder die Augen zu schließen. Sobald sie schläft, hat ihr Gesicht etwas Beruhigendes und Schönes. Es drückt ein Selbstverständnis mit den Gegebenheiten der Welt aus, spiegelt Gelassenheit und eine verhaltene Strenge wider.

Irgendwann, schon bald, werde ich alles, was mir in den letzten zwanzig Jahren widerfahren ist, aufschreiben. Ich stelle mir vor, wie ich meine Aufzeichnungen in ein dickes Kuvert lege und wegschicke. Vielleicht schicke ich es dieser Frau. Ich sehe, wie sie in meinen Notizen blättert, wie sie schmunzelt oder den Kopf schüttelt. Wahrscheinlich wird sie das Ganze ungelesen in den Altpapiercontainer werfen. Sie wird annehmen, es sei ihr versehentlich zugestellt worden. Vielleicht werde ich das Paket dem älteren Herrn anvertrauen, der jeden Abend in *Rosis Eck* ein Glas Wein trinkt und dabei Bücher und Zeitungen liest. Am liebsten aber würde ich den Vater meiner Tochter zur Lektüre dieser Zeilen verurteilen. Ich würde ihn nackt ausziehen und in ein Kellerabteil sperren, so eng, dass er weder einen Schritt tun noch sich hinlegen könnte. Um seine Freiheit wiederzuerlangen, müsste er meinen Text laut vorlesen, und wenn er einen Fehler macht oder einen Satz auslässt, wenn ihm die Stimme versagt, wenn er zornig, verzweifelt oder verzagt wirkt, muss er von vorne beginnen, immer wieder, bis ich ihn hinauslasse – zur engen Wendeltreppe und zurück zum Tageslicht.

Die *Buchhandlung Papanek* ist mittelgroß. In unserer mittelgroßen Stadt ist sie aber eine der größten. Sie nimmt zwei Stockwerke ein und beschäftigt sieben Mitarbeiter. Wenn man aus dem Inneren des Buchladens durch das Schaufenster hinausschaut, sieht man auf der anderen Straßenseite den Haupteingang der Universität, ein Barockportal mit einem Relief der Kreuzigung direkt über dem Tor, der Darstellung einer Engelfigur auf der linken und der eines Skeletts auf der rechten Seite. Früher war in diesem Gebäude das Städtische Krankenhaus untergebracht. Heute sagt man, die Darstellungen seien als Allegorien der akademischen Laufbahn zu verstehen: Man betrete die Universität als Engel und verlasse sie, nachdem man lange Zeit sein Kreuz getragen oder zu Kreuze gekrochen sei, als Skelett.

Ich kann mich glücklich schätzen, in der *Buchhandlung Papanek*, die sich mehrheitlich im Besitz der Universität befindet, arbeiten zu dürfen. Das Gehalt ist ausreichend, die Zulagen sind großzügig. Vor drei Jahren wurde ich zur stellvertretenden Leiterin befördert. Als ledige Mutter mit knapp zwanzig Jahren, mit Abitur, aber ohne spezielle Ausbildung irgendeiner Art, wurde ich nur deshalb eingestellt, weil ich die Enkelin meines Großvaters war. Großvater war zu diesem Zeitpunkt zwar schon verstorben, doch sein Name hatte, trotz der Konflikte, die er in seinem letzten Lebensjahrzehnt auszukämpfen hatte, immer noch einen praktischen Wert in unserer Stadt. Meine Mutter suchte all jene auf, die früher einmal mit ihm befreundet waren oder ihrer Meinung nach in seiner Schuld standen. Das nahm einige Zeit in Anspruch.

»Im Vergleich zu mir hat sogar die Schlange einen aufrechten Gang«, erklärte mir Mutter, nachdem sie »alle Wege von Pontius zu Pilatus« erledigt hatte. Eine Woche später hatte ich in der *Buchhandlung Papanek* meinen ersten Arbeitstag.

»Selbst noch ein halbes Kind und schon Mutter!«, bemerkte mein Chef, als er mich das erste Mal sah. »Ich schätze, Ihre Tochter wird für Sie so etwas wie eine jüngere Schwester sein. Ihre Mama ist ja eine resolute Dame, die macht das schon …«

Ich schwieg.

»Nun ja, so ist das Leben. Jeder Mensch hat sein eigenes Schicksal«, sinnierte er. »Dem einen fallen die Äpfel vom Baum direkt in den Schoß und dem anderen immer nur auf den Kopf.«

»Mhm«, murmelte ich.

»Darf ich fragen, wer der Vater Ihres Kindes ist?«

»Ein Mann.«

Er lachte, ließ es dabei bewenden und teilte mich dem naturwissenschaftlichen Bereich der Buchhandlung zu. Eine Kollegin werde mich einschulen.

»Ich weiß schon, dass Sie mit dem großen Physiker weder verwandt noch verschwägert sind«, meinte er, »aber für unsere Kunden – es sind ja hauptsächlich Studenten – ist es sicher amüsant, wenn ihnen eine Frau Heisenberg die Physik- und Chemielehrbücher verkauft.«

»Ich werde mich entsprechend verhalten«, sagte ich, ohne zu wissen, welches Verhalten ich damit eigentlich meinte. Mein Chef wusste es wahrscheinlich auch nicht, aber er fragte nicht weiter nach.

In den ersten Jahren trug ich, wie die anderen, ein Schild mit meinem Namen auf der Brust. Ob ich mit Heisenberg, dem Physiker, verwandt sei, hat mich niemand gefragt, wohl aber, ob ich die Tochter oder die Enkelin des ehemaligen Universitätsprofessors und bekannten Orientalisten Sebastian Heisenberg sei. Wenn ich die Wahrheit sagte, musste ich mir Geschichten über meinen Großvater anhören. Ende der Achtziger- und zu Beginn der Neunzigerjahre gab es noch viele Menschen, die ihn gekannt hatten. Sie erinnerten sich an die glänzenden Vorträge, die er über das Reich der Abbassiden gehalten hatte. Andere lobten sein Buch über den Mongoleneinfall im Vorderen Orient und die Zerstörung Bagdads im 13. Jahrhundert. Der Fünfhundertseitenwälzer gilt heute als Klassiker und ist Großvaters einziges Werk, das ihn überlebt hat. Wieder andere Kunden – meist ältere Herren – erwähnten Großvaters frühzeitige Pensionierung und den unangenehmen Artikel, der damals im *Gigrichter Tagblatt* über ihn erschienen war. Einige meinten, Großvater sei ein großes Unrecht widerfahren, sie seien von seiner Integrität und Anständigkeit überzeugt. Der »Skandal«, der ihm zum Verhängnis wurde und ihn schließlich beinahe in die Isolation getrieben hatte, sei nichts als eine Folge von Ignoranz, Heuchelei und Pharisäertum gewesen. Ich teile diese Ansicht nicht. Großvater bekam, was er verdiente, aber es wäre unprofessionell, einem Kunden zu widersprechen oder gar mit ihm zu streiten, und so sagte ich in solchen Augenblicken meist nichts oder wechselte das Thema.

Mit der Zeit wurde ich immer seltener auf Großvater angesprochen. Auf der Universität fand ein Generationswechsel statt. Die Jüngeren kennen ihn nicht mehr. »Im Morgengrauen, wenn ich der Welt zum Abschied winke«, hatte Großvater kurz vor seinem Tod gesagt, »werde ich wissen, dass ich am Abend schon vergessen sein werde.« So unrecht hatte er damit nicht, und dass Adel ihn auf der Photographie in meinem Zimmer erkannt hatte, war mir wie ein Luftzug aus der Vergangenheit erschienen.

Mein Chef hatte übrigens recht. Meine Mutter war tatsächlich eine resolute Dame. Ohne ihre Hilfe wäre ich der Belastung als alleinstehende, berufstätige Frau mit Kind nicht gewachsen gewesen. Damals hörte sie sogar mit dem Trinken auf. Als sie schließlich dennoch an den Spätfolgen ihres exzessiven Alkoholkonsums starb, war meine Tochter schon vierzehn Jahre alt.

Grete, unsere jüngste Mitarbeiterin, hat den Kaffee in eine Thermoskanne gefüllt und auf meinen Tisch gestellt, die Brötchen aufgeschnitten und mit Butter bestrichen, den Putenschinken jedoch auf einen eigenen Teller gelegt. Die jüngste Mitarbeiterin macht das Frühstück und den Kaffee, kauft Getränke und Lebensmittel ein und wäscht das Geschirr ab. Das sei schon so gewesen, als Herr Papanek im Jahre 1952 die Buchhandlung gegründet hatte. Das gemeinsame Frühstück vor dem Beginn des Arbeitstages gehöre zu den althergebrachten Ritualen, an denen nicht gerüttelt werden dürfe. Selbstverständlich werde das Frühstück als Arbeitszeit gerechnet. Ich möge diese fünfzehn Minuten am Morgen und die gemeinsame Kaffeepause zu Mittag »als bequeme und nützliche Art der Supervision« ansehen.

Schon an meinem ersten Arbeitstag verkündete der Chef während der Mittagspause: »Und Frau Heisenberg wird so freundlich sein, uns allen einen Kaffee zu bringen!« Ursula, die zwei Jahre vor mir ihre Stelle bei Papanek angetreten hatte und bis dahin für die Aufgaben der »Jüngsten« zuständig gewesen war, hatte in diesem Augenblick befriedigt gelächelt, so als sei sie gerade befördert worden. Ich schaute den Chef herausfordernd an und sagte laut: »Ich kann nicht Kaffee kochen, ich trinke nur Tee!«

»Oh doch, glauben Sie mir, das schaffen Sie schon«, meinte der Chef. »Wenn Sie es geschafft haben, ein Kind zu gebären, dann werden Sie sicher auch das Kaffeekochen lernen.« Dann lachte er laut, aber die anderen Buchhändlerinnen lachten nicht mit, und plötzlich herrschte ein peinliches Schweigen im Raum.

Damals wurde die Buchhandlung noch über die Mittagszeit geschlossen. Wir waren also allein. Die Stille schien die Zeit anzuhalten. Das Lächeln im Gesicht des Chefs erstarrte zu einer Grimasse, während seine Gesichtsfarbe von einem Augenblick auf den anderen immer rötlicher wurde und sich verdunkelte. Schließlich stand Martha, die Älteste, auf und ging in die kleine Kammer zwischen dem Lagerraum und den Toiletten, wo der Kühlschrank, ein Herd und die Kaffeemaschine standen. Von da an war jeden Tag eine andere Kollegin für das leibliche Wohl der Belegschaft zuständig, und nicht einmal der Chef konnte sich vor dieser Verpflichtung drücken. Als Martha jedoch drei Jahre später in Rente ging und der Chef eine neue Mitarbeiterin einstellte, setzte sich das ursprüngliche Ritual wieder durch.

Grete weiß, dass ich immer zwei, in seltenen Fällen drei Schinkenscheiben in die Brötchen lege. »Zwei oder drei Stück, Frau Heisenberg?«, fragt sie. »Heute vier«, sage ich. »Außerdem möchte ich noch ein drittes Brötchen, bitte ebenfalls mit vier Schinkenscheiben und außerdem einem Stück Käse. Und den Tee heute bitte nicht mit Milch, sondern mit einem Schuss Rum oder Likör. Oder beides.« Grete schaut mich überrascht an, doch sie sagt nichts. Wenn ich kein disziplinierter Mensch wäre, würde ich jetzt grinsen. Da staunst du, was?, denke ich. Aber wag ja nicht, irgendwelche Fragen zu stellen!

Sie stellt keine Fragen.

Die anderen auch nicht.

Ich liebe meinen Beruf. Seit einigen Jahren macht mir allerdings die Tatsache zu schaffen, dass ich fast den ganzen Tag stehen muss. Oft reden mehrere Kunden auf mich ein. In den kurzen Pausen, die ich habe, führe ich Recherchen durch, sortiere Bücher, blättere in Katalogen oder rufe E-Mails ab. Noch vor fünf Jahren fiel mir das nicht schwer, doch heute bekomme ich spätestens am Nachmittag Rückenschmerzen. Nach etwa siebzehn Uhr wird jeder Handgriff zur Qual. Trotzdem bin ich froh, Bücher und nicht Fernsehgeräte, Deckenleuchten oder Tierfutter zu verkaufen. Mit etwas weniger Glück hätte ich Kassiererin im Supermarkt, Altenpflegerin oder – im günstigeren Fall – Sekretärin werden können.

In den ersten Jahren habe ich noch wehmütig durch das Schaufenster zum Universitätsgebäude hinübergeschaut und die Studenten beneidet, die durch das Portal ein und aus gingen oder in unsere Buchhandlung kamen. Sie führten ein unbeschwertes Leben, schmiedeten Pläne für die Zukunft, flirteten, gingen Hand in Hand, küssten sich, machten alberne Bemerkungen oder stritten darüber, auf welche Party sie gehen oder welche Klamotten sie anziehen sollten, während mich zu Hause ein schreiendes Kleinkind erwartete. Später wusste ich über ihre Studienpläne und ihren Lehrstoff besser Bescheid als sie. Ich kannte die Vorlieben und Marotten ihrer Professoren sowie den Schreibstil und die Standardsätze, die bei Prüfungen oder Seminararbeiten eine gute Note versprachen. Einige Studenten zahlten mir ein »Trinkgeld«, wenn ich ihnen Tipps gab. Andere kauften bei mir gleich die fertigen Seminararbeiten, Teile ihrer Diplomarbeiten oder Dissertationen. Heute mache ich Arbeiten dieser Art nicht mehr. Ich muss mir nichts mehr beweisen, und auf den Nebenverdienst bin ich nicht mehr angewiesen, seit ich Mutters Wohnung geerbt habe und aus der teuren Mietwohnung ausziehen konnte.

Wenn alles nach Plan geht, wird meine erste Anstellung auch meine einzige bleiben. Das ist ein Privileg. Wie viele aus meiner Generation werden erzählen können, sie hätten ihr Berufsleben dort beendet, wo sie es mit zwanzig begonnen haben? Ich habe mir niemanden zum Feind gemacht. Wo es sein musste, war ich berechnend, habe ein paar kleine Intrigen gesponnen und Freundschaften geschlossen, die nicht auf Sympathie oder Zuneigung beruhten, sondern einer beruflichen Notwendigkeit geschuldet waren. Insofern habe ich gute Chancen, zur Nachfolgerin meines Chefs zu werden. Ich werde die alten Möbel, die Bücherregale und die Fenster austauschen lassen, das neue Interieur dem gehobeneren mittleren Geschmack, der in Gigricht geschätzt und für modern gehalten wird, anpassen und den Bereich für Belletristik vergrößern. Ich werde mit der Kulturstadträtin und mit *Gigricht-auf-Littera-Touren e.V.*, dem wichtigsten Literaturverein der Stadt, enger zusammenarbeiten, öfter Lesungen und Diskussionen organisieren und einen Kulturkreis für Frauen gründen. Außerdem werde ich zwei Mitarbeiterinnen entlassen müssen, besser gesagt – ich werde ihnen nahelegen, selbst zu kündigen.

Während der Mittagspausen ziehe ich mich meist ins Büro zurück. Ich drehe den Sessel zum Fenster und beobachte die Straße und die Parkanlage, die dahinter liegt. Meine Kolleginnen, die Verkaufsräume, die Universität, die Innenstadt, ja die ganze Stadt Gigricht kann man von hier aus nicht sehen. In der Ferne, auf der anderen Seite der Parkanlage, kann ich silhouettenhaft den alten Industriepark von Patsch ausmachen, dahinter die bewaldete Hügelkette und auf einer der Anhöhen das Lustschlösschen der Grafen von Gigricht und Patsch, die unsere Stadt und ihre Umgebung jahrhundertelang regiert hatten, bevor sie unspektakulär und ohne revolutionäres Getöse ausstarben.

Ich merke gerade, dass ich von meinem eigentlichen Thema abgekommen bin. Im Alltag wie im Beruf bin ich ein rationaler Mensch. Das logische Denken ist ein Anker, an dem ich mich immer festhalten kann. Vielleicht ist dies der Grund, warum es mir jetzt ein solches Vergnügen bereitet, Aus- und Abschweifungen zuzulassen, so als wären meine Gedanken immer noch ein unberechenbarer Fluss wie in meiner Jugend. Später habe ich diesen Fluss Abschnitt für Abschnitt in ein gerades Bett gezwängt und mein Leben damit ärmer, aber erträglicher gemacht.

Die vergangene Nacht geht mir nicht aus dem Kopf. Das macht mich wütend. Warum kann ich Adel nicht abschreiben wie meine anderen Affären? Ich habe schon Männer mit schöneren Händen kennengelernt. Er ist nicht der erste Neurotiker, der in meinem Bett gelegen hat, und er wird sicher nicht der letzte bleiben. Es kann, nein, es darf einfach nicht sein, dass mich sein albernes Verhalten tatsächlich beleidigt hat. Gut, natürlich erinnert mich Adel an Khaled, meine große Jugendliebe, nicht durch sein Aussehen oder seine Hände, sondern vielmehr durch seinen Tonfall, die Wahl der Worte und den fast kindlichen Glauben an die Allmacht der Selbstinszenierung. Die Erinnerung ist manchmal wie ein gutartiger Tumor. Er tötet nicht und hat dadurch viel Zeit, um zu quälen.

Ich bekomme Kopfschmerzen. Mein Rücken tut schon seit zwei Stunden weh. Es helfen weder Atem- noch Thera-Band-Übungen oder Pausen im Drehsessel. Gegen vierzehn Uhr erkläre ich meinem Chef, dass ich nach Hause gehen muss. Er möchte mich nicht gehen lassen, weil eine Kollegin an Grippe erkrankt ist und eine andere Urlaub hat. Außerdem ist heute Mittwoch. An diesem Tag ist die Buchhandlung bis 21 Uhr geöffnet. Aber ich lasse meinen Charme spielen, gebe meiner Stimme eine sanfte Note, neige den Kopf ein wenig nach links und senke die Augen, so als wäre ich noch das junge Mädchen, das er vor vielen Jahren kennengelernt hat. »Meinetwegen«, brummt er schließlich, »geh nach Hause, nimm ein Aspirin und leg dich ins Bett. Mein Gott, euch Jungen fehlt einfach die nötige Härte.«

Manchmal tut es mir fast leid, dass er nächstes Jahr in Rente geht. Es gibt sonst niemanden, über den ich mich so unaufgeregt ärgern kann.

6

Als ich von der Arbeit nach Hause komme, ist es drei Uhr nachmittags. Das Haustor steht offen, der Lift funktioniert wieder einmal nicht, und auf der Treppe zwischen dem zweiten und dem dritten Stock sitzt der kleine Andreas, ein Heft auf den Knien, einen Stift in der Hand, und macht seine Hausaufgaben. Wenn die Eltern sich streiten, wenn der Vater auf die Mutter losgeht oder umgekehrt, flüchtet er aus der Wohnung. In seinem Blick ist eine trotzige Abwehr. »Komm doch zu uns hinauf«, sage ich ihm in solchen Fällen. »Du kannst deine Hausübung bei uns im Wohnzimmer machen.« Manchmal nimmt er das Angebot an, meist aber schüttelt er den Kopf, zieht die Schultern hoch und beugt sich noch tiefer über sein Heft. Diesmal streiche ich ihm nur mit den Fingerspitzen durch sein blondes Haar und gehe schnell weiter. Er schaut nicht auf, murmelt ein kaum hörbares »Guten Tag, Frau Heisenberg« und dreht sein Gesicht der Wand und mir den Rücken zu.

Die Siedlung, in der meine Tochter und ich wohnen, ein prestigeträchtiges Bauprojekt aus den Sechzigerjahren, ist längst zu einer Problemgegend geworden, die Soziologiestudenten unserer Uni in ihren Seminararbeiten immer wieder als Beispiel für missglückte Stadtplanung anführen. In den letzten Jahren haben sich die Zustände etwas gebessert. Man hat einen neuen Kindergarten gebaut und ein Jugendzentrum errichtet, die Einkaufspassage revitalisiert und den Park umgestaltet. Die Fassaden der alten Wohnblöcke, die lange Zeit grau oder braun gewesen waren, wurden nun neu gestrichen und machen nach außen hin einen freundlicheren Eindruck. In einigen Fällen hat man allerdings übers Ziel hinausgeschossen, so auch bei unserem Haus, dessen Wände das neue Lebensgefühl in einer Mischung aus Giftgrün und Knallgelb zu vermitteln versuchen. Im Inneren des Gebäudes ist hingegen alles beim Alten geblieben. Die blauen Wohnungstüren mit dem Guckloch in der Mitte erinnern immer noch an Gefängniszellen, und ich wäre froh, wenn meine Tochter den Lift auch dann meiden würde, wenn er in Betrieb ist. Natürlich sind auch die Menschen dieselben geblieben. Als meine Eltern hier Ende der Sechzigerjahre eingezogen waren, hatten sie ein Lehrerehepaar, einen Chefbuchhalter und einen Universitätsdozenten als Nachbarn. Das hat sich rasch geändert, und wenn meine Eltern sich nicht hätten scheiden lassen, wären auch sie wieder ausgezogen.

Ich nehme ein Aspirin, esse ein Joghurt, rufe meine Freundin Helga an, hinterlasse ihr eine kurze Nachricht auf dem Anrufbeantworter. Meine Kopf- und Rückenschmerzen lassen nach. Das Thermometer zeigt eine Temperatur von 37,3 an. Ich möchte mich nicht ins Bett legen. Ich wäre ohnehin zu aufgewühlt, um einzuschlafen. Also setze ich mich im Wohnzimmer an den Computer. Zuerst rufe ich meine privaten Mails ab. *Sie haben elf ungelesene E-Mails,* teilt mir das Programm mit, während in der oberen linken Ecke des Bildschirms ein pausbackiges gelbes

Männchen lacht und freudig auf und ab hüpft, so als wäre erst die Tatsache, E-Mails zu bekommen, ein Zeichen dafür, am Leben zu sein. Leider handelt es sich bei allen elf Nachrichten um Spams. Es ist frustrierend. Meine Freundinnen in Bielefeld, Darmstadt und Oberhausen schreiben mir schon seit Wochen nicht mehr.

Ich beende das Mailprogramm, überlege, zögere ein wenig und gebe schließlich in die Suchmaschine die Begriffe *Monatsblutung* und *Islam* ein. Mal sehen, ob es für Adel wirklich ein großes Sakrileg gewesen wäre, wenn er gestern mit mir geschlafen hätte.

Zu den Stichworten Monatsblutung und Islam gibt es 992 Eintragungen. Ein paar davon schaue ich mir an. Das *Deutsche Ärzteblatt* schreibt zum Beispiel, dass Abtreibungen in den meisten islamischen Ländern verboten sind, dass aber in Bangladesch und in einigen anderen Ländern Schwangerschaftsabbrüche dennoch durchgeführt werden und dann *einfach als Regulierung der Monatsblutung* bezeichnet werden.

Sexualität im Spiegel der Epochen. Einfache modelltheoretische Erklärungen heißt die Diplomarbeit einer Frau Magistra Beatrix Habeck aus Wien. Frau Habeck hat Auszüge aus ihrer Diplomarbeit ins Internet gestellt und dies mit der freundlichen Einladung verbunden, eine Homepage mit dem Titel *Alles über Trixi Habeck aus dem dritten Bezirk* zu besuchen. Doch an Frau Magistra Habeck interessiert mich nur ihre Diplomarbeit.

Vorurteile halten sich bekanntlich länger als alle anderen Moden, schreibt Frau Habeck. *In Deutschland zum Beispiel durften menstruierende Frauen bis 1970 kein Blut spenden, weil man dieses für blutzersetzend hielt. Um das »schädliche Blut« nicht zu berühren, benützen in Japan Frauen auch heute noch Einweghandschuhe beim Einführen von Tampons. Im Islam dürfen Frauen nicht am Gebet teilnehmen, wenn sie gerade ihre Periode haben. So wie im Judentum gelten sie in diesen Tagen als unrein …*

Es ist schon seltsam, was bei Frauen alles als eklig angesehen wird, während Männer meist viel weniger Wert auf ihre Hygiene legen. Eine Binde oder ein Tampon sind etwas Peinliches, während eine Männerunterhose mit einem gelben Fleck vorne und einem braunen Streifen hinten, die mitten im Wohnzimmer liegt, während der Mann sich gerade in meinem Bett zufrieden räkelt, weniger stören soll?

Zu den Foltermethoden der Amerikaner in Guantanamo Bay gehört es unter anderem, den Gefangenen eine rote, klebrige Flüssigkeit ins Gesicht zu schmieren und zu behaupten, es handle sich um Menstruationsblut.

Jedenfalls – dies wird mir bald klar – darf ein Moslem tatsächlich nicht mit einer Frau schlafen, wenn sie die Regel hat. Im Judentum gilt übrigens dasselbe Verbot. Es ist interessant, wie sehr sich diese beiden Religionen in vielen Punkten ähneln. Doch Adel war tödlich beleidigt, als ich ihn als Juden bezeichnet hatte.

Für manche Indios in Südamerika gelten menstruierende Frauen hingegen keineswegs als unrein. In der Kultur dieser Naturvölker symbolisiert Blut die energetische Kraft des Lebens. Der Geschlechtsverkehr mit einer menstruierenden Frau bedeutet für den Mann, diese Lebenskraft in sich aufzunehmen, weil das Menstruationsblut in besonderem Maße als ein Symbol der Fruchtbarkeit, des Neubeginns und des ewigen Zyklus von Werden und Vergehen gesehen wird. Das Regelblut mit dem Penis oder – mehr noch – mit der Zunge oder den Lippen zu berühren, sorgt dafür, dass die erwähnte Energie von der Frau auf den Mann übergeht.

Offenbar haben sich die Kulturen der Moslems und der Juden weit von jenen der sogenannten »Naturvölker« entfernt. Es kommt mir in den Sinn, dass jene Völker, die sich als Teil der Natur sehen, gegenüber jenen, die sie beherrschen wollen, seit etwa dreitausend Jahren immer den Kürzeren gezogen haben. Das ändert allerdings nichts daran, dass Adel ein Heuchler ist.

Im Judentum wie im Islam ist die Sache übrigens gar nicht

so einfach, denn wann und wie lange eine Frau ihre Periode hat, haben im Judentum berühmte Rabbiner und im Islam namhafte Imame, allesamt weise Männer, festgelegt.

Auf der Homepage der Islamischen Religionsgemeinschaft Gigricht gibt es einen Link zu einem »religiösen Infopoint« mit dem Untertitel *Was Männer und Frauen wissen sollten*. Dort wiederum heißt es über islamische Sitten und Rituale unter anderem: *Die Blutungen, die selbst fünf Minuten kürzer als 72 Stunden oder länger als zehn Tage sind oder bei Schwangeren und alten Frauen oder bei Mädchen entstehen, die jünger als neun Jahre sind, zählen nicht zu der Menstrualblutung. Sie werden Nichtmenstrualblutungen genannt. Wenn eine Frau eine fünftägige Regelperiode hat, und wenn ihre Blutung selbst einige Minuten länger als zehn Tage dauert, zählt ihre nach fünf Tagen gedauerte Blutung zu der Nichtmenstrualblutung. Denn dieser Zeitraum hat ein Sechstel der Sonnenaufgangszeit länger gedauert als zehn Tage und zehn Nächte. Wenn sich die zehn Menstrualtage vollendet haben, soll sie die rituelle Ganzwaschung vornehmen und die nach zehn Tagen nicht verrichteten Gebete nachholen.*

Ich lese weiter. In den Büchern *Bachr* und *Dürr-ül-müntekâ* steht zum Beispiel: *Menstruiert sie einmal nach zehn bzw. innerhalb von fünfzehn Tagen, zählt die Blutung zu der Nichtmenstrualblutung. Sie nimmt die rituelle Ganzwaschung vor und verrichtet die versäumten Gebete. Nach der Unterbrechung ist es empfohlen, bis gegen Ende der Gegebetszeit zu warten. Dann soll sie die rituelle Ganzwaschung vornehmen und das derzeitige Gebet verrichten. Danach darf die Ehefrau mit ihrem Ehemann beischlafen. Wenn man beim Warten die Zeit der rituellen Ganzwaschung und die Gebetszeit versäumt hat, darf man nach der Gebetszeit ohne Ganzwaschung geschlechtlich verkehren.*

Kurzum: Eine Muslima sollte ein gutes Gedächtnis und zumindest Grundkenntnisse in Mathematik besitzen.

7

Ich trinke eine Tasse starken Kaffee und zehn Minuten später gleich noch eine. Ich fühle mich aufgeputscht und trotzdem müde. Etwa eine Viertelstunde nachdem ich den zweiten Kaffee getrunken habe, fühle ich mich wohl, beinahe euphorisch. Gleichzeitig ist mir zum Heulen zumute. Ich gehe im Wohnzimmer auf und ab, reibe mir die Hände und murmle: »Dem werd ich's zeigen, diesem Hund. Und all den anderen auch!«, wobei ich in diesem Augenblick nicht sagen könnte, wen ich mit »den anderen« eigentlich meine. Ich setze mich wieder an den Computer und lese weiter.

Während der Lektüre trage ich ein Kopftuch, schreibt eine junge Frau aus Pakistan. *Wenn ich die Regel habe, darf ich den Koran nicht anfassen. Das würde das heilige Buch entweihen und Gott beleidigen. Was ich nicht weiß, ist, ob die Lektüre völlig untersagt ist, wenn ich meine Tage habe. Wenn mein kleiner Bruder den Koran für mich aufschlägt, dann muss ich das Buch nicht berühren. Aber darf ich die heiligen Worte in den Mund nehmen, wenn ich unrein bin? Es gibt einfach so viele schwierige Fragen im Leben, auf die ich keine Antworten finde.*

Außerdem erfahre ich, dass Moslems keinen Analverkehr mit Frauen haben dürfen. Dies gelte als sogenannte »kleine Homosexualität«. Schließlich entdecke ich eine Online-Zeitschrift mit dem Titel *Politisch Inkorrekt. Nachrichten gegen das Gutmenschentum. Für Amerika. Für Israel. Gegen die Islamisierung Europas. Für Freiheit, Liberalismus und Menschenrechte.*

Die Überschrift der heutigen Ausgabe lautet: *Islam bedeutet legitimierten Sex mit Kindern.* Darunter befindet sich ein Photo, das einen Mann mittleren Alters und ein Mädchen von etwa zehn Jahren zeigt, die nebeneinander im Schneidersitz auf einer Couch sitzen. Der Mann – vornübergebeugt, mit hängenden Schultern – lächelt in die Kamera. Er ist sichtlich zufrieden. Es ist sein großer Tag. Er heiratet. Er trägt einen weißen Turban, der fast so groß ist wie sein Kopf, ein weißes Hemd und ein grauschwarz gestreiftes Gilet. Seine beigefarbene Hose ist mit Flecken übersät. Ein rosafarbenes Tuch bedeckt den Kopf und den Oberkörper seiner Braut, lässt nur das Gesicht und den Haaransatz frei. Das Kind schaut traurig in Richtung des Bräutigams. In ihrem Blick ist nichts Kindliches. Das Leben ist kein Abenteuer mehr, kein Wagnis, dem sie sich mit Neugierde stellt. Selten habe ich ein so bedrückendes Bild gesehen.

Unter dem Photo steht ein kurzer Text: *Im Islam gelten Mädchen nach ihrer ersten Monatsblutung als heiratsfähig. Durch Heirat legitimierter Sex mit kleinen Mädchen: Vergewaltigung, gestohlene Kindheit, Misshandlungen. Die Religion des Propheten zeigt wieder einmal ihre hässliche Fratze, diesmal auf dem Unicef-Foto des Jahres. Der Bräutigam ist vierzig, seine Braut elf Jahre alt. Ein ganz normales Ehepaar aus Afghanistan. Wo sind all die gemäßigten Muslime, die gegen derartige Grausamkeiten protestieren?*

Zu Photo und Text sind bis jetzt 162 Kommentare von Leserinnen und Lesern eingegangen. Ein unter dem Pseudonym *Lessing21* schreibender Leser meint: *Das ist ja echt zum Kotzen! Islam = Perversion.*

Ein anderer, der sich *Schweinshuf* nennt, meint: *Der geile Bock, dieser Moslem, blickt schon erwartungsvoll. Ich stelle mir vor, wie er bald über sie herfällt.*

Ekelhaft. Unfassbar. Traurig, empört sich *Eurofighter. Bin mal gespannt, ob dieses Foto den Weg in die Mainstreammedien findet.*

Eine *Anaconda* schreibt: *Was für ein »Mann« muss sich bei einem Kind beweisen, dass er »ihn« noch hochbekommt? Was für eine barbarische »Religion« erlaubt so etwas?*

Auch *ElCid* lässt seiner Empörung freien Lauf: *Und wäre dieses Bild nicht von Unicef, dann würden sicher unsere Gutmenschen und die linken Politiker Schlange stehen und behaupten, dies sei bestimmt nur seine Tochter. Wenn ich solche Bilder sehe, dann ist dies der Beweis, dass der Kampf der Kulturen wirklich notwendig ist.*

Schweinshuf gibt ihm recht und erklärt, der Staat solle *solche Leute rund um die Uhr überwachen.* Nur eine rigorose Überwachung garantiere unsere Freiheit. Er beendet seinen Kommentar ziemlich pathetisch mit: *Nieder mit den rassistischen Linksfaschisten! Nieder mit dem Islam! Lang lebe das Grundgesetz!*

Antitürk wettert gegen einen EU-Betritt der Türkei, *Glasklar* erklärt, der Iran sei jetzt ein »fortschrittliches« Land, das Heiratsalter liege dort immerhin bei zwölf Jahren, und *Snoopys-Sister* verkündet, unsere Politiker seien *genauso kriminell, verbrecherisch und grausam*, auch in der Justiz und bei der Polizei gäbe es *bekanntlich pädophile Kreise, die über dieses Thema hinwegsehen, egal in welcher Religion oder Gruppe.*

Angewidert möchte ich schon von dieser Website wegklicken, als ich einen Kommentar entdecke, der nun doch mein Interesse weckt. Schon das Pseudonym *Erniedrigte-und-Beleidigte* macht mich neugierig.

Wenn ich dieses Bild sehe, diesen geilen Mann und das arme Mädchen, das vor Angst wie gelähmt neben ihm sitzt, empfinde ich so viel Trauer und Wut, dass ich am liebsten den Bildschirm zertrümmern würde. Alles, was ich selbst erlebt habe, kommt wieder hoch. Ich war mehr als fünfzehn Jahre lang mit einem Moslem verheiratet, mit einem Kurden aus Ostanatolien. Ihr könnt euch nicht vorstellen, was ich in dieser Zeit alles durchmachen musste. Am liebsten hätte er mich Tag und Nacht zu Hause eingesperrt, und wenn ich zu anderen Männer freundlich war, hat er gleich mit dem Umbringen gedroht. Einmal hat er mich sogar mit einem Messer verletzt. Es war aber nur ein Kratzer. Unsere gemeinsame Tochter hätte er am liebsten in seinem Dorf mit dem Schwager seiner Cousine verheiratet. Eines Tages bin ich abgehauen, aber er hat mich ständig verfolgt und bedroht. Die Polizei konnte nichts machen. Er hat alles abgestritten, und sie konnten ihm nichts nachweisen. Erst als ich mit meinen Kin-

dern – ich habe noch einen Sohn – an einen anderen Ort, eine Großstadt, gezogen bin und meinen Familiennamen geändert habe, war ich vor ihm sicher. Aber ich habe heute noch Panikattacken und Alpträume und in der neuen Stadt noch keine Freunde, mit denen ich reden kann.

Wie *Schweinshuf*, *Anaconda* und *ElCid* darauf reagieren, möchte ich lieber nicht wiedergeben. Nur *Snoopys-Sister* gibt einen längeren Kommentar ab. *Ich denke, dass auch ich jetzt Farbe bekennen muss*, schreibt sie. *Ich hatte ebenfalls mal einen muslimischen Freund, einen Sudanesen, aber das ist lange her, und so dramatisch wie bei dir, Erniedrigte-und-Beleidigte, ist es nicht gelaufen. Aber eine gute Bekannte von mir ist nach einer Beziehung zu einem Kuwaiti schwer traumatisiert. Wenn ich dir einen Rat geben darf: Wenn du willst, findest du immer Leute, mit denen du reden kannst. Es gibt einen Verein von Frauen, die einmal mit Moslems zusammen waren und deren Beziehungen schiefgelaufen sind. Dieser Verein heißt »Der weiße Halbmond«, er hat eine Homepage und betreibt ein Internet-Forum: www.derweissehalbmond.de. Es werden – inzwischen wohl fast überall in Deutschland – Treffen organisiert, äußerst diskret natürlich, man redet sich nur mit Vornamen an und gibt auf keinen Fall irgendwelche Informationen weiter. Das Ganze ist eine sehr seriöse Sache, nicht das übliche Gejeiere, kein Rassismus, keine Racheakte, nichts Politisches, kein Eso-Trip, kein Schamanismus, Psychoquatsch oder was es da sonst noch alles gibt, vielmehr der Versuch, einander zu helfen und vor allem unter Gleichgesinnten zu sein, die wissen, wovon die Rede ist und wie frau sich fühlt. Schau dort mal vorbei. Wenn du in einer Großstadt bist, gibt es dort bestimmt solche Treffen.*

Ich überlege kurz, ob ich mir die Homepage dieses Vereins ansehen soll, doch inzwischen schmerzen meine Augen, und nach der Lektüre dieser Internetkommentare ist meine Laune auf einen bedenklichen Tiefpunkt gesunken. Also beschließe ich, in den Keller zu gehen.

Menschen, die ihr Kellerabteil ständig aufräumten, hätten ihr Leben nicht geordnet, erklärt meine altkluge Tochter. Sie stiegen lieber in den Keller hinab als in die Tiefen ihrer Seele. Ich frage sie dann, in welchem Buch sie diesen Satz gelesen habe. Es klinge nach einer Mischung aus Verena Kast und Paulo Coelho. Menschen, die auf eine treffende Bemerkung mit Sarkasmus reagieren, versuchten nur krampfhaft ihre Gefühle zu verbergen, sagt meine Tochter. Es gäbe einen wesentlichen Unterschied zwischen Sarkasmus und Ironie, widerspreche ich und beende an dieser Stelle meistens das Gespräch, weil ich nicht erfahren möchte, was sie schon alles über Ironie und Sarkasmus gelesen hat. Mit ihrer Eloquenz wird sie noch PR-Managerin, Politikerin oder Fernsehmoderatorin. Mir ist alles recht, solange sie nicht mit neunzehn schwanger, spiel- oder internetsüchtig wird oder sonst irgendeinen Blödsinn macht. Heute ist sie bei ihrem Freund, und ich wäre ohnehin zu müde, um auf ihre Bemerkungen schlagfertig zu reagieren. So kann ich den Abend im Keller verbringen. Das beruhigt mich.

Bevor ich hinuntergehe, schreibe ich Helga eine Mail: *helga, ich MUSS dich sehen! melde dich! lg astrid*

Mein Kellerabteil ist sauberer und aufgeräumter als das Wohnzimmer. Es ist drei mal vier Meter groß und besteht aus zwei Teilen, die ich durch einen Vorhang voneinander abgetrennt habe. Im linken, dem größeren und dunkleren, habe ich Haushaltsgeräte und Kleidungsstücke gelagert. Eine Leiter steht dort, eine Kiste mit Schuhen, die Schreibmaschine, mit der ich in den Achtzigerjahren in der Oberstufe des Gymnasiums meine Seminararbeiten geschrieben habe, mein alter Bildschirm, den ich längst durch einen Flatscreen ersetzt habe, die Schulhefte meiner Tochter aus der Grundschule, die sie selbst bestimmt weggeworfen hätte. Wenn ich hierherkomme, weise ich manchmal den Gegenständen einen neuen Platz zu, staube ab und ersetze alte Kisten durch neue.

Im Unterschied zu den meisten anderen Menschen stamme ich nicht vom Affen, sondern vom Maulwurf oder von der Wühlmaus ab, meint meine Tochter. Eines der Nachbarkinder nennt mich »Kellertante«, und der pensionierte Wachmann, dem das Kellerabteil neben dem meinen gehört, sagt, ich würde hier unten ein Verbrechen vorbereiten, einen Banküberfall vielleicht oder den perfekten Mord.

Im rechten, dem kleineren Kellerbereich mache ich zwischen den Umräumephasen Pause, setze mich an den Schreibtisch, der aus meiner Schulzeit stammt und von dem ich mich ebenfalls nicht trennen konnte, schalte meine alte Tischlampe ein, blättere in den Büchern, Photoalben und Briefen, die ich in diesem Teil des Kellers aufbewahre, lege neue Mappen und Ordner an und genieße die Stille.

Unter dem Schreibtisch steht eine Holzkiste, in der ich Erinnerungsstücke der besonderen Art aufbewahre, Taschentücher, Kugelschreiber, Notizblöcke, Busfahrscheine und Restaurantrechnungen, gebrauchte Servietten, Kämme und Zahnbürsten. Sie stammen von Männern, mit denen ich nach dem Scheitern meiner letzten festen oder, besser gesagt, halbfesten Beziehung intim gewesen bin, Sachen, die sie in meiner Wohnung oder an einem anderen Ort unserer Zusammenkunft vergessen hatten oder die ich ihnen in einem Moment, als sie unaufmerksam oder abwesend waren, entwendet hatte. Ich brauche diese Gegenstände nicht zu beschriften. So viele Männer waren es dann doch nicht. Die Bluttropfen auf einem Papiertaschentuch erzählen genauso eine Geschichte, die ich nicht vergessen werde, wie der in der Mitte geknickte Zahnstocher, den ich in einer Kunststofffolie aufbewahre. Sogar ein Handy und ein Ehering – sieben Millimeter dickes Platingold mit den Namen des Paares und dem Datum der Hochzeit auf der Innenseite – finden sich in meiner Sammlung. Der Ring gehörte einem Herrn Kurt Bräuer, Speditionskaufmann aus Treuchtlingen, einem 43 Jahre alten Familienvater, für den das Abenteuer mit mir, wie er versicherte, der erste Seitensprung nach siebzehn Jahren Ehe gewesen sei. Während des Abendessens hatte er viel über seine Ehe gesprochen, darüber, dass seine Frau ihn nicht verstünde, dass die letzten Jahre »wie ein langsames Dahingleiten in einem trägen Fluss« gewesen seien, »ohne Höhepunkte, ohne Tiefschläge, einfach ein Weiter- und ein Auseinanderdriften, ein Mäandern, das kein Ende nimmt«. Der Abend mit mir hätte für ihn eine symbolische Bedeutung. Es sei der erste Schritt »auf dem Weg vom trägen Schlamm zu den gefährlichen, aber sauberen Höhen der Berge«, die er besteigen wolle. Als er mir erklärte, dass er »dies natürlich nur metaphorisch« meine, beschloss ich, seinen Ehering zu stehlen. Bevor er sich in meinem Schlafzimmer auszog, legte er ihn in die Innentasche seines Sakkos, und als er eine halbe Stunde später auf die Toilette ging, nahm ich dieses Souvenir an mich. Ich war überzeugt, Kurt würde nicht zurückkommen, um mich zur Rede zu stellen, und ich sah ihn tatsächlich nie wieder. Vielleicht hat er sich ja damit abgefunden, dass das Leben nur aus Driften besteht.

Im Keller kann ich schimpfen, mit dem Schicksal hadern, über meine Kollegen herziehen, Wutanfälle ausleben oder alte Songs aus den Achtzigerjahren singen, ohne den wachsamen Augen und Ohren meiner Tochter ausgesetzt zu sein oder durch die Farbe der Wände, durch Möbel, Kleidung oder den Blick aus dem Fenster an den Alltag erinnert zu werden. Manchmal ist das Tageslicht schmerzvoller als die Dunkelheit. Hier, drei Meter unter der Erdoberfläche, mache ich meine privaten Aufzeichnungen.

Frau Doktor Hüpfer, bei der ich vor einigen Jahren eine Psychotherapie gemacht habe, hatte gemeint, ich solle alles aufschreiben. Ich hatte vorgehabt, ihr die Geschichte von Khaled und von mir zu erzählen, habe aber schließlich die Ereignisse von damals bis zur Undeutlichkeit verfremdet, und dies nicht, weil es so schmerzvoll gewesen wäre, über etwas zu sprechen, das immerhin gute fünfzehn Jahre zurücklag, sondern weil ich Angst hatte, Frau Doktor Hüpfer, die ich übrigens sehr schätze, würde meine Geschichte weitererzählen. Nicht dass ich Frau Hüpfer Unlauterkeit oder gar böse Absicht unterstelle. Aber auch Psychotherapeuten tratschen. Man erzählt einem Kollegen in der Kaffee- und Rauchpause einer gemeinsamen Veranstaltung oder eines Seminars etwas »ganz im Vertrauen«. Dieser verwendet es dann als »anschauliches Beispiel« bei einem Vortrag oder in einer Publikation, selbstverständlich mit einem geänderten Namen. *Eine Frau, alleinstehend, Ende dreißig, Mutter einer fast erwachsenen Tochter. Nennen wir sie Julia …*, heißt es dann. Aber Gigricht ist klein, wir sind hier nicht in Berlin oder Hamburg. Es gibt viele, zu viele Menschen, die zwei und zwei zusammenzählen können, wenn sie meine Geschichte hören.

Frau Hüpfer erfuhr nichts von meinen Ängsten. Bis zu dem Tag, an dem ich die Therapie abbrach, glaubte sie, es sei mir aus emotionellen Gründen nicht möglich, über bestimmte Ereignisse meines Lebens zu sprechen. Dann gab sie mir den Rat, alles aufzuschreiben. »Sie werden schon merken, wann der richtige Zeitpunkt gekommen ist«, meinte sie. »Und wenn Sie dafür in den Keller gehen müssen, dann tun Sie es. Wenn Sie mir die Aufzeichnungen zeigen wollen, bin ich gerne bereit, sie zu lesen.« Natürlich werde ich Frau Hüpfer nichts von dem zeigen, was ich niederschreibe. Sie hatte aber insofern recht, als ich eines Tages den richtigen Zeitpunkt tatsächlich intuitiv erkannte. Vor einigen Monaten habe ich die ersten Zeilen geschrieben, bin aber bis jetzt über die zweite Doppelseite noch nicht hinausgekommen. Nun weiß ich, dass ich weiterschreiben muss.

Ich drücke auf den Wählknopf meines Handys. *Hier ist der Anschluss von Helga, Dieter, Angelika und Roman Wassermann. Schön, dass Sie anrufen …*

»Helga, ich rede nicht gern mit Maschinen. Wo bist du?«

Ist das nicht ein Leitmotiv in meinem Leben?, frage ich mich. Wenn ich jemanden brauche, lässt er mich im Stich. Vor zwei Jahren, als sie Probleme in ihrer Ehe hatte, war ich jederzeit für sie erreichbar. Ich nahm sie sogar für zwei Tage bei mir auf, als sie die Atmosphäre zu Hause nicht mehr aushielt und die ständigen Auseinandersetzungen mit ihrem Mann leid war. Ich traf mich mit Dieter, der mich bat, meinen Einfluss bei ihr geltend zu machen, um die Ehe zu retten, nicht seinetwegen, wie er versicherte, sondern wegen der Kinder. Heute ist Helga nicht einmal bereit, die Klavierstunde ihrer Tochter abzusagen, wenn ich sie brauche. »Wer zu viel gibt, darf keine Gegenleistung erwarten«, pflegte mein Großvater zu sagen. »Großzügigkeit im Überfluss verliert ihren Wert.«

Hier im Keller liegt auch Großvaters Manuskript – seine »Lebensbilanz«, etwa 250 Maschinschreibseiten sowie fünfhundert Seiten mit handschriftlichen Aufzeichnungen, Notizen und Reflexionen, die er mir kurz vor seinem Tod im Frühjahr 1988 geschenkt hatte. Die abgetippten Passagen erzählen hauptsächlich von den Fünfziger- und Sechzigerjahren, in denen Großvater ausgedehnte Reisen in den Nahen Osten und nach Nordafrika unternahm. Es war jene Phase seines Lebens, die er immer als seine glücklichste bezeichnete, und so kann ich verstehen, dass er seine Reinschrift mit diesen Kapiteln begann. Die schwere Erkrankung, die schließlich zu seinem Tod führte, hinderte ihn daran, die Arbeit zu beenden.

Ich erinnere mich, wie ich mit sechzehn Jahren jeden Freitagnachmittag meinen Großvater besuchte, wie er mich durch das Wohnzimmer auf die Veranda führte, wo Tee und Kuchen schon bereitstanden. Er bat mich, in einem der Korbsessel Platz zu nehmen, schenkte Tee ein und las mir, nachdem wir etwa zehn oder fünfzehn Minuten über seinen Garten, den Nussbaum, die Blumenbeete und die Schneckenplage geplaudert hatten, aus seinen

Texten vor. Nun hole ich die Mappe mit den vergilbten Seiten aus der Schreibtischlade heraus und suche so lange, bis ich schließlich die Stelle gefunden habe, die mir bei der Lektüre von Anacondas Kommentar plötzlich wieder eingefallen war.

In einer Demokratie lernt man, ein wesentlicher Aspekt der Freiheit sei, dass der Staat die Privatspäre seiner Bürger respektiert. Meine Lebenserfahrung lehrt mich hingegen, dass es zu den Grundrechten der Staatsbürger eines Landes gehört, ein sicheres Leben zu führen und dass es demzufolge viel wichtiger ist, an die Freiheit zu glauben, als sie tatsächlich zu besitzen. Jemand, der beispielsweise vom Staat observiert wird, ohne es zu wissen, weiß nicht, dass er seine Freiheit verloren hat, und solange die Observierung für ihn folgenlos bleibt, besitzt er diese Freiheit weiterhin, weil er an sie glaubt. Das ist eine simple Logik.

Hätte Großvater ahnen können, dass heute, zwanzig Jahre nach seinem Tod, seine Ansichten wieder so populär sein würden, nachdem sie gegen Ende seines Lebens längst überholt zu sein schienen?

Insofern ist der Glaube sowohl eine Grundvoraussetzung der Freiheit wie der Religion. Wahrheit ist so relativ wie die Moral, und sogar die modernen Naturwissenschaften berechnen immer öfter statistische Wahrscheinlichkeiten, anstatt Gesetze aufzustellen …

»Das ist eine simple Logik«, war einer von Großvaters Lieblingssätzen. Sein Manuskript – nur die maschingeschriebenen Seiten – habe ich einmal nach seinem Tod gelesen und danach nie mehr hineingeschaut, obwohl er mich gebeten hatte, seine Aufzeichnungen zu sichten, die mit der Hand geschriebenen Teile in eine lesbare Form zu bringen und abzutippen, wenn nötig zu straffen oder die Abfolge einzelner Kapitel zu verändern, und zu veröffentlichen (oder dies zumindest zu versuchen), sobald ich glaubte, dass »der richtige Zeitpunkt dafür gekommen sei«. Ich sei die Einzige, der er diese Aufgabe anvertrauen könnte. Von seinen einstigen Kollegen und Freunden hätte ihm »niemand aus dem Schmutzteich herausgeholfen«, in den er eines Tages hineingestoßen worden sei. Ja, manche von ihnen hätten sogar mitgeholfen, ihn an diesen ungustiösen Ort zu befördern. Meine Mutter und mein Onkel hätten kein Interesse an seiner Geschichte und »auch nicht das Zeug dazu, etwas daraus zu machen«. Nur ich wäre dieser Aufgabe gewachsen.

In einigen Wochen ist Großvaters Geburtstag. Er wäre heuer hundert Jahre alt geworden. Wie Großvater wohl auf die Geschichte mit Adel reagiert hätte, wenn es mir nicht zu peinlich gewesen wäre, ihm so etwas zu erzählen? Wahrscheinlich hätte er mir einen langen Vortrag zur Religions- und Mentalitätsgeschichte im Nahen Osten gehalten, vielleicht aber hätte er einfach gemeint: »Weißt du, mein Kind, auch ich habe nie mit deiner Großmutter geschlafen, wenn sie ihre Tage hatte. Versuch lieber herauszufinden, was mit dir los ist. Finde es heraus und schließ es ab. Das ist eine ganz simple Logik.«

Das Handy läutet. Ich drücke den Knopf und höre Dieters Stimme. Seine Schwiegermutter sei gerade zu Besuch in Gigricht. Sie habe Helga und die Kinder in ein orientalisches Restaurant eingeladen. Ihm persönlich bekomme dieses Essen nicht, doch auf seine Gegenwart lege die Schwiegermutter ohnehin keinen großen Wert. Dann redet er noch etwa eine Minute auf mich ein, aber ich höre nicht mehr zu. »Ich werde Helga ausrichten, dass du versucht hast, sie zu erreichen, und ich sag ihr, dass sie dich zurückrufen soll«, meint er schließlich. »Ist was passiert? Deine Nachricht hat recht dramatisch geklungen. Geht's dir gut?«

»Ja klar«, sage ich.

9

Die vierzig Köstlichkeiten des Ali Baba. Arabische, türkische und persische Spezialitäten. Multikulturalität auf Orientalisch. Dass sich das Restaurant ausgerechnet am Marienplatz befindet, gibt dem Ganzen schon fast einen symbolischen Charakter. Die Marienkirche in der Patscher Vorstadt ist während des Krieges schwer beschädigt und später abgetragen worden. In den Fünfzigerjahren wurde hier ein Markt eingerichtet. In den Sechzigerjahren wurden die Marktstände nach und nach von türkischen Gastarbeitern aufgekauft oder gepachtet. Die Patscher Vorstadt rund um den Platz – immer schon eine Kleine-Leute-Gegend – wurde zum Zuwandererviertel. Im Herbst 1961 wurde in einem Eckhaus des Marienplatzes die erste Moschee der Stadt eröffnet. Bei der feierlichen Zeremonie, die in Gegenwart des Bürgermeisters und anderer Honoratioren der Stadt stattfand, hielt mein Großvater die Eröffnungsrede. Mit dem damaligen Präsidenten der Islamischen Religionsgemeinschaft, Kamil Nasrilow, einem Tataren aus der sowjetischen Stadt Kasan, war er eng befreundet. Meine Mutter erzählte mir, dass Nasrilow zwei- bis dreimal im Monat bei meinen Großeltern zum Abendessen eingeladen war und dass ihr seine Selbstgefälligkeit auf die Nerven gegangen sei. »Jeder Satz, den dieser Mensch von sich gab, war mindestens so gewichtig wie die hundert Kilo, die er selbst wog«, erzählte sie mir.

Die muslimische Gemeinde von Gigricht bestand nach dem Krieg hauptsächlich aus Flüchtlingen – DPs aus der Sowjetunion oder aus anderen osteuropäischen Ländern. Nasrilow war als Soldat der Roten Armee im Sommer 1942 in deutsche Kriegsgefangenschaft geraten. Ein Jahr später kämpfte er als Angehöriger der Waffen-SS-Division *Attila*, in der viele Tataren und Tschetschenen, aber auch Ukrainer, Litauer oder Weißrussen dienten, gegen seine ehemaligen Kameraden. Auch der stellvertretende Präsident, der Bosnier Mirsad Alibegović, war während des Krieges auf Seiten der deutschen Besatzer in den Krieg gezogen. Alibegović dachte mit Nostalgie an die Herrschaft des österreichischen Kaisers Franz Josef zurück, die er als Kind noch erlebt hatte. Die Deutschen mochte er nicht, aber Kommunisten, Serben, Zigeuner und Juden mochte er in seinen jungen Jahren noch weniger.

Alibegović war am Institut für südslawische Sprachen beschäftigt. Er schrieb ein Buch über die Eigenheiten des Bosnischen, das er damals schon als eigene Sprache bezeichnete, und ein anderes über die Geschichte der Balkanländer im Frühmittelalter. Großvater hielt ihn für den »kultiviertesten Menschen im Umkreis von mindestens zweihundert Kilometern«. Dass Alibegović von einem jugoslawischen Gericht wegen Mordes und Verbrechen gegen die Menschlichkeit in Abwesenheit zum Tode verurteilt worden war, störte in den Fünfzigerjahren nur wenige. Für die Behörden der Bundesrepublik war Alibegovićs Verurteilung ein politischer Prozess. Die Beweise seien nicht ausreichend, um dem Auslieferungsantrag zu entsprechen, hieß es damals. »Professor Alibegović, dessen Untaten, die meiner Ansicht nach unbestritten sind, durch seine intellektuellen Leistungen und menschlichen Qualitäten zweifelsohne aufgewogen worden waren, ist glücklicherweise noch rechtzeitig gestorben, bevor ihm seine Vergangenheit zum Verhängnis hätte werden können«, hatte Großvater erklärt.

Großvater war ein bekannter Orientalist, Leiter des Instituts für Ethnologie an der Universität Gigricht und einer der wenigen Wissenschaftler, die unserer traditionsreichen, aber relativ kleinen und unbedeutenden Universität in den Nachkriegsjahrzehnten ein gewisses Renommee verschafften. Unter anderem war Großvater der Verfasser eines Standardwerkes über die »synkretistische Mischkultur des Libanon«. *Die Libanesen. Orientalen an der Schwelle zum Okzident* hieß das Buch, das zwar »für den interessierten Laien« geschrieben worden war, aber vor allem in akademischen Kreisen für heftige Debatten gesorgt hatte, weil Großvater darin die These vertrag, »Mischkulturen« seien eine Grundvoraussetzung für gesellschaftlichen Fortschritt. Dafür musste er harsche Kritik von seinen Kollegen, aber auch seitens der Studentenschaft über sich ergehen lassen. Die deutschen Universitäten waren damals noch ein Hort rechtsradikalen Gedankenguts, eine Tatsache, die Großvater, obwohl er selbst zur Zeit des nationalsozialistischen Regimes alles andere als ein Widerstandskämpfer gewesen war, immer mit der höhnischen Bemerkung quittierte, eine braune Kruste aus Schmutz und Kot lasse sich nicht dadurch verbergen, dass man ein frisches Hemd und weiße Handschuhe anziehe.

Das bedeutet nicht, dass Großvater ein Demokrat gewesen ist, auch wenn er nach außen hin immer vorgab, einer zu sein. Der Parlamentarismus war für ihn ein notwendiges Übel, das »drittbeste System«, weil es eine Herrschaft von Weisen und Philosophen im Sinne Platons nicht geben konnte. Das »zweitbeste System« war für ihn eine Scheindemokratie mit paternalistischen und autoritären Zügen, eine milde Diktatur ohne Ideologie, mit einem humorvollen Präsidenten und einem genügsamen Volk. In diesem Zusammenhang pflegte er immer ein Gedicht von Horaz zu zitieren: »In Bedrängnis zeig dich beherzt und tapfer; sei jedoch auch weise genug, des Schiffes Segel einzuziehen, wenn von günst'gem Wind sie allzu stark schwellen.« Nur wer nach diesem Grundsatz handle, dürfe über andere entscheiden. Doch wie solle man schon in einer Herde von Eseln einen klugen Kopf finden?

Bis Anfang der Sechzigerjahre wussten die meisten Gigrichter nicht, dass es in ihrer Stadt überhaupt Moslems gab. Das änderte sich erst, als im Jahre 1962 das Maschinenwerk und die Papierfabrik begonnen hatten, Gastarbeiter anzuwerben. Heute liegt der Ausländeranteil in Gigricht bei etwa zehn Prozent. Mehr als die Hälfte der Zuwanderer stammt aus der Türkei. Rund um den

Marienplatz gibt es inzwischen ein Dutzend Bethäuser und Moscheen. Meinem Großvater war diese Entwicklung gar nicht recht. »Die Türkei und Jugoslawien entsorgen bei uns ihren Plebs«, hatte er schon vor fünfundzwanzig Jahren geschimpft. »Wer in seinem eigenen Land nichts wird und nichts kann, geht nach Deutschland. Es gibt viele kluge Menschen in der Türkei, aber nach Gigricht kommen nur ungebildete Bauern, die nicht lesen und schreiben können. Sie leben hier, als wären sie immer noch in ihren ostanatolischen Dörfern.«

»Dann müssten die USA auch nur aus Pöbel bestehen«, entgegnete ich.

»Ja, sicher!«, meinte er. »Einige gute Universitäten und ein paar jüdische Nobelpreisträger machen noch nicht die Kultur eines Landes aus.«

Trotzdem pflegte Großvater auch nach dem Tode seiner Freunde Nasrilow und Alibegović weiterhin engen Kontakt zur Islamischen Religionsgemeinschaft, erstellte Gutachten für die Stadtbehörden, wenn es um integrative Maßnahmen für muslimische Zuwanderer ging, und wurde zur Eröffnung türkischer oder bosnischer Gemeindezentren als Ehrengast eingeladen. Für einige islamische Geistliche war er ein »besonderer Freund«, für andere ein »Wohltäter«, für den Kulturstadtrat »die leibhaftige Verkörperung des völkerverbindenden Gedankens«, eine Formulierung, die Großvater später als »das schiefste Bild seit der Erfindung der öffentlichen Lobrede« bezeichnete. Vereinzelt bot Großvater den Zuwanderern aus islamischen Ländern seine Hilfe an, vor allem jenen, die er nicht der »Masse des Pöbels« zuordnete. Insofern überrascht es mich nicht, dass er einen Mann wie Adel, der gebildet war und sich gewählt ausdrücken konnte, protegiert hat. Ob er Adels Restaurant jemals besucht hat? Im Ruhestand hatte Großvater sehr zurückgezogen gelebt. Er schrieb seine Memoiren und empfing nur mehr selten Gäste. Seine Mahlzeiten nahm er im *Gasthaus am Neutor* ein, das keine hundert Meter von seinem Haus entfernt war. Andere Restaurants oder Kaffeehäuser hatte er früher nie allein, sondern nur in Begleitung guter Freunde aufgesucht. Von diesen waren ihm nach seinem dramatischen Abgang von der Universität und dem trotzigen Rückzug in sein Schneckenhaus jedoch nur wenige geblieben. Durchaus möglich, dass er trotzdem zur Eröffnung von Adels Restaurant gekommen war. Ich kann mir aber nicht vorstellen, dass eine Mischung aus türkischen, arabischen und persischen Spezialitäten sein Gefallen gefunden hat.

Ich stehe vor Adels Restaurant und denke an Großvater. Das Wetter ist schlecht. Eine dichte Nebel- und Smogglocke liegt über der Stadt. Den ganzen Tag ist das Licht wie an einem trüben Abend, es gibt kaum Wind, aber eine feuchte Kälte, die durch alle Mäntel und Jacken und alle Schuhsohlen zu dringen scheint: Das typische Januarwetter in Gigricht, die beste Zeit für Blasenentzündungen und Selbstmörder.

Den Marienplatz und die breite, inzwischen zu einem Boulevard und einer verkehrsberuhigten Zone umgewandelte Marienstraße, die auf der einen Seite in den Platz mündet und ihn auf der anderen wieder verlässt, werde ich immer mit Großvater in Verbindung bringen. Wenn ich die verschleierten Frauen sehe, die mit prallen Plastiktüten vom Einkaufen kommen, wenn ich Wortfetzen auf Türkisch, Bosnisch oder Arabisch höre und aus den Clubs und Bars türkische Musik und Balkanrock an mein Ohr dringen, muss ich an die heftigen Debatten denken, die ich als junges Mädchen mit meinem Großvater geführt habe. Ich erinnere mich, wie er über Gigricht geschimpft hat, und denke an die Welt, die er so anschaulich vor meinen Augen entstehen ließ, wenn er von seinen Reisen nach Anatolien, Marokko, in den Libanon oder in den Iran erzählte.

10

Im Inneren des Restaurants scheine ich zwischen die Seiten eines gigantischen Reiseprospekts geraten zu sein. An der Wand gegenüber der Empfangstür hängt ein zwei mal zwei Meter großes Poster, der den Tempelberg von Jerusalem mit der goldenen Kuppel der Al-Aqsa-Moschee zeigt. Im Vordergrund, auf einem Hügel, von dem aus die Aufnahme gemacht worden ist, sind ein Kamel, ein Beduine und ein Mädchen in blauer Schuluniform und mit weißem Kopftuch abgebildet. Am unteren Rand des Plakats steht in großen weißen Lettern *JERUSALEM, PALESTINE*, darunter ein Schriftzug auf Arabisch. Ich erinnere mich, dieses Bild schon vor einigen Jahren im Jüdischen Gemeindezentrum gesehen zu haben. Ich hatte dort eine Ausstellung zur Geschichte der Gigrichter Juden besucht. Statt des Mädchens war auf dem Plakat allerdings ein orthodoxer Jude abgebildet. Der Beduine und das Kamel waren jedoch eindeutig dieselben gewesen. Und am unteren Rand des Plakats stand – ebenfalls in großen weißen Lettern: *JERUSALEM, ISRAEL,* darunter ein Schriftzug auf Hebräisch. Ich überlege, ob ich Adel davon erzählen soll, während ich die anderen Bilder an den Wänden betrachte: die Kaaba von Mekka, die Pyramiden von Gizeh, den Hafen von Algier, einen Panoramablick auf Istanbul von der Reling eines Schiffes aus. Auf jedem Bild sieht man wohlgenährte, lächelnde, glückliche Menschen, die offensichtlich ihr Leben zu genießen verstehen. Aus dem Lautsprecher an der Decke tönt Bauchtanzmusik, die ich in vergleichbaren Lokalen, in Dritteweltläden, vor allem aber auf der CD, die Helga von ihrer Ägyptenreise mitgebracht hat, schon gehört habe. Ich hatte vieles erwartet, so schlimm hatte ich es mir aber doch nicht vorgestellt. Der ältere der beiden Kellner trägt einen roten Fes!

Fast alle Tische sind besetzt, und die meisten Besucher sind, zumindest ihrem Aussehen nach, keine Türken oder Araber, sondern gebürtige Deutsche. Nach dem elften September habe er befürchtet, dass die Gäste ausbleiben würden, hatte mir Adel vorgestern in *Rosis Eck* erzählt. Doch nach wenigen Wochen, in denen der Umsatz tatsächlich zurückgegangen war, seien mehr Menschen als zuvor in sein Restaurant gekommen. Manche beteuerten, dass sie »trotz der tragischen Ereignisse« keine Vorurteile oder vorgefassten Meinungen hätten. Von einzelnen Verbrechern dürfe man nicht auf die gesamte Bevölkerungsgruppe schließen, erklärten sie Adel. Nicht alle Moslems und Araber seien Terroristen oder symphatisierten mit ihnen. Er habe gelächelt und ihnen für ihre aufmunternden Worte gedankt. Manchmal habe er ihnen sogar vorgemacht, gerührt zu sein, und behauptet, ihre Worte hätten ihm viel Kraft gegeben. »Der Kunde ist nun mal König«, meinte er. »Je größer meine Rührung war, desto großzügiger fiel das Trinkgeld aus.«

Auf der Speisekarte stehen Gerichte, von denen ich noch nie etwas gehört habe. Die Kurzbeschreibungen dazu klingen vielversprechend. Ich gehe trotzdem kein Risiko ein und bestelle eine orientalische Platte: Pita, Humus, Falafel, Fleischbällchen, Gemüse, Oliven und Salat. Ob das alles in Gigricht wohl anders schmeckt als in Berlin oder Köln? Mit meiner Freundin Elfriede, die ich vor einem Jahr in Köln besucht habe, bin ich ebenfalls in einem orientalischen Lokal gewesen. Es war nüchterner eingerichtet als Adels Restaurant, auf den ersten Blick wirkte es sogar ein bisschen schäbig – die Wände mit weißen Kacheln ausgelegt, Tische und Stühle aus Kunststoff –, aber das Essen war ausgezeichnet.

»Eine sehr gute Wahl!«, erklärt einer der beiden Kellner, ein hagerer Fünfzigjähriger mit dichtem, offensichtlich gefärbtem Haar. »Die orientalische Platte ist unser Klassiker.« Obwohl er ständig grinst, wirkt er mürrisch. Seine Miene hat etwas Bedrohliches, so als wäre er kein Kellner, sondern der Leibwächter eines Bandenchefs. Durch das gefärbte Haar wirkt er zudem alt und ein wenig schmierig. Jedenfalls hat er einen Akzent, der weder türkisch noch arabisch oder persisch ist. Fast hätte ich der Versuchung nicht wiederstehen können und ihn gefragt, woher er kommt. Aber ich bin nicht hier, um mit dem Kellner zu plaudern.

Der Akzent des jüngeren Kellners verrät, dass er türkischer Herkunft ist. Er ist ein freundlicher Endzwanziger, dessen Lächeln ehrlich wirkt. Ich stelle bald fest, dass der Großteil der Arbeit von ihm erledigt wird, während sein Kollege vor allem für die Entgegennahme der Bestellungen und für das Kassieren zuständig ist. Adel kann ich vorerst nirgends ausmachen, dafür einige bekannte Gesichter unter den Gästen, Herrn Doktor Uwe Klöß am Nebentisch zum Beispiel, den Leiter der Pathologie an der medizinischen Fakultät. Ihm gegenüber sitzt Frau Klöß. Vor fünfzehn Jahren war sie noch seine Studentin. Während die beiden auf ihre Bestellung warten, schweigen sie einander an. Ich hoffe, dass Frau Klöß, ehemals Trixi Bindel, die einmal bei uns in der Buchhandlung einen Aushilfsjob hatte, mich nicht wiedererkennt. Mit Befriedigung stelle ich fest, dass ich weniger Falten im Gesicht habe als Trixi, obwohl sie fünf Jahre jünger ist als ich. O je, nun schaut sie mich direkt an. Was soll ich tun? Es wäre ungehörig, wenn ich sie nicht grüßte, obwohl ich am liebsten mein Gesicht verbergen würde. Doch Trixis Blick geht durch mich hindurch und verliert sich in einer Unendlichkeit, die – deute ich ihren Blick richtig – ziemlich grau sein muss. Es vergehen einige Minuten, dann lehnt sich Herr Klöß im Stuhl zurück und sagt mit tiefer Stimme: »Ich freue mich schon auf das Essen.« Trixi wendet den Kopf in seine Richtung, ohne ihn anzusehen. Sie überlegt einige Augenblicke, faltet die Serviette neu, die auf dem Tisch liegt. »Ich auch«, meint sie schließlich. »Ich bin schon ziemlich hungrig«, meint er. »Ich auch«, antwortet sie. Dann schweigen sie wieder.

Zwei Tische weiter sitzen vier Männer mittleren Alters, die

mir ebenfalls bekannt vorkommen, einen davon kenne ich mit Sicherheit, ich weiß nur nicht mehr, wann und unter welchen Umständen ich ihn getroffen habe. Was für ein Kaff ist doch unsere Stadt! Ich wage gar nicht, zu den anderen Tischen hinüberzuschauen.

Woher kenne ich diesen Mann? Jetzt lächelt er mich an, er winkt, er steht auf und geht auf mich zu. Das hat mir gerade noch gefehlt. Ich werde ihm sagen, dass ich auf jemanden warte. Oder ich werde so tun, als sähe ich ihn zum ersten Mal. Nein, das geht nicht.

»Hallo, Frau Heisenberg. Schön, Sie wiederzusehen.«

»Guten Abend, ich freue mich auch, Sie wiederzusehen.«

Wer bist du? Jedenfalls hast du nichts mit der Uni zu tun. Dessen bin ich mir sicher.

»Wie geht es Ihnen? Ich hoffe gut. Vor ein paar Tagen sah ich Sie mit Ihrer Tochter auf der Straße. Ich hätte Sie gerne gegrüßt, aber Sie waren zu weit weg, und ich war ein bisschen in Eile.«

»Danke, es geht mir gut.«

»Und was macht Ihre Tochter?«

»Petra ist schon in der letzten Klasse. In ein paar Monaten macht sie ihr Abitur.«

»Ja, ja, ich weiß …«

Ist er einer ihrer Lehrer? Vielleicht. Nein, ich glaube nicht. Nein, Unsinn! Ich kenne doch alle ihre Lehrer.

»Und wie geht es Ihnen?«, frage ich und ärgere mich über die Floskel, lege aber sogleich ein Schäuflein nach und sage: »Gut schauen Sie aus. Kann es sein, dass Sie abgenommen haben?«

»Scherzchen!«, sagt er mit einem säuerlichen Lächeln. »Trotzdem danke. Ja, wie soll es mir gehen? Sie kennen doch meine Situation. Sie wird von Jahr zu Jahr schwieriger, aber ich versuche, das Beste daraus zu machen. Zumindest solange es noch geht.«

Ein Kollege aus einer anderen Buchhandlung? Blödsinn. Ein

Bibliothekar? Vielleicht ein Verlagsvertreter? Nein. Jemand vom Kulturamt? Geschlafen habe ich jedenfalls nicht mit ihm. Das wüsste ich bestimmt.

»Ich kann mich gut in Ihre Lage versetzen«, sage ich, »aber schließlich ist es bei mir nicht wesentlich anders als bei Ihnen, so wie wahrscheinlich für jeden von uns. Wenn wir unterzugehen drohen, strampeln wir uns wieder zurück an die Oberfläche.«

»Wo Sie recht haben, da haben Sie recht! Na, dann wünsch' ich noch einen schönen Abend. Tut mir leid, ich muss ... Die Freunde warten. Also tschüss. War doch nett, dass wir uns wiedergetroffen haben, nicht? Schicken Sie mir doch 'ne Mail. Ich würde mich freuen.«

»Mach ich!«

Das ist ja noch mal gutgegangen, denke ich, und beschließe, in Zukunft mehr auf meine Gesundheit zu achten, früher ins Bett zu gehen und mehr Sport zu treiben, auf dass ich nicht schon mit 39 mit den ersten Symptomen von Demenz zu kämpfen habe.

»Salam alleykum.«

»Alleykum assalaam.«

Die ersten arabischen Worte, die ich an diesem Abend höre. Ich drehe mich um und sehe einen Mann, der an einem der kleineren Tische in der Mitte des Raumes sitzt. Er ist um die dreißig, schlank, trägt einen dunkelgrauen Rollkragenpullover und darüber ein schwarzes Sakko. Der ältere Kellner steht neben ihm. Er verbeugt sich und sagt etwas in gebrochenem Arabisch. Der Mann antwortet. Seine Sprache ist flüssiger. Wahrscheinlich ist Arabisch seine Muttersprache. Die Konversation beschränkt sich auf wenige Sätze, dann weist der Kellner mit dem Kopf in die Richtung einer Tür, die mir schon vorhin aufgefallen ist, weil sie weder in die Küche noch zur Toilette oder nach draußen führt. Der Mann erhebt sich von seinem Platz und folgt dem Kellner. Was hinter der Tür ist, kann ich nicht erkennen. Für einen Moment, bevor sich die Tür hinter den beiden schließt, höre ich nur ein Lachen und zahlreiche Männerstimmen.

Als der jüngere Kellner mir gerade den Rücken zukehrt, durchquere ich schnell den Raum, drehe mich um (der Kellner schaut immer noch nicht in meine Richtung) und betrete durch die geheimnisvolle Tür eine fensterlose, ziemlich enge Kammer, die früher wahrscheinlich ein Vorrats- oder ein Kühlraum gewesen ist. Im schummrigen Licht erkenne ich etwa ein halbes Dutzend junge Männer, die an einem großen runden Tisch sitzen, über dem eine Wolke aus Zigarettenrauch schwebt. Sie unterbrechen ihr Gespräch und schauen mich an. Bei den Männern dürfte es sich um Araber handeln, einer von ihnen sieht Khaled sogar sehr ähnlich – er könnte sein Sohn sein. Wäre ich in einen amerikanischen Kriminalfilm geraten, müssten sie Karten in ihren Händen halten, auf dem Tisch lägen Bündel mit Dollarscheinen, und statt der Neonleuchte an der Decke würde ein überdimensionierter Ventilator langsam über ihren Köpfen schwirren. Im Hinterzimmer zu Adels Restaurant befindet sich jedoch kein illegaler Spielsalon, denn die Männer halten keine Karten, sondern Teetassen und Zigaretten in ihren Händen, und auf dem Tisch liegen außer Speisen und Besteck nur einige Bücher und Papiere, auf denen ich gerade noch arabische Schriftzeichen erkennen kann, bevor mir jemand die Sicht verstellt. Es ist Adel. »Geschlossene Gesellschaft!«, sagt er mit scharfer Stimme. »Hier ist der Eintritt verboten!« Dann erkennt er mich, weicht einen Schritt zurück, stammelt ein etwas hilflos wirkendes: »Oh! Du? Du, hier?«, erfängt sich aber sogleich wieder und sagt, diesmal leiser und freundlicher: »Ich würde dich bitten, diesen Raum zu verlassen.«

»Ich muss mit dir reden.«

»Nicht jetzt.«

»Ich warte im Restaurant. Der Tisch rechts am Fenster. Bis gleich.«

Adel trägt einen schwarzen Anzug und – so wie sein Kellner – einen roten Fes. Im Hinterzimmer war er noch ohne Kopfbedeckung gewesen. Jetzt sieht er aus wie ein Schauspieler eines zweitklassigen Provinztheaters, der sich wie ein türkischer Würdenträger des ausgehenden 19. Jahrhunderts verkleidet hat. Er kommt nicht, wie ich erwartet hatte, aus dem Hinterzimmer, sondern aus der Küche, geht von Tisch zu Tisch und fragt die Gäste, ob sie mit der Bedienung zufrieden seien. Ich bin neugierig, wie er jetzt auf mich reagiert. Das Erstaunliche ist, dass er jegliche Reaktion vermissen lässt. Als er an meinen Tisch kommt, lächelt er und verbeugt sich, unpersönlich und so routiniert, wie er es bei allen anderen getan hat. Er fragt, ob mir das Essen schmecke. »Ja«, sage ich. »Natürlich schmeckt es mir. Weder deine Visage noch dein lächerlicher Aufzug können mir den Appetit verderben.«

»Hast du noch einen Wunsch? Einen türkischen Wein vielleicht? Oder einen Pfefferminztee? Wir haben einen ganz besonderen Pfefferminztee, eine Spezialität des Hauses …«

»Wo ist eigentlich deine Frau? Arbeitet sie nicht im Restaurant?«

»Meine Frau ist heute nicht hier … Möchtest du vielleicht einen Kaffee?«

»Nächsten Dienstag um 22 Uhr. Dann werde ich für dich nicht mehr unrein sein. Komm zu mir nach Hause, du weißt ja, wo ich wohne, und sei bitte pünktlich …«

Zwei

1

Als ich in der ersten Klasse war, musste eines Tages jedes Kind aufstehen und etwas über seine Familie erzählen. Außerdem sollten die Kinder die Wohnungen beschreiben, in denen sie lebten. Sie sollten sagen, ob sie sich zu Hause wohlfühlten und ob sie Geschwister, Onkel, Tanten, Cousins und Cousinen haben. Die Lehrerin war eine ältere Dame. Ihre Erziehungsmethoden entsprachen schon damals nicht mehr ganz dem Geist der Zeit.

»Mein Vater arbeitet in der Papierfabrik, und meine Mutter ist Mutter«, erklärte ein türkisches Kind. »Wir wohnen in einem Zimmer, wo die Fenster ganz oben unter der Decke sind. Ich kann die Füße der Menschen sehen, die an unserem Haus vorbeigehen. Ihre Gesichter sehe ich leider nie.«

»Sehr fein, Selim. Hast du auch Geschwister?«

»Ja, sechs Schwestern. Sie sind alle älter als ich.«

»Ich verstehe«, sagte die Lehrerin schmunzelnd und wandte sich mir zu.

Ich stand pflichtschuldig auf, sah abwechselnd die Lehrerin und meine Klassenkameraden an und sagte nach einigem Zögern: »Meine Mama heißt Gisela. Sie ist eine Behörde. Wenn die Leute sterben, dann müssen sie zu meiner Mama gehen, um sich abzumelden. Unsere Wohnung hat drei Zimmer. Eines davon gehört mir. An den Nachmittagen bin ich gerne zu Hause. Wir haben eine schwarze Katze namens Susi, mit der ich viel spiele.

Das Leben meiner Mama ist für die Katz. Sagt meine Mama. Aber mich hat sie auch gern. Außerdem ist ihr Leben ein Hundeleben, sagt Mama, obwohl sie gar kein Hund ist. Mein Vater heißt Franz, er ist Lehrer und lebt in Berlin. Dort hat er zwei Kinder, die nur zur Hälfte meine Brüder sind, weil sie eine andere Mama haben. Mein Vater ist was Besonderes, hat meine Mama gesagt. Er ist geistig und intellektuell beschränkt.«

Einige Tage später musste meine Mutter »zu einem klärenden Gespräch« bei der Lehrerin in der Sprechstunde erscheinen. Danach verbot sie mir, noch einmal mit jemandem über meinen Vater zu sprechen.

Meine Eltern ließen sich scheiden, als ich drei Jahre alt war. Mein Vater, Grundschullehrer, übersiedelte nach Westberlin und gründete eine neue Familie. Pünktlich zum Monatsersten überwies er meiner Mutter den gerichtlich festgelegten Geldbetrag und schickte mir zu jedem Geburtstag, zum Abschluss jeder Schulklasse und zu Weihnachten einen Brief, der eine Glückwunschkarte und ein kleines Geschenk, meist fünfzig, zu den runden Geburtstagen manchmal auch hundert Mark enthielt. Auf die Rückseite der Karten schrieb Vater mit seiner Grundschullehrerschrift immer dieselben drei Sätze: *Meinem lieben Töchterchen Astrid zum Geburtstag/zum guten Zeugnis/zu Weihnachten mit den besten Wünschen! Mögest Du gesund und glücklich bleiben! Mit den allerherzlichsten Grüßen, Dein Vater Franz, Heike, Horst, Manfred.* Die Söhne unterschrieben in ordentlicher Kinderschrift. Heike, Vaters zweite Frau, hatte ebenfalls eine schöne Unterschrift, die von Jahr zu Jahr der meines Vaters ähnlicher wurde.

Ich hatte keinen Kontakt zu meinem Vater, und wenn ich Mutter nach ihm fragte, meinte sie nur, er sei »ein annehmbarer Mensch«. Mit diesem Begriff konnte ich wenig anfangen. Ich fragte sie, warum Papa nicht bei uns wohne, ob er mich denn nicht möge. Auch darauf gab mir Mutter keine befriedigende

Antwort. Sie erklärte, es gäbe Papis und Mamis, die sich ein ganzes Leben lang gern haben, und jene, die es irgendwann nicht mehr tun. Das sei ähnlich wie bei Freundschaften.

»Ich habe mit meiner besten Freundin auch einmal gestritten«, erzählte ich. »Aber wir haben uns wieder versöhnt.«

Mutter seufzte und meinte, ich müsse erst größer werden, um diese Dinge zu verstehen.

»Wie groß?«, fragte ich und blickte sehnsüchtig zum Türrahmen, in den Mutter in regelmäßigen Abständen meine Größe einritzte. »Ich kann jetzt schon die Türschnalle mit der Nase berühren.«

Mutter wechselte das Thema, aber ich ließ nicht locker.

»Andreas Vater wohnt auch nicht zu Hause, sondern mit einer Frau, die Schlampe heißt. Aber er holt Andrea trotzdem oft von der Schule ab, und am Wochenende kommt er sie manchmal besuchen. Dann gehen Andrea, ihr Vater und die Schlampe Eis essen, und dann schläft Andrea in der Wohnung ihres Vaters.«

»Ich verbiete dir, das Wort Schlampe zu verwenden. Es ist ein Schimpfwort.«

»Warum?«

»Darum! Wenn du größer bist, wirst du's verstehen.«

»Wie groß?«

»So groß, dass du aufhörst, dumme Fragen zu stellen.«

Mehr über meinen Vater konnte ich erfahren, wenn Mutter betrunken war. Mutter war eine milde Alkoholikerin. Sie trank nur am Abend, wenn sie glaubte, dass ich eingeschlafen war. Wenn wir Besuch hatten, wenn wir ausgingen, vor allem aber in Großvaters Gegenwart rührte sie keinen Alkohol an. »Mit eiserner Disziplin«, wie sie mir später versicherte, habe sie darauf geachtet, ihre tägliche Dosis von einem dreiviertel Liter Rotwein nicht zu überschreiten. Ich habe es anderes in Erinnerung. Ich weiß noch, wie eine Flasche, die am Abend ungeöffnet auf dem Küchentisch gestanden hatte, am nächsten Morgen leer im

Abfalleimer lag und eine zweite mehr als zur Hälfte ausgetrunken war.

Viele Jahre konnte Mutter den Alltag bewältigen, ohne dass ihr Alkoholproblem offensichtlich wurde. In ihrem Beruf als städtische Angestellte wurde sie regelmäßig befördert, und sie starb erst zwei Jahre nach der Pensionierung.

Mutters Trinken folgte strengen Regeln: Das Deckenlicht musste ausgeschaltet, das Geschirr abgespült und der Küchentisch geputzt sein. Mutter trank den Wein aus einer beigefarbenen Kaffeetasse, auf der in schwarzen Lettern die Worte *Kolonialwarenhandlung Sansibar, Hamburg* zu lesen waren. Die Tasse hatte ihr Großvater zu ihrem 21. Geburtstag geschenkt. Bevor sie die Tasse füllte, legte Mutter eine Platte auf, meist Mahlers *Neunte Symphonie* oder Bachs *Musikalisches Opfer*. Nach dem ersten Schluck seufzte sie, verzog das Gesicht und ließ sich entspannt in den Sessel fallen.

Manchmal versteckte ich mich im Korridor und beobachtete sie durch den offenen Spalt in der Wohnzimmertür. Meist jedoch wartete ich so lange, bis ich glaubte, dass Mutter zu betrunken war, um mit mir zu schimpfen. Dann kroch ich aus dem Bett und ging ins Wohnzimmer. Jeden Tag nahm ich mir vor, dies nicht zu tun, weil es mir Angst einjagte, Mutter in einem solchen Zustand zu sehen, weil ich Scham, Ekel, aber auch Schuld empfand und das dumpfe, unerklärliche Gefühl hatte, Mutters Trinken habe etwas mit mir zu tun. Und jeden Abend war es gerade dieses Gefühl von Abscheu, aber auch Neugierde, das mich doch immer wieder zum grauenhaften Sessel trieb, zur stinkenden Kaffeetasse, zu Mutters Tränen, die, wie mir schien, aus reinem Alkohol bestanden. Wenn Mutter betrunken war, hielt ich Abstand von ihr. Ich hätte es nicht ertragen, ihre Haut, ihre Haare oder gar ihre Tränen zu berühren, obwohl sie mich gerne in die Arme genommen hätte.

»Komm, Astrid, setz dich auf meinen Schoß«, bettelte sie.

Ich aber machte einen Schritt zurück.

»Ich verspreche dir, dies ist das letzte Mal. Mami hat eine schwierige Zeit, aber morgen beginne ich ein neues Leben! Darauf gebe ich dir mein Wort!«

Ich machte zwei weitere Schritte zurück.

Dann rief Mutter nach der Katze. Manchmal stand sie auf und versuchte, sie aus einem ihrer Verstecke herauszuholen. »Susi!«, lallte sie. »Miez, miez!« Die Katze machte einen Buckel und schaute sie mit angsterfüllten Augen an. »Susi! Komm zu Mama!«, rief Mutter. Die Katze flüchtete im Zickzackkurs durch die Wohnung. Nach einiger Zeit gab Mutter die Verfolgung auf und lamentierte: »Mein ganzes Leben ist für die Katz, und nicht einmal die Katze mag mich … Ein Hundeleben ist das.« Nun musste ich auf der Hut sein. Ich wusste, dass ich mich im Zimmer einsperren musste und dass Mutter einige Male klopfen oder an der Türschnalle rütteln, mich danach aber in Ruhe lassen würde. Doch in den meisten Fällen blieb ich und hörte zu und wartete, bis Mutter im Sessel eingeschlafen war. Nur berühren ließ ich mich nicht, und wenn Mutter mir zu nahe kam, machte ich es Susi gleich – ich flüchtete, bis ich vor ihren Liebkosungen sicher war.

Was ich erfuhr, konnte ich nur zu einem bruchstückhaften Bild zusammenfügen, dessen Bedeutung für mich im Verborgenen blieb. Wenn sie genug getrunken hatte, erklärte mir Mutter, Vater sei »geistig und intellektuell beschränkt«. Ich verstand nicht, was sie meinte, nur, dass Vater offensichtlich eine wichtige Persönlichkeit war, wenn man ihn mit derart furchterregenden Worten beschreiben musste. Offensichtlich hatte Vater eine starke Zuneigung zu einer Frau namens Natalie Schnuderl, einer Österreicherin, entwickelt. »Er hat diese österreichische Friseuse über ein Jahr lang gevögelt«, lamentierte Mutter, wobei ich mit meinen sechs Jahren noch nicht verstand, weshalb Vögel bei dieser Geschichte eine Rolle spielten, welche Bedeutung es hatte, dass Frau Schnuderl aus Österreich kam oder anderen Menschen die Haare schnitt. »Wenn er wenigestens einfach nur ab und zu herumgehurt hätte, wie früher, hätte ich es noch hinnehmen können, aber dieses alpenländische Rindvieh, das keines originellen Gedankens fähig ist und nicht einmal einen korrekten hochdeutschen Satz formulieren kann, hätte er am liebsten in unser Ehebett gezogen, so als würde ihm eine Ménage à trois jenen Hauch von Verwegenheit verleihen, die ihm in seinem Leben immer gefehlt hat, die er sich aber insgeheim wünschte. Es scheint, als habe diese inneralpine Dame nicht nur an seinen Haaren, sondern auch an seinem Verstand und seinem Geschmack herumgeschnuderlt.«

Je betrunkener Mutter wurde, desto gewählter drückte sie sich aus. Als Kind hatte ihr Großvater beigebracht, »schön zu sprechen«. Seine Erziehungsmethoden bezeichnete Onkel Alexander, Mutters älterer Bruder, einmal als »spanischen Schuh durch das Wort«. Ihre sprachlichen Fertigkeiten setzte Mutter aber nur im alkoholisierten Zustand ein.

Wie ich von meinem Onkel erfuhr, hatte Mutter schon als Kind eine Begabung für Sprachen entwickelt. Großvater hoffte, sie würde nach dem Abitur Englisch und Französisch studieren, danach Lehrerin werden oder gar eine akademische Karriere machen. Mutter jedoch wiederholte die siebente Klasse, wechselte vom Gymnasium in die Realschule und schaffte sogar die Prüfungen für die Mittlere Reife nur mit Mühe. Es war Großvaters Beziehungen zu verdanken, dass sie vom Gigrichter Stadtamt eingestellt wurde. Viele Jahre war sie im Standesamt für die Todesmeldungen zuständig, bevor sie zur Leiterin des Stadtarchivs aufstieg. »Dein Großvater ist der beste Großvater, den sich ein Mädchen wünschen kann«, erklärte mir Mutter, »aber du kannst dich glücklich schätzen, ihn nicht als Vater zu haben.«

2

Als ich in der Oberstufe des Gymnasiums war, wollte ich nach Berlin reisen, um meinen Vater kennenzulernen. Mit sechzehn wollte ich damit warten, bis ich siebzehn war, mit siebzehn verschob ich den Besuch auf das nächste Jahr und schließlich auf die Zeit nach meinem Abitur. Doch nach dem Abitur wurde ich schwanger. Meinen Vater traf ich erst, nachdem meine Mutter gestorben war. Damals war ich Anfang dreißig. Petra und ich fuhren im Sommer nach Berlin.

»Vielleicht wollte ich, dass meine Tochter einen richtigen Großvater hat«, erklärte ich Frau Doktor Hüpfer, »vielleicht wollte ich ihm Vorwürfe machen, vielleicht war ich einfach neugierig, vielleicht wollte ich mehr über mich erfahren. Vielleicht. Vielleicht. Vielleicht. Letztlich kam es so, wie ich es insgeheim erwartet hatte.«

»Was haben Sie denn erwartet?«, fragte Frau Hüpfer.

»Nichts.«

Zwei Wochen nach meinem Besuch in Berlin erhielt ich von Vater eine Briefsendung mit Photos, die Heike an jenem Nachmittag gemacht hatte. Petra, Vater und ich im Wohnzimmer auf einem Sofa nebeneinander sitzend; Vaters hagere Figur, breit grinsend, Bürstenhaarschnitt, Hornbrille, weißes Hemd mit hochgekrempelten Ärmeln; ich – geschminkt, mit aufgedonnerter Frisur, roter Bluse, schwarzem Rock, Lackschuhen und Großmutters Perlenkette um den Hals; Petra – betont cool, scheinbar gelangweilt, die Augen ein wenig verdreht, so als ginge sie das alles nichts an.

Ein anderes Bild zeigt Vater und mich Unter den Linden auf der breiten Allee zwischen den Fahrbahnen, im Hintergrund das Denkmal Friedrichs des Großen und die Ruine der Volkskammer der DDR. Vater steht neben mir und hat die Hand auf meine Schulter gelegt. Ich habe mich abgewandt, schaue geradeaus, so als betrachtete ich angestrengt ein Gebäude am anderen Ende der Straße.

Vaters Worte sind wie der Kies unter meinen Füßen, ein leises Knirschen, das – kaum wahrgenommen – gleich wieder vergessen ist.

»Hat er Ihnen erklärt, warum er nicht zum Begräbnis Ihrer Mutter gekommen ist?«, fragte mich Frau Hüpfer.

»Er hatte für alles eine Erklärung, und wenn ich ihm etwas vorhielt, stritt er es nicht ab. Er gab alles zu, er gab mir recht, und wenn ich einige Zeit später das Gegenteil von dem behauptete, was ich vorhin gesagt hatte, gab er mir ebenfalls recht. Er ist wie ein Medizinball. Kaum hat man ihm einen Schlag versetzt, ist die Oberfläche glatt wie zuvor.«

Nach ihrer Scheidung nahm Mutter wieder ihren Mädchennamen an. Auch ich hieß ab diesem Zeitpunkt Heisenberg. Astrid Winter hätte mir besser gefallen. Als meine Eltern die Scheidungspapiere unterschrieben, war Vaters Beziehung zu Natalie Schnuderl schon Vergangenheit. Bald hatte er eine Nachfolgerin für sie gefunden. Laut Mutter »schnuderlte er sich von den Alpen hinunter in die dalmatinische Karstregion, von der Natalie zur dicken Jagoda, womit sein schlechter Geschmack einen nicht mehr zu unterbietenden Tiefpunkt erreicht hatte«. Als Vater auch von Jagoda genug hatte (oder sie von ihm), übersiedelte er nach Berlin.

Als ich älter wurde, versuchte ich zu verstehen, warum Mutter sich so schnell aufgegeben hatte, warum sie dem Alkohol verfallen war, anstatt ihr Leben zu leben, neue Beziehungen einzugehen, den Beruf, den Wohnort oder die Stadt zu wechseln, warum sie sich nicht fragte, was ihr außer Alkohol Vergnügen bereitete, warum sie nie ins Kino oder in ein Restaurant ging und nur selten auf Urlaub fuhr. Mit zwölf begann ich wieder Fragen zu stellen, als sie nüchtern war, mit dreizehn beschimpfte ich sie, mit vierzehn zog ich es vor, sie zu verachten, mit fünfzehn hatte ich nur Hohn für sie übrig, mit sechzehn gefiel ich mir in der Rolle der Zynikerin, mit siebzehn stellte ich keine Fragen mehr.

Als ich im Gymnasium war, hatte Mutter ihre schlimmste Phase. Zwar hielt sie sich weiterhin an die eiserne Regel, vor dem Abendessen keinen Tropfen Alkohol zu trinken, aber sie wurde vergesslich und jähzornig. Am späteren Nachmittag konnte jede Kleinigkeit, ein unbedachtes Wort, eine Geste, die ihr nicht gefiel, oder ein schlechter Scherz einen Tobsuchtsanfall verursachen. Mit fünfundvierzig war sie eine alte Frau. Ihr Blick war trübe, als verliere er sich in einer Wolke aus Staub und Sand. Immer öfter flüchtete ich zu meinem Großvater und tauchte in die magische Welt seiner Geschichten ein. Ich reiste mit ihm in die Vergangenheit und lernte den Orient kennen – den Orient der alten Hochkulturen, wie er in der Vorstellung meines Großvaters ausgesehen hatte.

Niemand wusste, dass Mutter trank. Ihr unberechenbares Verhalten wurde jedoch in zunehmendem Maße zu einem Problem.

»Die Narrische ist wieder da«, hörte ich einmal im Schulhof meinen aus Oberbayern stammenden Physiklehrer zu meiner Mathematiklehrerin sagen, nachdem ihn meine Mutter in der Sprechstunde besucht hatte.

Die beiden sahen mich nicht. Ich stand hinter ihrem Rücken und hörte zu.

»Heisenberg?«

»Wer sonst? Redet wie immer wirres Zeug und bricht dann plötzlich in Tränen aus.«

Ich war froh, dass sie mich nicht bemerkten.

Bald tuschelten auch die Schüler, ich sei »die dicke Astrid, das Fleischklößchen, mit der geistesgestörten Mutter«.

»Der Vater weg, die Mutter blöde, die fette Tochter ist recht spröde«, sang einer meiner Mitschüler in der achten Klasse. Dies tat er allerdings nur einmal. Mein Großvater zahlte später seine

Zahnprothese und erklärte mir, dass »junge Damen sich nicht prügeln dürfen«.

Damals hasste ich meine Mutter. Erst als ich erwachsen war und selbst eine Tochter hatte, änderte ich meine Haltung. Ich wurde milder. Doch zu diesem Zeitpunkt hatte Mutter das Alkoholtrinken aufgegeben und war wieder eine feste Beziehung eingegangen. Sie wohnte zwar nie mit ihrem Freund zusammen, aber immerhin begleitete er sie auf ihrem Lebensweg, bis sie starb.

Meinem Großvater wurde das Glück nicht mehr zuteil, die positive Entwicklung seiner »missratenen Tochter« zu erleben. Er starb im Frühjahr 1988 an Bauchspeicheldrüsenkrebs, einer Krankheit, die schnell zum Tod führt. An jene Zeit möchte ich nicht zurückdenken, weder an die Besuche im Krankenhaus noch an die kleine Rede, die ich an seinem Grab gehalten habe, sondern vielmehr an die Jahre davor. An einen Sommertag zum Beispiel, daran, wie ich am Fluss stehe und auf die andere Seite schaue, dorthin, wo die Hügelkette fast bis zum Ufer reicht und nur einen schmalen Streifen frei lässt, auf dem eine Straße, eine Bahnlinie, einzelne, meist zweigeschossige Fachwerkhäuser und ein Uferweg Platz haben, der heute als Fahrradweg benutzt wird, damals aber nur ab und zu von Spaziergängern aufgesucht wurde. Ich liebe diesen Blick, weil Großvater ihn liebt. Die Ausflugsschiffe und Schleppkähne auf dem Fluss würden ihn an seine Reisen erinnern, meint er. Wenn er jünger wäre, würde er wieder eine Schiffsreise machen, so wie jene 1953 von Marseille nach Algier oder 1959 von Alexandria nach Athen. Doch die Zeit, da man noch kultiviert mit dem Schiff unterwegs war und sich einem fremden Ort langsam annäherte, sei vorbei, und sein Alter erlaube ihm nur noch die große Reise, die ihm seine Erinnerungen und Phantasien bescherten.

»Mit der Zeit wirst du erkennen, dass es keine größere Freiheit gibt als jene, die du dir selbst erschaffst«, erklärt er. »Je mehr du weißt und je mehr du erlebt hast, desto größer ist sie.«

Ich stehe in Großvaters Garten, der bis an das Ufer des Flusses heranreicht. Großvater steht neben mir. Sein Hemd ist gebügelt, der Anzug tadellos sauber. Sogar seine Schuhe glänzen, obwohl er damit durch den Garten gegangen ist, und die Asche von seiner Zigarre fällt genau dorthin, wo er sie haben möchte: auf die Steine unten am Wasser und nicht etwa ins Gras. Seine Krawatte hat er nur deshalb gelockert, weil ich ihn inständig darum gebeten habe. Wenn ich zu Besuch komme, legt er Wert auf Kleidung. Ich sei kein Kind mehr, meint er, sondern ein »junges Fräulein«. Eine junge Dame verdiene Respekt, auch wenn es sich dabei um die eigene Enkelin handelt. Hätte er diesen Respekt nicht mehr aufbringen wollen, wäre er nach Großmutters Tod längst zum »sabbernden Greis« verkommen.

»Erzähl mir von deiner ersten Reise nach Bagdad«, bitte ich ihn.

»Die war nicht so schön wie die beiden anderen«, sagt er nachdenklich.

»Erzähl mir trotzdem davon.«

»Ich erzähle dir lieber, wie ich 1961 im Irak einen Mann kennenlernte, einen Schiiten, der glaubte, er sei 1300 Jahre alt, und behauptete, er habe die Schlacht von Kerbala, die den Schiiten heilig ist, mit eigenen Augen gesehen, und weil er damals dem Märtyrer Hussein nicht zu Hilfe gekommen sei, habe ihn Gott dazu verurteilt, zweitausend Jahre lang Buße zu tun. Deshalb dürfe er nicht sterben.«

»Und lebt er immer noch?«

»Nein, als ich einige Jahre später wieder im Irak war, habe ich erfahren, dass der schiitische Ahasver sehr unspektakulär von einem Auto überfahren worden sei. Gegen die Gefahren des modernen Straßenverkehrs ist offenbar sogar Allah machtlos.«

»Ich würde aber trotzdem gerne mehr über dein Irak-Abenteuer während des Zweiten Weltkriegs erfahren.«

Sein Gesicht verfinstert sich. Er schüttelt den Kopf. »Darüber möchte ich nicht sprechen. Ich kann nicht. Aber ich werde es aufschreiben, und irgendwann, wenn du älter bist, darfst du es lesen.«

»Warum kannst du nicht darüber reden?«

»Lass uns ins Haus zurückgehen«, sagt er. »Heute erzähle ich dir eine andere Geschichte …«

3

Ich blättere in Großvaters Aufzeichnungen. Seine Kurrentschrift ist mit schwarzer Tinte geschrieben, gestochen scharf, mit nur wenigen Fehlern oder Korrekturen, für mich aber dennoch mühsam zu entziffern. Ich schlage das Manuskript an jener Stelle in der Mitte auf, wo Großvater seine Photographie, dieselbe, die ich für meine Schlafzimmerwand vergrößern habe lassen, mit einer Büroklammer an den Rand einer Seite geheftet hat, und beginne zu lesen:

Am Morgen des 3. Mai 1941, um etwa Viertel nach neun, vielleicht auch um halb zehn, kam Hauptmann Kohlhaas in mein Büro und teilte mir in hörbar aufgeregtem Ton mit, er solle als »militärischer Berater« einer von Doktor Fritz Grobba geleiteten Gesandtschaft nach Bagdad fliegen, um bei der Vorbereitung eines möglichen deutschen Militäreinsatzes im Irak mitzuwirken. Bekanntlich seien die von uns unterstützten Putschisten in Bagdad inzwischen in Bedrängnis geraten. Mit rein diplomatischen Mitteln sei hier nichts mehr zu retten.

»Herr Oberleutnant, Sie werden mich als mein persönlicher Assistent begleiten«, verkündete er. »Ich brauche bei diesem Unternehmen einen sprachkundigen Mitarbeiter, der mein absolutes Vertrauen genießt. Den Marschbefehl erhalten Sie im Laufe des Tages. Der Abflug ist auf übermorgen festgesetzt. Bis dahin ist äußerste Diskretion zu wahren. Eine offizielle Version unseres Auftrags wird morgen bekannt gegeben …«

Hauptmann Kohlhaas ging nervös im Zimmer auf und ab und redete weiterhin auf mich ein, während ich den Deckel meiner Zigarrenschachtel öffnete und diese Kohlhaas entgegenhielt, als er nun schon zum dritten Mal den Weg von der Tür und an meinem Schreibtisch vorbei zur großen Orientkarte an der Wand zurücklegte. Kohlhaas machte eine abwehrende Geste, blieb stehen und schaute mich mit einem gequälten Lächeln an. »Heisenberg, wir alle hier hätten gerne Ihre vielgerühmte stoische Gelassenheit, in diesem Falle fürchte ich aber, dass Sie keine Ahnung haben, was auf Sie zukommt. Vor kurzem ist eine britische Armee in Basra an Land gegangen. Es ist eine Frage von wenigen Tagen, bis sie Richtung Norden, also auf Bagdad, vorzurücken beginnt. Vom soldatischen Standpunkt aus ist ein militärisches Eingreifen im Irak, und ich weiß, dass ich mit Ihnen offen sprechen kann …« In diesem Augenblick läutete das Telephon. Hauptmann Kohlhaas verstummte und nahm nun doch eine Zigarre aus meiner Schachtel. Oberst von Lahousen, unser Abteilungschef, war am Apparat: »Heisenberg, Sie fliegen in den Irak! Aber das wissen Sie wahrscheinlich schon.« Und dann sagte er auf seine unnachahmliche österreichische Art: »Aber machen S' dort kaan Bleedsinn. Ich kenn' Sie ja. Die Gärten von Babylon können S' auch später ausgraben, und wenn Sie irgendwo einen Stein oder eine Tonscherbe mit der Fortsetzung des Gilgamesch-Epos finden, lossen S' es liegen. Nach viertausend Jahren kommt's auf ein paar weitere auch nimmer an.«

Ich klappe das Manuskript wieder zu, schalte den Computer ein und beschließe, die Arbeit systematisch anzugehen und mit dem Vorwort zu beginnen, das Großvater als »Versuch einer Vorrede« bezeichnet. Bald wird mir klar, dass ich das Konvolut der besseren Lesbarkeit wegen erheblich kürzen muss.

Mein Name hat in Deutschland keinen guten Klang mehr. Freunde habe ich durchwegs nur mehr außerhalb meiner Heimat, und so kam die Aufforderung an mich, meine Erinnerungen aufzuschreiben, vor allem aus arabischen Ländern. Da ich nun im Ruhestand sei und einiges zu berichten wüsste, das für die spätere Zeit von Bedeutung sein könnte, schrieben mir meine Freunde aus Bagdad, Kairo und Beirut, würden sie schon mit wachsender Ungeduld auf meine Autobiographie warten, für deren Übersetzung ins Arabische sie sich verbürgten. So sollen meine Erinnerungen, wiewohl auch in der Hoffnung verfasst, dass sie ihren Weg zum deutschen Leser finden, in erster Linie der Ausdruck meines Dankes an meine vielen Freunde in orientalischen Ländern sein, Freunde, die weiterhin zu mir halten.

Ich überblättere die folgenden Absätze mit weiteren Worten des Dankes und einigen allgemein gehaltenen Überlegungen zum autobiographischen Schreiben, zu den *Tücken der Erinnerung* und zum Alter, das *manches verklärt, während es anderes wiederum zuspitzt.* Die zahlreichen »fortgesetzten Freundschaften« dürften aber eher Großvaters Wunschdenken entsprungen sein, denn in all den Jahren, in denen ich engen Kontakt zu ihm hatte, erhielt er von seinen »arabischen Freunden« weder Besuche noch Telephonanrufe oder Briefe, ja nicht einmal Postkarten. Nach seinem Tod trafen allerdings zwei Beileidstelegramme aus Bagdad bei uns ein. Die Absender waren meiner Mutter völlig unbekannt. Sie hat ihnen nie geantwortet.

Geboren wurde ich am 14. März 1908 in Beuthen, der heute in Polen liegenden Stadt Bytom. Mein Vater unterrichtete Altgriechisch und Latein am Kaiser-Wilhelm-Gymnasium, das zu Beginn des Jahrhunderts den Ruf einer Eliteschule hatte. Mein Großvater war Inhaber einer Werkzeugfabrik. Die Familie meiner Mutter war an einer Kohlegrube beteiligt. In meinem Elternhaus herrschten bürgerliche Sauberkeit und deutschnationale Gesinnung gepaart mit einem Hauch von elitärem Liberalismus, was mich später gegen die Ideologie der Nazis mit ihrer primitiven Rhetorik und ihrem Kleineleutechauvinismus immun machte.

Diese Behauptung entspricht leider nicht ganz der Wahrheit, da Großvater schon im Herbst 1933 der NSDAP beigetreten war. Mir gegenüber behauptete er, es sei ihm nur um seine Arbeit als Wissenschaftler gegangen. Regime kommen und gehen, habe er damals gedacht, Geisteswerke, die einen universellen Wert haben, aber seien zeitlos. Sollte er also sein Talent, seinen Dienst an der Wissenschaft und somit an der Menschheit verraten und einem weniger Begabten den Vortritt lassen, nur weil dieser Mitglied der Partei wäre oder gute Beziehungen zum Gauleiter hätte?

Beuthen war durch die Teilungen Oberschlesiens nach dem Ersten Weltkrieg zur Grenzstadt geworden. In nationalistischen Kreisen galt sie deshalb als Bollwerk des Deutschtums gegenüber dem Slawentum. Die revanchistischen Gedanken und der Hass auf Polen waren stark. Die Inflation und die Weltwirtschaftskrise ließen den Mittelstand verarmen, und in den Kohlegruben sprachen kommunistische Agitatoren von der Weltrevolution und der Expropriierung der kapitalistischen Ausbeuter. Mir selbst jedoch wurde das Glück zuteil, in dieser unsicheren und an Dummheit und Geschwätz so reichen Zeit in verhältnismäßig gesicherten Verhältnissen aufzuwachsen.

Meine speziellen Interessen und Talente zeichneten sich schon früh ab. In der Obersekunda hielt ich einen Vortrag über die Punischen Kriege, den sogar unser Lateinlehrer, den wir Schüler nicht anders als Professor Fleischwolf nannten, mit einem knurrenden »durchaus beachtlich« kommentierte. Kurz vor dem Abitur übertrug ich zwei Gedichte von Pindar in meine schlesische

Mundart, und in den langen Ferien zwischen dem Abitur und dem Beginn meines Studiums, das ich in Breslau absolvieren sollte, schrieb ich – nur für den Privatgebrauch und zur Unterhaltung einiger Freunde – eine Abhandlung über den arabischen Philosophen Abu l-Walid ibn Ruschd, der in Europa unter seinem lateinischen Namen Averroes bekannt ist.

Großvaters Liebe zur Geschichte, seine Begeisterung für alte Sprachen, vor allem aber für die Kultur und die Philosophie des Orients, stammte aus jener Zeit, als ihm sein Vater zum zehnten Geburtstag eine bunt bebilderte, der »Erbauung und moralischen Festigung dienende« Weltgeschichte »für Knaben und Jünglinge« geschenkt hatte. Der Verfasser dieses Fünfhundertseitenbandes war fortschrittlich genug, um nicht nur über die damals zum Bildungskanon gehörenden Eckdaten der europäischen Geschichte zu referieren, sondern auch der arabischen Welt, insbesondere dem muslimischen Spanien, ein Kapitel zu widmen. Dieser Abschnitt, der keine zwanzig Seiten lang war, sollte das Leben meines Großvaters entscheidend prägen. Auch heute noch blättere ich manchmal gerne in diesem Buch, das ich von Großvater geerbt habe, betrachte die alten Photographien der Alhambra in Granada, der Mezquita in Córdoba oder der verwinkelten Gassen von Tarifa, Spaniens südlichster Stadt. Die Schwarzweißaufnahmen wurden nachträglich bunt eingefärbt und mit einzelnen Phantasiemotiven des Illustrators angereichert. Blättere ich weiter, stoße ich auf die Zeichnung eines bunt gekleideten Paares. Er trägt Pluderhosen, einen Kaftan und einen breiten, über dem Bauchnabel verknoteten Gürtel. Außerdem trägt er einen Turban und die Frau ein Kopftuch. Unter dem Bild steht: *ein mohammedanischer Würdenträger mit Gattin.*

Diese Bilder inspirierten meinen Großvater zu phantasievollen Gedankenreisen in die Vergangenheit, bei denen er an der Seite Mohammeds auf einem Kamel durch die Wüste ritt, Alexandria eroberte oder in den engen Gassen von Cordoba mit Maimonides und Averroes über die Grundlagen der Philosophie diskutierte. Während Hitler die Macht ergriff, die Demokratie abschaffte und die ersten Konzentrationslager errichten ließ, war Großvater von seinen Reisen immer noch nicht zurückgekehrt. Er lernte mehrere Sprachen, aber bezeichnenderweise nur wenige Brocken Polnisch. Später machte er ausgedehnte Reisen, die ihn nach Athen, Sarajevo, Bagdad, Tunis, Marrakesch, Tanger, Kairo, Islamabad und Jakarta führten, aber er ist in seinem Leben nie in Krakau gewesen, das weniger als hundert Kilometer von seiner Geburtsstadt entfernt liegt.

Mit nicht ganz 22 Jahren hatte Großvater in Breslau mit der Arbeit an seiner Dissertation begonnen, bei der es um den Einfluss der aristotelischen Logik auf das mittelalterliche Denken und die Rechtsauffassung im Islam ging. Als das Dritte Reich 1935 die Nürnberger Rassegesetze zum gültigen Recht erklärte, schrieb der junge Assistent gerade eine Arbeit darüber, warum den Gedanken der Aufklärung im arabischen Raum nicht derselbe Erfolg beschieden war wie in Europa. Im Jahre 1938, als im ganzen Reich die Synagogen brannten, galt er als einer der vielversprechendsten jungen Orientalisten an der Universtität Breslau. Er hatte einen Abschluss in Ethnologie, die damals noch Völkerkunde genannt wurde, in Philosophie und Geschichte, beherrschte neben Latein, Griechisch, Französisch, Englisch und Arabisch auch die Grundlagen der türkischen und persischen Sprachen und hatte gerade einen Kurs für Urdu belegt. Er hatte schon Reisen nach Marokko und nach Ägypten unternommen und wollte in den nächsten Jahren seine Reisetätigkeit intensivieren.

Über jüdische Kollegen, die es in den ersten Jahren der nationalsozialistischen Herrschaft noch vereinzelt an der Universität gegeben hatte, habe er sich nie abschätzig geäußert, betonte Großvater, und dass er in seinen Arbeiten gelegentlich auch jüdische

Wissenschaftler zitiert habe, sei für ihn, einen »Mann des Geistes und der Vernunft«, eine Selbstverständlichkeit gewesen. Besonders die Naturwissenschaften hätten unter der Vertreibung der Juden aus Deutschland gelitten, erzählte mir Großvater. In Göttingen, einst einer Forschungsstätte von Weltruf, habe es Mitte der Dreißigerjahre »überhaupt keine Mathematik mehr gegeben«. Man hätte, meinte Großvater, Juden, die in Forschung und Lehre tätig waren, von den Bestimmungen der Nürnberger Rassegesetze ausnehmen müssen oder zu »Ehrenariern« erklären sollen.

Mitte der Dreißigerjahre verliebte sich Großvater in eine seiner Studentinnen. Sie hieß Karin und hatte *langes, leicht gewelltes rotes Haar, das ihr fast bis zu den Hüften reichte, so grell, so sinnlich und lasziv, als spiegle es die lodernde Glut des Lebens in seinem innersten Kern wider.* Großvaters Aufzeichnungen zufolge hat er meine Großmutter vor allem wegen dieser roten Haare geheiratet. Inwieweit sie seine Liebe erwiderte, erwähnt er nur am Rande. Er schreibt, sie habe *seinem hartnäckigen Werben schließlich nachgegeben.* Die Ehe sei *glücklich und harmonisch* gewesen, *auch wenn man die Meinungsverschiedenheiten und Krisen, die als Folge eines langen Zusammenlebens in jeder Partnerschaft unvermeidlich sind, in Betracht zieht.*

Für den Herbst 1939 hatte Großvater eine ausgedehnte Studienreise in den Orient geplant, die ihn über Haifa und Jerusalem nach Amman und Bagdad und von dort über Damaskus, Aleppo und Istanbul wieder nach Deutschland zurückführen sollte. Das Forschungsstipendium wurde von der Universität Breslau und dem Reichspropagandaministerium finanziert. Diese Förderung war mit einer Verpflichtung zu einer Artikelserie verbunden, die Großvater für den *Völkischen Beobachter* über den »verderblichen Einfluss der Juden im Nahen Osten« schreiben sollte.

»Damals war es nicht anders als heute«, rechtfertigte sich Großvater später. »Um sich im Wissenschaftsbetrieb zu behaupten, muss man Kompromisse schließen und Dinge tun, die einem kein Vergnügen bereiten. Und diese Reise konnte ich ja kriegsbedingt ohnehin nicht mehr antreten.«

4

Im Frühjahr 1939 hatte Großvater ein Buch publiziert, das im In- und Ausland mit großem Interesse wahrgenommen und in einigen Zeitungen sowie in den meisten Fachzeitschriften wohlwollend besprochen wurde. Es hieß: *Mohammeds Kinder im Aufbruch. Eine faschistische Perspektive.* Der zweite Teil des Titels sei ihm vom Verlag »nahegelegt« worden, versicherte Großvater und hob dabei immer die Hände zu einer entschuldigenden Geste. »So war eben damals die Zeit«, erklärte er. »Übrigens entscheiden auch heute in erster Linie die Verlage und nicht die Autoren über die Titel der bei ihnen erscheinenden Bücher.«

Als ich in der Oberstufe des Gymnasiums war, habe ich Großvaters Werk gelesen und irritiert feststellen müssen, dass der Untertitel nicht nur ein Tribut an den Geist der Zeit war, sondern der Aussage des Buches durchaus nahekam. Großvater zieht nämlich Parallelen zwischen dem arabischen Nationalismus und den Einigungsbewegungen Deutschlands und Italiens im 19. Jahrhundert. So wie Italien und Deutschland Zersplitterung und Fremdherrschaft überwunden haben und schließlich zu Nationalstaaten geworden seien, deren Entwicklung erst in der faschistischen Revolution ihre Vollendung gefunden habe, so werde auch die arabische Welt nach ihrer Befreiung von der britischen und französischen Fremdherrschaft einen Nationalstaat bilden, der von Casablanca bis Basra reichen und als faschistischer Führerstaat zu den religiösen und gleichzeitig antikapitalistischen Wurzeln des Kalifats zurückkehren werde. Begründet vor allem durch den gemeinsamen Kampf gegen das internationale Judentum und seinen »schamlosen Landraub« in Palästina sei dieser erst zu schaffende Staat ein natürlicher Verbündeter des nationalsozialistischen Deutschland.

»Ja, gut, was sollte ich denn machen?«, raunte Großvater, als ich ihn auf diese Buchpassagen im Nachwort ansprach. »Ein bisschen Propaganda muss immer sein, um für positive Medienresonanz zu sorgen. Damals verneigte man sich vor den politischen Machthabern und heute vor dem, was gerade ›in‹ ist. Außerdem bin ich längst ein anderer Mensch geworden.«

»Ach ja?«

»Schau, den Kern des Buches bilden doch die Kapitel über das muslimische Spanien und über den Einfluss des Islam auf die Entwicklung der zivilisierten Welt. Was ist mit meinem Bericht über Bagdad zur Zeit Harun al-Raschids? Was ist mit meinen Ausführungen über die revolutionären Errungenschaften der arabischen Algebra und der arabischen Geometrie und ihre geistigen Wurzeln im strukturellen Aufbau des Koran und in der islamischen Ornamentik? Was ist mit dem Kapitel über den großen Mystiker Mansur al-Halladsch? Warum sprechen wir nicht darüber? Wer außer den Rezensenten liest schon die Vorworte und Nachworte von Sachbüchern?«

»Ein Nachwort, das fünfzehn Seiten lang ist!«, widersprach ich.

»Ja, aber in einer kursiv gesetzten Schrift«, brummte Großvater. »Das Ganze ist eher eine lange Fußnote als ein Teil des Textes.«

»Darin ziehst du Parallelen zwischen dem Leben des Propheten Mohammed und jenem Adolf Hitlers«, stichelte ich weiter.

»Das war ironisch gemeint«, entgegnete er. »Jeder, der damals zwischen den Zeilen lesen konnte, musste gerade daraus meine regimekritische Haltung lesen.«

An einem sonnigen Vormittag im Mai 1939 betraten »zwei äußerst freundliche Herren« Großvaters Universitätsbüro in Breslau. Großvater konnte oder wollte sich nicht mehr erinnern, für welche staatliche Behörde sie tätig waren. Die Herren erklärten, dass Großvaters Buch »an der allerhöchsten Stelle« äußerst positiv wahrgenommen worden sei. Ob er denn nicht die politisch wichtige und ehrenvolle Aufgabe eines Redakteurs in dem eben erst in Betrieb gegangenen Sender Zeesen in der Mark Brandenburg, südlich von Berlin, übernehmen wolle? Dies sei der stärkste Kurzwellensender der Welt! Als angesehener Völkerkundler, Kenner des arabischen Raumes und Parteimitglied sei er dazu prädestiniert, den Völkern im Nahen Osten weltanschaulichen Nachhilfeunterricht zu erteilen. Diese Tätigkeit, die übrigens großzügig honoriert werde, könne er außerdem nebenberuflich ausüben. Seine wissenschaftlichen Forschungen würden dadurch nicht leiden.

Einer der beiden Männer hieß Johannes Schweppenhäuser. Er war einige Jahre jünger als ich und hatte als Student an einem der von mir geleiteten Proseminare zur Geschichte des östlichen Mittelmeerraumes teilgenommen, ein begabter junger Mann, der während des Krieges in der Abwehrabteilung des SD für Sabotageaktionen im Ausland zuständig sein sollte und nach dem Krieg unter Adenauer im Auswärtigen Amt in Bonn Karriere machen würde. Johannes, dem ich am Ende seines Studiums das Du-Wort angeboten hatte, bat seinen Kollegen, einen Spaziergang zu machen, und erklärte mir, nun, da wir unter vier Augen waren: »Sebastian, du kannst dich, wenn dir deine Karriere etwas bedeutet, vor dieser Aufgabe nicht drücken. Der nächste Krieg steht unmittelbar bevor, und in diesem Krieg werden die Moslems, insbesondere die Araber, unsere natürlichen Verbündeten sein. Wir brauchen jemanden, der den Araber besser versteht als der Araber sich selbst, jemanden, der fähig ist, die Instinkte und Sehnsüchte des Arabers in eine Ideologie zu verwandeln, die unserer Sache dient.«

Für die offenen Worten meines ehemaligen Studenten, der mit mir nicht als Beamter in offiziellem Auftrag, sondern als Freund gesprochen hatte, war ich sehr dankbar. Um meine wissenschaftliche Arbeit nicht zu gefährden, schrieb ich in den nächsten Wochen und Monaten für die Redaktion in Zeesen ein paar Dutzend Beiträge in deutscher und arabischer Sprache.

Der Sender hatte ein anspruchsvolles Unterhaltungsprogramm. Er brachte Musik, Lesungen aus dem Koran, Studiogespräche, Nachrichten und Anekdoten aus dem Alltagsleben der Deutschen, wobei immer der eigentliche Zweck des Ganzen zu beachten war, nämlich Deutschland als Freund der Araber und als mächtigen Gegner aller Feinde Arabiens, insbesondere des Weltjudentums, darzustellen. Der Erfolg dieses Senders war, wie ich später feststellen musste, überwältigend. Noch zwanzig Jahre nach dem Krieg traf ich im arabischen Raum auf Menschen, die mir sofort ihre Herzen und die Pforten ihrer Häuser öffneten, sobald sie erfuhren, dass ich dereinst für diesen Sender gearbeitet hatte.

Ich beschrieb das nationalsozialistische Deutschland als ein Land des Wohlstands und des Friedens, ein Land, das lange genug selbst unterdrückt und erniedrigt worden sei, als dass es dem berechtigten Kampf kolonialisierter Völker gegen ihre Unterdrücker nicht mit großer Anteilnahme begegnete. Insbesondere den Befreiungskampf der palästinensischen Freischärler gegen die britische Mandatsmacht, den Zionismus und das mit ihm verbündete Weltjudentum verfolge das deutsche Volk mit regem Interesse und großer Sympathie.

Dass Deutschland vor dem Ersten Weltkrieg selbst Kolonialmacht gewesen war, erwähnte ich in meinen Beiträgen natürlich nicht. Wer mit den Wölfen heult, wird schließlich selbst zum Wolf. Aber wer wird in einer Diktatur schon nicht zum Wolf oder zumindest zu einem Welpen, der an den Zitzen der Wölfin saugt, um zu überleben? Trotzdem habe ich auch in diesem Falle ein bisschen Widerstand geleistet. Auch wenn dieser in der Tat nur gering ausfallen konnte, so kann ich mir doch zugute halten, dass das Wort Jude, die Ausdrücke Weltjudentum, jüdische Weltverschwörung, zionistische Verbrecher oder jüdische Parasiten in meinen Beiträgen im Schnitt viel seltener vorkamen als in jenen, die meine geschätzten Kollegen verfassten.

5

Am 6. Mai 1941 war meine Frau so nervös, dass sie mir zum Frühstück Marmeladebrote zubereitete, ohne vorher die Brotscheiben mit Butter zu bestreichen. »Mir scheint, du strafst mich dafür, dass ich einen Ausflug mache und dich nicht mitnehme«, scherzte ich. »Aber ich verspreche, dir eine Postkarte zu schicken.« Sie errötete, begann sich zu entschuldigen, wollte mir ein neues Frühstück richten, doch dafür war keine Zeit mehr. Der Wagen war für Punkt sechs Uhr bestellt. Ich aß eines der Brote ohne Butter und trank meinen Kaffee, während meine Frau am Tisch saß und mir zusah. Ich konnte sie nicht dazu bewegen, etwas zu essen. »Ich bringe keinen Bissen runter«, erklärte sie.

Meine Frau brauchte nichts zu sagen. Ihre Augen verrieten ohnehin alles. Dass ich auf mich achtgeben und am besten unter irgendeinem Vorwand nicht fahren solle, dass ich sie mitten im Krieg mit den Kindern allein lasse und dass ihr Schicksal nicht weniger ungewiss sei wie meines, dass sie am liebsten in Tränen ausbrechen oder schreien, mich und meine Vorgesetzten und womöglich überhaupt alle Männer verfluchen würde. Aber sie verstand, dass dies alles keinen Sinn hätte, denn erstens war der Gang der Ereignisse nicht mehr aufzuhalten, und zweitens – und das wusste sie nur zu gut – war ich ein Feind von Sentimentalitäten, Wutausbrüchen oder ähnlichem Gefühlsüberschwang und begegnete diesen entweder mit Schweigen oder mit Sarkasmus.

Von dem eigentlichen Ziel meiner Reise hatte ich ihr nichts erzählt, doch es war offensichtlich, dass es sich diesmal nicht um einen Ausflug mit anderen Offizieren des OKW nach Paris oder um eine Dienstbesprechung mit Vertretern verbündeter Staaten in Rom handelte.

Zwei Tage zuvor hatte ich mir auf Weisung meiner Vorgesetzten im Truppenbekleidungsdepot Bernau eine Tropenausrüstung aushändigen lassen. Diese bestand aus einem Zelt, einer Khaki-Uniform und hohen Schnürstiefeln, die mich gegen den Wüstensand und Schlangenbisse schützen sollten. Für das vor kurzem gegründete Afrika-Korps war dieselbe Uniform eingeführt worden. Außerdem erhielt ich ein ganzes Bündel von Hundert-Pfund-Banknoten, bei denen ich den starken, wenn auch unerwiesenen Verdacht hatte, dass sie gefälscht waren, und einen noch größeren Betrag in irakischen Dinaren. Es war meiner Frau nicht entgangen, welche Gegenstände ich für meine Reise einpackte. Ich unternahm auch keinen Versuch, dies vor ihr zu verbergen, weil ich mit ihrer Verschwiegenheit rechnen konnte.

Vor meiner Abfahrt wollte ich noch einen Blick auf die Kinder werfen. Normalerweise waren sie um diese Zeit schon wach, doch an diesem Morgen schliefen sie. Ich öffnete leise die Tür zum Kinderzimmer. Alexander öffnete kurz die Augen. Gisela umarmte den Bettpolster mit beiden Armen. Bald sollte sie ihren zweiten Geburtstag feiern.

Während ich neben Hauptmann Kohlhaas im Wagen saß, der uns zum Flughafen Staaken brachte, musste ich insgeheim bei dem Gedanken schmunzeln, dass die Vorsehung oft seltsame, aber selten amüsante Späße mit uns treibt. Ich hatte mich schon, und das nicht ohne eine gewisse Erleichterung, damit abgefunden, diesen Krieg hauptsächlich am Schreibtisch zuzubringen. Als ich 1939 zur Armee gemustert und für tauglich befunden wurde, teilte man mir mit, dass »der Heldentod vorerst auf ein Treffen mit Herrn Professor Heisenberg keinen großen Wert«

lege. Der zuständige Offizier, der aus seiner Einstellung zu den herrschenden politischen Verhältnissen in Deutschland kein großes Geheimnis zu machen schien, grinste und meinte: »Sie werden dem OKW, der Abwehr, Abteilung II, zugeteilt. Ihr Wissen und Ihre Sprachkenntnisse sind dort von einem größeren Nutzen als im Schützengraben. Und wenn ich Sie betrachte, denke ich, dass Sie dort nicht allzu viel Schaden anrichten werden.« Also trat ich alsbald – als »Spezialist« sogar mit einem Offiziersrang versehen – am Tirpitz-Ufer in Berlin Kreuzberg in der besagten Abteilung meinen Dienst an. Die Familie folgte mir von Breslau in die Reichshauptstadt. Wir bezogen in der Kantstraße, im bürgerlich noblen Stadtteil Charlottenburg, eine möblierte Wohnung und lebten so, als wären die deutlichen Vorzeichen der Apokalypse, die schon damals für einen intelligenten Menschen nicht zu übersehen waren, nichts als Chimären. Mein Tagesablauf war dem eines zivilen Beamten nicht unähnlich. Nach dem schnellen Ende des Polenfeldzugs war vom Krieg vorerst nicht viel zu spüren. Ich ließ in meinem Büro sogar ein Grammophon aufstellen, und als einige Offiziere darob die Nase rümpften, meinte mein Chef, Oberst von Lahousen: »Loss'n S' eam holt das kleine Vergnügen. Wenn unser Führer Wagner verehrt, dann wird's der Herr Oberleutnant Heisenberg auch dürfen.«

Bei »Abwehr« denkt man unwillkürlich an Spionagetätigkeit, an Arbeit mit V-Leuten, an falsche Papiere, Verkleidung, an tollkühn durchgeführte Sprengstoffattentate, an Entführungen oder die Liquidierung gefährlicher Gegner in feindlichen Ländern. Solch abenteuerliche Aktionen blieben mir bis zu meinem Irak-Einsatz erspart. Zur konspirativen Arbeit war ich absolut ungeeignet. Oberst von Lahousen meinte einmal: »Heisenberg, wir sollten Sie als Lügendetektor einsetzen. Sie kriegen immer rote Ohren, wenn S' net die Wahrheit sagen, und wenn S' merken, dass andere Sie belügen, dann kriegen S' außerdem no' rote Wangen.«

Das eigentlich Militärische war nicht mein Aufgabengebiet. Dafür gab es kompetentere Offiziere, jene, die schon gedient hatten oder ein Wissen und Erfahrungen mitbrachten, die sie in diesem speziellen Bereich einsetzen konnten. Meine Arbeit beschränkte sich darauf, Berichte zu verfassen, Hintergrundinformationen aufzubereiten oder bei wichtigen Besprechungen als »Fachmann« beigezogen zu werden. Wenn es darum ging, über die politische Lage in einem Land und die Stimmung in der Bevölkerung zu referieren, einzelne Gruppierungen oder Personen in Hinblick auf ihren möglichen Nutzen für unsere Kriegsziele einzuschätzen, Übersetzungen anzufertigen oder Kontakte herzustellen, war ich, so sahen es jedenfalls meine Vorgesetzten, der richtige Mann.

Der Orient war in jenen Jahren, als Großbritannien und Frankreich unsere Hauptgegner waren und der Krieg am Balkan und in Russland noch nicht begonnen hatte, zu einem wichtigen Betätigungsfeld unserer Abwehr geworden. Es schien naheliegend, dass die entscheidenden Kämpfe nicht nur in Europa, sondern auch in den Kolonien unserer Gegner und den von ihnen mehr oder weniger abhängigen Staaten, in Ägypten und Palästina, in Syrien, dem Irak oder in Indien, stattfinden würden. Die Sympathie, die große Teile der Bevölkerung in islamischen Ländern Deutschland und dem Nationalsozialismus entgegenbrachten, kam uns bei unserer Tätigkeit zugute. Als ich meinen Dienst antrat, wusste ich schon, dass wir im Orient beliebt waren, allerdings noch nicht, welche Ausmaße diese Begeisterung erreicht hatte. Manche Nachrichten, die auf meinem Schreibtisch landeten, enthielten Phantasien und Vergleiche, welche nicht einmal von den fanatischsten Parteigenossen in Deutschland übertroffen wurden. Ein Scheich aus Palästina schrieb zum Beispiel Hitler in einem Brief: *Gott erhalte Sie! Täglich bringe ich meine Gebete für Sie zu Gott. Die Nachricht über die Vaterlandsliebe Ihrer Hoheit verbreitet die besten Gerüche in der ganzen Welt.* Im selben Schreiben bietet er Hitler *hundert Reiter* an, die jederzeit für Deutschland in die Schlacht ziehen würden. Soweit ich weiß, ist der Führer auf dieses großzügige Angebot nicht eingegangen.

Als wir im Frühjahr 1940 Frankreich besiegt hatten, kam es im französisch verwalteten Syrien zu Massendemonstrationen, bei denen ein populäres Lied gesungen wurde: *Nie mehr Monsieur, nie mehr Mister, im Himmel Allah, auf Erden Hitler* … In Marokko hoben die Menschen die Hand zum Hitlergruß und riefen dabei: »Gott ist der Größte!« Es schien, als sei der Name Adolf Hitler jedem Tagelöhner in der arabischen Welt bekannt. Doch auch Emire, Scheichs und Könige schickten ihm Glückwunschtelegramme zu seinen Siegen. Dass Hitler in *Mein Kampf* die Moslems als eine *Koalition von Krüppeln* bezeichnete und ihnen eine *rassische Minderwertigkeit* attestierte, störte wenig. Vielmehr wurde von einigen sogar der Tatsache, dass Mohammed und Hitler beide an einem 20. April geboren worden waren, eine mystische oder zumindest symbolische Bedeutung beigemessen.

In Palästina war die Begeisterung für Deutschland aus verständlichen Gründen besonders groß. *Der Jude ist ein internationaler Kommunist*, schrieb ein palästinensischer Journalist. *In meinen Augen hat Deutschland recht, wenn es solche Leute aus seinem Vaterland vertreibt, weil sie eine Gefahr für alle Länder, in denen sie leben, darstellen.*

Dass gerade die Vertreibung der Juden aus Deutschland die zionistische Zuwanderung nach Palästina erheblich beschleunigt hat, schien unseren arabischen Freunden nicht einzuleuchten. Konsequenter in seinem Denken war Doktor Sami Schawkat, der Generaldirektor des irakischen Erziehungsministeriums, mit dem ich schon vor dem Krieg im Rahmen meiner wissenschaftlichen Studien in Briefkontakt gestanden hatte und der sich immer als freundlich und hilfsbereit erwiesen hatte. In seinem Buch *Dies sind unsere Ziele* verlangte er als Voraussetzung der nationalen Wiedergeburt des Irak die physische Vernichtung aller einheimischen Juden. Überhaupt schienen, durchaus dem Zeitgeist dieser Epoche in Europa wie im Orient entsprechend, die Juden an allem schuld zu sein. Darin waren sich fast alle Parteien und Gruppen einig. Das ist bedauerlich, aus heutiger Sicht sogar erschreckend, aber die Geschichte ist noch nie gerecht gewesen. Sie verteilt ihre Zuneigung wie Würfel, die eine unsichtbare Hand immer neu ins Spiel wirft. Sehr rasch wird aus einer Sechs eine Eins. Oder umgekehrt.

Die Juden hatten in jener Zeit eindeutig schlechte Würfel. Sogar der Tod des irakischen Königs Ghazd, der betrunken seinen Wagen in den Straßengraben und sich selbst ins Jenseits befördert hatte, wurde einer britisch-jüdischen Verschwörung angelastet. Es mag also nicht verwundern, dass es an verschiedenen Orten der arabischen Welt zu Pogromen an Juden gekommen ist.

Damals knüpfte ich Kontakte zu den Muslimbrüdern in Ägypten. Die Mitgliederzahl dieser radikalen Gruppe, die eine Rückkehr zu den islamischen Grundwerten forderte und in Allah die Antwort auf alle Probleme der Welt sah, war zwischen 1936 und 1938 von knapp neunhundert auf über 200 000 angestiegen. Die Muslimbrüder definierten den arabischen Aufstand in Palästina und den Kampf gegen die Zionisten als Dschihad. Dieser »heilige Krieg« mobilisierte auch in Ägypten die Massen, was Ende der Dreißigerjahre Demonstrationen und Parolen wie *Juden raus aus Ägypten!* und *Ägypten den Ägyptern!* zur Folge hatte. Einzelne Muslimbrüder suchten den Kontakt zu uns. Unser Mittelsmann in Kairo schickte uns phantastische Vorschläge einer Zusammenarbeit zwischen Deutschland und einem möglichen Großislamischen Reich.

»Versprechen S' Ihnen alles«, meinte Oberst von Lahousen. »Aber bitte so allgemein, dass wir aus der Sache wieder rauskommen, wenn die Seifenblase platzen sollte. Formulieren S' ein paar schöne Sätze, aber werden S' halt nicht zu konkret.«

Aus dem Iran erreichten uns noch phantastischere Meldungen. Unsere Botschaft in Teheran sowie unsere zahlreichen Informanten berichteten, dass *im ganzen Land Geistliche auftreten, die zu den Gläubigen von alten geheimnisvollen Weissagungen und Träumen sprechen, dass die Gestalt Adolf Hitlers als der zwölfte Imam der Schiiten von Gott auf die Erde gesandt worden sei. Demzufolge wäre Ali der erste, Hitler der letzte Imam.*

In einer Notiz formulierte ich meine Einschätzung folgendermaßen: *Ein Weg, um diese Entwicklung zu fördern, wäre das klare Herausarbeiten des Kampfes Mohammeds gegen die Juden in früherer und des Führers in jüngster Zeit. Verbindet man hiermit eine Gleichsetzung von Briten und Juden, so wird eine außerordentlich wirksame anti-englische Propaganda in das schiitische iranische Volk getragen. Eine mit den Achsenmächten befreundete oder gar verbündete iranische Regierung könnte den Krieg erheblich verkürzen, weil sie einen strategischen Keil zwischen das britische Kolonialreich im Nahen Osten und in Indien treiben und uns zudem den Zugriff auf die Erdölquellen im Irak und Kuwait ermöglichen würde.*

Oberst von Lahousen gab mir recht. »Na ja«, meinte er, als er mit mir allein in seinem Büro war, »bis jetzt ist noch kein Krieg ohne Hilfe von Deppen gewonnen worden.«

»Jawohl, Herr Oberst.«

»Heisenberg, haben Sie schon einmal einen Hundekampf miterlebt?« Dies musste ich ehrlicherweise verneinen, weil ich jegliche Form von Wettkämpfen als simplen Zeitvertreib, nicht aber als anspruchsvolle Unterhaltung, die nach meinem Geschmack gewesen wäre, erachtete.

»Sehr schade, Herr Akademiker«, sagte der Oberst. »Sie sollten einmal statt ins Konzert oder ins Theater zu so einem Hundekampf hingehen. Das Publikum tobt, und nach einiger Zeit weiß man nicht, ob die Hunde im Ring oder die Leute, die zuschauen, die größeren Bestien sind. Aber das mein' ich jetzt gar nicht, sondern was anderes: Man reizt die Tiere so lange, bis sie sich gegenseitig zerfleischen. Aber eigentlich wissen wir nie, was im Kopf von so einem Viech wirklich vorgeht. Wenn man sie scharfmacht und irgendwann den Bogen überspannt und im falschen Moment nicht aufpasst, gehen s' nicht auf andere Hund' los, sondern springen einem selbst an die Gurgel.«

»Ein gewisses Risiko ist natürlich immer …«, setzte ich zu einer Antwort an, aber er unterbrach mich: »Ja, ja, schon gut. Letztlich sind wir ja selber die größten Viecher.«

Ich wunderte mich, dass der Oberst den Mut aufbrachte, etwas zu sagen, was ihn Kopf und Kragen hätte kosten können, aber offensichtlich war seine Menschenkenntnis gut genug, um sich auf meine Diskretion verlassen zu können.

Ich überspringe einige Passagen in Großvaters Manuskript, in denen er ausführlich über die Kompetenzstreitigkeiten, mit denen die Abwehr in jenen Jahren beschäftigt war, berichtet. Er erinnert sich, dass oft bis zu acht Behörden der Wehrmacht, des Außenamtes und der SS für ein und dasselbe Projekt zuständig gewesen seien. Die vielgerühmte deutsche Effizienz und Gründlichkeit sei, so Großvater, *nicht besser als eine polnische Wirtschaft* gewesen. Nur mäßig interessant ist meiner Ansicht nach Großvaters Bericht über den vergeblichen Versuch der Abwehr, einen im italienischen Exil lebenden afghanischen König zurück nach Kabul zu bringen, und in einem, wie ich meine, ebenfalls etwas langatmigen Einschub erzählt er von einer Reise, die er mit Hauptmann Kohlhaas nach Plovdiv unternommen hatte, um mit Scheich Abdallah VI. Kontakt aufzunehmen. Der Scheich war von den Briten aus seinem Heimatland, den Emiraten am Persischen Golf, verbannt worden und hatte nach mehreren Zwischenstationen schließlich – unter einem falschen Namen und mit einem gefälschten albanischen Reisepass versehen – in Bulgarien ein neues Zuhause gefunden. Laut Großvater sei aber eine Verwendung des Scheichs für deutsche Zwecke *aus charakterlichen Gründen* nicht in Frage gekommen. Hinderlich seien vor allem *die Vorliebe des Scheichs für starke alkoholische Getränke und für Knaben zarten Alters* gewesen. Während man *Letzteres, wenn auch mit einem gewissen Ekel, noch hinnehmen hätte können, hätte die Trunksucht des Scheichs in kritischen Momenten ernsthafte Schwierigkeiten bereitet.*

Als wir in Staaken ankamen, waren die beiden Maschinen startbereit. Die diplomatische Delegation war auf dem Feld versammelt, eine äußerst heterogene aus Zivilisten und Militärs bestehende Gruppe, die nicht unbedingt den Eindruck machte, als könne sie Weltgeschichte schreiben. Der Bürochef Hornbacher aus Karlsruhe mit Sekretärin und anderem technischen Personal erinnerte an einen biederen Handelsreisenden, und Professor Falkenstein, ein bekannter Orientexperte, wäre in einem Archäologenteam besser aufgehoben gewesen als in einer Gesandtschaft, die einem befreundeten Staat mitten im Krieg zu Hilfe eilt. Sogar Ulrich Steffen, der spätere Gesandte in Madagaskar, machte den Eindruck, als wäre er hier fehl am Platz. Die zahlreichen Gepäckstücke dieser Menschen wurden von den Flughafenarbeitern gerade verladen, was bei der Menge dessen, was wir mitführten, den Abflug erheblich verzögerte. Die Piloten meinten, wir würden in unseren überladenen Maschinen mit all den Tropenausrüstungen, Akten, Büchern, Geschenken für die irakischen Regierungsmitglieder, Alltagsutensilien, Paradeuniformen, Kleidern für Galaempfänge, Schuhen und Hüten für alle möglichen Anlässe abstürzen, noch bevor uns die Engländer über Kreta, Zypern oder der libanesischen Küste abschießen. »Die Herrschaften haben wohl vergessen, dass dies kein Abenteuerurlaub ist«, schimpfte ein Pilot.

Auf einem der Hartschalenkoffer saß eine üppige, blonde Dame, Fräulein Niemetz, wie ich später erfahren sollte. Sie war in die Lektüre eines Buches vertieft – Karl Mays Reiseerzählung *Von Bagdad nach Stambul.* Zwei weitere Bände – *Durch die Wüste* und *Durchs wilde Kurdistan* – lagen auf einem anderen Koffer, der zu ihrer Rechten stand.

»Die Begeisterung für Karl May hat sie mit dem Führer und mit einigen anderen Herren, die über unser Schicksal entscheiden, gemeinsam«, flüsterte mir Hauptmann Kohlhaas ins Ohr.

»Hoffentlich passiert uns nicht dasselbe wie Karl May auf seiner Orientreise«, erwiderte ich ebenfalls im Flüsterton.

»Was denn?«

»Ein Nervenzusammenbruch.«

6

Unsere Reise nach Bagdad dauerte sechs Tage. Meine starke Abneigung gegen Flugzeuge sowie Fluggerät jeglicher Art stammt aus jener Zeit. Doch bevor ich näher darauf eingehe und die folgenden Tage und Wochen, die ich im Irak verbringen musste, schildere, sollte ich ein wichtiges Detail nicht unerwähnt lassen.

Am Tage vor unserer Abreise wurde ich zum obersten Chef gerufen. Admiral Canaris empfing mich in Gegenwart dreier Offiziere, die ihm nacheinander oder gleichzeitig etwas zu erklären versuchten, während er die Stirn runzelte und in den Papieren blätterte, die auf seinem Schreibtisch lagen. Als ich die Hacken zusammenschlug und mich mit einer Stimme, die so militärisch wie möglich klingen sollte (und dabei dennoch nie ihren lächerlichen Unterton verlor), und den Worten »Oberleutnant Heisenberg meldet sich wie befohlen zur Stelle« ankündigte, läutete außerdem das Telephon.

»Stehen Sie bequem, Herr Oberleutnant«, sagte der Admiral, nahm den Hörer ab und warf ihn nach einem harschen »Nicht jetzt!« wieder auf die Gabel. Die drei Offiziere hatten inzwischen den Raum verlassen.

Wir wechselten ein paar Phrasen, in denen er sich nach meiner Familie erkundigte und mir viel Glück bei meinem Einsatz im Irak wünschte. Danach bat er mich, Platz zu nehmen.

»Kommen wir zur Sache, Herr Oberleutnant«, sagte er. »Ich habe Sie aus einem besonderen Grund zu mir kommen lassen. Ich habe nämlich einen speziellen Auftrag für Sie, der durchaus delikat ist und Fingerspitzengefühl erfordert.«

Er warf mir einen scharfen Blick zu, dem ich standhielt. Ich wusste, dass er die Wirkung seiner Worte auf mich prüfte und dass ich diese Prüfung bestehen musste, um seinen Groll nicht auf mich zu ziehen.

»Ich werde mein Bestes geben, Herr Admiral«, sagte ich und versuchte, so gelassen wie möglich zu wirken.

»Gut, gut …« Er senkte den Blick, blätterte wieder kurz in seinen Papieren, klappte aber nach einiger Zeit die Flügelmappe zu und schaute mich an. »Mit der Gesandtschaft, die wir morgen in den Irak schicken, fährt ein Doktor Gerhard Stein vom Auswärtigen Amt mit, ein Palästinadeutscher aus Jerusalem, der fließend Arabisch spricht. Er soll für Propaganda, für Kontakte mit der einheimischen Bevölkerung und kulturelle Angelegenheiten im weitesten Sinne zuständig sein. Ein Aufgabengebiet, das recht nebulos formuliert ist, aber das spielt keine Rolle, denn natürlich wissen wir, und das Auswärtige Amt weiß es inzwischen wohl auch, dass Doktor Stein seine Befehle aus dem Reichssicherheitshauptamt bezieht. Er ist einer von Heydrichs V-Leuten im Auswärtigen Amt. Es gibt in dieser Delegation übrigens einige Mitglieder der SS, die im Auswärtigen Amt arbeiten, und jeder weiß, ganz offiziell sozusagen, dass sie zwei Herren dienen. Bei Doktor Stein ist das anders. Nun ist er allem Anschein nach ein fähiger Mann, und wahrscheinlich wird er in Bagdad seine Aufgabe genauso gewissenhaft erfüllen wie alle anderen. Trotzdem kann ich ihn nicht wirklich einschätzen und bin nicht zur Gänze darüber informiert, mit welchen Aufgaben ihn Heydrich im Irak betraut hat. Außerdem ist er ideologisch sehr auf Linie, um nicht zu sagen übereifrig, und hat, wie ich erfahren habe, die Tendenz zu sehr gewagten Eigenaktionen. Das macht mir noch mehr Sorgen als alles andere.«

»Ich bin überzeugt davon, dass sich alle über den Ernst der Lage und die Bedeutung unserer Mission im Klaren sind.« Ich begann zu verstehen, und es war mir keinesfalls wohl dabei, wenn ich darüber nachdachte, was auf mich zukam.

»Sie sagen es, Herr Oberleutnant. So soll es auch bleiben. Sie sprechen doch ebenfalls Arabisch, nicht wahr?«

»Jawohl.«

»Sie sind Wissenschaftler, einer unserer Orientspezialisten. Ich schätze, dass Sie die Verhältnisse im arabischen Raum gut studiert haben.«

»Jawohl.«

»Ach, lassen Sie doch die Förmlichkeiten. Ich rede jetzt ganz offen: Bei Ihnen wird Doktor Stein keinen großen Verdacht schöpfen. Außerdem ist er zwar Jurist, hat sich aber nicht zuletzt aufgrund seiner Herkunft intensiv mit der Kultur des Orients beschäftigt. Sie werden also leicht Zugang zu ihm finden, zumal er, wie mir berichtet wurde, ohnehin sehr mitteilsam ist. Bleiben Sie, soweit Ihnen das Ihre anderen Verpflichtungen erlauben, in seiner Nähe, und erstatten Sie mir regelmäßig Bericht über seine Aktivitäten, insbesondere dann, wenn er mit Einheimischen Kontakt aufnimmt. Das ist der eigentliche Grund, weshalb ich Sie mit dieser Delegation in den Irak schicke. Hauptmann Kohlhaas ist informiert, zumindest weiß er das, was er in dieser Sache zu wissen braucht. Ansonsten ist natürlich absolutes Stillschweigen geboten.«

»Selbstverständlich, Herr Admiral.«

»Tun Sie nach bestem Wissen und Gewissen Ihre Arbeit. Ich möchte nicht, dass jemand aus Übereifer, oder weil er andere als die unseren eigentlichen Kriegszielen dienenden Interessen verfolgt, die ganze Mission gefährdet.«

»Ich verstehe.«

»Ich erwarte von Ihnen mindestens wöchentlich, wenn nötig, auch öfter, einen Bericht. Und wenn Ihnen etwas auffällt, was nicht unmittelbar mit Doktor Stein zu tun hat, das Ihnen aber berichtenswert erscheint, lassen Sie es mich ebenfalls wissen. Sie wissen ja, dass man den Leuten vom Auswärtigen Amt auf die Finger schauen sollte, sonst verderben sie noch alles, was wir von der Abwehr mühsam aufgebaut haben. Manchmal frage ich mich, wer mir mehr auf die Nerven geht, das Reichssicherheitshauptamt oder das Auswärtige Amt. Je mehr wir darüber wissen, was diese beiden Ämter miteinander oder auch gegeneinander unternehmen, umso besser. Aber das habe ich natürlich nicht gesagt.«

»Natürlich nicht.«

»Also: Was immer unsere irakischen Freunde, aber auch die Mitglieder unserer eigenen Delegation tun oder unterlassen, kann eine wertvolle, kriegswichtige Information sein. Seien Sie einfach Sie selbst. Halten Sie die Augen offen, analysieren Sie, schreiben Sie, aber unternehmen Sie nichts auf eigene Faust. Ich vertraue Ihrem Urteil, Ihrer Intelligenz und Ihrem gesunden Menschenverstand.«

»Vielen Dank, Herr Admiral. Aber wie soll ich mit Ihnen Kontakt aufnehmen? Wir führen zwar eine Funkanlage mit, aber …«

Canaris lachte, stand auf, ging um den Schreibtisch und legte mir, während ich mich ebenfalls erhob, die Hand auf die Schulter. »Nicht Sie, wir werden Kontakt zu Ihnen aufnehmen, Herr Oberleutnant. Die Mädchen sind schon sehr aufgeregt. Das ist der Code. Die Mädchen sind schon sehr aufgeregt. In einem passenden Kontext ausgesprochen. Sie antworten: Dann will ich sie nicht enttäuschen.«

»Und wer wird meine Kontaktperson sein, Herr Admiral?«

»Das erfahren Sie zum gegebenen Zeitpunkt. Unser Mann wird sich rechtzeitig zu erkennen geben. Und nun viel Erfolg, Herr Oberleutnant. Kommen Sie gesund wieder zurück.«

Man mag sich unschwer vorstellen, mit welcher Neugierde ich an diesem Morgen nach dem mir nur von wenigen Photographien bekannten Gesicht Ausschau hielt, um endlich den Mann kennenzulernen, dessen Observierung meine wichtigste Aufgabe sein sollte. Unterdessen verzögerte sich unser Flug wegen der Unmenge an Gepäck, die in unsere beiden Maschinen verfrachtet werden sollte, weiter. Schließlich mussten wir einige Koffer und Kisten auf dem Flugfeld zurücklassen, um eine Überladung der Maschinen zu vermeiden. Die verärgerten Piloten rissen sie den verblüfften Flughafenarbeitern buchstäblich aus der Hand. Bis es so weit war, hatte ich Herrn Doktor Stein unter den anderen Passagieren schon ausgemacht, aber noch nicht die Gelegenheit gehabt, mit ihm in ein Gespräch einzutreten. Hauptmann Kohlhaas hatte allerdings dafür gesorgt, dass mein Sitzplatz im Flugzeug neben dem seinen war.

Eine Flugreise war zu jener Zeit noch kein bequemer Zwischenaufenthalt über den Wolken. Die Selbstverständlichkeit, mit der man heute nach London, New York oder Jakarta fliegt und sich dabei so unbeschwert fühlt, als säße man im Großraumwagen eines Schnellzuges, war damals noch eine Zukunftsvision. Druckkabinen wurden erst nach dem Krieg zur Standardausstattung größerer Maschinen, und auch die Heizung funktionierte nicht immer einwandfrei. Insofern flogen wir viel tiefer, als es heute üblich ist, hatten aber trotzdem die Auswirkungen der Höhen- und Temperaturunterschiede auf den Organismus zu ertragen. Die niedrige Höhe hatte auch den Nachteil, dass wir allen Wetterkapriolen schonungslos ausgesetzt waren. Neben Luftlöchern, Sturmböen, der Enge und der Unbequemlichkeit unserer Sitze hatten wir ständig mit den Tücken der Technik, die in jenen Jahren Flugzeuge viel öfter als heute vorzeitig und sehr unsanft auf die Erde zurückbrachte, oder mit feindlichen Angriffen zu rechnen. Dennoch oder gerade deswegen fiel es mir nicht schwer, mit meinem Sitznachbarn ins Gespräch zu kommen.

Meine Anspannung hatte mich gesprächiger gemacht, als ich es in vergleichbaren Situationen normalerweise gewesen wäre. Das Gefühl, die Unwägbarkeiten des Schicksals mit all jenen zu teilen, die – wie man selbst – in dieser fliegenden Blechdose gefangen waren, ließ die meisten von uns die Regeln des förmlichen Umgangs miteinander ein wenig zurückstellen. Außerdem hatte Canaris in seiner Einschätzung meines neuen Bekannten recht: Die wortkarge Ernsthaftigkeit, welche viele Männer meiner Generation auszeichnete, war Doktor Steins Sache nicht. Ich brauchte nur eine Frage zu stellen und konnte mich danach für eine halbe Stunde zurücklehnen und der eloquenten Beantwortung lauschen.

Zu meinem Erstaunen musste ich feststellen, dass Doktor Stein mindestens genauso gut über mich Bescheid wusste wie ich über ihn. Er kannte meine Publikationen und zeigte sich hocherfreut darüber, »mit einem überdurchschnittlich intelligenten Menschen« – ich zitiere ihn wörtlich – »ein paar Gedanken jenseits der unerfreulichen Durchschnittlichkeit, die nur allzu oft unser Leben prägt, auszutauschen«. Schon hegte ich den Verdacht, dass wir uns im Auftrag unserer Vorgesetzten gegenseitig bespitzeln sollten, wobei ich mich fragte, ob seine Auftraggeber unter Umständen nicht dieselben waren wie meine. Aber ich schob diese Überlegung von mir. Sollte ich mir über etwas, das ich bei meiner bescheidenen Kenntnis der Dinge ohnehin nicht zu durchschauen vermochte, unnötig den Kopf zerbrechen?

Dass mir Doktor Stein nach den anfänglichen Höflichkeitsfloskeln über das Wetter, die zu erwartenden Zwischenstationen unserer Reise, über unsere Ausrüstung, unsere privaten Pläne und unsere Familien plötzlich die Frage stellte: »Glauben Sie denn eigentlich an den Erfolg unseres Unternehmens?«, mahnte mich jedoch zu großer Vorsicht. Wie sollte ich antworten, ohne mich zu kompromittieren?

Auf den ersten Blick erinnerte mich Doktor Stein an einen Nachbarn aus meiner Kindheit, dessen entwaffnende Freundlichkeit so ansteckend wirkte, dass sogar die Stimme meines Vaters sanft klang, wenn er ihn grüßte. Noch mehr als bei unserem Nachbarn spiegelte auch Doktor Steins Äußeres sein Verhalten wider. Er war groß, blond, füllig, weich in seinen Bewegungen. Sein sanfter Händedruck ließ die zupackende Kraft vermissen, die man damals zu den bevorzugten Eigenschaften von Männlichkeit und Jugend zählte. Der strohfarbene Flaum an seinen Wangen hatte etwas Zartes an sich, und die Brille mit Goldrand in seinem ohne Unterlass lächelnden Gesicht gab ihm die Aura eines gutmütigen jungen Gelehrten der Jahrhundertwende. Seiner Freundlichkeit fehlte jedoch jene Natürlichkeit, wie man sie bei Menschen, die eine solche tatsächlich besitzen, mit einiger Intuition sehr bald zu erkennen vermag. Also blieb ich auf der Hut und antwortete auf die Frage mit einer Gegenfrage: »Was meinen Sie denn? Ich bin nur ein Wissenschaftler, der Informationen sammelt. Ich gebe zu, dass mir manchmal der strategische Weitblick fehlt. Selbstverständlich hoffe ich, wie wir alle, auf einen kriegsentscheidenden Erfolg unserer Mission.«

»Mit etwas Waffenglück werden wir es schaffen«, meinte er und reichte mir eine Thermoskanne. »Wollen Sie einen Schluck Tee?« Ich schüttelte den Kopf. »Es wird schwierig. Die Größe unserer arabischen Freunde liegt auf dem Gebiet der Kultur, der Religion, der Weltanschauung und der Leidenschaft, mit der sie für ihre Sache einstehen. In politischen, strategischen und militärischen Belangen verhalten sie sich leider manchmal immer noch wie große Kinder. Ich weiß, wovon ich spreche. Schließlich bin ich in Jerusalem aufgewachsen. Ich kenne die Araber genauso gut wie die Juden oder die Engländer. Palästina ist ein Pulverfass. Aber der Irak ist ein noch schwierigerer Fall. Mehr als ein Dutzend Regierungen und zwei Militärputsche in zehn Jahren, ein König, der noch ein Kind ist, eine Reihe von Clans und Stämmen, die das Land und alle Pfründe unter sich aufgeteilt haben, blutige Aufstände der Kurden und der Assyrer, eine kommunistisch beeinflusste schiitische Volkserhebung, die vor ein paar Jahren nur mit Mühe niedergeschlagen werden konnte, ein unpopulärer Bündnisvertrag mit Großbritannien, das weiterhin die Ölreserven kontrolliert – der Irak war reif für eine nationalistische Revolution. Trotzdem war der Zeitpunkt dafür schlecht gewählt. Die Machtübernahme hätte von langer Hand strategisch vorbereitet und mit uns akkordiert werden müssen. Es wäre vernünftig gewesen, unseren Waffensieg in Nordafrika, die Eroberung Kretas und Zyperns und die Verlegung weiterer Divisionen der Wehrmacht in den Nahen Osten abzuwarten. Das Auswärtige Amt hat demzufolge Raschid Ali al-Gailani und seine Freunde vor einem Coup d'Etat gewarnt, und dass die neue Regierung den Befehl gegeben hat, den britischen Luftwaffenstützpunkt Habbanija anzugreifen, war auch nicht in unserem Sinne. Doch der von mir geschätzte Raschid Ali ist zwar ein kluger und hochgebildeter Mann, aber trotz allem ein Araber. Als solcher denkt und handelt er naturgemäß in erster Linie emotionell. Nun besteht die Gefahr, dass in absehbarer Zeit britische Truppen in Bagdad und Damaskus einmarschieren und nicht die Wehrmacht in Teheran und Delhi. Natürlich glaube ich an unseren Sieg. Widrigenfalls muss man das Glück eben erzwingen. Leider ist vielen Herren in Berlin nicht bewusst, dass unser Engagement im Irak kriegsentscheidend sein kann. Wenn sie nicht rechtzeitig zur Vernunft kommen und Divisionen schicken, anstatt sie fruchtlos an der russischen Grenze zu gruppieren, dann wären unsere jahrelangen Bemühungen in der Region umsonst gewesen. Wozu hätten wir denn seit Jahren die faschistischen Kräfte im Irak unterstützt? Wozu haben wir verstärkt auf den verderblichen Einfluss des Judentums hingewiesen, so dass der Judenhass schließlich tatsächlich zu einem gewichtigen Faktor nicht nur im Irak, sondern im gesamten Mittleren Osten geworden ist? Wozu haben wir an unseren Universitäten arabische Akademiker ausgebildet oder unzählige deutsche Lehrkräfte nach Bagdad und in andere Städte des Landes geschickt, um die Menschen in unserem Sinne weltanschaulich zu schulen?«

»Das wird dem irakischen Volk in jedem Fall zugute kommen«, wandte ich ein. »Einer weltanschaulichen Schulung liegt immer auch ein Selbstzweck zugrunde. Herr Grobba hat in seiner Zeit als deutscher Botschafter in Bagdad wertvolle Arbeit geleistet.« Eine falsche Bemerkung oder ein längeres Schweigen zum falschen Zeitpunkt hätte nicht nur mich allein ins Unglück stürzen können. Schließlich war ich Familienvater. Trotz der Motorengeräusche und der vielen anderen Gespräche, die im Inneren des Flugzeugs geführt wurden, musste ich davon ausgehen, dass manche Details unserer Unterhaltung in unserer engen Passagierkabine nicht ungehört geblieben waren.

»Aber natürlich …« Der Tonfall seiner Worte war so unaufgeregt und liebenswürdig, als sprächen wir über ein Picknick am Strand von Swinemünde oder Misdroy. »Aber wenn Yunis al-Sabawi eine Art SA-Uniform anzieht und mit seiner Futuwwa, dieser Mischung aus HJ und Burschenschaft à l'arabe, ein paar Juden erschlägt, wird uns das auch nicht jenes Erdöl sichern, das wir für den Endsieg dringend benötigen. Ein Großarabisches Reich, oder ein moderner Dschihad, ein Heiliger Krieg unter faschistischer Führung, wie Sie es in Ihrem Buch so anschaulich skizziert haben, Herr Doktor, ist eine schöne Idee, aber sie allein bringt unsere Truppen weder nach Basra noch nach Kuwait. Uns bleibt zu hoffen, dass die zuständigen Stellen in Berlin die einmalige Chance erkennen, die sich uns in der arabischen Welt bietet, und aufgrund des dilettantischen Vorgehens unserer Verbündeten nicht die falschen Schlüsse ziehen.«

Bis zur Zwischenlandung in München sagte ich kein Wort mehr. Ich erkannte, dass Doktor Stein zu jenen Menschen gehörte, die in einer Diktatur entweder erschossen werden oder eine große Karriere machen. Ich wollte weder das eine noch das andere. Oberst Lahousen hatte recht. Das Schicksal ist unberechenbar wie ein scharfer Hund, den man für einen tödlichen Wettkampf dressiert hat. Manchmal geschieht es, dass er seinen besten Freund, den Menschen, der ihn füttert, ohne jeden ersichtlichen Grund totbeißt.

7

Unser Zwischenaufenthalt in München, der ursprünglich nur kurz zum Auftanken geplant war, zog sich mehrere Stunden hin, weil sich unter den Kisten, die wir auf Veranlassung unserer Piloten auf dem Flugplatz in Berlin zurückgelassen hatten, ausgerechnet unsere Funkausrüstung und das Chiffriergerät befanden, die wir in Bagdad dringend benötigen würden. Als unser Gesandtschaftsfunker den Fauxpax bemerkt hatte, war es schon zu spät gewesen. Also wurde die gesamte Ausrüstung mit einer Sondermaschine nachgeschickt, auf deren Ankunft wir nun warten mussten. Derweilen hatte ich die Gelegenheit, einigen alten Bekannten meine Aufwartung zu machen, darunter Professor Michael Haselbauer aus Wien, einem angesehenen Archäologen, der dreißig Jahre seines Lebens in Mesopotamien zugebracht hatte, das Land und die Leute also besser kannte als seine österreichische Heimat und deshalb trotz seines fortgeschrittenen Alters unserer Delegation als »wertvoller Spezialist« zugeteilt worden war. Professor Haselbauer war, wenn ich mich recht entsinne, 73 oder 74 Jahre alt, was damals schon als biblisch galt. Er konnte sich nur mehr mit Hilfe eines Gehstocks fortbewegen und wirkte so zerbrechlich, dass ich befürchten musste, dass er uns noch vor dem Erreichen unseres Reiseziels wegsterben würde. Zur Bewältigung des Alltags und der Erledigung der notwendigen Korrespondenz (Professor Haselbauer litt an Arthritis und konnte nicht mehr schreiben) wurde er von seiner Assistentin, eben jenem Fräulein Elfriede Niemetz, begleitet, die ich vor Antritt unserer Reise mit einem Buch von Karl May in der Hand gesehen hatte. Ich vermutete, dass Fräulein Niemetz gerade das Volljährigkeitsalter erreicht haben dürfte. Später erfuhr ich, dass die junge Frau tatsächlich erst 21 war. Sie tat mir leid. Sie hatte keine Ahnung, was uns erwartete, legte eine kindliche Unbeschwertheit an den Tag, über die sogar unser ständig mürrischer Pilot manchmal schmunzeln musste, und ertrug ihren anstrengenden Dienstherrn mit bewundernswerter Gelassenheit.

»Ach, Pupperl«, sagte Professor Haselbauer, »bringen S' mir doch schnell die rote Flügelmappe, Sie wissen schon, welche, ich möchte den Herren etwas zeigen.«

»Gerne, Herr Professor.«

»Aber wartens S' noch einen Augenblick. Wenn S' das schwarze Etui gleich mitnehmen … Oder, wissen S' was, lassen S' das schwarze Etui, vorläufig, wo es ist … Die rote Flügelmappe also.«

»Wie Sie wünschen, Herr Professor.«

»Fein, aber bevor S' loslaufen, Pupperl, könnten S' mir noch schnell den rechten Schuh binden, wenn S' so freundlich wären.«

»Natürlich, Herr Professor …«

So ging das die ganze Zeit.

Bald wurde Fräulein Niemetz von uns in Abwesenheit nur mehr als »Pupperl« bezeichnet. Die meisten Frauen von heute würden sich wahrscheinlich gegen eine solche Anrede verwehren. Damals jedoch fand niemand etwas dabei. Hauptmann Kohlhaas sprach die junge Frau mit »Fräulein Elfie« an, und nur ich blieb vorerst bei dem etwas förmlich wirkenden »Fräulein Niemetz«. Als wir unsere Reise fortsetzten, wechselte ich den Sitzplatz und setzte mich zu ihr, weil ich etwas Erholung von Doktor

Stein benötigte. Und wie erholt man sich schon besser als in weiblicher Gesellschaft, insbesondere wenn die Dame jung und hübsch ist? Professor Haselbauer zeigte sich überraschenderweise entgegenkommend und war bereit, für den nächsten Zwischenflug den Sitzplatz mit mir zu tauschen.

Meine Nachbarin erwies sich in der Tat als reizend, und wenn ich nicht glücklich verheiratet gewesen wäre, hätte ich es vielleicht in Erwägung gezogen, mit ihr ein Liebesabenteuer zu riskieren. So aber beschränkte ich mich auf einige sehr allgemein gehaltene Komplimente, auf die das Fräulein auf die rührendste Art und Weise errötete und die Augen niederschlug. Während wir über die Alpen flogen, während sich die atemberaubende Schönheit des im Sonnenlicht erstrahlenden Gletscherpanoramas, das sich dem Betrachter in seiner Großartigkeit nur aus dem Flugzeug erschließt, positiv auf unsere Stimmung auswirkte und uns kurzzeitig das blutige Stahlgewitter vergessen ließ, das unten auf der Erde tobte, erzählte mir das Fräulein von seiner Kindheit in der oberösterreichischen Provinz, die nachträglich trotz aller Unruhen und ökonomischen Zwänge, unter denen wir in den Zwanziger- und Dreißigerjahren zu leiden hatten, fast idyllisch wirkte. Fräulein Niemetz' Geburtsort heißt Zipf, ein Dorf, von dem ich bis dahin noch nie etwas gehört hatte und das man wahrscheinlich nicht unbedingt kennen muss, wenn man nicht unmittelbar etwas damit zu tun hat. Das Fräulein hatte eine Sekretärinnenausbildung gemacht, besaß außerdem gute Kenntnisse des Französischen und des Englischen und war dabei, Arabisch zu lernen. »Wenn es die Umstände erlauben, möchte ich einmal vielleicht sogar die Matura nachholen.«

»Ein lobenswerter Vorsatz«, erklärte ich. »Aber haben Sie denn nicht den Wunsch, zu heiraten und eine Familie zu gründen? Was sagt denn Ihr Verlobter dazu?«

Sie wurde puterrot. »Ich habe keinen Verlobten«, murmelte sie. »Nur eine Mutter, die sich ständig Sorgen um mich macht.

Wenn es nach ihr ginge, wäre ich längst verheiratet. Doch die meisten jungen Männer sind eingerückt. Ich habe es nicht eilig mit dem Heiraten, und irgendwann muss ja der Krieg zu Ende sein.«

Aufgrund der Zeitverzögerung in München konnten wir das Ziel unseres ersten Flugtages, Rhodos, nicht erreichen. Die Flugplätze von Athen waren allerdings wegen der gegen die britischen Kräfte in Kreta laufenden Militäraktion überbelegt, und so blieb uns nichts anderes übrig, als Foggia in Süditalien anzufliegen, wo unsere beiden Maschinen gegen Abend landeten. Was sich danach abspielte, erinnerte eher an eine zweitklassige Komödie denn an eine würdige Vorbereitung auf die Heldentaten, die wir, zumindest nach Grobbas Vorstellung, vollbringen würden. Das Flugfeld, dem wir zugewiesen wurden, war eine bucklige Schotterpiste, das Flughafengebäude eine schäbige Baracke und vom Bodenpersonal kein Mensch zu sehen. Die beiden Geschütze der Flugabwehr schienen schon seit Monaten unbenützt und ungewartet dahinzurosten. Der Flugplatzoffizier lief uns ohne Uniformjacke und mit halboffenem Hemd entgegen. Besonders freundlich war er nicht, doch immerhin schaffte er es, uns Unterkünfte in einem Hotel im Stadtzentrum und einen Transport dorthin mit Taxis zu organisieren. Nun aber drückte mir, ehe ich noch das Fahrzeug besteigen konnte, jemand zwei Stoffbeutel in die Hand, deren Inhalt ich bald unschwer als einen Teil jenes Goldschatzes identifizierte, der für unsere irakischen Verbündeten sowie die Finanzierung aller anderen »kriegsentscheidenden Vorbereitungsaktionen« gedacht war. Grobba wollte das Gold nicht in der Obhut des Flughafenoffiziers belassen, dem er wohl zu Recht misstraute, und so erhielt jeder von uns, ob Wehrmachtsangehöriger oder Zivilist, zwei Beutel mit Gold in die Hand gedrückt. Derart auffällig bepackt, denn nicht jeder hatte die Möglichkeit, diese wertvolle Fracht in Taschen oder unter

Jacken, Jacketts und Uniformen zu verstecken, fuhren wir durch die Straßen von Foggia ins Hotel *La Primavera*, durchquerten goldklirrend den Empfangsraum und verbarrikadierten uns für die Nacht in unseren Zimmern. »Legen Sie's am besten unters Kopfkissen«, flüsterte mir Hauptmann Kohlhaas ins Ohr. »Und laden Sie Ihre Pistole.«

»Bekommen wir denn keinen Polizeischutz?«, fragte ich blauäugig.

»Sind Sie verrückt?«, fauchte er mich an. »Aber ich schätze, dass die goldbeladenen Esel von Foggia in den nächsten Tagen nicht nur bei Taxichauffeuren und dem Hotelpersonal dieser Absteige das Thema Nummer eins sein werden, sondern auch der feindliche Nachrichtendienst längst eine entsprechende Meldung nach Malta übermittelt haben wird ... Wissen Sie, was mit Oberkommissar Chiappe passiert ist, den die mit uns verbündete französische Regierung in Vichy vor kurzem nach Syrien geschickt hatte?«

»Nein.«

»Er ist heute Fischfutter. Die Briten haben ihn über dem Mittelmeer abgeschossen, als sie von seiner Versetzung nach Damaskus erfahren haben.«

Nach diesen nicht gerade aufmunternden Worten begab ich mich auf mein Zimmer, in dem das an der Wand über meinem Bett hängende, in grellen Farben gemalte Bild der Heiligen Jungfrau Maria mit verzückten, gen Himmel gerichteten Augen auch nicht gerade dazu beitrug, mir eine Flucht in den sanften Schlummer zu erleichtern.

8

Am nächsten Morgen war der Goldschatz noch vollzählig. Der Rücktransport zum Flughafen verlief ohne Zwischenfälle. Diesmal sollten wir Rhodos problemlos erreichen können, doch kaum hatten wir vom Boden abgehoben, verkündete unser Pilot, dass wir zurückfliegen müssten.

»Was ist denn jetzt wieder los?«, stöhnte jemand.

»Der Pilot der anderen Maschine hat mir per Funk durchgegeben, dass sich unser Fahrwerk nicht einfahren lässt. Mit ausgefahrenem Fahrwerk kann ich einen so weiten Flug nicht riskieren.«

»Verdammt!«, schimpfte Hauptmann Kohlhaas. »Jeder Tag könnte über den Erfolg unseres Unternehmens entscheiden.«

»Wenn wir alle tot sind, wird jeder Tag wie der andere sein«, entgegnete der Pilot und steuerte uns in einer scharfen Linkskurve zurück nach Foggia. Also landeten wir wieder, allerdings offensichtlich in einem anderen Abschnitt des Flugfeldes oder auf einer anderen Rollbahn als jener, von der wir gestartet waren, denn kaum hatten wir auf dem Boden aufgesetzt, hörte ich Schreie des Entsetzens von den vorderen Reihen, die schließlich die gesamte Kabine füllten. Ein Blick aus dem Fenster ließ mich unsere prekäre Lage erkennen. Etwa zweihundert Meter vor uns war die Rollbahn durch einen tiefen Graben unterbrochen. Ich wusste, dass unsere italienischen Verbündeten einen Hang zur Schlampigkeit haben. Diesmal jedoch hatten sie sich selbst übertroffen.

Ich sah unsere Maschine schon Purzelbäume schlagen und zerschellen. Die anderen Passagiere hatten wohl denselben Gedanken, denn einige von ihnen konnten sich nicht beherrschen und zeigten offen ihre Angst, und sogar Doktor Stein, der wieder neben mir saß, hörte auf zu lächeln und wurde bleich. »Festhalten!«, rief der Pilot und legte eine Notbremsung ein, die derart abrupt erfolgte, dass der hintere Teil des Flugzeugs wieder leicht vom

Boden abhob, die gesamte Konstruktion zu ächzen und zu stöhnen begann und jeden Augenblick drohte, in ihre Bestandteile zu zerfallen. Taschen, Hefte, Mappen, Akten, Stifte, Bücher und alles andere, was sich manche Herren an Arbeitsmaterial für den Flug zurechtgelegt hatten, flogen uns um die Ohren, gefolgt von Leutnant Schwäble, einem aus Haifa stammenden Volksdeutschen, der zu unserer Bestürzung ebenfalls an unseren Köpfen vorbeiflog, sei es, weil er nicht angeschnallt gewesen, sei es, weil sein Gurt gerissen war, oder weil er sich nicht gut genug festgehalten hatte. Später konnte er es uns leider nicht mehr sagen, und was die entsprechende Untersuchung ergab, weiß ich nicht mehr. Wir anderen hatten hingegen unwahrscheinliches Glück und kamen bis auf wenige Schrammen unverletzt und mit dem Schrecken davon. Unser Pilot hatte sein großes Können unter Beweis gestellt. Er war kampferprobt, mit seinen dreißig Jahren im besten Alter und von stoischer Gelassenheit, was uns bald in einer ungleich dramatischeren Situation noch von großem Nutzen sein würde.

Unsere Maschine kam keine drei Meter vor dem Grabenrand zum Stehen. Wir rissen die Tür auf, ließen die Leiter hinunter und beeilten uns, wieder festen Boden unter den Füßen zu bekommen. Schon kamen der Flughafenoffizier und andere Uniformierte schreiend und heftig gestikulierend angerannt. Unsere zweite Maschine war inzwischen ebenfalls gelandet. Bei dem nun folgenden heftigen Wortwechsel schäumte Doktor Grobba vor Wut, während Professor Haselbauer, dem das schluchzende »Pupperl« diesmal keine große Hilfe war, einen Schwächeanfall erlitt, von dem er sich jedoch alsbald erholte. Weshalb ihr Flughafen aufgegraben wurde und, vor allem, warum wir nicht entsprechend vorgewarnt worden waren, konnten uns unsere »italienischen Freunde« nicht wirklich schlüssig erklären. Aber es spielte ohnehin keine Rolle. Unsere Maschine war nicht mehr flugtauglich, und so blieb uns nichts anderes übrig, als in München ein Ersatzflugzeug anzufordern. Bis zum nächsten Tag saßen wir also in Foggia fest und mussten in dem uns schon bekannten *La Primavera* wieder Quartier beziehen. Hauptmann Kohlhaas fiel die undankbare Aufgabe zu, Leutnant Schwäbles Mutter, die seit ihrer Flucht aus Palästina in Erfurt lebte, einen Brief zu schreiben.

Da unser Gold diesmal im Hotel wieder eingesammelt und in einer Spezialkammer von zwei extra dafür abgestellten, mit automatischen Waffen ausgerüsteten Offizieren bewacht wurde, konnte ich den freien Tag nutzen, um Gespräche zu führen, einen Spaziergang durch die Stadt zu machen, in einer Trattoria zu speisen und die ersten Impressionen unserer Reise zu Papier zu bringen. Außerdem hatte ich die Gelegenheit, mit unserem Chef, Herrn Doktor Grobba, ein kurzes Gespräch zu führen.

Bis dahin hatte ich unseren Gesandten erst ein paar Mal in unserer Dienststelle zu Gesicht bekommen, jedoch kaum Kontakt zu ihm gehabt. Auf dem Flug nach Foggia hatte er in der anderen Maschine gesessen. Es war mir ein Anliegen, ihn näher kennenzulernen, und so wartete ich auf eine günstige Gelegenheit. Diese ergab sich früher, als ich gedacht hatte, denn er bat mich nun selbst in der Lobby unseres Hotels um eine Unterredung, für die ich mich bereitwillig zur Verfügung stellte.

Doktor Fritz Grobba war eine der schillerndsten Gestalten der deutschen Orientpolitik, ein hochgebildeter Diplomat, der neben einigen europäischen Sprachen auch Arabisch, Türkisch und Persisch beherrschte, großes Interesse an Archäologie hatte und, als Ergebnis seiner zahlreichen Orientreisen, eine ansehnliche Privatsammlung antiker Ausgrabungsstücke besaß. Als junger Offizier im Ersten Weltkrieg hatte er ein Bataillon ehemaliger arabischer Kriegsgefangener befehligt, die, von Frankreich in den Krieg geschickt, auf unsere Seite gewechselt hatten. Nachdem er sich an mehreren Kriegsschauplätzen, unter anderem 1917/18 in Palästina, bewährt hatte, diente er Deutschland, ob dem Kaiserreich, der Weimarer Republik oder dem NS-Regime, als Zivilist mit derselben Hingabe wie zuvor als Offizier. In den Zwanzigerjahren war er Botschafter in Afghanistan, in den Dreißigerjahren vertrat er die deutschen Interessen im Irak, bis dessen damalige Regierung zu Kriegsbeginn auf britischen Druck die diplomatischen Beziehungen zu uns abbrach. Nun sollte er, mit weit größeren Macht- und Einflussmöglichkeiten ausgestattet, auf seinen Posten zurückkehren. Unsere Mission verstand er als die wichtigste Aufgabe seines Lebens. Er war zweiundfünfzig Jahre alt, untersetzt, glatzköpfig, auf den ersten Blick unscheinbar und trotzdem stets im Mittelpunkt. Er strahlte eine natürliche Autorität aus, wie sie nur Menschen, die gelernt haben, Führungspositionen zu übernehmen, eigen ist.

Grobba war voller Energie, manchmal allerdings in einer Art cholerisch, die fast an Hysterie grenzte, dann wieder jovial, sachlich, analytisch. Gelegentlich neigte er allerdings zu Phantastereien, die jeglichen Bezug zur Realität vermissen ließen. Niemand wusste, wann eine vernünftige Beurteilung der Lage, die er abgab, oder die Bewältigung eines einfachen Alltagsproblems in einen Tobsuchtsanfall oder eine Abschweifung, einen Tagtraum, umschlugen. Nach unserer morgendlichen Bruchlandung hatte ich erlebt, wie er das italienische Flughafenpersonal, unsere Piloten und auch jeden anderen anbrüllte, der in seiner Nähe war, wie er eine leere Blechdose mit einem heftigen Tritt mitten aufs Rollfeld beförderte, einen jungen Offizier ohne ersichtlichen Grund als Idioten bezeichnete und danach plötzlich mit ruhiger Stimme verkündete: »Nun denn, meine Herren, ich werde Berlin von unserer erzwungenen Reiseunterbrechung und dem tragischen Ende unseres Kameraden in Kenntnis setzen. Ich hoffe, wir können den zusätzlichen Tag produktiv nutzen …« Ich beschloss also, um möglichen übermäßigen Gefühlsausbrüchen seinerseits entgegenzuwirken, meinem Gesprächspartner mit einfühlsamer Reserviertheit zu begegnen.

Doktor Grobba bestellte mir an der Bar einen Grappa und sich selbst eines jener giftgrünen nichtalkoholischen italienischen Getränke, dessen Namen ich vergessen habe, und führte, besser gesagt, drängte mich in eine Ecke des Raumes, in der wir uns ungestört unterhalten konnten. Nach wenigen höflichen Phrasen kam er sogleich zur Sache. »Oberleutnant Heisenberg, ich habe Ihr Buch gelesen, insbesondere das geistreiche Nachwort …« Dieses vermaledeite Nachwort!, dachte ich. Warum nur hatte ich mich vom Verlagsleiter dazu überreden lassen, es zu schreiben?

»Eigentlich bildet es, wie es bei Nachworten üblich ist, nicht den Kern des Buches«, erklärte ich.

»Der Kern, lieber Herr Doktor, bildet, wie Sie wissen, nie den wahren Kern. Dieser versteckt sich meist an der Peripherie.«

»Für das Leben mag dies gelten, aber gilt dies auch für Nachworte zu Büchern?«

Doktor Grobba lachte und klopfte mir auf die Schulter. »Mein lieber Heisenberg, ich mag Sie. Verzeihen Sie, dass ich Ihren militärischen Rang sowie Ihren akademischen Titel weglasse. Betrachten Sie dies bitte nicht als Zeichen mangelnden Respekts, sondern im Gegenteil als einen Ausdruck meiner Wertschätzung.«

»Ränge oder Titel jeglicher Art waren nie das Ziel meiner Eitelkeit.«

Grobba zwinkerte mir zu. »Kann es sein, dass ich Sie durchschaut habe? Versteckt sich hinter der Hülle eines Geistesmenschen nicht ein wahrer Romantiker?«

»Das ist eine Frage des Standpunkts.«

»Da mögen Sie recht haben. Man muss den richtigen Standpunkt wählen, um das Leben im Allgemeinen oder nur ein Unternehmen wie das unsere zu beurteilen. Finden Sie nicht auch?«

»Dem kann ich nur zustimmen.« Es kam mir vor, als ob mein Grappa plötzlich säuerlich schmeckte.

»Sie werden es wahrscheinlich aufgrund Ihrer Forschungen wissen, ich aber weiß es aus eigener langjähriger Erfahrung und der bescheidenen Menschenkenntnis, derer ich mich zu rühmen getraue: Der Moslem, insbesondere der Araber, ist in seinem innersten Wesen ein Romantiker. Das hat er mit uns Deutschen gemeinsam. Was ist schon die Brillanz des Intellekts ohne die Größe des Gefühls? Haben Sie Lawrence von Arabiens Buch *Die sieben Säulen der Weisheit* gelesen? Eine Reihe schlecht gerüsteter, vormals untereinander zerstrittener Beduinenstämme hat ein Großreich wie das Osmanische empfindlich getroffen und schließlich zu Fall gebracht. Zugegebenermaßen war dieses Reich schon morsch, aber das ist das britische Empire ebenfalls. Es ist ohnehin am Auseinanderbrechen. E.T. Lawrence war der richtige Mann zum richtigen Zeitpunkt an der richtigen Stelle. Eine weltgeschichtliche Aufgabe von vergleichbarer Bedeutung kann uns zufallen, wenn wir sie als solche erkennen. Ein faschistischer Dschihad, den Sie in Ihrem Buch skizziert haben, ist eine romantische Überlegung, aber auch Lawrence war natürlich im tiefsten Inneren seiner Seele ein Romantiker.«

»Ich habe sein Buch gelesen«, versicherte ich.

»Leider gibt es in unserer Delegation einige durchaus rechtschaffene und von mir hochgeschätzte Technokraten, ich möchte keine Namen nennen, die zwar gewissenhaft ihre Pflicht erfüllen, denen aber die für den Erfolg unserer Mission entscheidende visionäre Kraft abgeht.«

Ich zwang mir einen nachdenklichen, aber nicht allzu grüblerischen Gesichtsausdruck auf, den ich mit einem leichten wissenden Lächeln würzte und im großen Wandspiegel hinter dem Rücken meines Gesprächspartners sogleich einer kritischen Prüfung unterzog. Aber ich sagte kein Wort.

Grobba rückte nun dicht an mich heran. Er sprach halblaut, aber in einem vertraulichen, väterlichen Ton, den sich heute ältere Menschen gegenüber Jüngeren viel seltener erlauben als damals: »Mein lieber Heisenberg, ich denke, dass visionäre Kraft und Optimismus etwas ist, das wie ein Funke überspringt, wenn er von der geeigneten Person an seine Umgebung weitergegeben wird. Ich halte Sie wie kaum einen anderen für sehr geeignet. Betrachten Sie es als eine Aufgabe, die nicht weniger wichtig ist als das rechtzeitige Eintreffen unserer Fliegerstaffel in Bagdad oder das Durchmarschrecht unserer Divisionen durch Syrien.«

»Ich werde mich bemühen, mein Bestes zu geben.«

»Und wenn wir uns hin und wieder auf ein vertrauliches Gespräch unter vier Augen zurückziehen und über dieses und jenes plaudern …« Der Grappa schmeckte mir überhaupt nicht mehr. Ich stellte ihn weg, biss mir auf die Unterlippe und sagte, allerdings ohne großen Enthusiasmus: »Herr Doktor Grobba, ich stehe Ihnen jederzeit zur Verfügung.« Grobba runzelte die Stirn. »Ach, wenn ich nur zwanzig Jahre jünger wäre, Heisenberg, dann wäre ich höchstpersönlich an der Spitze einer Fliegerstaffel nach Riad, Bagdad oder in die jordanische Wüste geflogen. Euch Jüngeren fehlt das Draufgängertum, das wir im letzten Krieg noch hatten.«

»Ich fürchte, mir fehlt das Temperament fürs Draufgängertum … Aber ich werde jederzeit und unter allen Umständen das Notwendige tun.«

Grobba schien über meine Antwort enttäuscht zu sein, aber er gab sich nicht geschlagen. »Da fällt mir eine andere Sache ein.« Seine Stimme wurde wieder lauter und distanzierter. »In Ihrem Buch regen Sie die Gründung einer großen Orientuniversität in Berlin an, eine Idee, die mir außerordentlich gut gefällt. Übrigens plant das Auswärtige Amt für die Zeit nach dem Endsieg die Errichtung einer entsprechenden Akademie mit Hochschulstatus. Diese Einrichtung würde einen jungen Leiter, einen aufstrebenden Wissenschaftler, einen begabten und zugleich engagierten Fachmann, verdienen. Wir leben ja in einer Zeit, in der die Jugend hochgehalten wird. Was sagen Sie dazu?«

»Das klingt sehr interessant.« Grobbas Gesicht hellte sich ein wenig auf. »Doch zuerst müssen wir den Krieg gewinnen«, verkündete er und wandte sich seinen anderen Verpflichtungen zu.

An diesem Abend nahm ich das Madonnenbild in meinem Zimmer von der Wand. Hatte es mich in der letzten Nacht noch melancholisch gestimmt, so schien mir der verzückte, gen Himmel gewandte Blick Mariens nach den Ereignissen dieses Tages ganz und gar unpassend zu sein.

9

Der 8. Mai 1941 war der dritte Tag unserer Reise. Wir flogen um etwa elf Uhr vormittags ab und kamen am späten Nachmittag in Rhodos an. Diesmal verlief der Flug ohne Zwischenfälle. Hauptmann Kohlhaas, der direkt vor mir am Fenster saß, hörte allerdings nicht auf, sich über die Landschaft, insbesondere aber über die historischen Stätten, die wir überflogen, zu entzücken, ein Umstand, der mir nach einiger Zeit auf die Nerven zu gehen begann. »Sehen Sie doch!«, rief er begeistert. »Das Schlachtfeld von Cannae!« Ich schaute hinunter. Mit einiger Phantasie konnte man sich den Hergang des Gemetzels, das hier vor 2300 Jahren stattgefunden hatte, vorstellen. Angesichts des Gemetzels, mit dem wir in der Gegenwart konfrontiert waren, konnte ich mich jedoch trotz meiner klassischen Bildung nicht dafür begeistern, genauso wenig wie für den aus unserer niedrigen Flughöhe deutlich erkennbaren Grabhügel von Marathon, den wir einige Stunden später zu Gesicht bekamen. Die Schönheit der Ägäis und der Kykladen-Inseln mit ihren Dörfern aus weißen Würfelhäusern und idyllischen Fischerhäfen, Inseln, die Zeus mit einer lässigen Handbewegung – nicht anders als ein spielendes Kind einen Haufen Kieselsteine – auf diese glänzende Meeresoberfläche geworfen zu haben schien, war jedoch tatsächlich überwältigend.

Doktor Stein konnte diesem archaischen Bild nicht viel abgewinnen. Griechenland wie »der gesamte Norden« waren ihm fremd. Er wünschte sich nichts sehnlicher, als einmal aus einem offenen Kleinflugzeug auf die karge Schönheit der Judäischen Wüste hinunterzuschauen, deren »farbliche Spielarten von Braun, Gelb und Weiß je nach Lichteinfall und Tageszeit nicht in Worte zu fassen, sondern nur durch Anschauung aufgenommen und verinnerlicht werden können«. Wenn in absehbarer Zeit auf der Spitze der Al-Aqsa-Moschee die Hakenkreuzfahne wehe, werde dies möglich sein. Dann werde er in seine Heimat zurückkehren, aus der die Volksdeutschen zu Kriegsbeginn überhastet geflüchtet waren, während andere von den Briten interniert worden seien. Wie alle Palästinadeutschen war auch Doktor Stein ein Nachkomme jener, bis dahin schon einige Tausend Mitglieder zählenden protestantischen Sekte aus Schwaben, die Mitte des 19. Jahrhunderts nach Palästina ausgewandert war und sich selbst als »Templer« bezeichnete. Mit dem mittelalterlichen Kreuzritterorden hatten sie allerdings nur den Namen gemeinsam. Wie bei vielen Volksdeutschen war auch Doktor Steins Glaube an den Nationalsozialismus besonders ausgeprägt.

Doktor Stein hatte mir inzwischen das Du-Wort angeboten. Das konnte ich, da wir etwa gleich alt waren und keine militärischen Ränge oder Abhängigkeitsverhältnisse zwischen uns standen, schwerlich ablehnen, ohne ihn zu brüskieren. Auch wenn mir dieser Grad der Vertraulichkeit nicht unbedingt recht war, würde er die Erfüllung meines Auftrags, so glaubte ich jedenfalls, bestimmt erleichtern. Also nannte ich ihn ab diesem Zeitpunkt Gerhard. Nachdem wir also auf unserem mehrstündigen Flug über diverse Themen allgemeiner und privater Natur gesprochen hatten und ich dabei einige interessante Details über das Leben der Palästinaschwaben erfahren hatte, fragte er mich, ob er mir etwas mitteilen dürfe, das »ganz unter uns« bleiben müsse. Ich nickte, und so sagte er mir ins Ohr: »Glaubst du nicht auch, dass die Sowjetunion bald auf unserer Seite in den Krieg eintreten wird?«

»Wie kommst du darauf?« Ich gab mich erstaunt, obwohl ich mich schon darauf eingestellt hatte, dass man von Gerhard alles erwarten könne, und deshalb viel weniger überrascht war, als ich vorgab.

»Ich weiß es aus sicherer Quelle, die ich nicht nennen darf, aber wenn wir auf unseren afrikanischen und asiatischen Kriegsschauplätzen entscheidende Erfolge erzielen, werden die Soldaten der Türkei, Sowjetrusslands und Japans spätestens im Januar 1942 unsere Waffenbrüder sein. Dann sollte der Krieg bis zum nächsten Geburtstag des Führers, also in weniger als einem Jahr, gewonnen sein.«

»Und was wären die Konditionen dieses überraschenden Bündnisses?«, fragte ich, ebenfalls so leise, dass es wirklich nur Gerhard hören konnte.

»Japan erhielte China und den Pazifischen Raum samt Australien und Neuseeland als Einflusssphäre, Sowjetrussland Afghanistan und Indien und somit einen Zugang zum Indischen Ozean, die Türkei Teile Griechenlands samt den ihrer Küste vorgelagerten Inseln, Kreta, Zypern und Teile des persischen Aserbaidschan. Die Hegemonie der USA über Nord-, Mittel- und Südamerika und die Herrschaft über Hawaii und die Philippinen würde bei wohlwollender Neutralität nicht angetastet. Der Rest würde uns zufallen, wobei Großbritannien bei einem rechtzeitigen ehrenvollen Waffenstillstand die Kolonien in Zentralafrika, vielleicht auch Ceylon und natürlich die Besitzungen in der Karibik behalten dürfte. Italien wird vom Nahen und Mittleren Osten ferngehalten und bekommt als Kompensation ganz Jugoslawien, das restliche Griechenland und als Erweiterung ihrer äthiopischen Kolonie und Verbindungsglied zu Libyen den Sudan und den Tschad.«

Ich wusste nicht, wie ich reagieren sollte, beschränkte mich darauf, Gerhards Ausführungen »interessant« zu finden, und beeilte mich hinzuzufügen, dass unsere vordergründige Aufgabe darin bestünde, die nächsten Wochen und nicht die nächsten Jahre oder gar Jahrzehnte zu planen. Dann allerdings ließ ich mich von seiner Gedankenspielerei anstecken und meinte, jegliche Vorsicht außer Acht lassend, dass wir in diesem Krieg wohl auch ohne Sowjetrussland auskommen würden. Es wäre schade, Indien den Russen zu überlassen. Vielmehr sollte diese »arische Brudernation« unabhängig werden und mit dem Großdeutschen Reich eine Konföderation bilden, in der wir selbstverständlich die Führung innehätten. »Das ist ein kluger Gedanke«, meinte Gerhard. Nachdem wir uns also in diesem Punkt geeinigt hatten, wandten wir uns wieder alltäglicheren Dingen zu, besonders der Frage, wie wir mit der Seekrankheit, unter der wir beide in der stark schaukelnden Maschine zu leiden hatten, zurechtkommen sollten.

Rhodos und die anderen Inseln des Dodekanes waren seit 1912 eine italienische Kolonie. Erst nach dem Krieg sollten sie zu einem Teil des griechischen Staates werden. Insofern steuerten wir wieder das Territorium unserer Verbündeten an. Allerdings wussten die Italiener – von wenigen Eingeweihten abgesehen – nicht, was das Ziel unserer Operation war. Sie sollten auf keinen Fall erfahren, dass wir in den Nahen Osten unterwegs waren, was jedoch angesichts der Tatsache, dass wir gerade in Rhodos gelandet waren, schwer zu verheimlichen war. Bevor wir aber mit diesem oder ähnlichen Problemen konfrontiert waren, kreiste unser Pilot ziemlich ratlos über den Hügeln an der Südspitze der Insel, wo sich angeblich der Flugplatz einer deutschen Fliegerstaffel befinden sollte. Schließlich glaubte er, in einer grünen Mulde zwischen den karstigen Höhenzügen ein Flugfeld ausgemacht zu haben. Ich weiß bis heute nicht, ob der Rasen, auf dem wir landeten, tatsächlich als Flugfeld genutzt wurde. Es sah nicht danach aus, aber wir kamen heil hinunter und auch wieder hinauf, nachdem uns ein Einheimischer erklärt hatte, der deutsche Flughafen befinde sich auf der anderen Seite der Insel.

Es war nicht leicht, aus der engen Schlucht wieder herauszukommen. Diesmal ignorierte niemand mehr leichtfertig das Kommando »Festhalten!« In einem der dramatischsten Augenblicke dieses gewagten Flugmanövers sah ich die Spitze des Felsmassivs, das wir überfliegen mussten, keine fünf Meter unter dem Rumpf unserer überladenen Maschine, und als ich zwei Stunden später auf der Terrasse des deutschen Fliegercasinos ein Glas Weißwein trank, eine Zigarre rauchte und den warmen mediterranen Abend genoss, hatte ich, wie selten zuvor in meinem Leben, das Gefühl, für jeden Augenblick, den ich noch leben durfte, dankbar zu sein und diese Gegenwärtigkeit des Daseins lustvoll und mit jeder Faser meines Körpers zu genießen. Nach dem zweiten Glas erwog ich sogar kurzzeitig, das Pupperl zu verführen, verwarf diese Idee aber wieder.

Mit mir am Tisch saßen Hauptmann Kohlhaas und zwei Piloten der in Rhodos stationierten Bomberstaffel, die gegen den von den Briten kontrollierten Suezkanal eingesetzt wurde. Die beiden Luftwaffenoffiziere, deren Namen mir leider entfallen sind, waren reizende und kultivierte junge Leute, deren Gegenwart ich sehr genoss. Der Ältere der beiden – er hatte, welch angenehme Überraschung, in Breslau zwei Semester Philosophie studiert, bevor er sich als Freiwilliger zur Luftwaffe gemeldet hatte – beschrieb in allen Details, was es bedeutete, unter starkem Flakfeuer Angriffe gegen die britischen Stellungen in Ägypten zu fliegen. »Der Suezkanal liegt wie ein Strich unter dir, und wenn du der Todesangst und den Explosionen entronnen bist, abdrehst und zurückfliegst, lassen dich die Erhabenheit der Wüstenlandschaft, die Gebirgszüge auf der Sinaiinsel und das Delta des Nils in der Ferne die Mystik des Daseins erahnen. Es lohnt sich, für diesen Augenblick zu leben, nicht für den Kampf, sondern für den Ausblick und das Pochen in den Schläfen, das langsam nachlässt, wenn das Schlimmste vorbei ist, und dieses Gefühl, als hätte man eine starke Droge genommen, nur dass keine Droge jenes Gefühl simulieren kann, das du in diesem Moment unmittelbar und rein zu genießen vermagst.«

Es schien, als hätte der junge Pilot mir aus der Seele gesprochen, als hätte er meine Empfindungen, meine Ahnung dessen, was mich in diesem Krieg erwartete, gespürt, während Hauptmann Kohlhaas die Nase rümpfte und trocken kommentierte: »Da hatte ich 1918 als junger Bursche im feuchten Schützengraben in Flandern eine sicher weniger mystische, aber nicht minder mörderische Landschaft zum Kriegführen. Die Kameraden sind dort ganz und gar unmetaphysisch abgekratzt.«

Ehe unsere beiden neuen Luftwaffenfreunde auf diese prosaische Bemerkung reagieren konnten, betrat Grobba die Terrasse und bat uns, ihm in ein Hinterzimmer des Casinos zu folgen, in dem nur die Mitglieder unserer Delegation versammelt waren. Dort eröffnete er uns, dass er, so die Weisung aus Berlin, die ihn eben erreicht hatte, nicht mehr offiziell als Gesandter und auch nicht unter seinem richtigen Namen auftreten dürfe.

»Was soll das heißen?«, fragte jemand. »Heißt es, dass Sie nun inkognito weiterreisen und jemand anderer Ihre Aufgaben und Funktionen übernimmt?«

»Keineswegs«, erklärte Grobba. »Es bleibt alles wie bisher. Wir reisen auf Wunsch der neuen irakischen Regierung als offizielle diplomatische Vertreter des Reiches, als Militärberater und als Verbündete nach Bagdad. Nur die Bezeichnungen Botschaft oder Gesandtschaft dürfen nicht mehr geführt werden, genauso wie mein Name unerwähnt bleiben sollte. Fragen Sie mich nicht, warum. Ab nun heiße ich Herr Gehrke. Selbstverständlich bleibe ich weiterhin Leiter der Delegation. Die gute Nachricht ist, dass die Franzosen mit der Überfluggenehmigung keine Schwierigkeiten machen.«

»Das klingt sehr nach einem Kampf zwischen Ribbentrop und

Bormann«, flüsterte mir Hauptmann Kohlhaas ins Ohr. »Sieht ganz danach aus, als wäre die erste Runde unentschieden ausgegangen.«

Schon leicht alkoholisiert, wie ich war, sagte ich halblaut: »Liegt denn nicht auch ein Hauch Ironie darin, dass wir als Deutsche auf einer von Italien verwalteten griechischen Insel den Aufstand des arabischen Volkes gegen das britische Joch vorbereiten, dabei auf die Überfluggenehmigung über das von Frankreich besetzte Syrien angewiesen sind, obwohl wir vor einem Jahr Frankreich selbst besiegt haben und es besetzt halten, und das Ganze als hochoffizielle Delegation, deren Leiter jedoch unter falschem Namen reist?«

»So etwas nennt man Weltkrieg«, murmelte er. »Aber Sie haben recht damit, dass man es vielleicht ironisch betrachten sollte.«

Hauptmann Kohlhaas wusste, dass er mir vertrauen konnte, und auch ich musste in den Gesprächen, die ich mit ihm führte, nicht jedes Wort auf die Waagschale legen.

10

In dieser Nacht schlief ich noch schlechter als in den beiden vorangegangenen, so als ahnte ich, dass alles, was wir bis jetzt erlebt hatten, nur ein harmloses Urlaubsabenteuer gewesen war. Wir flogen erst um vierzehn Uhr ab, weil Grobba, pardon – Gehrke, auf einen Kollegen namens Rahn warten musste, der als unser Verbindungsmann in Syrien fungieren sollte. Bis es so weit war, hatten Hauptmann Kohlhaas und ich noch die lästige Gegenwart eines italienischen Oberstleutnants zu ertragen, der sich im Speiseraum der Offiziersunterkünfte zu uns gesellte und mit allen, direkten wie indirekten, Mitteln den Zweck und das Ziel unserer Reise zu erfragen versuchte. Da wir sehr reserviert reagierten, zählte er schließlich großspurig all die Orte auf, die wir seiner

Meinung nach ansteuern könnten: »Aleppo, Damaskus, Mossul, Kirkuk, Bagdad …«

Wir reagierten mit eisigem Schweigen.

»Antalya, Diyarbakır, Ankara …«

»Wollen Sie unsere Geographiekenntnisse überprüfen, Herr Oberstleutnant?«, fragte Hauptmann Kohlhaas, der übrigens gut Italienisch sprach, obwohl wir es diesmal vorzogen, die Unterhaltung auf Französisch zu führen.

»Das sind alles Orte, durch die die römischen Legionen einst marschiert sind«, verkündete der italienische Offizier.

»Nun sind die alten Römer aber alle schon lange tot«, sagte Hauptmann Kohlhaas und glaubte, damit das Gespräch beenden zu können. Der Oberstleutnant, der wieder in seine Muttersprache gewechselt hatte, hörte jedoch nicht auf, etwas vom »Imperio Romano« zu faseln, das spätestens bis zum Jahre »venticinque della era fascista«, also 1947, mit Hilfe des Duce und des Führers wiederhergestellt sein würde.

»Sie wissen ja, wie es dem Imperium Romanum ergangen ist, als es sich in seiner Spätphase mit diversen germanischen Führern verbündet und deren Krieger als römische Foederati ins Land gelassen hatte«, flüsterte ich Hauptmann Kohlhaas zu, natürlich auf Deutsch.

»Pschscht!«, erwiderte dieser grinsend. »Das habe ich jetzt nicht gehört … Auch wenn die Vorstellung, dass wir auf den Spuren des großen Vandalenkönigs Geiserich voranschreiten, nicht ganz abwegig ist.«

Im Tiefflug versuchten wir, das östliche Mittelmeer so schnell wie möglich hinter uns zu lassen. Wir flogen an der türkischen Südküste entlang, um den britischen Aufklärern nicht aufzufallen, und doch weit genug vom Festland entfernt, um die türkische Neutralität in diesem Krieg nicht zu verletzen. Unser nächstes Ziel war die Stadt Aleppo in Syrien, wo wir noch vor Einbruch der Dunkelheit eintreffen sollten.

Rechts von mir am Fenster saß wieder Fräulein Niemetz. Professor Haselbauer hatte sein »Pupperl« den ganzen Vormittag über die Maßen in Anspruch genommen. Sie war froh, etwas Ruhe von ihm zu haben, und meine Gegenwart war ihr, wie ich merkte, nicht unangenehm. Der Blick aus dem Fenster, nach Süden hin, gab die Sicht auf eine leere, bis zum Horizont reichende Wasseroberfläche preis, die in der südlichen Frühlingssonne glänzte.

»Wie schade, kein einziges Schiff«, sagte Pupperl. »Sogar auf der Donau ist mehr Verkehr.«

»Seien Sie froh, Fräulein Elfie, dass wir kein Schiff zu Gesicht bekommen«, bemerkte Hauptmann Kohlhaas, der in der Sitzreihe vor uns saß. »Ein britischer Konvoi würde unseren Standort sofort nach Zypern durchgeben.«

»Ich bin auch froh, wenn wir hier durch sind«, hörte ich Gerhards Stimme. »Eine Wahrsagerin, eine uralte Beduinenfrau, hat mir zwar einmal prophezeit, dass ich im Wonnemonat Mai sterben würde. Das Jahr hat sie mir großzügigerweise aber nicht verraten.«

Pupperls Körper sackte in sich zusammen, so dass ihre Brust, deren beeindruckende Ausmaße nicht nur meine Blicke immer wieder fesselten, beinahe ihre Oberschenkel berührte. Es kostete mich einige scherzhafte Phrasen über den Schnitter Tod, der gerade auf Urlaub weile, und ein paar andere Albernheiten dieser Art, um wieder ein Lächeln in ihr angsterfülltes Gesicht zu zaubern.

Nach einigen Stunden tauchten auf unserer Steuerbordseite die Umrisse Zyperns, dieser als fast uneinnehmbar geltenden britischen Kronkolonie, auf. Wolken lagen über der Insel. Die bewaldeten Höhenzüge, den Olympos, den höchsten Berg, und die Karpas-Halbinsel konnte man nur erahnen. Unser Pilot steuerte die Maschine noch tiefer und fragte dann Hauptmann Kohlhaas, der neben ihm selbst als Einziger von unseren Passagieren über einige Kampferfahrung verfügte: »Können Sie mit dem Bordmaschinengewehr umgehen, Herr Hauptmann?«

»Natürlich«, antwortete dieser. »Ich habe es heute vor Flugantritt schon inspiziert. Allerdings liegen meine praktischen Kenntnisse der Flugzeugabwehr mit dem am MG angebrachten Richtkreis mehr als zwanzig Jahre zurück. Und die Zielgenauigkeit bei beiderseitiger Geschwindigkeit ist ein Kapitel für sich.«

»Dann achten Sie darauf, im Ernstfall nicht den Spanndraht unserer eigenen Maschine entzweizuschießen.«

»Wie stehen denn unsere Chancen, wenn wir tatsächlich englischen Jagdfliegern begegnen?«, fragte ich den Hauptmann.

»Schlecht ... Eigentlich gleich null, wenn man bedenkt, dass wir in überladenen Transportmaschinen unterwegs sind. Aber es hat keinen Sinn, sich jetzt noch darüber Gedanken zu machen.«

Doch ich hatte ohnehin keine Zeit mehr zum Grübeln. Kaum dass Hauptmann Kohlhaas seinen Satz beendet hatte, schrie unser Pilot, das erste Mal mit einem Ansatz von Nervosität in der Stimme: »Feindliche Jagdflieger auf Steuerbord!« Und schon vollführte unsere Maschine ein seltsames Manöver, dessen Sinn ich nicht durchschaute, das aber den Horizont zuerst nach oben und dann zur Seite kippen ließ, bis er ganz aus meinem Blickfeld verschwand. Mein Magen wurde währenddessen beinahe gegen den Gaumen gedrückt. Während die Passagiere sich mehr schlecht als recht bemühten, ihre Köpfe und Gesichter vor den herumfliegenden Gegenständen, den Sitzkanten oder den Bordwänden zu schützen, bewegte sich Hauptmann Kohlhaas schnell und mit bemerkenswerter Geschicklichkeit in den hinteren Bereich des Flugzeugs, wo sich das MG und die Schießscharte befanden. Augenblicke später hörten wir deutlich, wie gut er mit der Waffe umgehen konnte.

Manche Menschen können sich an die dramatischsten Momente ihres Lebens detailliert erinnern, andere wissen später überhaupt nicht mehr, was geschehen ist, oder berichten von Ereignissen, die nie stattgefunden haben. Ich selbst kann nicht mehr mit Sicherheit sagen, wie lange der nun folgende Luftkampf andauerte und ob die Abfolge der Bilder, die mein Erinnerungsvermögen nach so vielen Jahren zu reproduzieren vermag, chronologisch oder willkürlich, vollständig oder bruchstückhaft ist. Mit Bestimmtheit weiß ich noch, dass ich unzählige Jagdflugzeuge sah, die von allen Seiten auf uns zurasten und aus allen Rohren feuerten, dass die Geschosse nur um Haaresbreite über meinem Kopf die Bordwand durchschlugen und mit einem widerwärtigen Pfeifen an mir vorbeiflogen. In Wirklichkeit waren es nur zwei Flugzeuge, die uns angriffen, und bei der späteren Schadensbestandsaufnahme wurden nur drei Einschusslöcher gezählt. Die Situation war dennoch dramatisch genug. Unser Pilot wie auch sein nicht minder bravouröser Kollege in der anderen Maschine versuchten den Mangel an Geschwindigkeit, Wendigkeit und Bewaffnung, den wir gegenüber unseren Angreifern hatten, durch gewagte Manöver auszugleichen. Beide hatten sich im Luftkampf über England ausgezeichnet und waren deshalb speziell für unsere Mission ausgewählt worden. Als wir jedoch im Sturzflug auf die Wasseroberfläche zurasten, glaubte ich berechtigterweise, die letzten Augenblicke meines Lebens seien gekommen. Ich wurde in den Sitz gedrückt, konnte kaum atmen, meine Nase blutete. Das Ende kam mit exponentieller Beschleunigung auf mich zu. Dabei wollte ich keineswegs schon mit 33 Jahren einen solch sinnlosen Tod sterben. In den wenigen Sekunden, die mir blieben, dachte ich an all die wichtigen Bücher, die ich nicht würde schreiben können, an meine Familie, meine Eltern und, ich gebe es zu, daran, was der Welt an wissenschaftlicher Erkenntis durch meinen frühzeitigen Tod verlorenginge. Ein solches Ende hatte ich wahrlich nicht verdient. In meinem Innersten drängte alles danach, um Hilfe zu schreien, doch war mir die Sinnlosigkeit eines solchen Gefühlsausbruchs wohl bewusst, und so blieb ich stumm. Trotz des Schockzustands, in dem ich mich befand, hatte ich mir die Fähigkeit zum klaren Denken bewahrt, worauf ich heute noch, 45 Jahre später, ein wenig stolz bin. Unterdessen hatte sich Pupperl an mir festgeklammert. Ihr Kreischen übertönte sogar das Knattern der MGs. Ihre Brüste rieben sich an meinem Oberkörper. Seltsamerweise empfand ich das als angenehm und tröstlich. Wenn schon sterben, dann in den Armen einer schönen Frau. Hätte ich die Möglichkeit dazu gehabt, wäre ich in sie hineingekrochen. Die Schreie der Verzweiflung wurden unterdessen immer lauter. Irgendwer rief nach seiner Mutter. Ein anderer brüllte unentwegt den Namen Erika. Ob es sich dabei um seine Frau, seine Verlobte oder seine Geliebte handelte, wollte ich später nicht nachfragen. Gott und Jesus kamen in allen Varianten vor, genauso wie der Teufel und die schlimmsten Schimpfwörter, die man sich vorstellen kann. Trotz des Lärms konnte ich fast alles hören. Meine Sinne waren in diesem Augenblick der höchsten Aufregung wohl besonders aufnahmefähig, es sei denn, sie haben mir bei dem einen oder anderen Detail einen Streich gespielt. Ich glaubte sogar einen jungen Diplomaten die Worte »Siegfried, oh mein Liebling!« rufen zu hören. Da wollte ich später natürlich erst recht nicht nachfragen.

Dann schoss mir der Mageninhalt in den Mund und wurde, bevor ich ihn ausspucken konnte, in den Magen zurückgedrückt. Unser Pilot hatte die Maschine nur wenige Meter über der Wasseroberfläche abgefangen. Nun rasten wir der Sonne entgegen. Ehe ich realisiert hatte, was geschehen war, hörte ich die Stimme des Hauptmanns, ein Triumphgeheul, ein Urlaut, wie ich es weder vorher noch nachher jemals von ihm vernommen habe: »Erwischt! Erwischt! Erwischt!« Dann folgte ein Knall. Tief unter uns sah ich Feuer und Rauch sowie Teile von verbogenem Metall, die durch die Luft flogen. Pupperls Fingernägel bohrten sich in meinen Rücken. Sie presste ihr Gesicht gegen meinen rechten Oberarm und meine Achselhöhle, hörte aber trotzdem nicht auf, Laute von hoher Frequenz von sich zu geben. Ihr rechtes Bein hatte sie angewinkelt über meine Knie geschlungen. Etwas

Feuchtes, Ekliges traf mich im Gesicht, Blut und Erbrochenes, das weder von mir noch von Pupperl stammte. Das Flugzeug machte inzwischen eine Rechtskurve, die so scharf war, dass Pupperl mit dem Rücken auf die Bordwand und ich, da mein Gurt inzwischen gerissen war, auf sie hinauf fiel. Eine zweite Explosion, ganz in der Nähe, ließ mein Trommelfell beinahe platzen. Eine unsichtbare Kraft schleuderte uns von der Steuerbord- auf die Backbordseite, aber alle Glücksgöttinnen dieser Welt müssen ihre schützenden Hände über uns gehalten haben, denn weder ich noch Pupperl, die nun ihrerseits auf mich gefallen war und mich zu erdrücken drohte, während diesmal ich es war, der auf dem Rücken lag, trugen Verletzungen irgendwelcher Art davon.

Auf einmal war alles vorbei. Das Knattern des Maschinengewehrs hörte auf. Das Schaukeln ließ allmählich nach. Der Pilot drosselte die Geschwindigkeit, und das Erste, was ich hörte, als das Ohrensausen allmählich nachließ, war Gerhards schwache Stimme: »Sebastian, kann es sein, dass wir wirklich noch am Leben sind, oder bilde ich mir das nur ein?«

11

Die überschwänglichen Glückwünsche, mit denen Hauptmann Kohlhaas von allen Passagieren und auch von unserem Piloten überhäuft wurde (sogar das Ritterkreuz erster Klasse brachte jemand zur Sprache), konnten nicht darüber hinwegtäuschen, dass die Gefahr noch nicht vorüber war. Ob unser Zusammentreffen mit den beiden Jagdfliegern ein Zufall oder die Folge einer gezielten Aktion gewesen war, konnten wir nicht wissen. Letzteres schien eher unwahrscheinlich zu sein, doch wirklich entspannen konnten wir uns erst, als endlich die syrische Küste vor uns auftauchte. Der Hauptmann selbst nahm die ihm entgegengebrachte Bewunderung mit schnoddriger Gelassenheit hin. Ich selbst säuberte mir zuallererst das Gesicht, richtete meine Haare und versuchte, meiner Uniform durch das Schließen der Knöpfe und das Zurechtbiegen des Kragens wieder eine annähernd zivilisierte Form zu geben. Erst jetzt bemerkte ich, dass meine Hose im Schritt feucht war, eine Peinlichkeit, die mir angesichts dessen, was wir überstanden hatten, vertretbar erschien, zumal ich, wie ich bald bemerkte, nicht der Einzige war, der mit diesem Makel behaftet war.

Es verging einige Zeit, bis wir bestürzt feststellen mussten, dass wir einen tragischen Verlust erlitten hatten. Professor Haselbauer war durch einen Schuss in den Hals getötet worden. Dies trübte unseren glänzenden »Sieg« über die Briten. Während die meisten noch betreten die Köpfe sinken ließen, meinte Doktor Möhrle, der früher stellvertretender Generalkonsul in Sansibar und Botschaftssekretär in Kairo gewesen war und nach dem Krieg als Kulturattaché die Interessen der Bundesrepublik an den deutschen Botschaften in Pakistan und dem Iran vertreten sollte: »So schlimm es auch ist, dennoch muss ich sagen, dass die Vorsehung ihre Entscheidung nicht ganz ungerecht getroffen hat. Schließlich war der von uns allen geschätzte Professor Haselbauer ein alter Mann. Wie tragisch wäre es erst, wenn es einen unserer Jüngeren getroffen hätte, jemanden, der das ganze Leben noch vor sich hat ...«

Unsere andere Maschine funkte uns an. Wir erfuhren, dass auch dort die Schäden verhältnismäßig gering waren. Unglücklicherweise war eine unserer Sekretärinnen, ich glaube, ihr Name war Monika Voss, getötet worden, was neben der menschlichen Tragödie vor allem insofern ärgerlich war, als Fräulein Voss Arabisch gesprochen und die arabischen Stenographiezeichen beherrscht hatte. Außerdem hatte sich der französische Offizier, den uns die Vichy-Regierung als Verbindungsmann zugewiesen hatte und den wir, so wie Rahn, in Rhodos an Bord genommen hatten, den rechten Arm gebrochen, was aber insofern nicht weiter von Bedeutung war, als er uns ohnehin nur bis Syrien begleiten sollte.

Kriegszeiten haben ihre eigenen Regeln. Es überraschte mich, wie rasch sich, nachdem wir gerade erst dem Tod ins Auge geblickt hatten, die Normalität wieder einstellte. Hauptmann Kohlhaas, dessen militärisches Auftreten nicht darüber hinwegtäuschen konnte, dass er – ein ehemaliger Richter und in seiner württembergischen Heimat außerdem ein bekannter Schriftsteller – ein gebildeter und an Kultur interessierter Mann war, berichtete Gerhard alles, was er über die Geschichte und Gegenwart des Libanon und Syriens wusste, ein Land, das wir, »wenn wir nicht doch noch abgeschossen werden«, demnächst überfliegen sollten. Gerhard zeigte sich über die Maßen interessiert, wohl um dem »Helden von Zypern« gefällig zu sein.

Den Körper des armen Professors hatten wir notdürftig in eine Decke gewickelt und im hinteren Bereich des Flugzeugs abgelegt. Doktor Möhrle meinte bei dieser Gelegenheit, wir sollten ihn »unter Wahrung des höchstmöglichen Respekts« aus der Maschine werfen, was analog zur international üblichen Seebestattung einer »Luftbestattung« gleichkäme. Dies sei viel sinnvoller als der bürokratische und finanzielle Aufwand eines Rücktransports in die Heimat oder eines Begräbnisses in Syrien. Die Familie des Toten würde sicher Verständnis aufbringen. Wir sollten den Vorgang baldigst durchführen, jedenfalls noch bevor wir die Küste erreicht hätten, »um niemanden zu gefährden«. Hauptmann Kohlhaas meinte scharf, er wolle von einem solchen Unsinn nichts hören, und damit war das Thema vom Tisch.

Zypern verschwand hinter uns am Horizont, und bald tauchte die syrische Küste vor uns auf, was sehr zur weiteren Verbesserung der Stimmung an Bord beitrug. »Sehen Sie diese ansteigenden Höhenzüge«, sprach Hauptmann Kohlhaas mit Begeisterung in der Stimme. »Einst wuchsen hier jene berühmten Zedern, die schon seit Hirams und Salomos Tagen gründlich abgeholzt wurden. Die Phönizier bauten daraus ihre Schiffe, mit denen sie das Mittelmeer befuhren und Karthago gründeten.«

»Ja, ja, ich weiß«, murmelte Gerhard.

Eine Weile später überflogen wir einen Festungshügel, die Saladinsburg, das Wahrzeichen von Aleppo, und landeten, wie geplant noch vor Einbruch der Dunkelheit, auf dem französischen Militärflughafen.

Der Empfang war hier ganz anders als in Italien. Der Flugplatz war in einem ausgezeichneten Zustand, zum Teil sogar asphaltiert. Die französischen Offiziere trugen tadellos saubere Uniformen, salutierten zackig und wiesen das Flughafenpersonal, das für die anstehenden Wartungsarbeiten schon bereitstand, an, sich um unsere Maschinen zu kümmern. Ein Vertreter des in Damaskus residierenden Präfekten schüttelte jedem von uns persönlich die Hand und fand dazu ein paar freundliche, wenn auch – wie meist bei solchen Anlässen – nichtssagende Worte. Als er von unserem Luftkampf und seinem glücklichen Ausgang erfuhr, rollte er theatralisch die Augen und schrie: »Mon dieu, quel horreur!« Seinem ganzen Auftreten und artifiziellen Habitus nach zu schließen, wäre ihm wohl ein anderer Ausgang des zypriotischen Zwischenfalls lieber gewesen. Freundlich, korrekt, aber keineswegs auf eine glaubwürdige Weise herzlich waren auch die französischen Offiziere, mit denen ich später Gelegenheit hatte, zu Abend zu essen. Mir wurde bald klar, weshalb sie über unsere Anwesenheit wenig erfreut waren. Das lag einerseits daran, dass wir Deutschen bei unseren französischen Nachbarn nach der vernichtenden Niederlage, die wir ihnen 1940 zugefügt hatten, nicht sonderlich beliebt waren, und dies zu Recht, wenn man bedenkt, dass man unser Besatzungsregime in ihrem Heimatland nicht gerade als Urlaub bei Freunden bezeichnen konnte. Andererseits mussten sie damit rechnen, dass unser Auftauchen und die Vorbereitung einer deutschen Militäraktion im Irak den Briten einen willkommenen Anlass bieten würde, um gegen das von Vichy-

Frankreich verwaltete Syrien vorzugehen. Dann müssten die Franzosen pflichtgemäß gegen ihre ehemaligen Waffenbrüder Krieg führen. Dies sollte eineinhalb Monate später auch tatsächlich geschehen. Bei der britischen Eroberung Syriens und des Libanons, die von Palästina und Transjordanien aus erfolgte, verlor übrigens der spätere israelische General Mosche Dajan, der damals als junger Mann noch in der britischen Armee diente, sein linkes Auge, was ihm seine schwarze Augenklappe und sein unverwechselbares Aussehen bescherte. Von all diesen Dingen wusste ich damals natürlich noch nichts, und wenn ich es gewusst hätte, hätte es mich wenig interessiert, denn die Aufregung, die ich überstanden hatte, und die daraus folgende nervliche Überlastung machten mir auf einmal mehr zu schaffen, als mir recht war. Ich verspürte ein plötzliches Gefühl der Schwäche und der Übelkeit und musste meine gesamte Kraft aufbringen, um eine einigermaßen gute Figur zu machen, eine oberflächliche Konversation auf Französisch zu führen, an die ich mich kaum mehr erinnern kann, oder ein Essen hinunterzuwürgen, das mir trotz seiner guten Qualität überhaupt nicht schmeckte. Ich nahm alles wie durch einen Nebel wahr. Ein bezeichnender Zwischenfall ist mir trotzdem in Erinnerung geblieben.

Der französische Kommandant hatte gemäß der Flugplatzordnung einen bewaffneten Posten neben unsere Maschinen gestellt. Dieser war ein fast zwei Meter großer Senegalese, der die Order erhielt, niemanden an die Maschinen heranzulassen. Als nun unser Pilot irgendetwas aus seinem Flugzeug holen wollte, baute sich der schwarze Soldat mit aufgepflanztem Bajonett vor ihm auf und drohte in einem mir nur schwer verständlichen Französisch, den Piloten und jeden anderen zu erschießen, der unseren beiden Flugzeugen zu nahe käme. Der Hinweis, dass wir doch die Besitzer derselben seien, fruchtete nichts. Die Situation drohte zu eskalieren, als unser Pilot nun seine eigene Pistole zog und damit auf den Kopf des Afrikaners zielte. »Ich schieß den

Neger über den Haufen!«, brüllte er. Nicht einmal im Luftkampf hatte ich ihn jemals so aufgeregt erlebt. »Was erlaubt er sich! Wir haben hier das Sagen. Ich lasse mich von diesen Franzosen und ihren Negern nicht so behandeln! Wozu haben wir sie sonst besiegt? Jetzt sollen sie gefälligst tun, was wir ihnen sagen.« Es kostete Hauptmann Kohlhaas einige Mühe, ihn zu beruhigen. »Aber schauen Sie doch«, erklärte er mit sanfter Stimme. »Der Neger ist ein Soldat wie Sie und ich. Er hat seine Order. Was soll er denn machen?« Schließlich musste ein französischer Korporal geholt werden, der dem Senegalesen den Befehl erteilte, uns zu unseren Maschinen zu lassen. Unsere Piloten und auch einige andere Mitglieder unserer Delegation hörten jedoch nicht auf, sich zu empören, und als Grobba und Rahn sich in die Stadt aufmachten, um mit dem französischen Kommandanten und dem Vertreter des Präfekten zu Abend zu essen, während dies allen anderen, insbesondere den Uniformierten, auf französischen Befehl hin nicht gestattet wurde, erreichte die Aufregung ihren Höhepunkt. »Aber WIR sind doch die Sieger!«, schrie jemand. »Die haben uns nichts zu befehlen!« Diesmal musste Grobba sein gesamtes Verhandlungsgeschick aufbringen, um eine weitere Eskalation zu vermeiden. Er erklärte den wutentbrannten Piloten, dem Funker und einem jungen Offizier, dass Frankreich laut Waffenstillstandsabkommen die alleinige Kontrolle über seine Kolonien behalten habe. Insofern dürften wir Deutsche, Ironie der Geschichte, in Paris, Reims oder Straßburg schalten und walten, wie es uns beliebt, nicht aber in Algier, Dakar oder Aleppo. Wir seien »vorläufig noch«, wie Grobba betonte, als Gäste, nicht aber als Herren nach Syrien gekommen.

12

Am nächsten Tag sollten wir nach Mossul und von dort nach Bagdad weiterfliegen. Mit etwas Glück würden wir also am Ende des fünften Tages unserer Reise oder am Beginn des sechsten unser Ziel erreichen. Nun hätte ich mich gerade in dieser Nacht gerne ausgeschlafen. Doch das mir zugewiesene Quartier in einer Gästebaracke der Offiziersunterkünfte war zwar sauber, aber mehr als spartanisch. Die nächsten Stunden sollte ich in der intimen Atmosphäre eines fünf Quadratmeter großen Zimmerchens mit hartem Bett, einem Moskitonetz vor dem Fenster und einer Stange, an der Kleiderbügel hingen, verbringen. Ich stellte fest, dass sich die Toiletten draußen auf dem Flur befanden und das elektrische Licht nicht funktionierte. Zumindest stand auf dem Fensterbrett eine funktionstüchtige Petroleumlampe bereit. Nun war mir nach den Ereignissen des Tages, wie ich bald feststellte, nicht zum Schlafen zumute. Hauptmann Kohlhaas mag alles gelassener genommen oder mit dem routinierten Gleichmut eines alten Soldaten ertragen haben. Er hatte sich auch – zur Freude unzähliger bissiger Insekten – kurzerhand entschlossen, die Nacht unter freiem Himmel in der Nähe der Flugzeuge zu verbringen. Mich jedoch hatte die Erfahrung des nahenden Todes in einen seltsamen Zustand von Wachheit und Vitalität versetzt, dem gleichsam etwas Irreales, etwas Zwielichtiges, Bedrohliches wie Faszinierendes anhaftete. Ich fühlte mich wie Aeneas auf seinem Weg aus dem Schattenreich zurück zu den Lebenden, jedoch noch bevor die ersten Sonnenstrahlen ihm die Gewissheit geben konnten, dem Reich der Toten tatsächlich entronnen zu sein.

Kaum hatte ich die Augen geschlossen, sah ich die dunklen Geister, die mich schon in ihren Fängen gehabt und in die Tiefe gezogen hatten. Also verließ ich das Bett, machte mich frisch, soweit dies an einem Ort wie diesem überhaupt möglich war, kleidete mich an und begab mich hinaus ins Freie. Es war fast Mitternacht. Die Lichter der Stadt waren schon erloschen, und auch der Flughafen war kriegsbedingt nicht erleuchtet. Im schwachen Mondlicht zwischen unserer Baracke und jener, in der die französischen Offiziere untergebracht waren, sah ich eine Gestalt, die ich zuerst für einen Wachposten hielt. Bei genauerem Hinsehen erkannte ich, dass es Pupperl war. Sie lehnte am Zaun, der die beiden Baracken verband, und schluchzte.

Den ganzen Abend lang hatte sich Pupperl im Hintergrund gehalten, hatte weder etwas gegessen noch getrunken und sich aus allen Gesprächen herausgehalten. Nach dem Luftkampf hatte sie bis zur Landung apathisch auf ihrem Sitz gesessen und auf Worte des Trostes oder der Aufmunterung nur mit Kopfnicken, einem gelegentlichen »Ja« oder »Nein« oder überhaupt nicht reagiert. Es schien, als sei ihr die Lebendigkeit abhandengekommen, als wäre sie tatsächlich zu einer Puppe geworden, einer Figur aus Kunststoff und Gummi mit einem im Inneren versteckten Mechanismus, der sie in regelmäßigen Abständen eine begrenzte Anzahl von Standardbewegungen machen und ein paar Worte reden ließ. Nachdem wir gelandet waren, hörte ich jemanden von unseren Passagieren – ich glaube, es war ein noch recht junger Hauptmann namens Leuthäußer – Doktor Grobba fragen: »Herr Gehrke, was passiert nun eigentlich mit Pupperl? Sollen wir sie, nachdem Professor Haselbauer nun leider tot ist, hier in Syrien lassen, nach Deutschland zurückschicken oder in den Irak mitnehmen?«

»Darüber habe ich mir auch schon Gedanken gemacht«, bemerkte Hauptmann Kohlhaas.

Grobba dachte genau drei Sekunden nach und verkündete: »Mitnehmen! Wir teilen sie unserem Sekretariat zu. Dort haben wir ja ohnehin einen Ausfall …« Dann ließ er Pupperl zu sich rufen. »Fräulein Niemetz, können Sie Arabisch?«

»Leider nicht, Herr Doktor Gro… Gehrke.«

»Steno?«

»Ja.«

»Maschinschreiben?«

»Ja.«

»Englisch?«

»Ja.«

»Haben Sie Kinder oder einen Verlobten, den Sie demnächst heiraten wollen?«

»Nein.«

»Ausgezeichnet. Wenn wir in Bagdad sind, melden Sie sich bitte bei Frau Wängler. Sie wird Ihnen Ihr Aufgabengebiet zuweisen.«

»Sehr wohl, Herr Doktor.«

»Die hat aber alles gut weggesteckt«, sagte Grobba zu Hauptmann Kohlhaas, nachdem Pupperl gegangen war. In welchem Zustand sich die junge Frau tatsächlich befand, war ihm offensichtlich entgangen.

Als ich sie am Zaun zwischen den beiden Baracken stehen sah, dachte ich zuerst, sie wolle mit ihren Tränen allein bleiben, und wollte mich schon leise wieder entfernen, als ich hinter meinem Rücken ihre Stimme hörte: »Bleiben Sie doch! Bleiben Sie bei mir. Bitte!« Ich ging zu ihr und nahm sie in die Arme.

»Sie waren heute sehr tapfer, Fräulein Elfie«, sagte ich. Auf das förmlichere Fräulein Niemetz zu verzichten, schien mir in diesem Augenblick angemessen zu sein.

»Ich will zurück nach Zipf«, schluchzte sie.

»Das kann ich verstehen«, sagte ich leise und dachte, dass ich selbst in den schlimmsten Momenten meines Lebens wohl überall auf der Welt sein wollte, nur nicht in Beuthen, dem Ort meiner Geburt.

»Herr Oberleutnant?«

»Ja?«

»Woran haben Sie gedacht, als … alles zu Ende schien?«

»An meine Kinder … Und Sie?«

»Ich weiß nicht mehr. Aber danach, als alle anderen plötzlich so unnatürlich fröhlich wurden, erinnerte ich mich an ein Gedicht, das ich einmal gelesen habe, und es ging mir nicht aus dem Sinn, und ich habe mich daran festgehalten: *Vielleicht muss einer düngen, pflügen, graben und ein Erhalter und Bewahrer sein, ein andrer aber nichts als Beine haben, die rastlos fallen in ein Schreiten ein.*«

»Rastlos«, flüsterte ich. »Wer ist es nicht in unserer Zeit, wenn man bedenkt …«

»Nein«, unterbrach sie mich. »Reden Sie nicht weiter.«

Plötzlich küsste ich sie. Ich presste sie gegen den Zaun, ich knöpfte ihre Bluse auf, und noch während ich das tat, lagen wir schon auf der Erde, und es war mir gleichgültig, wo wir waren und ob uns jemand sehen konnte und was am nächsten Tag oder in der nächsten Sekunde sein würde, und es war der einzige Moment in meinem Leben, da ich mir selbst entglitt, mich nicht mehr leiten, festhalten und binden ließ, und den ich bitter bereut habe, aber nicht missen möchte.

Ich habe meine Frau, die ich geliebt habe und deren Tod ich noch immer betrauere, weder vor jener Nacht in Aleppo noch danach jemals wieder betrogen. Und ich hätte auf jene Minuten unkontrollierter Leidenschaft wohl verzichtet, wenn ich gewusst hätte, dass Elfie noch unberührt gewesen war, doch als mir das bewusst wurde, war sie es nicht mehr. In jener Zeit war ein »anständiges Mädchen« noch kein lächerlicher Begriff wie heute. Die meisten Männer machten ihre sexuellen Erfahrungen vor der Ehe, bevorzugten es aber, ein Mädchen zu ehelichen, das noch jungfräulich ist. Auch für meine eigene Frau war ich der erste und, soweit ich weiß, der einzige Mann in ihrem Leben.

Die Nationalsozialisten bewerteten die Abstammung des Menschen allerdings höher als Sitte und Anstand. Der liderliche Lebenswandel war eine lässliche Sünde, solange die Gene stimmten und der Nachwuchs gesund war, und in Zeiten des Krieges hatten sich Wertigkeiten und Prioritäten ohnehin so weit verschoben, dass ich nach vollzogenem Liebesakt, auf dem Rücken liegend und in den sternenklaren Frühlingshimmel schauend, kaum Schuldgefühle empfand. Weder hatte ich ein schlechtes Gewissen, meine Frau hintergangen zu haben (sie sollte nie etwas von dieser Nacht erfahren), noch Pupperl defloriert zu haben (schließlich hat sie es selbst gewollt). Ein wenig tat es mir leid für sie. Wünschte sich denn nicht jede Frau, ihr »erstes Mal« mit dem Mann ihrer Träume, idealerweise in der Hochzeitsnacht, zu erleben, anstatt mit einem verheirateten Mann, der nur einem momentanen, flüchtigen Lustgefühl nachgegeben hatte? In der Tat gingen meine Gefühle für Pupperl – ich muss es leider zugeben – nur wenig über die rein körperliche Begierde hinaus. Warum hatte ich mich nur, dachte ich nach einiger Zeit, zu einem solch triebhaften Verhalten verleiten lassen? War ich nicht ein Mensch von Kultur und Bildung, der immer an den bedingungslosen Herrschaftsanspruch der Ratio über die Triebe geglaubt hatte? Und wusste Elfie mit ihren 21 Jahren nicht, welche Wirkung sie auf einen Mann wie mich ausübte? Und wäre es nicht ihre Pflicht gewesen, sich sittsamer zu verhalten, um mich vor einem Gewissenskonflikt und möglichen Komplikationen zu bewahren? Es war ihr wohl bekannt, dass ich verheiratet war. Auch eingedenk der Umstände, in denen wir uns auf dieser Reise befanden … Fast hätte ich Pupperl, deren Kopf auf meiner Brust lag, mit Widerwillen von mir gestoßen. Ich stellte mir vor, wie sie sich im Laufe der immer dramatischer werdenden Ereignisse, die uns gewiss noch bevorstanden, einem Offizier nach dem anderen hingab. Doch ich verwarf diesen Gedanken wieder und erkannte in ihm das, was er war – eine männliche Phantasie. Außerdem hatte ich für das Vorgefallene zweifelsohne auch selbst die Verantwortung zu tragen und diese nicht ausschließlich dem jungen Mädchen, jetzt schon der jungen Frau, aufzubürden. Also schob ich Elfie sanft, aber mit unmissverständlicher Geste von mir und sagte höflich, aber mit fester Stimme: »Fräulein Elfie, lassen Sie uns beide als kluge Menschen die schönen Momente, die wir erlebt haben, als einen einmaligen Vorfall betrachten und in unserer Erinnerung weiterleben. Was mich betrifft, so wissen Sie natürlich …«

»Ich weiß«, unterbrach sie mich und begann zu weinen.

»Wir sollten wieder in unsere Unterkünfte zurückgehen«, sagte ich, während ich aufstand, meine Hose zuknöpfte und meinen Gürtel zurechtschob. »Es wird kühl, und wir sollten uns nicht erkälten.«

»Gehen Sie nur ruhig«, sagte sie. »Die Kälte macht mir nichts aus.«

Also ging ich wieder in die Baracke, konnte aber in den verbliebenen Stunden der Nacht kein Auge mehr zutun. Pupperl, der Luftkampf, meine Frau, der tote Professor Haselbauer und vieles andere kamen und gingen und bewegten sich in einer zwielichtigen, hybriden Welt zwischen Halbtraum, Phantasie und Erinnerung, und nur die Vorstellung an die bevorstehende Ankunft im Zweistromland, dem Land, das seit meiner Jugend die allergrößte Faszination auf mich ausgeübt hatte, munterte mich auf. Würde der Irak, würden die Menschen dieses Landes, die doch so sehnsüchtig das Eintreffen unserer Delegation erwarteten, mir zum Schicksal werden? Und würde mich der Tod, von dessen Schaufel ich über dem Mittelmeer mit viel Glück im letzten Augenblick gesprungen war, an den Ufern Babylons wieder einholen?

Drei

I

Letzte Nacht träumte ich wieder vom Haus mit der blauen Fassade. Es hat seine Bewohner verschlungen und an Gewicht zugelegt, ist um drei Stockwerke nach oben und um vier Fenster in die Breite gewachsen, hat den Gehsteig in die Mitte der Fahrbahn geschoben und seine Nachbarn abgeschüttelt – den eingeschossigen Betonkubus der Autoreparaturwerkstätte samt Parkplatz, Firmenschild und den Resten eines Gitterzauns hat es in die Erde gedrückt, und den sechsstöckigen Neubau mit durchgehenden, durch Trennwände aus mattem Kunststoffglas unterteilten Balkonen hat es gefressen und als Staub und Betonbrocken wieder ausgespuckt. Herausgeputzt hat es sich, das Haus mit der blauen Fassade. Seit zwanzig Jahren schon sucht es mich in meinen Träumen heim. Mit fortschreitendem Alter wird es von Traum zu Traum eitler, schmückt sich mit Erkern und Säulen, mit einer Terrasse, einem Park mit Alleen, Rosenbeeten und Platanen, einem Springbrunnen und einem künstlichen Teich mit Goldfischen, so als wäre es auf einmal etwas Besonderes, ein Generalkonsulat, ein Firmensitz oder eine Präsidentenvilla. Nur im Inneren hat es sein altes Aussehen bewahrt und die Zeichen der Zeit ignoriert. Im jugoslawischen Restaurant im Erdgeschoss wird derselbe schmalzige Balkanrock gespielt wie Ende der Achtzigerjahre. Der Besitzer hat es nicht der Mühe wert gefunden, sich ein nationales Mäntelchen umzuhängen. Auf der Speisekarte findet man immer noch ein *Jugoslawisches Hauptmenü* und einen *Serbokroatischen Nachspeisenteller*. So etwas gibt es wirklich nur im Traum.

Die Treppenstufen sind abgetreten, ganz wie früher, und vor den Türen der Pension liegen noch dieselben kitschigen Fußabstreifer mit den Darstellungen von Hunden, Katzen und Zeichentrickfiguren, den Worten *Herzlich willkommen* oder *Tretet ein*. Vor unserer Tür liegt ebenfalls ein Fußabstreifer. Er hat keine Bilder, keine Schriftzeichen und kein Muster. Er ist blau wie die Hausfassade, und auch das Zimmer ist schlicht, beinahe dürftig eingerichtet, »minimalistisch«, wie Khaled sagt. Jeden Abend führt mich Khaled zum Essen aus, was so viel bedeutet wie drei Treppen hinunterzugehen und im jugoslawischen Restaurant das Menü zu bestellen.

In unserem Zimmer stehen ein Stuhl, ein alter Tisch, ein Kleiderschrank und ein Bücherregal, in das Khaled ein paar dicke Lehrbücher mit martialischen Titeln wie *Angewandte Differential- und Integralrechnung für Techniker* oder *Das kleine mathematische Handbuch für Physiker* gestellt hat. Philosophie und Mathematik seien nicht voneinander zu trennen, erklärt Khaled.

Den größten Teil des Zimmers nimmt das Bett ein. Dieses ist allerdings groß genug für zwei. Doch in meinen Träumen kommen die leidenschaftlichen Augenblicke, die ich mit Khaled in diesem Bett erlebt habe, nicht vor. In meinen Träumen hat mich Khaled weder berührt, noch hat er jemals mit mir gesprochen. Er begegnet mir in Form einer Schwarzweißphotographie, die im Schlafzimmer an der Wand hängt, ein Bild, das es nie gegeben hat und das ihn als Mittvierziger zeigt, obwohl er damals, als ich ihn liebte, höchstens Anfang dreißig war. Sein Haar ist jetzt grau, Wangen und Kinn sind breiter geworden, zwischen Nasenflügeln und Mundwinkeln haben sich Falten gebildet, und die Nase selbst hat ihren eleganten Schwung verloren – ein Fleischklumpen, den jemand diesem Gesicht scheinbar willkürlich aufgezwungen hat. Ich mag dieses Bild, aber es ängstigt mich auch, weil Khaleds Augen sich bewegen, weil sie mir überallhin folgen und mich, unabhängig davon, in welcher Ecke des Zimmers ich mich gerade aufhalte, ständig beobachten. Kaum schaue ich weg, verändert sich das Bild. War Khaled eben noch ernst, so lächelt er mich plötzlich an, manchmal neigt er den Kopf, verzieht den Mund oder zwinkert mir zu. Hänge ich das Bild ab, so ist es einen Augenblick später wieder an seinem Platz. Es lässt sich weder zudecken noch übermalen oder zerstören. Berühre ich es, so ist es nichts als glänzendes Papier, stumm, bedrohlich und allgegenwärtig. Der Kampf mit der Photographie endet immer in Resignation und dem Versuch, das Zimmer zu verlassen, und jedes Mal ist die Tür, die nach draußen führt, verschlossen. Sie lässt sich nicht öffnen, weil ich den Schlüssel nicht finden kann, und sie lässt sich nicht eintreten oder aus den Angeln heben, weil ich die Kraft dazu nicht habe. Khaleds Photo schaut mir spöttisch zu und neigt den Kopf in meine Richtung. Ich laufe zum Fenster, aber auch dieses scheint wie vernagelt zu sein. Der Griff klemmt. Die Fensterscheibe ist aus Panzerglas. Der Rahmen ist mit der Wand verwachsen. Und während ich noch verwirrt im Zimmer stehe und nicht weiß, ob ich mich wieder zur Tür oder zum Fenster wenden soll, geht eine Erschütterung durch das Haus, der Lampenschirm schwankt, und es bilden sich Risse in den Wänden. Das Panorama aus Dächern und Fernsehantennen, das ich durch das Fenster sehen kann, verändert sich, gleitet seitlich ab, rutscht nach oben, und einen Augenblick scheint es mir, als würde der Boden unter meinen Füßen nachgeben, bis ich merke, dass das ganze Zimmer hinabfährt, als wäre es eine Liftkabine. Das Haus schüttelt und dreht sich, zerstört die Rosenbeete und die Alleen und beginnt zu versinken, schüttet Erde auf, die immer näher kommt und schließlich bis an das Fenster meines Zimmers heranreicht, es zudeckt und bald nur noch einen Spalt freilässt. Zum letzten Mal sehe ich am oberen Ende des Fensters einen Lichtstreifen, sehe noch einmal Khaleds Lächeln und das aufgewühlte Bett, in dem ich vor zwanzig Jahren gelegen habe. Dann verschluckt mich die Dunkelheit. Ich schreie, kann nicht mehr atmen, höre das rasselnde Geräusch der steinigen Erde, die gegen die Wände, das Fenster und die Decke drückt, und wache auf.

Das Deckenlicht blendet mich. Ich richte mich auf und sehe meine Tochter am Fußende meines Bettes stehen. »Du hast wieder im Schlaf geschrien, Mama«, sagt sie.

»Völlig nackt, aber mit Brille!« Ich schüttle vorwurfsvoll den Kopf. »Mach das Licht aus! Der Alte im Haus vis-à-vis hängt sicher schon am Fernrohr. Schäm dich!«

»Der Alte ist mir egal«, meint Petra und schaltet das Licht aus.

»Aber mir ist er nicht egal!«

»Was war es diesmal? Wieder fliegende Schlangen wie letzte Woche?«, fragt sie. »Wie hattest du sie genannt? Aeroserpenten.«

»Das mit den Flugschlangen war kein richtiger Alptraum.«

»Dafür, dass es kein Alptraum war, hast du aber in dieser Nacht ganz schön laut gekreischt.«

»Das war ein anderer Traum ...«

»Der, in dem dir ein Mann mit einem langen Messer nachlief? Wie aufschlussreich.«

»Das war kein Messer, sondern eine Gartenschere«, sage ich.

»Also nein! Als du aufgewacht bist, hast du von einem langen Messer gesprochen, so lang wie ein Degen.«

»Eine Gartenschere!«, insistiere ich.

»Du solltest deine Alpträume endlich aufschreiben, Mama. Es gibt Selbsthilfegruppen, die sich regelmäßig treffen, um sich gegenseitig ihre Träume zu erzählen. Das nennt man Traumtherapie.«

»Danke für den Ratschlag! Was tät ich nur ohne dich? Selbsthilfegruppen!? Wie bei den Anonymen Alkoholikern oder was?

Anonyme Alpträumer. Guten Abend, ich heiße Astrid, und ich bin Alpträumerin. Hallo Astrid!«

»Du ziehst immer alles ins Lächerliche«, sagt sie beleidigt.

»Geh wieder schlafen. Es tut mir leid, dass ich dich geweckt habe.«

»Willst du mir nicht erzählen, was du heute geträumt hast?«

»Gute Nacht!«

Ich schließe die Augen. Ich weiß, dass der Traum so bald nicht wiederkehren wird, doch jetzt, um fünf Uhr morgens, kann ich nicht mehr einschlafen. Ich wälze mich hin und her, ich stehe auf, ich trinke ein Glas Wasser, lege mich wieder ins Bett und beginne silbergraue und lilafarbene Schafe zu zählen. Silbergrau-lila-silbergrau-lila-silbergrau. Die Schafe tänzeln im Rhythmus des Pop-Songs *Ain't no Party*, mit dessen simpler Melodie und noch simplerem Text man seit einigen Monaten in allen Kaffeehäusern, Bars und Einkaufspassagen zwangsbeglückt wird, hügelabwärts zur Tränke, einem Teich, an dessen Ufer Birken und Pappeln wachsen. Zehn Minuten später schalte ich die Nachttischlampe ein. Petra hat recht: Ich sollte meine Träume aufschreiben. Ich ziehe den Bademantel über das Nachthemd, gehe ins Wohnzimmer und setze mich an den Schreibtisch. Ich nehme die schwarze Füllfeder, mit der ich meine Abiturarbeiten geschrieben habe. Eine Packung mit Tintenpatronen, die es heute in dieser Form in den Papierwarenhandlungen nicht mehr zu kaufen gibt, besitze ich noch.

Letzte Nacht träumte ich wieder vom Haus mit der blauen Fassade, schreibe ich. *Es hat seine Bewohner verschlungen und an Gewicht zugelegt …* Als ich den Traum gebannt und somit im Reich der Wirklichkeit gefangen habe, denke ich an jenen Sommer 1988 zurück, als das Haus mit der blauen Fassade nichts weiter als ein unscheinbares Nachkriegsbauwerk gewesen ist, als das Leben noch gnädig zu mir war und die Wege, die ich beschreiten sollte, offenhielt.

2

Nach dem Abitur wollte ich nach Marokko reisen, aber ich kam nur bis Stuttgart. Dort sollte ich in einen Schnellzug Richtung Paris umsteigen. Ich hatte einen Zwischenaufenthalt von drei Stunden, deponierte den größeren meiner beiden Rucksäcke in einem Schließfach und spazierte durch die Bahnhofstraße Richtung Innenstadt. Es hatte geregnet, es war kalt, ich aber trug nur eine kurzärmlige Bluse, einen Rock, eine dünne Strumpfhose und Sandalen. Das feste Schuhwerk wollte ich erst in der Sahara auspacken. Die Kälte störte mich nicht. Ich bemerkte weder die Eintönigkeit der Gebäude, an denen ich vorbeiging, noch die Hässlichkeit der Snackbar, in der ich ein Käsebrötchen kaufte. Gedanklich hatte ich Europa schon hinter mir gelassen. Casablanca war ein Ort der Leidenschaft, Marrakesch löste Sehnsüchte nach dem großen Abenteuer aus, das mich im Leben erwartete, und bei Tanger dachte ich an Langusten, an Couscous, an Paul Bowles und Mohamed Choukri, von dem ich nie etwas gelesen hatte, den aber mein Großvater sehr geschätzt hatte, vor allem aber an die Völkerkundeabteilung des Gigrichter Stadtmuseums, in der ein Ölgemälde, das Tanger im ausgehenden 19. Jahrhundert zeigte, hing, eine Mischung aus Wahrheit und Phantasie, die alle Orientklischees bediente – die Kasbah, den Hafen, das Meer, die untergehende Sonne – und mich als Kind wahrscheinlich gerade deshalb so beeindruckt hatte.

Nach dem Tod meines Großvaters, dessen fortschreitende Krankheit ich mitansehen musste, glaubte ich, reif und abgeklärt zu sein. Der Mutter erzählte ich nur die halbe Wahrheit, sagte, ich wolle nach Südfrankreich und Spanien. Sie hätte es trotzdem lieber gesehen, wenn ich nicht allein unterwegs gewesen wäre. Zehn meiner ehemaligen Klassenkameraden waren miteinander nach Griechenland gefahren. Warum ich denn nicht mit ihnen gereist sei?, wollte Mutter wissen.

Über Paris, Madrid, Malaga nach Algeciras, von dort mit der Fähre nach Tanger und danach weiter nach Marrakesch, Casablanca, vielleicht sogar noch weiter, nach Algerien, zu den Handlungsorten der Romane von Albert Camus, dann nach Tunis, Malta und Sizilien und über Italien wieder zurück nach Hause – das war mein Plan.

Nach etwa einem halben Kilometer verließ ich die Bahnhofstraße, überquerte einen imposanten Platz, photographierte ein Schloss und das Reiterdenkmal eines Herrschers, von dem ich noch nie etwas gehört hatte, und bestellte mir auf der überdachten Terrasse eines Kaffeehauses namens *Albrecht* eine Cola und ein Käsesahnetörtchen. Ich erinnere mich, dass der Tisch, an dem ich saß, eine smaragdgrüne emaillierte Oberfläche hatte, und dass mir das gefiel, weil die Kacheln, Arabesken und Einlegearbeiten an den Wänden und den Portalen der Moscheen und Paläste, die ich sehen wollte, oft ähnliche Farben hatten. Ich breitete eine Landkarte von Marokko auf dem Tisch aus, schlug meinen Reiseführer auf und betrachtete das Bild der Königsresidenz Dar El Makhzen in Tanger, in deren Innenhof sich Großvater zu Beginn der Fünfzigerjahre angeblich mit dem algerischen Widerstandskämpfer Ben Bella getroffen hatte.

Die Wolken hatten sich verzogen. Das Sonnenlicht spiegelte sich in den Pfützen und den Windschutzscheiben der Autos. Ich aber sah schon die schäumenden Wellen des Meeres vor mir, die sich am Pier des Fährhafens von Tanger brachen. Wie gerne hätte ich Großvater von jeder Station meiner Reise eine Karte geschickt. Wie gerne hätte ich ihm alles berichtet und mir seine ironischen, aber nur selten verletztenden Bemerkungen angehört. Zumindest hatte ich das Gefühl, dass er mir ständig über die Schulter schaute, und ich konnte etwas tun, was er in meinem Fall getan hätte, nämlich ein Reisetagebuch führen. Nun war die Zeit gekommen, den ersten Eintrag zu machen. Ich holte das Heft mit dem harten roten Einband aus meinem Rucksack. Ich hatte es am Gigrichter Domplatz im *Nachtkästchen*, der einzigen Papierhandlung, die Ausgefallenes und ästhetisch Anspruchsvolles im Sortiment führte, gekauft. Ich öffnete das Heft und trug mit meiner schwarzen Füllfeder den Ort und das Datum ein: *Stuttgart, am 11. Juli 1988*. Dies sollte die einzige Zeile bleiben, die ich an diesem Tag in mein Heft schrieb, denn noch bevor ich in der Zeile darunter den nächsten Satz – *Zwischenaufenthalt in Stuttgart, die französische Grenze ist nur mehr zwei Bahnstunden entfernt* – zu Papier bringen konnte, berührte mich jemand an der Schulter. Ich zuckte zusammen und klappte das Heft zu.

»Du fährst nach Marokko? Warst du schon einmal dort? Ich bin dort gewesen.«

»Na und«, sagte ich.

Aber Khaled hatte sich schon an meinen Tisch gesetzt und den Kellner zu sich gewunken und türkischen Kaffee für uns beide bestellt. »Den gibt es in Stuttgart kaum wo, aber der Kellner ist ein Freund von mir«, sagte er und zwinkerte mir zu. »In Tanger gibt es übrigens nur selten Regen. Man sitzt draußen auf der Straße, plaudert und trinkt Kaffee, so wie wir beide. Und dann wartet man, was sich zwischen zwei Menschen entwickelt.«

»Du bist ganz schön frech.«

»Meine Mutter hat mich frech erzogen, und die Straßen der zahlreichen Städte, in denen ich gewesen bin, haben mich in die große Kunst der Unverschämtheit eingeführt.«

»Aus welcher Seifenoper stammt denn das?«, fragte ich und verdrehte die Augen.

»Es ist die reine Wahrheit!« Er presste die rechte Hand gegen die Brust und machte eine leichte Verbeugung in meine Richtung. »Unverschämtheit ist die ältere Schwester der Wahrhaftigkeit. Glaub mir – ich bin ein Meister der frechen Ehrlichkeit!«

»Schön für dich. Ich fahre in zwei Stunden nach Paris. Danke für den Kaffee.«

»Ich mag deine Augen. Sie haben etwas Magisches.«

»Also bitte! Nicht auf diese billige Tour! Die zieht bei mir nicht.«

Er lächelte mich an. Sein breitschultriger, schlanker Körper war in einen schwarzen Ledermantel gehüllt. Er trug eine schwarze Schirmmütze und eine randlose Brille. Mit diesem Outfit, seinem schmalen Gesicht und seiner olivfarbenen Haut, dem spöttischen Ausdruck seiner Augen und den gepflegten Händen hätte man ihn für einen orientalischen Trotzki halten können.

»Angesichts der Schönheit eines Mädchens ist jedes Wort zu billig und jedes Kompliment nichts als eine Tour«, meinte er und lachte.

»Du solltest dein Geld mit Kalendersprüchen verdienen.«

»Danke! Aber in der Firma für Sprücheklopfen stellt man keine Ausländer ein.«

»Für einen Ausländer sprichst du sehr gut Deutsch«, bemerkte ich.

»Für eine Inländerin sprichst du auch recht gut Deutsch«, antwortete er prompt. Nun musste auch ich lachen.

»Du bist ja noch unverschämter, als ich gedacht hatte.«

»Dann lass uns einen weiteren Kaffee trinken und Unverschämtheiten austauschen.«

3

Khaleds linke Hand ruhte auf meinem Bauch. Mit dem Zeige- und Mittelfinger streichelte er sanft über mein Schamhaar. Er lag auf dem Rücken. Seine Augen waren geschlossen. Eine Haarsträhne klebte auf seiner Stirn. Während sein Gesicht langsam trocknete, spürte ich, wie sein Körper sich entspannte. Es erfüllte mich mit Freude, dass ich der Grund für diese Entspannung war, dass er sich wohlfühlte, dass wir zusammen einschliefen und zusammen aufwachten. Die letzten fünf Tage hatten wir fast die ganze Zeit im Bett verbracht.

»Khaled?«

»Mhm.«

»Schläfst du?«

»Ja.«

»Khaled, was ist ein Moslem?«

Er drehte den Kopf zu mir und öffnete die Augen.

»Ich meine – was unterscheidet einen Moslem grundsätzlich von anderen Menschen?«

Er schaute mich erstaunt an.

»Du stellst Fragen, Kätzchen!«

»Ich bin nun mal neugierig und will den Sachen auf den Grund gehen. Das habe ich von meinem Großvater.«

»Ich möchte auch den Sachen auf den Grund gehen«, sagte er und streichelte meine Oberschenkel.

»Du bist albern … Und nenn mich nicht Kätzchen.«

»Du bist eigenwillig, du bist launisch, und du hast Katzenaugen. Sie sind so grün wie das Wasser im Hafen von Tanger.«

»Erzähl mir noch eine Geschichte von Tanger«, bat ich ihn. »Ich könnte dir stundenlang zuhören.«

»Später, Kätzchen …« Eine halbe Stunde später schlief er in meinen Armen ein.

»Ich habe das Gefühl, als würde ich dich schon mein Leben lang kennen«, flüsterte ich, als er wieder aufwachte.

Er legte seinen Kopf auf meine Brust.

»Ich habe das Gefühl, als hätte ich mein Leben lang nur auf dich gewartet«, sagte ich.

»Ich liebe dich, Kätzchen!«

»Khaled?«

»Mhm.«

»Khaled, was unterscheidet einen richtigen Moslem von anderen Menschen?«

»Schau mich an – du siehst doch, was mich von anderen unterscheidet, und ich hoffe, dass du es auch gespürt hast.«

»Sei nicht albern. Was du meinst, haben Moslems mit Juden und einigen anderen gemeinsam.«

»Bei Moslems wird der Schnitt auf eine besondere Art ausgeführt«, meinte er. »Dass deutsche Frauen von arabischen Männern das bekommen, was ihnen deutsche Männer nicht geben können, hat schon seine Gründe.«

»Nein, ernsthaft!«

»Also, ich habe jetzt ganz andere Sachen als Religion im Kopf, Kätzchen.«

»Wenn du mir keine Antwort gibst, dann kratz' ich dich!«

»Du denkst zu viel nach, Kätzchen«, meinte er und seufzte. »Wie alt bist du? Neunzehn? Du wirst noch genug Zeit zum Nachdenken haben.«

Ich gab ihm einen Kuss.

»Also, Moslems beten fünfmal am Tag, sie glauben an den einen und einzigen Gott und daran, dass Mohammed sein Prophet gewesen ist. Gute Moslems machen mindestens einmal im Leben eine Pilgerfahrt nach Mekka ...«

»Ich will von dir keinen Nachhilfeunterricht in Religionskunde, ich will eine Antwort.«

Sein Zeigefinger wanderte von meinem Bauchnabel hinauf zu meinem Busen, vollführte einen Kreis um meine linke Brust, näherte sich spiralförmig der Brustwarze, berührte sie, entfernte sich wieder von ihr, glitt hinab und auf der anderen Seite wieder hinauf – zur rechten Brustwarze.

»Das Wesen des Islam«, sagte er mit einer Stimme, die seine Erregung verriet, »ist seine bestechende Einfachheit. Gott ist Gott, und es gibt keinen Gott außer Gott, Gott ist allmächtig, er ist nicht erklärbar und so offensichtlich wie die Liebe, denn die Liebe genügt sich selbst, sie ist nicht teilbar, sondern ganz und gar. Die Christen hingegen teilen ihren Gott in mehrere Teile, in

Vater und Sohn und eine Mutter Gottes und einen wunderlichen Vetter namens Heiliger Geist. Das ist nicht mehr Gott, das ist eine ganze Familie. Wen davon soll ich nun mehr lieben? Den Vater, den Sohn, die Mutter oder den eigentümlichen Vetter, der unsichtbar ist und mich an Freund Harvey aus dem berühmten Film erinnert? Das Christentum ist so, als liebte man einen Menschen und meinte in Wirklichkeit einen anderen. Das aber ist nicht mein Verständnis von Liebe und schon gar nicht von Hingabe oder Erfüllung.«

»Juden haben aber so wie die Moslems nur einen einzigen Gott«, wandte ich ein, griff nach seiner Hand, presste sie gegen meine Brust, atmete tief durch und unterdrückte ein Stöhnen, weil ich nicht wollte, dass er mir näher kommt, bevor das Gespräch zu Ende ist und ich erfahre, was ich wissen will.

»Ach, die Juden! Die Juden machen aus Gott einen zwanghaften Neurotiker. Tu dies nicht und tu das nicht, verhalte dich so und nicht anders, und wehe, du weichst auch nur ein wenig davon ab. Wenn du Fleisch gegessen hast, warte zwei Stunden, bevor du Käse essen darfst, fahr am Samstag nicht mit der Straßenbahn oder mit dem Lift und lass die Finger von den Lichtschaltern. Hunderte von Verboten. Außerdem glaubt dieser Gott, sein Volk sei etwas ganz Besonderes, er glaubt sogar, es sei auserwählt. Das ist kein Gott, sondern eine jüdische Mamme.«

Er hatte nicht aufgehört, mich zu streicheln. Seine Hand bewegte sich von der Brust hinunter zum Bauch. Der Zeigefinger machte um den Bauchnabel einen Bogen, hielt kurz inne, bevor die Fingerspitze zwischen der Schambehaarung verschwand, liebkoste mich. Nun konnte ich das Stöhnen nicht mehr zurückhalten.

»Mit Allah jedoch ist es wie mit der Liebe«, erklärte er, und seine Stimme wurde noch leiser. »So wie die Liebe ist er ein Geheimnis, und so wie ein Liebender duldet er nichts, was seine Liebe gefährden könnte. Jede Liebe hat Regeln, doch es sind Regeln, die den Menschen nicht einengen, sondern die er mit Hingabe auf sich nimmt. So ist auch das Verhältnis der Moslems zu Gott. Was die Moslems von anderen unterscheidet? Vielleicht, dass sie mehr glauben und weniger zweifeln als andere.«

Doch den letzten Satz hatte ich kaum mehr wahrgenommen …

»Khaled?«

»Mmh.«

»Warum liebst du mich?«

»Weil du ein Kätzchen bist.«

4

Am ersten Tag verschob ich meine Weiterreise um wenige Stunden. Ich könne nach Paris auch den Nachtzug nehmen, meinte Khaled. Doch am Abend waren mir seine Geschichten wichtiger als eine Nachtfahrt mit dem Zug. Gegen Mitternacht saßen wir in einer Bar, und seine Gegenwart war mir wichtiger als seine Geschichten. Als wir um drei Uhr morgens die Treppe des Hauses mit der blauen Fassade, in dem sich die Pension befand, hinaufgingen, hatte ich meinen Urlaub vergessen.

Khaled war 25, zumindest behauptete er das. Mir kam er älter vor. Vielleicht war er 32 – ein reifer Mann, wie mir damals schien. Aber er war schön, so schön wie die Männer, die mich in meinen Tagträumen auf der Straße ansprachen, mir einen Kaffee spendierten und sich unsterblich in mich verliebten, Männer, die mein Übergewicht anziehend und meine Augen geheimnisvoll fanden, Männer, mit denen ich für immer fortging, die Motorrad fuhren und wie Marlon Brando oder Robert Redford aussahen, Männer, die keinen Alltag und keine Langeweile kannten, Männer wie Khaled, obwohl er mich weder an Robert Redford noch an Marlon Brando erinnerte und nicht einmal ein Fahrrad besaß.

Khaled liebte mich, jedenfalls behauptete er das mehrmals am Tag. Meine Korpulenz, unter der ich immer gelitten hatte, fand er anziehend. Er meinte, ich sei eine Frau, »in die man eintauchen könne wie in einen Teich«, der so groß sei, »dass man sich darin verlieren und alles vergessen kann, und so warm, dass man sich geborgen und sicher fühlt«. Dieses Bild fand ich damals romantisch.

Khaled stammte aus einem Dorf südlich von Bagdad. Er war mit achtzehn aus seiner Heimat geflüchtet und hatte sich über mehrere arabische und europäische Länder illegal bis nach Deutschland durchgeschlagen. Er arbeitete als Touristenführer, Schuhputzer, Hilfsarbeiter und Gepäckträger, verkaufte gefälschten Schmuck, brach in Autos und Wohnungen ein und bezahlte Schlepper, die ihn seinem ersehnten Ziel – Deutschland – näher brachten.

»Warum gerade Deutschland?«, fragte ich.

»Weil bei uns niemand jemals etwas Böses über die Deutschen gesagt hat. Alle anderen haben uns erniedrigt. Wir haben uns so lange demütigen lassen, dass uns heute niemand mehr respektiert. Zuerst zerstörten die Mongolen unser Land, dann beuteten uns die Türken jahrhundertelang aus, die Briten und die Franzosen kolonisierten uns, die Juden vertrieben unsere Brüder aus Palästina, die Russen versuchten, uns ihr System aufzuzwingen, die Amerikaner halten uns für unterentwickelt und glauben, sie müssten uns erziehen, während sie uns zur selben Zeit bestehlen. Dabei ist unsere Kultur die älteste der Welt. Als es in Mesopotamien schon große Städte gab, saßen die Europäer noch grunzend und rülpsend in ihren Höhlen und nagten an den Knochen der Tiere, die sie mit Steinkeulen erlegt hatten. Und als Bagdad eine Millionenstadt war und Hunderte von Bibliotheken besaß, lebten die meisten Mitteleuropäer in Holzhäusern und Strohhütten – Männer, Frauen, Kinder, Schweine, Ziegen und Hühner im selben Zimmer. Nur mit den Deutschen haben wir keine schlechten Erfahrungen gemacht. Deutschland, erzählte ein Mann aus unserem Dorf, der einmal in Hamburg gewesen war, sei ein Land, in dem immer alles funktioniert. Vielleicht wäre ich trotzdem nach Kanada oder nach Australien geflüchtet, wenn ich die Möglichkeit dazu gehabt hätte, und wenn mein Vater nicht gestorben und wenn der Krieg gegen den Iran nicht begonnen hätte, wäre ich ohnehin heute noch in meinem Dorf.«

Inzwischen hatte Khaled seinen Status legalisieren können. Eine saudi-arabische Stiftung zahlte ihm ein Stipendium, mit dem er sich in Stuttgart ein Maschinenbaustudium finanzierte. Als ich ihn fragte, wie es ihm gelungen sei, sich von einem Illegalen am Schwarzarbeiterstrich in einen legalen Studenten zu verwandeln, meinte er, ich müsse nicht sofort alles erfahren. Ich fragte nicht weiter nach. Später würde ich die Facetten seiner Biographie schon ausleuchten.

Khaleds wahre Leidenschaft war die Philosophie. Jeder gute Ingenieur müsse ein Philosoph sein, meinte er, denn moderne Maschinen seien so komplex und unberechenbar wie die Welt als Ganzes. Manchmal verwendete er Ausdrücke, die ich nicht verstand, als er mir Hegel und Marx, Kant, Heidegger und Jaspers zu erklären versuchte. Diese Geistesgrößen interessierten mich nicht sonderlich, aber ich hörte Khaleds Stimme gerne, und so nickte ich und lächelte ihn an und wartete geduldig auf den Augenblick, an dem ich wieder mitreden konnte.

Manchmal hatte ich den Eindruck, dass die Theorien, die er mir zu erklären versuchte, wenig mit dem zu tun hatten, was ich im Gymnasium im philosophischen Einführungsunterricht gelernt hatte. Khaleds Überlegungen liefen alle auf eine Grundaussage hinaus: »Nur Menschen, die das Leben genießen können, sind glücklich, und nur glückliche Menschen geben das Glück an die Welt zurück und tragen somit zu ihrer Verbesserung bei.« Angeblich hatte er diesen Satz – etwas differenzierter formuliert – in Kants *Kritik der praktischen Vernunft* gelesen.

»Nach den schlimmen Erfahrungen, die ich in meinem Leben machen musste, fällt es mir schwer, Liebe zu empfinden oder Liebe zu geben«, erklärte er mir. »Aber wenn ich in deiner Gegenwart bin, bekomme ich wieder Zugang zu meinen Gefühlen.«

Nach solchen Sätzen wurden meine Knie schwach, mein Körper schien zu schweben oder zu zerfließen oder zuerst das eine und dann das andere. »Warum ich?«, flüsterte ich. »Warum habe gerade ich ein solches Glück?«

Khaleds Lächeln, sein Augenaufschlag, die Neigung seines Kopfes und vor allem seine Hände dienten mir als Bestätigung dafür, dass seine Liebe zu mir echt und keine Einbildung war. Seine Hände waren Kunstwerke, und wenn er seine Worte mit einer Geste unterstrich, war diese niemals schroff, sondern so als würde die Hand über einen unsichtbaren Luftpolster gleiten. Heute kann ich die Sprache der Hände lesen. Auch die schönste Handbewegung kann nichts als Rhetorik sein. Dies zu erkennen, ist eine Frage der Intuition, die ich damals noch nicht hatte.

Wenn ich an jene Tage zurückdenke, wird mir bewusst, wie wenig Khaled tatsächlich von sich erzählt hat. Großvater hätte vielleicht an seiner Aussprache erkannt, ob er tatsächlich aus dem Irak stammte. Sein exzellentes Deutsch konnte er sich eigentlich nicht in den wenigen Jahren erworben haben, die er angeblich in Deutschland gelebt hatte. Ich wusste nicht einmal, ob er Sunnite oder Schiite war. Ich hatte ihn nie danach gefragt. In jenem Juli war es mir egal, ob er mich belog oder nicht. Ich vermutete nur, dass etwas mit seinen Papieren nicht in Ordnung war.

Die meiste Zeit verbrachten wir im Bett, und wenn wir einmal aus dem Bett herauskamen, alberten wir herum, machten Spaziergänge, auf denen wir wenig sprachen, sondern an jeder Straßenecke anhielten, um uns zu umarmen und zu küssen, gingen einige Male essen oder ins Kaffeehaus, wobei die meiste Zeit ich redete, so dass er nach einer Woche jedes Detail meines Lebens kannte. Wenn hingegen ich etwas über seine Familie erfahren wollte, reagierte er abweisend. Er habe sieben Geschwister, verriet er mir. Aber er wolle nicht über sie sprechen. Die Erinnerungen an seine Kindheit seien viel zu schmerzvoll. Ob er noch Kontakt zu seiner Mutter habe? Manchmal, antwortete er knapp und wechselte das Thema.

Je kryptischer er sich ausdrückte, umso faszinierender erschien er mir. Welche Geheimnisse barg seine Biographie? Von welchen Verletzungen und Abgründen durfte ich nichts erfahren? Manchmal lächelte er und schwieg, wenn ich ihm Fragen stellte, und in diesem Lächeln glaubte ich, eine *tieftraurige Melancholie* zu erkennen, wie ich meinem Tagebuch mitteilte, *eine verwundete Seele, die nach Zuneigung giert und deren Heilung nur durch viel Zuwendung und Liebe eines hingebungsvollen Menschen möglich ist.* Ich weiß noch, dass ich ein starkes Gefühl von Traurigkeit, Lust und Euphorie verspürte, als ich diese Zeilen niederschrieb, dass es spät am Abend war und dass ich Khaled trotzdem weckte und dass ich danach *noch nie in meinem Leben Momente solch himmlischer Leidenschaft und solch unüberbietbaren Glücks erlebt hatte wie in dieser Nacht.*

Khaled war gläubig. Er betete regelmäßig, trank keinen Alkohol, aß nur Speisen, von denen er wusste, dass sie »halal« waren, also den muslimischen Reinheitsgeboten entsprachen, und erklärte, er hätte ohne Gottes Hilfe die gefahrvolle Odyssee, die ihn über Kairo, Tunis und Algier nach Tanger und danach über Madrid nach Barcelona, Lyon, Straßburg und schließlich nach Stuttgart gebracht hatte, nicht überlebt.

»Als ich kaum zwanzig war, saß ich in einem marokkanischen Gefängnis«, erzählte er mir. »Man hatte mich in Tanger ohne Papiere aufgegriffen. Ich hatte im Gedränge vor einem Marktstand versucht, ein paar Datteln zu stehlen. Die Polizisten hatten mich verprügelt, und in der Zelle wäre mir noch Schlimmeres widerfahren, wenn ein älterer Mann mich nicht beschützt hätte. Seinen Namen habe ich nie erfahren, doch als er meine tiefe Verzweiflung bemerkte, gab er mir den Rat, nie den Glauben an das scheinbar Unmögliche zu verlieren. Dem menschlichen Verstand und seiner Phantasie seien Grenzen gesetzt, meinte er. Wenn deine Lage ausweglos ist, kann dir oft weder dein Vater noch dein Lehrer einen Rat geben. Deshalb musst du glauben. Gott ist dein bester Freund. Wenn du seine Gesetze befolgst, ist Er immer auf deiner Seite, und wenn du in dich gehst und Ihm begegnest, baut Er für dich eine Tür, wo du immer nur eine Mauer gesehen hast. Also vertiefte ich mich ins Gebet und flehte Gott an, mich aus meiner misslichen Lage zu befreien. Und Gott erhörte mich. Am nächsten Tag wurde ich zu einem Polizeioffizier geführt, der freundlich zu mir war. Sehr bald verstand ich, was er von mir wollte. Ich wehrte mich nicht, ja ich kam ihm sogar entgegen und sorgte dafür, dass er seine Freundlichkeit nicht zu bereuen hatte, auch wenn das, was ich über mich ergehen lassen musste, erniedrigend und außerdem eine große Sünde war. Ich denke, dass mir Gott die Sünde verziehen hat, denn ich hatte keine andere Wahl. Die Zahl und die Intensität der Prüfungen, die wir ertragen müssen, kennt nur der Schöpfer allein. Mir wurde klar, dass Gott für jede Tür, die er uns öffnet, einen Preis verlangt. Da ich bis dahin kein gottgefälliges Leben geführt hatte, war dieser Preis besonders hoch ausgefallen, aber am nächsten Tag war ich frei.«

Diese Geschichte erzählte mir Khaled am siebenten Tag unserer Beziehung.

Am achten Tag erklärte er mir, dass ein Moslem eine Christin heiraten dürfe. Er machte mir keinen Antrag, aber ich verstand die Botschaft auf meine Weise und sinnierte am neunten Tag darüber, ob ich nicht in Stuttgart statt in Gigricht oder München studieren sollte.

»Welches Fach?«, fragte er mich.

»Orientalistik.«

Im nächsten Moment lachte er so laut, dass ich mich beinahe beleidigt fühlte.

»Was denn? Was habe ich denn gesagt?«

»Ach, Kätzchen. Wenn ich ein Kater wäre, würde ich jetzt vor Vergnügen schnurren.«

5

Der zehnte Tag war der schönste. An diesem Tag schmiedete ich Pläne für unsere gemeinsame Zukunft. Ich fragte Khaled, ob wir uns nicht eine kleine Wohnung oder zumindest ein gemeinsames Zimmer leisten könnten, wenn wir das Geld aus dem Fonds, den Großvater für mich eingerichtet hatte, und sein Stipendium, das er von der saudi-arabischen Stiftung (deren Namen er übrigens nie erwähnte) erhielt, zusammenlegten. Er fand diese Überlegung »interessant«. Er werde sich nach einer billigen Mietwohnung umsehen. Ein Freund, ebenfalls ein Iraker, würde ihm dabei behilflich sein können.

Der elfte Tag war ein Tag der Ruhe und der Zufriedenheit.

Am Morgen des zwölften Tages verschwand er.

In den Tagen und Monaten danach fragte ich mich immer wieder, wie es ihm gelungen war, sich anzuziehen und seine Sachen zu packen, ohne dass ich aufgewacht bin. Ich hatte einen leichten Schlaf. Ein Wagen, der zwei Straßen entfernt um vier Uhr morgens gestartet wurde, ein bellender Hund im gegenüberliegenden Häuserblock oder ein schreiendes Kleinkind drei Stockwerke entfernt konnten mich jederzeit wecken. Als Kind hatte ich Angst, dass Mutter betrunken in mein Zimmer kommen könnte. Seit meiner frühesten Kindheit hatte ich gelernt, auf der Hut zu sein. Ich reagierte wie ein Wildtier. Bei jedem Geräusch machte ich die Augen auf. Wenn es sein musste, war ich innerhalb von Sekunden hellwach und schlief genauso schnell wieder ein, wenn die Gefahr vorüber war. Doch als Khaled mich in der Nacht oder am frühen Morgen verließ, versagten meine

Instinkte, und als ich gegen neun Uhr morgens aufwachte, war das Bett neben mir leer, und auf dem Tisch lag ein Brief, dessen Zeilen ich auswendig kenne, auch wenn ich ihn schon vor Jahren verbrannt habe.

Liebe Astrid, liebes Kätzchen. Ich muss über einiges nachdenken und brauche ein wenig Zeit für mich allein. Mach dir bitte keine Sorgen. Warte auf mich, ich werde mich bei Dir melden. Ich liebe Dich! In meinen Gedanken bleibst Du immer bei mir. Herzlichst, Khaled.

Ich saß nackt auf der Bettkante und starrte abwechselnd die Tür, meine Uhr und das Telephon an. Ich betrachtete mich im Spiegel, der dem Bett gegenüber an der Wand hing. Mein Gesicht war bleich und schmal, so als hätte ich gerade eine rasante Diät hinter mir. »Er macht doch nur einen kurzen Spaziergang«, flüsterte ich. »Er wird jeden Augenblick zurückkommen und bestimmt Blumen oder frische Brötchen mitbringen. Er ist früh aufgewacht und hat mich nicht wecken wollen.«

Aber worüber wollte er nachdenken? Über mich natürlich, über unsere gemeinsame Zukunft, über die Veränderungen, die das für sein Leben bedeutete, über die kulturellen Unterschiede, die uns trennten und gleichzeitig eine Chance darstellten. Das machte mich nervös. Hatte er Zweifel an meiner Zuneigung? Hatte er Zweifel an sich selbst? Am meisten ängstigte mich der vorletzte Satz, den er geschrieben hatte. Ich würde »immer« in seinen Gedanken bleiben? Das klang nach Abschied. Oder doch nicht? Hätte er »für immer« geschrieben, wäre es offensichtlich, dass es sich um einen Abschied handelte, dachte ich. »Aber er hat nicht *für immer* geschrieben«, tröstete ich mich, während ich Khaleds Brief in Händen hielt. »*In meinen Gedanken bleibst du immer bei mir* bedeutet, dass er auch dann immer an mich denkt, wenn er mal allein sein möchte«, erklärte ich meinem Spiegelbild. »Das ist doch schön! Ein Liebesbeweis.«

Ich musste den Brief weglegen. Meine Hände zitterten so stark, dass ich ihn nicht mehr halten konnte.

Gegen Mittag hörte ich ein Klopfen. Ich sprang auf und lief zur Tür. Aber es war nur das Zimmermädchen. Sie riss die Augen auf, murmelte »Oh! Entschuldigung!« und zog die Tür schnell wieder zu. Ich war immer noch nackt.

Drei Tage lang blieb ich im Zimmer. Ich zog mich nicht an, trank Leitungswasser und aß die vier Schokoriegel, die ich in meinem Rucksack hatte. Wenn ich auf die Toilette ging, ließ ich die Tür offen, um das Telephon zu hören. Es läutete nicht, so intensiv ich es auch anschaute. Ich schlief nicht. Einmal nickte ich kurz ein und fuhr sofort wieder hoch, weil ich glaubte, ein Geräusch gehört zu haben.

Am zweiten Tag lag ich schluchzend auf dem Bett und betete zu Gott, er möge mir Khaled zurückgeben. Ich umklammerte meine Unterschenkel und presste die Knie gegen die Stirn. Die Vorhänge hatte ich zugezogen. Den strahlenden Sonnenschein dieses wunderschönen Julitages empfand ich als Provokation.

Am Morgen des dritten Tages hörte ich wieder ein Klopfen. Ich riss die Tür auf, doch diesmal war es der Hotelbesitzer, der die Augen weit aufriss, als er mich nackt vor sich stehen sah.

»Ist mit Ihnen etwas nicht in Ordnung, Fräulein?«, fragte er, während er mit einem unverschämten Grinsen meinen Körper taxierte. »Das Zimmermädchen hat mir gesagt, dass Sie seit zwei Tagen nicht aus dem Zimmer gehen. Sind Sie krank? Wann zahlen Sie die Rechnung?«

»Einen Augenblick bitte«, stammelte ich, lief ins Innere des Zimmers zurück und zog mir schnell einen Rock und ein T-Shirt an.

Der Hotelbesitzer, gleichzeitig auch der Besitzer des jugoslawischen Restaurants im Erdgeschoss, war ein dicker Endvierziger, der genauso schmierig aussah wie seine beiden Etablissements. Er trug ein Goldkettchen um den Hals, an dem ein Kreuz hing. Seine glänzenden schwarzen Haare waren nach hinten gekämmt und zu einem Pferdeschwanz zusammengebunden. An seinem Gürtel hing ein Schlüsselbund, und in der Außentasche seiner Weste steckte eine prallgefüllte Geldbörse. Wenn es jemanden gab, den ich in diesem Augenblick auf keinen Fall sehen wollte, dann war es dieser Mann.

»Was ist nun? Zahlen Sie oder ziehen Sie aus! Ihr Freund hatte nur für eine Woche bezahlt.«

»Warten Sie, ich gebe Ihnen das Geld.«

»Dann kommen Sie doch runter zur Rezeption.«

»Oh nein! Nein, das geht nicht.« Ich schielte Richtung Telephon. »Ich erwarte jeden Moment einen wichtigen Anruf. Kann ich nicht gleich hier …«

»Was denn für'n Anruf?«

Ich gab ihm keine Antwort.

»Na gut, wenn's sein muss. Bis morgen können Sie bleiben. Dann brauche ich das Zimmer … Und wenn Sie irgendwelche Probleme haben, lösen Sie die woanders, ja!«

In der Nacht auf den dritten Tag begann ich ernsthaft darüber nachzudenken, was ich tun sollte. Ich hatte die Hoffnung noch nicht aufgegeben, dass sich Khaled bei mir melden würde. Um fünf Uhr morgens hatte ich mich zur bitteren Erkenntnis durchgerungen, dass er mich »wahrscheinlich sitzengelassen« hatte. Um sechs Uhr morgens hatte ich diesen Gedanken verdrängt. Es wird ihm doch nichts zugestoßen sein?, dachte ich. Ein Verkehrsunfall? Ein Überfall? Vielleicht hat er mich angelogen und ist immer noch illegal im Land. Die Fremdenpolizei hat ihn festgenommen und abgeschoben. Vielleicht sitzt er in Schubhaft und wartet auf meine Hilfe. Wieso waren mir diese Gedanken nicht schon früher gekommen? Ich hatte fast drei Tage vergeudet.

In der Schublade des Nachtkästchens lag ein Telephonbuch. Ich suchte mir die Nummern sämtlicher Krankenhäuser heraus und rief an. Ein Khaled Bitar war nirgendwo eingeliefert worden.

»Vielleicht hat er einen anderen Namen angegeben? Er ist Mitte oder Ende zwanzig, schlank, groß, hat braune Augen, kurzes Haar …«

»Nee, was glauben Sie, wie viele Patienten wir haben? Wer sind Sie überhaupt? … Die Freundin? Auskünfte geben wir grundsätzlich nur an Familienangehörige weiter.«

Um halb acht rief ich bei der Fremdenpolizei an. Zuerst war ich zehn Minuten in der Warteschleife, dann verband man mich weiter, dann war ich wieder in der Warteschleife und wurde abermals weiterverbunden. Schließlich wurde ich einem Verhör unterzogen, musste meinen Namen und meine Adresse angeben, sagen, woher ich anrufe und in welcher Beziehung ich zu »dem genannten Herrn« stehe. Als ich meine Geschichte erzählt hatte, wurde ich ausgelacht. Wenn ich möchte, könnte ich ja »persönlich im Amt vorbeikommen«, aber, so meinte der Beamte am anderen Ende der Leitung in freundlich gönnerhaftem Ton, »wenn Sie meinen Rat hören wollen, fahren Sie nach Hause und vergessen Sie die ganze Sache. Wenn der wirklich bei uns wäre, hätte er Sie bestimmt schon kontaktiert. Der hat sich einfach aus dem Staub gemacht … Wie alt sind Sie? … Ach, o je, neunzehn … Fast so alt wie mein Sohn. Nehmen Sie's nicht so tragisch. Kaufen Sie sich was Schönes oder gehen Sie in eine Disco. In ein paar Tagen schaut die Welt wieder besser aus.«

Nach diesem Gespräch fühlte ich mich noch mieser als zuvor.

Khaled hatte mir erzählt, er wohne in einem Studentenheim und müsse dort mir drei Kommilitonen ein winziges Zimmer teilen. Dies sei der Grund, weshalb er sich mit mir in einer Pension eingemietet habe. Er könne seine Freunde doch nicht einfach bitten, »einen Spaziergang zu machen«, wenn er mit mir allein sein möchte. Viele Kollegen seien zwar über den Sommer zu ihren Eltern gefahren, er ziehe trotzdem ein Hotelzimmer der WG-Atmosphäre des Studentenheims vor. Als ich ihn fragte, um welches Studentenheim es sich handle, meinte er, es befinde sich

»direkt neben dem Teil der Universität, wo die technischen Fächer unterrichtet werden«. An unserem zweiten Tag hatte er sich eine Zahnbürste und frische Wäsche aus dem Heim geholt. Er hatte mich gebeten, ihn nicht zu begleiten. Dies sei »nicht günstig«. Zu jenem Zeitpunkt, dachte ich mir nicht viel dabei. Ich wartete in einem Kaffeehaus, bis er wiederkam.

Den Namen des Studentenheims kannte ich nicht. Ich wusste nicht einmal, ob es existierte. Gegen neun Uhr morgens verließ ich das Hotel. An der nächsten Straßenecke befand sich ein Taxistandplatz. Bis zu diesem Zeitpunkt war ich noch nie allein mit einem Taxi gefahren. Dies wäre mir als eine unzulässige Geldverschwendung vorgekommen. Jetzt dachte ich nicht lange nach, stieg ein und ließ mich zur Universität bringen.

6

Etwa hundert Meter von der Universität entfernt stand ein mehrstöckiger Betonklotz, in dem tatsächlich ein Studentenheim untergebracht war. In der Eingangshalle wies ein Schild den Weg zum Sekretariat. Hinter einer Schwingtür war ein langer Korridor, an dessen Ende sich eine weitere Wipptür befand. Dahinter gelangte ich in einen Vorraum und zu einer weiteren Tür, an der mit Reißnägeln ein Kartonschild befestigt war. *Öffnungszeiten im Juli: Montag, Dienstag, Donnerstag, 9–13 Uhr.* Es kostete mich einige Zeit, um zu begreifen, dass gerade Mittwoch war.

Der Portier erklärte mir, dass er das Sekretariat nicht aufsperren dürfe. Der Zutritt sei für »hausfremde Personen« strengstens verboten. Einen Khaled Bitar kenne er nicht. Er merke sich Gesichter, keine Namen. Es gäbe mehrere gutaussehende arabische Studenten um die Mitte zwanzig, die, soweit er das wisse, im Haus wohnten. Das Verzeichnis aller Heimbewohner befinde sich im Sekretariat, das, wie ich schon bemerkt haben dürfte, mittwochs geschlossen sei. Ob er nicht eine Ausnahme machen könnte?, bettelte ich. Es handle sich um einen Notfall. Er wollte wissen, worum es ginge. »Seine Mutter ist gestorben«, versuchte ich zu erklären. »Seine Schwester hat mich aus Bagdad angerufen. Sie konnte ihn im Heim nicht erreichen, und ich bin seine beste Freundin.« Der Portier zögerte. »Nein«, verkündete er schließlich. Er sei nur der Aushilfsportier. Der Hauptportier käme nächste Woche aus dem Urlaub zurück. Der habe bestimmt eine Namensliste. »Nein«, sagte er entschieden. »Nein, ich möchte keine Schwierigkeiten bekommen. Ich darf die Tür nicht aufsperren. Dort liegen ja noch andere Unterlagen. Aber wenn Sie wollen, können Sie hinaufgehen und ihn suchen, diesen Achmed Pita.«

Ich ging von Stockwerk zu Stockwerk. Niemand kannte einen Studenten namens Khaled Bitar. So wie ich ihn beschreibe, sehe jeder zweite Araber aus, wurde mir erklärt. Ich solle doch oben im sechsten Stock nachfragen. Dort sei die »orientalische Ecke«. »Pass auf, die rauchen alle Camel«, scherzte jemand. »Schau, dass die dich nicht einnebeln, sonst kommst du dort womöglich nicht weg ...« Das Gelächter hinter meinem Rücken beachtete ich nicht. Ich lief die Stufen hinauf, weil der Lift besetzt war und ich nicht warten wollte. Nach fünf Treppen war ich außer Atem und musste rasten. Ein blonder Bursche kam mir entgegen. Er trug ein weißes T-Shirt, blaue Boxershorts und Badeschuhe. Während ich mich vorbeugte, mit einer Hand am Geländer festhielt und die andere gegen meinen Bauch presste, musterte er mich amüsiert. »Es gibt einen Lift«, sagte er. »Oder willst du abnehmen? Wenn du immer zu Fuß in den sechsten Stock hinaufgehst, lebst du statistisch gesehen sechs Jahre länger.«

»Verarsch mich nicht«, stöhnte ich. »Es geht mir beschissen.« Dann brach ich in Tränen aus.

»Hee ... Was is'n los?« Er legte mir die Hand auf die Schulter. »Kann ich was für dich tun?«

»Kennst du Khaled Bitar?«

»Klar. Hat er dir was getan?«

»Wo ist er?«, schrie ich. »Sag's mir! Ist er hier?«

Er wich zurück. »Mann, Mann«, murmelte er. »Mir scheint, du hast ihm was angetan und nicht er dir.«

»Wo ist er?«, brüllte ich und hielt ihn am Gummizug seiner Shorts fest.

»Lass los! Er ist oben im sechsten Stock, nur noch eine Treppe höher. Ich glaube, er hat das Zimmer Nummer 63. Vielleicht auch 64. Kannst du mir erklären, was …« Aber ich war schon weitergelaufen.

Der Gang war leer, die Zimmer 63 und 64 waren abgeschlossen. In der Kochnische am Ende des Ganges wusch eine junge Frau Geschirr ab.

»Kennst du Khaled Bitar?«, fragte ich sie.

»Wer soll das sein?« Sie scheuerte mit einem dunkelgrünen Schwamm den Boden eines Kochtopfs und schaute nicht zu mir auf.

»Zimmer 63 oder 64.«

»Ich weiß nicht, wie die heißen. Ich will's nicht wissen.«

»Khaled Bitar. Er kommt aus dem Irak.«

»Schon möglich, dass er hier wohnt. Ich mag diese Araber nicht. Ständig baggern sie mich an, glauben, ich sei für sie Freiwild. Ihre Namen merke ich mir nicht. Khaled, Achmed, Ali, Omar, Abdul, Mohammed, was weiß ich. Sie sind alle gleich.«

»Und wo kommst du her?«

»Aus Teheran.«

»Wen könnte ich denn sonst nach Khaled fragen?«

»Jetzt ist niemand da.« Der Kochtopf rutschte ihr aus der Hand und fiel mit einem klirrenden Geräusch ins Waschbecken. Sie zuckte zusammen, warf den Schwamm hinterher, trocknete sich die Hände an ihrer Schürze ab und sah mich das erste Mal an. »Die Deutschen sind Rassisten«, sagte sie. »Sie fassen alle

Leute, die aus dem Nahen oder Mittleren Osten kommen, hier auf diesem Stockwerk zusammen, nicht offiziell natürlich, aber wie durch Zauberhand ergibt sich das immer so. Aus administrativen Gründen. Sie glauben, dass wir uns dann wohler fühlen, wenn wir unter uns bleiben, wie zu Hause sozusagen, dass wir ständig orientalische Musik hören und Couscous kochen, und dass sie, die Deutschen, ihre Ruhe haben, wenn wir auf unserem Stockwerk bleiben, und dass ich aus dem Iran komme, ist ihnen egal. Schauen ja sowieso alle gleich aus, die Orientalen. Ist alles dasselbe, so wie für sie jeder Schwarzafrikaner dem anderen gleicht. Neger ist Neger. Und nun muss ich mich ständig von diesen Arabern anbaggern lassen.«

»Die deutschen Studenten würden dich auch anbaggern«, murmelte ich, weil mir nichts Besseres einfiel und weil ich glaubte, dass man in solchen Fällen so etwas sagen müsse.

»Ach, halt doch den Mund. Du verstehst überhaupt nichts.« Sie zog die Schürze aus, knüllte sie zusammen, warf sie auf den Küchentisch und zündete sich eine Zigarette an. »Warum suchst du diesen Khaled? Ist er dein Freund? Du siehst übrigens schlecht aus. Warst du auf einer dieser 24-Stunden-Partys? Oder nimmst du was? Wenn du meinen Rat hören willst – lass die Finger von dem Zeug, das sie dir auf diesen Partys andrehen.«

»Er ist verschwunden.«

»Oh!« Sie begann zu lachen. »Irgendwann verschwinden sie alle. Ich sag dir eins – sei froh, dass du ihn los bist. Am besten, du gehst wieder.«

Ich ging nicht fort, sondern setzte mich auf eine der Bänke in der Mitte des Ganges. Die Studentin aus Teheran redete weiter auf mich ein, aber ich hörte nicht mehr zu. Wenn sie Fragen stellte, antwortete ich einsilbig mit »Ja« oder »Nein«, ohne darauf zu achten, ob dies passend sei oder nicht. Nach einiger Zeit hatte sie genug von dieser Art der Unterhaltung und verschwand in ihrem Zimmer. Ich blieb sitzen und wartete. Es vergingen zwei oder drei Stunden, vielleicht auch mehr. Ich schaute nicht auf die Uhr. Nur wenn mein Blick hin und wieder auf eine der Stützsäulen fiel, die den Gang in zwei Bereiche teilten, merkte ich, wie der Schatten, den sie auf den mit Steinplatten ausgelegten Boden warfen, von der Küche durch den halben Raum zum Lifteingang wanderte. Ab und zu kamen Studenten vorbei. Einige kannten Khaled, andere glaubten ihn zu kennen. Wieder andere meinten, ich solle warten. Also wartete ich.

Als es draußen dunkel wurde und die Deckenbeleuchtung schon eingeschaltet war, stieg eine Gruppe junger Männer aus dem Lift aus. Die Männer sprachen Arabisch. Ihr Tonfall und die Lautstärke ihrer Unterhaltung legten die Vermutung nahe, dass sie sich stritten. Dem Ausdruck ihrer Gesichter und ihren Gesten nach zu schließen, handelte es sich jedoch um eine harmlose Plauderei. Dann bemerkte einer von ihnen mich und sagte auf Deutsch: »Oh, ein neues Gesicht.«

»Und ein hübsches dazu«, meinte ein anderer.

»Kennt jemand von euch Khaled Bitar?«, fragte ich mit Verzweiflung in der Stimme.

»Was willst du denn von ihm?«

»Ich muss mit ihm sprechen. Es ist wichtig.«

»Worüber?«, fragte einer aus der Gruppe, ein stämmiger Mann um die dreißig mit einer Glatze im Ansatz.

Ich schwieg.

»Worum geht es?« In seinen Augen blitzte Misstrauen auf. Nervös machte er ein paar Schritte auf mich zu.

Ich wusste nicht, was ich sagen sollte, und ich war zu müde und zu niedergeschlagen, um etwas zu erfinden. »Ich liebe ihn«, sagte ich leise und schaute zu Boden.

Die Männer starrten mich an. »Wirklich?« Das Erstaunen in ihren Gesichtern wich einem amüsierten Schmunzeln.

»Ich bin Khaled Bitar«, sagte der stämmige Dreißigjährige.

»Nein, ich bin Khaled Bitar!«, hörte ich eine andere Stimme.

Ich bedeckte mein Gesicht mit den Händen.

»Ich, ich bin Khaled Bitar!« Eine dritte Stimme. »Wenn du mich liebst, Mädchen, dann komm doch zu mir aufs Zimmer.«

Eine vierte Stimme: »Du sei still, du bist verheiratet.«

»Ja und?«

»Ich bin Khaled Bitar. Mädchen, ich liebe dich auch!«

»Jetzt hör auf! Du bist nicht Khaled Bitar. Ich bin Khaled Bitar. Wie heißt du, Mädchen?«

Lautes Gelächter. Eine kurze Unterhaltung auf Arabisch. Und dann geschah das, wovor ich mich am meisten gefürchtet hatte. Jemand berührte mich. Jemand streichelte meinen Nacken. Eine andere Hand versuchte, mir die Hände vom Gesicht zu ziehen. Ich kreischte, ich schlug um mich, sprang auf und lief Richtung Treppe. Nur nicht stolpern, nur nicht stolpern, nur ja nicht stolpern, wiederholte ich immer wieder.

Jemand verstellte mir den Weg.

»Ich bin Khaled Bitar.« Die Stimme klang ernst. »Ich bin es wirklich. Ich kann dir meinen Ausweis zeigen.« Ich blieb stehen und schaute auf. »Hab keine Angst, wir rühren dich nicht mehr an. Darauf gebe ich dir mein Wort.« Es war der stämmige Dreißigjährige. Er schrie seinen Freunden etwas auf Arabisch zu und hielt mir seinen Studentenausweis entgegen. *Khaled Bitar, geboren am 23. Dezember 1958 in Damaskus, Syrien, Studienrichtung: Informatik*, las ich. Die anderen hielten nun Abstand zu mir.

»Gibt es hier noch einen anderen Khaled Bitar?« Meine Tränen flossen an den Mundwinkeln vorbei und an der Kinnspitze zusammen.

»Ich bin der einzige Khaled Bitar in diesem Studentenheim«, sagte Khaled Bitar. Hinter meinem Rücken hörte ich Gesprächsfetzen in mehreren Sprachen. Ich sah mich um. Etwa ein Dutzend Studenten waren aus ihren Zimmern auf den Gang hinausgegangen und schauten uns zu.

»Was ist hier los?«

»Sie sucht Khaled Bitar«, berichtete das Mädchen aus Teheran.

»Na, dann hat sie ihn ja gefunden.«

»Angeblich ist er aber nicht der, der er sein sollte …«

Sie begannen mir Fragen zu stellen. Statt zu antworten, lief ich schnell die Treppe hinunter.

7

»Aber warum willst du's nicht wegmachen lassen?«, schrie meine Mutter. »Du bist neunzehn! Du wirfst dein Leben weg. Willst du so enden wie ich?«

Ich wusste seit einigen Wochen, dass ich schwanger war. In absehbarer Zeit würde sich mein Zustand nicht mehr verheimlichen lassen. Ich hatte es meiner Mutter erzählen müssen.

»Wieso hast du nicht aufgepasst? Du bist doch alt genug«, lamentierte sie.

»Lass mich in Ruhe.«

»Hör auf deine Mutter! Geh zum Arzt und beende die Sache. Wenn du es nicht tust, weiß ich genau, was dich erwartet.« Sie ging im Zimmer auf und ab, während ich auf einem Stuhl am Fenster saß, die Arme auf der Brust verschränkt, und versuchte, ihren Blicken auszuweichen. »Ich sehe dein Leben vor mir: Du fährst den Abhang hinunter, schaust weder links noch rechts und versäumst alles. Irgendwann kommst du unten an. Du klopfst dir den Staub von den Kleidern und merkst, dass du nicht mehr die Kraft hast, den Weg wieder hinaufzugehen.«

»Ach, Mama, lass es bleiben. Es ist schon Abend. Du versäumst noch dein Rendezvous mit der Flasche.«

Mutter warf mir einen Blick zu, der so wehmütig war, dass ich das eben Gesagte beinahe bereute.

»Sag mir wenigstens, wer der Vater ist. Warum verschweigst du mir das?«

»Du hast mich auch ohne Vater großgezogen. Was habe ich davon, dass ich weiß, wer er ist? Ist es wichtig zu wissen, dass er geistig und intellektuell beschränkt ist?«

»Es tut mir so leid, Astrid«, stammelte Mutter schluchzend und versuchte, mich zu umarmen, doch ich stieß sie zurück.

»Rühr mich nicht an!«

»Aber ich bin doch nüchtern.«

»Und ich kein kleines Mädchen mehr.«

In dieser Nacht trank Mutter mehr als sonst. Ich hörte, wie im Wohnzimmer etwas zu Bruch ging. Dann hörte ich das Surren der Wählscheibe. In diesem Zustand hatte sie noch nie jemanden angerufen. Wahrscheinlich wollte sie mit Sabine sprechen, der einzigen Freundin, die ihr noch geblieben war, aber sie legte den Hörer auf, ohne ein Wort zu sagen. Später rüttelte sie an meiner Tür. Noch später hörte ich ein dumpfes Geräusch. Ich hörte Mutter fluchen. Dann war es still. Ich öffnete vorsichtig die Tür und fand sie im Vorraum auf dem Boden. Sie schlief. Ich betrachtete ihren Körper, konnte keine Verletzungen feststellen und ging wieder auf mein Zimmer.

Der nächste Tag war ein Samstag. Am Morgen stieg ich über den Körper meiner Mutter drüber und ging einkaufen. Als ich nach Hause kam, schlief sie immer noch. Sie wachte erst auf, als ich mich im Wohnzimmer an den Tisch setzte, um zu Mittag zu essen. Sie schwankte zur Toilette, danach in die Küche und schließlich ins Wohnzimmer, wo sie sich auf das Sofa fallen ließ. Sie war mit einem Nachthemd bekleidet, das ihr nicht ganz bis zu den Knien reichte. Ihr dürrer, früh gealterter Körper wirkte abstoßend auf mich, die faltige Haut, ihre Brüste, die zittrigen Hände. Dass sie nun mit gespreizten Beinen auf dem Sofa saß, dass sie sich kaum aufrecht halten konnte und mich mit einem Auge anstarrte, während das andere geschlossen blieb, und dass sie neben mir furzte, während ich zu Mittag aß, fand ich noch abstoßender.

»Du siehst aus, als wärst du gerade aus dem Leichenschauhaus geflüchtet«, sagte ich.

»Vielmehr eine Mumie auf Urlaub«, entgegnete sie mit schwacher Stimme. »Ich höre heute mit dem Trinken auf.«

»Sei still!«, schrie ich und hielt mir die Ohren zu. »Sei ja still! Das sagst du, seit ich sechs Jahre alt bin. Du wirst immer eine Säuferin bleiben.« Am liebsten hätte ich mit einem Teller oder einem Küchenmesser nach ihr geworfen. »Und sag nie mehr, dass ich mein Leben vergeude.«

Ich ließ Mutter im Wohnzimmer zurück und ging spazieren. Zu diesem Zeitpunkt war ich mir noch völlig im Unklaren darüber, wie meine Zukunft aussehen sollte. Nur eines wusste ich mit Bestimmtheit: Ich wollte das Kind behalten. Seit einigen Tagen studierte ich die Wohnungsanzeigen im *Gigrichter Tagblatt*, doch die meisten Mietwohnungen waren entweder zu teuer, oder sie schienen mir für ein Leben mit einem Kleinkind ungeeignet. Vorerst hatte ich mich an der Gigrichter Universität immatrikuliert, allerdings nicht im Fach Orientalistik, wie ich es ursprünglich vorgehabt hatte – dies erschien mir nicht mehr passend –, sondern in Geschichte und Pädagogik. Es war mir klar, dass ich als alleinerziehende Mutter nicht studieren konnte. Dafür fehlte mir das Geld. Der kleine Fonds, den Großvater kurz vor seinem Tod für mich eingerichtet hatte, würde nicht lange reichen. Onkel Alexander war hochverschuldet. Großvaters Haus, das er geerbt hatte, gehörte nun der Bank. Mein Vater hatte in Berlin eine eigene Familie, und das Beamtengehalt meiner Mutter würde nicht ausreichen, um mich und das Kind, eine Wohnung, einen oder mehrere Babysitter, Krabbelstuben, Kindergärten und all die anderen Ausgaben, von denen ich noch keine Vorstellung hatte, zu finanzieren. Meine Immatrikulation an der Universität war somit eher eine symbolische Geste. Ob ich das Studium nun abschließen sollte oder nicht, war einerlei. Wenigstens eine kurze Zeit, wenn auch nur wenige Monate oder Wochen, wollte ich studiert haben. Das hatte sich Großvater sehr gewünscht, nachdem weder sein Sohn noch seine Tochter noch sein Enkel, mein Cousin Horst, jemals über die Mittlere Reife hinausgekommen waren. Für Großvater war jemand, der nie studiert hat, kein vollwertiger Mensch.

An diesem Nachmittag ging ich zu Fuß in die Innenstadt. In der Konditorei *Marzipan* trank ich einen Früchtetee und aß ein Buttercroissant. Danach zündete ich für Großvater in der Jesuitenkirche eine Kerze an. Die Jesuiten hatte er für ihre Konsequenz und den hohen Wert, den sie der Bildung beimaßen, immer bewundert. Ich durchquerte den Stadtpark und stieg an der Haltestelle *Außenring* in den Bus ein. Während meines Rundgangs durch die Stadt hatte ich angestrengt über meine Zukunft nachgedacht, aber keine Lösung für meine Probleme gefunden, obwohl ich gerade beim Spazierengehen meist die besten Einfälle hatte. Die Gespräche, die ich in den letzten Wochen mit meinen Freundinnen geführt hatte, waren ebenfalls keine große Hilfe gewesen. Helga hatte gemeint, ich solle abtreiben, Christine hatte vorgeschlagen, ich solle das Kind zur Adoption freigeben, und Babsi hatte mir den Rat gegeben, einen Privatdetektiv zu engagieren, um nach Khaled zu suchen.

Als ich zu Hause ankam, fand ich ein ungewohntes Bild vor. Die Wohnung war aufgeräumt, der Boden sauber, die Zimmer waren gelüftet, und sogar mein Bett war frisch bezogen.

Mutter hatte geduscht. Sie roch nach Parfüm der Marke *Herzensgüte*, einem lokalen Gigrichter Erzeugnis, das in den Sechziger- und Siebzigerjahren in Mode gewesen war und von Frauen im Alter meiner Mutter immer noch gerne benutzt wurde. Sie hatte ihr schwarzes Samtkleid, das jahrelang in einer Kiste gelegen hatte, angezogen, hatte sich frisiert und geschminkt, Rouge, Lidschatten und Lippenstift aufgetragen, hatte sich die Wimpern getuscht und die Nägel lackiert. Die Schminke und das Kleid ließen einen Hauch jener Attraktivität erahnen, die Mutter in ihrer Jugend gehabt hatte. Außerdem hatte sie die weiße Perlenkette und den goldenen Armreif – beides Erbstücke meiner Großmutter – angelegt. Sie trug schwarze Schuhe mit hohen Absätzen, ein Paar, das sie seit mindestens zehn Jahren nicht mehr angerührt hatte, und eine rote Strumpfhose, die ich an diesem Tag zum ersten Mal sah. Ich war so erstaunt, dass ich die Tür hinter mir offen ließ.

»Hast du dich für deine eigene Beerdigung zurechtgemacht?«, fragte ich. »Oder möchtest du irgendeinen reichen Greis verführen?«

»Du hast es fast erraten«, antwortete sie. »Heute findet eine Beerdigung statt ... Aber bevor es so weit ist, würde ich dich bitten, die Wohnungstür zu schließen.«

Mutter hatte alle Weinflaschen aus der Minibar geholt und in einer Reihe auf dem Küchentisch aufgestellt. Da standen sie nun – insgesamt neun an der Zahl – der *Merlot del Veneto*, der *Cabernet Sauvignon*, der alte *Bordeaux* Jahrgang 1977, den sie noch nie zu öffnen gewagt hatte, der *Gigrichter Natsch* von den ausgedehnten Weingütern des Altbürgermeisters Notscher, der den einzigen Wein unserer Region erzeugte, ein rheinländischer Landwein, ein Rosé aus der Bodenseeregion sowie drei weitere Rotweine, deren Marken und Herkunftsregionen ich vergessen habe. Neun Flaschen waren Mutters Ration für drei bis vier Tage.

»Ich verstehe«, sagte ich. »Du willst dich heute zu Tode saufen, indem du alle neun an einem Abend vernichtest.«

»Ja, du hast recht, ich werde sie vernichten«, erklärte Mutter, während sie eine Flasche nach der anderen entkorkte.

Dann schüttete sie den Inhalt ins Waschbecken.

»Wenn du dein Kind bekommen und großziehen möchtest, werden wir jeden Pfennig brauchen«, verkündete Mutter. »Da bleibt kein Geld für Wein.«

»Und heute spülst du ein kleines Vermögen in die Kanalisation.«

»Das ist es mir wert.«

»Wenigstens die alte Bordeaux-Flasche hättest du Sabine schenken können.«

»Sabine hat Gastritis und trinkt nur mehr Kamillentee«, erklärte Mutter.

Wir packten die leeren Flaschen in eine Plastiktüte und trugen sie hinunter in den Hof. Während ich den Schiebedeckel des Müllcontainers aufhielt, ließ Mutter jede einzelne Flasche mit einem triumphierenden Lächeln in das Innere des Behälters fallen. Die Flaschen landeten sanft auf Gemüseresten, Kartoffelschalen und schimmligem Brot. Ich drehte den Kopf weg und atmete durch den Mund.

»Für diesen Augenblick also hast du dich zurechtgemacht und so schön gekleidet wie seit Jahren nicht mehr?«, fragte ich.

»So ist es«, erklärte sie stolz.

»Mama, du bist eine wahre Romantikerin.«

Nach dem Abendessen trank Mutter eine ganze Kanne Kräutertee, danach eine zweite und eine dritte. Einige Zeit war sie damit beschäftigt, zwischen der Toilette und dem Wohnzimmer hin und her zu laufen. Um neun Uhr abends begannen ihre Hände zu zittern, um zehn hatte sie Schweiß auf der Stirn, um elf klebte das schöne Kleid auf ihrem nassen Körper. Die Stöckelschuhe hatte sie schon am Nachmittag wieder ausgezogen. Nun legte sie auch den Schmuck ab. Je später es wurde, desto schneller und lauter redete sie auf mich ein. In regelmäßigen Abständen sprang sie vom Sessel auf und ging im Zimmer auf und ab, setzte sich wieder, kaute an den Fingernägeln oder schob die Teetasse samt Untersatz auf der Tischplatte hin und her. Sie werde sich um eine Arbeit für mich bemühen, erklärte sie, sie werde mir bei der Erziehung meines Kindes helfen, sie werde ihr Leben ändern, sie werde mir helfen, eine Wohnung zu finden, sie werde mich finanziell unterstützen, sie würde zehn Jahre ihres Lebens für ein Glas Wein hergeben. Sie werde Großvaters Kontakte in Gigricht nützen, es gebe noch viele Menschen, denen er einst geholfen hatte und die deshalb in seiner Schuld stünden. Wenn sie Großvater einen Gefallen schuldig seien, könnten sie nach seinem Tod genauso gut der Enkelin gefällig sein, nein, sie werde nicht trinken, nie mehr, aber für ein Glas Wein würde sie zwanzig Jahre ihres Lebens hergeben. Ich hörte zu und schwieg. Kurz nach Mitternacht ließ ich sie allein und ging ins Bett.

Ein grauenvoller Laut weckte mich, ein Heulen, das in ein Wimmern überging. Ich schaute auf die Uhr – es war halb drei. Ich ging ins Wohnzimmer und fand Mutter zusammengekauert auf dem Sofa sitzen. Sie sah entsetzlich aus, die Augen gerötet, die Haare zerzaust, eine blutige Schramme an der Stirn.

»Was ist geschehen?«, fragte ich.

»Ich bin gegen die Klotür gelaufen.«

»Du solltest dir professionelle Hilfe holen, wenn du wirklich mit dem Saufen aufhören möchtest.«

»Unsinn!« Sie sprang auf und machte ein paar Schritte in meine Richtung. Dann gaben ihre Knie nach. Sie sank auf den Boden und lehnte sich mit dem Rücken gegen die Wand.

Ich ging wieder auf mein Zimmer.

Das nächste Mal wachte ich auf, weil in der Wohnung absolute Stille herrschte. Das Licht im Wohnzimmer brannte. Die Teetasse lag zerbrochen auf dem Tisch. Mutters Kleid hing auf einer Stuhllehne. Nur Mutter war nicht da. Ich machte einen Rundgang durch die Wohnung, fand sie aber weder in einem der anderen Zimmer noch im Bad oder in der Abstellkammer. Sie wird doch nicht in eine Bar gegangen sein?, fragte ich mich. Aber Ende der Achtzigerjahre gab es in Gigricht keine Lokale, die um vier Uhr morgens geöffnet waren, und alle Supermärkte oder Läden, sogar die kleinen Geschäfte in den Tankstellen oder auf dem Bahnhof, sperrten frühestens um sechs Uhr auf.

Sollte ich nach ihr suchen? Ich zögerte. Wenn sie einen Spaziergang machen wollte, war das ihre Sache. Wenn sie betrunken war, wusste sie am nächsten Tag meistens nicht mehr, was sie gesagt oder getan hatte, das eine oder andere Mal hatte sie schon Nachtspaziergänge gemacht, an die sie sich nicht mehr erinnern konnte. Sie hatte das Glück gehabt, nie von einem Auto angefahren oder überfallen worden zu sein. Im alkoholisierten Zustand kam sie ganz gut zurecht. Jetzt allerdings war ihr Zustand kritischer. Sie war auf Entzug. Sollte ihr etwas zugestoßen sein, würde ich es mir nie verzeihen, nicht nach ihr gesucht zu haben. Ich zog mich an, machte das Licht aus und ging hinunter. Es war Ende September. Um diese Zeit war es noch dunkel und ziemlich kühl. Die Straße war menschenleer. Nur in der Ferne, wo die Siedlung aufhörte und die Felder begannen, sah ich Scheinwerferlicht. Es wurde stärker, verschwand aber, als der Wagen in eine Seitengasse einbog. Plötzlich hörte ich ein Geräusch. Es klang wie zersplitterndes Glas und kam aus dem Hof. Ich ging durch den Hauskorridor, der die Straße mit dem Hof verband, und sah – im fahlen Licht der Lampe, die über der Tür angebracht war – meine Mutter. Das heißt – ich sah nicht sie, sondern nur einen Teil ihres Rückens, ihren Hintern und ihre Beine. Ihr Oberkörper und der rechte Arm waren im Müllcontainer verschwunden, während sie mit der linken Hand den Schiebedeckel festhielt.

Mutter war mit ihrem alten, blau-weiß gestreiften Pyjama bekleidet. Während sie sich vorbeugte, rutschte die Pyjamahose nach unten und entblößte den oberen Teil ihrer Pobacken. Ich blickte hinauf zu den Fenstern unseres Hauses. Bis auf eines im letzten Stock waren alle dunkel. Dort, wo das Licht brannte, waren die Vorhänge zugezogen. Ich konnte nur hoffen, dass niemand von unseren Nachbarn meine Mutter beobachtete.

Ich sah, wie Mutter eine der leeren Flaschen, die sie am Nachmittag weggeworfen hatte, wieder aus dem Müll herausholte, wie sie den Kopf nach hinten warf und die Flasche an den Mund führte und wie ein einsamer roter Tropfen vom Flaschenboden langsam zum Flaschenhals rann und schließlich in Mutters Mund landete. Dann legte Mutter die nun vollständig geleerte Flasche in den Container zurück, um sogleich nach der nächsten zu suchen.

»Mama!«, schrie ich entsetzt. »Oh Gott, Mama!«

Die Flasche glitt ihr aus der Hand und zerschellte auf dem Asphalt. Der Deckel schnellte mit einem rasselnden Geräusch nach vorne und deckte mit einem Knall den Inhalt des Containers zu. Mutter drehte sich um. Ihren Blick werde ich nie vergessen. Wenn mir Mutter in meinen Alpträumen begegnet, sieht sich mich genau so an wie damals, doch seit dieser Nacht hat sie den Rest ihres Lebens nie mehr getrunken.

8

Am Ende gab ich keine Antworten mehr. Auf tausend Wegen versuchte ich, Petras Fragen auszuweichen, und auf tausend Wegen zog sie mich hinab, kippte mein Gleichgewicht, das ich mit so viel Mühe hergestellt hatte und mit List und allen möglichen Tricks zu halten versuchte.

»Wer war mein Vater?«, fragte Petra, wenn wir in Grado nach einem strahlend schönen Urlaubstag vor einer Eisdiele am Strand saßen, wenn ich die angenehme Müdigkeit genoss und dem Schicksal für das bisschen Glück mit demütiger Dankbarkeit meine Reverenz erwies.

»Wer war mein Vater?«, fragte sie, als der Nachhilfeunterricht in Mathematik endlich Früchte trug und sie ein Schularbeitsheft mit einem *Sehr Gut* in der schwer lesbaren roten Füllfederschrift der Lehrerin nach Hause brachte.

»Wer war mein Vater?«, fragte sie, nachdem ich ihr stolz erzählt hatte, dass man mich zur stellvertretenden Leiterin der

Buchhandlung befördert hatte, als ich ausruhen und feiern wollte. Mein Schicksal spielte mit gezinkten Karten, mir aber fehlte das Geschick, es auf Dauer auszutricksen.

»Wozu brauchst du einen Vater?«, rief ich einmal, als die Verärgerung die Grenzen der Vernunft gesprengt hatte. »Ich bin ohne Vater aufgewachsen, und es ist trotzdem was aus mir geworden. Deine Großmutter hatte einen Vater. Aber war sie jemals glücklich, einen Vater wie ihn zu haben? Was ist besser? Die Trauer über abwesende Väter oder die schlimmen Erinnerungen, die man an sie hat? Bin ich dir keine gute Mutter? Bin ich dir nicht genug?«

»Lieber schlimme Erinnerungen als gar keine«, konterte Petra. »Und meine Trauer geht dich nichts an, die gehört mir.« Damals war sie sechzehn. »Sag mir, wer er ist, Mama!«, insistierte sie. »Sag es mir.« Ich gab ihr keine Antwort.

Als Petra drei Jahre alt war, fragte sie mich das erste Mal, wer ihr Vater sei. Die anderen Kinder im Kindergarten hatten Väter. Die Kinder meiner Freundinnen hatten ebenfalls Väter, auch wenn einige von ihnen fortgegangen waren und nur selten vorbeischauten.

»Deine Großmutter ist dein Papa«, erklärte ich. Später erzählte ich ihr, Papa sei auf Reisen und ich wisse nicht, wo er sich aufhalte. Das entsprach zwar nicht ganz der Wahrheit, aber es war auch nicht gelogen.

Petra erwies sich als eine stabilere Persönlichkeit, als ich es in ihrem Alter gewesen war. Außerdem hatten die Zeiten sich geändert. Die Hälfte ihrer Klassenkameraden lebte in Patchworkfamilien. Einige kannten ihre Väter nicht, andere zogen es vor, sie nicht zu kennen. Trotzdem setzte mir meine Tochter zu und begegnete meinen Erziehungsmaßnahmen, Vorwürfen und guten Ratschlägen oft mit jener fatalen Frage, auf die ich ihr keine Antwort geben wollte.

Als Petra fünfzehn war, tischte ich ihr die erste und einzige

Lügengeschichte auf. Der insistierenden Fragen leid, behauptete ich, ihren Vater nicht zu kennen. »Mit neunzehn habe ich im Sommer nach dem Abitur eine Interrailtour gemacht. Ich war in Italien und habe dort mit mehreren Jungs geschlafen. In einer Jugendherberge, einer Bar oder einer Disco lernt man schnell jemanden kennen. Es war die erste längere Reise, die ich allein unternommen habe, und ich wollte meinen Spaß haben. Es war ein schöner Urlaub, und du bist das Geschenk, das ich damals mit nach Hause brachte. Du wirst mich immer an jenen Sommer erinnern.«

»Also ist mein Vater Italiener.«

»Vielleicht. In den Jugendherbergen habe ich Leute aus ganz Europa getroffen. Aber wahrscheinlich war es tatsächlich ein Italiener … Oder ein Südtiroler. Ich erinnere mich, dass ich einen Tag in Südtirol, in einem Ort namens Franzensfeste, verbracht habe. Dieses Kaff ist so hässlich, dass ich keine andere Wahl hatte, als mich verführen zu lassen. Was hätte ich dort sonst tun sollen? Ich hatte am Abend den letzten Anschlusszug versäumt.«

»Jetzt verstehe ich, warum ich so südländisch aussehe«, sagte Petra. »Es gab schon Leute, die mich für eine Türkin gehalten haben.«

»Du bist keine Türkin.«

»Gott sei Dank.«

»Was soll das heißen? Türken sind nicht schlechter als andere Menschen.«

»Trotzdem.«

»Das ist keine Antwort.«

»Du kennst die Türkengang in unserer Schule nicht. Das sind widerliche Angeber. Und dazu die passenden Tussis mit ihren billigen Kopftüchern. Es wäre schon arg, wenn mich jemand mit denen in einen Topf wirft. Dieses blöde Getue rund um die Religion …«

»Petra, ich verbiete dir …«

»Du hast mir überhaupt nichts zu verbieten. Du weißt nicht einmal, wer mein Vater ist? Warum hast du nicht verhütet? Warst du blöd oder was? Immerhin warst du schon neunzehn.«

»Aus! Das Gespräch ist beendet. So redet man nicht mit der eigenen Mutter. Im Übrigen kannst du froh sein, dass ich so blöd war. Sonst gäbe es dich nicht.«

»Na und! Ich habe nicht darum gebeten, geboren zu werden. Außerdem glaube ich dir nicht.«

»Was glaubst du mir nicht?«

»Die ganze Geschichte.«

»Aber es ist die Wahrheit.«

»Blödsinn. Du bist viel zu spießig, um mit irgendwelchen Jungs herumzumachen, ohne auf die Verhütung zu achten.«

»Du musst ja wissen, wie spießig ich damals war. Und bist dabei selbst so bieder wie meine Großmutter. Hast du nicht letzte Woche gesagt, du möchtest spätestens mit achtzehn verheiratet sein und mit zwanzig schon zwei Kinder haben?«

»Das war letzte Woche.«

»Und was ist heute Stand der Dinge?«

»Sag mir, wer mein Vater ist! Ich will es endlich wissen.«

»Sei froh, dass du eine Mutter hast, die sich um dich kümmert.«

»Ach Mama, du hast ja echt keinen Durchblick.«

»Warum sagst du ihr nicht wenigstens, dass ihr Vater ein Araber ist?«, fragte mich Helga. »Wenn du ihr schon nicht die ganze Geschichte erzählen willst, kannst du zumindest einen Teil der Wahrheit preisgeben.«

»Wozu?«, widersprach ich. »Soll ich ihr das Leben schwerer machen, als es ohnehin schon ist? Soll sie doch glauben, ihr Vater sei Italiener.«

»Warum nicht Spanier, Bulgare oder Türke? Am besten gleich Araber. Das würde wenigstens stimmen.«

»Weil Ausländer bekanntlich nicht gleich Ausländer ist. Kannst du dich erinnern, dass vor ein paar Jahren ein Türkenwohnheim niedergebrannt wurde? Fahr mal mit dem Bus oder geh in ein Lokal und hör zu, was die Leute heute – nach dem elften September – über Araber und Moslems reden. Vor kurzem haben im 23er-Bus zwei Skins einen orientalisch aussehenden Mann zuerst angepöbelt und dann herumgeschubst. Alle anderen Fahrgäste haben so getan, als würden sie nichts merken. Nicht einmal der Fahrer hat was unternommen. Ich auch nicht. Ich hatte Angst. Die anderen hatten auch Angst, aber glaub mir, einige von ihnen haben sich bestimmt insgeheim gefreut, dass so was passiert, auch wenn sie's nie zugeben würden, vielleicht nicht einmal sich selbst gegenüber. Geschieht ihnen schon recht, den Kanaken und den Bimbos. Kommen her, passen sich nicht an, nützen unsere Demokratie und unseren Wohlstand aus, aber gleichzeitig verachten sie uns und jagen Hochhäuser und Züge in die Luft. Vor allem aber haben sie sich darüber gefreut, dass man sie selbst in Ruhe lässt, dass sie das eigentlich alles nichts angeht und dass sie in den Augen dieser Skinheads die Guten sind. Soll ich meine Tochter in diesen ganzen Dreck hineinstoßen? Soll sich Petra jedes Mal betroffen fühlen, wenn sie so etwas sieht oder davon hört?«

»Wir alle müssten betroffen sein.«

»Bla, bla, bla. Willst du dich über mich lustig machen? Hier geht es um meine Tochter und nicht um irgendeine politische Korrektheit. Die Alltagsrealität ist keine Podiumsdiskussion. Du kannst dir nicht vorstellen, wie froh ich darüber bin, dass Petra nicht die dunkle Haut ihres Vaters geerbt hat.«

»Astrid, ich bin entsetzt!«, schrie Helga. Einen Augenblick lang hatte ich tatsächlich das Gefühl, sie würde sich mit Abscheu von mir abwenden und gehen. Sie saß in meinem Wohnzimmer auf der Couch, eine Apfelsaftschorle in der Hand. Es war ein verregneter Sonntagnachmittag. Petra war bei einer Freundin. Wir hatten drei Stunden geredet, davon mindestens zweieinhalb über ihre Eheprobleme, an denen sie selbst nicht ganz unschuldig war. Nun wollte sie auf einmal die Rechtschaffene spielen? In ihrem Leben hatte sie sich selten für etwas engagiert, allenfalls für ihre eigenen Kinder und ihr kleines biederes Familienglück, das trotzdem regelmäßig ins Unglück stürzte und mühsam wieder emporgehoben werden musste. An meiner Stelle hätte sie genauso gehandelt. Sie hätte es nur nie zugegeben, sondern eine andere, eine wohlklingendere Erklärung dafür gefunden und diese mit einem entwaffnenden Lächeln garniert. Wenn sie mit einer Geste gespielter Empörung gehen wollte, würde ich sie nicht aufhalten.

Aber sie ging nicht.

»Was würde denn geschehen, wenn Petra die Wahrheit kennen würde?«, fragte Helga. »Würde sie gegen Bush und gegen Israel demonstrieren? Sich in der Flüchtlingshilfe engagieren? Oder hast du Angst, dass sie eines Tages mit einem Kopftuch nach Hause kommt und ›Allahu akbar‹ kreischt?«

»Du ziehst alles ins Lächerliche!«, schrie ich. »Wenn ich über deine Probleme einen Witz mache, reagierst du hingegen mehr als empfindlich.«

»Aber du verstehst doch, was ich meine, oder? Eine Bekannte von mir, eine Türkin, hat es auf den Punkt gebracht: Früher waren wir für euch Fremde, hat sie mir einmal gesagt, dann waren wir Gastarbeiter, später Ausländer, und heute sind wir Moslems. Was kommt morgen? Du kannst deine Tochter nicht beschützen. Sie hat ein Recht auf ihre Identität. Du kannst nicht voraussehen, wer die Kanaken von morgen sind. Juden. Türken. Roma. Moslems. Araber. Flüchtlinge aus Afghanistan oder aus dem Sudan. Übermorgen ist es vielleicht die chinesische Gefahr. Dann spricht niemand mehr von Moslems, den Taliban oder den Arabern, sondern nur mehr von der Massenzuwanderung aus China und den fleißigen, aber skrupellosen Chinesen, die unsere Wohnviertel, Geschäfte und Handelsbetriebe übernehmen und uns in unserem eigenen Land an den Rand drängen. Und wir werden Osama Bin Ladens Enkeln Geld geben und alle freiwillig zum Islam übertreten, damit sie in Peking und Shanghai Bomben hochgehen lassen.«

»In zwanzig Jahren vielleicht. Dann trete ich eben zum Islam über. Ist mir doch egal. Wenn es sein muss, werde ich Konfuzianerin oder Buddhistin oder zahle Schutzgelder an die Triaden, wenn ich damit sicherstellen kann, dass meine Tochter glücklich ist. Aber jetzt haben wir das Jahr 2004.«

»Ich gebe dir ein anderes Beispiel: Herr Eisenstein, ein Arbeitskollege von mir, ist ein russischer Jude, ein Kontingentflüchtling, der mit einer Russin, einer Nichtjüdin, verheiratet ist. In der Sowjetunion hatte er darauf bestanden, dass sein Sohn den Mädchennamen der Mutter erhält – Sidorow –, damit man seine jüdische Herkunft nicht gleich erkennt. Als die Familie nach Deutschland kam, wollte der Sohn aber nicht mehr Sidorow heißen und hat alle bürokratischen Hürden auf sich genommen, um den Namen tragen zu können, den er eigentlich von Anfang an hätte haben sollen: Eisenstein.«

»Du glaubst doch nicht, dass du mich mit solchen Geschichten beeindrucken kannst. Es geht um meine Tochter.«

»Aber es gibt doch so etwas wie eine Verpflichtung zur Wahrhaftigkeit ...«

»Jetzt hör endlich auf!« Mir platzte der Kragen. Welches Recht hatte sie, mir ins Gewissen zu reden? Hatte ich mir ein Urteil angemaßt, als sie ihren Mann betrog und mir ständig vorjammerte, ihre Sehnsucht nach Leidenschaft sei stärker als ihr schlechtes Gewissen?

»Weißt du was, Helga«, sagte ich. »Ich werde meiner Tochter die ganze Wahrheit erzählen, und dann begleitest du sie in den Irak, wenn sie die Heimat ihres Vaters kennenlernen möchte.«

9

Die Überheblichkeit, mit der wir Europäer fremden Kulturen begegnen, war mir nie angenehm. Gerhards abschätzige Bemerkungen über die Araber musste ich aber wohl oder übel hinnehmen, war er doch unter Arabern, Juden, Armeniern, Tscherkessen und anderen Völkern aufgewachsen, die damals wie heute in Jerusalem wohnten. Nur die deutsche Kolonie ist als Folge von Hitlers Weltkriegsabenteuer verschwunden. Aber es war gerade Gerhard, der dem arabischen Volk von uns allen die größte Sympathie entgegenbrachte. »Der Araber ist zwar manchmal vorschnell und unvernünftig in seinen Entscheidungen, aber er hat Würde«, erklärte er mir, als wir uns an jenem 10. Mai 1941 der Stadt Mossul näherten. »Für mich persönlich ist die Würde das, was einen Menschen vom Tier unterscheidet. Klugheit, besser gesagt Schläue, ist etwas, was manche Völker wie zum Beispiel die Juden auszeichnet, aber haben sie deshalb Ehre? Es gibt schlaue Schimpansen, aber treten sie deshalb würdevoll auf? Haben sie einen Sinn für Erhabenes?«

»Ich bin kein Zoologe«, brummte ich.

Wir wollten gegen Mittag in Mossul eintreffen, um noch am selben Tag nach Bagdad weiterzufliegen. Die Landschaft hatte sich inzwischen radikal verändert. Sah man in Küstennähe und in der Gegend um Aleppo noch Felder, Wiesen, Gärten und die Reste von Wäldern, so flogen wir jetzt über eine braune Steppenlandschaft, die nur selten von kleinen Dörfern, Ansammlungen weniger Häuser, meist armseligen Hütten aus Lehm, unterbrochen wurde. Einmal konnten wir sogar eine Kamelherde ausmachen, was bei jenen, die ihre Karl-May-Phantasien immer noch nicht hinter sich gelassen hatten, auf lebhafte Neugierde stieß. Dann tauchte links von uns ein felsiges Bergmassiv auf, dessen besondere Ästhetik in seiner abweisenden Kargheit lag, wir überflogen den Euphrat, an dieser Stelle noch ein dünnes Rinnsaal, und setzten pünktlich zur Landung an. Mossul, damals noch eine beschauliche Kleinstadt, machte von oben einen so unspektakulären Eindruck wie der Flughafen. Überwältigend war hingegen der Empfang, der uns bereitet wurde, denn noch bevor wir auf der staubigen Piste aufsetzten, sahen wir eine riesige Menschenmenge, Uniformierte wie Zivilisten, in sichtlicher Jubelstimmung auf die Rollbahn zulaufen. Einige hielten Gewehre in der Hand und ballerten in einem Gefühl überschäumender Ekstase in die Luft. Andere hielten mit beiden Händen Hitlerbilder, meist große, ungerahmte Schwarzweißphotographien, in die Höhe. Die Menge wogte auf uns zu. Hauptmann Kohlhaas kroch nach vorne zum Piloten in die Kanzel, um unsere »Ankunft im Märchenland« durch die Frontscheibe zu beobachten und mit seiner Kamera festzuhalten, und ich selbst wunderte mich, dass wir niemanden verletzt und auch selbst die Landung heil überstanden hatten. Welcher Gefahr wir tatsächlich ausgesetzt waren, erfuhr ich Minuten später, als unsere zweite Maschine, die zu unserer Verwunderung eine zweite Runde um das Flughafenareal gemacht hatte, ebenfalls gelandet war.

»Was war das denn? Wolltest du noch eine Ehrenrunde drehen?«, fragte Hauptmann Kohlhaas unseren zweiten Piloten.

»Feuerschutz wollte ich euch geben. Die Kerle haben ja geschossen!«

Die Freudenballerei, mit der wir empfangen wurden, hatte unseren Tank und den Wasserbehälter getroffen. Bei der zweiten Maschine war ein Flügel durchsiebt. Außerdem wurde Leutnant Siegfried Blaschek aus Laa an der Thaya (diesen Ort in Niederösterreich habe ich mir nur deshalb gemerkt, weil er für meine Ohren so poetisch klingt) die große Zehe seines rechten Fußes weggeschossen. Glücklicherweise stammte die Kugel, die man später aus seinem Schuh herausholte, von einem uralten Karabiner. Ein moderneres Kaliber hätte zu einer erheblich ernsthafteren Verletzung geführt. »Au, au, auuu, mei' Hax'n«, stöhnte

Leutnant Blaschek in seinem netten österreichischen Dialekt, der auf mich wie der Hauch einer längst vergangenen Epoche wirkte. »Diese depperten Kamöötreiber hom' mir den Hax'n wegg'schoss'n … Auauauuuuuau…«

»Sei froh, dass sie dir nicht noch was anderes weggeschossen haben«, meinte jemand lachend. »Wenn der Flugwinkel ein bisschen ein anderer gewesen wäre … Hast du eigentlich schon Kinder?«

Der irakische Flughafenkommandant entschuldigte sich wortreich für das Missverständnis. Die Unsitte, bei freudigen Ereignissen in die Luft zu schießen, habe man den Leuten auch im fortschrittlichen 20. Jahrhundert nicht abgewöhnen können. Tote und Verletzte bei Hochzeiten, Festen, Umzügen oder Demonstrationen änderten nichts daran. »Es kann aber auch sein, dass sie einer der Schützen unserer Flugabwehr für Briten gehalten hatte. Wir werden der Sache offiziell nachgehen.«

Mit diesem Versprechen gaben wir uns vorerst zufrieden. Leutnant Blaschek wurde ins Stadtkrankenhaus von Mossul gebracht. Danach sprachen wir nicht mehr über diesen Vorfall. Vom Ergebnis der angekündigten Untersuchung, wenn diese denn jemals durchgeführt worden ist, haben wir allerdings nie etwas erfahren.

Die irakischen Offiziere waren sehr um uns bemüht, insbesondere der Militärkommandant der Stadt, der in einer beeindruckenden Galauniform erschien, die wahrscheinlich nur von jener der Schweizergarde im Vatikan an Farbenpracht übertroffen wurde. Die einfachen Soldaten trugen Khaki-Uniformen und Tropenhelme mit Nackenschutz. Sie bildeten einen schützenden Kreis um uns. Wäre dies nicht der Fall gewesen, hätte sich die jubelnde Menge unser bemächtigt. Während jeder von uns zur Begrüßung ein Glas Milch erhielt, wurden unsere Maschinen in eine Flugzeughalle geschoben, wo der durch die Einschüsse angerichtete Schaden repariert werden sollte.

Der Militärkommandant hieß Kasim Maqsud. Außer durch seine Uniform ist er mir durch seine breiten Schultern, seine buschigen Augenbrauen und sein herbes Gesicht mit dem breiten Kinn in Erinnerung geblieben. Solange er schwieg, erinnerte er ein wenig an einen italienischen Condottiere aus der Zeit Macchiavellis. Doch seine Stimme war hoch und sanft. Sie passte kaum zu seinem herben Gesicht und seinem selbstbewussten Auftreten. Der General hatte mit seiner Begrüßungsrede gerade erst begonnen, als plötzlich Fliegeralarm gegeben wurde, ein unangenehmes, auf- und abschwellendes Sirenengeräusch, das in jedem Land das drohende Unheil ankündigt.

In wenigen Augenblicken schlug die Jubelstimmung in Panik um. Die Menge stob auseinander. Die Soldaten, die Offiziere, das Flughafenpersonal, die Honoratioren hasteten in völliger Unordnung hin und her. Während die einen zu den Hangars und dem Flughafengebäude, einer weiß gestrichenen Holzkonstruktion im Stile eines britischen Country Clubs, rannten, kamen ihnen andere entgegen, überquerten das Rollfeld und versuchten, sich im kargen Gebüsch jenseits des Flughafenareals in Sicherheit zu bringen. Wieder andere konnten sich nicht entscheiden, brüllten, gestikulierten und hatten für die hektische Betriebsamkeit, die sie an den Tag legten, offensichtlich weder einen Plan noch ein Ziel. Die Befehle, die sie sich gegenseitig zuschrien, konnte ich im allgemeinen Durcheinander, dem Lärm der feindlichen Maschinen und dem Knattern der Flugabwehr nicht verstehen. Feuerwehrschläuche wurden herbeigeschafft und sogleich achtlos auf den Boden geworfen, Unteroffiziere zu einfachen Soldaten degradiert (den entsprechenden Satz schnappte ich nur deshalb auf, weil der zuständige Offizier nicht einfach schrie, sondern wie am Spieß brüllte), und ein Oberstleutnant (soweit ich noch weiß, hatte er diesen oder einen ähnlich hohen Rang) hinderte den Fahrer eines Rettungswagens mit gezogener Pistole daran, vom Ort des Geschehens zu flüchten. Dann rasten mehrere Autos heran, geräumige Luxuslimousinen mit schwarzen Ledersitzen – amerikanische Modelle, wie mir Hauptmann Kohlhaas, der von technischen Dingen mehr verstand als ich, später erklärte –, in denen sechs, zur Not auch acht Personen Platz hatten, und ehe ich noch protestieren konnte, hatten mich hilfsbereite Hände an den Schultern gepackt und in einen dieser Wagen hineingestoßen. Unsere Piloten protestierten ebenfalls. Sie wollten bei ihren Maschinen bleiben. Doch gegen die Panik und den Beschützerinstinkt unserer neuen Freunde hatten sie keine Chance. In wildem Tempo fuhren wir am Flughafengebäude vorbei und dann über eine holprige Piste Richtung Stadt. Der Fahrer unserer Limousine, er hieß Raswan, wie ich später erfuhr, zitterte vor Angst. Sein Gesicht war aschgrau. Schweißperlen bedeckten seinen Nacken, seine Wangen und seine Stirn. Immerfort drehte er sich um, so als könnte er damit das Herannahen des bösen Feindes aufhalten. Seinen Blick werde ich nie vergessen. Ich habe oft versucht, das blanke Entsetzen, das ich in seinen Augen sah, in Worte zu fassen, und bin an dieser Aufgabe immer wieder gescheitert. Während des Luftkampfes über dem Mittelmeer hatte ich selbst bestimmt ein ähnliches Gesicht gemacht. Nun spürte ich keine Angst mehr, so als hätte ich sie am Vortag zur Gänze verbraucht. Ich glaubte, eine schützende Hand halte das Unheil von mir fern. Wäre es nicht höchst absurd, einen aussichtslos scheinenden Abwehrkampf gegen technisch weit überlegene Jagdflieger zu überleben und dann bei einem lächerlichen Bombenangriff zu sterben?

Hinter unserem Rücken hörten wir die ersten Explosionen. Raswan drückte noch stärker aufs Gaspedal, verzog das Lenkrad, so dass der Wagen von der Straße abkam, konnte ihn aber im letzten Augenblick wieder unter Kontrolle bringen. Hauptmann Kohlhaas schmunzelte und sagte: »Die Angst dieses Mannes weckt bei mir nostalgische Gefühle. So habe ich mich beim Herannahen der ersten Granate auch gefühlt. Meine Feuertaufe im letzten Krieg. Wie lange ist das her?! 23, nein, 24 Jahre. Ich hab mir in die Hose gemacht. Doch was für mich damals noch neu und schrecklich war, hab ich hinzunehmen gelernt. Auch er wird's lernen. Wenn's wirklich sein muss, gewöhnt sich jeder Mensch an den Krieg. Es gibt Dinge, an die man sich manchmal nie gewöhnen kann, an eine Ehe zum Beispiel, an einen Vorgesetzten, an den Rechtsverkehr, wie ich bei einigen unserer österreichischen Kameraden feststellen musste, an die dummen Witzchen eines Nachbarn, an Flugzeuge oder an das Klappern von Schreibmaschinen, aber der Krieg ist ohne Zweifel eine Gewöhnungssache.«

10

Als junger Mensch war ich anglophil. Hätte mich nicht die Faszination für den Orient gepackt, wäre ich vielleicht Englischlehrer geworden. Als Kind hatte ich ein Kindermädchen aus Leeds. Mit elf Jahren las ich Walter Scotts *Ivanhoe* im Original, mit zwölf begeisterte ich mich für Shakespeares *Richard the Fifth* (ebenfalls im Original) und mit dreizehn für einen heute längst vergessenen Krimiautor namens Archibald Shrewdsbury. Seine Romane las ich nicht, ich verschlang sie in den Nächten und in den Schulpausen auf der Toilette, während meine Schulkameraden in den anderen Kabinen rauchten oder gerade dabei waren, ihren Geschlechtstrieb zu entdecken. Shrewdsburys Romane hießen *Exitus, Poppy's Nightmare, The Adolescent Malefactor, The Freemason's Blood* und *The East End's Jewish Conspiracy*. Wiewohl diesem Schriftsteller leider ein gewisser Hang zur Trivialität nicht abzusprechen ist, lernte ich durch ihn die Vielschichtigkeit des englischen Volkscharakters kennen, dem zwar die Brillanz, aber auch die Oberflächlichkeit etwa der Franzosen, die ich weit weniger bewunderte, fehlt. Und als ich in den Dreißigerjahren das erste Mal Großbritannien bereiste, wurden meine Vorstellungen und Erwartungen auf das Angenehmste bestätigt. Die Briten dankten mir wohl die Sympathie, die ich ihnen entgegenbrachte, damit, dass sie es verabsäumten, mich zu töten, obwohl sie im Laufe des Krieges einige sehr konkrete Möglichkeiten hatten, meinem Leben ein vorzeitiges Ende zu bereiten.

Eine halbe Stunde nach dem Ende des Angriffs, bei dem der Flughafen einigen Schaden genommen hatte, saßen Grobba, Kohlhaas, Möhrle, Gerhard, ich und noch einige Mitglieder unserer Delegation mit unseren neuen irakischen Freunden in der Residenz des Mutesarrifs, einer Art Verwaltungschef, und besprachen bei Tee, Fladenbrot und einem vorzüglich gewürzten Reisgericht unsere Lage. Der Mutesarrif, dessen Namen ich vergessen habe, machte einen würdigen Eindruck. Er war ein älterer Herr mit weißem Vollbart und wunderschönen blauen Augen. Seine Stimme war ebenfalls schön. Schön waren auch seine Worte, aber nach wenigen Minuten war sowohl mir als auch allen anderen klar, dass er nicht viel zu sagen hatte. Die eigentliche Macht lag in den Händes des Condottiere mit der sanften Stimme.

Nach den einleitenden Höflichkeitsfloskeln kamen wir schnell zur Sache. Ein Weiterflug nach Bagdad war aufgrund des beschädigten Zustandes unserer Maschinen, der britischen Luftüberlegenheit und der Reparaturen, die auf dem Flughafen durchgeführt werden mussten, nicht möglich. Stattdessen würde man uns Kraftfahrzeuge zur Verfügung stellen, die uns schnellstmöglich an unseren Zielort bringen sollten. Die Führer der irakischen Revolution warteten schon mit großer Ungeduld auf unsere Ankunft. Es blieb uns nichts anderes übrig, als diese weitere Reiseerschwernis in Kauf zu nehmen. Die Neugierde auf eine Fahrt durch das Zweistromland, die ich mir mit einiger Phantasie als eine Reise von Ninive über Babylon zur Metropole Harun al-Raschids vorstellte, war größer als meine Müdigkeit, und so wartete ich mit steigender Ungeduld auf unsere Abfahrt. Doch bevor es so weit war, stellte Hauptmann Kohlhaas die entscheidenden

Fragen, die uns alle interessierten. Wie sich die militärische Lage in den letzten Tagen entwickelt hatte, welche Truppen dem Befehlshaber in Mossul unterstellt waren und welche Stärke sie hatten, und welche strategischen Möglichkeiten der weitere Verlauf des Feldzuges den nordirakischen Garnisonen offenhielt.

»Über den genauen Frontverlauf weiß ich nicht Bescheid, weil sich die Lage von Stunde zu Stunde ändert«, gab der General offen zu. »Aber aus dem Generalstab in Bagdad wurde mir versichert, dass unsere siegreichen Truppen, so Gott will, in absehbarer Zeit in Amman und Jerusalem einmarschieren werden.«

»Amman und Jerusalem?«, fragte Hauptmann Kohlhaas erstaunt. »Ich dachte, wir sprechen über al-Habbanija und Basra. Der britische Luftwaffenstützpunkt in Habbanija ist, soweit ich weiß, immer noch nicht in irakischer Hand.«

Der General nickte höflich und senkte den Blick.

Der Mutesarrif streichelte seinen Bart, lächelte und verkündete: »Der Umweg ist der Vater des Sieges. Es gibt Tage der List, Tage der Geduld und Tage des Mutes. Zur Zeit ist Geduld von großer Bedeutung.«

Hauptmann Kohlhaas starrte ihn daraufhin derart fassungslos an, dass ich ihm einen sanften Stoß mit dem Ellbogen geben musste, um ihn an die Regeln der Etikette zu erinnern. Sogar der General hob erstaunt die Augenbrauen.

»Was ist die Truppenstärke der Garnison von Mossul?«, bohrte Hauptmann Kohlhaas mit nüchterner Stimme weiter.

Der General nannte eine Zahl, die ich als militärstrategischer Laie nicht entsprechend zu würdigen wusste und deshalb inzwischen vergessen habe, aber sie muss beträchtlich gewesen sein, denn Hauptmann Kohlhaas wäre, als er sie hörte, beinahe das Teeglas aus der Hand gefallen.

»Bei allem Respekt, Herr General«, sagte er. »Aber warum sind Ihre Truppen nicht im Süden an der Front, sondern immer noch in ihren Kasernen hier im Norden?«

Grobba warf Kohlhaas einen bösen Blick zu, während der General das seligste Lächeln aufsetzte, das man sich vorstellen kann, und mit der größten Inbrunst, die seine Fistelstimme erlaubte, verkündete: »Es wäre unklug, unsere Reserven schon jetzt in den Kampf zu werfen. Wenn in wenigen Wochen erst die deutschen Divisionen bei uns eingetroffen sind, wird der Norden des Irak von immenser strategischer Bedeutung für den gesamten Krieg sein.«

»In wenigen Wochen?«, murmelte Kohlhaas und zwang sich nun ebenfalls ein gequältes Lächeln ab.

Bis jetzt wurde uns vom Oberkommando der Wehrmacht nur eine Fliegerstaffel mit insgesamt zwölf Maschinen zugesagt. Alles Weitere war mehr als ungewiss. Vor der Eroberung Kretas und Zyperns war an eine Verlegung ganzer Divisionen nach Syrien oder gar in den Irak nicht zu denken.

»Die zehn Divisionen, die uns Hitler zugesagt hat«, teilte uns General Kasim Maqsud mit entwaffnender Fröhlichkeit mit. »Wenn sie sich mit meiner Armee vereinigt haben, werden Churchill und seine jüdischen Freunde vor Angst zittern und beben.«

»Zittern und beben«, wiederholte Möhrle nachdenklich die Worte des Generals. »Ein schönes Bild.«

»Die von Ihnen genannte Größenordnung entspricht, denke ich, nicht ganz den Vorstellungen des Führers«, sagte Kohlhaas.

»Es sind uns auch zwanzig Divisionen willkommen. Wir werden Ihre Soldaten gastfreundlich empfangen und mit dem nötigen Respekt behandeln. Die strategische Lage von Mossul an der Achse Damaskus–Teheran–Delhi prädestiniert unsere Stadt zur strategischen Stabstelle dieses Krieges. Ich bin mir in dieser Situation meiner historischen Verantwortung bewusst und hoffe, mich der Aufgabe würdig zu erweisen.« Nach diesen Worten schien der General um mindestens einen halben Kopf gewachsen zu sein.

»Bei historischen Ereignissen ist es so wie im Leben eines Menschen«, mischte sich plötzlich wieder der Mutesarrif ins Gespräch ein. »Es gibt Achsenzeiten, die man erkennen muss. Wer sie zu spät erkennt, wird für seine Torheit bestraft. Wer aber ungeduldig wird und vor der Zeit den Gang der Ereignisse beschleunigen möchte, ist sicher längst mit der Torheit verheiratet. Aber wer hat schon das Glück, in seinem Leben nicht wenigstens einmal den einen wie den anderen Fehler zu begehen …«

Nach einem peinlichen Augenblick des Schweigens meinte Hauptmann Kohlhaas, wobei er sich Kasim Maqsud zuwandte und sich geflissentlich bemühte, den Blicken des Mutesarrifs auszuweichen: »Die militärische Lage gebietet aber, dass Sie die Initiative ergreifen, Herr General. Die Verlegung deutscher und italienischer Truppen in den Irak ist mit erheblichen logistischen Problemen verbunden …«

Grobba ließ ihn nicht ausreden. »Ich denke, Herr Hauptmann, dass wir noch oft die Gelegenheit haben werden, mit unseren irakischen Freunden Detailfragen zu besprechen. Vorerst aber danken wir ganz herzlich für die uns erwiesene Gastfreundschaft.«

Nach diesen Worten wurde die Nachspeise serviert.

»Haben Sie gehört, dass der Großmufti von Jerusalem den Dschihad gegen Großbritannien ausgerufen hat?«, fragte der General, dessen Laune nach der insistierenden Befragung durch den Hauptmann sichtlich schlechter geworden war. »Ist nicht zumindest das eine Nachricht, die Ihren Erwartungen entspricht?«

»Das ist eine hervorragende Neuigkeit, Sejid Kasim!«, rief Grobba aus, wandte sich dann theatralisch einmal Kohlhaas, dann mir und den anderen zu und wiederholte einige Male auf Deutsch: »Sie werden sehen: Das ist der Beginn einer großen Volkserhebung. Die Gunst der Stunde hat sich auf unsere Seite gestellt.«

Fast hätte ich ihm gesagt, dass mir diese Formulierung idiomatisch nicht ganz korrekt vorkomme, aber ich hielt mich so wie die anderen zurück. Der Großmufti von Jerusalem war Deutschlands wichtigster Verbündeter im Nahen Osten. Er war vor den Briten in den Libanon und von dort in den Irak geflüchtet, war als radikaler Prediger sowohl in Palästina als auch in seinen Exilländern sehr erfolgreich und die treibende Kraft hinter dem nationalistischen Umsturz vor einem Monat gewesen. Grobba hatte insofern recht, als es für uns von immenser Wichtigkeit war, wenn islamische Würdenträger und arabische Nationalisten kooperierten. Andererseits war der Palästinenser Amin al-Husseini ein Sunnite, während die Mehrheit der irakischen Bevölkerung Schiiten waren. Die Spannungen, die es zwischen diesen beiden Gruppen gab, würden allein durch al-Husseinis Aufruf zum Dschihad nicht bereinigt werden. Denselben Gedanken wie ich hatte in diesem Augenblick auch Hauptmann Kohlhaas, doch während ich meine Überlegungen für mich behielt, wagte Kohlhaas, diese offen zu formulieren: »Es wäre von immenser Bedeutung, wenn auch ein schiitischer Geistlicher zum Heiligen Krieg aufriefe.« Das Gesicht des Generals verfinsterte sich. »Das irakische Volk steht geschlossen hinter seiner Führung«, erklärte er mit sichtlichem Unbehagen. Grobba beeilte sich, das Gespräch in eine andere Richtung zu lenken, indem er von den »wunderbaren Jahren« zu erzählen begann, die er als deutscher Botschafter im Irak verbracht hatte. Diese Zeit dürfte für ihn, glaubte man seinen Ausführungen, vor allem auf kulinarischem Gebiet besonders lehrreich gewesen sein.

Ein kurzer Spaziergang durch den Garten, in dem sich ein künstlicher Teich befand, beendete unsere Visite bei den Mächtigen der Stadt.

»Der Gang der Geschichte wird uns allen recht geben«, bemerkte zum Abschluss der Mutesarrif. »Mehrere kleine Schritte ergeben in Summe eine große Strecke, die nur mit vereinten

Kräften zurückgelegt werden kann, denn jeder dieser Schritte wäre ohne den vorangegangenen und die vielen anderen, die vor ihm gemacht wurden, nicht möglich gewesen.«

Dem war nichts mehr hinzuzufügen.

11

Nachdem unser Gepäck auf Kraftwagen umgeladen worden war, wollten wir die verbleibenden Tagesstunden nützen, um zumindest bis nach Kirkuk, das schon damals ein Erdölzentrum war und deshalb einen Bahnanschluss besaß, zu gelangen. Während wir die Vorbereitungen für die Weiterfahrt überwachten, liefen die Leute wieder zusammen, klatschten in die Hände und skandierten Slogans, in denen wir als Befreier, als Helden, als Judenvernichter (dies war als Kompliment gedacht), ja fast schon als Übermenschen gefeiert wurden. Nach diesen Erlebnissen meinte Grobba später, dass im Irak »die Mitführung eines Hakenkreuzes in irgendeiner Form zweckmäßig« sei.

Ein irakischer Luftwaffenoffizier mit einem frischen Verband an der Stirn berichtete stolz von einem erfolgreichen Luftkampf mit britischen Jagdfliegern. »Ich kenne die Engländer gut, schließlich haben sie mich ausgebildet«, erklärte er. »Und wenn erst einmal die hundert deutschen Flugzeuge da sind, schicken wir diese Kolonialisten allesamt in die Hölle.«

Hauptmann Kohlhaas und ich warfen uns bedeutungsschwere Blicke zu. General Kasim Maqsud hatte von fünfzig deutschen Flugzeugen geredet, die er erwartete, unser Chauffeur auf der Rückfahrt vom Sitz des Mutesarrifs zum Flughafen von siebzig. Die Zahl schien sich jede Stunde zu verdoppeln. Am nächsten Tag in Bagdad würde ich den Eindruck bekommen, die gesamte deutsche Luftwaffe sei in den Irak unterwegs. Grobba schien das nicht weiter zu stören. Seiner Meinung nach war die Übertreibung das »Lebenselixier des Arabers«. Wer so oft geschlagen werde, brauche, um zu überleben, das Gerücht wie das tägliche Brot. »Darin«, erklärte er augenzwinkernd, »gleichen die Araber ihren nächsten, weil ebenfalls semitischen Verwandten – den Juden.«

Das Gerede unserer Verbündeten ließ Herrn Gehrke also kalt. Was einen seiner berüchtigten Tobsuchtsanfälle auslöste, war die Langsamkeit, mit der unser Gepäck von den Flugzeugen zu den sechs Kleinlastwagen getragen wurde. Er trieb die Arbeiter an, beschwerte sich beim Flughafenkommandanten und beschimpfte jeden, der ihm in die Quere kam. Sein Arabisch war exzellent. Neben der Schriftsprache beherrschte er eine Reihe lokaler arabischer Dialekte sowie die Grundlagen der kurdischen Sprache, doch auch dieser Umstand konnte die ärmlich gekleideten Träger, die nicht einmal Schuhe hatten, dazu bewegen, ihre Tätigkeit schneller zu verrichten. Die nahende Katastrophe konnte schließlich nur mehr unser Fräulein Mathilde Brühl verhindern, das den Missionschef mit einem liebenswürdigen Augenaufschlag, seitlich geneigtem Kopf und sanfter Stimme so lange mit belanglosen Fragen ablenkte, bis er sich beruhigte.

»Dieses Kindchen weiß unseren Herrn Gehrke richtig zu nehmen«, zischte Hauptmann Kohlhaas verächtlich. »Bis jetzt dachte ich, Hysteriker behandle man mit Elektroschocks. Dass junge Frauen dieselbe Wirkung haben können, war mir unbekannt. Wäre ich nicht Jurist, sondern Mediziner, würde ich darüber eine Abhandlung schreiben.«

Die magische Wirkung, welche Fräulein Mathilde auf Grobba ausübte, blieb auch anderen nicht verborgen. Wenige Wochen später, als sich die Lage dramatisch zugespitzt hatte, stand sie auf Abruf bereit, um die immer häufiger wiederkehrenden Wutausbrüche unseres deutschen Lawrence von Arabien zu entschärfen. Die »Mathilde-Medizin« versagte nur selten. Man mutmaßte, ob Grobba und das dreißig Jahre jüngere Fräulein eine Affäre miteinander hätten, doch diesen Aspekt kann ich mit an Sicherheit grenzender Wahrscheinlichkeit ausschließen. Grobbas Eitelkeit war maßlos, sein Ehrgeiz kannte keine Grenzen. Doch für ein erotisches Abenteuer war in seinem Lebensplan bestimmt kein Platz. Außerdem war Fräulein Brühl weder besonders geistreich, noch war sie attraktiv. Vielmehr dürfte sich die heute nicht mehr zeitgemäße These von der Frau als »zivilisierendem und harmonisierendem Wesen« bewahrheitet haben. Möhrle meinte einmal, das Geheimnis der Mathilde-Medizin sei auf den süßlichen Aprikosengeruch eines Parfüms namens *Duft von Neapel* zurückzuführen.

Die Straße von Mossul nach Kirkuk war ein Symbol für die Modernisierungsbemühungen des jungen irakischen Staates. Sie war asphaltiert und an vielen Stellen schnurgerade, was jenen Irakern, die sich ein Auto leisten konnten (also einer verschwindenden Minderheit), die Gelegenheit gab, sich dem Geschwindigkeitsrausch der modernen Welt zugehörig zu fühlen. Bekanntlich ist das Verbotene für den Menschen besonders reizvoll. Moslems ist der Alkoholkonsum untersagt, und Allah strafte den irakischen König Ghazi dafür, dass er auf der Rennstrecke zwischen Mossul und Kirkuk im betrunkenen Zustand testen wollte, wie schnell sein PS-starker amerikanischer Wagen fahren konnte. Der Pöbel von Mossul hielt das alles andere als würdevolle Ableben seines Monarchen im Straßengraben für ein britisches Attentat und rächte sich an den vermeintlichen Tätern, indem er das britische Konsulat stürmte, den Konsul auf die Straße zerrte, totschlug und seine Leiche in Stücke riss. Die britische Regierung legte damals noble Zurückhaltung an den Tag, ein Akt der politischen Vernunft, wie es schien, der sich nachträglich als fataler Fehler erweisen sollte. Die maßvolle Reaktion der Großmacht, die sich in diplomatischen Protesten erschöpfte, wurde den Briten – der Mentalität des Orients entsprechend – als Schwäche ausgelegt. Wäre die britische Armee damals in Mossul einmarschiert, hätte sie die Rädelsführer der Unruhen exekutiert, deren Vermögen beschlagnahmt und ein paar Häuser in die Luft gesprengt, hätten es sich die nationalistischen Kräfte im Lande wohl dreimal überlegt, einen Krieg gegen das Empire vom Zaun zu brechen.

Als Detail am Rande sei an dieser Stelle erwähnt, dass Abd al-Illah, der Regent für den erst fünf Jahre alten König Faisal, die Umtriebe der faschistischen Offiziere, die im Irak als das *Goldene Quadrat* bekannt gewesen waren, keineswegs gebilligt hatte. Er ahnte wohl schon damals, dass eine Kriegsbeteiligung auf Seiten Deutschlands seinem Land nicht gut bekommen würde. Nach dem Putsch unseres Freundes Raschid Ali al-Gailani gegen seinen Vorgänger Taha al-Hashimi musste der Regent, der den Umsturz nicht gutheißen wollte, aus Bagdad flüchten. Seine Diener schmuggelten ihn in einen Perserteppich eingerollt aus dem Palast. Danach wurde er im Wagen des US-Botschafters aus der Stadt gebracht. Nun wartete er im von Großbritannien beherrschten Transjordanien die Ereignisse ab. Der junge König hatte sich mit seinem Hofstaat ebenfalls in Sicherheit gebracht. Trotzdem hatte Raschid Ali die Monarchie nicht abgeschafft. Abd al-Illah war zwar für abgesetzt erklärt und durch Scherif Scharaf, einen neuen »Regenten«, ersetzt worden, der geflüchtete König blieb aber formell weiterhin das Staatsoberhaupt. Dies war etwas, das nachträglich genauso absurd erscheint wie der Krieg gegen Großbritannien, der offiziell nie erklärt worden war, oder wie unsere Gesandtschaft, von der niemand mit Sicherheit sagen konnte, welche unmittelbaren Ziele sie eigentlich verfolgte, und deren Status durch einen Missionschef, der unter falschem Namen reiste, noch zusätzliche Verwirrung stiftete. Das alles ging mir durch den Kopf, als wir durch die karge Landschaft des nördlichen Irak fuhren. Der leicht melancholischen Stimmung folgend, in die ich verfallen war, fragte ich Gerhard, ob uns wohl die Ruinen der Assyrerhauptstadt Ninive, auf deren Überreste wir durch das Autofenster einen Blick werfen konnten, an die Vergänglichkeit des menschlichen Strebens erinnern sollten. »Wer kennt heute noch die Namen der assyrischen Könige, die die Welt dereinst in Angst und Schrecken versetzten?«, fragte ich ihn. »Und wer weiß, ob nicht Berlin einmal genauso ein Ruinenfeld sein wird wie Ninive heute.« Gerhard zog es vor zu schweigen, nicht aber Doktor Möhrle, der leider im selben Wagen wie wir Platz genommen hatte. »Längerfristig betrachtet, sind wir alle tot«, meinte er. »Wer erinnert sich heute noch an die Frauen, die Casanova verführt hat? Und auch Casanova selbst ist längst begraben und verfault. Aber glauben Sie, dass er in den Augenblicken, da seine Lust den ultimativen Höhepunkt erreichte, an seine später so berühmt gewordene Autobiographie gedacht hat oder daran, ob sie jemand in tausend Jahren noch lesen wird?«

»Sie wollen doch nicht Casanovas Eroberungen mit denen der Könige von Assyrien vergleichen?«, brummte Hauptmann Kohlhaas, dem der lästige Diplomat Möhrle genauso unsympathisch war wie mir.

»Doch. Warum nicht? Für die Könige von Assyrien war die Eroberung und Zerstörung einer feindlichen Stadt, die Demütigung und Versklavung seiner Bewohner, die Aufstellung der eigenen Standarte auf dem Hauptplatz, die Einverleibung des Eroberten also, wahrscheinlich ein viel größerer Lustgewinn als für Casanova die Verführung einer Frau. Spielt es da eine Rolle, dass heute, zweieinhalb Jahrtausende später, sowohl die Eroberer als auch die Eroberten und ihre Reiche längst zu Staub zerfallen sind? Und wenn das eigene Reich in hundert, fünfzig oder in nur fünf Jahren in Trümmer sinkt, kann das den Augenblick des Triumphes, den man nach der Eroberung erlebt hat, nicht zunichtemachen. Friedrich Nietzsche hat einmal geschrieben, wir lebten nicht für die Zukunft, sondern für die Vergangenheit, und obwohl ich mit Nietzsche nicht in allem einverstanden bin, muss ich ihm in diesem Punkt recht geben.«

»Wie gut, dass ich seit vielen Jahren glücklich verheiratet bin«, murmelte Hauptmann Kohlhaas.

12

Die dreihundert Kilometer von Mossul nach Kirkuk bewältigten wir in drei Stunden, eine beachtliche Geschwindigkeit in jener Zeit. Dies wurde dadurch erleichtert, dass wir die Straße meist für uns allein hatten. Einmal überholten wir einen Mann, der auf einem Esel ritt, während ihm seine Frau mit einem großen Sack auf dem Rücken zu Fuß hinterhertrottete. Der Mann trug eine weiße Dischdascha, den traditionellen, meist weißen Umhang, der auf den ersten Blick an ein Leichentuch erinnert. Er war ein feister Pascha. Schon die Art, wie er im Sattel saß, seine Haltung, die Bewegungen des Armes, mit dem er das Tier antrieb, drückten sein positives und harmonisches Selbstverständnis über die eigene Rolle als Teil der Welt, in der er lebte, aus. Die Frau wiederum, schwarz gekleidet und verschleiert, erschien im flüchtigen Augenblick der Wahrnehmung durch das verschmutzte Glas eines dahinrasenden Automobils wie ein riesiger Pinguin, den man dazu verurteilt hatte, sich als Krähe zu verkleiden.

Dass wir uns in einer anderen Welt befanden, wurde noch deutlicher, als wir am Ufer des Flusses Zab haltmachten. Das Hochwasser aus dem nahen Gebirge hatte die Brücke weggerissen, so dass wir auf einer hölzernen Fähre auf die andere Seite übersetzen mussten. Unsere Fahrer flüsterten uns zu, wir sollten unsere Waffen entsichern und griffbereit haben, da man jederzeit mit Überfällen rechnen müsse. Ich fühlte mich ins vorige Jahrhundert zurückversetzt, als man auch in manchen Regionen Europas nur bewaffnet oder mit Geleitschutz unterwegs sein konnte. Aber die erzwungene Unterbrechung verlief ohne Zwischenfälle. Auf der Überfahrt wurde uns süßer Tee in Gläsern gereicht. Unsere Reisegefährten – größtenteils kurdische Bauern – machten keinen gefährlichen Eindruck. Vielmehr schien es mir, als würden sie sich vor uns fürchten, besonders nachdem Hauptmann Leuthäußer eine automatische Waffe hervorgeholt und das Magazin geprüft hatte. Wodurch mir dieser kurze Aufenthalt auf der Fähre in Erinnerung geblieben ist, war die heftige Auseinandersetzung zwischen Grobba und Kohlhaas, deren Zeuge ich wurde. »Sie haben keine Ahnung von Diplomatie!«, brüllte Grobba. »Sie haben keine Ahnung von den Sitten dieses Landes!« Hauptmann Kohlhaas erwiderte, dass er sich »diesen Ton verbiete«. Grobba würde sich »etwas herausnehmen«, was keinem respektablen Menschen, und sei er auch ein Vorgesetzter, erlaubt sei. Aber Grobba agierte gegenüber seinem »militärischen Berater« weiterhin auf undiplomatische Weise grob, und Mathilde war nicht schnell genug zur Stelle. »Ich nehme mir das heraus, was ich brauche«, schrie er. »Und wenn es so viele Töne sind wie das Wasser in Euphrat, Tigris und Schatt el-Arab zusammen.« Das falsche Bild schmerzte meine Ohren mehr als der schrille Ton, in dem es vorgetragen wurde. (Eine Redewendung à la Grobba sei mir an dieser Stelle erlaubt.) Im Laufe der Zeit stellte ich fest, dass unser Delegationschef, der sich als gebildeter Mensch seiner Zeit natürlich um eine korrekte und differenzierte Redeweise bemühte, in den Augenblicken höchster emotioneller Anspannung Formulierungsfehler zu begehen pflegte, die man sonst nur bei jemandem vermutet hätte, dessen Muttersprache nicht das Deutsche ist. Eigentümlicherweise unterliefen ihm diese Fehler nicht im Arabischen, das er zudem fast akzentfrei sprach, im Englischen, dessen er als Veteran des diplomatischen Dienstes ebenfalls in exzellenter Weise mächtig war, und schon gar nicht im Französischen.

»Ich erfülle nur meine Pflicht«, ereiferte sich Kohlhaas. »Als militärischer Berater bin ich berechtigt, ja in manchen Fällen sogar genötigt, alles anzusprechen, was der Informationsbeschaffung und der Entscheidungsfindung dienlich ist. Ich halte mich an die Vorschriften und erweise unseren Verbündeten immer Respekt.«

»Jawohl, wie ein Elefant im Porzellanladen.«

»Wenn es die Umstände erfordern, dann eben, bis alles in Scherben fällt.«

Grobba wollte antworten, doch das Gespräch wurde glücklicherweise durch unsere Ankunft am anderen Flussufer unterbrochen.

»Kennen Sie die Fabel vom schwarzweißen Leitwolf und seinem bissigen jüngeren Bruder?«, fragte mich Möhrle.

»Nein.«

»Ich auch nicht.« Möhrle lachte, während ich die Augen verdrehte. »Aber wir werden sicher bald wissen, wie diese Fabel ausgeht.«

Wir erreichten Kirkuk gegen Abend. Der Weg führte an den Öltanks der Förderanlagen vorbei, die einen imposanten Eindruck machten und ein beträchtliches Areal einnahmen. Leider war einen Tag nach Beginn des Krieges jegliche Arbeit zum Erliegen gekommen, da die britischen Erdölingenieure rechtzeitig in den von den Briten verteidigten Militärstützpunkt Habbanija oder ins Ausland geflüchtet waren und den Einheimischen das nötige Fachwissen fehlte, um die Anlagen in Betrieb zu halten. Schon bald würden wir feststellen müssen, dass dieses erdölreiche Land an einem akuten Brennstoffmangel litt, der sowohl die Armee als auch die Zivilbevölkerung gleichermaßen hart traf. Zwei Wochen nach unserer Ankunft hatte nicht einmal mehr die irakische Luftwaffe, oder das Wenige, was von ihr noch übrig war, genügend Sprit. Die Briten hatten ihrem kolonialistischen Verständnis für Weltwirschaft entsprechend dafür gesorgt, dass der Irak zwar zu einem großen Erdölexporteur wurde, Raffinerien und andere weiterverarbeitende Industrien befanden sich jedoch in anderen Gebieten des Empire oder im Mutterland selbst.

Daran hatte sich nichts geändert, nachdem das Land 1932 formal in die Unabhängigkeit entlassen worden war. Das Kapital kam aus Großbritannien oder den USA und floss – wie das Erdöl – dorthin wieder zurück.

Kirkuk war ein beschauliches Städtchen mit engen Gassen und bunten Lämpchen, die an Ketten hingen, kleinen Kaffeehäusern, Teestuben und Geschäften, in denen das Leben seinen Gang nahm, so als ginge der immer näher kommende Krieg die Menschen nichts an. Der Mutesarrif, ein freundlicher Herr, der uns weder mit besonderer Euphorie noch mit Misstrauen empfing, sondern, was ich mit einem Gefühl der Erleichterung zur Kenntnis nahm, einfach seine Pflicht erfüllte, versprach, für uns einen Eisenbahnzug zusammenzustellen. Vor den Morgenstunden würde dies jedoch nicht möglich sein. So lange wollte Grobba nicht warten. Also fuhren wir mit unseren sechs Kleinlastern weiter, obwohl uns der Mutesarrif auf die schlecht ausgebaute Straße über die Hamrin-Berge hinwies und vor Achsenbrüchen, Murenabgängen, Banditen und Freischärlern warnte, die – angeblich von England dafür bezahlt, Angst und Schrecken zu verbreiten – die Gegend unsicher machten. Glücklicherweise blieben uns die schlimmsten dieser Prüfungen erspart, obwohl die Straße nach den Regengüssen der letzten Tage so verschlammt war, dass wir einige Male aussteigen mussten, um unsere Wagen, deren Räder im Morast stecken geblieben waren, anzuschieben. Hauptmann Kohlhaas bemerkte, dass wir trotz der vier Maschinenpistolen, die wir bei uns hatten, einem gut geplanten Angriff von Räubern nicht standhalten würden. Doch wie am Vortag hatte ich auch diesmal keine Angst. Ich dachte an Pupperl, mit der ich seit der Nacht in Aleppo kaum mehr ein Wort gewechselt hatte, und verbot mir sogleich jeglichen Gedanken an die junge Frau. Für den Rest meines Lebens würde ich Pupperl mit der großen Angst in Verbindung bringen, die ich über dem Mittelmeer verspürt hatte. Für eine kurze Zeit war ich aus der Sicherheit meiner geordneten Existenz hinauskatapultiert worden – wie die Nadel einer Schallplatte, die über einen Kratzer stolpert und dadurch nicht nur die Melodie unterbricht, die sie spielt, sondern der Platte zudem noch einen weiteren Kratzer zufügt. In meinem Leben war der Luftkampf der erste Kratzer, Pupperl der zweite. Ich aber wollte die Melodie zu Ende spielen, so wie es meine Bestimmung von mir verlangte, und beschloss, mich niemals wieder, was auch immer mir in meinem Leben noch widerfahren möge, in einer derartigen Art und Weise der Furcht hinzugeben. Ich habe mich seitdem an diesen Vorsatz gehalten.

Ich nahm auf dem Beifahrersitz Platz, wickelte mich in eine Decke und schlief ein. Als ich aufwachte, ging gerade die Sonne auf. Die Berge hatten wir längst hinter uns gelassen. Wir fuhren durch eine Ebene, rechts von uns ein paar kümmerliche staubbedeckte Palmen, links ein Dorf – würfelförmige, rotbraune Lehmhütten, ein Minarett, ein Mann mit der traditionellen arabischen Kopfbedeckung, einer weißen Kaffija, der am Straßenrand saß, einige kärgliche Felder, Dattelpalmen und dahinter nur Stein und Sand und dornige Büsche und wieder Sand und ein ausgedorrter Baum, halb Pflanze, halb Stein, und ein paar Ziegen, die die wenigen noch nicht von der Sonne verbrannten frischen Gräser des Frühlings fraßen, ein Land, dessen Großartigkeit in der Reduktion lag, dessen Schönheit man nur dann erkannte, wenn man sie in sich selbst zu finden vermochte.

Auf der letzten Dattelpalme hinter dem Dorf, einem alten hohen Gewächs mit dickem Stamm, das nur wenige Meter von der Straße entfernt war, hing ein Mann. Der Strick, mit dem er gehenkt worden war, hatte eine graue Farbe. Sein Hemd und seine Hose waren ebenfalls mattgrau, und auch das Schild, das man an seine Brust geheftet hatte, war grau, ein grauer Pappkarton, auf dem etwas geschrieben stand, das ich aus der Distanz durch das Autofenster nicht entziffern konnte. Hauptmann Kohlhaas gebot unserem Fahrer anzuhalten. Das Fahrzeug hinter uns blieb mit quietschenden Bremsen stehen und nach ihm die gesamte Kolonne. Grobba schimpfte. Seiner Meinung nach machten wir unnötigerweise Rast. »Habt ihr noch nie eine Leiche gesehen?«, fragte er. »Wir haben einen Zeitplan einzuhalten.«

Aber wir wollten wissen, was man mit schwarzer Farbe auf das Schild des zur Schau gestellten Toten gepinselt hatte.

»Ein englischer Spion«, las ich.

Der Strick war lang. Die Beine des Toten schienen die Erde beinahe zu berühren. Aus der Ferne betrachtet, konnte man glauben, er stünde auf Zehenspitzen. Sein Gesicht war blutig, das rechte Auge geschwollen, die Vorderzähne ausgeschlagen. Seinen Gesichtszügen und der Hautfarbe nach zu schließen, war er ein Iraker, ein Mann in den mittleren Jahren mit grauen Schläfen und einer Glatze im Ansatz.

»Ein englischer Spion«, wiederholte Grobba laut.

Unser Fahrer spuckte verächtlich aus. »Mögen noch viele Bäume solche Früchte tragen«, verkündete er.

»Inschallah«, sagte Grobba.

Vier

I

Kurz vor zehn Uhr abends habe ich meinen schwarzen Rock angezogen, die schwarzen Stöckelschuhe, die rote Bluse, sogar den Lippenstift habe ich nachgezogen. Dann habe ich auf dem Sofa gesessen und auf die Uhr an der Wand gestarrt, bin aufgestanden, bin einige Male im Zimmer auf und ab gegangen. Auf dem Wohnzimmertisch stehen zwei Weingläser, eine Flasche Bordeaux und eine Schale mit Knabbergebäck. Um Viertel nach zehn habe ich den Computer wieder eingeschaltet. Niemand darf jemals wieder Herr über meine Zeit werden. Großvaters Manuskript und das Büchlein mit dem roten Einband, mein altes Tagebuch, liegen neben mir auf dem Schreibtisch.

Die Arbeit will mir nicht gelingen. Das »e« in Großvaters Kurrentschrift gleicht dem »n«, und manchmal ist es vom »r« kaum zu unterscheiden. Ich schließe die Großvater-Datei und öffne eine andere. Etwa fünf Minuten lang betrachte ich den blinkenden Cursor in der oberen linken Ecke der Seite. *Damals*, schreibe ich und lösche das Wort sogleich. *Lange Zeit* … Eine lange Zeit hat etwas Beliebiges, während in Wirklichkeit jeder Tag doppelt oder dreifach zählte. Ich beginne von neuem.

Jeder Tag zählte dreifach, und es waren drei Jahre, die ich brauchte, um den Gedanken zu ertragen, dass Khaled mir nicht schreiben, dass er mich nicht anrufen wird, ja dass ich nicht einmal weiß, ob er wirklich Khaled heißt. Ich besaß kein Photo von ihm, nur eine An-

zahl von Bildern als Produkt meiner wandelbaren Erinnerung. In der billigen Pension hatte man weder einen Namen angeben noch einen Ausweis vorlegen müssen. Es würde mich ein halbes Leben kosten, ihn zu finden …

Den letzten Satz sollte ich streichen. Ich hatte nie vorgehabt, ihn zu suchen, sondern mich immer der Illusion hingegeben, er würde eines Tages vor meiner Tür stehen. Mit Ende zwanzig ging ich wieder eine Beziehung ein. Es sollte die einzige bleiben, die mehr als ein paar Monate dauerte. Sie endete genauso vernünftig, wie sie begonnen hatte. Ich bat Thilo, innerhalb von drei Tagen auszuziehen. Am vierten Tag war er fort. Er war ein anständiger Mensch, so anständig, dass mir manchmal angst und bange wurde.

In meinem Tagebuch aus jenem Sommer vor zwanzig Jahren finde ich folgenden Eintrag: *17. Juli 1988. Ich schwebe, ich bin ganz und gar, und ich bin nur für IHN!!! Nie hätte ich gedacht, dass ich ein solches Glück haben könnte, dass mir, ausgerechnet MIR so etwas passiert. Mein ganzes Ich ist voll mit ihm. Ich liebe ihn sooo sehr! Er ist so außergewöhnlich, so unheimlich schön, jeder Teil von ihm, jeder Quadratmillimeter Haut ist reine Erotik. Wie langweilig erscheinen mir im Vergleich zu ihm unsere deutschen Männer, diese verklemmten Typen mit ihren käsigen Gesichtern und matten Augen, mit ihren verkrampften Bemühungen, alles richtig zu machen. Wissen sie, was wahre Leidenschaft ist? Können sie spontan, ehrlich, zärtlich, einfühlsam und gleichzeitig stark sein? Was sind sie schon im Vergleich zu Khaled! Was ist schon unsere deutsche Armseligkeit im Vergleich zur Sinnlichkeit des Südens!*

Heute ist meine Tochter so alt, wie ich damals war, doch meine Bemühungen, ihr das Leben leichter und ertäglicher zu machen, sind genauso fruchtlos, wie meine eigenen Fehler durch keinen klugen Rat zu vermeiden gewesen wären. Seit einiger Zeit ist es Petra, die mir Ratschläge gibt. »Mama, ich finde es schön, dass du ab und an mit Männern ins Bett gehst«, verkündet sie. »Vor ein paar Jahren fand ich das schlimm, aber da war ich noch mitten in der Pubertät. Heute kann ich dich verstehen und finde das, was du tust, völlig okay. Aber warum suchst du dir nicht endlich einen netten Partner, mit dem du wirklich glücklich bist? Sogar in einem Provinznest wie Gigricht gibt es sympathische, intelligente und attraktive ältere Männer Anfang oder Mitte vierzig, die nur darauf warten, eine Frau wie dich glücklich zu machen.«

»Schön, dass du dich so um mein Wohlergehen sorgst, Petra«, sage ich ihr dann meistens. »Vielleicht suchst du für mich auch gleich den gutaussehenden, sympathischen, intelligenten älteren Herrn um die vierzig, der gut zu mir passt und außerdem noch deinen Ansprüchen genügt.«

Daraufhin schmollt sie und meint, ich nehme sie nicht ernst, weil ich mich nicht damit abfinden könne, dass sie erwachsen geworden sei. Ich ziehe alles, was sie sage, ins Lächerliche. Außerdem verstünde ich nicht, wie ernst meine Lage sei. Ich werde bald vierzig, müsse mich also beeilen, bevor ich »auch für etwas reifere Herren schon jenseits von Gut und Böse« sei. Wenn ich zu lange warte, blieben mir nur mehr »die Männer aus der zweiten oder der dritten Reihe«. Ich werde noch so wie die Mutter ihrer besten Freundin Michaela, die nach ihrer Scheidung vor zehn Jahren heute allein mit vier Katzen lebe und von Jahr zu Jahr wunderlicher werde.

Das Problem ist, dass sich ein gutaussehender, sympathischer, intelligenter Mann Anfang vierzig weder in Gigricht noch irgendwo sonst im Umkreis von dreitausend Kilometern finden lässt. Jene, auf die Petras Beschreibung zutrifft, sind längst vergeben, und wenn ihre Ehen scheitern, finden sie meist eine Nachfolgerin, die mindestens zehn Jahre jünger, attraktiver oder anpassungsfähiger ist als ich. Männer, die für eine Beziehung zur Verfügung stünden, sind langweilig oder unansehnlich oder beides, und wenn sie keine Langweiler sind, haben sie irgendeine Macke. Viele bräuchten eher eine Therapeutin. Das sind die, von denen Petra meint, sie stünden in der zweiten oder dritten Reihe. Ich persönlich würde sie noch weiter hinten einreihen.

Männer, die nicht in den hinteren Reihen zu finden sind und bei denen ich trotzdem Chancen hätte, sind nicht Anfang vierzig, sondern fünfzig oder älter. Sie geben gute Freunde, manchmal auch gute Liebhaber ab. Als Frau, mit der sie eine Partnerschaft eingehen würden, bevorzugen sie jedoch eine, die das Essen kocht, die Wohnung putzt, den Urlaub plant und abends immer zu Hause ist, also etwas, das ich mir heute nicht mehr vorstellen kann. Oftmals ertragen sie es nicht, jemanden in der Nähe zu haben, der ihnen intellektuell gewachsen ist. Leider ist das heute immer noch wie vor dreißig Jahren (besser gesagt – es ist in den letzten Jahren wieder so geworden).

Eine andere Kategorie von Männern ist auf den ersten Blick das genaue Gegenteil von jenen, die ich gerade beschrieben habe. Sie sind einfühlsam, sie können zuhören, sie müssen nicht das letzte Wort haben und stehen zu ihren Schwächen. Die Kehrseite ist, dass sie meist gleich den Alltag und ihr ganzes Leben bei mir abgeben. Einer solchen Bürde bin ich nicht gewachsen.

Zu der dritten Kategorie gehören Männer, die ihr Dasein als Lebenskunstwerk sehen. Das Leben als Kunst in ihrer ewigen Dimension ist wichtiger als die zeitlich begrenzten Gefühle einer sterblichen Frau. Traurig ist nur, dass die »Kunst« dieser Menschen das in aller Regel nicht rechtfertigt.

Frau Hüpfer meinte, ich sei eine vernünftige Person, die genau die Bandbreite kenne, in der sie sich bewegen dürfe. Das hieße nicht, dass ich nie in Gefahr gerate, in einen Abgrund zu fallen, aber das Gleichgewicht, das ich halte, sei, wie sie meinte, erstaunlich stabil.

Der Balanceakt zwischen Vernunft und magischer Welt kostete mich viel Kraft, schreibe ich. *An jenem Tag, als ich Khaleds Brief verbrannte, das einzige Erinnerungsstück, das ich von ihm hatte, konnte ich wieder mit beiden Füßen auf dem Boden stehen. Heute geht es mir gut. Ich kann diesen Text verfassen und mit einem Mann wie Adel ins Bett gehen. Ich kann meiner Tochter ins Gesicht sehen, ohne ein schlechtes Gewissen zu haben. Ich kann das Leben genießen und über die Kapriolen meines Schicksals lachen. Es geht mir gut. Es geht mir wirklich gut!*

2

Es klingelt an der Tür. Ich schaue auf die Uhr – zehn Minuten nach elf. Ich hatte nicht geglaubt, dass Adel noch kommen würde, aber kurze Zeit später steht er tatsächlich vor mir, mit einem breitkrempigen Hut in der linken, einem Strauß roter Rosen in der rechten Hand und einem breiten Lächeln im Gesicht. »Es ist mir eine Ehre, heute Abend hier sein zu dürfen«, sagt er. »Du hast ein gutes Herz.« Er zieht Schuhe, Mantel, Sakko und Krawatte im Vorzimmer aus.

»Du bist spät«, sage ich.

»Bitte entschuldige. Es gibt familiäre Verpflichtungen, zeitliche Zwänge, denen ich mich nicht entziehen kann. Ich hoffe, du verzeihst mir das. Die Freiheiten, die wir in unserer Jugend haben, wissen wir nicht zu schätzen, und wenn wir endlich gelernt hätten, sie als wertvoll zu erachten, haben wir sie längst unwiederbringlich verloren.«

»Möchtest du ein Glas Wein?«, frage ich, während ich die Blumenvase mit Wasser fülle.

»Menschen wie dich findet man selten in diesem Land«, sagt er, während er sich ein Glas einschenkt. »Bist du wirklich eine Deutsche? Ich schätze, jemand von deinen Vorfahren kommt aus dem Süden.«

Als ich die Vase mit den Blumen auf den Tisch stelle, hat er den Wein schon ausgetrunken.

»Ich bin eine Deutsche. Ganz und gar reinrassig.«

»Ich wollte dir eigentlich nur ein Kompliment machen. Bitte entschuldige.«

»Vielleicht solltest du dich setzen ... Und hör auf, dich ständig zu entschuldigen.«

Er setzt sich nicht. Er fasst mich an den Schultern und zieht mich zu sich.

»Willst du nicht noch etwas warten? Es wäre besser ...«

Erst jetzt merke ich, dass er betrunken ist.

»Ein Rendezvous mit der Flasche: Waren das deine familiären Verpflichtungen?«

»Ich habe nicht viel getrunken.«

»Genug, um betrunken zu sein.«

»Ich bin nüchtern genug. Komm!«

»Du solltest einen Kaffee trinken.«

Er steht unschlüssig im Raum. Nach einigem Zögern schüttelt er den Kopf. Dann streicht er mir mit den Fingerspitzen der rechten Hand durchs Haar. »Komm!«, wiederholt er. »Komm! Ich hätte nie zu träumen gewagt, dass ich einer Frau wie dir begegne.« Er hat das Hemd ausgezogen und auf den Tisch gelegt. Jetzt geht er ins Schlafzimmer. Ich hebe sein Hemd auf und trage es ihm hinterher.

Es scheint mir, als habe der betrunkene Adel kaum etwas mit dem nüchternen Adel gemeinsam, den ich vor einer Woche kennengelernt habe. Seine Eloquenz und sein Witz sind ihm abhandengekommen. Der Alkohol hat im wahrsten Sinne des Wortes seinen Geist benebelt. Seine Arme und Hände hängen schlaff herab, so als hätte er nicht nur seinen Charme, sondern auch seine Beweglichkeit eingebüßt, jene vibrierende Spannung, die ich in *Rosis Eck* so anziehend gefunden und die sich in seinen Gesten gebündelt hatte.

Im Schlafzimmer beobachte ich, wie er sich auszieht. »Sag etwas!«, flüstere ich. »Sag was!« Aber ich spreche diesen Wunsch nicht laut aus. »Sprich mit mir oder nimm mich wenigstens in die

Arme«, flüstere ich noch leiser. Aber er tut weder das eine noch das andere, sondern faltet seine Hose und legt sie auf den Stuhl, die Socken unter den Stuhl, die Unterhose auf die Stuhllehne, das Unterhemd – zweimal zusammengefaltet – neben die Unterhose. Adels Entkleidung ist ein Ritual. Er vollführt es so routiniert und leidenschaftslos, wie ich Tomaten und Zwiebeln für das Abendessen schneide. Und als er nackt ist, merke ich, wie alt sein Körper ist, was mir vor einer Woche noch egal gewesen ist. Sein schlaffer Hintern, die doppelten Fettringe an den Hüften, die Falten über den Knien, die grauen Haare auf der Brust, der rote Hals und die borstigen Haare im Nacken. Am meisten aber und mehr als alles andere stört mich der Geruch von Alkohol, den jede Pore seines Körpers verströmt.

»Wozu musstest du dir Mut antrinken?«, frage ich ihn, während auch ich mich ausziehe. »Habe ich dich dermaßen verunsichert, als ich in deinem Restaurant aufgetaucht bin und die Initiative ergriffen habe?«

»Ich weiß nicht recht«, sagt er. »Ich war einfach nervös. Ich habe meine Frau noch nie betrogen. Letzte Woche war alles spontan, heute ist es ein Termin.«

»Das glaube ich dir nicht … Dass du deine Frau noch nie betrogen hast, meine ich.«

»Es ist aber so. Ich bin nicht wie die anderen Männer. Ich bin ein gläubiger Mensch.«

»Ja, ein betrunkener Moslem«, murmle ich.

»Möchtest du nicht noch ein bisschen warten …« Doch Adels Erregung lässt keinen Aufschub zu. »Mach wenigstens das Licht aus.« Nicht einmal dafür ist Zeit. Die Nachttischlampe bleibt eingeschaltet. »Könntest du etwas vorsichtiger … und weniger brutal …«

Der Schmerz ist stärker als das, was ich in vergleichbaren Situationen schon erlebt habe.

Das könnte ich ertragen.

Ertragen könnte ich auch, dass er ständig den Namen seiner fiktiven Liebe flüstert: »Laura.« Ich kann es ohnehin nicht ausstehen, wenn Männer meinen Namen aussprechen, schon gar nicht im Bett. »Astrid, oh Astrid« ist ein Klassiker unter den Liebestötern, die mir einen schönen Augenblick zerstören können. Astrid hieß Mutters Lieblingstante. Sie starb, als ich sechs Jahre alt war. Ihr Name sorgt dafür, dass ich sie nie vergessen werde. Laura hingegen ist schön und klangvoll wie Claudia, Anna oder Gabriela, natürlich nur, wenn Laura italienisch, also mit Diphtong, ausgesprochen wird und nicht englisch mit einem langen »o«. Bei Laura mit »o« muss ich an Laura Ingalls aus der kitschigen amerikanischen Fernsehserie mit Michael Landon denken, die ich als Kind gesehen habe.

»Laura!«

Das erste »a« kommt tief aus Adels Rachen, ein Laut, der aufwühlend ist wie eine fremde Melodie, die einem im Vorbeigehen kurz aus einem offenen Fenster oder einem Cabrio entgegenschlägt. Für einen Augenblick ersteht im begehrten Rückzugsgebiet zwischen Phantasie und Wirklichkeit das grelle Bild einer imaginierten Fremde und ist mit einem Wimpernschlag wieder verschwunden.

»Laura ...«

Manchmal wünsche ich mir, die Männer bestünden nur aus ihren Händen, doch heute wünsche ich mir, Adel bestünde nur aus seiner Stimme. Seine Hände, seine Haut, sein Gewicht auf meinem Körper ekeln mich an. Am wenigsten ertrage ich seinen Geruch, diese Mischung aus Alkohol, Aftershave und Schweiß, aus Whisky, Rotwein und den Ausdünstungen eines scharfen Fleischgerichts, das er kürzlich gegessen haben muss, diese Mischung aus Zigarettengestank und dem süßlichen Duft eines Anti-Transpirant-Roll-Ons in seinen Achselhöhlen. Wenn der Alkohol nicht wäre, könnte ich es ertragen; alles könnte ich ertragen, wenn nur der Alkohol nicht wäre.

»Ich kann nicht mehr!«, schreie ich. »Bitte hör auf, ich kann nicht! Es tut mir leid. Hör auf!« Ich packe ihn an den Schultern. »Nein«, stöhnt er. »Nein, ich komme gleich.« Ich kreische und stoße ihn mit ganzer Kraft von mir weg. Ich sehe, wie seine Augen sich weiten, sehe die Verwunderung in seinem dunkelroten Gesicht, die in Enttäuschung und sogleich in Wut umschlägt, sehe die Schweißperlen auf seiner Stirn und auf seinem Hals, und dann sehe ich noch, wie sein Mund sich öffnet und schließt, aber ich kann nicht verstehen, was er mir entgegenschreit, und ich kann nichts erwidern, weil meine Ohren zu dröhnen beginnen und ein stechender Schmerz von der Nase nach oben schießt, während die starken, kaum erträglichen Kopfschmerzen nicht aus der Nase, sondern aus dem Mund zu kommen scheinen, während ich eine salzige Flüssigkeit hinunterschlucke, von der ich in diesem Augenblick nicht weiß, wo sie herkommt und wie ich den klebrigen Geschmack wieder los werde.

Eine halbe Stunde später sitze ich zusammengekauert in der Badewanne, die Knie angezogen, den Rücken gegen den Wannenrand gelehnt. Der Duschhahn ist aufgedreht, und ich beobachte, wie das Wasser sich mit meinem Blut vermischt und im Abfluss verschwindet. Der Schmerz in meinen Ohren und an der Wange hat nachgelassen, auch das Nasenbluten hat aufgehört, aber die Platzwunde an der Oberlippe ist tief. Ich überlege, ob ich ins Unfallkrankenhaus fahren soll. Aber was soll ich ihnen erzählen? Dass ich gegen die Klotür gelaufen bin?

Seit meiner Kindheit hat mich niemand mehr geschlagen, weder meine Mutter noch irgendeiner der Männer, mit denen ich Beziehungen oder Affären hatte. Von Adel hatte ich alles erwartet, nur das nicht. Was soll ich tun? Mein erster Impuls war, zum nächsten Polizeirevier zu gehen. Doch die Vorstellung, alles im Detail erzählen zu müssen, widert mich an. Ich weiß, dass sich die Welt in den letzten zwanzig Jahren verändert hat. Wahrscheinlich werde ich mit einer Frau, einer Polizeibeamtin, sprechen können. Das macht die Sache leichter. Ich werde mir keine dummen Kommentare wie meine Freundin Babsi anhören müssen, die 1989 vergewaltigt worden ist und sich von einem älteren Polizisten sagen lassen musste, sie hätte ihren Vergewaltiger nicht »in die Wohnung lassen« und nicht »scharfmachen« sollen. Bei der anschließenden Gerichtsverhandlung hat der gegnerische Anwalt Babsi so zugesetzt, dass sie schließlich die Nerven verlor und die Klage zurückzog.

Ich lasse mich nicht so leicht einschüchtern, und ich bin viel älter, als Babsi damals gewesen ist. Aber ich kann Adel trotzdem nicht anzeigen. Meine Tochter wird davon erfahren, ihre Lehrer werden davon erfahren, meine Kollegen in der Buchhandlung werden davon erfahren. Man wird hinter meinem Rücken tuscheln und die peinliche Geschichte ausschmücken. Außerdem kann ich nichts beweisen. Letztlich bin ich selbst schuld. Ich hätte Adel sofort aus der Wohnung werfen sollen, als ich merkte, dass er betrunken ist. Man wird mir die berechtigte Frage stellen, warum ich mit ihm ins Bett gegangen bin, obwohl ich dies eigentlich nicht wollte. Dann müsste ich mehr erzählen, als mir lieb ist. Und wie kann ich etwas erklären, das ich selbst nicht fassen kann?

Ich ziehe meinen Bademantel an, gehe ins Wohnzimmer zum Telephon und wähle Helgas Nummer.

Hier ist der Anschluss von Helga, Dieter, Angelika und Roman Wassermann. Schön, dass Sie anrufen. Leider können wir Ihren Anruf zur Zeit nicht persönlich entgegennehmen. Bitte hinterlassen Sie uns eine Nachricht nach dem Signalton oder schicken Sie uns unter derselben Nummer ein Fax …

Kein Wunder, es ist Mitternacht. »Helga, ich will kein Fax schicken, ich muss mit dir reden!«

Ich lege auf, warte einige Sekunden und drücke die Wiederwahltaste.

Hier ist der Anschluss von Helga, Dieter, Angelika und Roman Wassermann. Schön, dass Sie anrufen. Leider …

»Hallo?«

»Hallo Dieter, hier Astrid, ich weiß, es ist spät, aber ich muss mit Helga sprechen, ich muss …«

»Du hast Nerven!«, schimpft er. »Du hast die Kinder aufgeweckt …«

»Es tut mir leid, Dieter, aber ich würde nicht um diese Zeit anrufen, wenn es nicht wirklich dringend wäre.«

»Helga hat Migräne. Sie hat ein Aspro genommen. Jetzt ist sie endlich eingeschlafen. Was immer es auch ist, es kann bis morgen warten. Warum redest du außerdem so komisch? Ich kann dich kaum verstehen. Isst du gerade was, oder bist du betrunken?«

»Ich bitte dich, Dieter! Bitte! Bitte, ich muss mit Helga sprechen.«

»Astrid, du hast echt einen Knall!«, schreit er und legt auf.

»Blödes Arschloch«, stöhne ich und merke plötzlich, dass mein Bademantel und der Teppichboden unter meinen Füßen nass sind. Als ich aus der Badewanne gestiegen bin, habe ich vergessen, die Haare abzutrocknen.

Wenn ich zu Babsi noch Kontakt hätte, würde ich sie anrufen. Aber Babsi lebt mit ihrer Familie schon seit fünfzehn Jahren in Stuttgart, eine Stadt, die ich zu meiden versuche.

Meine Oberlippe und meine Nase schwellen an. Ich trockne mich ab, nehme zwei Schlaftabletten und lege mich ins Bett meiner Tochter. Am nächsten Tag werde ich mein Schlafzimmer ausräuchern. Ich werde das Fenster zwei Tage und zwei Nächte offen lassen. Ich werde nicht nur die Bettwäsche, sondern auch die Matratze auswechseln. Ich werde die Möbel umstellen und nie mehr einen Mann in meine Wohnung lassen.

Das Schlafmittel wirkt schnell. Nichts ist tröstlicher als die Chemie. Nach langer Zeit habe ich wieder eine traumlose Nacht.

3

Wenn Disziplin nicht zu den Tugenden meines Lebens gehören würde, bliebe ich heute zu Hause. In meinem Zustand sei ich unseren Kunden nicht zuzumuten, meint mein Chef, und so verbringe ich den Tag im Hinterzimmer, nehme neue Bücher auf und führe Bestellungen durch. Ausgerechnet heute muss ich neben zahlreichen wissenschaftlichen Standardwerken einige Titel zum Thema Islam und Islamismus durchsehen, so als wäre der Zufall ein böser Geist. »Es gibt keinen Zufall«, hatte mir Frau Hüpfer vor einigen Jahren erklärt. »Unsere Wahrnehmung folgt Regeln, die im unmittelbaren Zusammenhang mit unseren Vorlieben, Werthaltungen und prägenden Erlebnissen stehen. Die sogenannten Zufälle sind schon deshalb nicht zufällig, weil wir sie überhaupt wahrnehmen und ihnen eine Bedeutung zuordnen, die sie nur für uns allein haben können.«

Ich bin froh, meine Kollegen nicht den ganzen Tag sehen zu müssen. Als ich morgens zur Arbeit gekommen bin, hat mein Chef gefragt, ob ich »mit dem Gesicht gegen eine Faust gelaufen« sei.

»Ich hatte einen Unfall.«

»Natürlich! Ein Unfall, was sonst.« In diesem Augenblick hätte ich mir gewüscht, der Schlaganfall, auf den er seit Jahren zusteuert, würde ihn jetzt heimsuchen, so dass er dieses blöde Grinsen in seinem Gesicht bis an sein Lebensende mit sich herumtragen müsste.

Meine Kolleginnen ließen mich in Ruhe. Sie zogen es vor, mir keine Fragen zu stellen.

Am Nachmittag erhalte ich von Helga eine Mail: *liebe astrid, es tut mir leid, dass ich weder in den letzten tagen noch letzte nacht für dich da war, aber ich habe jetzt eine schwierige zeit. zu hause gibt's wieder mal probleme, und gesundheitlich geht es mir auch nicht besonders. ich erzähl dir alles genau, wenn wir uns treffen.*

heute muss ich leider zu einer fortbildung nach bochum. nächsten montag bin ich zurück. die firma schickt mich wieder mal auf eines dieser blöden seminare. du weißt schon, was ich meine. vielleicht rufst du mich ja kurz am handy an. ich habe es heute zwischen ca. 21:45 und 22:15 eingeschaltet und bin um diese zeit im hotelzimmer. oder du schreibst mir am besten einfach eine mail. was immer es ist, das dir sorgen bereitet, ich hoffe, es geht dir schon besser!? pass auf dich auf! liebe grüße, helga.

Ich schreibe ihr keine Mail. Manches lässt sich nur in einem persönlichen Gespräch unter vier Augen berichten. Abgesehen davon würde ich nie intime Details meines Lebens in eine Mail schreiben. Vor einigen Jahren erhielt ich eine sonderbare Mailsendung mit vielen Auslassungen und Sonderzeichen, aber auch einzelnen Textpassagen, die von einem mir unbekannten Peter an eine Frau namens Angelika adressiert und eindeutig nur für diese Dame bestimmt war.

Ich brauche nur die Augen zu schließen, um dich vor mir zu sehen, wie du letzte Nacht … wenn ich mit der Hand über deinen großen runden … dem kurzen, rot gestreiften Röckchen, in dem du umwerfend … besonders, wenn du die schwarzen Stiefel trägst … ein ganz besonderes Vergnügen … und wenn ich daran denke, bekomme ich jedes Mal einen … nie in meinem Leben hatte ich so viel …

Es kostete mich einige Zeit, bis ich herausfand, dass es sich bei Angelika um Angelika Emmerich, eine Kollegin aus Ludwigshafen, handelte, die ich über eine BuchhändlerInnenmailinglist kannte. Wie ich später erfuhr, hatte sie einen besonders heimtückischen Virus auf ihrem Computer. Jede zehnte Mail, die bei ihr ankam, verschickte er – in etwas verstümmelter Form – an alle Adressen, die bei ihr gespeichert waren, und so wusste bald die gesamte Mailinglist über das rot gestreifte Röckchen und die schwarzen Stiefel Bescheid. Seit jener Zeit überlege ich gut, was ich in meine Mails hineinschreibe.

Am Nachmittag geht die Schwellung an der Oberlippe etwas zurück. Nase und Ohr tun nicht mehr weh. Während ich im Bus sitze, der mich nach Hause bringt, gelange ich zur traurigen Erkenntnis, dass es außer Helga niemanden gibt, mit dem ich über meine persönlichen Probleme reden kann. Ich könnte meine Freundinnen außerhalb von Gigricht anrufen, doch was ich zu erzählen habe, ist nichts für ein Ferngespräch, und in den nächsten Tagen darf ich nicht verreisen. Nachdem inzwischen zwei Kolleginnen an Grippe erkrankt sind, wird mein Chef nicht zulassen, dass ich gerade jetzt Urlaub nehme.

Meine zahlreichen Bekannten kennen mich nur in bestimmten, klar definierten Rollen, die ich ihnen vorspiele. Für Jutta, die ich auf einem Elternsprechtag kennengelernt habe, als Petra und Juttas Sohn Kevin zusammen auf der Grundschule waren, bin ich, obwohl wir etwa gleich alt sind, eine Art »mütterliche Freundin«, die ihr schon manches Mal mit einem guten Rat über eine schwere Hürde geholfen hat. Jutta könnte ich über alles berichten, was Petra betrifft, aber bestimmt nicht mehr.

Mit Martha bin ich letzten Sommer auf Urlaub gewesen. Wir waren in Verona und am Gardasee. Meinungsverschiedenheiten hat es zwischen uns keine gegeben. Wir wussten bald, wo wir übernachten, welche Sehenswürdigkeiten wir uns ansehen und in welche Restaurants wir essen gehen wollten. Unsere privaten Probleme hatten wir zu Hause gelassen und sprachen nur über Alltägliches. Vielleicht verliefen diese beiden Wochen gerade deshalb so schön. Martha ist hilfsbereit. Ich könnte sie – da ich selbst kein Auto besitze – jederzeit bitten, für mich ein Möbelstück oder einen Kühlschrank zu transportieren, aber bevor ich ihr etwas aus meinem Intimleben erzähle, rede ich lieber mit einem Fremden, den ich nie zuvor gesehen habe.

Für Tessi (eigentlich Theresa) habe ich es »faustdick hinter den Ohren«. Sie bewundert alles an mir: wie ich mein Leben organisiert, wie ich meine Tochter allein großgezogen habe, was ich esse, wie ich mich kleide und wie ich meine Sätze formuliere. Das ist angenehm, aber auch anstrengend. »Du hast es ihnen allen gezeigt«, erklärt sie mir. Meine Schwächen legt sie grundsätzlich als Stärken aus. Wenn es mir gut geht, fühle ich mich nach einem Treffen mit Tessi meistens noch besser, wenn es mir nicht gut geht, dann allerdings noch sehr viel schlechter als zuvor.

Mit Volker mache ich im Herbst und Frühjahr meine Rad- und Wandertouren. Er sucht die Routen aus, packt die Rucksäcke, repariert Radreifen und Ketten und weiß, wann man bei Schlechtwetter lieber umkehren sollte. Am schönsten mit ihm sind die Abende, an denen wir beide zu müde sind, um miteinander reden zu müssen.

»Sie sollten das nähen lassen.«

»Was?«

»Glauben Sie mir. Sonst bleibt Ihnen eine ziemlich hässliche Narbe.«

Der Mann neben mir ist fünfundsiebzig, vielleicht auch älter. Ich habe ihn schon oft im Bus gesehen. Er trägt eine Brille mit Goldrand und in der kalten Jahreszeit einen braunen Hut und einen weißen Schal – im Vergleich zu den anderen Stammgästen der Buslinie Dreiundzwanzig ist er eine gepflegte, beinahe elegante Erscheinung. Ich war so in Gedanken, dass ich nicht bemerkt habe, wie er sich neben mich gesetzt und mit seiner massigen Figur sogar ein wenig zur Seite geschoben hat.

»Danke«, sage ich. »Ich werde es mir überlegen.«

»Aber nicht zu lange, junge Frau.« Er lächelt mich an. »Nicht zu lange, sonst verheilt die Wunde, und dann ist die Narbe ein Faktum. Ich weiß, wovon ich spreche, ich bin Arzt.«

Na und, was geht dich das an? Lass mich in Ruhe, hätte ich ihm am liebsten gesagt. Dann soll sie halt bleiben, die Narbe. Um meine verringerten Heiratschancen mache ich mir keine Sorgen.

Aber ich schweige.

»Ich sehe Sie oft im Bus«, sagt er.

»Ja.« Ich wende mich ab und schaue aus dem Fenster. Nun schweigt auch er, versucht es aber eine halbe Minute später noch einmal: »Wie ist denn das passiert?«

»Was?«

»Die Verletzung.«

»Ein Unfall.«

»So?«

Ich schaue ihm direkt ins Gesicht und sage laut, so dass es auch die Fahrgäste auf dem Sitz vor und hinter mir hören können: »Ich bin gegen eine Faust gelaufen.«

Das Lächeln verschwindet aus seinem Gesicht. Die Frau auf dem Sitz vor mir dreht sich um, schaut mich kurz an und senkt sofort den Blick. Hinter meinem Rücken höre ich ein Tuscheln, kann aber kein Wort verstehen, weil der Bus gerade beschleunigt und die Motorengeräusche zu laut sind.

»Gegen eine Faust?«, murmelt der alte Mann.

»Sag ich doch.«

Er schweigt wieder. Wie angestrengt er nachdenkt, ist ihm förmlich anzusehen, doch offenbar fällt ihm kein kluger Satz ein, denn nach einiger Zeit sagt er nur: »Oh! Ich verstehe. Das tut mir leid.«

»Verstehen Sie's wirklich?«, frage ich.

Er wird rot.

»Ich muss los. Das ist jetzt meine Haltestelle. Gehen Sie zum Arzt und lassen Sie die Wunde nähen, junge Frau. Sonst werden Sie's später bereuen.«

»Wenn du wüsstest, was ich im Leben alles bereue«, flüstere ich, diesmal leise genug, dass es niemand hören kann.

Der Bus fährt nun durch eine Grünzone, hinter der die Siedlung liegt. Dass dieses Gebiet nicht verbaut wurde, ist einer Bürgerinitiative zu verdanken, die vor dreißig Jahren seinen Erhalt als Parklandschaft durchgesetzt hat. Als Petra noch klein war, bin ich mit ihr oft am künstlichen Teich spaziert, den die Grafen von

Patsch im 16. Jahrhundert angelegt haben. Auf einer Insel steht das Sommerschlösschen im Stil der Spätrenaissance, das sich einst Gräfin Ottilie erbauen ließ. Die Gräfin soll angeblich einer böswilligen Verleumdung zum Opfer gefallen sein. Ein intriganter Höfling bezichtigte sie des Ehebruchs, woraufhin der Graf sie vergiften ließ. Ottilie, so heißt es in den alten Chroniken, ist ihrem Mann jedoch immer treu gewesen. Heute befindet sich im Schloss ein Museum für bildende Kunst und eine Bar. Ich beschließe, auszusteigen und den Rest des Weges zu Fuß zurückzulegen.

Es ist später Nachmittag. Im Nebel kann ich die Umrisse des Schlosses kaum ausmachen. Nur im Erdgeschoss, dort wo sich die Bar befindet, kann ich Licht erkennen. Als ich näher komme, höre ich Musik und sehe schemenhaft ein paar Figuren auf der Terrasse stehen. Kurz überlege ich, ebenfalls in die Bar zu gehen, doch als ich vor der Brücke stehe, die zur Insel führt, kehre ich wieder um. Betont gutgelaunte, laut redende Menschen würden mir jetzt auf die Nerven gehen. Ich biege in die Allee ein, die Richtung Siedlung führt. Ich könnte Adel vergiften. Noch besser wäre es, seiner Frau einen Brief zu schicken. Vielleicht würde sie ihn dann vergiften.

Wenn ich ein anderer Mensch wäre, würde ich vielleicht vor Wut brüllen. Der Park ist beinahe menschenleer, und im Nebel sieht mich niemand. Und sogar wenn mich jemand sieht, könnte es mir egal sein. Doch leidenschaftliche Wutausbrüche sind nie meine Stärke gewesen. Helga meint, bevor ich Geschirr zerbreche, würde ich die Kehrschaufel aus dem Abstellraum holen und die Vorhänge zuziehen. »Schreien Sie doch einmal«, hatte mir Frau Hüpfer bei einer unserer Therapiesitzungen gesagt. »Schimpfen Sie, weinen Sie! Gehen Sie auf mich los! Ich stelle Ihnen die schwierigsten Fragen, Sie erzählen mir die ärgsten Sachen und hören trotzdem nie auf zu lächeln.« Ich lächelte und gab ihr recht … Frau Hüpfer erzählte mir einmal, das Leben sei wie eine Wohnung, die aus mehreren Zimmern besteht. Es gebe ein Zimmer der Leidenschaft, ein Zimmer der Moral, ein Zimmer der Vernunft, ein Zimmer der Pflicht, ein Zimmer der Bösartigkeit, ein Zimmer der Herzensgüte und noch einige Zimmer mehr. Das größte Problem sei, dass sich die meisten Menschen nur in einem oder höchstens in einigen wenigen Zimmern aufhielten. Es sei aber wichtig, auch die anderen Zimmer hin und wieder zu betreten, zumindest einmal am Tag, um zu lüften. Was ich von dieser kleinen Geschichte halte, wollte Frau Hüpfer von mir wissen. »Die Geschichte gefällt mir sehr gut«, meinte ich. »Wenn Sie mir auch noch verraten könnten, wo der Schlüsselbund mit den Schlüsseln zu allen Zimmern liegt, wäre sie perfekt.«

Frau Hüpfer! Als ich vor vier Jahren die Therapie abgebrochen hatte, versicherte mir Frau Hüpfer, dass ich sie jederzeit anrufen könnte, wenn ich mal dringend einen Termin brauche.

Ich habe Frau Hüpfers Nummer bis heute nicht aus dem elektronischen Telephonbuch meines Handys gelöscht. Da ist sie schon: *Dr. Elisabeth Hüpfer-Spierlinger 1734510.*

Ich binde mir das Halstuch neu, ziehe die Haube tiefer in die Stirn, setze mich auf eine Parkbank und drücke den Wählknopf.

»Ordination Doktor Krk, guten Tag.« Eine unbekannte weibliche Stimme.

»Guten Tag, mein Name ist Astrid Heisenberg. Ich wollte eigentlich mit Frau Doktor Hüpfer sprechen, aber offenbar …«

»Oh! Ach o je.« Die Stimme wird leiser und bekommt plötzlich einen sanften und traurigen Unterton. »Dann wissen Sie es noch nicht. Frau Doktor Hüpfer ist leider schon vor zwei Jahren verstorben.«

»Um Gottes willen. Was ist denn passiert?«

»Ich glaube, es war eine schwere Krebserkrankung. Aber Genaueres weiß ich nicht. Es könnte auch etwas anderes gewesen sein. Ich weiß es wirklich nicht. Ich müsste Herrn Doktor Krk fragen, der sie persönlich gekannt hat und kurz vor ihrem Tod den Mietvertrag für diese Räume übernommen hat.«

»Ist Doktor Krk …?«

»Herr Doktor Krk ist kein Therapeut, sondern Hautarzt … Hallo, sind Sie noch dran?«

»Ja, ja, entschuldigung, ich bin nur … etwas … geschockt.«

»Das verstehe ich. Kann ich Ihnen irgendwie weiterhelfen?«

»Nein … Nein, ich fürchte nicht. Danke. Sehr freundlich. Tschüss.«

Ich schalte das Handy aus, bleibe aber weitere zehn Minuten auf der Parkbank sitzen.

4

Die Frau ist gestorben, und ich ärgere mich darüber, dass sie mir nicht zur Verfügung steht. Was bin ich nur für ein Schwein. Was sind schon meine Probleme angesichts eines tragischen Todesfalls?

Wie alt war Frau Hüpfer? Höchstens fünfundvierzig – ein Alter, das auch für mich in eine vorstellbare Nähe zu rücken beginnt. Andererseits: Was hat Frau Hüpfer davon, dass ich ein schlechtes Gewissen habe, weil ich in diesem Augenblick in erster Linie an mich selbst denke? Sie wird es mir verzeihen. Dort, wo sie sich jetzt befindet, hat man sicher das größte Verständnis für die Schwächen der Menschen. Wenn ich gläubig wäre, würde ich für sie beten, aber meine religiöse Phase liegt fast fünfundzwanzig Jahre zurück. Damals ging ich in die Kirche und zur Beichte. Mutter und Großvater meinten, dies hätte einen schlechte Einfluss auf meinen Charakter. Es war das einzige Mal, dass sich beide in einer Sache einig waren, die meine Erziehung betraf. Verboten haben sie mir die regelmäßigen Besuche im Gigrichter Dom allerdings nicht. Großvater meinte, die »antiklerikale Ernüchterung« werde früher oder später kommen, und er sollte damit recht behalten.

Manchmal brachte mich Großvater mit seinem Wagen in die Innenstadt. Wenn ich schon in die Kirche ging, dann musste es der Gigrichter Dom sein mit seinen düsteren mittelalterlichen Skulpturen an der Außenfassade, den Teufeln mit herausgestreckter Zunge, den Totenköpfen und den Grimassen schneidenden Dämonen, die mich an meine Mutter erinnerten, wenn sie getrunken hatte. Noch mehr liebte ich das barocke Interieur, die Korkenzieher ähnlichen Säulen aus rosa Marmor, die molligen Engel – überfütterte Babys mit Flügeln – und die zahlreichen Heiligen, deren Gesichter so schmerzverzerrt oder verzückt waren, dass sie wie schlechte Schauspieler aus der Stummfilmzeit aussahen. Am meisten aber mochte ich den Geruch von Weihrauch und die feierliche Zeremonie des Gottesdienstes, seine Theatralik und die morbide Großartigkeit, die durch keine andere Inszenierung übertroffen werden kann. Besonders gern ging ich zur Beichte, weil mich die Magie faszinierte, mit der böse Taten oder solche, die man dafür hielt, ungeschehen gemacht werden konnten. Der ältere Pfarrer, der meist im Beichtstuhl auf der linken Seite des Raumes zwischen der Kapelle für die heilige Theresa und der Statue des heiligen Georg saß, erteilte mir immer die Absolution, egal, ob es sich bei meinen Verfehlungen um den Streit mit einer Freundin handelte oder um meine »bösen Wünsche«, wenn ich mir vorstellte, meine Mutter würde eines Abends an ihrem Wein ersticken.

Eines Tages jedoch – ich war damals dreizehn – saß ein neuer Pfarrer auf der anderen Seite des Gitters. Ich konnte nicht erkennen, wie er aussah oder wie alt er war. Wie immer begann ich, Geschichten aus meinem Alltag zu erzählen, und so wie zuvor fiel auch beim neuen Pfarrer die Buße relativ milde aus: zehn Vaterunser, zwanzig Ave Maria sowie einige Ermahnungen, mich zu bessern. Plötzlich jedoch frage er mich: »Wie alt bist du, mein Kind?«

»Dreizehn.«

»Oh ja! Das ist ein gefährliches Alter, denn die Versuchung des Fleisches ist groß.«

»Ich habe mir schon überlegt, Vegetarierin zu werden«, sagte ich. »Ich liebe Tiere, und ich finde es schlimm, dass sie leiden müssen und getötet werden.«

»Diese Versuchung meine ich nicht … Sag mir, hast du schon lüsterne Gedanken gehabt?«

»Ich weiß nicht. Ich bin mir nicht sicher.«

»Denk nach. Es ist sehr wichtig.«

»Es gibt einen Jungen, der drei Jahre älter ist als ich. Er geht schon in die zehnte Klasse, und ich glaube, dass ich in ihn verliebt bin. Er heißt Gabriel Salzinger. Aber ich habe nie den Mut gehabt, ihn anzusprechen. Ist das eine Sünde?«

»Träumst du manchmal von ihm?«

»Ich glaube schon.«

»Wie träumst du von ihm. Was tut er mit dir in deinen Träumen? Hat er dich in deinen Träumen irgendwann unsittlich berührt?« Es schien mir, als würde der Pfarrer keine Luft bekommen. Er atmete schwer.

»Ich kann mich nicht mehr erinnern. Die meisten Träume vergesse ich ja, sobald ich aufgewacht bin.«

»Und nun sage mir, mein Kind, ob du dich selbst einmal unsittlich berührt hast und dabei Lust empfunden hast. Das ist nämlich eine große Sünde.« Der Pfarrer keuchte, hüstelte und atmete die Luft schnell und mit einem hohen Pfeifton ein.

»Ich weiß nicht. Was meinen Sie denn genau?«

»Nun … Wie soll ich es am besten ausdrücken? … Hast du dich in deinem Intimbereich, ich meine, an der allerintimsten Stelle deines Körpers, berührt und das als lustvoll empfunden?«

»Ähm? … Nein … Ist es denn angenehm, wenn ich …«

»Sprich nicht weiter!«, unterbrach er mich, und seine Stimme bekam einen seltsamen, heiseren Ton. Ich hatte den Eindruck, dass er sich sehr aufgeregt hatte. Hatte ich etwas Falsches gesagt?

»Es tut mir leid«, murmelte ich.

»Das sollte es auch! Nochmal 25 Ave Maria, und vergiss nicht, dass alles, worüber wir heute gesprochen haben, eine große Sünde ist.«

Ich bin dem unbekannten Pfarrer bis heute dankbar dafür, dass er mir die Tür zur Sexualität geöffnet hat. Selbstverständlich wollte ich nach der Beichte erfahren, was er mit »lustvollen Berührungen im Intimbereich« meinte. Was ich entdeckte, hat mir viele schöne Momente beschert. Doch meine religiöse Phase war nach diesem Gespräch zu Ende. Ich ging nicht mehr zur Messe und besuchte den Dom immer seltener. Geblieben aus jener Zeit ist mir die Liebe zu Ritualen. Ich mag Schauspiele, Maiaufmärsche, Paraden, Wachablösen vor Königspalästen sowie Gottesdienste jeglicher Art.

Ich zünde für Frau Hüpfer eine Kerze an und stelle sie auf den Esstisch im Wohnzimmer. Petra bleibt auch heute Nacht bei ihrem Freund, dem Langweiler. Ich kann es ihr nicht verbieten. Sie ist erwachsen. Manchmal sehe ich sie tagelang nicht. Ich kann froh sein, von ihr ab und zu eine SMS zu erhalten. Ich rufe sie trotzdem jeden Abend an, was ihr sehr missfällt. Danach ist sie wieder eine oder zwei Wochen bei mir, fällt in ihre Kinderrolle zurück, möchte bekocht werden, überlässt mir ihre schmutzige Wäsche, beschwert sich über ihre Lehrer oder gibt mir gute Ratschläge. Frau Hüpfer hatte gemeint, dass die Ablösung von einem Kind ein schmerzvoller Prozess sein kann, fast so schmerzvoll wie die Trennung von einem Partner, mit dem man viele Jahre zusammengelebt hat. Es wäre nett gewesen, wenn Frau Hüpfer mit ihrem Tod noch ein paar Jahre gewartet hätte. Heute bräuchte ich ihren Rat dringender denn je.

Ich überlege mir, was eine andere Frau in meinem Fall tun würde. Einige würden den Frauentreffpunkt, soziale und psychologische Beratungsdienste oder Selbsthilfegruppen aufsuchen. Aber ich bin doch nicht eine von diesen Frauen! Soll ich so wie Maria, unsere Putzfrau, die jahrelang von ihrem Ehemann verprügelt wurde, den Frauentreffpunkt aufsuchen, um einer Sozialarbeiterin oder Psychologin von meinen Erlebnissen zu berichten? Ich bin eine 39 Jahre alte, souveräne, gebildete Frau, die ihre Tochter allein groß gezogen hat. Man respektiert mich. Kein Mensch hat mich jemals geschlagen. Kein Mensch hätte es gewagt, mich zu schlagen! Bis gestern. Wie soll ich jemandem begreiflich machen, was mir geschehen ist? Ich müsste die ganze Geschichte erzählen. Ich müsste bis in meine Kindheit zurückgehen, müsste über Mutter, Großvater und Khaled und all die Jahre danach Rechenschaft ablegen. Aber das kann ich nicht. Nicht einer kettenrauchenden, überarbeiteten Sozialarbeiterin oder einer Psychologin, die vielleicht zehn Jahre jünger ist als ich und sich trotzdem anmaßt, mir kluge Ratschläge zu geben. Mein Gott, Maria wiegt 110 Kilo und trägt lilafarbene Leggins. Sie hält Vladimir Nabokov für einen bulgarischen Gewichtheber.

Wahrscheinlich sind nicht alle Frauen, die solche Einrichtungen aufsuchen, wie Maria. Dennoch werden Gattinnen von Ärzten oder Universitätsprofessoren wohl nicht zum Frauentreffpunkt gehen. Die gehen entweder nirgendwo hin oder gleich zum Anwalt.

Ich selbst habe Maria die Nummer und die Adresse des Frauentreffpunkts gegeben. Wenn ich nun meiner Putzfrau dort begegne? Eine unerträgliche Vorstellung.

Ich schaue auf die Uhr. Es ist kurz vor zehn. Ich könnte Helga anrufen. Statt Helga meldet sich eine unpersönliche Frauenstimme: »Diese Nummer ist im Augenblick leider nicht erreichbar. Bitte versuchen Sie es zu einem späteren Zeitpunkt … Diese Nummer ist im Augenblick leider nicht …«

»Verdammte Scheiße!«, schreie ich. »Morgen kaufe ich mir

eine Pistole und erschieße dieses Schwein. Dann ist alles erledigt.«

Ich gehe im Zimmer auf und ab. Dann mache ich mir einen Hagebuttentee, trinke ein paar Schlucke, setze mich an den Schreibtisch und schalte den Computer ein. Während ich den Startvorgang abwarte, fällt mein Blick zufällig auf eine Notiz, die ich vor einigen Tagen gemacht habe: *www.derweissehalbmond.de Der Treffpunkt für Frauen, die Beziehungen zu Moslems hatten und sich von ihnen getrennt haben.* Soweit ich mich noch erinnern kann, habe ich das von einer Homepage namens *Politisch Inkorrekt.*

Warum eigentlich nicht?, überlege ich mir und gebe die Adresse ein. Ein weißer Halbmond auf einem blassen lila Hintergrund, darunter ein Schriftzug in großen weißen Buchstaben: *Der weiße Halbmond.* Am unteren Rand des Bildschirms ein Icon zum Anklicken in Form eines kleinen, weiß umrahmten Halbmondes in dunkellila Farbe.

Willkommen auf unserer Homepage! »Der weiße Halbmond« ist eine Interessengemeinschaft mehrerer autonom agierender Selbsthilfegruppen für Frauen, die Beziehungen zu muslimischen Männern hatten oder haben, selbst aber keine Musliminnen sind. Die erste Gruppe wurde im November 2003 in Köln gegründet. Zur Zeit (Stand: Januar 2008) gibt es in Deutschland schon 389 Gruppen. »Der weiße Halbmond« ist weder ein professionelles Beratungs- noch ein Therapiezentrum. Er bietet jedoch Frauen, die sich mitteilen möchten, ein Forum, um mit anderen Frauen, die ähnliche – oft traumatische – Erfahrungen gemacht haben, Kontakte zu knüpfen, Trost, Rat und Zuspruch zu finden oder praktische Probleme des Alltags zu besprechen und nach gemeinsamen Lösungen zu suchen. Den Ablauf und das Rahmenprogramm der Treffen bestimmt jede einzelne Gruppe selbst. Männer sind nur in Ausnahmefällen – meist als Vortragende zu einem Thema, das die Gruppe selbst festgelegt hat – zugelassen.

Alle Selbsthilfegruppen haben sich der Diskretion, der Hilfsbereitschaft und einer positiven Grundhaltung verschrieben. Zu unseren obersten Grundsätzen gehört es, dass nichts, was in den Gruppen besprochen wird, nach außen dringen darf. Alle Adressen, Beginnzeiten von Treffen sowie andere wichtige Detailinformationen erfahren Sie unter »Kontakte«. Besuchen Sie auch unser Internetforum! Klicken Sie bitte »Forum« an.

»Der weiße Halbmond« versteht sich als politik- und ideologieneutrale Interessengemeinschaft von Frauen, die sich mitteilen möchten oder Hilfe suchen. Verschiedene Meinungen, unterschiedliche Einstellungen und kontroversiell geführte Gespräche sind uns willkommen. Wir sehen uns aber auch als eine Organisation, die humanistische Grundwerte vertritt, eine Verbesserung der Welt und ein harmonischeres Miteinander anstrebt. Deshalb bitten wir alle, die unsere Gruppen aufsuchen, von ausländerfeindlichen, beleidigenden oder andere Kulturen herabmindernden Äußerungen Abstand zu nehmen.

Auf Wunsch der Besucherinnen organisiert »Der weiße Halbmond« Vorträge, Selbstverteidigungskurse, Treffen mit anderen Frauengruppen oder den Mitgliedern des Vereins für Ex-Muslime. Wenn Sie unsere Hilfe benötigen, begleiten wir Sie auch gerne zur Polizei, zu Gerichtsterminen oder ins Frauenhaus.

Das klingt doch einigermaßen seriös, denke ich. Wenn ich schon mit wildfremden Menschen offen über mein Privatleben sprechen wollte, warum nicht in einer solchen Gruppe? Aber will ich das? Ich klicke mich durch die Homepage und stelle fest, dass tatsächlich auch in Gigricht Treffen des *Weißen Halbmondes* organisiert werden. Das nächste soll schon morgen um zwanzig Uhr stattfinden. Soll ich tatsächlich hingehen? »Riskieren Sie was«, hat mir Frau Hüpfer oft gesagt. »Ein Schiff im Hafen ist sicher, aber für den Hafen werden Schiffe nicht gebaut.«

5

Früher war Pfaffenkreuz ein Dorf. Heute ist es eine noble Gegend mit Einfamilienhäusern und Villen aus dem ausgehenden 19. Jahrhundert. Die Treffen des *Weißen Halbmondes* finden in einem der wenigen mehrstöckigen Häuser des Viertels, einem Backsteinbau aus der Zwischenkriegszeit, statt. Die oberen Stockwerke werden heute offenbar als Büroräume und als Gewerbeflächen genutzt, denn an der Gegensprechanlage entdecke ich keine Namen von Privatpersonen, sondern nur Aufschriften wie *Ambaraeva Import-Export GmbH.*, *Inningers Tierverwertungsgenossenschaft* oder *Patal Electronics Inc.* Der *Weiße Halbmond* hat seine Räumlichkeiten im Erdgeschoss. Auf dem Blechplättchen neben dem Knopf der Gegensprechanlage steht kryptisch DWH, und im Vorraum hinter der braun gestrichenen Holztür, die weder beschildert noch mit einer Nummer versehen ist, sitzt ein kräftiger Mann mittleren Alters, der mich kurz taxiert und dann wieder im *Gigrichter Taglatt* zu blättern beginnt. Wie ich später erfahre, wird er von einem Sicherheitsdienst bereitgestellt, den der *Weiße Halbmond* engagiert hat, nachdem ein Türke, den seine deutsche Frau verlassen hatte, in die Räumlichkeiten eingedrungen war und randaliert hatte.

Von meiner Siedlung nach Pfaffenkreuz ist es eine halbe Weltreise. Hätte ich ein Auto, bräuchte ich höchstens zwanzig Minuten. Mit den öffentlichen Verkehrsmitteln fahre ich mit dem Bus in die Innenstadt und steige in einen anderen um, der mich zum Bahnhof bringt. Von dort sind es noch zwei Haltestellen mit der Stadtbahn und etwa zehn Minuten zu Fuß. Während der langen Fahrt, die ich in einem Zustand von Beklemmung und Zweifel wie die unvermeidbare letzte Prüfung meines Durchhaltevermögens auf mich nehme, habe ich eine seltsame Begegnung. Nachdem ich in die Stadtbahn eingestiegen bin und in einem Sitz am Fenster Platz genommen habe, entdecke ich am Bahnsteig unter den Passagieren, die auf den Zug einer anderen Linie warten, ein bekanntes Gesicht. Es gehört dem Mann, den ich vor einer Woche in Adels Restaurant getroffen habe. Er trägt einen grauen Schlapphut und einen blauen Regenmantel, der ihm bis zu den Knien reicht. Auch jetzt weiß ich immer noch nicht, woher ich ihn kenne. Der Regenmantel macht ihn schlanker. Der Hut verleiht seinem Aussehen einen Hauch mondäner Lässigkeit, die so gar nicht zum biederen Eindruck passt, den er im Restaurant auf mich gemacht hat. Als der Zug losfährt, bemerkt er mich, lächelt und winkt mir zu. Einen Augenblick später ist er aus meinem Blickfeld verschwunden.

Die Räumlichkeiten des *Weißen Halbmondes* bestehen aus vier Zimmern, einem Vorraum, in dem sich die Garderobe und ein improvisierter Info-Stand befinden, einem größeren Nebenraum – der, wie ich später erfahre, *Vergnügungsraum* genannt wird – mit einer Bar, ein paar Bänken, Klapptischen und -stühlen und drei Türen, von denen eine in den Innenhof des Gebäudes, eine andere zu den Toiletten und die dritte in den Hauptsaal führt. Dort finden die Gespräche statt, die den »offiziellen Teil« der Treffen bilden. Im vierten Raum sind eine Spielecke und Betten untergebracht. Einige Frauen bringen ihre Kinder mit. Wer jeweils die Aufsicht über die Kinder für die Dauer des Treffens übernimmt, wird jede Woche neu ausgelost.

Als ich eintrete, beachtet mich vorerst niemand. Das gibt mir die Gelegenheit, die anderen zu beobachten. Wäre ich bei einem Meinungsforschungsinstitut tätig und müsste eine Befragung zu einem allgemeinen Thema durchführen, wären die zwanzig bis dreißig Frauen, die zur Garderobe drängen, an der Bar bestellen, miteinander plaudern oder einfach nur herumstehen, ideal dafür geeignet. Sie stellen einen repräsentativen Querschnitt der Gigrichter Weiblichkeit im Alter zwischen Mitte zwanzig und Mitte sechzig dar. Was mir sofort auffällt, ist die betonte Herzlichkeit der Begrüßungsrituale, die in der zwanglosen, fast lockeren

Atmosphäre, die hier herrscht, eine Art Fixpunkt bilden. Umarmungen und Küsse scheinen Pflicht zu sein. Alle sind per Du. Eine gut gekleidete Dame um die fünfzig und die Dreißigjährige, die billige Klamotten aus dem Winterschlussverkauf trägt, sind offenbar Freundinnen. Sie bleiben den ganzen Abend, bei der Sitzung im Hauptsaal wie beim anschließenden Umtrunk im Vergnügungsraum, zusammen.

Am Info-Stand sitzt eine schlanke Frau, die einen weißen Rollkragenpullover und eine weiße Hose trägt. Ihr Alter kann ich schwer schätzen. Sie könnte 45, aber auch 52 oder 53 Jahre alt sein. Ihre kurz geschnittenen Haare sind ebenfalls weiß, und ihre randlose Brille hat weiße Bügel. Nur ihre Augen sind so wie ihre Augenbrauen und Wimpern dunkelbraun. Ihr Gesicht mit dem übermäßig breiten Kinn gefällt mir nicht. Es ist reizvoll und beängstigend zugleich. Die Stupsnase harmoniert nicht mit den vollen Lippen, die obere Zahnreihe ist schief, und die Ohren sind zu groß geraten – sie dominieren den Kopf und kommen durch den Bürstenhaarschnitt noch stärker zur Geltung. Das alles spielt für mich keine Rolle. Was mir die Frau symphatisch macht, sind ihre Hände. Schmal und zierlich sind sie, fein und leicht zu verletzen, wie mir scheint, so dass ich sie nur mit Vorsicht drücken und schütteln würde, wenn ich das müsste. Doch die Frau legt keinen Wert darauf, mir die Hand zu geben. Die geschmeidige Haut weist kaum Falten oder Flecken auf. Die Fingernägel sind kurz und nicht lackiert. Der positive Eindruck, den diese Hände auf mich machen, ginge sofort verloren, wenn die Fingernägel eine künstliche Farbe hätten.

»Ich …«, beginne ich zaghaft.

»Mein Name ist Edith, ich leite diese Gruppe«, unterbricht sie mich. »Nimm doch einfach im Saal Platz. Alles andere ergibt sich. Du brauchst nichts zu erklären. Wenn du hier bist, dann bist du willkommen.«

»Ich heiße Astrid Heisenbe…«

»Dein Familienname ist unwichtig. Dein Name übrigens auch. Du kannst deinen richtigen Namen verwenden oder dir ein Pseudonym wählen. Bei uns ist es wie im Chat-Room. Nur dass wir keinen Bildschirm und keine Tastatur brauchen … Und einander mehr geben können.«

»Ich bleibe bei Astrid.«

»Schön. Herzlich willkommen! Wir sind ein offener Club. Wir führen keine Gästelisten und verlangen keine Mitgliedsbeiträge.«

Der Hauptsaal ist größer als die anderen Räume. Die Wände sind schon lange nicht geweißelt worden, der Parkettboden ist brüchig, und die dunkelblauen Vorhänge an den Fenstern erinnern mich an die Duschvorhänge meiner Kindheit. Dem *Weißen Halbmond* fehlen die nötigen Mittel für eine Renovierung. Der Verein finanziert sich ausschließlich aus Spenden. Subventionen fließen anderen Institutionen zu.

»Die Gutmenschenindustrie hat eine größere Lobby als wir«, wird mir die Leiterin später erklären. »Uns gewährt man nicht einmal Polizeischutz, wenn es konkrete Morddrohungen gibt.«

In der Mitte des Raumes steht ein alter, mit grünem Samt bezogener Sessel. Seine Sitzfläche ist beinahe durchgesessen. Sie glänzt und bildet eine Mulde. Ich vermute, dass man darauf die Sprungfedern spürt, und werde bald feststellen, dass ich mich nicht geirrt habe. Jenen, die in diesem Sessel Platz nehmen, bereitet nicht nur das, was sie erzählen, Schmerzen. Doch niemand möchte den alten Sessel durch einen neuen ersetzen. Ohne den grünen Sessel würden die Treffen des *Weißen Halbmondes* viel von ihrer Magie verlieren. »Entfernt man ihn, nimmt das Schicksal seine schützende Hand von diesem Raum«, meint die Leiterin. »Es steht dir frei, daran zu glauben oder nicht.«

Der Sessel in der Mitte, Stühle, die in einem Halbkreis um ihn herum angeordnet sind, ein Tisch, auf dem ein Krug mit Wasser, Gläser und einige Flaschen Orangensaft stehen. Sonst ist der

Raum leer. Bemerkenswert sind allerdings die grünen Poster an der Wand und die Sprüche in weißen Lettern, die so groß sind, dass man sie von jeder Ecke des Raumes lesen kann.

Die Männer sind den Weibern überlegen, lese ich auf einem der Plakate, *wegen dessen, was Allah den einen vor den anderen gegeben hat … Die rechtschaffenen Frauen sind gehorsam … Diejenigen aber, deren Widerspenstigkeit ihr fürchtet, warnet sie, meidet sie im Ehebett und schlagt sie. Und so sie euch gehorchen, so suchet keinen Weg wider sie. Siehe, Allah ist erhaben und groß. Koran, Sure 4 / Vers 34*. Auf einem anderen Plakat steht: *Und bleibt in eurem Haus … putzt euch nicht heraus, wie man das früher im Heidentum zu tun pflegte. Koran, Sure 33 / Vers 33 …*

Doch es sind nicht nur Koranverse, die die Wände zieren. Einer von Mohammeds Nachfolgern, der Kalif Ali ibn Abi Talib, wird mit dem folgenden Satz zitiert: *Wenn die Frauen sich selbst überlassen sind, so kennen sie keine Religion. Sie sind ohne Tugend und ohne Erbarmen, wenn es um ihre fleischlichen Begierden geht. Sie beklagen sich, unterdrückt zu sein, obwohl sie es sind, die unterdrücken … Erflehen wir Allahs Hilfe, um siegreich aus ihren teuflischen Verführungskünsten hervorzugehen …* Ein Ausspruch Umar ibn al-Khattabs, eines anderen Kalifen aus der Frühzeit des Islam, findet sich gleichfalls an der Wand: *Die Rede der Verschleierten ist ebenso wie sie selbst etwas, das man schamhaft verhüllen muss.*

Noch auffälliger als diese Sprüche ist eine Zeichnung an der dem Eingang gegenüberliegenden Wand. Es handelt sich um eine mit wenigen schwarzen Strichen in einer Höhe von etwa zwei Metern über dem Boden gepinselte Karikatur eines grinsenden Schweins, das, auf den Hinterpfoten stehend, die Vorderpfoten ausgestreckt, zum Sprung oder zum Galopp ansetzt.

Vor einigen Wochen hätte ich einer antiislamischen Inszenierung dieser Art nichts abgewinnen können. An diesem Abend jedoch finde ich die Sprüche, das Schwein und den grünen Sessel großartig. Ich fühle mich wohl, und zum ersten Mal zweifle ich nicht daran, dass es richtig war, hierherzukommen.

Ich stehe neben der Tür und beobachte, wie die anderen Frauen eintreten. Ich brauche nicht lange, um zu erkennen, dass der Ablauf des Abends einem klaren Ritual folgt. Jene, die schon länger dabei sind, nehmen in den vorderen Reihen Platz. Die Zwanglosigkeit ihrer Bewegungen, ihre beiläufigen Bemerkungen und die Selbstverständlichkeit, mit der sie die Stühle verrücken, die Leiterin begrüßen oder anderen die Hand geben, verraten, dass ihnen die Situation vertraut ist. Die beiden Frauen, die wie ich das erste Mal hier sind, wirken unschlüssig, sogar verschämt. Sie schauen zu Boden und machen den Eindruck, als wäre ihnen ihr Dasein peinlich. Als sie endlich Platz nehmen, pressen sie die Ellbogen an den Körper und die Knie zusammen, so als versuchten sie, so wenig Raum wie möglich einzunehmen.

Eröffnet wird die Zusammenkunft, als sich die Leiterin in den grünen Sessel setzt und in die Hände klatscht.

»Liebe Freundinnen, ich bin froh, dass ihr auch heute so zahlreich erschienen seid«, verkündet sie. »Und es ist mir eine besondere Freude, dass wir heute ein paar Neue in unserer Runde begrüßen dürfen. Wenn ich mich nicht irre, sehe ich drei neue Gesichter. Übrigens könnt ihr ruhig nach vorne kommen. Es gibt noch freie Plätze in der dritten und in der vierten Reihe.«

Die Frauen drehen sich um und schauen uns an. Mir macht das wenig aus, aber den beiden anderen, einer korpulenten Dame in meinem Alter und einer ärmlich gekleideten Mittdreißigerin, ist dies sichtlich unangenehm. Sie schweigen und rühren sich nicht vom Fleck. Auch die anderen schweigen. Jegliches Murmeln ist verstummt. Die Gesichter der Frauen wirken ernst und konzentriert. Wir sind ins Zentrum gerückt, und wenn ich nicht intuitiv verstünde, dass meine Rolle in diesem Augenblick zwar zentral, aber passiv sein muss, würde ich krampfhaft nach einem angemessenen Satz suchen, einer höflichen Floskel, einer witzigen Bemerkung oder nach etwas Gewichtigem. Aber auch wenn ich etwas sagen müsste, würde mir nichts einfallen, und den beiden Neuen, die neben mir sitzen, geht es genauso wie mir.

Die Leiterin steht auf, verschränkt die Arme auf der Brust und sagt in einem Tonfall, der beinahe feierlich wirkt: »Ihr braucht euch vor nichts zu fürchten. Was immer ihr sagt oder tut, es wird diesen Raum nicht verlassen. Ihr könnt euch sicher fühlen, sicherer als an jedem anderen Ort.«

Die Frauen in der ersten Reihe murmeln zustimmend und nicken, während meine beiden Nachbarinnen verschämt lächeln und weiterhin kein Wort von sich geben.

»Was immer ihr sagt oder tut«, setzt die Leiterin fort, »was immer ihr in eurem Leben verbrochen habt, und mag es euch noch so verwerflich erscheinen, wird hier auf Verständnis stoßen. Niemand wird euch Vorwürfe machen, niemand wird euch denunzieren, auslachen oder tadeln, und wenn es doch jemand von uns tut, dann bleibt es ohne Folgen. Die Umgangsformen der Außenwelt sind in dieser Runde außer Kraft gesetzt. Schimpfen und fluchen, Gemeinheiten, Nervenzusammenbrüche, Aggressionen, sogar Handgreiflichkeiten – nichts davon ist uns fremd. Bei uns haben weder die Political Correctness noch der gute Umgangston irgendeine Gültigkeit. Wir intrigieren nicht gegeneinander, wir bilden keine Grüppchen oder Cliquen. Bei uns geht es weder um Macht noch um Anerkennung oder Geld, und alle Beleidigungen, alle Verletzungen und Gemeinheiten, die wir einander zufügen mögen, Schwüre, Drohungen oder Versprechen sind vergessen, getilgt, null und nichtig, sobald der Abend vorüber ist.«

Vor einigen Monaten hätte ich über diese Worte geschmunzelt. Drei Dutzend Frauen in einem Raum, ohne dass Intrigen, Beleidigungen und Gemeinheiten eine Rolle spielen würden? Wie soll das möglich sein? Heute jedoch kann ich mich der Suggestivkraft der Worte der Leiterin nicht entziehen. Ich bin bereit, ihr zu glauben. Wie trostlos wäre die Welt, wenn zwei mal zwei nicht manchmal fünf und ein anderes Mal drei sein könnte?

»Seht ihr die Zeichnung über meinem Kopf?«, fragt die Leiterin und zeigt mit dem Zeigefinger auf das Schwein an der Wand. »Was ist das?«

Abwechselnd mustert sie mich und die Frauen neben mir und wartet.

»Ein Schwein«, sage ich, weil ich mir sicher bin, dass meine Nachbarinnen keinen Ton herausbringen werden.

»Und warum glaubt ihr, dass die einzige Abbildung in diesem kahlen Raum ausgerechnet ein Schwein ist?«

Während ich mir noch eine passende Antwort überlege, richtet sich die korpulente Frau zu meiner Rechten auf, holt tief Luft, zögert und murmelt schließlich mit leiser, hoher Stimme, die aber mit jedem Augenblick fester wird: »Weil die Moslems kein Schweinefleisch essen? Weil es als unrein gilt. Ist das Schwein in diesem Raum nicht demnach ein Symbol für den Ausstieg aus den schmerzvollen Beziehungen, die wir erleben mussten, und aus einer Welt, die wir hinter uns lassen wollen?«

Die ganze Runde starrt nun meine Nachbarin an.

»Außerdem könnte das Schwein als eine ironisch-provokante Antwort auf die in unserer Gesellschaft vorherrschende politische Korrektheit interpretiert werden. Die Blasphemie gehört heutzutage immer noch zu den großen Tabubrüchen, und ein Schwein neben einem Koranvers ist genauso blasphemisch wie jener Oberrabbiner, der vor einigen Jahren in einer Puppensendung im israelischen Fernsehen als Schwein mit Robe, Talles und Rabbinerhut gezeigt wurde. Ein Bekannter von mir, ein Israeli, hat mir davon erzählt.«

»Du kannst schön formulieren«, sagt die Leiterin. »Bist du vielleicht Journalistin oder Werbetexterin?«

Sie schüttelt den Kopf.

»Schriftstellerin? Uniassistentin?«

»Nein, nur eine Lehrerin am Gymnasium. Ich bin nichts Besonderes.«

»Jeder Mensch ist etwas Besonderes«, widerspricht eine Frau aus der ersten Reihe. »Wie heißt du übrigens?«

»Corinna.«

Die ärmlich gekleidete Mittdreißigerin schweigt weiterhin und schaut zu Boden, als würde sie das Gespräch nicht interessieren. Ich sehe allerdings, wie sich ihre Lippen bewegen, wie sie krampfhaft die Hände ineinander verschränkt und wie sie immer schneller und öfter blinzelt, so als wollte sie verhindern, dass jemand die Tränen in ihren Augen bemerkt.

Die Leiterin hat sich inzwischen wieder in den Sessel gesetzt. »Du bist klug, Corinna«, meint sie. »Was du sagst, macht Sinn. Doch die Idee hinter dem Schwein ist eine viel simplere. Das Schwein ist nämlich passenderweise eine Sau, denn schließlich ist es das, was wir uns hier, in diesen Räumen erlauben können, nämlich die Sau rauszulassen! Lasst sie ausbrechen und galoppieren und versucht ja nicht, sie wieder einzufangen. Erst dann wird es euch gelingen, den Dingen auf den Grund zu gehen. Die rausgelassene Sau wird euch den Weg weisen.«

Die Frau neben mir kann inzwischen ihre Tränen nicht mehr zurückhalten. Sie verbirgt das Gesicht in ihren Händen. Ich lege ihr den Arm um die Schultern. »Willst du hinausgehen?«, frage ich sie flüsternd. »Soll ich dich begleiten?«

»Nein.«

»Wie heißt du?«

»Nora. Und du?«

»Astrid.«

»Nett, dass du mich umarmst. Aber es muss nicht sein.«

»Das ist alles zu viel für dich, nicht?«

»Ich möchte nur sitzen und zuhören. Ich kann nicht reden. Willst du hier etwas erzählen?«

»Vielleicht.«

»Ich habe keine Sau, die ich rauslassen könnte. Da ist nichts mehr zum Rauslassen. Nicht einmal ein winziges Ferkelchen. Manchmal habe ich den Eindruck, als gäbe es mich nicht. Kennst du dieses Gefühl?«

»Ja«, sage ich.

6

Schließlich ist es aber Nora, die an diesem Abend ihre Geschichte erzählt. Sie wird, gestützt von Edith, Corinna und mir, zum grünen Sessel geführt. Nach einigen Schritten muss sie rasten. »Ich habe einen Herzfehler«, erklärt sie. »Die Ärzte sagen, ich dürfe mich nicht aufregen, aber die Schwächeanfälle gehen genauso schnell vorbei, wie sie kommen. Ich kann damit umgehen.«

»Lass dir ruhig Zeit«, meint Edith. »Alles, was für dich stimmig ist, ist es auch für uns. Wenn du heute eine Stunde redest, ist es genauso in Ordnung, wie wenn du eine halbe Stunde schweigst oder nur fünf Sätze sagst.«

Ich merke, wie geschickt die Leiterin vorgeht, wie sie Vertrauen aufbaut, wie sie abwechselnd Noras Hand oder ihre Wange oder ihren Oberarm streichelt, wie sie ihre Stimme einsetzt (eine wunderbare Stimme, deren Tonfall mehr zählt als alle klugen Worte zusammen), mal insistierend, dann wieder besänftigend. Ich weiß nicht, wie lange Edith auf Nora eingeredet hat. Es könnte eine Viertelstunde gewesen sein. Die anderen Frauen halten sich zurück. Sie warten und schauen zu. Ich schätze, dass viele von ihnen etwas zu erzählen hätten, doch Ediths Entscheidung, an diesem Abend Nora zum Sprechen zu bringen, wird unwidersprochen hingenommen. Das Tuscheln in den ersten Reihen bleibt leise, und wenn die Lautstärke einmal stärker wird, wirft Edith einen Blick in jene Richtung, aus der die Unruhe kommt, und das Gespräch verstummt. Unwillkürlich fühle ich mich in meine

Schulzeit zurückversetzt. Die Säue scheinen noch viele Hindernisse überwinden zu müssen, bevor sie aus ihren Kerkern ausbrechen.

Nora lässt sich in den Sessel fallen und sinkt so tief in die durchgesessene Sitzfläche, dass ich nur ihren Kopf, die Schultern und die Knie sehen kann. Edith lächelt ihr zu. »Vergiss nicht, du bist hier unter Freundinnen«, sagt sie. »Und wenn du nur sitzen und schweigen möchtest, ist das auch in Ordnung.«

Nora schweigt tatsächlich einige Minuten, bevor sie zu erzählen beginnt: »Es ist eine banale Geschichte, und eigentlich bin ich selbst schuld.«

»Es gibt keine banalen Geschichten«, ertönt eine Stimme aus der ersten Reihe. »Und wir Frauen dürfen uns nicht ständig für alles selbst die Schuld geben.«

»Pschscht!«, zischt Edith. »Lass sie reden!«

»Ich … ich liebe ihn immer noch.«

Das Gemurmel wird leiser.

»Jahrelang habe ich alles ertragen. Aber trotzdem. Ich liebe ihn.«

Nun herrscht absolute Stille.

»Sogar als ich vor ein paar Jahren zwei Wochen im Krankenhaus verbringen musste, habe ich ihn nicht angezeigt, obwohl die Polizistin mich sehr bedrängt hat.« Sie räuspert sich. »Sie war sehr nett, die Polizistin, aber ich habe auf eine Anzeige verzichtet … Ich hab's nicht getan …« Sie atmet durch, hustet. »Jetzt brauche ich ein Glas Wasser.«

Drei Frauen aus der ersten Reihe springen auf, aber schließlich ist es Edith, die Nora das Wasserglas reicht.

»Ist er Türke?«, fragt jemand.

»Ja, er kommt aus der Gegend von Kayseri, einem kleinen Ort mitten im Gebirge … Zuerst dachte ich, er sei anders als die anderen Türken, weil es ihm scheinbar nichts ausgemacht hat, dass ich eine Deutsche und keine Muslima bin, und weil er keine große Familie hat, die ihm die Hölle heißgemacht hätte. Seine Mutter war einigermaßen freundlich zu mir. Doch spätestens als die Kinder da waren, kam alles anders, und irgendwann hieß es, ich sei liederlich und unanständig und würde mich mit anderen Männern treffen und würde ständig widersprechen und unnötige Fragen stellen. Frag nicht immer Warum!, schrie mich mein Mann an. Tu einfach, was ich dir sage. Warum fragst du immer nach? Unsere Frauen tun das nicht. Plötzlich sprach er von unseren Frauen, wenn er die türkischen oder die muslimischen meinte, und wenn es um deutsche Frauen ging, dann waren es immer DIE oder IHR oder EUCH.«

Ein Stöhnen und Raunen geht durch die Runde, ein Köpfenicken und Köpfeschütteln und andere Gesten der Bestätigung und der Empörung.

»Ja, das kenne ich!«, ruft jemand aus. »Dasselbe hätte mein Ex-Mann sagen können.«

»Es ist doch immer dasselbe! Mein Gott, wie mich das ankotzt.«

»Mädchen! Mädchen!«, schreit Edith und klatscht in die Hände. »Habt doch Geduld! Lasst Nora ihre Geschichte zu Ende erzählen.«

»Aber ich habe trotzdem gefragt«, setzt Nora fort, »warum ich Alfred, einen alten Freund, den ich seit vielen Jahren kenne, nicht treffen darf, obwohl wir nie was miteinander hatten, obwohl er glücklich verheiratet ist, Familie hat, in Koblenz lebt und nur mehr selten nach Gigricht kommt.«

Sie beginnt zu weinen. Diesmal ist es still im Saal. Alle warten geduldig, bis sie weiterspricht. »Er, er, er hat nicht nur mich, er hat auch Alfred geschlagen«, schluchzt sie, »als er gesehen hat, wie wir uns zur Begrüßung umarmt haben, und das mitten auf der Straße. Das war für ihn das Schlimmste. Dass einer seiner türkischen Freunde das sehen könnte. Das wäre eine Schande für ihn gewesen. Wenn diese Dummköpfe ihn ausgelacht hätten.

Such dir andere Freunde, habe ich einmal zu ihm gesagt. Daraufhin gab er mir eine Ohrfeige. Als Alfred mich umarmt hat, war das eine harmlose, eine freundschaftliche Umarmung ... Wie schon gesagt, eigentlich bin ich selbst schuld ... Dann habe ich endlich beschlossen, mich scheiden zu lassen. Die Wohnung läuft auf meinen Namen. Ich wollte, dass er auszieht ... Aber so einfach ging das nicht ... Jetzt wohne ich mit den Kindern im Frauenhaus.«

Sie springt vom Sessel auf und läuft zur Tür. »Ich kann nicht mehr!«, schreit sie. »Es bringt alles nichts mehr. Niemand kann mir helfen.« Aber Edith lässt sie nicht einfach gehen, holt sie ein, nimmt sie in die Arme. »Du irrst dich!«, erklärt sie. »Hier bist du unter Freundinnen. Wir werden alles unternehmen, um dir zu helfen. Mit Anwälten, mit Geld, wenn es ein muss, mit einer Unterkunft, wir organisieren dir jemanden, der dich und deine Kinder beschützt. Ab sofort bist du nicht mehr allein!«

Nora nimmt wieder Platz, wenn auch nicht im grünen Sessel, aber doch auf einem der Stühle in der ersten Reihe. »Ich bin selbst schuld«, sagt sie. Die Frauen beginnen sich wieder zu empören, doch wiederum ermahnt sie Edith, Nora ausreden zu lassen.

»Vielleicht habe ich ihn zu oft provoziert. Oder auf seine Kultur zu wenig Rücksicht genommen. Wahrscheinlich habe ich alles zu lange ertragen. Es ist verständlich, dass er durchdreht, wenn ich jahrelang alles über mich ergehen lasse und plötzlich von einem Augenblick auf den anderen sage: Es ist genug. Wieso soll jetzt alles anders sein?, hat er gefragt. Das heißt – direkt gefragt hat er das nicht, aber es war klar, dass ihm diese Frage auf der Zunge liegt. Da musste er doch wütend werden, oder nicht?«

Diesmal sind die Frauen nicht mehr zu bändigen.

»Das darf doch nicht wahr sein!«, schreit jene nicht mehr ganz junge Dame, die mir schon im Vorraum durch ihr gepflegtes Äußeres aufgefallen ist, eine Dame, die ich im *Café Central* oder im *Café Restaurant Händel* in Begleitung eines ebenfalls sehr gepflegten Herrn, eines Bankmanagers oder Stadtsenators, erwartet hätte, aber bestimmt nicht hier. »Das ist typisch und beschämend zugleich«, schreit nun diese Dame. »Frauen, die geprügelt werden, fühlen sich schuldig, während die Männer, die sie prügeln, nie ein schlechtes Gewissen haben. Wie mich das ankotzt!«

»Genau! Diese verdammten Moslems!«, verkündet ihre weitaus weniger gepflegte Sitznachbarin. »Sie kommen in unser Land, und dann müssen wir nach ihrer Pfeife tanzen, und wenn wir's nicht tun, dann sind wir Huren oder respektieren ihre Kultur nicht oder sind Rassisten. Auf jeden Fall dürfen wir geprügelt werden.«

»Aber manchmal denke ich, dass ich einfach nur Pech hatte«, widerspricht Nora. »Es gibt doch auch deutsche Männer, die ihre Frauen verprügeln, und ich habe mir meinen Mann selbst ausgesucht. Vielleicht liegt es nicht am Islam, sondern daran, dass ich immer an die falschen Männer gerate. Immer und immer wieder. Liegt es an mir? Oder sind die Männer nun mal so? Verdammte Scheiße!«

Wieder bricht sie in Tränen aus.

»Ach komm«, sagt Edith und legt ihr die Hand auf die Schulter. »Zeig mir einen Menschen, der in seinem Leben nie Pech gehabt oder nie Fehler gemacht hätte. Wenn alle, die an den falschen Partner geraten, selbst daran schuld wären, bestünde weit mehr als die halbe Menschheit aus Schuldigen.«

»Aber meine früheren Beziehungen waren ebenfalls …«

»Vergiss es, mach einen Neuanfang! Dein Leben ist doch noch lange nicht zu Ende! Wir helfen dir! Wir sind, ich wiederhole es oft und gerne, auf deiner Seite! Aber in einem Punkt muss ich dir widersprechen: Was du erleben musstest, hat sehr wohl etwas mit dem Islam zu tun. Natürlich gibt es deutsche Männer, die ihre Frauen schlagen. Aber wie viele sind es? Gewiss, immer noch zu viele. Jeder Einzelne ist zu viel. Aber wie viele muslimische Männer schlagen ihre Frauen, sperren sie ein, zwingen ihnen ein Leben auf, das sie zerstört? Noch viel mehr. Sehr viel mehr! Der Islam ist strukturell frauenfeindlich. Hast du denn nicht die Plakate an der Wand gesehen? Lies diese Zitate. Sie sind vielsagend und bezeichnend. Für einen Moslem ist die Frau ein Dämon, eine Versuchung. Allein schon ihre Existenz ist ein potenzieller Angriff auf die Selbstkontrolle und das Selbstwertgefühl des Mannes. Deutsche Männer, die zuschlagen, sind von ihrem Wesen her Schläger. Sie hatten eine schwere Kindheit, wurden selbst geschlagen oder missbraucht, stammen aus zerrütteten Familien, sind dumm, machtbesessen, voller Komplexe, schwach oder haben andere persönliche Defizite. Es gibt muslimische Männer, auf die das alles zutrifft, aber dann gibt es welche, und das ist die Mehrheit, die von ihrem Wesen her keine Schläger und keine komplexbehafteten Waschlappen sind, und wären sie keine Moslems würden sie ihre Frauen weder unterdrücken noch schlagen. Ihre Gewalttätigkeit ist nicht persönlich, sondern kulturell bedingt. Sie ist das Ergebnis ihrer religiösen Prägung. Oder bist du nicht dieser Meinung?«

»Doch«, flüstert Nora und schluckt die Tränen hinunter.

»Und was ist mit euch?« Nun schaut Edith jeder Einzelnen von uns ins Gesicht und wendet ihren Blick erst ab, wenn die Betroffene zumindest nickt oder zustimmend murmelt. Auch ich nicke. Andere sind weniger dezent. »Natürlich!«, schreien sie. »Genauso ist es! Du hast recht, Edith! Was du sagst, kann ich aus eigener Erfahrung bestätigen. Mein Mann war ein gläubiger Moslem, deshalb ist unsere Beziehung gescheitert.«

Edith hat sich inzwischen wieder Nora zugewandt: »Weißt du, wir haben die Frauenrechte unter großen Opfern erkämpfen müssen. Sollen wir sie uns nun von Hinterweltlern aus Ostanatolien, Fanatikern aus Algerien oder Fundamentalisten aus Saudi-Arabien wieder nehmen lassen?«

»Nein«, flüstert Nora und senkt den Blick.

»Und das nur«, deklamiert Edith weiter, »weil wir ach so demokratisch und tolerant sind oder weil unsere Großväter Nazis oder Kolonialisten waren und wir deshalb ewig ein schlechtes Gewissen haben müssen?« Sie macht eine rhetorische Pause, wirft einen Blick in die Runde. »Wir tragen die Verantwortung für unsere Geschichte, aber wir haben auch das Recht auf ein glückliches Leben in der Gegenwart. Oder nicht?«

Nora gibt ihr keine Antwort.

»Bitte entschuldige.« Ediths Stimme, die zuvor scharf und pathetisch geklungen hat, wird nun sanfter. »Das war ein kleiner Exkurs. Wenn er dir überflüssig vorgekommen ist, vergiss ihn wieder. Die Hauptsache ist, dass es dir gut geht und dass du dein Leben wieder in den Griff bekommst. Wenn du etwas brauchst, wende dich an mich oder an jede andere von uns. Ich wiederhole es gerne: Es gibt keine Bitte, die du nicht formulieren, und keine Frage, die du uns nicht stellen könntest. Wir sind alles andere als allmächtig, aber was wir für dich tun können, das werden wir tun. Nicht wahr, Mädchen?«

»Natürlich! Das werden wir! Ganz genau! Es wird alles anders, Nora, wenn du es nur willst!«, rufen die Mädchen. Einige gehen auf Nora zu und umarmen sie, andere schütteln nur ihre Hand, eine Frau gibt ihr sogar einen Kuss.

Während Nora sichtlich ergriffen ist, verlässt Edith den Raum und kehrt eine halbe Minute später mit einem Stapel Bücher, sechs Stück insgesamt, zurück. Vier davon legt sie neben die Gläser und Getränke auf den Tisch. Die anderen beiden reicht sie Nora und sagt: »Ein kleines Geschenk, ein Willkommensgruß. Ich weiß, dass nicht alle Menschen Bücher lesen, und manchen ist das, was hier drinnen steht, viel zu kompliziert oder zu theoretisch. Dennoch würde ich mich freuen, wenn du zumindest einmal kurz hineinblätterst.«

Ich strecke den Hals, um über die Köpfe der Frauen, die vor mir sitzen, schauen zu können, und erkenne die Bücher sofort.

Es sind die Taschenbuchausgaben von Huntingtons *Kampf der Kulturen* und Ayaan Hirsi Alis »Plädoyer für die Befreiung der muslimischen Frauen« *Ich klage an.*

»Weißt du, das Schenken dieser Bücher ist bei uns inzwischen zum Ritual geworden, zu einer Art Initiationsritus.«

Nora verzieht den Mund zu einem devoten Lächeln und schaut abwechselnd Edith, die Umschläge der Bücher und die anderen an. Es ist offensichtlich, dass so viele Seiten bedrucktes Papier sie einschüchtern. »Danke«, sagt sie. Es klingt wie eine gehauchte Kapitulation.

»Du musst sie natürlich nicht lesen«, erklärt Edith und lacht. »Das mit dem Initiationsritus war natürlich ironisch gemeint. Aber alle, die neu zu uns kommen, bekommen diese Bücher geschenkt. Einigen sind nach der Lektüre im wahrsten Sinne des Wortes die Augen aufgegangen.«

Ich verstehe, dass die anderen vier Exemplare für Corinna und mich gedacht sind. Edith wird auch mir den *Kampf der Kulturen* und Hirsi Alis Anklagen in die Hand drücken, und obwohl ich beides schon längst gelesen habe, werde ich die Bücher nehmen und mich bedanken, weil ich Edith nicht beleidigen und liebgewonnene Rituale nicht brechen möchte.

Um zehn Uhr ist die Sitzung vorbei. Wir wechseln in den Vergnügungsraum. Es riecht nach Bier und Currywurst. Einige Frauen wirken bald ausgelassen, manche beinahe fröhlich. Die gepflegte Dame heißt Elisabeth. Sie stellt mir ihre Freundinnen vor: Ulrike, Franziska, Michaela, Elisabeth und Monika. Franziska werde ich in den nächsten Wochen nicht mehr treffen, weil sie nach Hamburg übersiedelt. Den anderen werde ich näher kommen als so mancher Freundin, mag die Freundschaft noch so langjährig und intensiv gewesen sein.

»Das ist hier immer so«, erklärt mir Elisabeth. »Zuerst die Sitzung und die schwierigen Gespräche, und dann wird erst richtig die Sau rausgelassen. Es ist wahrscheinlich nicht dieselbe Sau, die das Bild an der Wand meint, aber es ist trotzdem sehr angenehm, wenn sie einmal losgaloppiert. Willst du ein Bier?«

»Nein danke, ich hätte lieber ein Mineralwasser.«

»Was möchtest du essen?«

»Ich habe keinen Appetit ... Weißt du, was Nora erlebt hat, ist anders als meine Geschichte. Trotzdem gibt es Parallelen. Aber ob ich das hier erzählen kann oder will ...«

»Du bist nicht verpflichtet, etwas zu erzählen«, unterbricht mich Elisabeth. »Wann du dich in den grünen Sessel setzt und ob überhaupt, entscheidest du allein.«

»Und was ist ihre Geschichte?« Ich mache eine Kopfbewegung in Richtung Edith, die sich am Nebentisch gerade mit den beiden anderen Neuen, mit Nora und Corinna, unterhält.

Elisabeth seufzt. Ihre Freundinnen schauen betreten zu Boden.

»Über die Tragik ihres eigenen Lebens spricht sie nicht gern.« Elisabeth senkt die Stimme und beugt sich über den Tisch zu mir herüber. »Sie selbst hatte nie eine Beziehung mit einem Moslem, aber ihre Tochter war mit einem Pakistani verheiratet. Sie fuhr mit ihm nach Pakistan und kam dort unter mysteriösen Umständen ums Leben. Sie war Ediths einziges Kind. Selbstmord mutmaßt man, wahrscheinlich aber noch schlimmer. Seine Familie hat alles verschleiert, und die pakistanischen Behörden haben die Ermittlungen behindert, wo sie nur konnten ...«

Mir fällt nichts ein, das böse und gemein genug wäre, um meine momentanen Empfindungen angemessen auszudrücken, und so schweige ich, richte den Blick auf meine Schuhspitzen und denke an meine Tochter und an Edith, deren Schicksal mich tatsächlich erschüttert und in Angst versetzt hat.

7

Bagdad. Kaum ein Stadtname vermag die Phantasie dermaßen zu beflügeln wie jener der einstigen Weltmetropole, deren mittelalterliche Stadtbibliothek die ehrwürdige ältere Schwester in Alexandria nachträglich wie eine unbedeutende Pfarrbücherei aussehen ließ. Bagdad. Sein Klang öffnet die Tore zu einer Gegenwelt, deren flimmerndes Licht mich in eine Euphorie versetzt, sobald ich mich darin heimisch eingerichtet und die Grenzen zwischen dem Einst und dem Jetzt aufgehoben habe. Bagdad. Im Jahre 1941 eine mittelgroße Stadt mit weniger als 500 000 Einwohnern, auf etwa ein Drittel seiner Größe im 13. Jahrhundert geschrumpft, schmutzig an den Rändern, beschaulich im Zentrum und in den besseren Vierteln, eine Wüstenstadt mitten in einer verdorrten Landschaft, der der Tigris die zahlreichen Parkanlagen und Gärten bescherte, die das Leben an diesem Ort erträglich machten.

Die Einfahrt in die Stadt führte an Lehmhütten und anderen Behelfsbauten der primitivsten Art vorbei, zwischen denen Palmen standen oder in armseligen Gärten Gemüse gezogen sowie Hühner, Schafe, Ziegen und Esel gchalten wurden. Barfüßige Kinder, für die unsere Gegenwart zum großen Ereignis des Tages wurde und mit dem entsprechenden Lärm in den (wortwörtlich) höchsten Tönen kommentiert und gefeiert werden musste, tollten auf den Straßen herum. Scharen von Menschen, traditionell, aber auch europäisch gekleidet, strömten Richtung Innenstadt. Neben einigen Autos sah ich vor allem Eselkarren und kleine Wägelchen, die mit der Hand gezogen oder geschoben wurden, ab und zu einen Militärlastwagen oder einen Bus, ansonsten aber hauptsächlich Fußgänger. Bagdad roch nach Armut und Staub, der sich erst in jenen Staßen verflüchtigte, deren Häuserzeilen die saubere, aber nicht minder triste Architektur der modernen, in diesem Falle postosmanischen Zeit präsentierte. Die heimischen

Baumeister waren betonverliebt wie ihre europäischen Kollegen, ließen in ihren Projekten jedoch jegliche malerischen Züge oder kreativen Gedanken vermissen. Nach dem Krieg sollten sie und ihre Brüder im Geiste den gesamten Mittelmeerraum verunstalten. Wer die neueren Viertel Athens oder Kairos oder auch nur die Badeburgen Italiens oder Spaniens aus eigener Anschauung kennt, wird mit Sicherheit verstehen, was ich meine. Damals jedoch musste der Eindruck auf einen gebildeten Europäer, der, mit phantasierten Vorstellungen, Reiseberichten älteren Datums und den entsprechenden Erwartungshaltungen ausgestattet, anreiste, verheerend sein. Meine Beteuerungen, dass sich die schönen Seiten der einstigen Kalifenresidenz erst bei einem Spaziergang durch die engen Gassen der Altstadt oder bei der Besichtigung der Moscheen, des Abassidenpalastes, der Medrese Mustansiriya oder der Parkanlagen erschließen würden, vermochte die Enttäuschung meiner Kameraden nur teilweise zu mindern.

Bagdad. Vor tausend Jahren hatte diese Stadt siebenhundert öffentliche Bibliotheken und dreihundert Buchhandlungen. In ihren Mauern lebten die größten Wissenschaftler ihrer Zeit. Bagdad war ein Synonym für Intellekt und Kultur. Es gibt Menschen, die mit verklärtem Blick in die Vergangenheit schauen und die große Zeit in die Gegenwart holen möchten, doch Raschid Ali war, wie ich bald feststellen sollte, genauso wenig ein zweiter Harun al-Raschid wie Mussolini ein zweiter Julius Caesar. Die Sternstunden der Geschichte wiederholen sich entweder als Posse oder als Tragödie oder als beides zugleich. Geschichte ist ein Kreislauf. In den meisten Fällen bedeutet dies aber nicht, dass es sich um konzentrische Kreise handelt.

Erst als wir in ein begrüntes Viertel einbogen, von dem sich ein freier Blick auf den majestätisch dahinfließenden Tigris bot, verbesserte sich die Stimmung. Schließlich blieben unsere Wagen im Nobelviertel Assamija vor dem Gittertor eines weiträumigen Gartens stehen, in dessen Mitte sich eine stattliche Villa befand, die man mit Fug und Recht als kleines Schloss bezeichnen hätte können. Dies war die am Ufer des Tigris gelegene Privatresidenz Raschid Alis, des Ministerpräsidenten, die in jenen Tagen nicht nur als sein Domizil, sondern oft als Regierungssitz fungierte. Dieses geräumige und luxuriös ausgestattete Bauwerk sollte in den nächsten Wochen unserer Delegation sowohl als Heim wie als Hauptquartier dienen. Großzügigerweise hatte uns Raschid Ali einen ganzen Seitenflügel mit mehreren Zimmern zur Verfügung gestellt.

Wenn einige von uns gedacht hatten, in einem orientalischen Märchenschloss wohnen zu dürfen, wurden sie bei der näheren Betrachtung der Villa gewiss enttäuscht. Zwar konnte man unsere Unterbringung als komfortabel, sogar als luxuriös bezeichnen, der äußere Eindruck des Gebäudes ließ seinen geographischen Standort jedoch nur schwer erahnen. Vielmehr repräsentierte es mit seiner durchgehenden Säulenhalle auf der Vorderseite, der überdachten Veranda, den hohen Fenstern und den offenen Terrassen und Gärten im hinteren Bereich eine Mischung diversester Stilrichtungen. Es hätte genauso gut das Heim eines hohen britischen Kolonialbeamten in Kenia wie eines Südstaatengentleman in Alabama sein können. Der Anklang an den Orient war allenfalls an der sparsam eingesetzten abstrakten Ornamentik der Außenfassaden zu erkennen, aber auch hier war die Nähe zum Art déco stärker ausgeprägt als jene zu islamischen Schriftdekorationen.

Das Zimmer, welches mir zugewiesen wurde, war genauso wenig dazu angetan, irgenwelche Orient-Phantasien zu beflügeln. Vielmehr gemahnte es an die Unterkunft in einem Hotel für wohlhabende Reisende und hätte sich mit seiner Allerweltseinrichtung genauso gut in Athen, Istanbul oder Rom befinden können. Ich war trotzdem sehr zufrieden. Der Ventilator an der Decke, an dessen ständiges Surren ich mich rasch gewöhnte, machte die Tageshitze erträglicher, und durch die Terrassentür gelangte ich nicht nur auf eine Holzveranda und über ein paar Stufen in den schönsten Teil des Gartens, sondern konnte, wie es bald etliche meiner Kameraden ebenfalls taten, die Matratze und das Bettzeug hinaustragen und die Nächte im Freien verbringen.

Worüber ich mich an diesem Morgen besonders freute, war das Radio, das sich in meinem Zimmer befand. Meine Neugierde war geweckt, und das Erste, was ich tat, nachdem ich mich nach der Reise ein wenig frisch gemacht hatte, war, das Gerät einzuschalten. Meine Hoffnungen, etwas Originelles, Interessantes oder zumindest Informatives zu hören, wurden jedoch bald auf das Bitterste enttäuscht. Aus dem Lautsprecher dröhnte vornehmlich Marschmusik, die jener, die man in unseren Volksempfängern hören konnte, nicht unähnlich war, und als ich eine Stimme hörte, die so aufgeregt und ekstatisch klang, als stünde der Sprecher kurz vor einem Herzinfarkt, fühlte ich mich fast wie zu Hause.

»Unsere siegreichen Truppen haben an den Fronten vor Habbanija und südlich von Nadschaf den britischen Aggressoren vernichtende Niederlagen zugefügt. Allein am gestrigen Tag verloren die Briten 63 Panzer und 29 Flugzeuge, darunter elf Jäger und fünfzehn Bomber. Unsere heldenhaften Soldaten haben in jeder Situation Mut gezeigt und bis zum letzten Mann gekämpft. Ihnen gebührt unser ewiger Dank. Sie werden bald die Früchte ihres Sieges ernten. Vor allem aber wollen wir Gott danken, dass er in diesem Kampf auf unserer Seite steht.«

Es folgte wieder Marschmusik und auf die Marschmusik ein Lied, dessen Melodie und Text ich nicht mehr beschreiben kann, weil ich die Erinnerung daran erfolgreich verdrängt habe.

Ich runzelte die Stirn. Wenn die Soldaten bis zum letzten Mann gekämpft haben, wird die einzige Frucht des Sieges, die sie ernten, ein Ehrenbegräbnis und ein Heldendenkmal sein, dachte ich. Andererseits sollte man die Qualität eines Radioberichts natürlich nicht so streng beurteilen wie die eines Zeitungsartikels.

»Bald ist der Weg in den Westen frei. Amann! Jerusalem!! Kairo!!! Die Befreiung des arabischen Volkes ist, so Gott will, in greifbare Nähe gerückt. Wenn wir fest daran glauben und auf Gottes Beistand vertrauen, dann ist alles möglich!« Die Stimme überschlug sich beinahe. Der feierliche Tonfall hatte die ekstatische Zwischenstufe hinter sich gelassen und ein hysterisches Hochplateau erreicht. »Nieder mit den Engländern und ihren jüdischen Freunden! Nieder mit den zionistischen Mördern in Palästina! Nieder mit den kolonialistischen Ausbeutern! Groß und erhaben sind unsere Märtyrer! Ihnen gehören die schönsten Freuden im Paradies!« Die Stimme war nun am ultimativen Höhepunkt angelangt. Sie verstummte, als der Klangkörper des Radiogeräts zu dröhnen begann und die einzelnen Worte schließlich im Geknister und Gezische untergingen. Den stimmlichen Kapriolen des Bagdader Radiosprechers konnte der schon damals ein wenig antiquiert aussehende britische Röhrenapparat nichts entgegensetzen.

Die Stimme atmete erschöpft durch und beruhigte sich. »Wie wir schon berichtet haben, hat Hadsch Amin al-Husseini, der Großmufti von Jerusalem, einer der größten Patrioten unserer Zeit, den Dschihad gegen Großbritannien ausgerufen. Wie Hadsch Amin in einer öffentlichen Rede, die er gestern Abend auf dem Maidan-Platz vor Zehntausenden begeisterten Zuhörern gehalten hat, ausführte, handelt es sich bei diesem pseudostaatlichen Gebilde namens Großbritannien nicht nur um die größte und ausbeuterischste Kolonialmacht der Welt, sondern auch anerkanntermaßen um ein Zentrum der jüdischen Weltverschwörung. Das House of Commons in London sei, so Hadsch Amin, nichts anderes als ein Rat der Weisen von Zion. Es wird berichtet, dass die Juden, darunter viele Staatsbürger unseres Landes, mit unseren Gegnern zusammenarbeiten, um das irakische Volk zu vernichten oder zu versklaven. Die Regierung fordert die Bevölkerung auf, wachsam zu sein und Juden unabhängig von ihrer Nationalität, ihrem Aussehen, ihrem Beruf und ihrem Alter grundsätzlich mit Misstrauen zu begegnen. Yunis al-Sabawi meinte zu diesem Thema in seinem Aufsatz *Die Protokolle der Weisen von Zion: Eine Verschwörung gegen das arabische Volk und den Islam?*, dass Winston Churchill seine wichtigsten Befehle aus einem kleinen Gebäude in Tel Aviv erhält, das als Gemischtwarenladen getarnt ist, in Wirklichkeit aber …«

Angewidert schaltete ich das Gerät wieder aus. Das Radio verstärkte meinen Eindruck, Deutschland gar nicht verlassen zu haben, nur dass hier, wie mir schien, die Propaganda noch ein klein wenig plumper und dilettantischer fabriziert wurde als bei uns, während die Dreistigkeit der kolportierten Behauptungen ihre Herkunft nicht verleugnen konnte.

Vorerst zeigte uns der Orient also ein vertrautes Gesicht. Die Vorstellung einiger Delegationsmitglieder, insbesondere der Damen, wir würden die Mahlzeiten im Schneidersitz auf einem Teppich sitzend unter den Klängen von Ud-Musik einnehmen, sollten sich genauso wenig bewahrheiten wie die Hoffnung, die gesamte Staatsführung des Landes in Dischdaschas und Kaffijas zu erblicken. Schließlich war der Irak nicht Saudi-Arabien. Raschid Alis Diener trugen sehr britisch anmutende weiße Uniformjacken mit vergoldeten Knöpfen, der Sitzungssaal, in dem die meisten unserer Besprechungen abgehalten werden sollten, war schmucklos, funktional und beherbergte statt eines Teppichs einen langen Konferenztisch, und auch der Speiseraum war europäisch eingerichtet. Für ein wenig Exotik sorgten am ersten Tag allenfalls die Datteln, die uns als Nachspeise nach einem üppigen Mahl, das aus Lammfleisch mit Pfefferreis und einem würzigen Gemisch aus Auberginen, Tomaten, Zwiebeln und Okraschoten als Beilage bestanden hatte, serviert wurden. Raschid Ali kümmerte sich mit besonderer Hingabe um unser leibliches Wohl. Während um uns herum der Krieg tobte, sollte ich in diesem Mai 1941 mindestens drei Kilo zunehmen.

Doch bevor das Mittagessen serviert wurde und am Nachmittag das erste Zusammentreffen unserer Delegation mit der irakischen Führung stattfand, wurden wir alle (die Damen ausgenommen) von Achmed al-Falludschi, einem »Vetter des Ministerpräsidenten« – in Wirklichkeit ein angeheirateter Verwandter, der als eine Art Sekretär und Majordomus in einem fungierte –, zu einem Spaziergang durch die Altstadt eingeladen. Dieses freundliche Angebot wollte bis auf Grobba, der Bagdad gut kannte und es vorzog, in der Villa zu bleiben, kaum jemand ablehnen. Nicht einmal das Heulen der Sirenen, die einen Luftangriff ankündigten, konnte uns davon abhalten, zumal nach ein paar dumpfen Detonationen in der Ferne alsbald wieder Entwarnung gegeben wurde. »Jetzt sind wir im Orient, also wollen wir ihn auch erleben!«, meinte Hauptmann Kohlhaas, und so machten wir uns in den bereitgestellten Privatlimousinen des Ministerpräsidenten auf den Weg in die Innenstadt.

Die Fahrt durch das Nobelviertel war nach der staubigen Reise durch die karge Wüsten- und Steppenlandschaft, die wir hinter uns hatten, eine Augenweide. In den Gärten zwischen den Villen und Häusern der Reichen und der Mittelschicht glänzten Dattelpalmen, Orangen- und Aprikosenbäume im Morgenlicht; auf den flachen Dächern standen, wie ich wusste, Stühle, Tische und Betten – eine angenehme Begleiterscheinung des milden Klimas und der Sitten des Landes ist es, dass die Dächer in der warmen Jahreszeit als Wohn- und Schlafzimmer genützt werden –, und auf den Straßen sah man europäisch gekleidete Menschen, hauptsächlich allerdings, wie überall in Bagdad, nur Männer, die helle Anzüge trugen. Manche hatten statt eines Huts einen Fes auf, eine Folge der jahrhundertelangen osmanischen Herrschaft und insofern eine Kuriosität, als das Tragen eines Fes in der Türkei selbst nach Atatürks Reformen schon seit etlichen Jahren verboten war.

Das Bild änderte sich, als wir in der Altstadt ankamen. Diese wird seit den Fünfzigerjahren nach und nach verkleinert und durch breitere Straßenzüge und moderne Gebäude ersetzt. Damals jedoch war das historische Zentrum noch weitgehend vorhanden. Einige Gassen waren so eng, dass sich höchstens zwei Personen nebeneinander fortbewegen konnten, ohne mit den Schultern an den Häusern anzustreifen. Es roch nach faulem Obst, nach Käse, dem Rauch von Wasserpfeifen, der aus den Teestuben und Kaffeehäusern drang, nach orientalischen Gewürzen, nach Exkrementen und schmutziger Wäsche. Manche Häuser waren aus Lehm und hatten schwere Holztore, andere hatten hölzerne Fronten, Erker und Terrassen, die eine Sicht nach drei Seiten gewährten. Einige waren verfallen und zu Domizilen unzähliger Katzen, Ratten und von noch schlimmerem Getier verkommen. Das eine oder andere Gebäude strahlte hingegen eine grazile Schönheit aus, war ockerfarben gestrichen, hatte einen sauberen Hauseingang, Ziergitter mit Arabesken an den hohen Fenstern und Balkone mit geschwungenen Geländern. Mehr als alles andere beeindruckten mich jedoch die Menschen. Einige von ihnen saßen auf Hockern oder Holzkisten vor ihren Geschäften, meist kleinen Lebensmittelläden oder Handwerksbetrieben und strahlten, so ärmlich sie auch gekleidet und so schäbig ihre Läden auch sein mochten, eine Gelassenheit aus, die man in Mitteleuropa selten antrifft. Gemüsehändler boten ein reichhaltiges Warenangebot zum Verkauf an – Melanzani, Zucchini, Tomaten, Okra, Sellerie, Petersilie und eine Reihe anderer, weitaus exotischerer Lebensmittel, die manche von uns in entzücktes Erstaunen versetzten. Bald wurde meine Aufmerksamkeit von einem gepflegt aussehenden Mann gefesselt, der an einer der Altstadtkreuzungen einen Stuhl und einen Tisch mit einer Schreibmaschine, einem Tintenfass sowie zahlreichen Stahlfedern und Papierstapeln in mehreren Formaten aufgestellt hatte. Es schien, als habe dieser Anbieter des geschriebenen Wortes die meisten Kunden, denn die Menschenschlange, die sich vor seinem Verkaufsstand gebildet hatte, reichte bis über die Kreuzung und weit in eine der Seitengassen hinein. Noch heute sind mehr als die Hälfte aller Iraker Analphabeten. Jedenfalls ließ dieses Ambiente bei manchen aus unserer Delegation, bei jenen vor allem, die nicht als Experten, sondern als »gewöhnliches« militärisches oder ziviles Personal unserer Gruppe zugeteilt worden waren, endlich das lang ersehnte »Orient-Gefühl« aufkommen. Nun hätten sie ihren Ehefrauen, Kindern und Freunden einiges zu erzählen, meinten sie, und verstiegen sich zu Aussagen wie: »Der Krieg hat doch seine abenteuerlichen Seiten. Wann in Friedenszeiten wäre ich jemals hierhergekommen?« Oder: »Gut, dass wir das noch sehen können, bevor es in Schutt gebombt wird.« Entsprechend oft wurden die Knöpfe der Photoapparate betätigt.

Frauen sah man hier noch seltener als in Assamija, und wenn, dann waren sie meist nur in männlicher Begleitung unterwegs, trugen schwarze Gewänder und waren verschleiert. Hauptmann Kohlhaas wunderte sich über die große Anzahl von jungen Männern auf den Straßen, obwohl das Land sich doch im Krieg befand und die allgemeine Wehrpflicht schon vor Jahren eingeführt worden war, aber ich gab ihm den Rat, Achmed lieber nicht darauf anzusprechen. Die Grenze zwischen Freizeit und Pflicht solle man respektieren.

Es käme einer unzulässigen Simplifizierung gleich, wollte ich die Bewohner dieses Viertels als eine homogene Masse beschreiben, deren Eigenheiten in wenigen Zeilen eingefangen werden könnten. Größtenteils jedoch waren die Menschen, denen wir begegneten, sehr arm. Sie gingen barfuß, trugen zerschlissene Hemden und Hosen, ausgebeulte Jacken und Sakkos oder alte, fleckige Dischdaschas, bettelten, liefen uns nach, boten allerlei Dienste an, die vom Schuheputzen bis zu einer Stadtführung reichten, oder wollten uns, insbesondere als wir in die Gegend des Suks al-Ghazil kamen, etwas verkaufen – billigen Schmuck, Ansichtskarten, Briefbeschwerer, die der turmartigen Konstruktion des Mausoleums der Abu-Hanifa-Moschee nachempfungen waren, Haushaltsgegenstände und Toilettenartikel, Bleistifte, Schrauben, Glühbirnen, Autoscheinwerfer, die offensichtlich gestohlen waren, Kupferdrähte, abmontierte Steckdosen, Zigarettenetuis, darunter eines mit der Aufschrift *For my beloved husband,* alte Taschenuhren, die nicht mehr funktionstüchtig waren, und weiteren Kram verschiedenster Art, wobei ein verrostetes Bajonett aus dem Ersten Weltkrieg und ein Goldzahn besonders hervorstachen. »Wo hast du denn den her?«, fragte Gerhard den Burschen, eigentlich fast noch ein Kind, der den Zahn zum Verkauf anbot. »Den hab' ich einem alten Juden ausgeschlagen, der sich in unsere Gasse verirrt hatte, Effendi. Juden sind in unserer Gasse nicht willkommen, und er wird bestimmt nicht wiederkommen, aber den Zahn können Sie für vier Dinar haben. Er ist aus purem Gold.«

»Danke«, sagte Gerhard, »mir genügen die zwei Goldzähne, die ich im Mund tragen muss.«

»Aber ich nehme ihn«, verkündete Möhrle und holte eine Packung mit Geldscheinen heraus. »Hier hast du fünf Dinar, mein Junge. Den Rest kannst du behalten.«

»Wozu das denn?«, fragte ich.

»Das bringt mir Glück«, meinte Möhrle. »Von jedem Einsatzort habe ich bis jetzt noch ein bizarres Souvenir mitgebracht. Wollen Sie wissen, was ich in Ägypten gekauft habe?«

Ich wollte es nicht wissen.

»Das sind alles Betrüger«, ermahnte uns Achmed, aber Möhrle ging es, wie ich verstand, ohnehin nicht darum, ob der Goldzahn echt war oder nicht, und mit irakischen Dinaren waren wir in Berlin ja reichlich ausgestattet worden.

Achmed war ein kleiner Mann, den sogar ich (und ich bin alles andere als ein Riese) um einen halben Kopf überragte. Dies und sein schmächtiger Körperbau wurden jedoch durch seine kräftige Stimme und seine immerwährende wortreiche Präsenz mehr als wettgemacht. Die bittere Armut, der wir in diesem durch seinen Erdölreichtum vom Potenzial her wohlhabenden Land auf Schritt und Tritt begegneten, erklärte er mit dem ungerechten Vertrag, den Großbritannien dem Irak im Jahre 1930 aufgedrängt hatte und der den britischen Botschafter zum eigentlichen Ministerpräsidenten des Landes machte. »Doch die britische Herrschaft hat nun ein Ende gefunden. Gott hat der Welt euren großen Führer Adolf Hitler geschenkt, um uns zu befreien.« So befremdlich diese Aussage gerade an diesem Ort klingen mochte, so war doch keinem von uns entgangen, dass in vielen Fenstern und in den Auslagen einiger Geschäfte Photographien und kolorierte Bilder von Adolf Hilter ausgestellt waren. Auf einer dieser stilisierten Darstellungen trug Hitler eine Kaffija, hatte ein Krummschwert in der Hand und blickte uns so martialisch an, wie es der reale Führer auch bei jenen Auftritten, die man als schauspielerische Glanzleistungen bezeichnen darf, niemals vermochte. An einem Balkongeländer sah ich eine Hakenkreuzfahne hängen und an einer Wand ein Graffito mit den Worten *Deutschland wird uns retten!*. Die meisten anderen Kritzeleien waren um einiges konkreter: *Tötet die Juden! Hitler vernichtet das Ungeziefer!* oder *Hitler ist unser König!*

Vorerst jedoch erkannte die Bevölkerung in uns nicht die großen Retter aus dem fernen Deutschland, sondern bedrängte die seltsamen Europäer in Zivil und in Uniformen mit Absichten, die in erster Linie der Habgier, dem schnellen Gelderwerb oder noch Schlimmerem geschuldet waren, so dass schließlich einige Polizeibeamte, die Achmed vorausschauend zu unserem Schutz abgestellt hatte, mit Schlagstöcken eingreifen mussten. Als schließlich zwei berittene Polizisten in weißen Uniformen in der Gasse, die glücklicherweise für einen solchen Einsatz breit genug war, auftauchten, war der nötige Respekt wiederhergestellt. »Lasst sie in Ruhe!«, brüllten die Polizisten. »Das sind Deutsche! Unsere Verbündeten! Unsere Freunde!«, schrien Achmed und

Mahmud, einer von Raschid Alis Sekretären, der uns ebenfalls auf diesen Ausflug begleitete. Es dauerte einige Zeit, bis diese Meldung bei der Menge, die uns bedrängte, angekommen war. Dann jedoch schlug die Stimmung innerhalb weniger Augenblicke um. Nun wollten uns plötzlich alle die Hand schütteln, Geschenke machen oder zu sich nach Hause einladen. »Ihr seid unsere Erlöser!«, riefen die Menschen. »Wann kommen die tausend deutschen Flugzeuge?«, »Jetzt wird alles anders!« und »Ihr bringt uns den Sieg!«, aber der unglaublichste Zuruf, den ich aufschnappte, war: »Wann tritt Hitler endlich zum Islam über?«

Die knappe Zeit, die uns zur Verfügung stand, und die Begeisterung der Bevölkerung, die unser Vorankommen erheblich verzögerte, trugen dazu bei, dass wir an diesem Tag außer der Haidar-Khaneh und der Mirjan-Moschee nichts von jenen Sehenswürdigkeiten zu Gesicht bekamen, für die Bagdad berühmt ist. Sowohl die Medrese Munstansiriya als auch den Abbassiden-Palast hätte ich mir gerne angesehen. Achmed tröstete mich damit, dass ich in den nächsten Wochen bestimmt die Gelegenheit haben würde, nicht nur diese Bauwerke, sondern auch die Abu-Hanifa-Moschee und die berühmte Moschee Kazimain, eines der wichtigsten schiitischen Wallfahrtsziele, zu besuchen. Er sollte damit recht behalten, auch wenn meine Ausflüge kurz blieben und meine kulturelle Neugierde keineswegs befriedigen konnten. Erst viele Jahre nach dem Krieg, als ich meine Reisen selbst planen und den Zeitrahmen meinen eigenen Bedürfnissen anpassen konnte, war es mir vergönnt, diese Schätze der traditionellen islamischen Architektur ausgiebig und intensiv zu bewundern. Die genaue Beschreibung aller wichtigen Kunstwerke des Landes sowie meiner Empfindungen und Assoziationen bei deren Betrachung habe ich übrigens in mein Buch *Reiseziel Irak: Ein Abenteuer für Körper und Geist. Tipps für den anspruchsvollen Touristen* einfließen lassen.

In jenen Maitagen des Jahres 1941 war ich jedoch ein Sklave

der Geschichte, die mich in ihren Klauen hielt und in eine Rolle gedrängt hatte, die mir weder auf die Seele noch auf den Leib geschrieben war. Auf einer der Photographien, die Achmed damals anfertigen ließ, sehe ich meine Kameraden und mich vor einer Kolonne marschierender Iraker posieren, wobei ich selbst in der hässlichen Khaki-Uniform und den lächerlichen kurzen Hosen wie ein Krieg spielender Schuljunge aussehe. Während ich auf diesem Bild mit artifizieller Freundlichkeit in die Kamera starre, beobachten einige Mitglieder unserer Delegation die vorbeiziehenden Marschkolonnen, wobei man das spöttische Grinsen in ihren Gesichtern nicht mit höflichem Lächeln verwechseln darf. Es mag wenig überraschen, dass uns nach den Erlebnissen der letzten Tage eine von den Machthabern organisierte Großdemonstration in der Raschid-Straße, einer 25 Jahre zuvor quer durch die Altstadt geschlagenen Magistrale, wenig beeindruckte. Der Aufmarsch der faschistischen al-Futuwwa-Jugend und anderer panarabischer Organisationen erinnerte eher an den lautstarken Umzug einer Karnevalsgesellschaft im Rheinland denn an eine der vielen professionellen Massenveranstaltungen, die wir aus unserem Heimatland kannten. Die martialischen Sieges- und Durchhalteparolen sowie Hasstiraden gegen Engländer und Juden und die lautstarken irakischen »Einpeitscher« machten die Sache nicht besser, so dass sich Hauptmann Kohlhaas in einem seltenen Anflug von Ironie die Bemerkung erlaubte: »Gut, dass Goebbels, unser kleiner Doktor, nicht in Bagdad ist. Das propagandistische Niveau unserer Verbündeten würde ihn zum Schluchzen bringen.«

»Ach, glauben Sie mir«, widersprach Möhrle. »Ein Doktor Goebbels macht sogar aus diesem Haufen richtige Arier. Er lässt sie marschieren, bis sie blond sind.«

In der gesamten Zeit, die wir unterwegs waren, betätigte sich Achmed nicht nur als Reiseführer (sein Wissen über die Geschichte und die Sehenswürdigkeiten der Stadt war in der Tat beachtlich), sondern sprach zudem unentwegt von der »großen Zukunft eines vom Kolonialismus befreiten arabischen Reiches«, das mit unsere Hilfe demnächst errichtet werden sollte. »Ich habe vor dem Krieg in Berlin studiert«, erzählte er uns. »Herr Doktor Grobba hatte mir ein Stipendium verschafft. Ich bewundere Deutschland sehr, insbesondere mit welcher Konsequenz dort nach einer Zeit des Niedergangs und der inneren Unruhen ein blühendes Staatswesen und eine richtige Volksgemeinschaft geschaffen werden konnten. Im September 1938 nahm ich als einer der Vertreter von al-Futuwwa am Parteitag in Nürnberg teil. Wir, die arabischen Studenten, wurden von Hitler persönlich empfangen. Er hat mir die Hand geschüttelt. Ein unvergessliches Erlebnis. Ich bin jetzt gerade dabei, alle Reden von Hitler und Teile von *Mein Kampf* ins Arabische zu übersetzen. Das panarabische Reich wird einmal genauso mächtig sein wie das deutsche.«

Gerhard schmunzelte und meinte: »Die Kolonialherren können vertrieben werden, aber die heimische Korruption und die Vetternwirtschaft werden nicht über Nacht verschwinden.«

»Von der Armut und der wirtschaftlichen Unterentwicklung ganz zu schweigen«, fügte Hauptmann Kohlhaas hinzu.

»Nicht über Nacht, aber rascher, als Sie glauben«, widersprach Achmed. »Wenn wir unser Erdöl erst einmal selbst fördern, verarbeiten und verkaufen dürfen, werden wir unser Land in kurzer Zeit industrialisieren. Überall, wo Sie heute Ödland oder heruntergekommene Dörfer sehen, werden Fabriken stehen. Autobahnen werden alle größeren Städte miteinander verbinden, und die Menschen in den Elendsvierteln werden in große moderne Wohnhäuser übersiedeln, die zehn Stockwerke oder mehr haben werden. Ich träume von dem Tag, an dem nicht der Gestank der Armut, der Geruch von Ziegen und Eseln, der Wüste oder der Dattelpalmen, sondern der Rauch, der aus den Schloten von Stahl- und Chemiewerken dringt, über der Stadt liegt. Wir werden die Altstadt mit ihren schmutzigen alten Gassen abreißen und breite Chausseen bauen. Wir werden die Sümpfe trockenlegen, die Flüsse regulieren und jene Teile der Wüste, die wir nicht urbanisieren, zum Blühen bringen. Bagdad wird wieder zum Zentrum der Welt. Ich rechne mit zwanzig Millionen Einwohnern bis zum Jahr 1990 – Tausende Hochhäuser in einer immergrünen Parklandschaft. Jeder Bagdader wird ein eigenes Auto besitzen. Niemand wird mehr glauben, dass hier Obdachlose in zerrissenen Kleidern um ein Stückchen Brot gebettelt oder dass Kinder Zigarettenkippen gesammelt haben. Wir bauen die größte Moschee der Welt, deren Kuppel mindestens fünfhundert Meter hoch sein wird – um ein Vielfaches größer als jede Kirche der Welt. Das alles werden wir erreichen, wenn wir den Krieg gewinnen, und wir müssen es erreichen, wenn wir nicht wollen, dass die Kolonialisten und die Juden unser Land vernichten oder die Kommunisten es übernehmen und zugrunde richten.«

Achmed war von seinen eigenen Worten so mitgerissen, dass er, ohne es zu merken, vom Deutschen ins Englische und bald danach ins Arabische gewechselt hatte. Und konnte es sein, dass er tatsächlich Tränen in den Augen hatte? Oder war es nur das Licht der südlichen Sonne an einem wunderschönen Frühlingsvormittag, das seine Augen feucht glänzen ließ?

8

Während sich die anderen auf den Weg zurück zur Villa machten, wo die anberaumte offizielle Begrüßung unserer Gesandtschaft durch den Ministerpräsidenten Raschid Ali und sein Kabinett alsbald erfolgen sollte, wollte Gerhard noch ein wenig in der Altstadt verweilen, um in einem der kleinen Lokale, in denen alte Männer Wasserpfeife rauchten, Domino und Taula spielten und über die Ankunft der »Almaniin« in ihrem Land redeten, einen Tee zu trinken. Er bat mich, ihm dabei Gesellschaft zu leisten. »Aber verspäten Sie sich nicht!«, ermahnte mich Hauptmann Kohlhaas. »Während der Sitzung brauche ich Ihren fachkundigen Rat.« Achmed zeigte sich besorgt um unsere Sicherheit. Der Zwischenfall von vorhin, der ohne den Schutz durch die berittene Polizei sehr unangenehm für uns hätte ausgehen können, mahnte ihn zur Vorsicht. Gerhard beschwichtigte ihn mit dem Hinweis, er sei im Orient aufgewachsen. Er wisse, wie er sich zu verhalten habe.

Dies war, wie ich bald erfuhr, nicht nur einfach dahergesagt, um unseren besorgten Begleiter zu beruhigen. Das anfängliche Misstrauen, mit dem wir in der Gahua, dem kleinen Teehaus, beäugt wurden, machte sogleich einer wohlwollenden Neugierde Platz, als man Gerhards fließendes Arabisch hörte. Gerhard begegnete den Menschen in der Tat mit reservierter Höflichkeit und mit Respekt, und als er auf die Fragen nach seiner Herkunft mit Stolz erklärte, er sei Deutscher, komme aus Palästina und bewundere den Großmufti von Jerusalem als großen nationalen und religiösen Führer, standen wir sofort unter dem persönlichen Schutz des Besitzers dieses Lokals, der uns den Tee und die Süßigkeiten mit einer tiefen Verbeugung »auf Kosten des Hauses« servierte. Wir ließen es uns also gutgehen, nahmen wie die anderen auf dem türkisfarbenen Teppich Platz und feierten unsere Ankunft in Bagdad mit dem monotonen, aber nicht unangenehmen Klappern der Taula- und Dominosteine als Begleitmusik im Hintergrund, die den Lärm, der von der Straße drang, übertönte. Bedauerlicherweise würde ich keine Wasserpfeife rauchen können. Dafür war die Zeit, die uns zur Verfügung stand, zu knapp.

»Fast könnte ich glauben, wieder in Jerusalem zu sein«, sinnierte Gerhard. »Aber ich bin überzeugt, nicht mehr lange auf meine Rückkehr warten zu müssen.«

»Wollen wir es hoffen«, sagte ich.

»Du wirst sehen: Hier sind wir Prinzen, dort aber wird man uns wie Könige feiern.«

»Aber ich möchte gar nicht König sein. Mir würde es reichen, irgendwann einmal Rektor einer Universität zu werden.«

»Ich träume oft von jenem Tag, an dem die Adolf-Hitler-Universität in Jerusalem feierlich eröffnet wird, und zwar auf dem Skopusberg, wo sich heute die sogenannte Hebräische Universität befindet. Den Großmufti machen wir zum Bürgermeister und dich zum Rektor.«

»Und was ist mir dir?«

»Ich unterrichte dort jüdische Geschichte. Ha, ha, ha …«

»Du als Dozent oder Professor? Wie viele wissenschaftliche Publikationen hast du denn vorzuweisen, Gerhard?«

»Unterschätze mich nicht. Ich habe an der Auslandshochschule und später an der Auslandswissenschaftlichen Fakultät in Berlin schon mehrere Gastvorträge gehalten, von denen einige als Artikel in Sammelbänden publiziert wurden. Meine Vorlesungsreihe soll bald als Buch erscheinen. Der Titel ist noch nicht festgelegt. *Die jüdische Frage im Orient* ist einer der Vorschläge. *Wir und Palästina* ein anderer.«

»Ach …«, sagte ich. »An der Auslandswissenschaftlichen Fakultät also. Dort ist doch Alfred Six Dekan! Ich rede zwar ungern schlecht über Kollegen, aber über die fachliche Qualifikation dieses Herrn kann man geteilter Meinung sein, was nicht heißt, dass …«

»Jetzt hör doch auf!«, unterbrach mich Gerhard. »Sei nicht so ein Meckerer und Kritikaster. Six ist ein kluger Kopf. Er hat bei der SS und im Reichssicherheitshauptamt schnell Karriere gemacht, aber, glaube mir, in Zukunft wird man sich an ihn nur als Wissenschaftler erinnern. Six ist vielfältig begabt. Glaube mir, du verkennst ihn, er ist Forscher, Journalist, SS-Mann und Praktiker zugleich und nicht zuletzt auch ein kritischer Geist. Übrigens, da wir gerade über das Judentum sprechen: Vor einiger Zeit traf ich einen von Six' Untergebenen – Alfred, nein, Adolf Eichmann, keine große Nummer, ziemlich weit unten in der Hierarchie, aber ein äußerst fähiger Mann, wenn auch ein bisschen fade. Dieser Eichmann also hat im Zuge einer netten Plauderei, die ich mit ihm während eines gemeinsamen Mittagessens hatte, scherzhaft gemeint …«

»Siehst du den alten Mann dort drüben?« Diesmal war ich es, der ihn unterbrach. Gerhards Gequatsche (man mag mir diesen Ausdruck verzeihen) ging mir auf die Nerven. Ständig kam dieser Mensch vom Hundertsten ins Tausendste und erzählte irgendwelche Geschichten, die ich nicht hören wollte und die mich nichts angingen. Er war wie ein lebendiges Beispiel, ein laut sprechendes Demonstrationsobjekt für assoziatives Denken, das sich selbst zelebrierte und sich dabei obendrein für geistreich hielt.

»Oh ja, ich verstehe, was du meinst«, sagte Gerhard und verstummte für ein paar Sekunden. Der alte Mann war tatsächlich eine beeindruckende Erscheinung. Seine Kleidung – er trug eine Dischdascha – verbarg, wie hager er war, aber man konnte es ahnen, wenn man sein Gesicht und die großen, glänzenden Augen mit der Suggestivkraft und dem nach innen gekehrten nachdenklichen Ernst von Menschen, die Hunger leiden, betrachtete. Eine Tasse Tee an diesem Ort war wahrscheinlich der einzige Luxus, den sich dieser Mann noch gönnte: sitzen und schweigen, durch das Fenster und die offene Tür die Menschen auf der Straße, die ihrem Tagwerk nachgehen, beobachten, hin und wieder eine Grußformel an einen alten Bekannten, eine beiläufige Frage nach dem Befinden, eine Floskel, ein Zittern der Mundwinkel, die ein Lächeln andeuten sollen, und wieder Reglosigkeit für die nächsten zehn Minuten – statuettenhafte, etwas steife Ernsthaftigkeit, würdevoll und doch auf eine angenehme Art und Weise bescheiden, präsent, aber in keinem Augenblick aufdringlich. Besonders auffallend war die aufrechte Haltung seines Oberkörpers, so als hätte man ihm einen Bambusstock, der vom obersten Halswirbel bis zum Steißbein reichte, an den Rücken gebunden. Wäre jemand auf die Idee gekommen, dem alten Mann ein Wasserglas auf den Kopf zu stellen, hätte er bestimmt keinen einzigen Tropfen verschüttet. Nachdem ich den Alten einige Zeit beobachtet hatte, sah ich, dass sich seine Lippen hin und wieder bewegten – ein kaum merkliches Detail. Ich hätte nicht sagen können, ob er etwas flüsterte oder ob es sich nur um ein nervöses Zucken handelte.

»Wahrscheinlich betet er«, mutmaßte ich.

»Er setzt ein Gespräch fort, das er schon seit über vierzig Jahren führt«, meinte Gerhard. »Wir werden aber nie erfahren, ob es ein Gespräch mit Gott ist oder die Erinnerung an ein Liebesgeflüster aus dem vorigen Jahrhundert. Jedenfalls ist er ein sehr gläubiger Mensch. So etwas erkenne ich sofort.«

»Du bist also nicht nur ein Experte für das jüdische Problem, sondern auch einer für die Fragen des Glaubens im Allgemeinen«, sagte ich und schmunzelte. Gerhards Gesicht blieb jedoch ernst. Er nickte und erklärte, dass jeder, der in Jerusalem aufgewachsen sei, zwangsläufig zu einem Fachmann in Glaubensfragen werde. »Ich bin als Templer in einer christlichen Tradition erzogen worden, aber der Islam beeindruckt mich trotzdem mehr als alle anderen Religionen. Moslem zu sein bedeutet, sich hinzugeben, sich der Herrschaft Gottes zu unterwerfen. Der Gehorsam ist die Maxime muslimischen Denkens und Handelns. Deshalb sind die meisten islamischen Gesellschaften in hierarchisch strukturierten Sippen- und Familienverbänden organisiert. Aber es handelt sich um eine Hingabe in Würde, einen Gehorsam aus Überzeugung und nicht aus Feigheit und eine Bedingungslosigkeit in der Unterwerfung, die nur aus Stärke und Selbstüberwindung erwachsen kann. Deshalb sind der Islam und der Nationalsozialismus wesensähnlich, während das Christentum mit seiner Gefühlsduselei, seinem humanistischen Gefasel und seiner wehleidigen Betonung der menschlichen Persönlichkeit als solcher in letzter Konsequenz dazu führen wird, dass wir uns mit jedem schmuddeligen Kaftanjuden solidarisch erklären und für jede Schwuchtel mit ihren kleinen Problemchen und ihrem analen Liebeskummer Verständnis aufbringen. Kannst du dir vorstellen, dass ein islamisches Land jemals zu einer Plutokratie wie Großbritannien oder die Vereinigten Staaten verkommen könnte? Sieh dir den alten Mann genau an. Er ist arm, beinahe schon ein Bettler. Aber er hat Würde. Nichts läge ihm ferner als Gejammere oder ein Hadern mit dem Schicksal. Dies hat nichts mit Fatalismus zu tun. Nur wer zu dienen versteht, wer sich der Herrschaft Gottes unterwirft, hat auch die Kraft zum Edelmut und zur selbstlosen Tat …«

»Schon gut, schon gut«, stöhnte ich. »Ich bin mit dir in allen Punkten derselben Meinung.« Die Vorstellung, mir von Gerhard einen Vortrag zum Thema Religionsphilosphie und Weltanschauung anhören zu müssen, jagte mir Angst ein. Vernüftigerweise sollte ich eine kurze Schlafpause einlegen und mich danach auf die uns bevorstehende Sitzung konzentrieren, anstatt meine wertvolle Zeit mit fruchtlosen Gesprächen zu vergeuden. Warum nur hatte ich mich von Gerhard zu einem Besuch dieser Teestube überreden lassen? Ich war müde und hungrig. Das Mittagessen in Raschid Alis Villa durften wir uns auf keinen Fall entgehen lassen.

Gerhard war ebenfalls müde. Zu seinen unangenehmen Charakterzügen gehörte aber leider auch die Eigenschaft, in Zeiten körperlicher Belastung und nervlicher Anspannung doppelt oder dreimal so viel zu reden als sonst.

»Meine Eltern waren rechtschaffene Leute«, erzählte er. »Von der Rechtschaffenheit zur Bescheidenheit ist nur ein kurzer Weg. Mein Vater machte Geschäfte mit den Arabern, den britischen Mandatsbehörden und den Juden gleichmaßen. Er war Iziks bester Freund. Das war ein schuppiges Jüdlein aus Polen, aus Maziejowice, Radzyn, Sandomir oder einer ähnlichen Kloake, die jetzt von uns gesäubert wird. Wir mussten sogar der Bar-Mizwa seines

Sohnes beiwohnen. Mein Vater konnte und wollte die Einladung zu diesem Ritual nicht ablehnen. Meine Eltern fanden das Gequieke und Gejaule genauso lächerlich wie ich, aber sie beteuerten Izik und seiner Schmuddelgattin gegenüber, dass es eine würdige Feier gewesen sei und dass sie es als besondere Ehre empfänden, dazu eingeladen worden zu sein. Mojsche, der Sohn, ein schmutziges kleines Bürschlein, sabberte mir entgegen …«

Ich flehte um Gnade. »Gerhard! Worauf willst du hinaus? Ich bin müde.«

»Was ich sagen will?« Gerhards Gesichtszüge verzerrten sich, wurden abweisend, bitter und hart. Er stellte die Teetasse zurück auf den Tisch. »Mein Vater wusste, dass Izik ihn betrog, dass er Bücher frisierte und minderwertige Ware lieferte, aber er unternahm nichts dagegen. Er war zu feige, und er wollte es sich mit den Juden nicht verscherzen. Er war auf sie angewiesen. Nach außen trat Vater immer sehr bescheiden auf, aber er war stolz darauf, dass ich einer der Gründungsmitglieder der NSDAP-Palästina gewesen bin, und hat seit Mitte der Dreißigerjahre Führers Geburtstag groß gefeiert. Wenn andere über meinen Vater sprachen, fragte ich mich jedes Mal, ob sie denselben Menschen meinten, den ich kannte … Als ich noch ein Kind war, hat er mich oft grün und blau geschlagen. Einmal klatschte mir die Schnalle seines Gürtels ins Gesicht. Zwei Zähne habe ich damals verloren. Später habe ich die Lücken vergolden lassen, aber bekanntlich kann man mit Gold nicht alles kaufen.«

Wir verabschiedeten uns vom Besitzer des Teehauses und von den anderen Gästen und gingen auf die Straße hinaus. In der Raschid-Straße wartete ein Wagen auf uns. Trotzdem würde ich vor dem Essen gerade einmal Zeit genug haben, um mich frisch zu machen und mich umzuziehen.

»Nach außen hin war Vater die Seele von einem Menschen, jemand, der stolz verkündete, in seinem Leben immer nur Jesus nachgeeifert zu haben. Diese Templer mit ihrer albernen Jesusverliebtheit und ihrer biederen Pseudo-Moral. Nein, glaub mir, wenn der Großmufti von Jerusalem und die Muslimbrüder mir nicht näher stünden als diese christlichen Heuchler, wäre ich kein richtiger Nationalsozialist.«

Heute könnte ich dieser Behauptung eine Reihe gewichtiger Argumente entgegensetzen. Damals jedoch widersprach ich nicht. Warum hätte ich das auch tun sollen? Ich war ja derselben Meinung.

9

Auf Hauptmann Kohlhaas' insistierende Fragen, denen der Generalstabschef und die anderen anwesenden Militärs erfolgreich auszuweichen verstanden, gab schließlich Raschid Ali selbst eine aufschlussreiche Antwort. »Sehr geehrter Herr Hauptmann«, erklärte er in seinem exzellenten und auch für deutsche Ohren verständlichen Englisch. »Keiner der Herren an diesem Tisch wird Ihnen mit der von Ihnen eingeforderten Präzision mitteilen können, wo heute die Südfront genau verläuft. Der Kommandeur der zweiten Brigade teilt uns mit, dass seine Truppen auf dem Vormarsch Richtung Süden sind. Der Kommandeur der dritten Brigade spricht ebenfalls von einem großen Sieg und von einer Truppenbewegung in den Westen, während der Kommandeur der vierten Brigade wiederum einen taktischen Rückzug in den Norden angekündigt hat, um die Kräfte zu bündeln und die Stoßtruppen des Feindes vom Osten her aufzurollen … Sie sehen also, dass der scheinbar einfache Ausdruck *Sich ein Bild machen* hierzulande eine andere Bedeutung haben kann als jene, die in Ihrem Denken selbstverständlich sein dürfte. Eine rasche deutsche Militärhilfe wäre demzufolge entscheidend, denn die Tapferkeit und der Opferwille unserer Soldaten stehen außer Zweifel.« Der Ministerpräsident, dessen würdevolles Auftreten und dessen Ehrlichkeit mir imponierten, lächelte und wartete geduldig, während Hauptmann Kohlhaas allem Anschein nach krampfhaft darüber nachdachte, wie er auf die offenen Worte unseres Gastgebers reagieren sollte.

Raschid Ali al-Gailani, Jahrgang 1892, war keineswegs ein Parvenu, der sich an die Macht geputscht hatte, sondern ein Berufspolitiker mit langjähriger Erfahrung. Er stammte aus einer der großen Familien, die das Land seit seiner Gründung regiert hatten, und war schon zweimal Ministerpräsident und einmal Justizminister gewesen. Sein Vater, Abd al-Rahman al-Gailani, der fünfzehnte direkte Nachkomme des berühmten Sufi-Scheichs und Predigers Abd al-Kadir al-Gailani, der von vielen bis heute wie ein Heiliger verehrt wird, hatte zu Beginn der Zwanzigerjahre das Amt des ersten Ministerpräsidenten des damals noch unter britischem Mandat stehenden Irak bekleidet.

Raschid Alis letzte legale Amtszeit lag erst wenige Monate zurück. Im Januar hatte er auf britischen Druck hin sein Amt niedergelegt, um es nach dem Putsch im April wieder anzutreten. Raschid Ali war ein führendes Mitglied der *Partei der Nationalen Brüderlichkeit*, die er vor einigen Jahren selbst gegründet hatte. Er war ein glühender Verfechter der panarabischen Idee, lehnte den Anglo-Irakischen Vertrag von 1930, der Großbritannien Durchmarschrechte, Militärbasen und politischen Einfluss im Irak zusicherte, ab und war ein erklärter Gegner des Regenten Abd al-Illah. Raschid Alis tiefe Verbundenheit mit Deutschland stammte aus jener Zeit, als er, so unsere leitenden Diplomaten, »sich in Berlin einer Gehirnoperation habe unterziehen müssen«. Näheres konnte ich zu diesem Thema nicht in Erfahrung bringen. Jene, die Bescheid wussten, gaben keine weiteren Informationen preis.

Der Ministerpräsident war ein schlanker, kultiviert aussehender Gentleman mit Brille und einem stilvoll gestutzten Oberlippenbart. Seine intelligenten Augen, sein ironisches, dabei aber stets freundlich bleibendes Lächeln und sein Auftreten, das im Vergleich zu dem seiner Kabinettskollegen und den anderen Herren in seinem Umfeld auf eine angenehme Weise zurückhaltend, um nicht zu sagen bescheiden wirkte, machten es mir leicht, ihn sympathisch zu finden. Raschid Ali war ein Mensch, den man sich gerne als Mitreisenden in einem Zugabteil wünscht – jederzeit bereit für eine Unterhaltung, die nicht anrührt, aber dennoch nie langweilig wird, und einer ausgeprägten Intuition, um zu erkennen, wann der Augenblick gekommen ist, die Unterhaltung zu beenden und taktvolle Zurückhaltung zu üben.

Ich wusste allerdings, dass man im Orient – wie übrigens überall auf der Welt – dem äußeren Schein genauso wenig trauen darf wie dem harmlosen Aussehen einer Tellermine. Professor Haselbauer aus Wien hatte mich während des letzten Gesprächs, das ich auf Rhodos mit ihm geführt hatte, bevor er über dem Mittelmeer sein tragisches Ende fand, vor Raschid Ali gewarnt. »Ja, der Gailani Raschid, ich kannte ihn schon in seiner Jugend. Der is' ja eigentlich ganz nett und außerdem g'scheit, aber auch ein bisserl ein Psychopath. Wenn er zum Beispiel hinter jemandem her ist, der sich in einem bestimmten Dorf versteckt, lässt er nicht nur alle Einwohner des Dorfes erschießen, sondern auch gleich alle Nachbardörfer niederbrennen, nur um auf Nummer Sicher zu gehen, dass die eine Person, die er jagt, auf keinen Fall entkommt.«

Ich wusste natürlich, dass es Raschid Ali gewesen war, der während seiner ersten Amtszeit als Ministerpräsident im Sommer 1933 das Massaker an den Assyrern (einer christlichen Bevölkerungsgruppe, die ihre Herkunft auf das antike Volk zurückführt) befohlen oder zumindest geduldet hatte. Sogar Grobba hatte diese Morde, denen dreitausend Zivilisten zum Opfer gefallen waren, als »Tragödie« bezeichnet, aber allen Delegationsmitgliedern strengstens verboten, dieses Thema jemals in Gegenwart unserer irakischen Gastgeber anzusprechen. Die Mörder seien damals, neben irakischen Armeeeinheiten, kurdische Irreguläre gewesen. Zwischen den Kurden und dem irakischen Staat gäbe es aber inzwischen ebenfalls Konflikte. Assyrer, Kurden, Türken und Araber bewohnten dieselbe Region, und es sei für den Außenstehenden schwer, den Überblick über die zahlreichen Auseinandersetzungen, Morde und Vertreibungen zu bewahren. Jeden Tag könnten zudem die Koalitionen wechseln. »Wir wollen durch übereilte Schuldzuweisungen oder Andeutungen die Situation nicht unnötig verkomplizieren und uns lieber auf den negativen Einfluss der Juden beschränken«, meinte Grobba. »Durch den Antisemitismus ist schon so manch zerstrittener Haufen zur Nation geworden. Der Antisemitismus ist immer der kleinste gemeinsame Nenner. Wenn es um die Juden geht, finden sogar Todfeinde oft eine gemeinsame Sprache.«

Ich hielt mich an Grobbas Anweisungen und sprach Raschid Ali weder auf die Vorfälle vom August 1933, die als sogenanntes Simele-Massaker traurige Berühmtheit erlangt hatten, noch auf die anderen nationalen oder religiösen Probleme an, unter denen der Irak zu leiden hatte. Die wenigen privaten Gespräche, die ich mit Raschid Ali geführt habe, kreisten hauptsächlich um die Themen Archäologie und Geschichte. Darin erwies er sich, wenn nicht als Experte, so doch als interessierter Laie, sieht man einmal von seiner Feststellung ab, dass »schon in sumerischer Zeit die Mehrheit der Bevölkerung im Zweistromland aus Arabern bestand«, eine Behauptung, für die er mir den Beweis schuldig blieb.

Ich muss zugeben, dass ich mich bei unserer ersten Sitzung nur wenige Male zu Wort meldete. Das gute Mittagessen, mit dem unsere Delegation empfangen worden war, hatte meine Müdigkeit noch verstärkt. Es wäre zudem müßig, das Gespräch, bei dem es hauptsächlich um Militärisches ging, im Detail wiederzugeben. Der »Einzug« unserer irakischen Gastgeber in den Sitzungssaal ist aber ein durchaus berichtenswertes Ereignis, weil die Herren ihrem Rang oder wohl eher ihrer Wichtigkeit entsprechend nacheinander den Raum betraten und unser Delegationsleiter sich bemüßigt fühlte, jeden Einzelnen zu begrüßen, wobei seine höflichen, manchmal äußerst schmeichelnden Worte wiederum je nach der Bedeutung der Person entweder überschwänglich und lang oder entsprechend kürzer und distanzierter ausfielen.

Raschid Ali und Grobba umarmten sich dreimal und schüttelten einander mindestens eine halbe Minute lang die Hand. Es war offensichtlich, dass die beiden alte Bekannte waren. Sie wechselten ein paar Worte über ihre Familien und erkundigten sich wechselseitig nach dem »werten Befinden« (es fällt mir kein passenderer deutscher Ausdruck dafür ein, im Arabischen klingt das »werte Befinden« natürlich viel schöner und würdevoller). Bald schien es mir, als würden zwei Ärzte die Gesundheitsbulletins ihrer soeben vollständig geheilten Patienten austauschen.

Für den Führer der faschistischen Jugendorganisation al-Futuwwa, Yunis al-Sabawi, hatte Grobba hingegen nur ein paar höfliche Phrasen übrig. Yunis al-Sabawi, der gleichermaßen als der Propagandachef und der »Mann fürs Grobe« der neuen Machthaber fungierte, war eine Mischung aus Röhm und Goebbels und ein bisschen Göring, ohne das Format der drei auch nur annähernd erreichen zu können. In seiner Uniform erinnerte er eher an einen südländischen Kleinstadtpolizisten, der auf dem Marktplatz oder dem Corso mit geschwellter Brust und großspurigen Phrasen den jungen Frauen zu imponieren versucht. Dass Grobba es war, der Yunis al-Sabawi in den Dreißigerjahren finanziell unterstützt, das propagandistische Material geliefert und aus ihm somit erst den irakischen Naziideologen gemacht hatte, gab ihm nun allem Anschein nach das Recht, seinen Adlatus mit wohlwollender, aber auch gönnerhafter Distanz zu behandeln.

Anders verhielt es sich mit Hadsch Amin al-Husseini, dem vormaligen Großmufti von Jerusalem, der erst im Herbst 1939, also nach Grobbas Zeit als deutscher Gesandter im Irak, in Bagdad eingetroffen war, den unser Delegationsleiter also, wenn überhaupt, dann nur flüchtig kannte, jetzt aber mit umso größerem Enthusiasmus zu umschmeicheln versuchte. Es fielen Formulierungen wie »unser treuester Verbündeter«, »größter religiöser Führer unserer Zeit«, »bester Diener seines Volkes« und noch viel markantere Zuschreibungen, deren bedenklichen Tiefgang ich nicht einmal Grobba zugetraut hätte. Ich persönlich konnte den Mufti vom ersten Moment an nicht sonderlich leiden. Der hagere Mittvierziger mit kurz geschnittenem Vollbart, dünnen Lippen und listig funkelnden Augen, der immer eine Amama, die runde weiße Kopfbedeckung islamischer Geistlicher, und eine Tschiba, ein dunkles Kleid, das entfernt an die Roben unserer Priester erinnert, trug, sah wie ein intriganter Dorfgeistlicher aus, der seine Machenschaften hinter einer weihevollen Fassade der Hingabe an seine Sendung und an Gott zu verbergen versteht.

Auf den ersten Blick konnte man kaum glauben, dass dieser Mann, dem alles in allem etwas Weiches und Fließendes, etwas Konturloses und Kleinliches anhaftete, seine Gegner rücksichtslos beseitigen ließ, Aufstände und jüdische Pogrome in Palästina initiiert hatte und als wichtigster Verbündeter des Deutschen Reiches im arabischen Raum galt. In den von ihm kontrollierten Gebieten Palästinas hatte er gemäßigte Palästinenser, vermeintliche Kollaborateure und angeblich sogar Frauen, die sich ohne Kopftuch auf die Straße gewagt hatten, ermorden lassen. Als ich den Mufti kurze Zeit später reden hörte, verstand ich allerdings, warum ihn Churchill als »the deadliest enemy of the British Empire« bezeichnete.

Begleitet wurde der Mufti an diesem Tag – wie übrigens fast immer – von seinem Privatsekretär Osman Kemal Haddad, der seinem Herrn in einem respektvollen Abstand von zwei bis drei Schritten folgte. Diesen kräftigen Herrn von imposanter Körpergröße und mit einem noch imposanteren pechschwarzen buschigen Oberlippenbart hielt ich zuerst für einen Leibwächter, fand jedoch schnell heraus, dass der Privatsekretär mit dem Gesichtsausdruck eines Rausschmeißers für den Mufti ein äußerst wertvoller Mitarbeiter war, weil er durch seinen Intellekt, sein Geschick und seinen mäßigenden Einfluss den charismatischen Gotteskrieger auf eine ideale Art und Weise ergänzte. Osman Kemal Haddad (den einige von uns bald liebevoll despektierlich Ossi Kamel nannten) war es auch gewesen, der in den letzten Jahren den Kontakt des Mufti zu den Vertretern des Reiches aufrechterhalten hatte, in Ankara mit unserem Botschafter Franz von Papen verhandelt und Grobba in Berlin getroffen hatte.

Das große Vertrauen, das der Mufti seinem Sekretär entgegenbrachte, und der herzliche Umgang, den die beiden miteinander pflegten, veranlasste später Doktor Möhrle, über das Verhältnis der beiden Männer einige äußerst anzügliche Bemerkungen zu machen, über die selbst Gerhard den Kopf schüttelte und die ich nicht wiederholen möchte, weil sie mir für diesen Bericht, in dem ich sonst nichts verschweige oder beschönige, als so niveaulos erscheinen, dass darob sogar die Füllfeder, mit der ich diese Zeilen schreibe, rot werden müsste. Die Andeutungen, die Möhrle damals machte, sind übrigens weder belegt noch von Bedeutung.

Schließlich trafen auch Salah al-Din al-Sabbagh, der Generalstabschef, Fahmi Sa'id, Kamil Shabib und Mahmud Salman, der Oberbefehlshaber der Luftwaffe, ein, die als so genanntes *Goldenes Quadrat* den Kern jener panarabischen Kreise bildeten, die hinter dem Umsturz standen und Raschid Ali auf den Posten des Ministerpräsidenten gehoben hatten. Unser Delegationsleiter nahm ihnen gegenüber eine freundliche, beinahe devote Haltung ein, indem er jedem Einzelnen heftig und vielleicht eine Spur länger, als es das Protokoll vorsah, die Hand schüttelte und dabei wortreich (für meinen Geschmack viel zu wortreich) seine Freude über ihr Erscheinen bekundete.

Auch wenn ich meine spontanen Assoziationen gemeinhin zu ignorieren versuche, um meine Objektivität nicht zu verlieren, so konnte ich nicht umhin, als sofort an das *Mojschele Quartett*, eine jüdische Komikergruppe aus den Zwanzigerjahren, zu denken, mit dem die vier »goldenen Herren« eine frappierende Ähnlichkeit aufwiesen. Das *Mojschele Quartett* erfreute sich in der schlesischen Provinz und kurzzeitig auch in Berlin einer gewissen Beliebtheit. Die vier kraushaarigen und schnauzbärtigen Juden, von denen übrigens keiner mit wirklichem Namen Mojsche oder Moses hieß, traten in Phantasieuniformen auf und spielten eine Gruppe von Offizieren, die in einem Land, das einmal Königreich Schmockopia, das andere Mal das Chuzpische Reich genannt wurde, die Macht an sich gerissen hatten.

»Mojschele, warum jubelt uns das Volk nicht zu?«

»Es erkennt unsere inneren Werte nicht, sondern hätte gerne, dass du nicht Schlojmo, sondern Siegfried, und ich nicht Mojschele, sondern Wahnfried hieße.«

»Wahnsinn? Wieso Wahnsinn?«»

»Wahnfried, nicht Wahnsinn. Wahnsinnig sind wir auch, aber das interessiert doch die wenigsten.«

»Vielleicht sollten wir per Dekret das Volk abschaffen, so wie vorhin das Parlament?«

Mit solchen und ähnlichen, in den meisten Fällen recht oberflächlichen Witzen unterhielten die vier Juden, solange dies in Deutschland noch möglich war, ihr Publikum.

Selbstverständlich sprach ich mit niemandem über die äußere Ähnlichkeit des *Goldenen Quadrats* mit dem *Mojschele-Quartett*. Zudem begannen die vier später während der Sitzung, nach einer Bemerkung des Großmuftis über den verderblichen Einfluss der Juden, wie auf Kommando über die jüdische Weltherrschaft zu sprechen, bis Hauptmann Kohlhaas die Unterhaltung mit höflichen, aber bestimmten Worten wieder auf das Militärische und die aktuelle Gesamtlage lenkte.

Die großen Momente der Weltgeschichte haben ihre kleinen alltäglichen Seiten, die in diesen Augenblicken meist im Vordergrund stehen und bald vergessen werden. Wer weiß schon, dass Caesar bei der Überquerung des Rubikon kalte Füße bekam, daraufhin dringend Wasser lassen musste, minutenlang damit beschäftigt war, seine Schuhe zu wechseln, und dabei über die Gefahren einer Erkältung lamentierte? Ein verschnupfter Diktator ist keine Respekt einflößende Gestalt.

Die sogenannte Große Oktoberrevolution war ein Staatsstreich gegen eine Regierung, die ohnehin kaum mehr über Macht verfügte. Sie wurde von einer Handvoll Matrosen in einer ziemlich unspektakulären Aktion durchgeführt. Die meisten Einwohner der russischen Hauptstadt erfuhren davon am nächsten Tag aus der Zeitung und gingen, da sie inzwischen an Unruhen und Umstürze schon gewöhnt waren, ihren Tagesbeschäftigungen nach, ohne dem neuerlichen Regierungswechsel eine allzu große Bedeutung beizumessen.

Bei der Sitzung in Raschid Alis Villa war es genau umgekehrt. Das Treffen der deutschen Delegation mit der irakischen Führung an jenem 11. Mai 1941 hätte unter anderen Umständen ein denkwürdiges Ereignis werden können, und die Feierlichkeit unserer gegenseitigen Begrüßungsrituale war geradezu darauf ausgelegt, die Bedeutung des Ereignisses zu zelebrieren. Dennoch fand Weltgeschichte nicht statt.

Zumindest hatte ich bei dieser Sitzung jenen Auftritt, auf den ich mich schon seit Tagen vorbereitet hatte. Im Auftrag von Hauptmann Kohlhaas hielt ich einen knapp zehnminütigen Vortrag über die Tätigkeit der deutschen Abwehr im Nahen Osten. Auch wenn es sich dabei zugegebenermaßen um eine tendenziöse Selbstdarstellung handelte, die in erster Linie den Zweck hatte, unseren irakischen Freunden zu imponieren, und die der Realität nur sehr allgemein nahekam, so wurde die Tatsache, dass ich meine Stellungnahme in beinahe fehlerfreiem Arabisch hielt, mit sichtlichem Wohlwollen aufgenommen. Generalstabschef Salah al Din al-Sabbagh meinte sogar, dass manche meiner Ausführungen »stilistisch wie inhaltlich eine starke Suggestivkraft entwickelten, die man nur als ausgeprägt lyrisch bezeichnen« könne, da Reduktionen und Auslassungen den »guten poetischen Stil« genauso kennzeichneten wie »symbolische Zuspitzungen, deren geheimnisvolle Mehrdeutigkeit die Qualität eines guten Gedichts erst ausmachen«.

Die irakische Seite war nicht weniger darauf bedacht, einen guten Eindruck bei uns zu hinterlassen. Yunis al-Sabawis Ausführungen über die »Aufbruchstimmung im Irak« beeindruckten weniger durch gedankliche Schärfe als vielmehr durch die Leidenschaft, mit der sie vorgetragen wurden, was Grobba später mit den, wenn auch, wie ich glaube, leicht ironisch gemeinten Worten kommentierte: »Die Reinheit des Herzens und die Kraft der Hingabe an eine Sache sind mindestens so viel wert wie drei Panzerdivisionen.«

Weniger harmonisch entwickelte sich das Gespräch, als die konkreten Bedürfnisse der aktuellen Kriegsführung in den Vordergrund traten und weder Mahmud Salman noch Fahmi Sa'id glaubwürdige Angaben über dic Stärke der Luftwaffe machen konnten. Die Schlagkraft der Bodentruppen umschrieb Salah al-Din al-Sabbagh lapidar, aber nur begrenzt aussagekräftig mit dem Ausdruck »gut«. Ich bemerkte, dass Hauptmann Kohlhaas ob dieser höflich vorgebrachten, aber doch recht nebulosen Angaben keineswegs jene Gelassenheit aufzubringen imstande war, die im Umgang mit Menschen aus dem Orient angebracht ist. Als er sich neben anderen militärischen Fragen außerdem nach den »Aussagen kriegsgefangener Engländer« erkundigte, fuhr ihm Grobba, der seine Verärgerung nicht mehr zu verbergen trachtete, mit einer aufgeregten Stimme ins Wort: »Solche Details können Sie einen Chef des Generalstabs nicht fragen.«

»Ja, wen denn sonst?«, entgegnete Hauptmann Kohlhaas. »Die

Befragung von Kriegsgefangenen ist ein Auftrag, den ich vom Oberkommando bekommen habe.«

Grobba lief rot an und bemerkte mit unterdrückter Wut, aber trotzdem eine Spur zu laut: »Meinen Auftrag habe ich von General Jodl selbst. Und vergessen Sie nicht, dass ich der Leiter dieser Mission bin.«

»Jawohl, Herr Gehrke!«, sagte Hauptmann Kohlhaas. »Oder sollte ich lieber Herr Doktor Gehrke sagen? Sie haben uns nicht darüber informiert, ob zu Ihrer fiktiven Position und Ihrem fiktiven Namen auch ein fiktiver akademischer Titel hinzukommt.«

Ich weiß nicht, inwieweit unsere irakischen Freunde die auf Deutsch geführte Auseinandersetzung der beiden Herren verstanden hatten, aber der Tonfall, mit dem sie geführt wurde, war auch ohne entsprechende Sprachkenntnisse, unschwer zu deuten. Insofern ließ Raschid Ali sogleich Tee, Kaffee, Süßigkeiten, Fruchtsäfte und Tabakwaren (unter anderem ganz vorzügliche Zigarillos) servieren, um die Situation zu entspannen.

Dass sich die irakische Armee permanent auf dem Rückzug befand und gar keine Gefangenen gemacht hatte, war jedenfalls offensichtlich. Der Generalstabschef meinte allerdings, dass die Verhörmethoden der irakischen Sicherheitskräfte »effizient und zielgerichtet« seien. Hauptmann Kohlhaas werde, »wenn es so weit ist«, mit den Aussagen der Kriegsgefangenen sicher zufrieden sein.

Nun aber war es an unseren irakischen Freunden, uns unangenehme Fragen zu stellen, denen wir – mehr schlecht als recht – auszuweichen versuchten. Das genaue Ankunftsdatum der »deutschen Luftflotte« konnten wir genauso wenig angeben wie jenes der »fünf deutschen Divisionen« (warum eigentlich fünf?), die von Syrien Richtung Südirak, Palästina und Transjordanien vorstoßen sollten. Als sich zudem Fahmi Sa'id neben allen anderen verwirrenden und widersprüchlichen Wortmeldungen erkundigte, was es denn mit dem Gerücht von den »hundert sowjetischen Jagdflugzeugen« auf sich habe, »die angeblich auf unserer Seite in den Krieg eingreifen, weil Hitler Stalin persönlich darum gebeten hat«, fühlte ich mich endgültig in eine absurde Theatervorstellung versetzt.

Unser größtes Problem war, dass wir selbst nichts wussten. Waren die Direktiven, die wir in Berlin erhalten hatten, schon vage genug, so konnte die Meldung, die uns an diesem Tag per Funk aus der Heimat erreicht hatte, noch weit weniger befriedigen. Ein deutscher Militäreinsatz im Irak, insbesondere die Entsendung von Bodentruppen, sei *in Vorbereitung* und werde *der Kriegslage entsprechend zum best- und frühestmöglichen Zeitpunkt in die Wege geleitet.* Diese Information sollten wir der irakischen Regierung *mit Zuversicht und im Vertrauen auf den Führer* übermitteln und *intensiv auf eine allgemeine Volkserhebung gegen den britischen Aggressor* hinarbeiten. »Unter solchen Bedingungen kann man doch nicht professionell Krieg führen«, schimpfte Kohlhaas.

Wir mussten also die Inkompetenz unserer militärischen und politischen Führung durch ein Mindestmaß an diplomatischem Geschick wieder ausgleichen, und auch dies gelang uns nur zum Teil. Als nämlich der Privatsekretär des Großmuftis auf die zahlreichen Zusagen und Versprechungen hinwies, die ihm von deutscher Seite vor dem Putsch gemacht worden seien, erwiderte Grobba, dass er »für die bedauerlichen Fehler der Abwehr nicht zuständig« sei, was Hauptmann Kohlhaas zu der (wiederum auf Deutsch formulierten) scharfen Replik verleitete, dass »Gehrkes Lawrence-von-Arabien-Träume wohl genauso auf Treibhausphantasien beruhen wie die Fata Morgana der fünf Divisionen, die im Blitzkrieg nach Jerusalem, Amman und Basra und danach nach Delhi und Singapur marschieren«, und dass die Analysen der Abwehr meist wenig mit Tagträumen, sondern vielmehr mit seriöser Aufklärungsarbeit zu tun hätten. Grobba gebot ihm daraufhin zu schweigen. Die anderen Mitglieder der Delegation starrten peinlich berührt in ihre Tee- oder Kaffeetassen. Unsere irakischen Freunde ließen sich nichts anmerken und lächelten weiterhin freundlich, während der Mufti sich plötzlich an mich wandte und verkündete: »Unser gelehrter junger Freund, der sich in seinem beachtenswerten Buch *Mohammeds Kinder im Aufbruch* als Kenner unserer Kultur und als origineller politischer Denker zugleich ausgewiesen hat, sollte vielleicht einen Vorschlag unterbreiten, wie wir aus dieser an Missverständnissen so reichen Situation wieder herauskommen.«

Alle Augen waren nun auf mich gerichtet, so als wäre ich Julius Caesar, Aristoteles, Friedrich der Große und Clausewitz in einer Person und müsste den alles entscheidenden Satz sprechen, um der Weltgeschichte für die nächsten tausend Jahre eine andere Wendung zu geben. Das Schweigen, das sich auf einmal einstellte, war so umfassend, dass ich das Ticken der Wanduhr zu vernehmen glaubte. Sogar die Diener in ihren weißen Livreeuniformen erkannten die Bedeutung des Augenblicks und stellten kurzfristig das Servieren und das Abräumen der Getränke ein. Ich verfluchte den spitzbärtigen Geistlichen, wünschte ihm insgeheim alle bösen Krankheiten dieser Welt und gab nach einigen hilflos klingenden »Äähs« und »Äähms« folgende Meldung ab: »Soweit meine bescheidenen Kenntnisse für die hier anwesenden Herren tatsächlich von Nutzen sein können …« Wie gut, dass ich meine Englischkenntnisse vor der Reise noch aufgefrischt hatte. »… so scheinen mir alle bislang vorgebrachten Argumente berechtigt zu sein. Ein massiver deutscher Militäreinsatz ist genauso unumgänglich wie eine Volkserhebung, die den Charakter einer Massenbewegung gegen die britischen Kolonialherren haben sollte. Das ganze Volk, ob Schiiten, Sunniten, Kurden oder Iraker anderer Herkunft und Religionszugehörigkeit, Jung und Alt, sollte zu den Waffen greifen und in die Schlacht ziehen wie in einen Gottesdienst. Sie sollten an der Front oder hinter den

Linien operieren, um dem Feind zu schaden. Nur dann ist dieser Krieg noch zu gewinnen. Eine solche Volkserhebung kann jedoch nur durch Einzelaktionen von hoher Symbolkraft bewusst in Gang gesetzt oder verstärkt werden, um auch jene Beduinenstämme sowie jene Schiiten und Kurden, die sich bislang passiv verhalten haben, auf unsere Seite zu ziehen. Insbesondere sollte die Verbindung von Islam, von nationaler Gesinnung, der Freundschaft zu Deutschland und dem Nationalsozialismus hervorgehoben werden. Die Ausrufung des Dschihad durch Hadsch Amin war jedenfalls ein Schritt in die richtige Richtung.«

Kaum hatte ich meine Wortmeldung zu Ende gebracht, redeten alle Anwesenden auf mich ein. Yunis al-Sabawi verteidigte empört die von ihm initiierten Propagandamaßnahmen, so als sei mein Vorschlag ein persönlicher Angriff gegen ihn gewesen. Hauptmann Kohlhaas meinte, für eine große Volkserhebung werde die Zeit knapp, vielmehr sollte die Einberufung irakischer Wehrpflichtiger schneller und umfassender vonstatten gehen, Doktor Möhrle lachte sarkastisch, zog es aber vor zu schweigen, der Generalstabschef fand meine Idee »überlegenswert, wenn auch ein wenig zu theoretisch«, und Grobba bemerkte, die von mir angedachte Aktion müsse gewaltige Ausmaße haben, etwas derart Außergewöhnliches und Unglaubliches, das auch in der Hütte des entlegensten Dorfes Staunen und Begeisterung hervorrufen könne.

»Die gleichzeitige massive Bombardierung von Tel Aviv und der jüdischen Viertel von Haifa und Jerusalem durch die deutsche Luftwaffe«, verkündete der Großmufti.

»Wie bitte?«, murmelte Grobba.

»Die Vernichtung der Juden in Palästina ist ein Anliegen des gesamten arabischen Volkes. Alle wissen, dass unsere Feinde nicht nur in London, sondern vor allem in Tel Aviv sitzen. Ein massiver Schlag gegen das palästinensische Judentum würde dem irakischen Volk zeigen, wie verwundbar die zionistische Schlange ist. Es würde ihm Mut machen und den Verteidigungswillen stärken.«

»Ich kann mir nicht vorstellen, dass das OKW bereit ist, ein solches Risiko einzugehen«, meinte Hauptmann Kohlhaas.

»Und die propagandistische Wirkung ist trotz allem recht ungewiss«, erklärte Grobba. »Außerdem wurden Tel Aviv und Haifa von den Italienern und von uns schon bombardiert.«

»Es wäre besser, wenn die deutsche Luftwaffe gegen die Briten im Irak statt gegen die Juden in Palästina kämpft«, bemerkte Mahmud Salman.

»Wir könnten ein paar Juden als britische Spione öffentlich aufhängen«, sinnierte der ehemalige Ministerpräsident und nunmehr amtierender Justizminister Nadschi Schawkat mit skeptischer Miene. »Ob dies jedoch die gewünschte massenmobilisierende Wirkung hat, kann ich natürlich nicht abschätzen.«

Doch der Großmufti gab sich nicht so schnell geschlagen. »Ich habe den verantwortlichen deutschen Stellen schon vor einiger Zeit die Idee von der Kontaminierung des Trinkwassers von Tel Aviv durch tödliche Bakterien unterbreitet …«

»Sehr geehrter Hadsch Amin«, unterbrach ihn Raschid Ali, der in den letzten Minuten immer nachdenklicher geworden war. »Ich glaube, wir haben alle unsere Judenfeindschaft zur Genüge unter Beweis gestellt, aber ich denke, dass man den Erfolg der entsprechenden Maßnahmen in der gebührenden Relation sehen muss, damit es uns nicht wie jenem sprichwörtlichen Eseltreiber ergeht, der dem Kalifen seine dressierten Esel vorführte und auf reiche Entlohnung durch Gold und Edelsteine hoffte. Der Kalif jedoch erteilte den Befehl, dem Mann die drei besten Zuchtesel aus dem königlichen Stall zu schenken, auf dass er seine Dressurkünste an ihnen perfektionieren könne.«

Der Großmufti wollte zu einer Replik ansetzen, doch der Ministerpräsident ließ ihn nicht zu Wort kommen. »Ich kann Oberleutnant Heisenbergs Überlegungen viel abgewinnen und muss

Herrn Gehrke recht geben, dass die in Frage kommende Aktion etwas Besonderes, ja noch mehr als das – eine Sensation – sein muss, etwas, das die Massen tatsächlich mobilisiert und einen Volkskrieg auslöst …«

»Eine öffentliche Rede Adolf Hitlers in Bagdad«, sagte plötzlich Kamil Shabib, der sich bis dahin eher im Hintergrund gehalten hatte. Ich weiß bis heute nicht, ob er diesen Vorschlag ernsthaft oder nur im Scherz vorgebracht hat. Dem Ministerpräsidenten jedenfalls gefiel diese Idee ungemein. »Ein Auftritt Hitlers in Bagdad, vielleicht auch in einigen anderen Städten des Landes!«, rief er begeistert. »Eine Rede, die im Radio übertragen wird. Ja, das wird auch den schicksalsergebensten Bauern von der Waffenbrüderschaft zwischen dem Deutschen Reich und dem Irak überzeugen und auf unsere Seite bringen.«

»Aber eine Reise des Führers in den Irak …«, stammelte Grobba und schaute betreten die anderen Mitglieder unserer Delegation an, die allesamt, mich eingeschlossen, seinen Blicken auszuweichen versuchten.

»Selbstverständlich würden wir alles in unserer Macht Stehende tun, um seine Sicherheit zu garantieren. Es wäre großartig, wenn Hitler in den Irak kommen könnte!« Raschid Ali war von dieser Idee so begeistert, dass er gar nicht bemerkte, dass die meisten anderen davon eher peinlich berührt waren. »Wir würden unsere halbe Armee abstellen, um ihn zu bewachen, und ihm einen Ehrenempfang bereiten, der alles in den Schatten stellt, was er bei seinem Freund Mussolini oder anderswo erlebt hat …«

Grobba war mit seinem diplomatischen Latein am Ende, Hauptmann Kohlhaas blätterte mit übertriebener Leidenschaft in seinen Papieren, Möhrle starrte mit halb geöffnetem Mund und einem Grinsen, das wie einzementiert wirkte, ins Leere, der Großmufti schüttelte den Kopf, während der Generalstabschef unentwegt nickte. Nur Professor Falkenstein bemerkte in einem eher hilflos wirkenden Versuch, die Regeln der Etikette und der

Gastfreundschaft nicht zu verletzen und dabei dem Gastgeber trotzdem nicht nach dem Mund zu reden: »Der Reichsjugendführer Baldur von Schirach hat, wie sich alle bestimmt erinnern, dem Irak 1937 einen Besuch abgestattet. Das war wichtig und hat einen großen Eindruck hinterlassen. Allerdings gebe ich zu bedenken, dass diese Reise in Friedenszeiten erfolgt ist.« Diese Bemerkung wurde repliklos zur Kenntnis genommen.

Schließlich war es ein aus Kärnten stammender junger Diplomat mit dem eigentümlichen Namen Anton Hudpes, der das Wort ergriff. »Ich denke nicht, dass der Führer in nächster Zeit in den Irak reisen kann.« Er sprach leise und zaghaft, aber in einem exzellenten Englisch, da er in den Vereinigten Staaten geboren und erst als Halbwüchsiger mit seinen Eltern, die sich in Milwaukee nicht einleben hatten können, nach Villach zurückgekehrt war. »Hitler ist in Deutschland unabkömmlich. Er arbeitet Tag und Nacht für unser aller Wohl und für den Sieg. Ein Vorschlag jedoch, den ich als Diskussionsgrundlage in den Raum stelle, wäre die Entsendung eines Doppelgängers nach Bagdad, der eine äußere Ähnlichkeit mit dem Führer aufwiese und seine Rolle spielen könnte. Dies, das Einverständnis des Führers vorausgesetzt, würde nicht nur den angedachten propagandistischen Effekt haben, sondern auch die Engländer und ihre Agenten verwirren.«

Die Herren am Tisch schwiegen.

»It would be a great show!«, fügte Hudpes mit Nachdruck hinzu. Der amerikanische Ausdruck klang überzeugend und im Tonfall authentisch, entsprach aber wohl doch nicht ganz den im diplomatischen Dienst üblichen Umgangsformen.

Am nächsten Tag musste Doktor Anton Hudpes auf Grobbas Befehl die Heimreise antreten.

10

Neben dem Ministerpräsidenten, dem Generalstabschef, dem Luftwaffenchef, dem Außenminister und dem Großmufti von Jerusalem hatten einige weitere Mitglieder der Regierung an der Besprechung teilgenommen, darunter der Landwirtschaftsminister (er sagte kein Wort) und der Erziehungsminister (sagte ebenfalls kein Wort) sowie einige Staatssekretäre und weitere adrett gekleidete, modisch frisierte Herren in subalternen Positionen, deren Aufgabe wohl nur darin bestand, gut auszusehen und der Sitzung einen würdigen Rahmen zu geben. Und dann war da noch ein etwa 45 Jahre alter Mann namens Karim Hakim, der Cousin einer Schwägerin des Ministerpräsidenten, der das etwas eigentümliche Amt des Stellvertretenden Leiters des Persönlichen Außenpolitischen Beratungsausschusses der Regierung innehatte, wobei ich gestehen muss, dass ich weder den Leiter selbst noch die anderen Mitglieder dieses Gremiums jemals zu Gesicht bekommen habe, und auch die Rolle von Hadsch Karim Hakim beschränkte sich auf höfliche Zurückhaltung. Dieser Herr, ein zierlicher Mann mit femininen Zügen und einem auf drei Millimeter gestutzten schwarzen Vollbart, trat nach der Sitzung an mich heran und versicherte mir in einem respektvollen, beinahe demütigen Ton, dass er meine Ausführungen »höchst geistreich« gefunden habe und dass es ihm eine besondere Ehre wäre, einen deutschen Offizier, der zudem ein namhafter Wissenschaftler sei, als Gast bei sich zu Hause zum Abendessen begrüßen zu dürfen.

»Sehr gerne nehme ich Ihre freundliche Einladung an«, versicherte ich ihm. »Ich müsste nur noch mit meinem Vorgesetzten, Hauptmann Kohlhaas, sprechen.«

Er lächelte verschmitzt. »Hauptmann Kohlhaas wird bestimmt keine Einwände haben, und meine ganze Familie freut sich auf Ihren Besuch. Ich habe drei Töchter. Die Mädchen sind schon ganz aufgeregt.«

»Dann will ich sie nicht enttäuschen.«

Auch wenn ich auf Canaris' Parole – und vor allem auf deren Überbringer – schon mit wachsender Unruhe gewartet hatte, dann bestimmt nicht hier und nicht in dieser Form. Bei den besagten »Mädchen« hatte ich an ein Treffen in der Bagdader Unterwelt gedacht, an Bauchtanz, Drogen und eine schummrige Bar. Offenbar war ich selbst nicht frei von Karl May'schen Phantasien. Es ist leider eine Tatsache, dass auch kultivierte Menschen manchmal Vorstellungen übernehmen, die sich die breite Masse von einer Sache macht.

Die »aufgeregten Mädchen« waren reizende Kinder. Sie trugen Schuluniformen – hellblaue Blusen, dunkelblaue Röcke, weiße Strümpfe, blaue Schuhe, weiße Maschen im Haar – und waren so gut erzogen, dass sie einen Knicks vor mir machten und mich mit einem höflichen »Nice to meet you, Sir« begrüßten. Ich antwortete auf Arabisch. Wir wechselten ein paar Phrasen, und dann brachte sie das Kindermädchen fort, noch ehe ich alle ihre Fragen über Deutschland, über meine Familie oder meinen Alltag in Europa beantworten konnte.

Wie der Ministerpräsident bewohnte auch Karim Hakim eine jener Villen am Stadtrand, bei deren Anblick man leicht vergaß, dass man sich in einem sogenannten Entwicklungsland befand (diesen Ausdruck gab es damals übrigens noch nicht; zu jener Zeit waren die Länder entweder unterentwickelt oder Kolonien, meistens waren sie beides). Karim Hakims Tätigkeit als Rechtsanwalt und Politiker und vor allem seine Zugehörigkeit zu einer der großen Familien sicherten ihm ein Leben, das man als luxuriös bezeichnen hätte können, wenn er seinen Reichtum genauso schamlos zur Schau gestellt hätte, wie es die Oberschichten in unterentwickelten Ländern gemeinhin tun. Die Einrichtung von Karim Hakims Domizil war jedoch minimalistisch, um nicht zu sagen bescheiden: Tische und Stühle, die man bei uns als Gartenmöbel findet, geweißelte Wände, außer den teuren Teppichen, die den gesamten Fußboden bedeckten, kaum Ziergegenstände, keine Vasen, kein Goldschmuck, keine Kandelaber, Chinoiserien, teure Wanduhren, Gemälde und alles andere, was reiche Leute normalerweise in ihren Domizilen horten und demzufolge mit teuren Sicherheitssystemen bewachen müssen. Auffallend war nur der schöne Innenhof mit seiner üppigen Blumenpracht, dem Springbrunnen und dem Wasserbecken in der Mitte. Noch auffallender war das Bild, das im Wohnzimmer an der Wand hing. Es zeigte eine Alpenlandschaft im Winter, die hier im Irak so exotisch wirkte wie die Darstellungen von Palmenhainen, Südseestränden oder mediterranen Hafenidyllen, die bei uns wiederum so manchen privaten oder öffentlichen Raum zieren.

»Der Luxus ist aller Laster Anfang«, erklärte mir Karim Hakim. »Das Osmanische Reich, in dessen Armee ich im letzten Krieg zu dienen gezwungen war, ist an den verfetteten Gehirnen seiner Potentaten untergegangen. Das Kalifat war groß, solange die führenden Männer Disziplin übten und sich an die Gesetze des Koran hielten. Dann ging es an seiner Maßlosigkeit zugrunde. Was sind schon Reichtum und Macht? Am Tage des Jüngsten Gerichts wird sich niemand von seinen Sünden freikaufen können.«

Dann zeigte er mir stolz seine Bibliothek, die er als seinen eigentlichen Schatz bezeichnete. Diese nahm den zweitgrößten Raum nach dem Gästezimmer ein und beherbergte, wie ich schon nach einer flüchtigen Inspektion der Bücherregale erkennen konnte, die wichtigsten Werke der Weltliteratur in verschiedenen Sprachen, neben Arabisch, Türkisch und Englisch auch auf Französisch, Italienisch und Persisch. Ich weiß nicht, ob mein Hausherr all diese Sprachen wirklich verstand. Türkisch und Englisch beherrschte er auf jeden Fall. Mit einiger Mühe konnte er auch auf Deutsch ein Gespräch führen, hatte er doch wie einige andere wohlhabende Iraker in den Dreißigerjahren Deutschland bereist und dabei sogar in den Alpen einen Wintermonat zugebracht. Einen großen Teil seiner Bibliothek nahmen religiöse und philosophische Schriften ein, darunter auch jene des jüdischen Gelehrten Maimonides, und diverse Fachbücher zur Religions- und Kulturgeschichte, unter denen ein arabisches Werk aus dem 14. Jahrhundert mit dem Titel *Sitten und Gebräuche der unterentwickelten Völker* hervorstach, in dem, wie ich beim Durchblättern feststellte, ein ganzes Kapitel Deutschland gewidmet war.

In dieser Bibliothek verfasste ich meinen Bericht an Canaris, in dem ich sowohl meine Gespräche mit Gerhard Stein als auch mit unserem Missionsleiter Grobba/Gehrke erwähnte. Wie der Brief an den Adressaten gelangte, weiß ich nicht. Ob Karim Hakim eine besondere Funkausrüstung besaß, ob er über ein Netz von Agenten verfügte, die den Informationsfluss über die neutrale Türkei aufrechterhielten, wurde mir nie verraten, und ich habe es wohlweislich vermieden, allzu indiskret zu sein und nachzufragen. In den kommenden Wochen schrieb ich insgesamt fünf Berichte, die ich in ein Kuvert legte und Karim Hakim übergab. Antwort aus Berlin erhielt ich nur einmal. Es war ein kleiner, etwa zehn mal zwanzig Zentimeter großer Zettel mit einem kurzen, mit Schreibmaschine getippten Text. Im Telegrammstil hieß es lapidar: *Weiter beobachten, sich interessiert zeigen, fragen, berichten, keine Initiative ergreifen, zu allen freundlich bleiben. Heil Hitler.* Die Unterschrift fehlte.

In Friedenszeiten machen Menschen auf diese Art mit einigem Glück und Geschick große Karrieren. Es kann aber auch sein, dass man plötzlich von allen Seiten beschossen wird, und da dies im Krieg bekanntlich nicht nur im übertragenen Sinne passiert, beschloss ich, den angegebenen Direktiven die allerwichtigste, nämlich *immer in Deckung bleiben,* beizufügen.

Karim Hakims Gattin, eine liebenswürdige, äußerst zurückhaltende Dame, ist mir vor allem durch ihre beeindruckende Leibesfülle in Erinnerung geblieben. Sie trug in meiner Gegenwart immer ein Kopftuch und eine Abaja, ein schwarzes Kleid, das sogar ihre Fußspitzen bedeckte, und redete nur, wenn sie angesprochen wurde. Ich fand dieses Verhalten nicht mehr zeitgemäß. Nachdem Karim Hakim und ich einander besser kennen- und auch schätzen gelernt hatten, bemerkte ich bei einem der langen Gespräche, die ich mit dem Hausherrn im Laufe der nächsten Wochen unter vier Augen im weitläufigen »Raucherzimmer«, das er auch Besuchsraum oder – etwas scherzhaft – »Diuan« nannte (der Diuan oder Diwakhan ist ein oft großes Zelt, das als feierlicher Empfangsraum genutzt wird und bei manchen Scheichs neben dem Haus steht) und zu dem Frauen keinen Zutritt hatten, führen sollte, dass Raschid Alis Gattin sich »sehr viel fortschrittlicher« gäbe, europäische Kleidung trage und sich, zeitweise sogar recht geistreich, am Gespräch der Männer beteilige.

»Über Raschid Alis Gattin möchte ich nicht urteilen«, erklärte mein Gastgeber. »Dieses Urteil steht nur Gott, ihr selbst und vor allem ihrem Gatten zu. Aber was ist, lieber Herr Doktor Heisenberg, denn fortschrittlich in Ihren Augen? Ist es die Tatsache, dass Frauen in vielen Ländern das Wahlrecht zugestanden worden ist? Ist es, dass sie kurze Röcke tragen oder vor der Ehe Geschlechtsverkehr haben dürfen, ohne dadurch ihre Familien zu entehren?«

»Das sind nur ein paar wenige Zeichen von Fortschrittlichkeit, Hadsch Karim. Übrigens gehen anständige Mädchen in den meisten Fällen auch in Deutschland jungfräulich in die Ehe. Aber zweifelsohne ist es fortschrittlich, eine Frau nicht zu töten, wenn sie vor der Verheiratung keine Jungfrau mehr ist, und ihr weder das Tragen kurzer Röcke noch das Wahlrecht zu verbieten.«

»Aber wo soll das enden?«, empörte sich Karim Hakim, während er mir eine der vorzüglichen kubanischen Zigarren reichte, die er in einem Humidor mit Elfenbeingriff, dem einzigen echten Luxusgegenstand, den ich in seinem Haus gesehen habe, unter Verschluss aufbewahrte. »Wer bestimmt denn den Grad des

Fortschritts? Ja, wer bestimmt überhaupt, was dieser sogenannte Fortschritt sein soll? Ist es Hitler, sind es Stalin, Mussolini oder Churchill? Oder ist es das, was in neuen Romanen, Fachbüchern, Modejournalen und Zeitungen steht oder in Kinofilmen gezeigt wird? In zwanzig oder dreißig Jahren wird Ihre Tochter vielleicht einen Rock tragen, der so kurz ist, dass er gerade einmal ihre Pobacken bedeckt, und eine hautenge Bluse, die den Bauchnabel freilässt. Und sie wird nach Männern Ausschau halten, die ihr gefallen, um mit ihnen ins Bett zu gehen.«

»Unmöglich!«, widersprach ich. »Nicht in Deutschland!«

»Wer weiß«, sagte er mit einem milden Lächeln. »Was hätte Ihr Großvater dazu gesagt, dass Frauen heute an den Universitäten studieren dürfen?«

»Das ist etwas anderes.«

»Wieso? Wenn die eine Veränderung ein Fortschritt sein soll, warum nicht auch die andere? Womöglich werden Frauen in Ihrem Land in absehbarer Zeit ihre Föten ganz legal abtreiben dürfen, wie es bis vor einigen Jahren in der Sowjetunion möglich gewesen ist.«

»Hören Sie auf!«, schrie ich entsetzt. »Sie zeichnen die Zukunft als Alptraum!«

»Und in hundert Jahren werden Frauen in aller Öffentlichkeit urinieren und sich darüber empören, wenn ihnen jemand dieses fundamentale Menschenrecht, nämlich sich zu erleichtern, wenn die Natur es fordert, wieder nehmen möchte.«

»Welch ekelhafte Vorstellung«, murmelte ich.

»Ekelhaft? Der Fortschritt ist nicht ekelhaft. Er ist ein Produkt des menschlichen Geistes. Warum soll ein Kanaldeckel nicht als Urinoir für Frauen dienen? Man braucht nur die Worte *Pissoir für Damen* daraufzuschreiben, und schon ist es rechtens, dass Frauen ihre Röcke hoch heben und auf die allerpraktischste und schnellste Art und Weise ihre Notdurft befriedigen, ohne viel Zeit zu verlieren oder ihre Blase zu schädigen. Urologen und

Frauenärzte werden von dieser Vorstellung entzückt sein. Ist das kein Fortschritt? Nein? Sie schütteln den Kopf? Zu Recht! Heute bauen wir Luftschiffe, Straßen, Eisenbahnen, Fabriken, Ölraffinerien. Morgen vielleicht Raketen und übermorgen wieder Eselkarren. Der Fortschritt ist so fakultativ wie der menschliche Geist fehlerhaft. Was heute ungeheuerlich zu sein scheint, ist morgen Konvention. Was uns richtig dünkt, wird für unsere Kinder verwerflich sein und bei unseren Enkelkindern wieder in Mode kommen. Wer nach der absoluten Wahrheit greift, versündigt sich vor Gott.«

»Dann ist, Ihrer Meinung nach, alles beliebig.«

»Beliebig? Nein. Schließlich gibt es ein göttliches Gesetz, das über der menschlichen Fehlbarkeit und den törichten Verfehlungen einzelner Epochen steht.«

»Sie sprechen vom Koran.«

»Der Koran und die Überlieferung, Hadith, Scharia, Fatwas, die ich annehmen kann, im Wesentlichen aber dabei vor allem das Wort Gottes, denn dieses ist immer gültig und steht jenseits der Zeit.«

»Aber woher wissen Sie, dass Gottes Wort tatsächlich von Ihm stammt und nicht genauso Menschenwerk ist, das Sie auf eine so treffende Art und Weise kritisiert haben?«

»Das Wissen über Gut und Böse, die intuitive und dennoch unerschütterliche Erkenntnis, an das Richtige zu glauben – das ist der beste Gottesbeweis. Nichts rechtfertigt Gottes Existenz als diese Existenz selbst.«

»Aber wird Gottes Gesetz nicht machmal zum Fluch?«

»*Handhabt das Gewicht in Gerechtigkeit und kürzet nicht die Waage,* heißt es in der 55. Sure, Vers acht. Den Fluch wirst du damit nicht los, denn Gott gibt dir die Freiheit zu entscheiden, wie schwer dir das Gewicht wird und wann die Gerechtigkeit ihr Ende hat. Viele Menschen wissen oder verstehen das nicht. Die Freiheit selbst ist der noch größere Fluch. Das wissen oder verstehen ebenfalls nur die wenigsten Menschen. Am schlimmsten aber ist die Unfreiheit, deren Ursache ohne jeden Zweifel menschlich ist. Ich möchte nicht deutlicher werden. *Wer aber die Gegenwart seines Herrn fürchtet, dem sind zwei Gärten.*«

»Ich hoffe nur, dass ich nicht in dem einen verdurste, während ich in dem anderen verhungere«, bemerkte ich.

II

Adolf Hitler reiste nicht in den Irak. Das Ansinnen unseres Freundes Raschid Ali wurde sowohl von uns wie von seinen Kabinettskollegen stillschweigend übergangen, auch wenn Möhrle in einem jener seltenen Momente, da sein Pflichtgefühl und sein Zynismus deckungsgleich waren, darüber zumindest eine Meldung nach Berlin machen wollte, wie es die diplomatischen Gepflogenheiten in einem solchen Fall verlangten. Dies löste bei Grobba einen seiner gefürchteten Wutausbrüche aus. »Dieses Gespräch hat es nie gegeben«, brüllte er. »Nie gegeben! Hören Sie mich! Ich mache mich doch bei Ribbentrop und Jodl nicht zum Narren! Und wenn Sie meine Entscheidungen anzweifeln, können Sie mit Herrn Doktor Hudpes die Heimreise antreten.«

Möhrle zog es vor, auf seinem Posten zu bleiben, und sprach das Thema nicht mehr an. Statt Hitler kündigte am nächsten Tag Major Axel von Blomberg seine Ankunft auf dem Bagdader Flugplatz an. Blomberg, ein erfahrener Kampfpilot, sollte das Vorkommando der für den Irak bestimmten Militärflugstaffel bilden.

Nach all den Siegesmeldungen von *Radio Bagdad* hätten die irakischen Truppen zwar schon in Kairo oder Kapstadt sein müssen, aber wir wussten damals genauso gut wie die Bevölkerung des Landes, dass der Zweck eines Radioprogramms nicht der Informationsübermittlung dient. Nur Grobba sah sich in einer seltsamen Mischung aus Zweckoptimismus und Verdrängung weiterhin in der Rolle eines zweiten Lawrance von Arabien, dem die Kaffija tragenden Massen alsbald auf einen wagemütigen Feldzug durch Wüsten und Oasen folgen würden. Wenn Grobba nicht Grobba, sondern eine Romanfigur von Karl May gewesen wäre, hätten sich diese Phantasien vielleicht bewahrheitet. Aber wir schrieben das Jahr 1941. Im Zeitalter des modernen Luftkrieges, in dem die Wüste die idealen Bedingungen bot, um eine feindliche Formation aufzuspüren und zu vernichten, gab es für einen Lawrence von Arabien keine Verwendung mehr, zumal Grobba leider eben nur Grobba war. In dieser schwierigen Situation erschien die Ankunft unserer Flugzeuge im Irak wie ein schwacher Hoffnungsschimmer am Horizont, der, so hofften wir zumindest, vielleicht doch noch eine Wende zu unseren Gunsten ankündigte.

Dass ausgerechnet Axel von Blomberg, der Sohn des ehemaligen Kriegsministers und Generalfeldmarschalls, unseren irakischen Verbündeten zu Hilfe eilte, löste bei diesen eine an Euphorie grenzende Begeisterung aus. Raschid Ali meinte, dies sei »ein unmissverständliches Signal der deutschen Führung, den Ereignissen im Irak einen entsprechend hohen Stellenwert beizumessen«.

Möhrle meinte hingegen feixend, dass die Entsendung des »jungen Mannes mit der nuttigen Stiefmutter« auch anders gedeutet werden könne. Der in Ungnade gefallene Feldmarschall, der durch seine Ehe mit einer ehemaligen Prostituierten angeblich die Ehre des Offizierskorps beschmutzt hatte, sei für einen Kriegseinsatz als nicht geeignet befunden worden. Sein Sohn jedoch sei »für diese Araber« gut genug. In Wirklichkeit hatte sich Axel von Blomberg freiwillig gemeldet. Seine Beteiligung an unserem Abenteuer hatte er, wir wir später erfuhren, dem zum Einsatzleiter für den Irak ernannten Oberst Werner Junck beim Luftflottenstab V in Athen buchstäblich abgerungen.

Den irakischen Machthabern schienen die Umstände der Entlassung von Vater Blomberg nicht bekannt gewesen zu sein, oder aber sie hatten sich einer erfolgreichen Amnesiekur unterzogen und das peinliche Ende der Karriere des Generalfeldmarschalls einfach vergessen. Jedenfalls wurde die Ankunft des Sohnes mit großer Ungeduld erwartet, die uns schließlich – jede Geheimhaltung und Verschlüsselung missachtend – am Telephon bekanntgegeben wurde. Hauptmann Darjes, einer unserer Luftwaffenexperten, nahm den Anruf entgegen, als wir uns abends in Raschid Alis Villa zu einer Besprechung versammelt hatten. Der Anruf kam aus Mossul, wo Axel von Blomberg mit einem für den Kampf nicht ausgerüsteten Kurierflugzeug gerade gelandet war und seinen Weiterflug nach Bagdad für den nächsten Tag bekanntgab.

»Aber hüten Sie sich vor englischen Fliegern, Herr Major«, schrie Hauptmann Darjes in den Telephonhörer, so dass nicht nur Blomberg und die irakischen Telephonisten, sondern auch die Abhörzentrale in Londen bestimmt jedes einzelne Wort verstehen konnte.

»Ja, ich weiß schon, dass Ihre Maschine schnell ist, aber die Briten haben inzwischen die absolute Lufthoheit errungen …«

In diesem Augenblick riss ihm Grobba den Hörer aus der Hand.

»Herr Major, hier spricht Missionsleiter Gehrke … Ja, Gehrke! Ich muss Sie bitten, in Zukunft nur diesen Namen zu verwenden … Auch ich erinnere mich gut an unsere letzte Begegnung und freue mich, Sie wiederzusehen … Mit Vergnügen … Ich werde alles Nötige in die Wege leiten … Ach, noch ein Bitte: Fliegen Sie zur Ankündigung deutscher Hilfe eine Ehrenrunde über der Stadt.«

Kohlhaas stöhnte, Darjes rollte erstaunt die Augen, Gerhard versuchte, Grobba irgendwelche Zeichen zu geben, Bürochef Hornbacher murmelte dreimal hintereinander »Oh mein Gott!«, und aus Möhrles Gesicht war das permanente Grinsen mit einem

Male gewichen. Die Erinnerung an den Empfang in Mossul war uns allen noch gegenwärtig, nur Herrn Gehrke offensichtlich nicht, doch das Gespräch war schon beendet, bevor wir die drohende Gefahr durch die Wiedereroberung des Telephonhörers hätten abwenden können.

Am nächsten Morgen musste ich feststellen, dass sich in Bagdad Nachrichten und Gerüchte schneller verbreiten als in den kleinen schlesischen Dörfern, die ich in den Mußestunden meiner Jugend erwandert hatte. Wie sehr verfluchte ich den Dilettantismus unserer Gastgeber, der trotz ihres ehrlichen Bemühens, alles richtig zu machen, dennoch geradewegs ins Verderben führte. Als ich mit dem Generalstabschef im Gastgarten eines Restaurants in der Abu-Nuwas-Straße saß und ein vorzügliches Fischgericht zu mir nahm, zu dem mich Salah al-Din al-Sabbagh, dieser Primus inter Pares des *Goldenen Quadrats*, eingeladen hatte, konnte ich den euphorischen Rufen der Passanten und der anderen Gäste entnehmen, dass »ein deutscher Generalfeldmarschall höchstpersönlich demnächst mit dem Flugzeug in Bagdad eintreffen« werde. Die aus diesem Gerücht resultierende Begeisterung hatte scheinbar die ganze Stadt erfasst. Jubelnde Menschen zogen an uns vorbei, streckten Hände, Fäuste und – ganz wie ich es befürchtet hatte – Feuerwaffen in die Höhe, schrien nationalistische Parolen und sangen zu einer Melodie, die eine ungefähre Ähnlichkeit mit jener des Deutschlandliedes aufwies: »Deutschland, Deutschland über alles!« Es dauerte nicht lange, bis sich zahlreiche Schaulustige auf den Dächern der Häuser versammelt hatten und erwartungsvoll Richtung Himmel starrten. Eine Gruppe von Polizisten ist mir dabei besonders in Erinnerung geblieben. Die drei Uniformierten schossen mit ihren Pistolen in die Luft, riefen »Lang lebe Deutschland!«, »Lang lebe der Irak!«, »Lang lebe Hitler!« oder »Heil unseren siegreichen Truppen!« und versuchten durch die Inbrunst, mit der sie diese und ähnliche Slogans skandierten, einander zu übertreffen. Eine

Flasche, die offensichtlich ein alkoholisches Getränk enthielt, wurde von einem zum anderen gereicht und bald, nachdem sie leergetrunken war, durch eine neue ersetzt. Demzufolge wurde der Zeitabstand zwischen den Schüssen, deren Flugbahnen die Wahrscheinlichkeit von Querschlägern oder noch Schlimmerem immer größer machten, kürzer, das patriotische Gebrüll lauter und martialischer. Wortwörtlich möchte ich das, was ich damals zu hören bekam, nicht wiedergeben. Sinngemäß jedoch wurden – ich formuliere es vorsichtig und sehr allgemein – England und das Judentum mit zwei bösen Weibern verglichen, die das »wehrhafte Deutschland« mit der Macht seiner Waffen schänden, züchtigen, in die Schranken weisen und disziplinieren werde. Dies alles sollte nicht nur der Befreiung dienen und die arabische Nation groß machen, sondern außerdem im Namen Gottes und des Propheten erfolgen und wurde von den Rufen »Allahu akbar!« begleitet.

»Wenn sogar die Polizei sich mit Arrak volllaufen lässt, finde ich das zum Kotzen. Betrunkene Polizisten, die blasphemische Reden halten, sollte man zu Straßenkehrern degradieren«, bemerkte Salah al-Din al-Sabbagh, dessen Pferdegebiss und breite Schultern und das Kriegshandwerk, dem er sich verschrieben hatte, nur bei oberflächlicher Betrachtung darüber hinwegtäuschten, dass er in seinem tiefsten Inneren eigentlich ein feinsinniger Mensch war.

Als die erwartete Maschine tatsächlich am wolkenlosen Himmel über Bagdad auftauchte, wagte ich gar nicht, hinaufzuschauen.

Als wir wenig später im Hause Raschid Alis eintrafen, sahen wir nur bedrückte Gesichter. Hauptmann Kohlhaas, der gerade von einem Stadtspaziergang zurückgekehrt war, begrüßte mich mit den Worten: »Eins folgt aus dem anderen, wie es geschrieben steht.« Was wir befürchtet hatten, war tatsächlich eingetreten. Ingenieur Knemeyer, der neben Axel von Blomberg im Führersitz der Maschine gesessen hatte, erklärte mit Tränen in den Augen: »Blomberg ist tot – beim Überfliegen der Stadt von unten durch ein von den Dächern abgefeuertes Geschoss in den Kopf getroffen.«

»Diese verdammte Ehrenrunde!«, schimpfte Hauptmann Darjes gerade in jenem Moment, als der Verursacher des Unglücks mit theatralischen Gesten und dem Ausruf »Was für eine Tragödie!« auf der Bildfläche erschien. Hauptmann Kohlhaas fasste ihn recht grob am Ärmel und sagte trocken: »Herr Gehrke, ich möchte Sie unter vier Augen sprechen.« Daraufhin begaben sich die beiden hinaus auf die Terrasse und ließen uns sowie den herbeigeeilten Raschid Ali, den Großmufti, seinen Sekretär und den völlig geschockt wirkenden Yunis al-Sabawi in der Halle stehen.

Auch wenn ich bei der Aussprache von Kohlhaas und Grobba nicht dabei war und demzufolge kein Zeugnis darüber abgeben kann, so wurde sie doch in einer Lautstärke geführt, dass weder mir noch den anderen die Worte »Landesverrat« und »Gestapo« entgehen hätten können. Mit einiger Phantasie und der entsprechenden Kombinationsgabe konnte man unschwer heraushören, dass jeder der beiden Herren Drohungen gegen den anderen ausstieß, ihm »kriegsschädigendes Verhalten« unterstellte und eine Zukunft im Konzentrationslager voraussagte. Zum Glück hatte die Gestapo vorerst noch keinen ihrer Mitarbeiter in den Irak beordert, doch die Intensität der Auseinandersetzung verhieß trotzdem nichts Gutes.

»Diese verdammte Ehrenrunde!«, wiederholte Hauptmann Darjes in der Hoffnung, dem eingetretenen Schweigen entgegenzuwirken und somit den verheerenden Eindruck, den die Szene, deren Zeugen wir waren, auf unsere irakischen Freunde machen musste, ein wenig zu mildern. Doch das wortreiche Geplänkel, in dem in Folge sowohl wir als auch die anwesenden Iraker ihrer Bestürzung über den tragischen Tod unseres Kameraden Ausdruck verliehen, während keine zwanzig Schritte entfernt der Missionsleiter und sein militärischer Berater sich gegenseitig Schimpfwörter an den Kopf warfen, vermochte nicht darüber hinwegzutäuschen, dass in der langjährigen Geschichte der deutsch-irakischen Beziehungen dieser Tag mit Sicherheit der schwärzeste gewesen ist.

Für mich persönlich hatten die geschilderten Ereignisse insofern ein Nachspiel, als mir Hauptmann Kohlhaas am selben Abend in einer abgeschiedenen Ecke des Gartens mitteilte, Grobba sei »ein kompletter Idiot« (eine Einschätzung, der ich nicht widersprach, die ich aber auch nicht durch ein unvorsichtiges Wort oder eine allzu verfängliche Phrase bestätigen wollte). »Er scheint aber gerade an Ihnen einen Narren gefressen zu haben«, fuhr Kohlhaas fort. »Wenn Sie mir also regelmäßig Bericht darüber erstatten würden, was der Inhalt der gelegentlichen Unterhaltungen ist, die er mit Ihnen führt, wäre ich Ihnen sehr verbunden.« Da ich es vorzog, dieser Bitte wortlos und mit ernster Miene zu begegnen, brachte er sie umso deutlicher vor. »Das ist ein Befehl!«, sagte er.

Dem Befehl eines ranghöheren Offiziers konnte ich mich schwer widersetzen und unterrichtete Hauptmann Kohlhaas in Zukunft über den Inhalt meiner Unterhaltungen mit Grobba, wobei ich mich allerdings auf jene Themen beschränkte, bei denen ich nicht der Gefahr ausgesetzt war, die Missgunst des Missionsleiters auf mich zu ziehen. Dies war, wie ich betonen möchte, keineswegs feige, sondern nur ein kluger taktischer Schachzug, denn Hauptmann Kohlhaas hätte auch dann wenig ausrichten können, wenn er über die Hintergründe von Grobbas geheimen Plänen, in die ich zu einem geringen Teil eingeweiht wurde, Bescheid gewusst hätte. Demzufolge wollte ich Hauptmann Kohlhaas unnötiges Kopfzerbrechen ersparen und ihn gleichzeitig vor unbedachten Aktionen, die ihn Kopf und Kragen hätten kosten können, schützen. Und wenn ich als Folge meiner Indiskretionen beim Missionsleiter in Ungnade gefallen wäre, hätte das weder mir noch irgendjemand anderem einen Nutzen gebracht.

Noch am selben Abend schickte Grobba eine Meldung nach Berlin, die bei einigen von uns Wut und Kopfschütteln auslöste, durchaus aber im Interesse Raschid Alis und seines Kabinetts lag: *Major von Blomberg im heldenhaften Luftkampf gegen eine feindliche Übermacht über Bagdad gefallen*.

Ein irakischer Leichenbeschauer bestätigte, dass *der tödliche Schuss von oben* – also von einer feindlichen Maschine – *abgegeben* worden sei.

In den folgenden Tagen traf unsere kleine Luftstaffel unter dem Befehl von Oberst Werner Junck im Irak ein. Sie bestand, soweit ich mich erinnern kann, aus etwa einem Dutzend Heinkel-He-111-Bombern und ungefähr genauso vielen Messerschmitt-Bf-110-Zerstörern. Den Ausgang des Feldzugs konnten sie genauso wenig beeinflussen wie jene wenigen italienischen Flugzeuge, die Mussolini in den Irak beordert hatte. Trotz einiger kleinerer Erfolge waren die meisten Flugzeuge bald nicht mehr einsatzfähig, sei es, weil ihre Motoren nicht mit den für einen Wüstenkrieg nötigen Sandfiltern ausgestattet waren, sei es, weil es einfach an Treibstoff oder an Ersatzteilen mangelte. Grobba aber behauptete mehr als ein Vierteljahrhundert später in seinem Buch *Menschen und Mächte im Orient* immer noch, Axel von Blomberg sei *im Luftkampf gefallen,* so als würden die Todesumstände dieses jungen Menschen in einer längst vergessenen Episode eines längst verlorenen Krieges der vermeintlichen Wichtigkeit seines eigenen Lebens eine höhere Bedeutung verleihen.

12

Die nächsten sechzig Seiten aus Großvaters Manuskript möchte ich mit Ausnahme von drei kurzen Episoden überspringen. Die minutiösen Beschreibungen von Sitzungen, von Besichtigungen militärischer Anlagen, Stadtspaziergängen, Intrigen und anderer Ereignisse, deren Zeuge Großvater im Zuge des Anglo-Irakischen Krieges geworden ist, sind oft langatmig und für jene, die kein ausgeprägtes Interesse für die Geschichte des Zweiten Weltkriegs haben, uninteressant. Erwähnenswert wären vielleicht zwei Reisen nach Mossul, die Großvater als persönlicher Assistent und Übersetzer von Hauptmann Kohlhaas unternommen hatte, wenn seine Beschreibung der Ruinen von Ninive, die er bei dieser Gelegenheit besichtigte, nicht allzu gelehrtenhaft und professoral ausgefallen wäre. Amüsant, aber für diesen autobiographischen Bericht trotzdem zu umständlich und zu lang ist die Schilderung eines Empfangs beim italienischen Gesandten Gabrielli. Dieser Abend ist Großvater vor allem deshalb in Erinnerung geblieben, weil der irakische Propagandachef Yunis al-Sabawi *im volltrunkenen Zustand auf den Buffettisch geklettert* war. Die anschließende Tanzvorführung – *eine akrobatische Meisterleistung, wiewohl für den außenstehenden Betrachter nicht unbedingt ein Genuss* – war angeblich von schrillen Lauten begleitet, *einer Mischung aus Geheul und Gekrächze, nicht Wolf nicht Krähe, keineswegs dazu angetan, den Ruf des Propagandachefs als großer Redner und schon gar nicht als Sänger zu verbessern*. Dass die irakische Führungsschicht *dem Alkoholverbot des Propheten wenig Beachtung schenkte,* wird auch an anderen Stellen recht anschaulich dargestellt.

Enttäuschend, weil allzu detailliert und somit leider an vielen Stellen langweilig, ist die Schilderung des *tapferen, aber letztlich aussichtslosen Kampfes panarabisch gesinnter Freiwilliger unter der Führung von Fauzi al-Kawukschi*, der schon während des großen

Aufstandes in Palästina gegen die Briten als *Rebellenführer* im Einsatz gewesen war. Der von seinen deutschen Freunden und Verbündeten »Fauzi Kauzi« genannte al-Kawukschi musste das von ihm verteidigte Wüstenfort Rutbah aufgeben und den Rückzug antreten.

Etwas spannender liest sich die Schilderung einer Reise zur Euphratfront bei Falludscha, die Großvater – auch diesmal als Begleiter und Übersetzer von Hauptmann Kohlhaas – Mitte Mai unternommen hatte:

Der Abschnittskommandant, ein gedrungener Mann mit eng stehenden Augen, zeigte sich über seine eigenen taktischen Vorkehrungen nur wenig unterrichtet. Stattdessen war er sehr um unser leibliches Wohl besorgt. Wann immer Hauptmann Kohlhaas auf militärische Einzelheiten zu sprechen kam, wechselte unser Gastgeber, ein nicht allzu wacker aussehender Krieger, das Thema und fragte mit besorgter Stimme, der man mit einiger Phantasie fast schon einen mütterlichen Tonfall unterstellen konnte: »Ach meine Herren, wollen Sie denn nicht noch etwas essen? Sie müssen doch nach der Reise aus Bagdad sehr hungrig sein.«

Der am nächsten Tag unternommene *persönliche Augenschein* fällt für den kriegserprobten Hauptmann Kohlhaas gleichfalls sehr unbefriedigend aus. Ein Spaziergang durch den Ort wird von Großvater mit dem Satz *Weiber und Kinder streckten aus ihren armseligen Behausungen schnatternd die Köpfe heraus* kommentiert. Die folgenden fünf Sätze, deren Qualität nicht viel besser ist, streiche ich lieber und setze an jener Stelle fort, als Kohlhaas, mein Großvater und ihre Begleiter einen »irakischen Ausguckposten« erreichen:

In der kleinen Moschee des Städtchens hatten die Verteidiger einen Ausguckposten eingerichtet. Mit einem mulmigen Gefühl stiegen wir über die enge Wendeltreppe zum Kranz des Minaretts empor. Der Euphrat, dessen majestätische Pracht durch keine Eroberung der letzten viertausend Jahre erschüttert werden konnte, glänzte vor unseren Augen im Morgenlicht. Nun bildete er die Front zwischen unseren irakischen Verbündeten und dem Feind. In der Ferne kreiste ein britischer Aufklärer, und die dumpfen Einschläge der Artilleriegeschosse erschienen mir plötzlich so irreal und überflüssig wie die pittoreske und tadellos saubere Uniform von Major Amin, unserem irakischen Begleitoffizier. Ob das Minarett denn noch nie beschossen worden sei?, fragte Hauptmann Kohlhaas und erhielt die erstaunte Antwort: »Aber nein, das ist doch ein geheiligter Ort!« Nicht weniger erstaunt, aber doch ein wenig besorgt, beschlossen wir, den geheiligten Ort so schnell wie möglich zu verlassen.

Die andere Seite des Flusses war aufgrund eines Hochwassers und der Tatsache, dass die Irakis die Dämme gesprengt hatten, überflutet. Hinter dem künstlichen See lag der von den Briten gehaltene Militärstützpunkt Habbanija. Die irakischen Verteidigungsanlagen beschränkten sich auf einige Maschinengewehre und eine große Anzahl dürftig bewaffneter Soldaten, die den morgendlichen Artilleriebeschuss der Briten, der nur wenig Schaden anrichtete, gleichmütig in ihren Schützengräben abwarteten. Doch mehr als an dieser recht fatalistisch wirkenden Streitmacht war Hauptmann Kohlhaas an der Euphratbrücke interessiert, die weitgehend unversehrt geblieben war und zur überfluteten Straße auf der anderen Seite des Flusses führte. Hauptmann Kohlhaas bat mich, den irakischen Offizier, der uns in diesem Abschnitt begleitete, zu fragen, ob denn für Sprengvorrichtungen gesorgt und die Sprengladungen schon angebracht worden seien. Das Hochwasser werde uns ja nicht die Freude machen, bis Kriegsende den Feind fernzuhalten.

»Aber sehr geehrter Herr Hauptmann«, erwiderte der irakische Offizier. »Wenn wir die Brücke sprengen, ist sie doch kaputt.«

Den Kommentar des Hauptmanns auf diese Äußerung möchte ich nicht wiederholen.

Großvaters ausführliche Beschreibung der Rückreise nach Bagdad überspringe ich genauso wie das detaillierte Protokoll einer Unterredung zwischen Kohlhaas und dem italienischen Militärattaché d'Adda. Eine Szene ganz anderer Art, die sich einige Zeit später in Bagdad zugetragen hat, gebe ich jedoch in voller Länge wieder:

An jenem Tag war ich mit Gerhard unterwegs. Ich sah Kinder mit Beinen, die dünn waren wie Stöcke. Ihre Bäuche waren von Hunger aufgebläht, die Kopfhaut mit Krätze überzogen. Barfuß und in Lumpen gekleidet standen sie am Straßenrand und beobachteten, wie wir vorbeiflanierten. Einige von ihnen hatten kleine Behälter aus Blech bei sich, die sie mit einer Schnur um den Hals trugen oder an der Taille befestigt hatten. Sie suchten die Gehsteige nach Zigarettenkippen ab, die sie danach an die Tabakfabriken verkauften. Dort wurden aus den Kippen neue, minderwertige Zigaretten hergestellt, die billigste Marke, Tabakwaren für die Ärmsten der Armen. Diese Kinder warteten sehnsüchtig darauf, dass jemand eine nur zur Hälfte gerauchte Zigarette wegwarf oder – das Allerschönste, was überhaupt passieren konnte – ihnen eine ganze Zigarette schenkte. Gerhard fand nun Spaß daran, diesen Kindern seine angerauchten Zigaretten zuzuwerfen und zu beobachten, wie sie sich darum stritten und rauften, wobei er manchmal einen Wurf nur scheinbar andeutete und danach mit einem Grinsen die Zigarette wieder in den Mund steckte oder sie einem bestimmten Kind reichte, um die Hand im letzten Moment zurückzuziehen und sie einem anderen Kind zuzuwerfen.

»Hör auf!«, schrie ich ihn an. »Das ist ja ekelhaft.«

»Wenn man sich umschaut, kann man nicht mehr recht glauben, dass die Araber eine alte und edle Rasse sind«, sagte Gerhard und warf den Kindern die ganze Schachtel zu. »Wahrscheinlich haben, noch bevor mehrere Turkvölker durch dieses Land gezogen sind, schon die Mongolen das Blut der Einheimischen ein für alle Mal verdorben.«

Die Kinder, es waren vier oder fünf Knaben im Alter zwischen acht und zehn Jahren, schlugen inzwischen heftig aufeinander ein.

»Sei nicht ungerecht.«

»Wieso ungerecht?«

»Die Mongolen sind eine starke und edle Rasse. Das Elend im Irak hat andere Ursachen.«

Das größte und offensichtlich stärkste Kind hatte in diesem Moment die Zigarettenschachtel erbeutet. Die anderen blieben mit leeren Händen zurück.

»Das wird alles aufhören, wenn wir einmal das Sagen haben«, bemerkte Gerhard. »Mesopotamien, die Wiege der Zivilisation, ist heute nichts als eine Wüste – Folge einer jahrhundertelangen Misswirtschaft. Das muss ein Ende haben.«

»Und wie willst du das ändern?«, fragte ich. »Weder die Türken noch die Briten noch Dutzende Regierungen der letzten Jahren haben es zuwege gebracht, die Lebensverhältnisse der Bevölkerung entscheidend zu verbessern.«

»Zuerst müssen die Juden weg. Dann werden die Beduinen sesshaft gemacht. Danach werden die Stammesfehden unterbunden und die Familienclans zerschlagen.«

Ich begann zu lachen. »Das ist leicht dahingesagt, aber setz das mal um.«

»Es ist umsetzbar. Wenn es sein muss, sogar ziemlich rasch. Ich kenne das aus Polen. Wenn zwei sich streiten, denk nicht lange nach, wessen Partei du ergreifen sollst: Erschieß beide. Man sollte alle Scheichs, Aghas, Partei- und Clanführer, alle aufrührerischen Imame, Mullahs, Rabbiner, Priester – es gibt hier bekanntlich auch Christen, die allerdings nicht besser sind als die anderen Leute in diesem Land – und sonstigen obskuren Denker, die für Unruhe zwischen den Volksgruppen und Religionsgemeinschaften sorgen, aus diesem Land abtransportieren. In Polen gibt es entsprechende Orte, an denen auch für diese Menschen noch genügend Platz wäre. In der Lagerbaracke oder beim Steineklopfen können sie dann miteinander oder mit unseren europäischen Pfaffen und Rabbinern, die wir dorthin auf Urlaub geschickt haben, ihre nationalen oder theologischen Meinungsverschiedenheiten ausdiskutieren.«

»Das wären, denke ich, mindestens 100 000 Menschen, Juden nicht mitgerechnet. Außerdem halte ich deinen unkultivierten Zynismus für unangemessen. Du bist Mitglied einer diplomatischen Delegation und kein Redner im Bierzelt der SA.«

»Ach Sebastian, jetzt werd nicht gleich sentimental. Seit Kriegsbeginn sind schon 100 000 Deutsche im Kampf gefallen. Und allein in Verdun starben im letzten Krieg dreimal so viele. Wir leben in Zeiten des Umbruchs. Siehst du den Balg dort am Straßenrand? Er wird uns einmal dankbar dafür sein, dass wir keine rührseligen Vorstellungen von Humanismus haben, sondern tun, was getan werden muss.«

Dem konnte ich damals nichts entgegensetzen und wechselte das Thema.

Fünf

1

Drei Wochen lang bin ich regelmäßig zu den Treffen des *Weißen Halbmondes* gegangen. Während die Frauen aus ihrem Leben erzählten, machte ich mir Notizen. Dies wurde nicht gern gesehen. Ich erntete böse Blicke, doch hat niemand mich jemals gebeten, damit aufzuhören. Von allen Geschichten, die ich in dieser Zeit gehört habe, ist mir jene am nachhaltigsten in Erinnerung geblieben, die uns Corinna erzählt hat. Ich versuche, sie – soweit es mir möglich ist – nachzuerzählen, auch wenn mir das eine oder andere Detail entgangen sein mag und ich einiges nicht wörtlich, sondern nur sinngemäß wiedergeben kann:

Ich war immer mit Rucksack unterwegs und habe entweder gezeltet oder in billigen Pensionen gewohnt. Das durchorganisierte Urlaubsvergnügen war mir zuwider. Ich habe mir immer Gegenden ausgesucht, wo es keine Hotels oder zubetonierte Städte gab. Ich wollte sehen, wie die Menschen wirklich leben. Die Ursprünglichkeit, das Archaische, das Wesentliche ohne Ballast haben mich schon als Kind fasziniert. Gerade in der Türkei habe ich entdeckt, wie zufriedenstellend das einfache Leben sein kann, und habe bemerkt, wie sehr die Menschen bei uns, in der sogenannten westlichen Welt, entfremdet sind. In einem türkischen Ort, wo ich als junge Studentin einige Monate verbracht habe, gab es kaum Touristen. Eines Tages kamen Europäer auf Fahrrädern in den Ort. Sie trugen die entsprechende Kleidung und futuristisch aussehende Radhelme. Die türkischen Bauern haben sich gewundert und mich gefragt, was das für Menschen seien, die auf Fahrrädern durch ihre Dörfer hetzen. Das sind Westeuropäer, die hier Ferien machen, habe ich geantwortet. Das haben die türkischen Bauern nicht verstanden. »Was ist das für eine Kultur?«, staunten sie. »Wie kann man nur so verbissen Rad fahren? Und vor allem – wozu? Mit dem Auto oder dem Bus ist man doch viel schneller am Ziel.«

Dass jemand zum Baden in den Süden kommt, konnten sie sich noch vorstellen, aber dass sich jemand in seiner Freizeit freiwillig plagt, war jenseits ihres Verständnisses.

Man vergisst ja sehr schnell, wie es bei uns früher, noch vor wenigen Generationen, gewesen ist. Der Unterschied zur heutigen Türkei war nicht sehr groß. Ich fragte mich unwillkürlich: Wer ist denn eigentlich vom Leben entfremdet? Die einfachen Bauern, die ihr Leben der Natur und dem Rhythmus der Tage anpassen, oder die Menschen, die in den Hotels leben und sich an den Buffets jeden Tag vollstopfen, um danach Durchfall oder Erbrechen zu bekommen? Durch das Kennenlernen der türkischen Kultur, anderer Regionen und fremder Religionen habe ich eine kritischere Sichtweise auf meine eigene Welt bekommen. Wenn man, so wie ich, woanders lebt, auf einfachste Weise, wirklich nur das Nötigste hat und dann die Europäer beobachtet, kommt einem vieles von dem, was wir tun, nicht mehr normal vor. Ich begann, meine eigene Kultur aus der Distanz, mit entfremdetem Blick, zu betrachten.

Ich war viel unterwegs. Ich war drei Sommer in der Türkei. Ich durchquerte Indien und frage mich noch heute, wie ich das überlebt habe. Doch meinen Mann lernte ich in Gigricht kennen. Er war Musiker und spielte Ney, eine orientalische Längsflöte, bei den *Gigrichter Lerchen*, die ihn für ein paar Konzerte engagiert hatten. Später wechselte er zu einem etwas renommierteren, internationalen Ensemble, den *Dervishs Beyond Paradise*, einer Gruppe von Künstlern aus der Türkei, aus Deutschland, Marokko, Syrien, Frankreich, dem Iran, Spanien, Irland und einigen anderen Ländern, die einen eigenen Stil entwickelt haben, eine musikalische Symbiose aus orientalischer und westlicher Tanzmusik mit gelegentlichen Jazz-, Rock- und Popelementen. Die Auftritte dieser Gruppe werden mit Modern Dance Performances und Lichteffekten kombiniert. Insofern gehören außer Musikern auch Tänzer, Bühnendekorateure, Techniker und eine italienische Komponistin, Regisseurin und Event-Künstlerin namens Chiara Gentile, die eine Mischung aus Deutsch, Englisch, Französisch und Spanisch spricht, keine von diesen Sprachen wirklich beherrscht und trotzdem von allen verstanden wird, zum Ensemble. Nachdem ich Kemals Freundin und später seine Frau geworden war, tauchte ich in eine faszinierende Welt ein, die eigene Regeln, eine eigene Moral und sogar eine eigene Zeitrechnung hat. Ich begleitete Kemal auf seinen Tourneen, lernte die Alternativszenen so unterschiedlicher Orte wie New York, Lublin, Sioux City, Frankfurt an der Oder, Madrid, Irkutsk, Jerusalem, Lecce oder Buenos Aires kennen und kam erst wieder zur Ruhe und auf die Erde zurück, als ich mein Studium endlich abgeschlossen und eine Stelle als Lehrerin für Deutsch und Geschichte am Wilhelm-von-Humboldt-Gymnasium in Patsch angetreten hatte. Als ich schwanger wurde, sagte Kemal die meisten Tourneen ab. Ab diesem Zeitpunkt leitete er Kurse für orientalische Musik an der Musikschule, die ihm genug Zeit ließen, um für unsere Tochter und später auch für unseren Sohn ein guter Vater zu sein.

Meine Eltern haben Kemal von Anfang an abgelehnt. »Du wirst mit Pluderhose und Kopftuch herumlaufen«, haben sie gesagt. Das war natürlich Unsinn. Mein Mann war nicht religiös und hatte sich an die europäische Lebensweise angepasst. Geboren wurde er in einem ostanatolischen Dorf und hatte diese Welt schon mit achtzehn hinter sich gelassen. Er ging nach Ankara, um Musik zu studieren, konnte aber das Studium nicht abschließen, weil er im Zuge einer Studentendemo festgenommen und ins Gefängnis gesperrt wurde. Über diese Zeit sprach er nur selten mit mir. Das Einzige, was ich erfuhr, war, dass er Mitglied, besser gesagt ein unbedeutender Mitläufer einer linksradikalen Gruppierung gewesen war und dass die Polizei ihn gefoltert hatte. Er wurde zu einer Haftstrafe von zwei Jahren verurteilt, aber schon nach zehn Monaten freigelassen. Danach fühlte er sich in der Türkei nicht mehr sicher und übersiedelte nach Deutschland. Bevor wir uns kennengelernt hatten, lebte er in Berlin. Seine Karriere als Musiker hatte dort begonnen.

Rassistische Bemerkungen musste ich mir nicht nur von meinen Eltern anhören. Mein früherer Freund, ein Deutscher, war sehr verletzt, als ich wegen Kemal mit ihm Schluss machte. »Was gibst du dich mit Menschen dritter Klasse ab«, hat er gemeint. »Dieser Türke wird dir nicht gut bekommen.«

Daraufhin brach ich den Kontakt zu ihm ab. Aber auch andere nahmen sich das Recht heraus, mich zu beschimpfen.

»Jetzt kann sie ihre Liebe zu fremden Kulturen ausleben. Die im Islam vorherrschende untergeordnete Rolle als Frau, das passt viel besser zu ihr als das Zusammenleben mit einem deutschen Mann.«

Diese Aussage kam von einem Uni-Dozenten, der sich gerne als Achtundsechziger und als Linksalternativer bezeichnete. Er hatte mir nicht verziehen, dass ich ihm einst, als ich noch im ersten Semester gewesen war, einen Korb gegeben hatte. Der Dozent war ein Mann, der die Worte Gerechtigkeit, Feminismus oder Antikapitalismus ständig im Munde führte. Er war alternativ genug, eine zwanzigjährige Studentin zu schwängern und sie zur Abtreibung zu zwingen, aber nicht alternativ genug, um sich um seinen Sohn aus erster Ehe zu kümmern. Als engagierter Alternativer demonstrierte er gegen die Ungerechtigkeiten in der

Dritten Welt, aber als er sich scheiden ließ, stritt er mit seiner Frau, wer den Kühlschrank und die Stereoanlage behalten darf, und war mit den Unterhaltszahlungen für seinen Sohn ständig im Verzug.

Kemal war anders als die meisten unserer Gigrichter Türken. Er war gebildet, er war weltoffen, er hatte Humor, und er war ehrgeizig. Auch wenn er wegen der Kinder die meisten Auftritte und Auslandsreisen abgesagt hatte, spielte er dennoch fast jeden Tag auf seiner Ney, um in Übung zu bleiben, und ließ sich mindestens zweimal im Jahr von Chiara Gentile »überreden«, an einer der »ganz wichtigen Tourneen«, die dem Ensemble den »ultimativen großen Durchbruch« bringen sollten, teilzunehmen, denn es gab niemanden, der die Ney so spielen und Chiaras Kompositionen so kongenial nachempfinden und virtuos wiedergeben konnte wie er. Der große Durchbruch sollte dem Ensemble nie gelingen. Es hatte auf der ganzen Welt seine Fans. Trotzdem blieb das, was sie machten, ein Nischenprogramm.

Ich hatte nichts dagegen, wenn Kemal diese Tourneen machte. Zweimal im Jahr war er ein paar Tage oder Wochen weg. Das konnte ich verkraften, und ich wusste, wie wichtig diese Reisen für ihn waren. Ende August 2001 flog die Gruppe nach Kanada und in die USA. Ihre Auftritte sollten in London, einer Stadt in Ontario, Detroit, Indianapolis, Cincinnati und Columbus, im Bundesstaat Ohio, stattfinden. Zwischen den Auftritten waren jeweils ein oder zwei Tage Pause. Diese Reise war nicht besonders gut organisiert. Das letzte Konzert fand am Abend des 10. September statt. Am nächsten Tag kam die Gruppe nicht mehr aus Columbus weg.

Ich machte mir furchtbare Sorgen. Wir telephonierten stundenlang, während auf dem Bildschirm meines Fernsehers eine Nachrichtensendung der anderen folgte. Kemal erzählte mir, dass die arabischen Ensemblemitglieder das Hotel nicht mehr verließen. Sie hatten Angst. Einige von ihnen schämten sich sogar, und Mohammed, der Ud-Spieler aus Syrien, erzählte einer Amerikanerin, die ihn in der Hotelbar angesprochen hatte, er sei Grieche. Kemal hingegen ging stundenlang kreuz und quer durch die Stadt. Er wollte beobachten. »Ein Künstler, der nicht beobachten kann, ist ein Scharlatan. Wahrscheinlich kennt kein Europäer Columbus besser als ich«, scherzte er. »Columbus sehen und sterben.« Ich bat ihn, keine solchen Witze zu machen. In diesen Tagen sei ohnehin ständig vom Tod die Rede.

Endlich kam der Tag, an dem die Flugzeuge wieder starten durften, und einige Tage später hatte Chiara für ihr Ensemble den Rückflug nach Europa organisiert. Ich war sehr nervös, aber Kemal beruhigte mich. Was werde ihm schon passieren? Er glaube nicht an das Gesetz der Serie.

Auf dem Flughafen von Columbus herrschte, so berichtete mir Kemal später, das absolute Chaos. Für Kontrollen, die früher eine Stunde gedauert hatten, brauchte man jetzt dreimal so lange.

»What? *Dervishs Beyond Paradise*?!«, brüllte der Beamte, als er den Namen der Musikgruppe erfuhr und in den syrischen, marokkanischen und türkischen Pässen blätterte. »Come with me! I'll show you Paradise Lost!«

Drei Stunden später saß Kemal in einem Transitraum und beantwortete schon zum zehnten Mal dieselben Fragen. Sein Gepäck war mehrfach durchwühlt, schließlich aber als unbedenklich eingestuft worden. Der Inhalt seines Aktenkoffers lag vor ihm auf dem Tisch. Alles war geröntgt und durch mehrere Hände gegangen, auch Kemals Ney mit dem dreifarbigen Schlangenmuster und dem Mundstück aus Elfenbein. Die Ney ist ein sensibles Instrument, und kein Musiker, wenn er ein richtiger Musiker ist, gibt sein Instrument gerne aus der Hand. Kemal hatte seine Ney noch in Ankara gekauft. Er hatte monatelang gespart, um sich ein Instrument von Qualität zu leisten, und lange gesucht, bis er jenes gefunden hatte, das seinen Ansprüchen und ästhetischen Erwartungen entsprach. Als er im Gefängnis saß, gab ihm die Vorstellung, wieder seine Ney, die er bei einem Freund sicher verwahrt wusste, spielen zu dürfen, die Kraft, seine Haftstrafe durchzustehen. Nun sah er, wie einer der Beamten die Ney, zum wiederholten Male, in die Hände nahm, mit einem misstrauischen Blick betrachtete und mit dem Finger der rechten Hand über die Spitze des Mundstücks fuhr. Da platzte Kemal der Kragen. »Don't touch that!«, schrie er. »What do you expect there to be? Do you think I've hidden a gun inside?«

Nach diesem Satz wurde Kemal verhaftet.

Man verhaftete nicht nur ihn, sondern auch einige andere Mitglieder der Gruppe, unter anderem Mohammed, der am Flughafen im Gespräch mit anderen Fluggästen behauptet hatte, er sei Malteser, bis er schließlich seinen Pass vorzeigen musste. Und als Chiara laut und energisch in ihrem Sprachenmischmasch protestierte, wurde sie ebenfalls festgenommen. Den Ausdruck »fooking bastardos« verstanden sogar die Beamten in Columbus.

Als Kemal drei Monate später nach Gigricht zurückkam, erstaunte es mich, mit welcher Gelassenheit er über seine Erlebnisse berichtete. Er könne das Vorgehen der amerikanischen Behörden verstehen, erklärte er mir. Sie versuchten, ihr Volk zu schützen, und würden dabei – aus nachvollziehbaren Gründen – manchmal übers Ziel schießen. Nach dem Trauma, das sie am elften September erlitten haben, sei dies wenig erstaunlich. Es sei menschlich.

»Sie waren nicht immer höflich zu mir, aber sie haben mich weder verprügelt oder gefoltert noch mit dem Tode bedroht«, erzählte er. »Niemand hat mit der Pistole auf mich gezielt und abgedrückt, wie ich es in der Türkei erlebt habe. Nachdem die Platzpatrone losgegangen war, lag ich schlotternd vor Angst auf dem Boden, während die beiden Polizisten vor Lachen brüllten und sich die Bäuche hielten. Sie verhöhnten mich dafür, dass ich in die Hose gemacht hatte. Ich dachte, ich würde diese Schande nicht überleben. Die Amerikaner haben mich nicht einmal geohrfeigt. Natürlich ist ein Gefängnis kein schöner Ort, nicht einmal in Ohio, aber meine Zelle war sauber, es gab keine Ratten, ich hatte ein Klo und durfte sogar Bücher lesen …«

Ich hatte den Eindruck, als seien diese drei Monate für mich viel schlimmer gewesen als für Kemal.

Für eine kurze Zeit kehrten wir zu unserem normalen Alltag zurück. Dann sollte sich von einem Tag auf den anderen alles ändern. Als er von der Schule zurückkam, merkte ich, dass er verstört und ängstlich war. Es war Abend. Die Kinder schliefen schon. Ich fragte ihn, ob ich ihm etwas zu essen machen solle, er aber gab mir keine Antwort, sondern zog die Vorhänge zu, verriegelte die Tür und schaltete das Licht aus. Er ging mit mir ins Schlafzimmer und sagte halblaut, er habe jemanden gesehen, dem er nie mehr begegnen wollte.

»Wen hast du gesehen?«, fragte ich.

»Einen der Polizisten«, sagte er. »Einen der Polizisten, die mich damals in der Türkei …« Dann wollte er nicht mehr darüber reden.

Am nächsten Tag kam er früher vom Unterricht nach Hause. Er war völlig verstört und meinte, der Polizist aus der Türkei habe Verstärkung erhalten. Nun seien es schon drei Männer, die ihm den ganzen Tag auf Schritt und Tritt gefolgt seien. Sie wüssten, wo er wohnte. Ich startete einen zaghaften Versuch, ihn zu beruhigen: »Hör zu, die Musikschule liegt mitten in Patsch. Jeden Tag überquerst du den Marienplatz, und jeder zweite Passant, der dir begegnet, ist ein Türke. Es geht dir nicht gut, du bist mit den Nerven herunter und siehst Gesichter aus der Vergangenheit.«

»Ich bin selbst Türke«, schnauzte er mich an. »Für mich schauen nicht alle Türken gleich aus. Ich verwechsle keine Gesichter.«

»Aber was, glaubst du, wollen diese Männer von dir?«, fragte ich ihn.

»Sie wollen mich in die Türkei zurückbringen und wieder ins Gefängnis sperren.«

Am nächsten Tag ging Kemal nicht aus der Wohnung. Wenn er draußen auf der Treppe Schritte hörte, verstummte er, befahl mir und den Kindern, still zu sein, presste das Ohr gegen die Tür oder schaute durch das Guckloch hinaus. Die Kinder – unsere Tochter war zwölf, der Sohn neun Jahre alt – waren verängstigt. Ich wusste nicht, was ich ihnen sagen sollte.

»Das sind sie«, flüsterte er. »Ich höre es an der Art, wie sie gehen. Ich erkenne diesen Gang, ich kenne ihn nur zu gut! Sie kommen, um mich zu holen, und dann lassen sie mich nie mehr frei. Sie werden mich …« Er sprach den Satz nicht zu Ende. »Sie werden mich wieder … Nein, ein zweites Mal überlebe ich das nicht.«

An diesem Tag durften weder ich noch die Kinder aus dem Haus. Es schien mir, als sei Kemal ein völlig anderer Mensch geworden. Er schaute mich an und sah mich nicht, er schaute unsere Kinder an, aber ihre verstörten Blicke, ihre Tränen und ihre Bitten erreichten ihn nicht. Er war in seiner Panik gefangen, aus der es für ihn keinen Ausweg gab. Die deutsche Polizei stecke, wie er mir erklärte, »mit denen« unter einer Decke. Es habe keinen Sinn, sich an sie zu wenden. Es gab Momente, da fürchtete ich, er werde sich aus dem Fenster stürzen. Ich versuchte, ihn zu umarmen, aber er ließ sich nicht berühren. Die Kinder saßen weinend im Eck. Ich lief zwischen ihnen und Kemal hin und her. Am Abend war ich am Ende meiner Kräfte.

»Glaubst du wirklich, sie schicken heute, fünfzehn Jahre nachdem sie dich aus dem Gefängnis entlassen haben, ein Entführungskommando nach Gigricht, um dich zu holen?«, brüllte ich ihn an. »So wichtig bist du nicht!«

Am nächsten Morgen zog ich mit den Kindern zu meinen Eltern. Zuvor rief ich Kemals Freunde an. Ich wollte ihn nicht allein lassen. Die Freunde versprachen, sich um ihn zu kümmern. Wie ich später erfuhr, ließ Kemal sie nicht an sich heran. Er wollte niemanden in seiner Nähe haben.

»Siehst du«, sagten meine Eltern. »Wir haben dich ja gewarnt. Jeder soll in seiner Welt bleiben. Das konnte ja nicht gutgehen …« Ich schluckte meinen Zorn hinunter und ließ ihnen den Triumph. Ich hatte zwei Kindern, um die ich mich kümmern musste. Ich konnte es mir nicht leisten, empfindlich zu reagieren.

Von Kemal hörte ich einige Zeit überhaupt nichts. Er wusste, wo ich war, doch er rief mich nie an. In all der Zeit schickte er nicht mal eine SMS. In der Musikschule ließ er sich nicht blicken, und wenn ich versuchte, ihn zu erreichen, ging er nicht ans Telephon. Sein Handy war ausgeschaltet. Manchmal zweifelte ich, ob er noch lebte. Zwei Wochen nachdem ich ausgezogen war, wollte ich ihn besuchen. Ich sperrte die Tür auf, konnte sie aber nicht öffnen, weil die Kette vorgelegt war. »Kemal!«, rief ich. »Kemal, sprich mit mir!« Aber er gab mir keine Antwort.

Dann, nachdem ich fast vier Wochen bei meinen Eltern zugebracht hatte, änderte sich wieder alles von einem Augenblick auf den anderen. Es war Sonntag. Meine Eltern, die Kinder und ich saßen gerade beim Mittagessen, als es an der Tür klingelte. Eine Minute später stand Kemal vor mir. Er trug seinen besten Anzug, hielt einen Strauß mit roten Rosen in der Hand und lächelte. Er versicherte mir, dass er seinen Verfolgungswahn überwunden habe, dass er mich liebe, dass er mich und die Kinder vermisse, dass er sein Leben wieder im Griff habe. Noch am selben Abend kehrte ich mit den Kindern nach Hause zurück.

Ich war überglücklich, doch schon als ich die Wohnung betrat, fielen mir Veränderungen auf, denen ich vorerst keine große Bedeutung beimaß. Die Poster an der Wand, die Kemal von seinen Tourneen mitgebracht hatte, waren abgehängt. Auch die Photos von seinen Auftritten oder jene, die ihn mit anderen Ensemblemitgliedern zeigten, fehlten. Die Wände waren kahl, ja die ganze Wohnung schien auf eine beängstigende Weise steril und ordentlich zu sein, und was mich noch mehr erstaunte, war eine türkische Ausgabe des Koran, die aufgeschlagen auf dem Esszimmertisch lag. Bis dahin hatte Kemal, wie gesagt, nie ein besonderes Interesse für Religion gezeigt, aber an diesem Abend war mir alles recht, solange es ihm besser ging, solange ich meine Ehe und meine Familie retten konnte, solange sich wieder so etwas wie Normalität oder wenigstens ein Hauch davon einstellte.

Noch in derselben Nacht erzählte mir Kemal, was in der Zeit, die er allein gewesen war, passiert ist. In der ersten Woche sei er nicht aus dem Haus gegangen. Er hatte die Tür verriegelt und einen Schrank davorgeschoben, das Telephon abgesteckt, die Vorhänge zugezogen und die Tage im Bett verbracht. Als ihm die Lebensmittel ausgegangen waren, hatte er keine Wahl. Er musste die Wohnung verlassen.

Er schlich hinaus auf die Straße, blickte sich ständig um, bemerkte, dass seine Verfolger ihren finsteren Plan keineswegs aufgegeben, sondern sich im Gegenteil vermehrt hatten, ja dass die halbe Stadt Gigricht auf ihrer Seite zu sein schien, raste zum Supermarkt, machte Einkäufe, lief zurück, legte die Tasche ab, dachte kurz nach, was er tun sollte, öffnete die Vorhänge, duschte, zog seinen besten Anzug an und ging wieder hinaus. Sollten sie ihn doch holen, wenn sie wollten. Es war ihm alles egal. Er würde ihnen nicht die Freude machen, freiwillig aus dem Leben zu scheiden. Seine Feinde blieben ihm auf den Fersen, aber sie rührten ihn nicht an. Kemal hatte den Eindruck, als würden sie sich über ihn lustig machen.

Als Kemal schon wieder umkehren und nach Hause gehen wollte, fiel sein Blick zufällig auf die große Moschee am Marienplatz, das älteste islamische Gotteshaus in Gigricht, das von manchen als Hauptmoschee bezeichnet wird, obwohl die meisten Moslems das nicht so sehen. Ohne viel nachzudenken, ging Kemal durch das Eingangsportal, zog im Vorraum seine Schuhe aus und betrat den Betraum. Seit er sein Heimatdorf verlassen hatte, war er in keiner Moschee gewesen. Doch an diesem Tag verspürte er plötzlich den Wunsch zu beten, und er blieb, wie er mir später erzählte, sehr lange in der Moschee und betete so inbrünstig, wie er das in seiner Kindheit und Jugend nie getan hatte.

Ich bin nie in der großen Gigrichter Moschee gewesen, wobei das Wort groß im Zusammenhang mit diesem Bauwerk relativ zu verstehen ist – jede Dorfkirche ist größer –, aber ich weiß, dass ihr Interieur keineswegs dazu inspiriert, die Gegenwart Gottes oder seine Größe zu erfahren. An jenem Tag nahm Kemal aber weder die ästhetische Anspruchslosigkeit noch den Kitsch der Sechzigerjahre wahr, über den, wie mir erzählt wurde, sogar das *Gigrichter Tagblatt* schon vor vierzig Jahren mit Hohn und Spott berichtet hatte. Dass seine Verfolger vor dem Eingang zum Gotteshauses haltgemacht hatten, war für Kemal Grund genug, in einen Zustand dankbarer Hingabe zu verfallen. Mein Schicksal liegt in Gottes Hand, beschloss er. Niemand kann mich schützen außer Ihm, denn Er ist mächtiger als meine Feinde. Wenn es aber mein Schicksal ist, verschleppt und gefoltert zu werden, so will ich es annehmen. Er wollte aufstehen und gehen, doch weder hatte er die Kraft, sich zu erheben, noch konnte er das Gebet unterbrechen, das er eine halbe Stunde zuvor begonnen hatte und das nun in seinem Geist in der Form einer Endlosschleife ablief … *Bismi llahi rrahmani rrahiem* – Im Namen Gottes, des Erbarmers, des Barmherzigen. *Alhamdu lillahi rabbi laalamien* – Lob sei Gott, dem Weltenherrn, *Arrahmani rrahiem* – dem Erbarmer, dem Barmherzigen, *Maliki jaumi ddien* – dem König am Tage des Gerichts! *Ijjaka na'budu wa ijjaka nasta'ien* – Dir dienen wir, und zu dir rufen um Hilfe wir. *Ihdina ssirata lmustakhiem* – Leite uns auf den rechten Pfad – *Sirata lladiena an'amta alajhim* – den Pfad derer, denen du gnädig bist, *Ghajri lmaghdubi alajhim wala ddallien* – nicht derer, denen du zürnst, und nicht der Irrenden. *Amien* – Amen …

Inzwischen kenne sogar ich dieses Gebet auswendig.

Kemal wusste nicht mehr, wie lange er sich in der Moschee aufhielt, und er wusste nicht mehr, ob er richtig oder falsch betete, ob er die Worte auf Arabisch nicht verwechselte oder mischte, doch mit jeder Minute, die er länger an diesem Ort verbrachte, wurde seine Angst kleiner, mit jeder Minute fühlte er sich besser, bis er schließlich die Kraft aufbrachte, aufzustehen und langsam, mit zaghaften Schritten zuerst, dann immer entschlossener, zum Ausgang zu gehen. Hätte er es damals bis zur Straße geschafft, wäre sein und mein Leben und das unserer Kinder anders verlaufen, doch bevor er das Gebäude verlassen konnte, hielt ihn jemand am Ärmel fest.

»Ich kenne dich nicht«, sagte der Mann. »Aber ich habe dich beobachtet und dein Gesicht studiert. Selten habe ich einen Menschen gesehen, der so verzweifelt war wie du. Willst du nicht mit mir darüber reden?«

»Es kann mir niemand helfen«, antwortete Kemal.

»Wenn es mir nicht gelingen sollte, dir zu helfen, dann werde ich es sein, ich ganz allein, der diese Schuld zu tragen hat«, meinte der Mann.

Ich habe Imam Ali nur wenige Male gesehen und noch seltener mit ihm gesprochen. Das meiste, was ich über ihn weiß, hat mir Kemal erzählt. Einige von euch kennen Imam Ali: Er ist ein stattlicher Mann, Mitte dreißig, einer, in den man sich verlieben könnte, solange man noch nicht in seine Augen geschaut hat. Er gehört zu den Menschen, die seit Jahrzehnten in Gigricht leben, aber kaum Deutsch sprechen, die, wenn sie anrufen, weder grüßen noch ihren Namen nennen, die den Gehsteig versperren und nicht beiseitegehen, weil es ihren Stolz verletzen würde, einer Frau Platz zu machen. Er gehört zu den Männern, die Frauen nicht die Hand geben, die alle Gebote penibel einhalten, die weder trinken noch rauchen, nicht auf Urlaub fahren, keine Hobbys haben, keine Bücher lesen außer den heiligen und ihre

Existenzberechtigung nur aus der großen Wichtigkeit beziehen, die sie sich selbst zuordnen. Er ist jemand, für den wir Luft sind. Wir existieren nicht in seiner Welt. Vor jedem Kleinkind hat er mehr Respekt als vor uns, vorausgesetzt, das Kind ist männlich und ein Moslem. Es gibt andere Imame in Gigricht, doch an jenem Nachmittag lief Kemal ausgerechnet Imam Ali in die Arme – ein zwangsläufiger Zufall, denn ein destruktiver Sog ordnet, wenn er einen Menschen einmal erfasst hat, jeden scheinbaren Zufall seiner destruktiven Energie unter. Der destruktive Sog ist wie ein Wirbelsturm. Man kann ihn nicht stoppen, sondern nur warten, dass er abflaut oder weiterzieht, warten und hoffen.

Imam Ali führte Kemal in ein Hinterzimmer, lud ihn auf Tee und Süßigkeiten ein, zeigte sich interessiert und einfühlsam und fragte ihn aus. Und Kemal erzählte ihm alles, erzählte, was er niemals einem Freund, ja nicht einmal mir mitgeteilt hätte, sprach von Gefühlen, die er bis dahin noch nicht in Worte gefasst hatte. Imam Ali hörte aufmerksam zu, unterbrach nur selten, und wenn er es tat, dann nur, um Kemal darin zu bestärken, weiterzureden. Er nahm ihn sogar in die Arme, nannte ihn seinen Freund und seinen Bruder und versprach zu helfen. Kemal berichtete mir später, was ihm Imam Ali gesagt hatte. Er hatte das Gespräch in allen Einzelheiten gut in Erinnerung behalten, und auch ich werde das, was er mir erzählte, nie vergessen.

»Ich zeige dir den Weg«, sagte Imam Ali, »denn Gott hat mir seine Gnade erwiesen. Er hat mich reich beschenkt. Zwar stattete er mich mit keinem jener Talente aus, die man gemeinhin als außergewöhnlich bezeichnet, doch gab er mir die Fähigkeit, den rechten Weg für mich und für andere zu erkennen.«

»Ein solches Glück wurde mir nie zuteil«, bemerkte Kemal. »Ich kann keinen Ausweg finden, nicht einmal für mich selbst.«

»Du bist blind, mein Bruder, blind und taub, und die Empfindungen, denen du ausgesetzt bist, sind nicht deine eigenen.«

»Das sind nur Worte, sie helfen mir nicht weiter.«

»Du hast dich mit einer Tarnkappe geschmückt, deren Opfer du selbst geworden bist. Du siehst dich nicht mehr. Du hast dich verloren, du bist ein Nichts, und deshalb hat der Teufel mir dir ein leichtes Spiel.«

»Der Teufel? Ich glaube nicht an den Teufel.«

»Das solltest du aber. Oder denkst du wirklich, dass es der türkische Geheimdienst ist, der hinter dir her ist? Sei kein Narr, wenn der Teufel dich zu narren versucht. Die türkische Republik hat größere Feinde als dich. Du bist ihr keine einzige Lira wert. Für den Teufel aber bist du ein Etappensieg auf seinem Kampf um die Weltherrschaft. Mit den Abtrünnigen und Schwachen, den Wurzellosen und den Renegaten hat der Satan leichtes Spiel. Sieh dich doch an, betrachte dein armseliges Leben, das nichts ist als eine erniedrigende, groteske Peinlichkeit. Jeder rechtgläubige Bettler hätte nur Verachtung für dich übrig. Der Luftzug, den eine Toilettenspülung erzeugt, ist wohltuender als die Aura deiner Gegenwart, weil du zum Arschkriecher der Nichtgläubigen geworden bist, zum Musik spielenden Hanswurst, der ihre niederen Gefühle, ihre Rührseligkeit und ihre scheinheilige Sehnsucht nach Weltoffenheit befriedigt. Zu einem gehorsamen, einem netten Moslem bist du für sie geworden, ähnlich dem braven Nigger, den die Amerikaner in früheren Zeiten so liebten. Du bist so, wie sie sich uns alle wünschen, damit sie sich in ihrer typischen, besonders widerwärtigen Art der gönnerhaften Herablassung weiterhin als Herren fühlen können. Sie werden dich nie als ihresgleichen ansehen. Für sie wirst du immer der fremde Moslem und der Türke bleiben, magst du noch so gut Deutsch sprechen und sie noch so oft mit deinem Neyspiel erfreuen. Du hast deine Religion und deine Kultur abgeworfen wie einen alten klobigen Rucksack, der dich am Gehen hindert, aber es ist eine Illusion zu glauben, dass du jemals ankommen wirst. Du aber denkst, dass die Wahrheit nicht existiert, weil du beschlossen hast, blind zu werden. So brav und angepasst bist du, dass du sogar für die amerikanischen Hunde Verständnis aufbringst, die dir ins Gesicht gespuckt und dich ins Gefängnis gesperrt haben, nur weil du einmal in deinem Leben den Mut aufgebracht hattest, zornig zu werden und dich wie ein Mann zu verhalten. Was aber das Schlimmste von allem ist: Du hast eine Christin geheiratet und überlässt ihr das Wertvollste, was du besitzt – deine Kinder. Erziehst du deine Kinder zu guten Moslems? Nein! Offensichtlich hat deine Frau leichtes Spiel mit dir, wenn du es zulässt, dass sie mit deinen Kindern Weihnachten und Ostern feiert. Ja mehr noch – du machst bei diesem Humbug mit, gehst mit ihr und deinen Kindern in die Mitternachtsmette, singst Stille Nacht oder versteckst Ostereier. Deine Frau hat dich zum Hampelmann degradiert. Während du die Verrenkungen vollführst, die sie dir abverlangt, braucht sie nur mit einer sanften Handbewegung an den Fäden zu ziehen. Doch in jeder Frau sitzt der Teufel, und gibst du der Frau zu viel Raum, gewinnt nicht nur sie, sondern Satan die Macht über dich. Eine Frau, der die Grenzen der Ehrbarkeit nicht aufgezeigt worden sind, ist nicht besser als eine läufige Hündin. Gibst du ihr einen Tritt, dann jault sie. Tust du's nicht, streckt sie jedem dahergelaufenen Köter ihren Hintern entgegen. Nicht nur zum Diener der Frau wirst du und zum Sklaven ihrer Begierden, sondern zum Wegbereiter des Teufels, während Gott sich erzürnt von dir abwendet. Schaitan, der Satan, ist ein gefährlicher Widersacher! Unterschätz ihn nicht, auf dass du am Tage des Jüngsten Gerichts nicht auf der falschen Seite stehst!«

»Aber was soll ich denn tun? Ich liebe meine Frau, ich liebe meinen Beruf, ich habe eine innige Beziehung zu meinen Kindern. Was ist falsch an mir?«

»Du fragst mich noch, wie du dich verhalten sollst? Hast du denn nichts verstanden? Werde endlich der Mensch, der du sein solltest. Kehr um! Noch hast du deine Wurzeln nicht ganz verloren. Schick den Teufel zum Teufel. Halte dich an die Gebote, bete, erziehe deine Kinder zu gläubigen Moslems, gib die lüsterne Musik auf, der du deine Seele opferst, vor allem aber – halte deine Frau an der kurzen Leine, damit sie sich zu einer ehrbaren Frau entwickelt, wenn sie schon keine Muslima werden möchte.«

»Aber was ist eine ehrbare Frau? Meine Frau betrügt mich nicht. Sie liebt mich. Ist das nicht Ehrbarkeit genug?«

»Hab ich dir nicht erklärt, dass eine Frau, der die Ehrbarkeit fehlt, nicht besser ist als eine läufige Hündin? Wenn du mir erlaubst, dieses nicht sonderlich liebenswerte Tier weiterhin als Symbol zu verwenden, so möchte ich dir eine kleine Geschichte erzählen, die du, wenn du dazu in der Lage bist, als Gleichnis auffassen magst. Vor einiger Zeit ging ich mit meinen Kindern im Gigrichter Stadtpark spazieren, als mein Blick auf ein Schild fiel. Die Zeichnung zeigte zwei stilisierte Hundefiguren, einen weißen Pudel, der die Pfote zum Pinkeln hebt, und einen Dackel, der von einem Mann an einer Leine geführt wird. *Mein Herrchen führt mich IMMER an der Leine!*, sagt der Dackel zum Pudel – ein kurzer Text in einer Sprechblase und doch ein weiser Satz. Der Dackel, und das sieht man der Zeichnung deutlich an, sieht seine Leine nicht als Erniedrigung, als Bürde, sondern als Auszeichnung. Er ist stolz darauf, an der Leine geführt zu werden, denn er weiß, was sich gehört, er kennt seinen Platz, und er kennt die Gefahren, denen er sich und andere aussetzt, wenn er seinen Instinkten freien Lauf lässt. Dies aber ist genau jene Haltung, mit der eine ehrbare Frau durchs Leben geht. Die Grenzen, die wir ihr setzen, der Verzicht, der Gehorsam und die Selbstdisziplin, nimmt sie freudig auf sich. Anderen Frauen ist sie ein Vorbild.«

»Aber die Männer, die mich verfolgen! Ihre Gegenwart versetzt mich in Panik, egal, ob es sich bei ihnen um Teufel, Dschinns oder Geheimdienstleute handelt.«

»Glaube mir, mein Bruder, wenn du ein gottgefälliges Leben führst, werden sie in den Schlund der Hölle heimkehren und dich nie mehr belästigen. Wenn du innerlich bereit bist, dein Leben zu ändern, und wenn du es wirklich ehrlich meinst, brauchst du nur durch diese Tür hinauszugehen, und du bist frei.«

Imam Ali sollte recht behalten. Kaum hatte Kemal die Moschee verlassen, merkte er, dass seine Verfolger verschwunden waren. Die Gesichter der Menschen waren gleichgültig, besorgt, freundlich oder abweisend, doch in keinem bemerkte er irgendein Interesse an seiner Person. Er ging nach Hause, wählte im Wohnzimmer einen geeigneten Platz am Fenster und die Richtung, von der er glaubte, dass sie nach Mekka zeigte, fiel auf die Knie und begann zu beten. Eine Woche lang betete und fastete er. Aus der Wohnung entfernte er alle Gegenstände, die ihm unheilig erschienen, und wenn er schlief, hatte er keine Alpträume mehr, während der Alptraum meines Lebens erst beginnen sollte.

Den Rest der Geschichte kann ich abkürzen. Nur zu gut werdet ihr euch vorstellen können, was danach geschehen ist. Was bei anderen Menschen Erstaunen oder Entsetzen hevorruft und deshalb erläutert werden muss, brauche ich hier, in dieser Runde, nicht darzustellen. Das Schlimmste war, dass Kemal unsere Kinder zu Imam Ali in den Religionsunterricht schickte und dass ich es nicht verhindern konnte, dass meine Tochter ein Kopftuch tragen musste und vom Turn- und Schwimmunterricht abgemeldet wurde, dass mein Sohn mich zu verachten begann und dass meine Freunde unsere Wohnung nicht mehr betreten durften. Den Schaden, den die Kinder in jener Zeit erlitten haben, werde ich nie rückgängig machen können. Ansonsten nahm mich Kemal natürlich nicht »an die kurze Leine«. Er liebte mich weiterhin, und ich denke, dass er mich auch heute liebt, so wie ich ihn liebe. Es gibt keinen Tag, an dem ich nicht an ihn denke, und wenn ich manchmal den Schmerz vergesse, empfinde ich ihn später umso stärker. Wenn es mir besonders schlecht geht, stelle ich mir vor, wie ich Imam Ali töte. Am liebsten würde ich ihm seine Zunge ausreißen und sie an das Tor der Moschee nageln. Aber würde das etwas ändern? Würde ich mich danach besser fühlen?

In keinem Augenblick, den wir noch zusammenblieben, wurde Kemal gemein oder grob, aber mit jedem weiteren Tag drifteten wir auseinander, so lange, bis wir einander nicht mehr wahrnahmen und nur mehr die Erinnerung an ein Gefühl blieb, das uns einst verbunden hatte. Er war längst nicht mehr der Mensch, in den ich mich vor vielen Jahren verliebt hatte. Den Musikunterricht hatte er aufgegeben. Imam Ali hatte ihm eine Arbeit in einem Kebab-Laden verschafft, der zufälligerweise Yaflar, einem Cousin von Ali, gehörte. Kemals Aussehen, sein Gehabe, sein Fleischgeruch, wenn er abends heimkam, seine Sprache, seine salbungsvolle und gleichzeitig aggressive Art machten mich wütend. Seine Slogans und seine Humorlosigkeit stießen mich ab. Wo war der Mensch geblieben, der früher scharfzüngig, witzig und pointiert sein konnte und der das Leben zu genießen wusste? Je religiöser er wurde, umso stumpfsinniger und träger erschien er mir. Zu einem Eiferer oder Missionar taugte er nicht. Er vetrat eine klare Sicht auf die Welt und wirkte dennoch traurig, er hatte Ruhe gefunden, doch ob er wirklich in sich ruhte, wage ich zu bezweifeln.

Das Ende unserer Beziehung kam an jenem Abend, als wir bei einem seiner neuen Freunde, die er über den Imam kennengelernt hatte, zum Abendessen eingeladen waren. Zuerst wollte ich nicht mitkommen, aber Kemal bestand darauf. »Mach mir doch die Freude«, sagte er. »Das ist doch nicht zu viel verlangt!«

Es lag schon weit zurück, dass mich Kemal um etwas gebeten hatte. Also gab ich nach.

Der Hausherr war ein korpulenter Mittfünfziger, der mich keines Blickes würdigte. Ich weiß nicht, zu welchem Anlass er seine Gäste, fünf oder sechs Ehepaare, an diesem Abend eingeladen hatte. Es war schlimm genug, dass ich, wie sich Kemal ausgedrückt hatte, »sittsam gekleidet« sein musste. Nun verlangte der Hausherr außerdem, dass die Frauen nicht an der Seite ihrer Männer, sondern an einem Nebentisch in der Küche Platz nahmen. Die Frauen, darunter zwei Deutsche, fügten sich widerspruchslos. Ich aber wurde wütend. »Kommt nicht in Frage«, sagte ich. »Habt ihr Angst vor mir? Glaubt ihr, ich werde euch alle auf der Stelle vernaschen, wenn ich am selben Tisch mit euch sitze, oder geht euch schon einer ab, wenn ich nur in eurer Nähe bin?«

Die Männer verstummten und starrten mich an. Kemal wurde bleich. Die Frauen zogen sich in die Küche zurück. Keine von ihnen ergriff für mich Partei. Die Männer warteten auf die Reaktion des Hausherrn. Dieser schaute mich weiterhin nicht an, aber am Funkeln seiner Augen, an seinem immer schneller werdenden Atem und an seinem roten Gesicht sah ich, wie sehr er sich beherrschen musste, um nicht zu toben, zu brüllen, um nicht auf mich loszugehen oder noch Schlimmeres zu tun. Wie sehr hätte ich mir gewünscht, dass er mich schlägt. Mit welchem Genuss hätte ich ihn angezeigt oder »in Notwehr« einen Schirm, einen Teller oder den Zeitungsständer genommen und zurückgeschlagen. Er aber wandte sich an Kemal und zischte mit unterdrückter Wut: »Sie sitzt bei den anderen Frauen! So ist die Regel. Sorge bitte dafür, dass sie sich benimmt.« Und Kemal nickte, senkte den Blick und machte den Rücken krumm.

Ich drehte mich um und wollte gehen, aber Kemal hielt mich am Ärmel fest. »Bitte«, flüsterte er, und plötzlich sah ich Tränen in seinen Augen und erkannte wieder diese entsetzliche Traurigkeit, die mir mehr Schmerzen bereitete als die schlimmste Beleidigung. »Bitte!«, stammelte er. »Bitte bleib! Es ist ja nur ein Abend. Mach es mir zuliebe. Ich bitte dich!«

Ich blieb. Drei lange Stunden harrte ich am Küchentisch aus und schwieg. Ich hörte den anderen Frauen nicht zu, und niemand von ihnen versuchte, mich in das Gespräch einzubinden.

Als wir wieder draußen auf der Straße waren, lief ich so schnell davon, dass Kemal kaum nachkam. An einer Kreuzung blieb ich stehen, als die Ampel des Fußgängerüberganges auf Rot umschaltete. Kemal ergriff meine Hand, aber ich riss mich los. Er schaute mich wehmütig an und machte einen Schritt zurück.

»Es ist aus, nicht wahr?«, fragte er.

Ich nickte und lief bei Rot auf die andere Straßenseite.

Nachdem Corinna ihren Bericht beendet hat, herrscht Stille im Saal. Sogar Edith, die sonst immer einen Kommentar parat hat, schweigt. Ihre Unterlippe fällt herunter und gibt eine Reihe schiefer Zähne preis, von denen einer, ein Goldzahn, kurz aufblitzt, bevor sie die Fassung wiedergewinnt, den Mund schließt und sich aufrichtet. Ihr Blick streift über unsere Köpfe, aber keine von uns möchte den Anfang machen.

Corinna trinkt ein Glas Orangensaft und wartet. Sie wirkt gefasst. Sie macht einen viel gefestigteren Eindruck als vorhin. Es scheint, als wäre sie mit dem Erzählen ihrer Geschichte einen halben Kopf größer geworden. Schließlich bricht eine Frau aus der zweiten Reihe das Schweigen. »Und was ist mit deinen Kindern?«, fragt sie.

»Zuerst bin ich mit den Kindern wieder zu meinen Eltern gezogen. Kemal hat mich nicht daran gehindert, und auch bei der Scheidungsverhandlung waren wir uns schnell einig. Dabei hatte ich mich auf einen langen und schmutzigen Krieg eingestellt. Die Kinder blieben bei mir. Er sieht sie einmal in der Woche, unter der Bedingung, dass er mit ihnen weder in die Moschee geht noch seine neuen Freunde oder gar Imam Ali trifft. Ich bin mir ziemlich sicher, dass er diese Vereinbarung einhält. Manchmal frage ich mich, was Imam Ali zu alledem sagt. Der Islam hat zwei Kinder verloren und der Satan einen weiteren Etappensieg errungen. Jedenfalls habe ich die Kinder nach der Scheidung zum katholischen Religionsunterricht angemeldet. Später sollen sie sich für ihren eigenen Weg entscheiden. Was immer sie tun, ich werde es respektieren. Ihr könnt euch denken, welche Konflikte ich mit ihnen auszukämpfen hatte. Ich hoffe, dass das, was wir erlebt und durchgestanden haben, sie nicht gebrochen hat. Meine Tochter steht schon kurz vor dem Abitur. Mein Sohn musste die achte Klasse wiederholen. Er hat sich geprügelt, ist an die falschen Freunde geraten, hat sich jedes Wochenende bis zur Besinnungslosigkeit betrunken. Was er mir in jener Zeit vorgeworfen und mit welchen Schimpfwörtern er mich bedacht hat, möchte ich nicht wiederholen. Inzwischen scheint er das Schlimmste überstanden zu haben. Ich habe versucht, mein Bestes zu tun. Aber manchmal ist auch das nicht genug.«

2

Die Stunden im Sitzungssaal sind so intensiv, dass den meisten von uns danach die Kraft fehlt, weiterhin über biographische Abgründe zu sprechen. Was im sogenannten Vergnügungsraum des *Weißen Halbmondes* gesprochen wird, ist fast immer nur Small Talk. An einem der Abende musste ich mir eine leidenschaftliche Diskussion über die amerikanischen Fernsehserien *Desperate Housewives* und *Blutende Seelen* anhören. Zu der entscheidenden Frage, ob Anna und Ralph wieder zueinanderfinden, konnte ich keinen Kommentar abgeben, weil ich bis dahin von keiner der Serien je etwas gehört hatte. Manchmal genügt jedoch eine beiläufige Bemerkung, um dem Gespräch eine andere Wendung zu geben.

Elisabeth erzählte, sie leide unter Schlaflosigkeit, woraufhin ich meine häufigen Alpträume erwähnte. Das gab den anderen die Gelegenheit, ebenfalls von ihren Träumen zu berichten. Nora träumt oft von Männern, die sie durch die halbe Stadt verfolgen, bis sie auf das Dach eines Hochhauses flüchtet. Bevor sie herunterspringen kann, wacht sie auf. In Corinnas Träumen nehmen Tiere eine zentrale Stelle ein. In einem ihrer schlimmsten Alpträume, erzählt sie, hatten sich die Einwohner von Gigricht in

Hunde verwandelt. Sie saßen am Steuer ihrer Autos, lasen im *Café Frolic* die *Hündischen Nachrichten* oder den *Hundling*, eine Wochenzeitung, hielten Geldbörsen und Handys in ihren Pfoten oder im Maul, kauften im Fleischerladen Menschenleber und hoben, wenn es sich um männliche Hunde handelte, an jeder Straßenecke die Hinterpfote. Corinnas Nachbarin, eine Krankenschwester, war zu einer Buldogge geworden, die uniformierten Polizisten waren allesamt Möpse, und sogar der Fahrer des Busses, in den sie einstieg, war ein Dobermann. »Dann stellte ich plötzlich fest, dass ich selbst ein Hund bin, ein Pudel, und ein Dackel führt mich an der Leine spazieren … Hört auf zu lachen! Ihr seid gemein! … Das ist überhaupt nicht lustig … Ich bin schreiend und schweißgebadet aufgewacht … Nein! Geschrien habe ich! Nicht gebellt! … Keine Ahnung, welche Farbe mein Fell hatte … Ihr seid wirklich blöd!«

»Ich habe von Gott geträumt«, sagt Michaela, nachdem sich das Gelächter gelegt hat.

»Von Gott oder von Allah?«, fragt Edith.

»Keine Ahnung. Ein alter Mann, der ständig auf mich eingeredet hat. Ist mir ziemlich auf die Nerven gegangen, dieser Typ. War fast so widerlich wie der Mathematiklehrer, der mich begrapscht hat, als ich fünfzehn war. Ich hab's nie gemeldet. Es hätte mir sowieso niemand geglaubt. Wahrscheinlich war es Allah, weil er einen schwarzen Bart und funkelnde Augen hatte. Vielleicht war es aber auch Moses oder der ältere Bruder von Jesus. Was weiß ich.«

»Wisst ihr, dass ich immer noch eine Muslima bin?«, fragt Elisabeth. »Bevor ich geheiratet habe, bin ich zum Islam übergetreten, und nach der Scheidung habe ich es nicht mehr rückgängig gemacht.«

»Das wäre das Erste, was ich nach der Scheidung getan hätte«, erklärt Corinna. »Mit dieser Religion möchte ich nichts mehr zu tun haben. Gut, aus Liebe zu Kemal hätte ich wahrscheinlich fast alles getan. Aber ich bleibe doch nicht freiwillig in einer Religionsgemeinschaft, für die ich ein geiler Teufel bin, den man ständig an der kurzen Leine halten muss.«

»Ach, das ist mir alles egal«, sagt Elisabeth. »Ich glaube sowieso nicht an Gott.«

»Wenn man sich bemüht, kann man den Islam natürlich auch humanistisch auslegen, der Humanismus ist in dieser Religion nur etwas schwächer ausgeprägt als in den meisten anderen«, meint Corinna.

»Du verkennst das Wesen des Islam«, widerspricht Michaela. »Der Islam ist eine faszinierende Religion, einfach und klar wie eine mathematische Formel. Das Problem sind die Moslems, nicht der Islam. Die Moslems haben den Islam nicht verdient.«

»Ein Islam ohne Araber, Afghanen und Pakistani wäre tatsächlich eine feine Sache«, sinniert Edith.

»Ohne Türken, Nigerianer und Tschetschenen.«

»Ohne Senegalesen, Malayen und Iraner ...«

»Die meisten Moslems verstehen nichts vom Wesen des Islam. Man denke nur an den Streit um die Mohammed-Karikaturen. Glaubt ihr, dass Mohammed sich durch ein paar Schmierfinken in Kopenhagen beleidigt fühlt? Ich bin mir ziemlich sicher, dass er über solchen Dingen steht. Was wäre er für ein Prophet, wenn jeder Trottel ihn beleidigen könnte?«

»Er wäre nur ein armer Teufel.«

»Genau! Diese Radikalen unterschätzen die Größe ihres eigenen Propheten. Nein, die Moslems haben den Islam wirklich nicht verdient.«

»Wer dürfte diese Religion dann überhaupt noch ausüben?«, frage ich.

Edith lächelt, Michaela zuckt mit den Achseln, Corinna holt eine Zigarette aus ihrer Schachtel, zündet sie aber nicht an, weil in den Räumlichkeiten des *Weißen Halbmondes* das Rauchen verboten ist, und legt sie wieder in die Schachtel zurück.

Plötzlich hellt sich Corinnas Gesicht auf. »Die Isländer!«, verkündet sie. »Wie friedlich wäre doch die Welt, wenn die einzigen Moslems auf der Welt Isländer wären!«

»Was hast du gegen die Isländer?«, fragt Ulrike. »Warum willst du ihnen das antun?«

»Dann wäre Island heute ein rückständiges, von Bürgerkriegen, Diktaturen und Blutrache geschütteltes Land und müsste Fisch und Trinkwasser aus Großbritannien importieren«, meint Elisabeth.

»Blödsinn!«, sagt Corinna. »Der einzige Unterschied zu dem, wie es heute wirklich ist, würde darin bestehen, dass in der isländischen Flagge kein Kreuz, sondern ein Halbmond abgebildet wäre, die Ministerpräsidentin von Island hieße Fatima Mohammeddottir, die größte Moschee der Welt stünde in Reykjavik, und die Massen, die heute die Kaaba in Mekka umrunden, hätten alle blaue Augen, blonde Mähnen und wären einen Kopf größer.«

»Gut, vielleicht könnten es die Isländer schaffen, den Islam zu entschärfen, er ist aber trotzdem eine gefährliche Religion«, beharrt Edith auf ihrem Standpunkt. »Das Christentum ist seiner Grundaussage nach eine Religion der Liebe, und das Judentum, das übrigens seine Religion nie der ganzen Welt aufdrängen wollte, sich also exklusiv und nichtuniversell definiert, wurde durch den Talmud gemildert und hat dadurch viel von seiner ursprünglichen Gewalttätigkeit verloren. Im Islam ist das zu einem viel geringeren Teil der Fall. Bekanntlich gibt es zwar gewalttätige Christen, die Abtreibungsärzte umbringen, und jüdische Extremisten, die Palästinenser ermorden und im Westjordanland auf den Messias warten. Aber das alles ist nicht einmal wirklich entscheidend.«

»Und worauf willst du dann eigentlich hinaus?«, unterbricht sie Corinna.

»Das sage ich dir gleich. Das Wichtigste ist nämlich, dass das

Alte und das Neue Testament hauptsächlich Geschichten erzählen, die sich viel leichter allegorisch auslegen lassen als jene im Koran, den bekanntlich der Erzengel Gabriel Mohammed diktiert hat. Über eine Geschichte, die ein Apostel schreibt, kann man nachdenken und diskutieren, aber stell dir vor, dass im *Gigrichter Tagblatt* ein Aufsatz erscheint, den der Erzengel Gabriel persönlich verfasst hat …«

»Ja, ja, schon gut«, winkt Ulrike ab. »Kann schon sein, dass du recht hast, ich verstehe nicht viel von diesen Dingen. Was mich viel mehr ärgert als der Koran, ist die Tatsache, dass der Arsch, mit dem ich zusammen war, keinen Gummi verwenden wollte, weil die Araber eine besondere Abneigung gegen dieses Zeug haben, und mich dadurch infiziert hat.«

»Nicht nur die Araber«, sage ich. »Alle Männer würden am liebsten darauf verzichten, wenn wir sie ließen. Hast du keine Deutschen getroffen, die ohne Gummi mit dir schlafen wollten?«

»Doch. Aber keiner davon hat mir 3500 Euro angeboten wie dieser saudi-arabische Geschäftsmann. Ich habe zwei Kinder, die ich allein großziehen muss. 3500 Euro konnte ich einfach nicht ablehnen.«

Ulrike war lange Zeit Prostituierte. Seit zwei Jahren ist sie HIV-positiv und seit einigen Monaten Hartz-IV-Empfängerin. Doch ihre Vergangenheit und ihre Erkrankung stören niemanden in unserer Runde. Einige Frauen versuchen, ihre Kinder von ihr fernzuhalten, weil sie eine Ansteckung fürchten. Aber sie machen es diskret, rufen die Kinder unter einem Vorwand zu sich, wenn sie sich Ulrike nähern, oder führen sie zurück ins Kinderzimmer, wenn sich Ulrike im Vergnügungsraum aufhält. Ulrike tut so, als würde sie nichts davon bemerken. Sie betont oft, dass sie sich in ihrem Leben selten so verstanden und angenommen gefühlt habe wie im *Weißen Halbmond*. »Ihr seid echt dufte«, sagt sie. »Ich habe noch nie Frauen getroffen, die so offen, herzlich und ohne Vorurteile sind wie ihr!«

Normalerweise ist Ulrike nicht besonders gesprächig, aber heute ist sie gut gelaunt.

»Jede Religion kann als Waffe verwendet werden«, erklärt Edith. »Sie kann aber genauso gut nützlich und hilfreich sein. Das ist ähnlich wie bei Küchengeräten. Ein Messer kann man dazu benutzen, um damit Brot zu schneiden, aber auch, um jemanden zu ermorden. Der Islam ist, glaube ich, ein besonders scharfes Messer.«

Sie öffnet ihre Handtasche und holt ein dickes Taschenbuch mit grünem Einband heraus – eine deutsche Ausgabe des Koran.

»Wenn ihr wollt, kann ich euch die Passagen vorlesen, in denen die Züchtigung von Frauen, die Vielehe, die Verfolgung anderer Religionen oder der Dschihad befohlen werden.«

Wir verzichten auf das Vergnügen, aus dem Koran vorgelesen zu bekommen.

»Ein traditionell denkender religiöser Mensch wird diese Passagen, wie schon gesagt, nur mit großer Mühe allegorisch deuten können. Sie sind viel zu konkret. Das Christentum macht es seinen Gläubigen etwas einfacher. In den vier Evangelien gibt es keine Stellen, die zu Gewalt aufrufen oder in eindeutiger Weise frauenfeindlich sind. Frauenfeindliches findet ihr in den Paulusbriefen und bei den meisten Kirchenvätern, doch sie waren zwar Heilige, aber schließlich keine Engel. Ein gläubiger Christ kann sich mit dem Gedanken anfreunden, Paulus als einen Denker seiner Zeit und Augustinus als einen Neurotiker und verklemmten Erotomanen anzusehen. Ein religiöser Moslem muss sich hingegen gedanklich sehr bemühen, um das Stammtischniveau mancher Aussagen des Erzengels Gabriel als gefährlichen Unsinn zu entlarven. Jedenfalls macht es der Islam – und ich wiederhole das gerne und oft – seinen Gläubigen vergleichsweise leicht, ihre Religion als Waffe zu verwenden, auch wenn es letztlich logischerweise an den Gläubigen selbst liegt, ihn auch völlig anders zu interpretieren. Insofern ist das Christentum kein scharfes Messer, sondern eine Kuchengabel, obwohl man natürlich auch eine Kuchengabel als Waffe verwenden kann.«

»Diese Kuchengabel hat schon viel Unheil in der Welt angerichtet«, wende ich ein.

»So ist es«, meint Edith und zuckt die Schultern. »Dem Erfindungsreichtum der Menschen sind keine Grenzen gesetzt.«

»Es gibt Koransuren«, sage ich, »die von Toleranz gegenüber Andersgläubigen sprechen. Es gibt keinen Zwang in der Religion, heißt es sogar an einer Stelle.«

Edith gibt mir recht: »Der Koran stellt – ich wiederhole es gerne – eine besondere Herausforderung an das Hirn und die Seele des Menschen dar. Wo aber Hirn und Seele gefordert sind, fließt immer Blut, weil die Menschen entweder zu viel Hirn und zu wenig Seele oder zu viel Seele und zu wenig Hirn haben, und in den meisten Fällen haben sie von beidem zu wenig. Die katholische Kirche hat das erkannt und war gnädig genug, ihren Gläubigen einen unfehlbaren Papst zu schenken, der ihnen das Denken abnimmt.«

»Vielleicht ist das, worüber wir sprechen, kein Kampf der Kulturen, sondern nur ein Clash von Epochen?«, wage ich mit zaghafter Stimme zu widersprechen. »Eine archaische Gesellschaft fühlt sich durch eine moderne bedroht und reagiert aggressiv. Die Religion ist nur ein Instrument, nenn es Messer, Kuchengabel, Bleistift, Kampfhund oder Maschinenpistole – das Prinzip ist dasselbe. Die Religion könnte genauso gut eine andere sein als der Islam.«

»Nee, das glaub' ich nicht«, widerspricht Ulrike. »Da kannst du reden, so viel du willst.«

Ich lasse mich von ihr nicht aus dem Konzept bringen und führe meine Überlegungen zu Ende: »Im libanesischen Bürgerkrieg haben die Christen Marienbilder an die Läufe ihrer Kalaschnikows geheftet und waren genauso brutal wie die Moslems oder die Drusen, die sie bekämpften. Und die jüdischen Siedler im Westjordanland glauben auch, ihre Religion gebe ihnen einen Freibrief zum Töten. Jeder holt sich von seiner Religion das, was er braucht. Es gibt Christen, für die der Erlösungsgedanke, also die Auferstehung, die Hoffnung und somit die positive Lebenshaltung im Vordergrund stehen. Für andere sind es hingegen die Kreuzigung, der Schmerz, das Leiden, der Verzicht. In gewissen Fällen werden sie genauso zu verklemmten Fanatikern und Mördern wie die bärtigen Psychopathen in Afghanistan, die sich auf den Koran berufen.«

Da fallen alle Frauen über mich her, reden durcheinander, bedrängen mich, widersprechen mir, werfen mir vor, »ins Lager der Gutmenschen gewechselt« zu haben. Edith blättert im Koran und zitiert eine Sure nach der anderen. Ulrike redet von Präservativen, Corinna von Imam Ali, von Teufeln und von Hunden und Nora von ihrem Jugendfreund, den ihr Ex-Mann verdroschen hat. Eine Frau namens Karin schlägt vor, man solle straffällig gewordene Moslems des Landes verweisen, auch wenn sie deutsche Staatsbürger sind, Imamen nur mit einer Genehmigung des Bundesinnenministeriums das Predigen erlauben und das Tragen des Kopftuchs im öffentlichen Raum verbieten – Vorschläge, die sogar Edith »bedenklich« findet.

Ich gebe mich bald geschlagen. Was kann ich dem schon entgegensetzen?

3

Am Beginn der dritten Woche, an einem Montag, wage ich mich schließlich selbst in den grünen Sessel. Meine neuen Freundinnen wollen meine Geschichte hören. Sie bedrängen mich nicht. Aber ich weiß, dass sie von mir ein Bekenntnis erwarten, und ich weiß, dass ich mich dieser Situation stellen muss, wenn der Weg, den ich beschritten habe, nicht sinnlos sein und mein Leben nicht endgültig kippen soll. Viel zu lange hatte ich Angst, zu fallen und nie mehr aufzustehen. Diese Angst war stärker als die meisten anderen Gefühle. Sie prägte mein Verhalten. Wenn es brenzlig wurde, zog ich es vor zu laufen. Ich lief schnell und versuchte, die Stolpersteine zu vergessen, die auf meinem Weg lagen. Wenn ich innehielt, wenn ich hinunterschaute oder den Steinen auszuweichen versuchte, konnte ich keinen Fuß mehr vor den anderen setzen.

Ich habe also im grünen Sessel Platz genommen. Mein Mund bewegt sich, ich höre meine Worte, doch es kommt mir vor, als stünde ich hinter meinem eigenen Rücken und schaute mir zu, als hätte ich Mitleid mit Astrid Heisenberg, vielleicht ein bisschen Neugierde darauf, was sie zu sagen hat, doch mich selbst ginge alles, was hier an diesem Abend vor sich geht, nichts an.

Ich habe lange auf diesen Augenblick gewartet, habe mich darauf vorbereitet, die Schlüsselerlebnisse meines Lebens aufgeschrieben, Tagebuch geführt und Großvaters Manuskript verschriftlicht. Ich habe mir Sätze zurechtgelegt und auswendig gelernt, Sätze, die jetzt nach einem ausgeklügelten mnemotechnischen Schema entweichen und den Raum füllen, weil ich eine kräftige Stimme habe und genügend Willen und Ausdauer, um den Redefluss nicht abreißen zu lassen. Das erste Mal seit zwanzig Jahren erzähle ich jemandem von meiner Liebesbeziehung zu Khaled, spreche über meine Eltern, über Petra, über meine Männerbekanntschaften, über Adel und seine Fausthiebe, über mein schlechtes Gewissen und den Ekel, den ich manchmal empfinde, wenn ich in den Spiegel schaue oder meinen Körper berühre. An diesem Montagabend gebe ich intime Details preis, die ich keiner Freundin anvertrauen würde, und verweile dennoch die ganze Zeit in sicherer Distanz.

Wie oft habe ich mir in den letzten Tagen diesen Augenblick vorgestellt, habe in meiner Phantasie alle Varianten und Möglichkeiten durchgespielt. Ich sah mich in Tränen aufgelöst, sah mich aus dem Raum laufen und im Vorraum nach dem Mantel greifen. Ich sah mich die Straße überqueren und in eine Seitengasse flüchten, so schnell, dass keine der Frauen mich einholen konnte. Dann sah ich mich den Weg bis in die Siedlung zu Fuß zurücklegen. Und wenn ich die Vorstellung zuließ, dass ich den Bericht beenden würde, dann hörte ich Ediths Kommentare über den Islam, über Sex, Frauen und Araber, über Mohammed, den Koran und den Irakkrieg, über Heuchelei, Doppelmoral und männliche Geilheit – verbale Besänftigungsmittel, die mir in diesem Augenblick nicht helfen würden. Ich wusste, dass Corinna, Nora, Elisabeth und Ulrike mir Vorwürfe machen würden, während ich kleiner und kleiner werde. Warum hast du dieses Schwein nicht angezeigt?, würden sie schreien. Du musst ihn anzeigen! Du darfst ihm das nicht durchgehen lassen! Wir dürfen es denen nicht so einfach machen. Wir müssen es ihnen heimzahlen.

Wir und die. Sie und wir. Dazwischen das eine Mal ein Minenfeld, das andere Mal ein Schweinestall. Irgendwann kommt der Moment, dann wird das Gattertor geöffnet und die Sau herausgelassen. Sie galoppiert über meinen Kopf hinweg, trampelt auf mir herum, bevor ihr endgültig Flügel wachsen, bevor sie sich – in eine Pegasau verwandelt – in die Nähe der Sonne wagt. Jeder Huftritt ein Schlag, dessen Schmerz von der Stirn und dem Hinterkopf bis in die Magengrube und hinab bis zu den Knöcheln zu spüren ist, es sei denn, ich bin mutig genug, sie am Schwanz zu packen und mich ziehen zu lassen. Ich meinen Träumen kann ich sie riechen, meine davonfliegende Pegasau, die nach und nach mit den Säuen der anderen verschmilzt, und wenn ich wach bin, habe ich ihr stetig anschwellendes Grunzen im Ohr.

Während es aus mir herausspricht, höre ich ein Hüsteln in der dritten Reihe, ein Schneuzen in der fünften, das Rücken von Sesseln im hinteren Teil des Saals, ich höre mich einen Scherz machen, über den niemand lacht, und ich sehe das Lächeln in meinem Gesicht, undurchdringlich, ein Verschlusslächeln, eine Lebenshilfe im Sonderangebot, während die Gesichter meiner Zuhörerinnen ernst bleiben. Aber ich flüchte nicht, sondern spiele meine Rolle bis zum Schluss, und wenn ich stocke, wenn mir das Atmen plötzlich schwerfällt und die Zunge am Gaumen klebt und ein Klumpen im Magen auf meine volle Blase drückt, stelle ich mir vor, wie ich den Ringelschwanz der Pegasau ergreife, wie sie mich hinaufzieht, immer höher, bis die Erde sich wölbt, sich einigelt, sich zusammenzieht zu einer Kugel und schließlich zu einem Bällchen schrumpft; und während die Luft wieder meine Lungen füllt, das Herz nicht mehr rast wie vorhin und der Magen sich beruhigt, glänzen die mächtigen Strahlen der Sonne an den schützenden, wenn auch stetig dahinschmelzenden Speckflügeln meiner borstigen Freundin.

Aber es kommt anders, als ich es mir vorgestellt habe. Als ich alles erzählt habe, ernte ich weder anteilnehmende Worte noch Empörung, keine Kommentare und keine Ratschläge. Stattdessen geschieht etwas Magisches, das mir in diesem Augenblick feierlich, beinahe sakral vorkommt. Ich beende den letzten Satz, schließe die Augen und beginne von dreihundert rückwärts zu zählen. Sobald ich bei null angelangt bin, werde ich aufstehen und weggehen und nie mehr wiederkommen. Aber es dringt kein Wort an mein Ohr. 281 … Plötzlich fühle ich eine Hand an meiner Schulter. 274 … Jemand umarmt mich, küsst mich auf die Stirn, streichelt meine Wange. 269 … Ich öffne die Augen. Edith drückt mich fest an sich. 263 … Und auf Edith folgt Corinna und auf Corinna Elisabeth und auf Elisabeth Nora und auf Nora Michaela, auf Michaela Ulrike und danach jede Einzelne, die im Saal gesessen und zugehört hat. Jede von ihnen nimmt mich in die Arme, küsst mich zwei- oder dreimal, streichelt meinen Kopf, meine Arme oder meine Schultern oder berührt nur mit den Fingerspitzen mein Gesicht. Hundert … Ich gebe das Zählen auf.

Bei jeder Umarmung spüre ich die Federn des grünen Sessels,

doch diesmal ist es ein Schmerz, der mir lieb und teuer ist, und auf einmal wünsche ich mir, mein Vater wäre hier, Khaled, Adel und all die anderen, die bis heute mehr von mir besitzen, als sie mir jemals zurückgeben könnten.

Ich erinnere mich, wie ich später im Vergnügungsraum sitze und das Glas Mineralwasser anstarre, das mir Corinna gebracht hat, wie Edith meine Hand hält und schweigt. So vergehen zehn, fünfzehn Minuten, vielleicht auch mehr.

»Was soll ich denn tun?«, frage ich, nachdem ich endlich meine Gliederstarre überwunden und einen Schluck Wasser getrunken habe.

»Nichts.«

»Es war … Es war so … Und vor allem die Art, wie ihr reagiert habt, war …«

»Ich weiß«, unterbricht sie mich. »Für uns war es wahrscheinlich noch wichtiger als für dich.«

»Aber was ist jetzt?«

Sie schweigt.

»Soll ich einfach alles hinnehmen?«

»Weißt du, was mich am meisten erschüttert hat?«, fragt Edith.

»Was?«

»Deine Überlegungen zu den Männern erster und zweiter Klasse, deine klugen Schlussfolgerungen, deine klaren und vernünftigen Analysen, deine Überzeugung, dass die Welt nichts mehr für dich bereithält. Heute bist du verzweifelt, in zehn Jahren verbittert und in 25 Jahren ein böses altes Weib mit Hündchen, das zynische Kommentare abgibt, mit den Nachbarn wegen Kleinigkeiten prozessiert und die jungen Pärchen beschimpft, die in den Hauseingängen oder im Park schmusen.«

»Ich kann nichts dagegen tun«, sage ich. »Der Zug ist abgefahren.«

»Unsinn!«

»Was soll ich also, deiner Meinung nach, tun?«

»Du musst nichts tun. Glaub einfach, dass zwei mal zwei nicht nur drei oder fünf, sondern manchmal auch hundert sein kann. Ein bisschen verrückt bist du ja sowieso. Warum siehst du das nicht als Chance? Alles andere ergibt sich von selbst.«

»Weil ich in zwanzig Jahren die Blumen auf meiner Terrasse gießen und an den Wochenenden Radtouren machen möchte. Das ist keine so schlechte Perspektive, meinst du nicht auch?«

»Zwei mal zwei ist vier.«

»Natürlich.«

»Aber wenn du zumindest nicht ausschließt, dass es hundert sein könnte, dann wird es vielleicht zwanzig oder zehn. Nichts gegen Blumengießen und Radfahren, aber du hast nur ein Leben.«

»Vielleicht sollte ich Adel erschießen.«

»O je! Du glaubst also tatsächlich immer noch, dass zwei mal zwei vier ist, weil dir das die Mama gesagt hat und weil man es dir in der Schule so beigebracht hat.« Edith streichelt meine Hand. »Das macht nichts«, sagt sie. »Du bist kein Vierermensch. Das sehe ich dir an. Das hast keine andere Wahl, als dies irgendwann einmal einzusehen.«

4

Drei Männer mit Palästinsertüchern, einer von ihnen vermummt, mit Kalaschnikows in den Händen und Sprenggürteln um die Taille, nähern sich der Pforte zum Paradies. Auf einer Wolke sitzt ein Mann mit Turban. Wir wissen nicht, ob es sich um einen Engel oder nur um den Türsteher handelt. Er macht eine abwehrende Geste mit beiden Händen. Sein Gesicht ist ängstlich, die Augen weit aufgerissen. »Stop! Stop!«, schreit er. »No more martyrs! We ran out of virgins!«

Ich weiß nicht, wer diese Karikatur mitgebracht hat, doch im Vergnügungsraum des *Weißen Halbmondes* sorgt sie für viel Amusement und Gesprächsstoff. Der Cartoon ist einer der zwölf dänischen Mohammedkarikaturen nachempfunden. Angeblich stammt er von einer Homepage.

Das dänische Orignal ist besser als das etwas plumpe Remake. Doch auch in dieser Fassung verfehlt das Bild – ein Schwarzweißausdruck mit verwischten Konturen, da die Zeichnung offenbar stark vergrößert wurde – seine Wirkung nicht.

»Es ist ja durchaus bezeichnend, dass sich solche Leute wie Imam Ali, die Muftis und andere religiöse und politische Führer nie selbst in die Luft sprengen«, sagt Corinna, während sie das Blatt in ihren Händen hält.

»Ja, weil die Mächtigen nicht bis nach ihrem Tod warten müssen, um ein paar Mädchen zu entjungfern«, erklärt Edith. »Dieses Vergnügen können sie sich schon im Diesseits leisten.«

»Es wäre interessant zu erfahren, wer diese 72 Jungfrauen sind«, sage ich. »Sind es Frauen, die jungfräulich gestorben sind? Oder sind es Engel? Oder Frauen, die post mortem wieder zu Jungfrauen geworden sind und alle sexuellen Erfahrungen ihres Lebens wieder vergessen haben? Sind es junge Frauen oder alte Jungfern? Was für eine Enttäuschung für einen Märtyrer, wenn seine Belohnung im Paradies aus Greisinnen bestünde, die nach einem enthaltsamen Leben den Märtyrer als ihren jugendlichen Liebhaber willkommen heißen. Steht in den Hadith etwas darüber? Haben die islamistischen Imame oder Osama bin-Laden diesen Aspekt jemals präzisiert?«

»Keine Ahnung«, antwortet Edith. Die 55. Sure des Koran spricht nur von *Jungfrauen keuschen Blickes, die kein Mensch vor ihnen berührt hat und kein Geist*. Bezeichnenderweise heißt es dort, diese Jungfrauen seien *in Zelten eingeschlossen*, was wieder einmal zeigt, worum es wirklich geht.«

»Eine Kameltreiberreligion!«, verkündet Ulrike.

Edith geht auf diesen Zwischenruf nicht ein. »Die Geschichte mit den 72 Jungfrauen bestärkt mich nur in meiner Überzeugung, dass islamischer Fundamentalismus und Sex ganz eng zusammenhängen, ja ich würde sogar noch weitergehen und behaupten wollen, dass auch das Christentum und das Judentum die sexuelle Verklemmtheit und damit die Perversion und den Missbrauch fördern, und dass der Islam einfach nur auf dem Weg, den das Judentum und das Christentum auch beschritten haben, weitergeht.«

»Der Papst macht sich ebenfalls Gedanken über die Sexualität«, erkläre ich. »Der Stellvertreter Gottes auf Erden hat nichts Besseres zu tun, als den Menschen die Verwendung von Präservativen zu verbieten. Es gibt kaum eine Religion, die sich keine Gedanken darüber macht, wann, wo, wie oder mit wem ihre Gläubigen bumsen …«

»Aber der Papst fordert niemanden auf, sich und Hunderte von Unschuldigen in die Luft zu sprengen«, widerspricht Edith. »Der Papst verspricht nicht einmal den asketischsten Mönchen irgendwelche Jungfrauen im Paradies.«

Die anderen pflichten ihr bei.

»Ach, dieser ganze Jungfräulichkeitswahn«, sagt Corinna, »diese sexuellen Phantasien in Verbindung mit Reinheit, Erhabenheit, Selbstaufopferung, Blut, Terror und Tod, diese Verbindung von Religion, Herrschaft und Gewalt finden mit der Entjungferung im Jenseits einen krönenden Abschluss. Es ist ja kein Zufall, dass es ausgerechnet 72 Jungfrauen sind, die auf den Märtyrer warten, und nicht etwa 72 hübsche dreißigjährige Psychotherapeutinnen.«

»Mit oder ohne Jungfernhäutchen stelle ich mir das als ein recht anstrengendes Vergnügen vor«, erkläre ich. »Übrigens habe ich gelesen, dass es sich bei den 72 Jungfrauen um einen Interpretationsfehler handelt, den die Islamisten bewusst in Kauf nehmen. Der Koran spricht angeblich von 72 Trauben.«

»72 Trauben!?«, ruft Corinna aus und beginnt schallend zu lachen. »Das würde bedeuten, dass sie sich im Paradies besaufen, statt zu bumsen.«

»Also ich würde mich wegen 72 Weinflaschen nicht in die Luft sprengen«, meint Edith. »Aber jeder Mensch hat natürlich seine eigenen Prioritäten.«

»Warum eigentlich 72? Warum nicht hundert oder nur sieben?«, fragt Elisabeth.

»72 ist acht mal neun und gleichzeitig neun mal acht«, bemerkt Michaela.

»Na und?«

»Keine Ahnung. Vielleicht hat das irgendeine Bedeutung. Was sagt eigentlich die 72. Sure des Koran?«

»Das haben wir gleich«, erklärt Edith, holt ihr grünes Büchlein aus der Handtasche und beginnt darin zu blättern. »Die 72. Sure ist die Sure von den Geistern. Wie passend. *Und wir betasteten den Himmel, fanden ihn aber voll gewaltiger Wächter und Feuerflammen* … Hmm. *Und von uns manche sind rechtschaffen, manche aber sind es nicht* … Welch weise Erkenntnis … *Und von uns manche sind ergebene Gottbekenner, manche aber sind Ungerechte.* Okay, ich habe die Message schon verstanden … *Und was die Ungerechten betrifft, so sind sie der Hölle Brennholz. Und wandeln sie auf dem rechten Weg, ganz gewiss tränken wir sie mit Wasser reichlich* … *Um sie damit zu prüfen.* Ach so! *Wer sich dann abwendet von der Ermahnung seines Herrn, qualvolle Pein verfolgt ihn* … Gut, aber von Jungfrauen steht hier nichts. *Er nur ist Wisser des Verborgenen, und nicht enthüllt er sein Geheimnis irgendeinem. Außer, wer ihm wohlgefällt von den Gesandten* … *Er umfasst, was bei ihnen ist, und zählt jedes Dinges Zahl.* Aha!«

»72 Frauen zu entjungfern! Was passiert eigentlich, wenn der Märtyrer mit den 72 Jungfrauen durch ist? Werden sie dann zu seinen Ehefrauen oder wieder zu Jungfrauen, oder bekommt er weitere zweiundsiebzig Jungfrauen zugewiesen? Was sagen die

Imame und die Mullahs dazu?«, fragt Nora. »Darüber wurde doch sicher schon irgendetwas geschrieben, oder?«

»Für mich«, bemerkt Edith, »ist die Frage viel interessanter, was die Märtyrerinnen im Paradies erwartet. Es gibt doch immer mehr Frauen, die sich im Namen des Dschihad in die Luft sprengen, sei es im Irak oder in Israel. Oder in Afghanistan. Soweit ich weiß, schweigen die Islamisten zu diesem Punkt.«

»Wahrscheinlich haben die radikalen Imame keine bestimmte Meinung dazu. Wenn es auf Erden keine Gleichberechtigung gibt, warum sollte es sie im Himmel geben?«, meint Corinna.

»Warum opfern diese Frauen dann ihr Leben?«, fragt Ursula.

»Nun ja, dabei sein ist alles!«, erklärt Ulrike.

»Vielleicht wird den Märtyrerinnen die große Ehre zuteil, zu den 72 Jungfrauen zu gehören, die die männlichen Märtyrer im Jenseits erfreuen«, mutmaße ich.

»Also, ich weiß nicht«, meint Corinna. »Erstens möchte ich meinen Liebhaber nicht mit 71 anderen Frauen teilen und zweitens: Wenn jemand den Mut aufbringt, sich in die Luft zu sprengen, wenn also sein Hass explosiv ist, heißt das noch lange nicht, dass seine Liebe genauso explosiv sein muss.«

»Wahrscheinlich werden die Märtyrerinnen mit 72 Jungmännern belohnt«, überlege ich.

»Was für ein Geschenk!«, empört sich Corinna. »72 pickelige Vierzehnjährige, die nichts anderes im Kopf haben, als mit mir ihr erstes Mal zu erleben. Nein danke, wenn ich in meinem nächsten Leben als Märtyrerin ende, werde ich schon lieber vorher lesbisch und gebe mich mit den 72 Jungfrauen zufrieden.«

5

»Keine Zeitung, kein Fernseh- oder Radiosender hat je darüber berichtet«, beginnt Elisabeth zu erzählen, nachdem sie sich vorher noch einmal die Gewissheit geholt hat: Was hier gesagt wird, darf diese Räume niemals verlassen.

Nicht einmal im Internet werdet ihr etwas darüber finden. Alle Andeutungen oder Hinweise wurden gelöscht. Gemeinhin glaubt man, in einer Informationsgesellschaft sei es nicht möglich, eine Information für immer verschwinden zu lassen. In Wirklichkeit jedoch ist genau das Gegenteil der Fall.

Anfang 2002 lebte ich in Hamburg und flog regelmäßig nach München, um meine Schwester und ihre Familie zu besuchen. Ich erinnere mich, dass es ein strahlend schöner Wintertag war, einer dieser Tage, an denen alles glänzt, die Augen schmerzen und die Laune besser wird. Jedes Detail, das man beobachtet, sieht man in diesem freundlichen Licht, die alte Frau zum Beispiel, die auf der Flughafentoilette vor dem Spiegel steht, sich frisiert und dabei so gelassen und zufrieden wirkt, wie man es selbst gerne wäre, oder der mürrische Schalterbeamte, der plötzlich lächelt und einen Scherz macht.

Es war Samstagmorgen. Das Flugzeug war ausgebucht. Ich war froh, dass ich nicht am Fenster saß, weil ich an Platzangst leide. In engen Räumen voller Menschen komme ich mir gefangen vor, bekomme keine Luft oder habe den Eindruck, ich sterbe demnächst an einem Herzinfarkt, auch wenn ich weiß, dass dies nichts als Einbildung ist. Am schlimmsten war für mich ein Flug, den ich ein paar Jahre zuvor nach Amerika unternommen hatte – neun Stunden auf dem mittleren Sitz einer Fünferreihe. Diesmal hatte ich zumindest links von mir den Gang.

Vor dem Abflug musste die Maschine enteist werden. Danach standen wir gute zehn Minuten in der Warteschleife. Die Passagiere wurden ungeduldig. Auf dem Sitz neben mir – am Fenster – saß eine füllige Frau Mitte oder Ende fünfzig. Der Geruch ihres Parfüms gefiel mir nicht. Sie trug eine Bluse und einen Rock, die zwar farblich zueinanderpassten, jedoch zu eng waren und ihre Figur unvorteilhaft betonten. Ihr Sohn hole sie in München vom Flughafen ab, erzählte sie mir. Wie unangenehm, dass wir noch nicht abgeflogen seien. Sie wolle ihn nicht warten lassen. »Es ist ja nicht Ihre Schuld, dass wir mit einer Verspätung abfliegen«, sagte ich.

»Ach, Sie kennen meinen Sohn nicht …« Und sie begann mir eine lange Geschichte zu erzählen, die ich nicht hören wollte. Da ich aber gut gelaunt war und nicht unhöflich sein wollte, lächelte ich, nickte ab und zu und bemühte mich zuzuhören.

Fünfzehn Minuten nach dem Start wurden die Anschnallzeichen ausgeschaltet. Die Stewardessen hatten begonnen, Snacks und Getränke zu servieren. Unten zog Hannover an uns vorbei, putzig, irreal, eine Spielzeugstadt. Dann sah ich, wie ein Mann an mir vorbeiging. Er war mir schon im Transitraum des Flughafens aufgefallen – ein Orientale, ziemlich dunkelhäutig, vielleicht ein Sudanese oder Jemenite, mit dichtem, schwarzem Bart, der ihm bis zur Brust hinunterreichte, aber ordentlich gestutzt war und eine Art Halbmond um das Gesicht bildete. Wenn er mich anschaute, konnte mir angst und bange werden. Aber ich hatte diese Sorte von Männern auf meinen Reisen nach Jordanien oder Ägypten schon oft gesehen. Ihre Blicke ängstigten mich nicht mehr.

Der Mann trug ein dunkelgraues Hemd, dessen Kragenknopf geschlossen war. Seine Ausstrahlung hatte etwas Beklemmendes. Ich denke, dass sich manche in seiner Gegenwart unbehaglich fühlten und dass er für viele Menschen dem Klischee des finsteren Arabers entsprach. Hätte er eine Jallabah oder etwas Ähnliches getragen, wäre sein Image perfekt gewesen.

»Haben Sie auch so ein ungutes Gefühl, wenn im Flugzeug ein

Araber aufs Klo geht?«, fragte mich meine Nachbarin. »Ich weiß, man darf keine Vorurteile haben, aber nach dem elften September fühle ich mich sicherer, wenn keine Araber, ja wenn überhaupt keine Moslems im Flugzeug sind.«

Darauf gab ich ihr keine Antwort. Ich wollte mich auf keine Islamismusdebatte einlassen. Die Gespräche, die ich zu diesem Thema mit meinem Mann geführt hatte, hatten mir gereicht. Mein Mann, ein Jordanier, begegnete seinen radikalen Glaubensbrüdern mit blankem Hass, so dass ich manchmal die Politik des Westens kritisierte, während er den Einmarsch der Amerikaner in Afghanistan verteidigte.

Ich lehnte mich zurück und schloss die Augen. Das war eine deutliche Geste, und ich hoffte, dass meine Nachbarin deren Symbolik richtig deutete. Die erholsame Stille währte allerdings nur wenige Minuten, dann vernahm ich die lästige Stimme wieder, diesmal dicht an meinem Ohr. Gedämpft, fast flüsternd, aber für mich leider dennoch deutlich hörbar, fragte sie: »Sind Sie noch wach?«

»Nein«, stöhnte ich. »Ich schlafe.« Diese Antwort beeindruckte meine Nachbarin nicht. »Ist Ihnen auch aufgefallen, dass dieser Araber schon ziemlich lange am Klo ist?«

»Unser Schicksal liegt in Gottes Hand«, erwiderte ich. »Oder haben Sie einen Fallschirm dabei?«

»Wo Sie recht haben, haben Sie recht«, meinte sie. »Aber dieser Araber ist ziemlich grausig. Und jetzt ist er am Klo.«

»Vielleicht ist er ja gar kein Araber.«

»Aber ein Moslem ist er bestimmt. Ich will ja keine Panik verbreiten, aber ich hab irgendwo gelesen, dass Terroristen Waffen in die Toiletten der Flugzeuge schmuggeln, weil sie Komplizen beim Flughafenpersonal haben. Manche sind sogar so geschickt, dass sie aus dem Wasserhahn, dem Spülknopf und anderen Gegenständen aus Metall Stichwaffen oder Revolverattrappen fabrizieren, und dann …«

»Wir werden bald erfahren, ob das auch für unseren Flug zutrifft«, unterbrach ich sie.

»Ich will ja wirklich niemandem etwas Böses unterstellen, aber dieser Araber am Klo schaut wirklich aus wie ein Terrorist!« Diesmal hatte die Frau laut gesprochen. Einige andere Passagiere schauten in unsere Richtung. Ein unruhiges Murmeln ging durch die Reihen, die Flugbegleiterinnen schauten besorgt, und dann ertönte hinter meinem Rücken eine sonore männliche Stimme, die den ganzen Raum füllte: »Der kackt aber wirklich lange, der Araber.«

»Stimmt, der ist schon mindestens zehn Minuten da drin«, meinte eine Frau irgendwo schräg links von mir.

»Was treibt er dort?«

»Na, was tut man denn normalerweise am Klo?«

»Entweder das, wofür ein Klo gemacht ist, oder …«

»Schon gut, ich weiß, was Sie meinen.«

»Ich meine jetzt gar nichts Kriminelles, also Terroristisches, sondern …«

»In Ordnung! Ich habe verstanden!«

»Irgendwer sollte ihn rausholen.«

»Fräulein, haben Sie einen Schlüssel zu den Toiletten.«

»Mama, ist der Mann am Klo ein Terrorist?«

»Sei still!«

»Mama, ich hab Angst!«

»Halt den Mund, sonst …«

Das Kind begann zu weinen.

»Jetzt sollte endlich irgendwer was unternehmen. Es ist schon verdächtig, dass er auf einem kurzen Inlandsflug so lange …«

»Von den Terroristen, die am elften September die Flugzeuge entführt haben, erzählt man …«

»Oh Gott, ich will das nicht hören. Nicht jetzt!«

»Mama, ich will aussteigen!«

»Na warte, wenn ich das dem Papa erzähle!«

»Wenn mir ein paar starke junge Männer helfen, dann hol ich den im Nu dort raus!«

»Mama, ich muss dringend Pipi. Und ich will hier raus. Ich will hier raus!«

»Nun beruhigen Sie doch mal Ihr Kind, Himmelherrgott.«

»Was soll ich denn machen? Lassen Sie mein Kind in Ruhe, sonst zeige ich Sie an.«

»Ich kann Karate, ich wäre also schon bereit. Aber wir müssen uns beeilen, bevor sich der wirklich in die Luft sprengt oder so.«

»Halten Sie sich zurück mit solchen Äußerungen. Sie machen die Leute ja ganz verrückt.«

»Na und. Ich will noch nicht sterben! Haben Sie den gesehen? Haben Sie seine Augen gesehen? Haben Sie bemerkt, wie er uns alle beobachtet hat?«

»Diese Wahnsinnigen mit ihren zotteligen Bärten sind wirklich zum Fürchten.«

»Sein Bart war doch gar nicht zottelig.«

»Ach, hören Sie auf mit dieser Haarspalterei.«

»Aber seine Augen waren völlig irre!«

»Ja, ist Ihnen das auch aufgefallen? Absolut gruselig, dieser Blick! Wie er uns alle gemustert hat … Mit so viel Verachtung und Hass!«

»Verdammt, ich hab Angst. Mit dem stimmt wirklich was nicht. Der ist echt viel zu lang am Klo. Ich glaub, wir überleben diesen Flug nicht.«

»Scheiße! Dass ausgerechnet mir das passiert! Ich bin erst 23.«

»Okay, Leute! Ich hol' den Araber jetzt aus seinem Versteck. Wer macht mit? Oder hat jemand was dagegen?«

»Nee …«

Eine der Stewardessen eilte in unseren, den hinteren Teil des Flugzeugs. »Bitte bleiben Sie auf Ihren Plätzen! Es besteht überhaupt kein Grund zur Sorge.« Die andere Flugbegleiterin rannte zum Telephon, das zwischen dem vorderen Einstieg und der ersten Sitzreihe an der Wand hing, nahm den Hörer ab und begann hektisch und laut etwas zu berichten. Die Motorengeräusche und der Tumult im Inneren der Maschine übertönten ihre Worte. Wahrscheinlich sprach sie mit den Piloten.

»Bitte beruhigen Sie sich! Wir haben alles unter Kontrolle.« Die junge Flugbegleiterin stand nur wenige Meter von mir entfernt. Sie war keine zwanzig Jahre alt und wirkte genauso ängstlich wie die Passagiere. »Seien Sie doch vernünftig! Sie gefährden die Sicherheit des Fluges!« Ihre Stimme überschlug sich.

Meine Nachbarin zupfte sie am Ärmel. »Fräulein, könnten Sie den arabischen Herrn nicht bitten, endlich aus der Toilette herauszukommen, damit wir sehen, dass er kein Terrorist ist. Er kann dann gleich wieder in die Kabine gehen, wenn er ... wenn er noch nicht fertig ist.«

»Ich werde es versuchen.«

»Sehr geehrte Damen und Herren, hier spricht der Kapitän«, ertönte es plötzlich aus den Lautsprechern. »Wir haben unsere Flughöhe inzwischen wieder verlassen und werden in etwa zwanzig Minuten in München landen. Bitte bleiben Sie auf Ihren Plätzen oder kehren Sie zu Ihrem Sitzplatz zurück und schnallen Sie sich an ...« Ich wusste, dass er log. Wir würden erst in zehn bis fünfzehn Minuten zum Landeanflug ansetzen. Trotzdem leuchteten schon jetzt die Anschnallzeichen auf, was die Passagiere eher noch weiter aufregte als beruhigte.

Die Flugbegleiterin klopfte zaghaft gegen die Toilettentür. »Entschuldigung, ist bei Ihnen alles in Ordnung?« Keine Antwort. »Sir, is everything all right?« Wieder keine Antwort. »Sir, can I help you? Would you please come out! Sir? Monsieur, êtes-vous ... êtes-vous ... okay? Desirez-vous quelque chôse? Quittez la toilette, s'il vous plaît! Dites quelque chose!« Keine Antwort. Im Inneren des Flugzeuges hatte die Unruhe inzwischen ihren Höhepunkt erreicht. Einzelne Passagiere hatten begonnen, hysterisch zu schreien, zu lamentieren oder zu weinen, andere schalteten ihre Handys ein, obwohl das während des Fluges strengstens verboten ist. Einige waren aufgestanden und bewegten sich Richtung Toilette. Die zweite, etwas ältere Stewardess versuchte zu beruhigen, drohte mit Anzeigen, Geldstrafen und Flugverboten. All das zeitigte keine Wirkung. Schließlich resignierte sie und begann wieder mit dem Cockpit zu telephonieren. Selten habe ich im Gesichtsausdruck eines Menschen, der von Berufs wegen Sicherheit und Ruhe ausstrahlen sollte, so viel Hilflosigkeit gesehen.

»Dieser Araber bastelt dort bestimmt an einer Bombe«, bemerkte meine Nachbarin, die angesichts der Aufregung, die sie verursacht hatte, erstaunlich ruhig blieb. »Wissen Sie, dass man aus scheinbar harmlosen Alltagsgegenständen rasch etwas Explosives herstellen kann? Die Anleitungen dazu kann sich jeder aus dem Internet runterladen.«

»Jetzt halten Sie endlich die Klappe!«, brüllte ich sie an, aber es war zu spät. Wieder hatte sie um genau ein Dezibel zu laut gesprochen, was jene fatale Kettenreaktion, die ohnehin schon im Gange war, erheblich beschleunigte.

»Eine Bombe!«, rief jemand. »Es ist eine Bombe an Bord!«

»Oh my god! There is a bomb! And there is an arab in the toilet.«

»An arab or a bomb?«

»What the hell of a difference does that make?!«

Im nächsten Augenblick machte das Flugzeug einen Schwenk nach links. Der Horizont verschob sich. Auf der rechten Seite sah man nur Wolken, auf der linken einen Flickteppich aus Feldern und Straßen, die von oben wie weiße Kreidestriche aussahen.

»Mama, wir stürzen ab!«, rief das Kind. Sein Schreien ging in ein Schluchzen übrig. Nun waren die Passagiere nicht mehr zu bändigen. Mehrere Menschen, hauptsächlich Männer, waren von ihren Sitzen aufgesprungen und den anderen in den hinteren Teil der Maschine gefolgt. Einige von ihnen kletterten sogar über den

Servierwagen, der weiterhin den Gang versperrte. Dann sah ich nur Rücken und Köpfe, hörte ein Poltern gegen die Toilettentür und einen den gesamten übrigen Lärm übertönenden Ausruf im bayrischen Dialekt: »Kimm auße, du Hund, sonst kemman mir eine!« Die jüngere der beiden Stewardessen flüchtete in die zweite, unbesetzte Toilettenkabine, während die Tür der anderen gerade nachgab und aus den Angeln sprang. Für einen Augenblick konnte ich nichts mehr erkennen, hörte ich nur die Schreie und das immer lauter werdende Weinen des Kindes. Dann sah ich ihn. Seine Nase blutete, auf der Stirn klaffte eine Wunde. Er schlug um sich und belegte seine Peiniger mit Schimpfwörtern und Flüchen auf Arabisch. Seine Hose hing an seinen Knöcheln. Sie schleifte am Boden. Die Unterhose hatte er noch rechtzeitig hochgezogen.

Ich kann sehr schlecht Arabisch. Außerdem sprach der Mann einen Dialekt, den ich nicht kannte. Dass er uns alle mit Schweinen und Hunden verglich, konnte ich jedoch verstehen.

»Ich stopf dir gleich das Maul, du Sauhund, du bärtiger«, schrie der Mann mit dem oberbayrischen Tonfall, ein schlanker Mittsechziger mit kräftigen Armen.

»Wir müssen ihn irgendwo anbinden!«, schrie der Alte. »Wir brauchen etwas, womit wir ihn fesseln können.«

In diesem Augenblick öffnete sich die Cockpittür. Ein Mann in Pilotenuniform kam heraus und brüllte: »Was zum Teufel geht hier vor? Ich verlange, dass alle, ausnahmslos alle, auf ihre Sitze zurückkehren, sonst … sonst …« Er stockte.

»Ja, was denn?«, fragte jemand.

»Sonst weigere ich mich zu landen.«

Wir landeten trotzdem, aber nicht in München, sondern in Nürnberg – eine Notlandung im nächstgelegenen Flughafen. Der Araber wurde in einen der Sitze gedrückt und festgehalten, leistete aber keinen Widerstand mehr. Die Massenpanik war so schnell wieder vorbei, wie sie begonnen hatte.

»Unglaublich, wie rasch sich Menschen wegen etwas aufregen können«, bemerkte meine Nachbarin. »Ein bisschen Stress, und schon schmeißen sie die Nerven weg. Mein Sohn zum Beispiel …«

»Wissen Sie was«, unterbrach ich sie. »Wenn Sie jetzt nicht sofort Ihren Mund halten, werfe ich Sie eigenhändig aus dem Flugzeug.«

»Sehen Sie, genau das meine ich«, sagte sie.

6

Auf der Rollbahn sah ich mehrere Polizei- und Rettungswagen, zwei oder drei Feuerwehrautos sowie weitere Einsatzfahrzeuge, deren Funktion mir auf den ersten Blick nicht klar war. Sie alle rasten mit Vollgas, Sirenengeheul und Blaulicht auf uns zu. Eines der Fahrzeuge war gepanzert und hatte eine Maschinenpistole auf dem Dach montiert. Als wir stehenblieben, ging alles sehr schnell. Männer mit Helmen und schusssicheren Westen stürmten ins Innere des Flugzeugs. Eine Lautsprecherdurchsage forderte uns auf, auf unseren Plätzen zu bleiben und Ruhe zu bewahren. Der arabische Fahrgast versuchte, etwas in einer Mischung aus Arabisch und rudimentärem Englisch zu erklären, und verschwand im Nu von der Bildfläche. Noch nie hatte ich erlebt, dass ein Mensch mit einer solchen Geschwindigkeit ergriffen und wie ein Paket hinausgetragen wurde. Es ging so schnell, dass ich nicht einmal erkennen konnte, mit welchem der Wagen er fortgebracht wurde.

Schließlich durften wir die Maschine verlassen und stiegen in einen Bus ein. Nun machten die Passagiere einen niedergeschlagenen Eindruck. Sie schwiegen. Sogar die Kinder stellten keine Fragen mehr. Der Bus kurvte lange durch das Flughafengelände, fuhr an Lagerhallen, Hangars und ausrangierten Propellerflugzeugen vorbei. Es schien, als befänden wir uns in einem Areal, das nie zuvor ein Passagier gesehen hatte. Das machte mir Sorgen. Ich sah mich schon in einem Spezialgefängnis oder einem Hochsicherheitstrakt, verdrängte diesen Gedanken aber wieder. Das Jahr 2002 war schließlich nicht 1942, mag der elfte September noch so viel verändert haben.

Das Verwaltungsgebäude, in das wir gebracht wurden, war jedoch nicht dazu angetan, meine Ängste zu zerstreuen. Die Fenster waren vergittert, und die beiden Uniformierten, die den Eingang bewachten, trugen automatische Waffen. Im Inneren ging es weniger martialisch zu. Wir nahmen in einem Warteraum Platz, wo uns Kaffee, Tee und Mineralwasser serviert wurden. Danach wurden wir einzeln aufgerufen und in einen Büroraum gebeten. Dort mussten wir Fragen beantworten. Eine junge Polizistin bat mich um meine Version der »Ereignisse an Bord«. Sie war äußerst korrekt und schenkte mir sogar ein Lächeln. Während ich sprach, ließ sie ein Aufnahmegerät mitlaufen.

Bis alle ihren Bericht abgegeben hatten, vergingen zwei bis drei Stunden. Niemand protestierte. Einige versuchten zu telephonieren, stellten aber fest, dass ihre Handys keinen Empfang hatten. Als die Prozedur endlich abgeschlossen war, führte man uns durch einen Korridor, über mehrere Treppen und weitere Durch- und Übergänge in einen fensterlosen Raum, der an einen Kinosaal oder ein kleines Theater erinnerte. Auf der Bühne, einem Podium, stand ein langer Tisch mit Mikrophonen, Mineralwasserflaschen und Gläsern. Auf der dahinter liegenden Wand befand sich eine Tür, die einen Spalt geöffnet war. Im Raum hinter der Bühne, in den man vom Saal aus nicht hineinsehen konnte, brannte Licht.

Man ließ uns wieder warten, aber auch diesmal zeigten die Passagiere eine erstaunliche Geduld. Manche wirkten beinahe gleichmütig. Nach etwa einer Viertelstunde öffnete sich die Tür hinter dem Podium. Vier Männer mittleren Alters, einer davon in Polizeiuniform, traten ein und nahmen am Tisch Platz. Die drei Nichtuniformierten trugen Anzüge und Krawatten und erinnerten auf den ersten Blick an Bankbeamte, die zu einer Tagung zusammengekommen waren. Einer von ihnen, der Älteste, war ein Glatzkopf mit Hornbrille, sein Nachbar korpulent, weizenblond, mit Bürstenhaarschnitt, und der Dritte so durchschnittlich und unscheinbar, dass ich beim besten Willen nicht mehr sagen kann, wie er ausgesehen hat. Der Polizist war sehr von sich eingenommen. Er wirkte so eitel, dass man beinahe hätte glauben können, er sei ein italienischer Carabiniere. Ich erinnere mich noch, dass er einen buschigen Oberlippenbart hatte, dass seine dunkelbraunen Haare nach hinten gekämmt waren und dass er in regelmäßigen Abständen den Kragen seiner Uniform zurechtrückte.

Der Glatzkopf mit Brille ergriff als Erster das Wort: »Guten Tag, meine Damen und Herren, ich bin Oberstaatsanwalt Doktor Roland Bürger und heiße Sie zur Nachbesprechung der unerfreulichen Ereignisse auf dem Flug Nummer Z164 von Hamburg nach München herzlich willkommen. Zu meiner Linken sitzt Herr Doktor Manfred Mader aus dem Bundesinnenministerium. Er ist zu dieser Besprechung extra aus Berlin angereist. Zu meiner Rechten darf ich Ihnen Herrn Andreas Lorcher, einen Vertreter der Fluglinie, vorstellen, und schließlich rechts von ihm Herrn Polizeihauptkommissar Gerhard Keiser von der Polizeiinspektion Nürnberg-Flughafen. Die beiden Herren vom Bayerischen Landeskriminalamt und vom Sondereinsatzkommando Nordbayern, die ebenfalls mit uns an diesem Tisch hätten sitzen sollen, sind leider verhindert und lassen sich entschuldigen …« Er sprach tatsächlich wie zur Eröffnung einer Tagung. Als er uns seine Kollegen vorstellte, hätte ich beinahe zu klatschen begonnen. Ich schaute in die Gesichter der anderen Passagiere. Sie wirkten weder besorgt noch ängstlich, eher neugierig. Erst jetzt fiel mir auf, dass einige von ihnen fehlten – der sportliche ältere

Mann aus Bayern, zwei junge Männer, die ihm geholfen hatten, die Toilettentür aufzubrechen, und die beiden Amerikaner, von denen einer gemeint hatte, Araber und Bomben seien dasselbe. Meine ehemalige Sitznachbarin schaute ständig auf die Uhr, das Kind, das im Flugzeug so viel Angst gehabt hatte, war in den Armen seiner Mutter eingeschlafen, eine junge Frau versuchte immer noch krampfhaft, mit ihrem Handy eine Verbindung nach draußen herzustellen. Herr Bürger hielt unterdessen eine knappe, aber eindringliche Rede. Die drei anderen Herren nickten nach jedem zweiten oder dritten Satz und machten ab und zu Notizen.

Nachdem Herr Bürger die Aufregungen und Ängste, die wir durchstehen mussten, bedauert hatte, zählte er im selben freundlichen, aber bestimmten Tonfall jene Verbrechen auf, derer man uns anklagen müsste: Gemeingefährdung, Körperverletzung, Volksverhetzung, Ehrenbeleidigung, unterlassene Hilfeleistung und noch einiges mehr.

»Ich schätze, dass jeder Passagier dieses Fluges zumindest zu einer bedingten Haftstrafe, einige von Ihnen mit an Sicherheit grenzender Wahrscheinlichkeit zu unbedingten, wahrscheinlich mehrjährigen Haftstrafen verurteilt werden könnten, nicht wahr, Herr Doktor Mader?«

»Ganz bestimmt!«, pflichtete ihm dieser bei.

Die Passagiere zogen die Köpfe ein und starrten gebannt zum Podium. Der Schrecken in ihren Gesichtern zeigte, dass inzwischen alle begriffen hatten, dass es sich bei dieser Zusammenkunft um mehr als eine freundliche Geste handelte.

»Andererseits«, erklärte Doktor Bürger, »muss man diese Leute verstehen. Eine Panik ist eine Panik. Wer in Panik gerät, handelt weder vernünftig noch verantwortungsbewusst.«

»Weder vernünftig noch verantwortungsbewusst«, wiederholte Doktor Mader. »Manchmal geschehen Dinge, die man weder vorhersehen noch steuern kann.«

»Besonders in Zeiten wie diesen.«

»Ganz besonders in Zeiten wie diesen. In anderen Zeiten wären sie nicht geschehen.«

»Und es hätte alles noch schlimmer kommen können«, meldete sich plötzlich Hauptkommissar Keiser zu Wort.

»Viel schlimmer!«, schrie Doktor Mader mit gespielter Aufregung. »Sehr viel schlimmer! Nicht auszudenken, was geschehen kann, wenn sich eine solche Situation jemals wiederholt.«

»Eine Katastrophe!«, rief Doktor Bürger.

»Wenn die Menschen davon erfahren, werden sie keine Flugzeuge mehr besteigen.«

»Vom Ruf unseres Landes im Ausland ganz zu schweigen. Das Klischee von der Fratze des hässlichen Deutschen wird rasch wieder aktuell.«

»Wenn die arabischen Medien darüber berichten und eine radikale Terrorgruppe auf die Idee kommt, sich für diesen Vorfall zu rächen ...«

»Ein Blutbad«, stellte Hauptkommissar Keiser lapidar fest.

»Am besten wäre es«, sagte Doktor Mader, und diesmal klang seine Stimme wieder sachlich und ruhig, »wenn es diesen Vorfall gar nicht gegeben hätte ...«

»Insofern, meine sehr geehrten Damen und Herren«, fiel ihm Doktor Bürger ins Wort, »würde ich Ihnen folgenden Ausweg vorschlagen: Jeder Einzelne von Ihnen unterschreibt ein offizielles Dokument, eine Verschwiegenheitserklärung. Über die unangenehmen Ereignisse des heutigen Tages werden Sie ab sofort weder mit jemandem sprechen noch in irgendeiner anderen Form darüber berichten. Auch im Freundes- und Familienkreis werden Sie Stillschweigen bewahren. Wir unsererseits werden von einer Anklage wegen Gefährdung des Flugverkehrs, Körperverletzung, Volksverhetzung und anderen Delikten absehen.«

»Wenn Sie allerdings die Verpflichtung zur Verschwiegenheit nicht mit der nötigen Ernsthaftigkeit beachten, behalten wir uns rechtliche und auch andere Schritte vor«, bemerkte Doktor Mader. »Was meinen Sie, Herr Lorcher?«

»Unsere Fluglinie ist bislang unfallfrei geblieben. Bis zum heutigen Tag hat es nie irgendwelche unangenehmen Zwischenfälle auf unseren Flugrouten gegeben.«

»So soll es auch bleiben ... Irgendwelche Einwände?«, fragte Doktor Mader und ließ seinen Blick durch den Raum schweifen.

Es gab keine Einwände.

»Sehr gut! Es freut mich, dass wir es mit verantwortungsbewussten Bürgerinnen und Bürgern zu tun haben. Noch Fragen?«

Die meisten schüttelten den Kopf, andere rührten sich nicht, dann aber hob plötzlich meine ehemalige Nachbarin zaghaft die Hand.

»Jaaa?« Es klang wie eine Drohung.

»Wenn ich vielleicht nur ganz kurz und eigentlich nur aus Neugierde eine ganz blöde Frage stellen dürfte?«

»Jaaa??!« Die vier Männer auf dem Podium schienen sie mit ihren Blicken zu durchbohren.

»Was passiert jetzt mit dem arabischen Herrn, der ja, nun ja, wir haben ja alle gesehen, wie er ... und jetzt ist er nicht mehr da ... Es geht mich natürlich nichts an, aber ich wollte nur kurz mal nachfragen ... wenn ich darf ...«

Der Hauptkommissar schaute Herrn Doktor Mader an und lächelte. Dieser grinste zurück und meinte: »Gnädige Frau, ich würde vorschlagen, dass Sie diese Frage nicht gestellt haben. In Ordnung? Einigen wir uns darauf, dass es auf diesem Flug überhaupt keinen Passagier aus dem Nahen Osten gegeben hat. Einverstanden?«

»Oh ja, ich bin absolut einverstanden«, versicherte meine Nachbarin. »Ich wollte eigentlich nur ... Nein, nichts, gar nichts, ich habe nichts gesagt.«

»Dann wäre ja alles geklärt, und wir können diese Versammlung beenden«, erklärte Doktor Mader mit einem noch breiteren

Lächeln als zuvor. »Ich wünsche Ihnen eine gute Weiterreise. Als kleines Dankeschön für Ihre Kooperation und als Trost für die vielen Unannehmlichkeiten dieses Tages, nicht zuletzt jene, die wir Ihnen breitet haben, wurden für Sie im Nebenraum Speisen und Getränke bereitgestellt.«

»Ein Geschenk der Fluglinie«, bemerkte Herr Lorcher. »Ich wünsche einen guten Appetit.«

7

Elisabeths Geschichte macht einen starken Eindruck auf uns, auch wenn ihr einige nicht alles glauben. Elisabeth habe hin und wieder die Tendenz, ihrer Phantasie freien Lauf zu lassen, bemerkt Edith. Doch Elisabeth schwört, es habe sich alles genau so zugetragen. Mir ist es gleichgültig, ob der Vorfall, den sie uns geschildert hat, der Wahrheit entspricht oder erfunden ist. Ich habe mich gut unterhalten. Außerdem hat mir die Geschichte wieder einmal gezeigt, dass es richtig war, meiner Tochter nichts von ihrer Herkunft zu erzählen. Deutschland ist nicht Kanada, es ist nicht einmal Frankreich. »Kratzt man an der Hülle der Gutmenschen, kommt bald der braune Kern zum Vorschein«, hat Corinna einmal gesagt. »Spätestens dann, wenn die anderen nicht so gut sind, wie es die Gutmenschen gerne hätten.«

Als ich in der Nacht nach Hause komme, bin ich beschwingt, wie schon seit Wochen nicht mehr.

Im Badezimmer steht ein Korb mit Schmutzwäsche, auf der ein Blatt Papier liegt. Ich erkenne Petras Handschrift: *Liebe, liebe Mama, könntest du mir bitte, bitte ganz dringend diese Blusen und Pullis waschen. Es ist Handwäsche, und Du weißt, dass ich beim Waschen immer sehr ungeschickt bin und schon einige meiner schönsten Sachen kaputtgemacht habe. Ich bräuchte alles dringend bis morgen, weil wir am Abend bei Gertrud, einer von Gustavs Studienkollegin-*

nen, und ihrem Freund zum Essen eingeladen sind und eine gute Figur machen müssen. Gertrud hat den absolut tödlichen Laserblick. Du kannst Dir gar nicht vorstellen, was das bedeutet.

Machst Du das Mama, ja?! Ich liebe Dich! Bussi. Petra.

P.S.: Was ich Dir in den nächsten Tagen noch in allen Details erzählen muss: Gustav hat für seine Vorstellungsgespräche endlich die richtigen Schuhe gefunden. War gar nicht so einfach.

Vor ein paar Tagen hätte ich den Wäschekorb in Petras Schlafzimmer getragen und den Inhalt auf ihr Bett geleert. Tagelang erreiche ich sie nicht, aber wenn es darum geht, Pullis zu waschen, ist die Mama gut genug. Ich habe meine eigenen Gefühle versteckt, für meine Tochter war ich immer jene ausgeglichene, vernünftige, souveräne und gute Mutter, die sich jedes Kind wünscht, und habe dennoch eine Egoistin großgezogen. Ich hätte ihr nicht so viel abnehmen dürfen. Ich hätte ehrlicher sein müssen, hätte meine Schwächen zeigen und mehr an mich selbst denken sollen. Als ich dreißig war, habe ich mit dem Gedanken gespielt, ein zweites Kind zu bekommen. Vielleicht hätte ich das wirklich tun sollen. Aber ich fand damals keinen geeigneten Mann, der als Vater in Frage gekommen wäre.

Am 1. Januar 2009 zieht Petra aus, beschließe ich. Nun gut, sagen wir am 1. Juli 2009. Damit hat sie mehr als ein Jahr Zeit, um sich auf diesen entscheidenden Schritt in ihrem Leben vorzubereiten. Sie kann nicht Wochen und Monate bei Gustav verbringen, ab und zu vorbeischauen und immer noch die Illusion aufrechterhalten, zu Hause zu wohnen und sich von der Mama die Wäsche waschen und womöglich noch bügeln zu lassen. Sie muss lernen, zum richtigen Zeitpunkt die richtigen Entscheidungen zu treffen, je früher, desto besser. Sonst geht es ihr irgendwann so wie mir. Jedenfalls möchte ich sie noch in diesem Jahrzehnt aus der Wohnung haben, das heißt spätestens bis 1. Januar 2010.

Als ich mit dem Waschen und dem Aufhängen der Wäsche

fertig bin, ist es zwei Uhr morgens. Vor dem Schlafengehen gehe ich ins Wohnzimmer, um zu lüften. Dabei fällt mein Blick auf das Telephon. Ich bemerke das blinkende rote Lämpchen auf dem Anrufbeantworter. *Anzahl der neuen Nachrichten: 2,* lese ich auf dem Display. Ich drücke auf den Wiedergabeknopf: »Hallo Astrid, hier ist Helga. Bitte entschuldige, dass ich mich erst jetzt bei dir melde, aber nun hätte ich Zeit und würde dich sehr gerne treffen. Bitte ruf mich an. Tschüüß.« Zweite Nachricht: »Hier ist wieder Helga. Du, vielleicht gehen wir wieder mal ins Kino, egal, was geschehen ist, das bringt dich sicher auf andere Gedanken. Im Top-Cine spielen sie einen tollen neuen Almodóvar-Film … Also bis bald … Tschüüß.«

»Ein Almodóvar-Film ist das Letzte, was ich jetzt sehen will, du blöde Schnepfe«, murmle ich und drehe die Lautstärke des Anrufbeantworters auf die leiseste Stufe. »Vor zwei Wochen, da hätte ich dich dringend gebraucht. Ob ich dich jetzt noch treffen will, weiß ich nicht.«

Am nächsten Tag treffe ich Helga trotzdem. Wir verabreden uns im *Café Restaurant Händel* zum Abendessen. Das *Händel*, eines der ältesten Lokale der Stadt, befand sich früher mitten in einem engen Gassengewirr, umgeben von Fachwerkhäusern, kleinen Geschäften und Handwerksbetrieben. Gegen Ende des Krieges wurde dieser Teil der Innenstadt bei einem Bombenangriff zerstört. Nur das Haus, in dem sich das *Händel* befindet, blieb unversehrt. Später wurde das alte Straßennetz nicht wiederhergestellt. Anstelle der mittelalterlichen Gassen entstand ein weiträumiger, von Betonbauten aus den Fünfzigerjahren gesäumter Platz. Als einziges Gebäude aus der wilhelminischen Zeit wirkt das *Händel*-Haus mit seinen Stuckdekorationen besonders imposant. Die Kronleuchter, Spiegel, Goldverzierungen und Reliefs im Inneren des Restaurants sind nicht minder beeindruckend. Seit einigen Jahren ist es zu einem von Helgas Lieblingsorten geworden. Hier sucht und findet sie die Illusion jener Harmonie, die ihr zu Hause fehlt. Wenn sie hierherkommt, sind ihre Kleider farblich auf das Interieur des Etablissements, seine Wände und das artifizielle Licht, dem etwas bemüht Erhabenes und gleichzeitig Süßliches anhaftet, abgestimmt. Manchmal kommt es mir vor, als würde sich sogar Helgas Frisur der Atmosphäre dieses Raumes anpassen. Ich hätte Helga lieber in einer Snackbar getroffen, wie wir es in unserer Jugend oft getan haben.

Im *Händel* spielt man nicht Händel, sondern Mozart und Verdi, das heißt – man spielt nicht, sondern lässt spielen. Die Lautsprecher sind dezent hinter Samtvorhängen versteckt. Das dämpft die Beschallung und lässt, im Unterschied zu vielen anderen Lokalen, zumindest eine Konversation in normaler Lautstärke zu.

Helga umarmt mich. Ihre betonte Herzlichkeit ist neu. Früher gab sie sich sperriger. Der Freundlichkeit, die sie sich plötzlich zugelegt hat, traue ich nicht. »Erzähl!«, hätte sie früher gesagt, barsch, ohne Umwege. Heute wählt sie die gefälligere Variante, und so muss ich das Vorspiel von einigen Minuten Small Talk über mich ergehen lassen.

Endlich darf ich erzählen, doch ein Moment nach dem anderen vergeht, ohne dass sich etwas bewegt hat – eine Abfolge von statischen Augenblicken, in denen die Worte davonfliegen wie ein flüchtiger Geruch. Ich erzähle, wie ich Adel kennengelernt habe, und nehme in Helgas Gesicht nur ein Lächeln wahr, ich berichte, wie Adel mich geschlagen hat, und bekomme im Gegenzug nichts als Worte, ich spreche davon, wie ich mich gefühlt habe, doch Helga schenkt mir keine Anteilnahme, sondern nur wohldosierte Empörung. Während ich getröstet werden möchte, prallt ein Satz nach dem anderen von mir ab, Sätze, die so fern und so vernüftig wie selbstverständlich sind. Um wie viel lieber war mir Helgas Gegenwart in ihrer Jugend, als die Sätze ihr noch nicht gelingen wollten und sie mich stattdessen in die Arme nahm oder einfach nur schwieg. Im Laufe der Jahre hat sie ihre

Sprachlosigkeit überwunden, doch auch der dümmste Ausspruch, den ich in den letzten Wochen im *Weißen Halbmond* gehört habe, hat mich mehr berührt als Helgas wohldurchdachte Kommentare und Empfehlungen. Und während ich ihr zuhöre, lasse ich wieder die Sehnsucht zu, alles in meinem Leben zu verändern, und was bis jetzt gewesen ist, wie ein zerlesenes Buch in eines der hintersten Regale zu schieben, in die zweite Reihe, wo es verstauben und vergessen wird.

Ich bestelle mir eine Apfelschorle, Hühnchen am Spieß und als Beilage Reis, und während Helga zum dritten Mal erklärt, es sei auch heute nicht zu spät, Adel anzuzeigen, ich solle dies unbedingt tun, und zwar nicht, weil ich mit dieser Anzeige Erfolg haben würde, sondern »aus prinzipiellen Gründen, die auf der Hand liegen«, unterbreche ich sie und erkläre, dass es nirgendwo in Gigricht so ausgezeichnete Huhn- und Putengerichte gäbe wie im *Händel*, und während Helga mich verblüfft anstarrt, rufe ich den Kellner herbei, lobe das Essen und bitte ihn, dem Koch meine Komplimente auszurichten.

8

Meine Gespräche mit Gerhard fanden Eingang in meine Berichte, die ich über Karim Hakim an Canaris schickte. Allerdings handelte es sich dabei um Überlegungen theoretischer oder politischer Art, nicht jedoch um Initiativakte praktischer Natur, die für den Admiral von unmittelbarem Interesse sein konnten. Mein erster Eindruck schien sich zu bestätigen: Gerhards Phantasie und Schaffenskraft erschöpften sich und versiegten im Rhetorischen. Über Gerhards Kontakte zum Reichssicherheitshauptamt oder gar Instruktionen, die er von dieser Behörde erhielt, konnte ich nichts in Erfahrung bringen. Wahrscheinlich war ich in meiner Vorgehensweise nicht geschickt genug und habe jene

Zeichen, deren Bedeutung für andere offensichtlich gewesen wären, nicht wahrgenommen oder falsch gedeutet. Wie schon erwähnt, taugte ich wenig zur konspirativen Arbeit. Selbstverständlich waren manche von Gerhards Äußerungen mehr als kompromittierend. Aber welchen Nutzen hätte Canaris davon, ihm einen Strick daraus zu drehen? Das Verhalten meines neuen Freundes war in jenen Tagen unauffällig. Er schrieb Lageberichte, betätigte sich als Dolmetscher und fertigte Übersetzungen an, nahm an Verhandlungen mit Vertretern der irakischen Regierung, der Bürokratie und der Armee teil und war, wie wir alle, in der allgemeinen Unklarheit der Verhältnisse sowie Desorganisation, die sowohl bei uns wie bei unseren irakischen Freunden herrschte, oft zum Nichtstun verdammt.

Etwa zwei Wochen nach unserer Ankunft wurde ich dann doch noch in die Lage versetzt, mich einerseits nützlich zu machen und andererseits den Admiral mit einer hochbrisanten Darstellung der Ereignisse zu erfreuen. Es war eine glückliche Fügung, wie ich damals glaubte, eine Wende in meinem alles andere als befriedigenden Dienstalltag, die eines Morgens in der Gestalt des Delegationschefs auf der Terrasse unseres Domizils auftauchte. Ich hatte das üppige Frühstück gerade beendet und wollte seinen Abschluss mit einer Zigarre zelebrieren, als Grobba mir mit dem Blick eines von Euphorie und Tatendrang nur so strotzenden Menschen entgegeneilte und aufgeregt zuflüsterte: »Heisenberg, es gibt GROSSARTIGE Neuigkeiten!« Das allein wäre nicht weiter berichtenswert, denn Grobba hatte jeden Tag mindestens eine großartige Neuigkeit zu vermelden, die sich bald entweder als Ente oder als von solch geringfügiger Relevanz erwies, dass sich sogar Hauptmann Kohlhaas nach einiger Zeit mit bissigen Kommentaren zurückhielt. Diesmal war jedoch dem, was Grobba berichtete, eine gewisse Bedeutung nicht abzusprechen. Eine Gruppe von Freischärlern sollte, mit den entsprechenden Finanzmitteln aus unserer Reisekasse ausgestattet, in Frontnähe sowie vor allem hinter den britischen Linien agieren und die Bevölkerung zu jenem erhofften Volksaufstand bewegen, der unserer Sache auch ohne deutsche Divisionen zum Sieg verhelfen sollte. Der Name »Lawrence von Arabien« fiel auch in diesem Gespräch. Grobbas immer wiederkehrende Litanei, dass er, »wäre er nur zwanzig Jahre jünger, selbst mit einer Kaffija auf dem Kopf den Freiheitskämpfern voranreiten würde«, klang diesmal weniger wehmütig und resignierend als in den Tagen davor. Ich versicherte unserem Chef, dass er sich mit dem »ehrenvollen Platz auf dem Feldherrnhügel begnügen werde müssen«, eine Aussicht, die jedoch »so schlecht nicht sei«. Die Ironie meiner Worte blieb Herrn Gehrke offensichtlich verborgen, und wenn sie ihm nicht verborgen blieb, dann zog er es vor, nicht darauf einzugehen. Er dankte mir mit ernster Miene für das Vertrauen, das ich ihm entgegenbringe.

»Herr Doktor Stein«, erzählte Grobba, »hat entsprechende Kontakte geknüpft und führt mit einem Mann, der unter Beduinenstämmen und der ländlichen Bevölkerung südlich von Bagdad ein gewisses Ansehen genießt, die entsprechenden Verhandlungen. Es versteht sich von selbst, dass dieses Unternehmen der äußersten Geheimhaltung unterliegt.«

Nun war die Katze aus dem Sack. Woher sollte Gerhard, der nicht für die Abwehr tätig war, die entsprechenden Kontakte haben, außer über das umfangreiche Agentennetz, das dem Sicherheitsdienst der SS im Nahen und Mittleren Osten zur Verfügung stand?

»Heute Mittag findet das entsprechende Treffen statt, bei dem sowohl das Gold, ein Vorschuss wohlgemerkt, übergeben werden soll als auch die letzten Details der geplanten Aktionen besprochen werden.«

»Ich verstehe.«

»Sie und Oberleutnant Berger werden Doktor Stein begleiten, weil ich ihn nicht allein mit dem Gold losschicken möchte. Wo das Treffen sein wird, weiß ich nicht genau. Ich vertraue Doktor Stein. Aber ich gehe davon aus, dass es kein Nobelhotel ist.«

»Ist Oberleutnant Berger eingeweiht.«

»Er spricht kein Arabisch und ist über die Einzelheiten nicht informiert. Halten Sie sich also in seiner Gegenwart mit Kommentaren zurück. Doktor Stein wird Sie instruieren. Er erwartet Sie in seinem Zimmer.«

Ich drückte die Zigarre aus und wollte mich schon auf den Weg ins Gebäudeinnere begeben, als mich Grobba am Ärmel zurückhielt.

»Heisenberg!«, sagte er leise, und plötzlich merkte ich, wie schwer es ihm fiel, sich zu beherrschen, dass er am liebsten herumlaufen und alles herausschreien und jedem erzählen würde, was ihm durch den Kopf ging, und dass er im tiefsten Inneren seines Wesens für den Beruf eines Redners und Propagandisten besser geeignet war als für jenen des Diplomaten. »Heisenberg, der Krieg steht auf des Messers Schneide. Ich bin offen zu Ihnen. Ich schätze Ihren Verstand und Ihre Integrität, und ich weiß, dass Sie nicht zu jenen Schreihälsen gehören, die das Wunschdenken über den Verstand stellen, aber auch nicht zu denen, deren analytische Nüchternheit jeglichen Anflug von Phantasie erstickt.«

»Ich weiß Ihr Vertrauen zu schätzen.«

»Deshalb habe ich speziell Sie für diese Aufgabe ausgesucht. Sie werden Doktor Stein heute und auch in Zukunft bei allen notwendigen Maßnahmen, die mit dieser Aktion zusammenhängen, unterstützen, zumal Sie mit ihm, wie ich bemerkt habe, ohnehin persönlich gut auskommen. Außerdem erwarte ich von Ihnen, dass Sie mir von jedem Schritt, den Sie oder Doktor Stein unternehmen, ausführlich Bericht erstatten. Ich weiß sehr wohl, dass sich Herr Doktor Stein nicht nur mir allein zu verantworten hat.«

Ich überlegte mir, ob ich an dieser Stelle den Satz *Worauf spielen Sie an?* oder *Wie meinen Sie das?* unterbringen sollte, entschied mich aber lieber für das neutralere: »Dazu kann ich nichts sagen.«

»Sie haben – dies sage ich wieder ganz im Vertrauen – den klaren Blick des Wissenschaftlers, der Doktor Stein, dessen Begeisterung und bedingungslose Hingabe ich bewundere, nicht immer zur Verfügung steht. Gleichzeitig erfassen Sie eine Sache mit einer intuitiven Klarheit und sehen sie in einem großen Zusammenhang, während viele andere nur die Oberfläche und das Naheliegende wahrnehmen. In gewisser Weise sind wir beide seelenverwandt.«

Ich sagte nichts mehr.

»Ich stelle Ihnen die dunkelgrüne kleine Limousine zur Verfügung. Oberleutnant Berger ist Ihr Chauffeur. Auf einen einheimischen Fahrer müssen wir in diesem Fall natürlich verzichten.«

Ich nickte und wollte gehen, doch Grobba hielt mich abermals zurück.

»Heisenberg, was ich Ihnen nun sagen werde, kann mich Kopf und Kragen kosten und Sie genauso, wenn Sie auch nur ein Wort darüber verlieren.« Er schaute sich um. »Ich habe bis jetzt nicht einmal mit Doktor Stein darüber gesprochen, geschweige denn mit solchen Leuten wie Hauptmann Kohlhaas, Doktor Möhrle oder den anderen.« Es war niemand in der Nähe. Trotzdem trat er ganz dicht an mich heran und sprach im Flüsterton weiter. »Es liegt durchaus im Bereich des Möglichen, dass wir bald gegen Sowjetrussland Krieg führen werden. Vor unserer Abreise aus Berlin sind mir entsprechende Gerüchte zu Ohren gekommen. Andeutungen, die im Auswärtigen Amt von manchen Herren, die man gemeinhin als informiert bezeichnen kann, gemacht worden sind, waren recht deutlich, und die Truppenverschiebungen der letzten Zeit, sowohl bei uns wie auch bei ihnen, sprechen eine noch deutlichere Sprache.«

»Unmöglich. Wir haben einen Nichtangriffspakt mit der Sowjetunion geschlossen.«

Grobbas Worte beunruhigten mich. Zwar hatte ich Hitlers *Mein Kampf* gelesen, doch hatte ich des Führers Ausführungen über den Lebensraum im Osten genauso wenig ernst genommen oder allegorisch ausgelegt wie viele meiner Zeitgenossen. Hatten wir nicht zudem Österreich und das Sudetenland besetzt, Polen geschlagen, den Warthegau dem Reich angeschlossen, die Deutschen aus dem Baltikum »heim ins Reich« geholt und Elsass-Lothringen wieder unter deutsche Verwaltung gestellt? Hatten wir nicht schon genug Lebensraum? Weshalb also sollten wir mit Sowjetrussland Krieg führen? Und warum sollte Stalin wahnwitzig genug sein, uns anzugreifen?

»Ja und? Ein Pakt ist ein Stück Papier«, sagte Grobba. »Entweder sie führen Krieg gegen uns oder wir gegen sie, doch der Ausgang eines solchen Feldzugs wäre, wie wir beide als intelligente Menschen wohl besser als andere verstehen, mehr als ungewiss. Er könnte uns alle ins Unglück stürzen. Uns bleibt nur zu hoffen, dass sich diese Gerüchte als Trug erweisen.«

»Warum erzählen Sie mir das?«

»Ja, verstehen Sie denn nicht? Sehen Sie nicht, wie wichtig, ja, ich würde behaupten, welthistorisch entscheidend, der Erfolg unseres Unternehmens hier im Irak dadurch wird? Gelingt es uns, den Briten einen entscheidenden Schlag zu versetzen, kann es unsere strategische Position so weit verbessern, dass es die Sowjetunion von einem Angriff auf Deutschland Abstand nehmen lässt. Auf jeden Fall könnte es einen längeren Zweifrontenkrieg verhindern oder zumindest verkürzen. Was immer geschehen mag, wir brauchen einen Erfolg, und das so rasch wie möglich, um jeden Preis, auch wenn wir uns dafür mit dem Teufel persönlich verbünden und den Beelzebub bestechen müssen. Im Augenblick sind die Briten auf dem Vormarsch. Mit konventionellen Mitteln sind sie nicht aufzuhalten, denn die irakische Armee ist, wie Sie selbst feststellen konnten, weder besonders kampferprobt noch mit dem nötigen Fanatismus bei der Sache. Verstehen Sie jetzt die Bedeutung des Augenblicks?«

Diesmal riss ich mich los und hastete ins Haus.

9

In den engsten und dunkelsten Gassen der Altstadt hätte ich mich sicherer gefühlt als in jenem Viertel, in das ich Gerhard widerstrebend folgte. Oberleutnant Berger hatte, trotz Grobbas Bedenken, darauf bestanden, einen weiteren Bewaffneten mit auf die Reise zu nehmen, einen stämmigen Stabsfeldwebel, der Preitler, Dreitler oder Breitler hieß, einen Berufssoldaten, an den ich mich kaum mehr erinnern kann, weil er die ganze Zeit kein Wort mit uns wechselte. Offenbar war er entsprechend instruiert worden. Als ich erkannte, wohin wir unterwegs waren, schätzte ich seine massige Gegenwart und vor allem die automatische Waffe, die er bei sich führte, viel positiver ein, als ich es am Anfang getan hatte.

Jede Stadt hat ein Viertel der Armen, und in jedem Armenviertel gibt es eine Straße, in der jene wohnen, für die sogar die Armenunterkünfte der Umgebung unerschwinglich sind. Es sind Menschen, die einen Straßenverkäufer, der seine armselige Ware in einer Truhe mit sich herumträgt und in den Gassen zum Verkauf anbietet, mit »ehrenwerter Herr« anreden, die sich vor einem Straßenkehrer demütig verbeugen und eine Puffmutter als »Dame der guten Gesellschaft« bezeichnen.

Auch in Bagdad gab es solche Straßen. Dort hausten Menschen, die von allen anderen nur Verachtung ernteten, weil es in der gesellschaftlichen Hierarchie niemanden gab, der weiter unten stand als sie. Sie waren Zuwanderer aus dem Süden, in den meisten Fällen Schiiten. Sie waren vor dem noch größeren Elend ihrer Dörfer geflohen, um in der Hauptstadt als Schuhputzer, Taglöhner auf den Baustellen, Müll- oder Zigarettenkippensammler ihr Auskommen zu finden. Jene, die etwas mehr Glück hatten, leerten die Abwassergruben, entsorgten Tierkadaver, verkauften Zeitungen oder bewässerten Gärten. Ihre Lehmhütten hatten weder fließendes Wasser noch einen Anschluss an die

Kanalisation und das Stromnetz. Bretter und Planen dienten als Türen und Fensterscheiben, und wer sich ein oder zwei Hühner leisten konnte, galt als reich. Die meisten Menschen ernährten sich von Feigen, Brot und faulem Gemüse, das sie erbettelt oder in den Müllhalden der Reichen gefunden hatten, und wenn sie an Fieber erkrankten, kam kein Arzt, um sie zu heilen.

Die Straße, in die wir nach einer längeren Fahrt einbogen, existierte, wie ich später erfuhr, im rechtlichen und administrativen Sinne überhaupt nicht. Wenn man präzise sein möchte, so existierte sie auch im realen Sinne nicht wirklich. Sie hatte keine Asphaltierung, keinen Gehsteig und keine Straßenbeleuchtung. Zwischen den Häusern standen keine Palmen, es gab keine Gärten oder Gemüsebeete. Es gab überhaupt keine Grünfläche, die mir aufgefallen wäre, nicht einmal Büsche oder Kakteen. Die Straße schlängelte sich zwischen den Hütten, die willkürlich auf der schottrigen, salzhaltigen Erde südlich des Damms, der Bagdad vor Überschwemmungen des Tigris schützen sollte, errichtet worden war. Sie hatte keinen Namen. Alle nannten sie nur »die Gasse«, und wer den Tonfall, mit dem dies ausgesprochen wurde, hörte, wusste, dass nur diese Straße gemeint sein konnte. In jenem Frühjahr 1941 war sie außerdem zur Hälfte überflutet, weil nach den starken Regenfällen in den Bergen vor einigen Wochen der Damm gebrochen war (einige behaupteten, er sei gesprengt worden). Aus dem künstlichen See, der sich daraufhin an der tiefsten Stelle des Elendsviertels gebildet hatte, ragten ein paar Flachdächer empor. Andere Häuser waren eingebrochen oder weggeschwemmt worden. »Wie in einer Mausefalle«, schimpfte Oberleutnant Berger, als wir durch den Schlamm und Unrat kurvten und plötzlich mit den Vorderreifen im Wasser standen. »Wenn dieses Pack auf uns losgeht, können wir uns nur schwimmend retten. Und wenn wir nicht erschlagen werden oder ertrinken, dann holt uns die Cholera.«

»Hören Sie auf zu jammern«, sagte Gerhard. »Ich gebe zu, dies hier ist nicht der Kurfürstendamm, aber es gibt noch viel schlimmere Orte auf der Welt.«

»Danke, mir reicht dieses Drecksloch«, meinte Berger.

»Sag mal, spinnst du?«, wandte ich mich an Gerhard und vergaß dabei vollkommen Grobbas Anweisung, mich in Gegenwart der beiden, in die Einzelheiten unserer Aktion nicht eingeweihten, Kameraden mit Kommentaren zurückzuhalten. Zudem bemüßigte ich mich einer Ausdrucksweise, die normalerweise nicht mein Stil war, mir jedoch angesicht der Situation, in der wir uns befanden, angemessen erschien.

»Weshalb schleppst du uns in diese unwirtliche Gegend?«, fragte ich also Gerhard. »Wenn die Leute wüssten, was wir mit uns führen …«

»Es war nicht meine Idee.« Gerhard warf mir einen bösen Blick zu.

»Sag das denen«, zischte Berger.

In der Tat liefen die Leute zusammen und musterten uns misstrauisch. Einige hatten Stöcke in der Hand. Wahrscheinlich war unsere Limousine das erste Auto, das durch diese Straße fuhr.

»Ein schöner Heldentod wird das sein. Am Rande einer Kloake von bloßfüßigen Arabern erschlagen«, murmelte Berger.

Inzwischen waren wir aus dem Wagen ausgestiegen und hatten uns zu einer Hütte begeben, die von den Wassermassen gerade noch verschont geblieben war und nun am Ufer des brackigen und, wie ich feststellen musste, ziemlich übelriechenden Teichs stand. Der Stabsfeldwebel blieb beim Auto zurück. »Wenn Ihnen jemand zu nahe kommt oder verdächtig erscheint, egal ob Mann oder Kind, schießen Sie ihn über den Haufen«, hatte ihm Oberleutnant Berger befohlen.

»Jawohl!«

»Aber legen Sie die nötige Zurückhaltung an den Tag«, fügte ich hinzu. »Seien Sie freundlich, lächeln Sie. Wir wollen niemanden provozieren. Dies ist eine heikle Mission.«

»Jawohl.«

Auf den zehn Metern, die wir vom Wagen bis zur Hütte zurücklegen mussten, konnten wir uns der Bevölkerung der »Gasse« kaum erwehren. Dutzende Kinder, die nur Fetzen am Leib trugen oder gänzlich nackt waren, umringten uns, streckten uns die Hände entgegen, bettelten, stellten Fragen, griffen nach uns und versuchten, uns am Gehen zu hindern. Die Erwachsenen, genauso notdürftig bekleidet und schmutzig wie ihre Sprösslinge, hielten, wohl angesichts der Waffen, die wir offen zur Schau stellten, einen Respektabstand ein. Doch sie versperrten uns den Weg und machten erst dann Platz, als Gerhard sie mit einer Reihe von Schimpfwörtern und Drohungen auf Arabisch auseinanderjagte.

Bevor wir anklopfen konnten, wurde die Tür zur Hütte schon geöffnet. Ein Mann undefinierbaren Alters, der so dürr war, dass seine Backenknochen, der Adamsapfel und das Schlüsselbein die dunkle, faltige Haut jeden Moment aufzureißen drohten, verbeugte sich und bat uns herein. Er trug eine Dischdascha, die früher einmal weiß gewesen sein dürfte, und sprach, da er keine Zähne mehr hatte, undeutlich und außerdem in einer mir fremden Mundart aus dem Süden des Landes, so dass ich die Bedeutung seiner Worte manchmal nur erahnen konnte, während Gerhard, der des Arabischen seit der frühesten Kindheit mächtig war, mit den lokalen Dialektvarianten sehr viel besser zurechtkam und demzufolge weit weniger Verständigungsschwierigkeiten hatte.

»Wie geht es dir, Abu Hassan?«, fragte Gerhard.

»Wie soll es mir schon gehen, Effendi?« Der Mann schmatzte die Worte aus sich heraus. Er seufzte und ließ seinen Blick demonstrativ durch das Zimmer schweifen. Das »Interieur« seines Domizils sagte tatsächlich mehr als tausend Worte. Es bestand aus ein paar alten Matten, die auf der Erde lagen, einer Feuerstelle (der Rauch zog durch das Fenster ab, denn einen Kamin konnte ich nicht erkennen), einer Pfanne, einer Teekanne, zwei Gläsern und drei Tellern aus Ton. So mancher Lift in einem Berliner Bürogebäude war mir geräumiger und bequemer vorgekommen als das Innere dieser Hütte. Ich hatte schon viel Elend in meinem Leben kennengelernt, aber eine so armselige Unterkunft hatte ich noch nie zu Gesicht bekommen. Was mich aber am meisten verblüffte, war die Tatsache, dass Gerhard und Abu Hassan offenbar alte Bekannte waren.

»Wo sind deine Söhne, Abu Hassan?«, fragte Gerhard.

»Das ist eine gute Frage, Effendi. Und ich wäre froh, wenn ich sie beantworten könnte. Sie haben sich seit zwei Tagen nicht mehr blicken lassen. Sie haben keinen Respekt mehr vor mir, genauso wenig wie meine Enkel, die sich draußen herumtreiben, stehlen und betteln. Ich hoffe, Hassan und Hussein bringen etwas zu essen mit, wenn sie wiederkommen … Wenn sie denn wiederkommen.«

Gerhard griff in die Innentasche seines Sakkos, holte ein Bündel mit Geldscheinen heraus und reichte sie dem Alten.

»Sehr gütig, Effendi, sehr gütig von Ihnen. Möge es Ihnen und Ihrer Familie Segen bringen, dass Sie so großzügig sind.« Er verbeugte sich mehrere Male, drehte sich um, und im Nu war das Geld verschwunden. Dies geschah so schnell, dass ich nicht erkennen konnte, in welcher Ecke oder welchem Loch seiner kärglichen Unterkunft er die Banknoten versteckt hatte.

»Dies ist übrigens Doktor Heisenberg, ein kluger Mann, ein Gelehrter.«

Abu Hassan verneigte sich nun auch vor mir. Wir wechselten ein paar höfliche Sätze, wobei ich es, im Unterschied zu Gerhard, vermied, meinen Gastgeber zu duzen.

Oberleutnant Berger war draußen geblieben, um den Eingang des Hauses zu bewachen. In erster Linie war er jedoch damit beschäftigt, sich selbst zu bewachen, denn die Kinder des Viertels, denen die großgewachsene Gestalt des Stabsfeldwebels einen gewissen Respekt einflößte, hatten es nun auf Berger abgesehen.

Seine Unsicherheit zog die kleinen Plagegeister an wie ein offenes Honigglas die Fliegen. Immerfort hörte ich die aufgeregte Stimme des Oberleutnants hinter meinem Rücken. »Bleibt mir vom Leibe, ihr lästigen Bälger, ich habe nichts für euch … Nein, ich kaufe nichts und ich gebe keine Almosen … Lässt du wohl meinen Ärmel los, du kleiner Hund … Ich geb' dir gleich einen Tritt, du Wanze! Man sollte euch wie Katzen ertränken, ihr Verbrecher.« Doch die »Bälger«, die des Deutschen nicht mächtig waren, schienen von seinen Worten offenbar nicht beeindruckt zu sein, denn Bergers Lamento ließ in der ganzen Zeit, die ich in der Hütte verbrachte, nicht nach.

Ich fragte mich, ob es sich um eine Ironie des Schicksals oder um eine Posse der Vorsehung handelte, dass wir an einem der sinistren Unorte der Welt, den man mit Fug und Recht als Pforte zu den Müllhalden der Hölle bezeichnen konnte, Weltgeschichte schreiben sollten. Während wir auf unsere »Kontaktperson« warteten und Gerhard in immer kürzer werdenden Abständen nervös auf seine Uhr schaute, bat uns Abu Hassan, in seinem »bescheidenen Heim« Platz zu nehmen, eine Einladung, die Gerhard und ich nach einem kurzen Blick auf den Fetzen, den der Hausherr als »Teppich« bezeichnete, genauso höflich, aber bestimmt ablehnten wie – im Hinblick auf die Qualität des Wassers in diesem Viertel – den Tee, der uns die Wartezeit verkürzen sollte.

10

Yusufs Alter hätte ich auf dreißig bis 35 geschätzt, wenn ich nicht das Dossier gelesen hätte, das Gerhard über ihn angelegt hatte. Darin war Yusuf Ibrahims Geburtsdatum mit »wahrscheinlich 1898 oder 1899« angegeben. Damit war der schlanke, hochgewachsene Mann mit dem pechschwarzen Bart, der ihm bis zur Brust herunter reichte, und den graugrünen Augen schon Anfang vierzig. Laut Dossier war Falludscha Yusufs Geburtsort. Den Beruf der Mutter hatte Gerhard in dezenter Weise, aber dennoch recht deutlich als *Angestellte in einem Freudenhaus* umschrieben. Ein Vater war nicht angeführt.

Als Yusuf eintrat, zog sich Abu Hassan sofort zurück. Ich hörte, wie er draußen vor der Tür die Kinder zu verjagen versuchte und wie sie ihn mit Worten, die für die Sitten und Gebräuche des Landes in höchster Weise despektierlich und schamlos waren, verhöhnten. Yusuf ließ sich währenddessen auf dem Boden nieder und zündete sich eine Zigarette an. So blieb auch uns nichts anderes übrig, als uns auf dem stinkenden, löchrigen Fetzen, dessen Farben einst Rot und Grün gewesen sein dürften, niederzulassen. So saßen wir also im Schneidersitz einander gegenüber, schwiegen und warteten, bis er fertig geraucht hatte. Auf die im Orient üblichen Begrüßungsrituale legte Yusuf offenbar keinen Wert. Schließlich drückte er die Zigarette auf dem Lehmboden, einem engen Streifen, der nicht von »Teppichen« bedeckt war, aus und fragte, nachdem er eine Kopfbewegung in meine Richtung gemacht hatte: »Wer ist das?«

»Das ist Oberleutnant Heisenberg, ein gelehrter Mann und ein guter Freund. Er wird ab sofort als mein Stellvertreter fungieren.«

»Gut!« Ein verhaltenes Lächeln huschte über Yusufs Gesicht. »So weiß ich wenigstens, an wen ich mich wenden soll, wenn dir etwas zustoßen sollte, Gerhard.«

Gerhard holte tief Luft, wollte etwas sagen, überlegte es sich aber anders und schwieg.

»Wir sollten zum Wesentlichen kommen«, meinte Yusuf.

Gerhard nickte und holte das Stoffsäckchen mit den Goldmünzen heraus, das er in der Innentasche seines Sakkos verborgen hatte. Während Yusuf mit einer Gründlichkeit, die seine Bewegungen wie in Zeitlupe erscheinen ließ, den Inhalt des Beutels prüfte, griff Gerhard nun auch in die andere Sakkoinnentasche.

Ein dickes Bündel mit Banknoten – Dinare und ein Teil jener wahrscheinlich gefälschten Pfundscheine, mit denen wir in Berlin so reichlich ausgestattet worden waren – wechselte ebenfalls den Besitzer.

»Papiergeld«, zischte Yusuf verächtlich. »Heute ein Vermögen, morgen gerade gut zum Einwickeln von Fischen.«

»Nimm es oder lass es bleiben.«

»Nun, wieso nicht. Ich esse gerne Fisch.«

»Setze es richtig ein, solange es noch einen Wert hat. Das Deutsche Reich sieht es nicht gern, wenn seine Mittel verschwendet werden. So manchem, der allzu leichtsinnig war, ist dies gesundheitlich nicht gut bekommen.«

»Dein Reich …« Yusuf zupfte mit nachdenklicher Miene an seinem Bart. Die Banknoten lagen ungezählt vor seinen Füßen. »Manche Schiiten behaupten, euer Führer sei der verschwundene zwölfte Imam, jener, der Jahrhunderte im Vorborgenen gelebt hat und nun wiedergekehrt sei. Das könnte ich fast glauben, wenn er nicht so ein albernes Bärtchen hätte …«

»Ich bin nicht hierhergekommen, um mit dir über den Bart des Führers zu streiten.«

»Und was sagt dein gelehrter Freund dazu?«

»Bärte sind nicht mein Fachgebiet«, sagte ich.

Yusuf begann zu lachen, und wir beide lachten mit.

»Sag mal, Gerhard: Die beiden Witzfiguren draußen, gehören die ebenfalls zu dir?«

»Das sind meine Kameraden.«

»Feine Kameraden hast du. Der eine ist ein Ochse und der andere ein Esel. Ich brauche nur mit dem Finger zu schnipsen, und man zieht ihnen das Fell ab. Du weißt ja, dass die Leute dieses Viertels auf mich hören.«

»Bist du hier, um mir zu drohen, oder um Geschäfte zu machen? Ich habe dich wichtig gemacht, und jetzt plusterst du dich auf, als wärest du ein großer Herr. Ergreife die Gunst des Augenblicks, erfülle deinen Auftrag oder verschwinde wieder in der Dunkelheit und bleibe das, was du immer warst. Du bist nicht so einmalig, dass ich keinen Ersatz für dich fände.«

»Ich bitte um Entschuldigung, Effendi.« Yusuf grinste und beugte seinen Oberkörper theatralisch nach vorne. »Ich habe nur gescherzt.« Yusufs Stirn berührte beinahe den Boden.

»Ich bin ein humorloser Mensch«, erklärte Gerhard.

Nach einer kurzen Pause des Schweigens, in der Yusuf die Banknoten zählte und sie danach zusammen mit dem Gold in einen Sack aus grober, schwarzer Wolle verpackte, kam Abu Hassan wieder ins Haus und fragte, ob er uns Wasser oder Tee oder Feigen anbieten könne.

»Wir brauchen nichts, Alter«, erklärte Yusuf. »Komm, lass uns noch ein paar Minuten allein.«

»Ich habe keine Stimmen mehr gehört und dachte …«

»Das Wichtigste haben wir schon erledigt. Wir müssen nur noch klären, wie wir diesen Krieg gewinnen.«

»So, so«, murmelte Abu Hassan. »Dabei kann eine Tasse Tee eine große Hilfe sein.«

»Danke, Alter!« Yusufs Stimme klang viel milder als vorhin. »Dieses Problem lösen wir auch ohne Tee. Sei so gütig und warte noch ein bisschen draußen.«

Kaum hatte Abu Hassan den Raum verlassen, verhärteten sich Yusufs Gesichtszüge wieder. Es kam mir vor, als ziehe er den Schatten an, der von den Wänden fiel.

»Was du mir gegeben hast, wird nicht ausreichen. Allein die Hälfte davon werde ich brauchen, um die britischen Uniformen zu besorgen. Mit dem Rest komme ich gerade einmal eine Woche aus. Die Männer werden sich nicht mit Almosen abspeisen lassen.«

»Es gibt nichts umsonst, Yusuf. Sobald du Erfolge vorzeigen kannst, bekommst du den dreifachen Betrag. Wir haben ein Abkommen. Du hast mir dein Wort gegeben.«

»Ich bin ein Ehrenmann!« In Yusufs Stimme schwang Wut mit. »Wann lernst du endlich, mich zu respektieren? Ich halte, was ich versprochen habe. Du brauchst mich nicht daran zu erinnern, dass ich dir mein Wort gegeben habe. Ich habe es nicht vergessen.«

Hätte ich nicht das Dossier gelesen, in dem Yusufs Werdegang beschrieben und seine zahlreichen Verbrechen penibel aufgelistet waren, hätte mich der entrüstete Tonfall der letzten beiden Sätze beeindrucken können. Ich wusste jedoch, dass Yusuf wegen mehrfachen Mordes, wegen unzähliger Raubüberfälle, Schutz- und Lösegelderpressung sowie Vergewaltigung im Irak und in den meisten seiner Nachbarländer steckbrieflich gesucht wurde. Dies war wohl der Grund, weshalb er sich nur in diesem Armenviertel der Hauptstadt, in das sich gemeinhin kein Polizist verirrte, zu zeigen getraute.

»Und wenn es außerdem Uniformen indischer Regimenter sind, wie du es vorgeschlagen hast, werden die Beschaffungskosten erheblich höher sein.«

»Die Kosten sind präzise kalkuliert. Die Gelder, welche ich dir gegeben habe, sind mit meiner Dienststelle abgerechnet«, entgegnete Gerhard. »Ich bin Beamter und kein Bandit. Ich möchte Ergebnisse sehen, und das so rasch wie möglich. Wenn unser Unternehmen erfolgreich anläuft, garantiere ich dir, dass weitere Mittel bewilligt werden.«

Yusuf seufzte enttäuscht und wippte einige Male vor und zurück, wobei er sich mit den Händen an den Knien abstützte.

»Die Menschen in diesem Land hassen die Briten«, erklärte er. »Es ist jedoch fraglich, ob das Niederbrennen einiger Dörfer tatsächlich der Auslöser für einen Massenaufstand hinter den feindlichen Linien sein wird. Auch wenn wir die Bevölkerung terrorisieren und wenn man uns wirklich für Inder hält, wird dies wahrscheinlich dazu führen, dass die Leute flüchten oder sich verstecken, anstatt zu den Waffen zu greifen. Meine Landsleute sind mutig, wenn sie im Schatten sitzen, Tee trinken und Wasserpfeife rauchen, nicht jedoch, wenn den Worten Taten folgen sollen. Viele haben nicht einmal den Mut, ihre eigenen Frauen zu verprügeln.«

»Das ist dein Risiko, Yusuf. Ohne Erfolge gibt es kein weiteres Geld. Widrigstenfalls musst du selbst eine Partisaneneinheit aufstellen, die gegen deine verkleideten Inder vorgeht. Das könnte Vorbildwirkung für andere haben. Und weise deine Männer an, dass sie den Mund halten. Sonst ist die indische Verkleidung schnell als Betrug entlarvt. Wenn die Geschwätzigkeit deiner Leute stärker ist als ihre Intelligenz, sollten sie lieber nicht als Inder, sondern als Soldaten von Glubb Paschas Arabischer Legion auftreten, die gerade von Transjordanien in den Irak unterwegs ist.«

»Das lass nur meine Sorge sein. Meine Männer sind Profis. Bei entsprechender Bezahlung verwandeln sie sich in alles und jeden: Inder, Jordanier, Perser, Türken, Moslems, Christen, Juden. Und wenn du noch zwei- oder dreihundert Dinar pro Mann drauflegst, werden sie für dich auf allen Vieren herumlaufen und bellen. Wir haben jemanden, der ihnen das Nötige beibringen wird, einen begabten Schauspieler, einen großen Künstler, der nicht nur in Bagdad, sondern sogar in Damaskus, Beirut und Kairo aufgetreten ist, bevor er vor der Polizei flüchten musste. Er ist zu uns gestoßen, nachdem er seinen Schwiegervater mit einem Schlachtermesser …«

»Schon gut!«, unterbrach ihn Gerhard. »Den Rest kann ich mir denken.«

»Wenn du mir morgen einen zweiten Beutel mit Gold geben könntest …«

»Yusuf! Mit dem Deutschen Reich feilscht man nicht wie mit einem Gemüsehändler.«

Um die leidige pekuniäre Diskussion zu beenden, beschloss ich, nach der passiven Rolle des Statisten, die ich bis dahin gespielt hatte, mich nun ebenfalls am Gespräch zu beteiligen, und sagte: »Vielleicht sollten Sie, ehrenwerter Herr Yusuf Ibrahim, von den vermeintlichen Untaten der britischen Streitkräfte Photographien anfertigen lassen und diese dann unters Volk bringen. Das könnte die Wirkung Ihrer Aktionen potenzieren.«

Yusuf und Gerhard drehten die Köpfe in meine Richtung und schauten mich überrascht an. Bei der Vorbesprechung hatte Gerhard mich gebeten, dem Gespräch ausschließlich schweigend beizuwohnen.

»Dein gelehrter Freund hat tatsächlich einen klugen Kopf. Es war mir gar nicht bewusst, dass er so gut Arabisch kann.«

Gerhard nickte und befand meinen Vorschlag als »durchaus überlegenswert«. Über die »Einzelheiten der Vervielfältigung« und die »Weitergabe des Photomaterials an Medien im In- und Ausland« werde er sich weitere Gedanken machen und einen entsprechenden Aktionsplan erstellen. Seine Dienststelle habe gerade auf dem Gebiet der Informationsverarbeitung und Propaganda sehr viel Erfahrung. Mir war nicht klar, ob er mit seiner Dienststelle das Auswärtige Amt oder den SD meinte. Doch in jenem Moment spielte dieses Detail ohnehin keine Rolle.

»Die größte Wirkung erzielen Photographien, die tote Kinder zeigen«, sinnierte Gerhard weiter. »Britische Soldaten, ermordete Kinder und zerstörte Häuser – am besten alles auf einem Bild. Nichts spricht das Gemüt unmittelbarer an als ein totes Kind.«

»Für wen hältst du mich?«, rief Yusuf empört. Er streckte die Beine aus, so dass wir seine schmutzigen Fußsohlen sehen konnten, was im Orient als besonders unhöflich gilt, und spuckte den Stummel seiner Zigarette aus. Er verglühte keine fünf Zentimeter vor Gerhards rechtem Knie. »Ich töte keine Kinder. Weder für Geld noch aus Liebe zu eurem schnauzbärtigen Führerimam, mag er nun tatsächlich der verschollene zwölfte oder nur ein einfacher Vegetarier sein.«

»Um Gottes willen, nein! Ich bitte dich!«, schrie Gerhard,

presste seine Hände aneinander und bewegte sie einige Male vor und zurück. Sichtlich bemühte er sich, seinen Fehler wiedergutzumachen. »Wer spricht denn von töten? Das Deutsche Reich lässt keine Kinder ermorden und schon gar nicht der Führer, der Kinder über alles liebt. Du hast ganz ohne Grund mit so viel Verachtung über ihn gesprochen. Doch unglücklicherweise sterben im Irak täglich Kinder. Erst vorhin habe ich in dieser Gasse den toten Körper eines etwa sechs Jahre alten Jungen gesehen. Vielleicht könnte einer dieser tragisch Verstorbenen einer guten Sache dienen, indem er auf einer Photographie verewigt wird. Wenn dir das aber zuwider sein sollte, Yusuf, dann lass es bleiben. Nimm kein Kind, nimm ein paar tote Frauen …«

»Genug davon! Du bekommst die Bilder, die du brauchst. Solange die Bezahlung stimmt.«

»Du wirst zufrieden sein, Yusuf.«

Ich sollte an dieser Stelle nicht unerwähnt lassen, dass mir die Richtung wie der Inhalt dieser Unterhaltung alles andere als angenehm waren. Auch wenn uns die historischen Umstände, deren Opfer wir alle sind, sowie unser persönliches Schicksal manchmal in die seltsamsten Rollen zwängen, so bereute ich an jenem Tag mehr als jemals zuvor, kein Zeitgenosse Jakob Burkhards oder Theodor Mommsens gewesen zu sein. Was hätte ich dafür gegeben, die aufregendsten Momente meines Lebens in den modrigen Niederungen eines Archivs anstatt im höchst realen Gestank eines Bagdader Armenviertels zu verbringen. Was mir heute aus der zeitlichen Distanz und einer lebensalterbedingten Gelassenheit als durchaus abenteuerlich anmutende Farce mit einem zynischen Beigeschmack erscheint, erlebte ich damals als beklemmenden Tagtraum, der erst gegen Schluss seine humorvolle Seite offenbarte, dann nämlich, als Yusuf, der schon im Gehen begriffen war, plötzlich auf halbem Wege zur Tür stehenblieb und uns mit der Feststellung überraschte, dass er, sollten wir den Krieg tatsächlich gewinnen, mehr verlange als ein paar

Beutel mit Gold oder einen mit gefälschten Banknoten gefüllten Sack.

»Was schwebt dir denn vor, Yusuf?«, fragte Gerhard. »Willst du Land? Oder eine Fabrik? Oder gleich die ganzen Erdölfelder?«

»Ich möchte einen Sitz im Parlament.«

»Wie bitte?«

»Du hast mich richtig verstanden. Ich will in den Kreis der großen Familien aufsteigen und als ehrenwerter Herr neben jenen sitzen, die mich heute sofort aufhängen würden, wenn sie mich zu fassen kriegten.«

»Du als Parlamentarier?!«, höhnte Gerhard. »Kannst du überhaupt lesen?«

»Willst du mich beleidigen? Natürlich kann ich lesen! Und auch schreiben. Ich habe, wie du weißt, ein Jahr lang eine Medresa besucht, bevor mich dieser Hund von Mullah davongejagt hat, weil ich auf die anderen Knaben angeblich einen schlechten Einfluss hatte ... Später hab' ich's ihm heimgezahlt ... Kurz gesagt: Wenn Ihr den Krieg gewinnt, will ich ins Parlament. Bin ich etwa schlechter als jene Halsabschneider und Hurensöhne, die heute über uns herrschen? Dieses Land wurde, seit ich denken kann, von Hurensöhnen regiert. Zuerst saßen sie in Istanbul, dann in London und jetzt in Bagdad, aber für uns, besonders für solche Menschen wie in dieser Gasse, war es immer dieselbe Scheiße ... Ich verlange einen Parlamentssitz für mich, für meine Söhne und meine Enkel.«

»Aber Yusuf«, murmelte Gerhard und schaute ihn mit einem Ausdruck von Ratlosigkeit an. »Soweit ich weiß, hast du doch überhaupt keine Söhne.«

»Das soll dein kleinstes Problem sein. Habe ich erst einmal meinen Parlamentssitz, zeuge ich rechtzeitig jenen ältesten Sohn, der ihn einmal von mir erben wird.«

Ich schwieg, während Gerhard nach kurzem Nachdenken beschloss, auf das Spiel einzusteigen. »Was du verlangst, ist viel, Yusuf. Aber ich werde alles daransetzen, um deinen Wunsch zu erfüllen. Ich spreche mit Raschid Ali, dem Ministerpräsidenten, mit dem Herrn Parlamentspräsidenten …«

»… und mit deinem Führer«, fiel ihm Yusuf ins Wort.

»Mit Hitler?«

»Ich verlange Hitlers schriftliche Zusicherung. Sonst gewinnt ihr mit meiner Hilfe den Krieg, und im Parlament in Bagdad sitzen wieder dieselben Banditen, die dort immer schon gesessen haben. Habe ich jedoch Hitlers schriftliche Zusicherung, wird er mir die kleine Bitte, wenn er nicht als wortbrüchig und somit ehrlos dastehen möchte, wohl oder übel erfüllen müssen.«

»Machen Sie sich keine Sorgen. Ich werde unseren Führer Adolf Hitler von Ihrer Bitte in Kenntnis setzen«, kam ich Gerhard mit der Antwort zuvor. »Sie können, ehrenwerter Herr Yusuf Ibrahim, Ihren Parlamentssitz praktisch schon als reserviert ansehen.«

Abu Hassan war selig, als ihm Gerhard ein weiteres Päckchen mit Geldscheinen zusteckte. Damit würde er sich ein Häuschen im besseren Teil des Armenviertels leisten können, eines, das vielleicht sogar einen Anschluss an die Wasserleitung und eine Toilette hätte. Wir hatten schon einige Schritte Richtung Wagen gemacht, als hinter unserem Rücken ein wütendes Lamento anhob: »Diese Mistgören, diese gemeinen, hinterhältigen kleinen Parasiten. Man sollte sie alle in dieser Kloake ertränken. Man sollte ihnen ihre flinken Hände abhacken und sie den Schweinen zum Fraß vorwerfen.«

»Was ist denn los?«, fragte ich Oberleutnant Berger, der hinter uns her hastete und dabei die Füße auf eine seltsame Weise über den Boden schleifte, so als würde er eislaufen.

»Diese dreckigen Wanzen haben mir die Schuhbänder gestohlen!«

»Wirklich?«, fragte Gerhard und lachte plötzlich laut los, und auch ich konnte mich kaum mehr halten vor Lachen.

»Verdammte Scheiße!«, schimpfte Berger. »Die ganze Zeit habe ich darauf geachtet, dass die kleinen Biester meiner Waffe und den Uniformtaschen nicht zu nahe kommen. An meine Schuhe habe ich nicht gedacht. Sie haben sich um meine Füße geschmiert wie Katzen.«

Während Berger seinen Eislaufgang bis zum Wagen fortsetzen musste, während ihm der Stabsfeldwebel mit einem Grinsen die Autotür öffnete und Gerhard den Kindern, die in einiger Entfernung jede unserer Bewegungen beobachteten, eine halb gerauchte Zigarette zuwarf, dachte ich darüber nach, wie ich die Ereignisse dieses Tages in einem knappen Bericht an Canaris zusammenfassen sollte.

11

Die Briten führten den Krieg mit viel Umsicht. Indische Truppen rückten rasch, aber ohne übertriebene Hast, Richtung Norden vor. Die irakischen Streitkräfte waren so schlecht ausgerüstet und organisiert, dass deren Front bald allein aus logistischen und disziplinären Gründen zu zerbröckeln begann. Dies ersparte den Briten verlustreiche militärische Operationen. Gefechte, die man – denkt man in den Dimensionen des Zweiten Weltkriegs – als klein bezeichnen müsste, in erster Linie aber permanente Angriffe aus der Luft, genügten, um unsere irakischen Verbündeten zum Rückzug zu zwingen. Unter britischem Kommando stehende palästinensische und transjordanische Regimenter rückten von Westen auf Bagdad vor. Nachdem die irakische Front bei Falludscha am 19. Mai zusammengebrochen war, marschierten die britischen Truppen, ohne auf allzu starken Widerstand zu stoßen, auf Bagdad zu. Wäre der britische Oberbefehlshaber General Edward Quinan nicht ein detailversessener Stratege der alten Schule gewesen, der den modernen Blitzkrieg ablehnte, seinen

Feldzug mit großer Präzision plante und die Risiken so gering wie möglich zu halten versuchte, hätte Bagdad schon am 25. Mai in seiner Hand sein können. Dennoch war allen klar, dass unser halbherziges Engagement in diesem Teil des Orients auf ein Fiasko zusteuerte. Nicht einmal Yusuf Ibrahim und seine »Freischärler« hätten uns in einer entscheidenden Weise Hilfe leisten können. Doch Yusuf schien vorerst ohnehin damit beschäftigt zu sein, das Gold, das er von uns erhalten hatte, auszugeben oder gewinnbringend anzulegen, denn von subversiven Aktionen jener Art, wie wir sie besprochen hatten, erreichten uns keine Meldungen, und Gerhard hatte bald nach unserer Unterredung in Abu Hassans Hütte jeglichen Kontakt zu unserem »freien Mitarbeiter« verloren.

Allein unser Delegationschef wollte von alledem immer noch nichts wahrhaben. Er funkte eine Depesche nach der anderen nach Berlin, forderte weitere Flugzeuge, Geldmittel und vor allem eine dringende Verlegung deutscher Bodentruppen in den Irak. »Wenn sie wenigstens eine einzige Division schicken könnten!«, erklärte uns Grobba. »Oder zumindest ein Regiment. Das würde Wunder bewirken. Die Gegenwart deutscher Truppen, und seien es auch nur wenige, wird die Stimmung in der Bevölkerung und in der Armee erheblich verbessern.« Doch aus Berlin kamen keine befriedigenden Antworten. Das Auswärtige Amt bat um Geduld, die Abwehr erwähnte »vorbereitende Maßnahmen«, die noch zu treffen wären, und das OKW erklärte, bei der gegebenen Kriegslage keine weiteren Truppen in einer derart kurzen Zeit bereitstellen zu können. Diese wurden für die Eroberung Kretas und den Feldzug in Nordafrika gebraucht. Dass ein Großteil unserer Truppen in Polen und anderen Teilen Osteuropas zusammengezogen wurde, um nur einen Monat später einen Krieg gegen die Sowjetunion zu beginnen, wussten die meisten von uns natürlich nicht. Als die militärischen Hilfsgüter für den Irak schießlich Ende Mai in Syrien eintrafen, war es zu spät, aber die deutschen Militärstützpunkte in Aleppo und Damaskus dienten den Briten einen Monat später als Vorwand, um in einer Reihe von Gefechten, die um ein Vielfaches blutiger waren als jene im Irak, auch die von Vichy-Frankreich kontrollierten Kolonien Syrien und Libanon zu erobern und somit allen Träumen der Achsenmächte, den Mittleren Osten zu erobern, ein Ende zu bereiten. Auch Hitlers berühmte Weisung Nummer 30 (»Mittlerer Orient«), in der es hieß, *die arabische Freiheitsbewegung* sei *im mittleren Osten unser natürlicher Bundesgenosse gegen England*, konnte den Ausgang unseres Abenteuers genauso wenig zum Positiven wenden wie die Einrichtung einer Militärmission zur Unterstützung des Irak, die, geleitet vom General der Luftwaffe Helmuth Felmy, der bezeichnenderweise Grobbas Schwager war, unter dem Tarnnamen *Sonderstab F* ihre Arbeit zu einem Zeitpunkt aufnahm, als alles schon verloren war.

Die zögerliche Haltung unserer Führung sorgte für Ratlosigkeit und Frustration. Einige vermuteten eine Intrige in den obersten Rängen der Partei, die wir nicht zu durchschauen vermochten, andere sprachen von einer »brillanten Hinhaltetaktik«, deren Bedeutung uns »vorerst« im Verborgenen blieb. Einige stellten einen Zusammenhang zwischen Hitlers Zurückhaltung und dem erst wenige Tage zuvor erfolgten spektakulären Flug seines Stellvertreters Rudolf Heß nach Großbritannien her. Auch wenn Heß inzwischen für geisteskrank erklärt worden war, so klangen die Gerüchte, dass er in geheimer Mission des Führers unterwegs sei, um mit Großbritannien über einen möglichen Frieden zu verhandeln, durchaus glaubwürdig. Ich persönlich glaube bis heute, dass der Schlüssel eines deutschen Sieges im Zweiten Weltkrieg im Nahen Osten gelegen hätte. Statt des unseligen Krieges gegen Sowjetrussland wäre ein massiver deutscher Truppeneinsatz in Syrien und im Irak sinnvoller gewesen.

Was uns aus Berlin über Funk erreichte, war also für unsere Mission ohne Belang, und die seltsamste Meldung, die bei uns eintraf, war jene von Reichsführer SS Heinrich Himmler, in der er uns viel Glück wünschte und die Entsendung einer Sondereinheit in Aussicht stellte, um *das jüdische Problem im Irak in unserem Sinne und auch zum Wohle des irakischen Volkes einer endgültigen und unumkehrbaren Lösung zuzuführen.* Jüngeren Menschen, die das entsprechende Wissen über die Verbrechen des Dritten Reichs besitzen, mag dies erschreckend erscheinen, aber in jenen Tagen löste bei uns Himmlers Depesche eher Achselzucken oder – noch schlimmer – offen zur Schau gestelltes Amusement aus. Als ob wir in der prekären Lage, in der wir uns befanden, keine anderen Sorgen hätten, als über das Judenproblem nachzudenken. Die antisemitische Rhetorik der irakischen Machthaber war uns so vertraut, dass wir sie kaum wahrnahmen. Doktor Möhrle, der stolz von sich behauptete, »schon in der Sandkiste ein Antisemit« gewesen zu sein, meinte, dass alles im Leben, auch der »berechtigte Hass auf die Juden«, zur Obsession werden könne. Er selbst habe einen Parteigenossen kennengelernt, der seine gesamte Freizeit damit verbringe, in den Ahnenreihen bekannter Persönlichkeiten nach jüdischen Vorfahren zu forschen. Seiner Meinung nach habe sogar der Papst jüdisches Blut in seinen Adern und erhalte seine Befehle von den Weisen von Zion.

Selbstverständlich sprachen wir über solch heikle Themen nur im kleinen Kreis und auch das nur mit der nötigen Vorsicht und in Gegenwart von Menschen, denen wir vertrauen konnten. Je prekärer unsere Lage wurde, umso größere Freiheiten nahmen wir uns allerdings heraus. Jeden Augenblick könnte die Front endgültig zusammenbrechen. Sollten wir uns vor möglichen Denunzianten und der Gestapo fürchten, wenn wir alle am nächsten Tag ohnehin tot oder in Kriegsgefangenschaft sein konnten?

Mich selbst interessierten die Juden von Bagdad nur insoweit, als ich sie mit dem Babylonischen Talmud in Verbindung brachte und gerne der Frage nachgegangen wäre, ob sich denn im jüdischen Dialekt von Bagdad noch Restbestände jener Variante des Aramäischen finden, in dem große Teile des Talmud verfasst worden waren. Für eine linguistische Nachforschung dieser Art fehlten mir jedoch sowohl die Zeit als auch die dafür notwendigen profunden Kenntnisse der aramäischen Sprache. Ich bekam, bedenkt man meine damalige Position und die Art meiner Tätigkeit, ohnehin nicht viele Juden zu Gesicht, hörte aber sehr wohl von den sich häufenden Übergriffen gegen Personen jüdischen Glaubens oder gegen jene, die man dafür hielt. Jeden Tag wurde jemand misshandelt oder erschlagen, weil er sich zum falschen Zeitpunkt am falschen Ort befunden oder das Falsche gesagt hatte. Manchmal genügte schon der Tonfall, in dem etwas völlig Unverfängliches geäußert wurde, um den Zorn der Menge auf sich zu ziehen. Ich schätze, dass man sich im Frühjahr 1941 in Berlin als Jude sicherer fühlen konnte als in Bagdad. Allenfalls hätte man die Situation mit jener in Wien in den Tagen und Wochen nach dem Anschluss vergleichen können, als, wie mir glaubwürdig berichtet wurde, ebenfalls die Herrschaft des Pöbels über Recht und Gesetz triumphiert hatte. Allerdings konnten sich die Bagdader Juden einigermaßen sicher fühlen, solange sie in ihren Wohnbezirken blieben. Das alles bekam ich jedoch nur am Rande mit, da ich mit anderen und, wie mir schien, weitaus wichtigeren Dingen beschäftigt war. Raschid Ali hielt sich mit judenfeindlichen Äußerungen zurück. Er überließ dieses Thema Yunis al-Sabawi und dem Großmufti von Jerusalem, der es sich nicht nehmen ließ, mit Grobba und einigen anderen Mitgliedern unserer Delegation bei jeder passenden und unpassenden Gelegenheit Gespräche über die Zukunft der Juden im Nahen Osten zu führen. Ähnlich wie bei jener Unterredung, die ich mit Hadsch Amin am ersten Tag unseres Bagdadaufenthaltes hatte, ging es dabei primär um die Frage ihrer ehestmöglichen Entfernung aus der Region, und zwar weniger um das Ziel (dieses wurde von niemandem in Frage gestellt), sondern um die Art der

Durchführung. Meist reagierten wir auf Hadsch Amins Leidenschaft, die wir auf seine palästinensische Herkunft zurückführten, mit wohlwollender Gelassenheit und gaben dem Großmufti zwar keine konkreten Antworten, im Wesentlichen aber doch jene Zusicherungen, die er hören wollte.

Üblicherweise wechselten wir das Thema, sobald Hadsch Amin sich entfernt hatte, einmal jedoch – wir aßen gerade zu Abend – fühlte sich Grobba bemüßigt, vor uns seine eigenen Überlegungen zur »Lösung des jüdischen Problems« auszubreiten. Ich weiß noch, dass eines der Gespräche mit dem Großmufti dazu den Anlass lieferte.

»Der Großmufti hat recht«, meinte Grobba nachdenklich. »Die Juden, vor allem jene, die heute in Palästina leben, müssen weg.«

»Aber wir sollten dies bis nach dem Endsieg verschieben«, entgegnete ich. »Außerdem ist das nicht etwas, das wir zu entscheiden haben.«

»Wohl wahr. Aber das Problem ist aktueller, als es auf den ersten Blick den Anschein macht. Sobald unsere Truppen in Palästina einmarschiert sind, müssen wir handeln, und das möglichst rasch, wenn wir nicht die Sympathie der arabischen Bevölkerung und vor allem die ihrer Führer und Eliten verlieren wollen.«

Gerhard, der am Tisch mir gegenüber neben Grobba Platz genommen hatte, erklärte, dass die Erwähnung der Armeniermorde durch den Großmufti keineswegs zufällig erfolgt sei. »Er ist kein Mensch, der laut nachdenkt. Er legt jedes Wort auf die Waagschale.«

»Aber wir können sie doch nicht einfach in die Wüste jagen und dort umkommen lassen«, widersprach ich. »Wir sind nicht die Türken. Wir sind Europäer. Wir sind ein zivilisiertes Volk. Wir führen keinen schmutzigen Krieg.«

Grobba begann zu schmunzeln. »Wir haben das Judenproblem in Deutschland gelöst, wir sind gerade dabei, es in Polen zu lösen, also werden wir auch für Palästina eine befriedigende Lösung finden.«

Gerhard pflichtete ihm bei. »Die bewährte Form des Ghettos wäre auch im Orient praktikabel. Es gibt in Syrien und Transjordanien entlegene Orte, an denen die palästinensischen Juden ohne großen Aufwand zusammengefasst werden könnten.«

»Logistisch wäre das, bedenkt man die Infrastruktur der Region, allerdings ein großer Aufwand«, wandte Grobba ein. »Die Gewürze dieses Gemüsegerichts sind übrigens vorzüglich. Ich werde mir das Rezept aufschreiben lassen.«

»Es gibt ein Restaurant in Jerusalem, in der Nähe des Jaffa-Tors, dessen Speisen alles in den Schatten stellen, was uns hier serviert wird«, erklärte Gerhard. »Wenn wir in Jerusalem einmarschiert sind, wird es mir eine Ehre sein, Sie dorthin zum Abendessen einladen zu dürfen … Sie haben natürlich recht, was die Logistik betrifft. Die schlechte Infrastruktur hat allerdings den Vorteil, dass die Umsiedelungen die Anzahl der Menschen, um die wir uns später kümmern müssen, auf natürliche Weise verringern. Wir sprechen von ursprünglich einer halben Million, die sich bald auf 300 000 bis 400 000 reduzieren wird. Ich bin kein Unmensch, aber man muss die Sache realistisch sehen … Ja, die Gewürze sind tatsächlich nicht übel, nach meinem Geschmack hätte das Ganze aber noch etwas mehr Salz vertragen.«

»Und was machen wir mit den verbleibenden 300 000?«, fragte ich.

»Ich bin gerade dabei, diesbezüglich einige Überlegungen zu formulieren und schriftlich darzulegen«, verkündete der unermüdliche Grobba. Es schien kein Thema zu geben, mit dem sich dieser Mann nicht beschäftigt hätte. »Die vor einigen Jahren entwickelten Pläne der Auswanderung aller Juden nach Madagaskar sind vor Kriegsende nicht umsetzbar, die Vereinigten Staaten und andere Neutrale haben Einwanderungsquoten, die speziell für

Juden gelten. Es ist mehr als deutlich, dass sie keine weiteren Juden mehr aufnehmen wollen. Aber wer will sie schon, die Juden?« Er lachte, Gerhard lachte, ich lachte aus Höflichkeit mit, und die anderen Gäste am Tisch, Deutsche wie Iraker, lachten ebenfalls, obwohl sie unser Gespräch gar nicht mitverfolgt hatten. »Insofern, lieber Herr Doktor Stein, wird uns wohl nichts anderes übrigbleiben, als die Juden dorthin zu schicken, wo sie hergekommen sind, nämlich zurück nach Europa, am besten nach Polen. Dort wurden von unseren Verwaltungsbehörden inzwischen die entsprechenden Grundvoraussetzungen geschaffen, um diese Menschen produktiv einzusetzen oder auf eine andere Weise mit ihnen zu verfahren.«

Es fiel mir auf, dass Grobba fast dieselben Worte verwendet hatte wie Gerhard einige Tage zuvor. Wie immer in solchen Fällen staunte ich auch diesmal darüber, dass zwei Menschen beinahe zeitgleich ähnliche Gedanken haben können, möge dies noch so naheliegend und logisch sein.

»Es wäre also, und da muss ich Ihnen, lieber Doktor Stein, entschieden widersprechen, keineswegs zielführend, sie kreuz und quer durch die syrische Wüste zu jagen. Stattdessen sollte man direkt an der Küste, in Palästina, Durchgangslager schaffen, um sie von dort so schnell wie möglich nach Athen oder Saloniki zu verschiffen. Dann geht es mit der Bahn nach Wien und weiter Richtung Polen. Wenn auf diesen Transporten eine natürliche Verringerung, von der Sie gesprochen haben, erfolgt, umso besser. Jedenfalls müssen wir sie schleunigst aus dem Orient entfernen. Das ist eine geostrategische und politische Überlegung, die so klar ist wie eine simple mathematische Formel.«

Gerhard nickte und wischte sich den Mund mit der Serviette ab. »Herr Gehrke, ich gebe mich geschlagen. Ihrem scharfen Verstand kann ich nichts entgegensetzen.«

Grobba lehnte sich selbstzufrieden zurück. Auch das kleinste Lob schmeichelte ihm. Ich merkte, wie seine Laune von Minute zu Minute besser wurde. Für die Dauer eines Abends schien er unsere besorgniserregende Lage vergessen zu haben.

»Die Juden sind mächtige Feinde, aber sie kochen auch nur mit Wasser«, erzählte Grobba. »In den sieben Jahren, die ich als Gesandter des Reiches im Irak verbrachte, hatte ich einige Male mit Vertretern des Judentums, deren einheimischen Honoratioren, zu tun und musste feststellen, dass sie eher devot und unterwürfig als ehrgeizig und verschlagen sind, obwohl es natürlich auch in diesem Lande zahlreiche Juden gibt, die mit ihren dunklen Machenschaften, ihren Mauscheleien und ihrer Kollaboration mit den britischen Kolonialherren das Land ausbeuten und schädigen. Als jedoch nach der nationalsozialistischen Machtergreifung der Oberrabbiner von Jerusalem zu einem Boykott deutscher Güter aufrief, habe ich mit Khadduri, dem Oberrabbiner von Bagdad, ein Treffen arrangiert und ihn darum gebeten, seinen Einfluss geltend zu machen, um einen solchen Boykott durch jüdische Geschäftsleute in diesem Land zu verhindern. Außerdem sprach ich mit dem Präsidenten der Handelskammer und einigen weiteren Herren von der krummnasigen Fraktion.«

»Und hat es etwas bewirkt?«, fragte Gerhard.

»Aber natürlich!« Grobba lehnte sich zurück und legte die Hände mit einer Geste des geübten Genießers auf seinen vollen Bauch. »Der Boykottaufruf hatte kaum Auswirkungen auf den Irak. Die jüdischen Funktionäre betonen ja ständig ihre Ablehnung des Zionismus und ihre Zugehörigkeit zur arabischen und zur irakischen Nation, so als würde dies ihre Abstammung in irgendeiner Weise ungeschehen machen. Manche unterstützten 1936 sogar offen den arabischen Aufstand in Palästina. Aber sie bleiben trotzdem Juden, so wie ein Hund immer ein Hund bleibt. Auch wenn er sich noch so bemüht, auf den Hinterpfoten zu gehen, auch wenn er raucht, wenn er sich eine Krawatte umbindet oder einen Hut aufsetzt, wird ihn dennoch niemand für einen Menschen halten.«

Nachdem wir zum Ausklang des Abends auf die Terrasse gegangen waren, wo ich mir eine Zigarre anzündete, und Gerhard sich nach einiger Zeit zurückgezogen hatte, sagte Grobba zu mir, wobei er die Stimme senkte: »Sie dürfen nicht glauben, dass mir die Beschäftigung mit derlei Dingen Vergnügen bereitet. In Wirklichkeit, das verrate ich Ihnen ganz im Vertrauen, sind mir die extremen Auswüchse des Antisemitismus zuwider. Ich bin nicht in der Partei. Im letzten Krieg hatte ich einige wunderbare Kameraden, die jüdischer Herkunft waren. Wenn es allein nach mir ginge, würde ich keinem Menschen, ob Jude oder nicht, ein Haar krümmen. Ich gebe zu, dass es in einem erheblichen Maße mir zu verdanken ist, dass der Antisemitismus in seiner zeitgemäßen Form eine Verbreitung im Irak gefunden hat. Als deutscher Gesandter hat diese Form von Propaganda aber nun einmal zu meinen Aufgaben gehört. Dafür habe ich sogar eine Zeitung, die *al-Alam al-Arabi*, erworben, in der ich unter anderem einige von Hitlers Reden veröffentlicht habe. Letztlich habe ich nur meine Arbeit getan. Habe ich Ihnen übrigens schon erzählt, dass ich viele Jahre Mitglied in einer Freimaurerloge war? Aus Gründen, die ich nicht weiter zu erörtern brauche, habe ich meine Tätigkeit als Freimaurer vorerst beenden müssen. Ich hoffe, dass jegliches Blutvergießen bald ein Ende hat. Das darf ich doch sagen, lieber Herr Doktor Heisenberg, nicht wahr? Wir sind unter vier Augen, ich vertraue Ihnen und darf, so hoffe ich, mit Ihrer absoluten Diskretion rechnen. Wir sind hier auf keiner ideologischen Schulung, sondern führen eine kultivierte Unterhaltung.«

»Ich weiß Ihre Offenheit zu schätzen«, sagte ich. »Ich denke genauso wie Sie.« Nun musste ich einen Satz erfinden, der nach Grobbas Geschmack war, jedoch nicht als politisch verfänglich oder gar defätistisch gedeutet werden konnte. »Aber der Logik der Geschichte kann man nicht entkommen, und je schneller das Judenproblem erledigt ist, desto besser für alle Beteiligten. Übrigens auch für die Juden. Es wäre inhuman, diese Menschen über ihr Schicksal im Ungewissen zu lassen oder ihnen falsche Hoffnungen zu machen. Mein Großvater, der ein gläubiger Christ gewesen war, hat mich gelehrt, dass man ein Lebewesen, ob Mensch oder Tier, nie unnütz leiden lassen darf.«

Sechs

I

Yasin wurde in Rabat geboren, doch aufgewachsen ist er in der nordmarokkanischen Stadt Tetuán, wo seine Familie schon seit Generationen beheimatet ist. Heute ist er 46 Jahre alt, Vater von drei Kindern und mit einer Frau verheiratet, die zwanzig Jahre jünger ist als er. Außerdem wiegt er hundert Kilo. Als er vor ein paar Monaten in Gigricht zu Besuch war und wir im *Vierzig Köstlichkeiten des Ali Baba* miteinander zu Abend gegessen haben, meinte ich, dass offenbar nicht seine Frau, sondern er die Kinder zur Welt gebracht habe. Daraufhin hat er laut gelacht, auch wenn er diese Bemerkung, seinem Gesichtausdruck nach zu urteilen, nicht ganz so witzig gefunden hat wie ich.

Ich lernte Yasin vor zehn Jahren kennen. Damals war er noch sportlich. Er lief täglich sechs Runden im Stadtpark und ging regelmäßig wandern, etwas sehr Ungewöhnliches für einen Menschen aus dem mediterranen Raum und erst recht für einen Orientalen. »Wozu soll man zu Fuß gehen?«, fragen die meisten Menschen in seiner Heimat. »Wozu zu Fuß gehen, und das bei dieser Hitze, wenn man mit dem Auto oder dem Bus fahren kann?« Als Yasin in Tetuán zu joggen begann, war er vierzehn. Damals hielt man ihn für psychisch krank. Einige behaupteten, sein Verhalten habe etwas mit den Hormonen zu tun, waren sich aber nicht einig, ob der sonderbare Laufdrang auf einen Hormonüberschuss oder aber umgekehrt auf einen Mangel hinweise.

Ein besorgter Onkel riet seiner Mutter, einen Arzt zu konsultieren. Eine Großtante vermutete einen bösen Zauber und bot sich selbst als Heilerin an.

Vor zehn Jahren sah Yasin wie ein altgriechischer Gott aus. Apoll in Adidashosen und Turnschuhen. Wir lernten uns beim Joggen kennen. Erst Jahre später, als die Krise unserer Beziehung immer schwerer und auswegloser wurde, gab er die Disziplin, mit der er seine sportlichen Aktivitäten betrieb, nach und nach auf.

Yasin war ein guter Koch. Aber er kochte nicht nur, er putzte die Wohnung und brachte mich mit dem Auto, wann immer ich es verlangte, an jeden beliebigen Ort. Das war, nachdem ich selbst nicht Auto fahren kann, sehr angenehm. Außerdem war er »sozial kompatibel«, wie meine beste Freundin Sabrina einmal scherzhaft bemerkte. Er war vorzeigbar, immer freundlich und glich sich in jeder Runde dem Niveau der jeweiligen Unterhaltung an. Es gab kein Thema, zu dem er nicht etwas hätte sagen können. Er wählte immer die richtigen Worte und den richtigen Ton und machte den Menschen Komplimente, ohne dass dies jemals peinlich oder aufgesetzt wirkte. Sabrina meinte, ich solle mich glücklich schätzen, einen solchen Mann »eingefangen« zu haben.

Dass die Beziehung schließlich scheiterte, lag in erster Linie an seiner Familie. Yasin war der jüngste von elf Geschwistern. Sein Vater entstammte einer Kaufmannsfamilie, die schon zur Zeit der spanischen Kolonialherrschaft zu Geld und Ansehen gekommen war. Yasins ältere Brüder hatten alle studiert. Einer von ihnen hatte als Beamter im Justizministerium Karriere gemacht, ein anderer unterrichtete Philosophie und Geschichte an der Universität von Casablanca. Die Schwestern waren mit viel Geschick verheiratet worden. Einer von Yasins Schwägern war der Polizeipräsident von Tetuán. Sein Cousin, der die Handelskammer der Stadt leitete, erhielt ebenfalls eine von Yasins Schwestern zur Frau. Nur Sahira, die Älteste, war ledig geblieben. Sie hatte, nach dem frühen Tod von Yasins Mutter, die Oberaufsicht über die jüngeren Geschwister übernommen. Ihre Herrschaft war seit Yasins frühester Kindheit unangetastet geblieben. Es war Sahira, die verkündet hatte, »das fremde Weib«, also mich, nie als Teil ihrer Familie akzeptieren zu wollen. Ihr kleiner Bruder solle eine Muslima, am besten eine Marokkanerin aus guter Familie, heiraten. Gemischte Ehen gingen immer schief, meinte sie. Verwandte, die in Belgien und Kanada Christinnen geheiratet hatten, seien bald unglücklich, verwirrt und in ihrer Männlichkeit gekränkt wieder geschieden worden. Die westlichen Frauen verlieben sich zwar schnell, doch genauso schnell sei die Leidenschaft wieder vorbei, erklärte sie ihrem Bruder. »Und da sie falsch erzogen sind, beginnen sie bald, ihre Ehemänner zu betrügen. Wenn du also ein glückliches Leben führen möchtest, vergiss lieber die Deutsche.«

Yasin war richtig erzogen. Er hatte gelernt, auf seine große Schwester zu hören. Trotzdem konnte er lange keine Entscheidung treffen. Sollte er in Deutschland bleiben oder nach Marokko zurückkehren? Was war ihm wichtiger, die Liebe zu mir oder die Familie? Was sollte er aufgeben? Ein Kompromiss schien unmöglich. Es war die Hölle. Fünf Jahre lang hing eine mögliche Trennung wie ein Damoklesschwert über unseren Köpfen, und als ich endlich das Gefühl hatte, seine Liebe sei stärker als seine Ängste, seine familiären Loyalitäten oder sein schlechtes Gewissen, als ich mich endlich sicher fühlte und genug Vertrauen zu ihm aufgebaut hatte, um ihm seine Liebesbeteuerungen zu glauben, machte er sich auf den Weg Richtung Heimat. Das war das Ende unserer Beziehung. Eine Ächtung seitens der Familie konnte er sich nicht leisten. Dass er eine gute Ausbildung hatte, neben Arabisch außerdem Deutsch, Französisch, Spanisch und Englisch sprach, in Marokko eine Handelsschule und in Gigricht einen Unilehrgang für Marketing und Betriebsmanagement abgeschlossen hatte, spielte keine Rolle. Ohne informelle Kontakte, ohne Unterstützung konnte er in Marokko keine Karriere machen, ja nicht einmal ein einigermaßen gesichertes Leben führen oder gar eine Familie gründen. Seine Qualifikation spielte eine viel geringere Rolle als die Tatsache, dass er der Sohn, der Bruder, der Cousin oder der Neffe von irgendwem war. Ohne Brüder, Schwäger oder Onkel war er ein Niemand.

Alles in allem habe ich mir nichts vorzuwerfen. Ich habe Yasin nie unter Druck gesetzt. Wenn er es verlangt hätte, wäre ich bereit gewesen, zum Islam überzutreten und mit ihm nach Marokko zu übersiedeln. Dass unsere Beziehung schiefgelaufen ist, lässt sich nicht wiedergutmachen, und jede nachträgliche Analyse, jede Überlegung, ob alles anders hätte kommen können, wäre müßig und würde mein Leben nur noch schwerer machen. Über ein Erlebnis möchte ich euch dennoch berichten. Bis heute bin ich nicht sicher, ob ich mich damals richtig verhalten habe, und würde gerne eure Meinung dazu hören.

Ich kenne Claudia seit der Schulzeit. Wir sind zwar nicht mehr eng befreundet, dennoch haben wir in den Jahren nach dem Abitur den Kontakt nie abbrechen lassen. Seit Claudia nach einem längeren Aufenthalt in München wieder in Gigricht lebt, treffen wir uns regelmäßig. Eines Tages lud ich sie und Daniel, ihren Mann, zum Abendessen ein. Yasin wusste, wie wichtig mir gemeinsame Abende mit Freunden waren. Deshalb kochte er groß auf, Couscous natürlich. Die meisten meiner Freunde wären enttäuscht gewesen, wenn er für sie sein Lieblingsgericht zubereitet hätte – Steak mit Kartoffeln.

Zum Couscous wurde das entsprechende Besteck gewählt, Gabeln aus Silber mit blauen Alabastergriffen, die Yasin im Orientladen in der Sankt-Martin-Straße gekauft hatte. Im Orient wird der Couscous meist mit den Fingern gegessen, doch so viel Authentizität wollte er meinen deutschen Freunden nicht zumuten. Es gab eine weiße Tischdecke, Kerzenlicht, blaue Servietten, Pfefferminztee und für jene, die nicht darauf verzichten konnten, Rotwein und Bier. Der Couscous war stark gewürzt – von allem nicht zu wenig, aber auch nicht zu viel, bekömmlich für jeden Geschmack. Die genaue Zubereitung des Couscous, seine Zutaten und Gewürze, vor allem aber deren Mischung, deren besonderes Verhältnis zueinander, hat Yasin nicht einmal mir verraten. Das Rezept stamme von seiner Ururgroßtante, die außer für ihren Couscous auch für zahlreiche andere Speisen und Getränke berühmt war und deren Künste so manchen einflussreichen Mann der Stadt in einen Freund der Familie verwandelt hatten. Die Rezepte seien ein Geheimnis, dessen Wert nicht viel geringer sei als der Schmuck im Safe oder das Geld auf den diversen in- und ausländischen Familienkonten. Dass Yasin überhaupt in den Besitz dieser Rezepte gelangt sei, habe mit den »Absonderlichkeiten seiner Psyche und seines Charakters« zu tun, denn zum Erstaunen seiner Geschwister begeisterte er sich nicht nur für Sportarten wie Laufen oder Bergwandern, sondern legte darüber hinaus ein äußerst seltsames Verhalten an den Tag. Anstatt sich mit Gleichaltrigen zu treffen, las er gerne Bücher, aber nicht etwa nur den Koran, die Kommentare, Sachbücher, die gängige politische Literatur, die man teils legal, teils illegal und teils auch nur ein bisschen illegal kaufen konnte, oder arabische und französische Autoren, sondern Literatur aus Skandinavien, aus Japan, Polen oder sogar aus dem fernen Neuseeland. Seine Geschwister lächelten milde darüber. Sie sahen es ihm nach. Jede Familie hat einen Narren, und Narren sind bekanntlich heilig, und wer sie achtet, dem bringen sie Glück. Dass er sich oft in der Küche aufhielt und sich für die alten Familienrezepte interessierte, vermochte ob seiner anderen Verrücktheiten niemanden mehr aufzuregen.

Yasins Couscous hatte tatsächlich etwas, das seinem Geschmack und seinem Geruch eine besondere Note gab. Es gab niemanden, der von Yasins Couscous nicht begeistert gewesen wäre. Sogar meiner Großmutter hat er geschmeckt. Als musikalische Begleitung wählte Yasin meist die CD von … Aber gut, ich möchte das nicht näher ausführen. Nicht jetzt. Kochrezepte und Musiktipps können wir später austauschen.

An diesem Abend hatte Yasin doppelt so viel gekocht, wie er es normalerweise für vier Personen getan hätte. Die erste Hälfte des Abends wurde zu einem großen Erfolg. Das beste orientalische Restaurant, das sie jemals besucht habe, befinde sich im 16. Arrondissement in Paris, erzählte Claudia. Aber nicht einmal dort habe sie derart genussvoll schlemmen dürfen wie in unserem Wohnzimmer. Yasin errötete vor Vergnügen, bedankte sich, senkte mit gespielter Bescheidenheit den Blick und meinte, er habe bei seiner ältesten Schwester kochen gelernt, der er im Übrigen nicht nur seine Kochkünste, sondern auch vieles andere zu verdanken habe. Was seine Frau sage, könne er nur bestätigen, meinte Daniel. Auch er habe selten so gut gespeist wie an diesem Abend, nicht einmal im arabischen Restaurant im Hafen von Akko, wohin ihn sein Onkel, der in Haifa lebe, vor einigen Jahren eingeladen hatte.

»Du hast einen Onkel in Haifa?« Yasin hob erstaunt die Augenbrauen, und seine Stimme klang auf einmal nicht mehr freundlich.

»Ja. Ich habe ihn schon dreimal in Israel besucht.« Daniel schob sich einen der kleinen Blätterteigkuchen mit Zimt und Honig in den Mund, trank dazu mit drei großen Schlucken die halbe Tasse Pfefferminztee leer und wischte sich den Mund mit der blauen Serviette ab, die er sich danach wieder auf die Knie legte. »Meine Großeltern sind vor den Nazis nach Palästina geflüchtet. Mein Vater ist in den Fünfzigerjahren nach Deutschland zurückgekommen, aber sein jüngerer Bruder ist in Israel geblieben. Seine Tochter hat übrigens einen Australier geheiratet und lebt heute in Perth. Ich habe Verwandte auf der ganzen Welt. Meine Cousine zum Beispiel …«

»Dann bist du Jude?«, unterbrach ihn Yasin.

»Ja klar.« Daniel lächelte immer noch, Yasin auch, aber auf eine

Art, die, wie ich zu ahnen begann, nichts Gutes verhieß. Ich ärgerte mich darüber, dass ich Yasin Daniels Herkunft verschwiegen hatte, obwohl mir durchaus bewusst gewesen war, dass ich ihm eine solche Information nicht vorenthalten hätte dürfen. Aber ich hatte mich davor gefürchtet, das Thema anzusprechen. Drei Tage vor Claudias und Daniels Besuch verschob ich das Gespräch auf den nächsten Tag und dann auf den nächsten Morgen. Als ich Yasin half, den Couscous zuzubereiten, und als wir miteinander den Tisch deckten, hatte ich es ihm immer noch nicht erzählt.

Einmal hatten Yasin und ich einen Fernsehbericht über die Zweite Intifada gesehen. Dies lag schon gute zwei Jahre zurück. Israel sei »ein Fremdkörper im Nahen Osten« hatte Yasin damals gemeint. Fremdkörper müssten entfernt werden. Die Intifada sei demnach die Vorbereitung auf einen unumgänglichen chirurgischen Eingriff. Ich wechselte sofort das Thema. Ich wollte nicht, dass er das positive Bild, das ich von ihm hatte, durch eine weitere Bemerkung dieser Art relativierte oder gar zerstörte. Außerdem fürchtete ich, meine eigene Haltung zu diesem Thema könnte ihn verärgern und unserer Beziehung schaden.

Von Daniel wusste ich, dass er selten über sein Judentum oder über Politik sprach. Er wird seine jüdische Herkunft bestimmt nicht thematisieren, dachte ich. Warum sollte er uns alle in Verlegenheit bringen? Am besten wäre es, wenn die Worte Israel, Jude, Araber, Islam oder Nahostkonflikt überhaupt nicht erwähnt werden, beschloss ich und überlegte, wie ich das Gespräch in einer entsprechenden Weise steuern könnte.

»Du fährst also oft nach Israel?«, fragte Yasin.

»Ja, ich mag das Land.«

»Ich habe palästinensische Freunde, deren Eltern aus Palästina vertrieben worden sind. Die dürfen nicht nach Israel reisen. Sie dürfen in ihr Land nicht zurückkehren, während heute Zuwanderer aus Russland, die nicht einmal Juden sind, in Jerusalem, Safed oder Jaffa leben können, als wären sie dort zu Hause.«

»Das finde ich nicht richtig«, bemerkte Daniel. »Mein Onkel und ich streiten oft über die israelische Politik gegenüber den Arabern. Ich glaube, dass alle Siedlungen geräumt werden müssen, er hingegen ist dafür, dass Israel zumindest die größeren davon und jene in der Nähe von Jerusalem behalten solle. So oder so, letztlich wird ein Kompromiss notwendig sein, der für beide Seiten schmerzlich ist. Es gibt keine Sieger in diesem Konflikt.«

»Es geht nicht um die israelische Politik, es geht darum, dass dieser Staat als solcher verbrecherisch ist und keine Existenzberechtigung hat.«

»Also wirklich! Bist du dafür, dass alle Juden umgebracht oder ins Meer geworfen werden? Das wird nicht passieren.«

Claudia und ich sahen uns an. Wahrscheinlich schaute ich genauso säuerlich und verlegen drein wie sie. So wie sie suchte ich krampfhaft nach einem Satz, um diesem unangenehmen Gespräch eine andere Wendung zu geben, und beinahe zeitgleich fiel uns beiden nur das dümmliche »Vielleicht sollten wir das Thema wechseln« ein, wobei Claudia die alternative, aber inhaltlich keineswegs bessere Formulierung »Reden wir von etwas anderem« wählte.

Yasin wollte nicht von etwas anderem reden. »Ich bin nicht dafür, dass alle Juden ermordet werden! Aber Israel ist ein Terrorstaat.« Ich hatte ihn selten, schon gar nicht bei einem Abendessen mit Freunden, so unhöflich erlebt.

»Das ist eine Frechheit.« Daniel blieb äußerlich ruhig. Er aß weiter die fettigen Süßigkeiten aus Blätterteig, trank seine Tasse Tee aus und schenkte sich eine neue ein. »Trotz aller Defizite, Fehler und Ungerechtigkeiten, die in diesem Land passieren, ist Israel immer noch die einzige funktionierende Demokratie im Nahen Osten. Die arabischen Bürger Israels werden nicht immer gut behandelt, aber sie haben dennoch mehr Rechte als die Palästinenser in Syrien oder Ägypten.«

»Und wer hat sie nach Syrien und Ägypten gebracht?«

»Und wer hat sie für Jahrzehnte in Flüchtlingslager gepfercht, sie als Pfand benutzt und ihnen die Integration verweigert? Ihre arabischen Brüder. Den palästinensischen Flüchtlingen im Libanon wird bis heute die Staatsbürgerschaft verweigert.«

Claudia und ich starrten unsere Männer entsetzt an, deren Gespräch immer leidenschaftlicher wurde.

»Vielleicht sollten wir …«, murmelte Claudia, doch Daniel fiel ihr ins Wort: »Korruption, Nepotismus, Bürgerkriege, Armut, Diktaturen, Folter, Analphabetismus. Das alles findet man in der arabischen Welt. Doch Israel, wo es all diese Dinge nicht oder nur in geringerem Maße gibt, soll ein Terrorstaat sein? Was ist dann Libyen? Oder ist Syrien etwa kein Terrorstaat?«

»Wir haben Probleme in der arabischen Welt. Aber wer ist schuld daran?«

»Israel?«

»Natürlich. Ohne Israel könnten wir uns endlich auf uns selbst besinnen. Wenn wir Israel besiegen, erlangen wir unsere Würde zurück, unser Selbstwertgefühl wird steigen. Das wird uns die Kraft geben, alle anderen Probleme, die wir haben, aus der Welt zu schaffen.«

»Also ich weiß nicht, Yasin«, protestierte ich zaghaft, »ob man das in dieser verkürzten Form …«

»Ich verkürze nichts.«

»Na hör mal«, sagte Daniel. »Du wirst doch nicht behaupten, dass Israel an allen Problemen schuld ist. Der Bürgerkrieg in Algerien zum Beispiel, zweitausend Kilometer von Israel entfernt, ist doch ein inneralgerisches Problem.«

»Du hast recht. Der algerische Bürgerkrieg ist eine große Tragödie. Und doch bleibt die Wurzel allen Übels – Israel!«

»Die israelischen Juden sind in ihrem Land zu Hause. Sollen sie, deiner Meinung nach, ihre Heimat aufgeben?«

»Sie haben andere zu Hunderttausenden aus ihrer Heimat vertrieben.«

»Das ist tragisch, aber was hätten sie tun sollen? Sie waren in ihrer Existenz bedroht. 1948 kämpften die Juden Israels um ihre Existenz. Wenn du um dein Leben kämpfst, denkst du nicht immer über Moral nach.«

»Wenn sie gar nicht dort gewesen wären, hätte niemand gedroht, sie zu vertreiben.«

»Viele Juden sind in Israel geboren oder leben schon seit Generationen in diesem Land. Sollen sie heute dafür büßen, dass ihre Großväter den Konflikt nicht rechtzeitig friedlich beilegen konnten? Beide Seiten haben einander Leid zugefügt. Beide Seiten haben die anderen vertrieben. 1948 mussten nicht nur Palästinenser aus ihren Städten und Dörfern, sondern auch die jüdischen Bewohner der Altstadt von Jerusalem ihre Häuser verlassen und flüchten.«

»Aber die Juden haben den Palästinensern ein größeres Leid zugefügt als umgekehrt.«

»Okay, ich bin zwar nicht deiner Ansicht, aber ich will darüber nicht streiten. Ich frage anders: Was sollen die Juden in Israel, deiner Ansicht nach, machen?«

»Nach Europa zurückkehren.«

Daniel begann zu lachen. »Die Europäer werden sich freuen, fünf Millionen Juden aufzunehmen. Der Staat Israel ist ja nur deshalb entstanden, weil Juden in Europa jahrhundertelang diskriminiert, verfolgt und ermordet wurden. Ein jüdischer Staat ist für das jüdische Volk, denke ich, bis heute überlebenswichtig. Und ohne die Flucht vieler Juden aus Nazideutschland oder vor den antisemitischen Regimen in Polen oder Ungarn hätte sich die jüdische Bevölkerung in Palästina in der Zwischenkriegszeit sicher nicht verzehnfacht.«

»Es wäre übrigens interessant zu erfahren, warum die Juden zweitausend Jahre lang verfolgt wurden. Das ist sicher kein Zufall.«

Zum ersten Mal im Laufe dieses Abends hörte Daniel auf zu

essen. Es kam mir vor, als ob sein gerötetes Gesicht plötzlich bleich geworden sei. Doch wahrscheinlich lag dies am Flackern der Kerze. »Wie meinst du das? Soll ich dir die Geschichte des Antisemitismus erzählen? Die Juden waren schon seit der Römerzeit eine Minderheit …«

»Nein, diese Erklärungsansätze kenne ich schon. Aber …« Yasin zündete sich eine Zigarette an. Die heftige Erregung war ihm anzusehen.

»Aber was?«

»Aber es scheint mir unwahrscheinlich, dass ein Volk seit Jahrhunderten ohne Grund von allen gehasst wird.«

Diesmal verlor Daniel, der bis dahin ruhig gewirkt hatte, die Fassung. »Die Juden sind also selbst an ihrem Schicksal schuld?«, schrie er. »Ist es das, was du sagen möchtest? Du argumentierst wie die Nazis. Kein Rauch ohne Feuer.«

»Genau: kein Rauch ohne Feuer. In Palästina waren es auf jeden Fall die Juden, die das Feuer gelegt haben. Übrigens beweisen neueste Studien, dass die Zionisten mit den Nazis kollaboriert haben.«

»Das ist eine infame Lüge!«

In Kinofilmen ist dies der Moment, wenn Männer aufspringen und mit Fäusten aufeinander losgehen. Dieser Abend verlief anders. Statt zu brüllen, drückte Yasin seine Zigarette aus und lehnte sich im Stuhl zurück. In sein Gesicht war jenes unverbindliche, mir seit langem bekannte freundliche Lächeln zurückgekehrt, das er sich in Gegenwart von Menschen, die ihm nicht nahestanden, verpasste, ein Lächeln, das ihn allen so sympathisch machte.

»Ich habe nichts gegen dich persönlich«, erklärte er. »Du wirst das, was ich gesagt habe, doch nicht persönlich nehmen?«

»Na ja …« Daniel lachte gequält und schüttelte den Kopf. »Würdest du es denn an meiner Stelle nicht persönlich nehmen? Versetz dich mal in meine Lage … Wenn du dich in die Lage eines Juden überhaupt versetzen kannst. Stell dir vor, ich würde behaupten, alle Moslems seien gewalttätig, frauenfeindlich, rückständig und unterstützten die Al-Kaida.«

»Es zeugt von der Überheblichkeit des Westens, alle Moslems so hinzustellen.«

»Natürlich. Aber ich behaupte so etwas nicht. Aber wenn ich es täte, würdest du es persönlich nehmen?«

»Ich nehme es persönlich«, sagte Claudia, die es wie ich nicht geschafft hatte, in den Schlagabtausch einzugreifen. Yasin und Daniel hatten sich die Sätze wie Pingpong-Bälle zugeworfen.

»Wir gehen jetzt. Wir haben hier nichts mehr verloren. Komm, Daniel!« Doch Daniel starrte nachdenklich in seine leere Teetasse und rührte sich nicht vom Fleck.

»Ich wollte niemanden beleidigen«, erklärte Yasin. »Bleibt doch! Soll ich nicht noch einen türkischen Kaffee machen? Es ist ein großer Genuss, nach einem guten Essen einen Kaffee zu trinken. Oder wollt Ihr vielleicht einen Wodka?«

»Und was ist mit dir?« Ich verstand nicht sogleich, dass Claudia zu mir gesprochen hatte. Noch nie hatte ich sie so wütend erlebt. »Du sitzt da und schweigst.«

Es kostete mich viel Kraft, nicht loszuheulen.

Claudia ließ nicht locker. »Bist du derselben Meinung wie dein Freund?«

»Nein.«

»Warum sagst du also nichts?«

»Yasin meint es nicht so. Er … ist nur ein bisschen aufgeregt, weil er palästinensische Freunde hat, die Schlimmes durchmachen mussten … Aber in Wirklichkeit … Vielleicht sollten wir uns alle beieinander entschuldigen und dieses Gespräch vergessen.« Kaum dass ich diesen Vorschlag gemacht hatte, war mir klar, wie blödsinnig meine Worte geklungen haben mussten.

»Du hast dich seit unserer Schulzeit überhaupt nicht verändert«, sagte Claudia.

Nun konnte ich das Schluchzen nicht mehr unterdrücken.

Yasin stand auf und nahm mich in die Arme, und Daniel meinte, es tue ihm leid, dass ich mich aufrege.

»Ich will, dass sie endlich Stellung bezieht«, insistierte Claudia. »Schon als Schülerin hat sie immer gekniffen. Dieses ständige Harmonisieren kotzt mich an.«

»Ach komm, lass sie«, sagte Daniel. »Es ist alles halb so schlimm. Was glaubst du, wie oft ich solche Gespräche wie das von vorhin schon geführt habe? Allein, was ich von arabischen Taxifahrern in diversen deutschen Städten gehört habe. Aber das weißt du ohnehin. Du warst ja oft genug dabei. Und sogar ein Indonesier, den ich in Singapur kennengelernt habe, hat mir einmal erklärt, das Schicksal des palästinensischen Volkes liege ihm am Herzen. Er hatte in seinem Leben noch nie einen Palästinenser oder einen Juden getroffen. Ich war der erste. Übrigens hätte ich gerne noch einen Kaffee.«

Am nächsten Tag stellte mich Claudia ein zweites Mal zur Rede. Diesmal waren wir allein. Ich begann mich zu entschuldigen. Yasins Verhalten war mir peinlich, doch mit einigem, was Daniel gesagt hatte, war ich ebenfalls nicht einverstanden.

»Wie kannst du nur mit einem solchen Menschen zusammenleben?«, unterbrach mich Claudia. »Damals mit Horst war es dasselbe. Als er gemeint hat, man solle alle Ausländer nach Hause schicken und die Grenzen dichtmachen, hast du auch nur milde gelächelt.«

»Du vergisst offenbar ein paar Details. Als du mit ihm geschlafen hast, hat dir seine Ausländerfeindlichkeit offenbar nichts ausgemacht, genauso wenig wie der Umstand, dass er noch mit mir zusammen war.«

»Das ist wieder typisch. Jetzt gräbst du diese alten Geschichten aus. Damals war ich achtzehn.«

»Du hast damit angefangen, nicht ich.«

Sie drehte sich um und ging. Ich lief ihr nach.

»Was soll ich denn machen?«, rief ich. »Ich liebe ihn.«

Sie gab mir keine Antwort.

»Die sind nun mal alle so.«

Sie blieb stehen. »Was?«

»Alle Araber denken über Juden und Israel so wie Yasin«, sagte ich.

»Die sind alle so?!« Claudia presste ein sarkastisches Kichern hervor. »Du hättest mit Horst zusammenbleiben sollen. Er hätte bestimmt dieselbe Meinung vertreten.«

Später bereute ich dieses Gespräch genauso wie mein Verhalten am Abend zuvor. Ich habe mich immer bemüht, das Richtige zu tun. Trotzdem krieg' ich mein Leben bis jetzt irgendwie nicht ganz auf die Reihe.

Monikas Geschichte löst im *Weißen Halbmond* eine heftige Debatte aus, die sich hauptsächlich um die Frage dreht, ob »die Araber« wirklich »alle so sind« oder nicht. Edith würde unserem Gespräch bestimmt eine andere Wendung geben, doch ausnahmsweise ist Edith an diesem Abend nicht anwesend. Monika zieht den Kopf ein und macht einen Buckel, der von Minute zu Minute größer zu werden scheint. Sie wirkt noch trauriger als zuvor.

»Musst du denn dein Leben unbedingt auf die Reihe kriegen?«, fragt Corinna, nachdem sich schließlich niemand mehr zu Wort meldet. »Und welche Reihe meinst du im Speziellen?«

»Was glaubst du denn, welche ich meinen könnte?«

»Das weiß ich nicht. Ich bemühe mich schon seit langem, die Reihen offenzuhalten.«

2

Ein heißer Wüstenwind lud seine Fracht über der Stadt ab. Er bedeckte Gebäude und Pflanzen, Fahrzeuge, Menschen und Tiere, Kleidung, Essen und Haare mit einer rötlich braunen Schicht aus Sand und Staub, drückte Backofenluft in die Lungen und hemmte den Atem. Er ließ die Farben verblassen, ließ Distanzen und Zeiten so unwirklich erscheinen wie in unserer frühen Kindheit, als einstöckige Häuser noch groß wie Paläste waren und zwei Stunden reich an Eindrücken wie ein ganzer Tag. Wer es sich erlauben konnte, legte eine Ruhepause ein. Der Wüstenwind ersetzte die Welt durch eine andere, und wenn wir nicht unsere Flucht vorbereiten hätten müssen, wäre ich durch die Stadt flaniert, um das Schauspiel auf mich wirken zu lassen. Den Sand in den Augen, in der Nase und zwischen den Zähnen hätte ich in Kauf genommen.

Glücklich waren jene, die Zugang zu sauberem Trinkwasser hatten. Auch in der Stunde der Niederlage waren wir privilegiert. Während die Menschen in den Elendsvierteln verhungerten, verdursteten und ihre Kinder zu Grabe trugen, konnten wir nach einem reichhaltigen Mahl unseren Bagdadaufenthalt mit frischem Wasser, Tee und Fruchtsäften ausklingen lassen. Wir besprachen unsere Rückzugsroute und ließen ausreichend Wasser und Lebensmittel in unsere Lastwagen verladen.

»Ihr werdet schon sehen!«, schrie Grobba. »Wenn unsere Truppen erst einmal in Syrien einen Basisstützpunkt errichtet haben … Wenn sich die Kurden gegen die arabische Oberhoheit erheben und in uns ihre natürlichen Verbündeten finden … Wenn die Schiiten und die Sunniten aufeinander losgehen … Wenn es zu Spannungen zwischen dem Irak und dem Iran kommt, die wir provozieren könnten, um danach als wohlmeinender Schlichter …«

Aber es hörte ihm niemand mehr zu.

Ich ging hinaus auf die Terrasse. Es war immer noch drückend heiß. Am wolkenlosen Himmel sah man keine Sterne, und der Halbmond, dessen Umrisse durch den Sandfilter kaum zu erkennen waren, erinnerte mich an einen großen länglichen Tropfen aus Milch, der jeden Augenblick zu zerfließen drohte. Ein weißer, milchiger Halbmond, unscharf, farblos, irreal, absurd wie unser ganzes Unternehmen.

Kriege hat es immer gegeben, und es wird sie immer geben, weil der Mensch ein hybrides Lebewesen ist, in seiner Entwicklung irgendwo zwischen Katze und Gott stehengeblieben oder vielleicht – noch treffender – zwischen Gott und Katze. In jener Mainacht 1941 betrachtete ich den weißen Halbmond und dachte, wieder einmal, dass ich seit meiner Jugend ein Gelehrter sein und ansonsten ein gewöhnliches Leben führen wollte, bieder und fade wie schon mein Vater oder mein Großvater. Politik interessierte mich nicht. Die sogenannten großen Zeiten und die Umbrüche der Gegenwart berührten mich wenig. Die Eroberung des Sassanidenreichs durch die arabischen Armeen im 7. Jahrhundert fand ich viel spannender als den modernen Krieg, den Hitlers Größenwahn verschuldet hatte. Doch statt wissenschaftliche Abhandlungen zu schreiben, musste ich als Deutscher gegen die Briten im Irak und bald wohl auch in Syrien Krieg führen, weil ausgerechnet in meiner Lebenszeit ein tausendjähriges Reich entstehen sollte. Warum tausend Jahre? Warum nicht hundert, fünfhundert oder gleich zehntausend? Nicht einmal die Nazi-Granden konnten die christliche Symbolik aus ihren Köpfen verbannen. Auf jeder Seite von *Mein Kampf* roch es nach Augustinus, so sehr der Verfasser sich auch bemühte, diesen Geruch durch andere, weit exotischere Düfte zu überlagern. Und hatten wir mit dem Heiligen Römischen Reich Deutscher Nation nicht ohnehin schon unsere tausendjährige Pflicht erfüllt?

Ich legte mich schlafen, und als ich am nächsten Morgen aufwachte, war die unerträgliche Hitze der letzten Tage einem angenehm milden Frühlingstag gewichen. Es war trotzdem heiß wie bei uns im Hochsommer, doch für die Menschen im Zweistromland war diese Temperatur angenehm, und da ich nie ein Freund der Kälte gewesen war und den Süden dem Norden immer vorgezogen hatte, genoss auch ich die Schönheit dieses Tages. Bagdad hatte uns einen würdigen Abschied bereitet. Ich deutete dies als gutes Omen und beschloss, in Friedenszeiten hierher zurückzukehren, um endlich jenen kulturellen Interessen nachzugehen, für die ich als Offizier einer kriegführenden Macht keine Zeit gehabt hatte. Dass ich in den drei Wochen, die ich im Irak verbracht hatte, nicht einmal die Ausgrabungsstätten von Babylon besichtigt hatte, war gewiss die größte Enttäuschung.

Es war vorgesehen, dass ich im selben Wagen wie Hauptmann Kohlhaas und Grobba die Reise antrete. Kurz vor unserer Abfahrt schloss sich jedoch ein irakischer Diplomat unserer Gruppe an. Er sollte uns im Auftrag Raschid Alis begleiten. Also musste ich ihm meinen Platz abtreten und in ein anderes Fahrzeug wechseln. Dass ihm außer einem Diplomaten namens August von Krafft, Oberleutnant Manfred Berger und zwei weiteren Militärangehörigen, deren Namen ich vergessen habe, auch Fräulein »Pupperl« Elfie Niemetz und Gerhard zugeteilt worden waren, erschien mir als stimmige Leitmelodie für den kläglichen Abgesang unseres Abenteuers, auch wenn mir Pupperls Gegenwart keineswegs angenehm war. Ich würde Canaris aus Damaskus, auf welch verschlungenem Wege auch immer, eine letzte Nachricht zukommen lassen und ihn danach um eine Versetzung in eine andere Abteilung bitten. Mit jedem zusätzlichen Tag, der verstrich, behagte mir die Tätigkeit als Spitzel weniger.

Am nächsten Morgen erfuhren wir, dass sich fast die gesamte irakische Regierung und der Großmufti von Jerusalem schon in der Nacht klammheimlich aus dem Staub gemacht hatten. Angeblich hatten sich die Herren und ihr Anhang durch den Hinterausgang und den Garten davongeschlichen, um die Neugierde und den Zorn ihrer Untertanen nicht auf sich zu lenken. Offiziell hieß es, sie seien »in die Regionen des Nordens« unterwegs, um dort »neuen Widerstand zu organisieren«. In Wirklichkeit jedoch wählten sie, wie ich später erfuhr, die kürzeste Route zur iranischen Grenze. Von Teheran würden Raschid Ali und seine Begleiter nach Berlin weiterreisen, um dort eine Exilregierung von Hitlers Gnaden zu bilden.

Als wir zu erfragen versuchten, wer denn nun in der Stadt bis zum Eintreffen der Briten die Staatsmacht repräsentiere, erhielten wir keine Antwort. Es war auch niemand mehr zugegen, der uns eine kompetente Auskunft hätte geben können, denn nicht nur die höchsten Repräsentanten der Regierung waren verschwunden. Staatssekretäre, Ministerialbeamte, das Schreibpersonal sowie Militärangehörige und Polizeioffiziere hatten gleichfalls das Weite gesucht. Yunis al-Sabawi, der Propagandachef, war angeblich noch in der Stadt und hatte sich selbst zum Gouverneur der gesamten Region »Südlicher Zentralirak« erklärt, »um den Endkampf zu organisieren und es den Juden heimzuzahlen«. Über seinen Aufenthaltsort konnte uns aber niemand etwas mitteilen. Als den Mann mit dem höchsten Rang, der sich immer noch im Haus befand, hätte man allenfalls den Chefkoch bezeichnen können. Dieser Herr war es dann auch, der uns offiziell verabschiedete und uns eine glückliche und sichere Reise wünschte.

Unsere Fahrzeuge waren schon zur Abfahrt bereit. Diese aus fünf Kleinlastern bestehende Kolonne hatte eine Reihe von Schaulustigen angezogen, deren spöttische Bemerkungen wir uns nun gefallen lassen mussten. Es war ein Wunder, dass unsere irakischen Fahrer bereit waren, ihre Pflicht zu erfüllen, und dass unsere Sachen rechtzeitig verladen worden waren. Wir hatten zwar sechs Wagen angefordert, waren aber unter den gegebenen Umständen überglücklich, dass uns überhaupt Transportmittel zur Verfügung standen. Als wir schon losfahren wollten, ließ

Grobbas Gesandtschaftsrat plötzlich die Bemerkung fallen: »Moment mal! Unser Gold ist noch im Keller geblieben!«

In der Aufregung dieser Morgenstunden hätten wir beinahe den uns zur Verfügung gestellten Staatsschatz vergessen.

»Gut, dass wir uns noch rechtzeitig darauf besonnen haben«, meinte Doktor Möhrle. »Wären wir ohne das Gold abgereist und hätten es danach die Engländer kassiert, würde man uns allen in der Heimat wegen Begünstigung des Feindes den Prozess machen und uns mit an Sicherheit grenzender Wahrscheinlichkeit an die Wand stellen.« Er lachte gekünstelt, ein lautes, unangenehmes Kichern, doch dieser Gedanke konnte niemanden sonst erheitern.

Die Beutel waren tatsächlich noch alle im Keller. Man muss den geflüchteten Führern der irakischen Revolution zugutehalten, dass sie unseren Schatz nicht angerührt hatten. Keiner von ihnen war auf die Idee gekommen, sich damit die Jahre des Exils zu vergolden.

Ich erinnere mich, wie wir Spalier standen, während die Beutel aus dem Haus getragen und in die Fahrzeuge verladen wurden, und wie Hauptmann Kohlhaas mit einer Maschinenpistole unter dem Arm möglichst gleichmütig zu wirken versuchte, obwohl ihm, wie er mir zuflüsterte, in Wirklichkeit recht mulmig zumute war. »Es braucht nur jemand aus dem Mob die Parole auszugeben, dass die Almaniin das Gold des Landes davontragen, und die machen Hackfleisch aus uns. Mit den paar Waffen, die wir haben, können wir nicht viel ausrichten.« Doch seltsamerweise ließ uns die Menge in Ruhe. Wahrscheinlich kam niemand dahinter, was sich tatsächlich in den Beuteln befand, die wir aus dem Haus trugen.

3

Unsere Kolonne fuhr durch die nördlichen Vororte, ein seltsamer Anblick für die Bewohner, denn der Verkehr war völlig zum Erliegen gekommen, so als sei die Stadt wieder ins vorige Jahrhundert zurückgefallen, als die stolze Weltmetropole von einst nichts weiter als ein »schmutziges, übelriechendes Nest« war, wie sich Gerhard einmal – historisch versiert, aber meist tendenziös in seinen Analysen – im Zuge eines unserer zahlreichen Gespräche ausgedrückt hatte. Auch jetzt war sie für ihn die »Hauptstadt des Elends«, eine Ansicht, der ich nicht zustimmen konnte, denn ich hatte schon, auch im Orient, viel heruntergekommenere Städte gesehen. Zugegebenermaßen war Bagdad nicht Zürich, ja nicht einmal Neapel oder Palermo, und ich neigte dazu, Gerhard recht zu geben, dass Jerusalem viel schöner sei. Heute ist Bagdad wieder Millionenstadt, doch an Charme oder Lebensstil hat sie seit den Vierzigerjahren nicht viel dazugewonnen. Andererseits wage ich die Prophezeiung, dass man von Bagdad noch mit Ehrfurcht sprechen wird, wenn Zürich allenfalls als Name einer Käsesorte oder einer Versicherungsgesellschaft in Erinnerung ist.

An jenem Morgen lag eine Unheil verheißende Stimmung über der Stadt. Ich hatte den Eindruck, als hätten sich die ehrbaren Menschen in ihren Wohnungen und Häusern verbarrikadiert. An den Straßenecken sahen wir Scharen meist junger Leute, Gruppen und Grüppchen, die von Minute zu Minute größer und lauter zu werden schienen. Sie warfen uns finstere Blicke zu. Manche beschimpften uns. Einige bewarfen unsere Fahrzeuge sogar mit Steinen, ohne dass diese Zwischenfälle ernsthaften Schaden angerichtet hätten. Vertreter der Ordnungsmacht ließen sich nicht blicken. Jene berittenen Polizisten in strahlend weißen Uniformen, die ich in den ersten Tagen unseres Bagdad-Aufenthaltes bewundert hatte, waren genauso verschwunden wie die marschierenden Studenten mit ihren martialischen Slogans, auch wenn einige Leute noch Futuwwa-Uniformen trugen, oder die stolzen Offiziere, die ihre Orden zur Schau stellten. Stattdessen fühlten sich in diesen Stunden des Interregnums, als das alte Regime sich schon in Auflösung befand, sich ein neues aber noch nicht etabliert hatte, jene stark, die in ihrem Leben normalerweise nie die Gelegenheit haben, auch nur in die Nähe von Macht, Wohlstand oder Ansehen zu gelangen – nicht nur Barfüßige in zerrissenen Kleidern, sondern zwielichtige Gestalten, die man zu einem anderen Zeitpunkt selten auf den großen Hauptstraßen mit ihren Geschäften, Restaurants und Verwaltungsgebäuden zu Gesicht bekommt. Es hatte den Anschein, als sei das menschliche Getier aus seinen Löchern und dunklen Winkeln gekrochen und habe die Stadt in seinen Besitz gebracht. Zu diesen finsteren Figuren gesellten sich all jene, die in normalen Zeiten einer geordneten Beschäftigung nachgingen und jetzt die Gunst der Stunde nutzten – Straßenverkäufer, Bäcker, Handwerker, kleine Angestellte, Arbeiter, Barbiere, die noch am Vortag mit demütiger, einladender Geste ihre Kunden begrüßten und sich tief verneigten, wenn sie ein Trinkgeld erhielten. Für diese Menschen war es die emotionale Entscheidung eines Augenblickes, ob sie zu jenen gehören wollten, die ängstlich ihr Vermögen oder ihre Familien beschützten, oder ob sie sich mit einer Verwegenheit, die nur eine Zeitenwende erlaubt, auf die andere Seite stellten, um zum Bestandteil jenes Mobs zu werden, in dessen Mitte ein biederer Familienvater plötzlich den Wagemut eines Kämpfers und die Brutalität eines Amok laufenden Schwerverbrechers an den Tag legt. Es war jener Moment, da plötzlich alles egal wird und nur dieser Augenblick allein zählt, da man, hat man einmal die Grenze überschritten, bereit ist, alles zu opfern, um diesen Augenblick festzuhalten. Es erstaunte mich, wie deutlich man in den Gesichtern der Menschen erkennen konnte, ob sie diese Grenze schon hinter sich gelassen hatten oder nicht. Jene, die es getan hatten, schienen uns zu betrachten, aber nicht zu sehen. Sie schauten uns an, aber sie nahmen uns nur mehr in der Art eines Radargeräts wahr, das einen Gegenstand abtastet und ein Bild davon erstellt, dem aber das Wesen und die Beschaffenheit dieses Gegenstandes gleichgültig ist.

Als wir einige Straßenzüge weitergefahren waren, wurde die Menge immer größer und lauter. Sie schrie etwas, wirre Phrasen, aus denen ich nur die Worte »Tod«, »Tod«, »Nieder mit ...« und »Juden« heraushören konnte. »Tötet das Ungeziefer!« Das also hatte sich nicht geändert. Alte Parolen in einer neuen Fassung, mit einem neuen Ton, der mir verriet, dass wir die Stadt so schnell wie möglich verlassen sollten, brauchte doch nur jemand »Tod den Europäern!« zu schreien oder »Verdammte Engländer!« und mit dem Finger auf uns zu zeigen. Unsere Fahrer verstanden die Situation genauso gut wie wir. Sie beschleunigten, bis wir in einem solch hohen Tempo über die Ausfallstraße Richtung Norden rasten, dass die Menge wohl oder übel auseinanderstob.

Die Straße Richtung Kirkuk war durch britische Luftangriffe beschädigt worden. Aus diesem Grund mussten wir auf Nebenwege ausweichen, was unser Fortkommen erheblich verzögerte. Diese »Umfahrungen« waren nichts als Pisten aus Schotter und Sand. In einigen der engen Kurven fuhren wir im Schritttempo. Anderenorts hielten wir an, um zu prüfen, ob wir uns noch auf der »Fahrbahn« oder schon mitten in der Wüste befanden. Einmal tauchte in der Ferne eine Plantage mit Dattelpalmen und ein Dorf auf. Doch die meiste Zeit war die eintönige Landschaft um uns herum eine Rhapsodie in Stein und Sand und verdorrten Büschen und einem gleißenden Licht, das in den Augen schmerzte.

Wir waren noch nicht weit von Bagdad entfernt, als es zu einem folgenschweren Zwischenfall kam. Wir hörten einen Knall, unser Fahrer verriss das Lenkrad, eine Schrecksekunde lang drohte der Wagen zur Seite zu kippen. Dann kamen wir aber glücklicherweise wenige Meter weiter in leichter Schräglage am

Wegrand zum Stehen. Verletzt wurde niemand, doch an eine Weiterfahrt war vorerst nicht zu denken. Der linke Vorderreifen unseres Fahrzeugs war, wie man mit freiem Auge sogleich erkennen konnte, geplatzt und danach, infolge des abrupten Lenk- und Bremsmanövers, in zwei Teile zerrissen worden. Die aus diesem Umstand resultierende längere Reiseverzögerung, die wir wohl oder übel in Kauf nehmen mussten, war insofern prekär, als die heranrückenden Briten die Stadt vom Norden umgehen und uns allesamt gefangen nehmen konnten. Dass der Wagen nicht nur eine Reifenpanne, sondern, wie unser Fahrer bald feststellte, außerdem einen Motorschaden hatte, kam erschwerend hinzu. Da ich mich in Fragen der Automechanik als absoluten Ignoranten bezeichnen würde und außerdem den Führerschein erst viel später, Mitte der Fünfzigerjahre, machen sollte, verstand ich nicht wirklich, um welches technische Problem es sich handelte.

Omar, unser Fahrer, war ein korpulenter Mann mit den Narben schwerer Verbrennungen im Gesicht und auf den Händen. Diese stammten, wie er uns erzählt hatte, von einer der zahlreichen Phosphorbomben, die von der britischen Armee während des großen Aufstandes im Jahre 1920 gegen die Bevölkerung eingesetzt worden waren. Damals war er noch ein Kind. Seine Mutter war bei dem Angriff auf sein Heimatdorf ums Leben gekommen. Von allen Irakern, mit denen ich in den letzten Tagen gesprochen hatte, war er – Raschid Ali, den Großmufti und die Führungsspitze des *Goldenen Quadrats* einmal ausgenommen – der Einzige, der die Niederlage gegen die Briten ehrlich betrauerte. Während der Fahrt verbreitete er jedoch eine an Galgenhumor grenzende Fröhlichkeit, die sich durch Phrasen wie »Keine Angst, man stirbt nur einmal« oder »Besser im Kampf erschossen, als in der Wüste verdurstet« in besonders pointierter Art und Weise zeigte. So platt diese Aussagen auch waren, so trugen sie dennoch dazu bei, unsere Stimmung erheblich zu verbessern, wobei weniger der Inhalt als vielmehr der Tonfall, in dem sie vorgebracht wurden, für Heiterkeit sorgte. Nach dem Unfall war es nun Omar, der beruhigend auf uns einredete. Mit der Unterstützung zweier kräftiger Männer werde er innerhalb von zwei, höchstens drei Stunden den Schaden repariert haben, versicherte er. Ein Ersatzreifen sei vorhanden, genauso wie ein Wagenheber, sowie das nötige Werkzeug, um den Motor wieder in Gang zu setzen und das Fahrzeug mitsamt seinen Passagieren und der Fracht bis zur nächsten größeren Stadt, mit einigem Glück sogar bis zur syrischen Grenze zu bringen.

»Drei Stunden!«, schrie Grobba und griff sich an den Kopf. »Das ist eine Katastrophe!« Schon begannen wir alle nach Fräulein Mathilde Ausschau zu halten, doch diesmal mündeten die Worte unseres Chefs in keinem Tobsuchtsanfall, sondern in der ruhig und sachlich vorgebrachten Überlegung, dass eine Verzögerung von drei Stunden unsere Delegation einer weit über das unvermeidbare Maß hinausgehenden Gefahr aussetzen würde. »Kein Problem, Herr Gehrke!«, erklärte Omar und strahlte übers ganze Gesicht. »Wenn alle mit anpacken, schaffen wir das vielleicht noch schneller.« Grobba bedachte unseren Fahrer mit einem gequälten Lächeln und meinte, dass ihm diese Zusicherung zu vage sei. In der Umgebung von Bagdad könne jederzeit eine motorisierte Vorhut der Briten oder ihrer Verbündeten auftauchen. Die Erwähnung dieser uns allen bekannten Tatsache hatte ein bedrückendes Schweigen zur Folge, bis jemand den Vorschlag machte, wir sollten den defekten Kraftwagen einfach stehenlassen. Diese Lösung musste jedoch nach kurzer Überlegung verworfen werden, und zwar nicht nur, weil wir eine wichtige Fracht transportierten (auf die man zur Not verzichten hätte können), sondern weil für die sieben Insassen unseres Fahrzeugs in den anderen vieren schlichtweg kein Platz mehr vorhanden war. Diese waren ohnehin hoffnungslos überfüllt und überladen. Eine oder höchstens zwei Personen hätte man in die anderen Wagen noch irgendwie hineinpferchen können. Doch das dafür nötige Umpacken, um Raum freizubekommen, sowie Überlegungen bezüglich der neuen Sitzplatzverteilung hätten wohl fast genauso viel Zeit in Anspruch genommen wie der Reifenwechsel und die Reparatur unseres Motors. Grobba wusste, und wir stimmten mit ihm darin überein, dass jede Minute kostbar war, und die Debatte bezüglich unseres weiteren Vorgehens hatte ohnehin schon viel zu lange gedauert. Also nahm Oberleutnant Berger die undankbare Aufgabe auf sich, die erlösenden Worte zu sprechen: »Dann fahrt schon mal voraus. Spätestens bis Kirkuk haben wir euch eingeholt. Und wenn uns die Engländer überraschen sollten, dann ist es wenigstens nur ein einziger Wagen, der ihnen in die Hände fällt.« Ein Murmeln der Erleichterung ging durch die Runde. Jener Heldenmut, den man aus amerikanischen Kinofilmen kennt (»Entweder wir gehen alle zusammen oder keiner von uns … Wir werden keinen Kameraden zurücklassen …« und ähnliche bedeutungsschwangere Phrasen, die Drehbuchautoren voneinander abschreiben), kam in der Realität des Krieges weitaus seltener vor. Hauptmann Kohlhaas ließ an die Zivilisten unter uns Handfeuerwaffen verteilen, übergab Oberleutnant Berger das »militärische Kommando« und wies Fräulein Elfie an, in seinen Wagen zu steigen. Zumindest die junge Frau sollten wir nicht zurücklassen, meinte er. Er werde Feldwebel Herrmann anweisen, stattdessen ihren Platz in unserem Wagen einzunehmen.

Zum Erstaunen aller schlug Pupperl dieses großzügige Angebot jedoch aus. Sie wolle niemanden einer zusätzlichen Gefahr aussetzen, erklärte sie. Man habe sie diesem Wagen zugeteilt, also werde sie bis zum Ende der Reise auf dem ihr zugewiesenen Platz bleiben. Sollten die britischen Truppen tatsächlich innerhalb der nächsten Stunden in diesen Teil der Wüste vorstoßen, drohe ihr, einer jungen Sekretärin in subalterner Position, allenfalls eine Internierung als feindliche Ausländerin, während der Herr Feldwebel den bitteren Weg in die Kriegsgefangenschaft antreten müsste. Diese Überlegung war ein wenig naiv, denn ich wusste von Fällen, da junge Frauen genauso wie Männer ohne ausreichende Beweise wegen vermeintlicher Spionage hingerichtet worden waren. Die Briten waren in dieser Hinsicht manchmal genauso vorschnell wie wir selbst oder unsere Verbündeten. Aber weder Kohlhaas noch Grobba und schon gar nicht Feldwebel Herrmann sprachen diesen Punkt an, und auch ich hielt mich zurück, um die Situation nicht unnötig zu verkomplizieren. Im Unterschied zu den anderen wusste ich nämlich nur zu gut, dass Pupperls »Heldenmut« die höchst menschliche Ursache hatte, dass sie sich nach jener Nacht in Aleppo in mich verliebt hatte und nun jede Gelegenheit suchte, um mir nahe zu sein. Während unseres Bagdad-Aufenthaltes war es mir mit einigem Geschick gelungen, ihrer Gegenwart auszuweichen. Jene Gespräche, die wir aus dienstlichen Gründen miteinander führen mussten, beschränkten sich auf Sachthemen. Sobald sie eine persönliche Ebene zu erreichen drohten, war es mir noch jedes Mal gelungen, unter einem realen oder erfundenen Vorwand zu flüchten. Nun aber hatte ich das Gefühl, in den sauren Apfel beißen zu müssen. Ich schwieg und ließ den Dingen ihren Lauf, sei es, weil ich ein schlechtes Gewissen hatte, sei es, weil ich intuitiv spürte, dass Pupperls Geduld erschöpft war, und weil ich einen Skandal fürchtete. Ich beschloss, mich der unangenehmen Wahrheit zu stellen und sie als integralen Bestandteil meiner Biographie anzunehmen. Eine Aussprache mit Pupperl würde mir nicht erspart bleiben.

Hauptmann Kohlhaas versuchte zaghaft zu protestieren. Grobba meinte hingegen: »Wenn sie bleiben will, so soll sie bleiben. Wir haben keine Zeit mehr für derlei Diskussionen.« Feldwebel Herrmann atmete erleichtert auf. Der Zweite Weltkrieg war keine Epoche mannhafter Ritterlichkeit. Weder Feldwebel Herrmann noch jemand anderer wäre freiwillig bereit gewesen, für Pupperl sein Leben hinzugeben.

Während Gerhard in den Laderaum kletterte, um die drei Goldbeutel – ein kleiner Teil unseres Staatsschatzes, der unserem Wagen zugeteil worden war – zu holen (das Gold wollte Grobba auf keinen Fall zurücklassen), verabschiedeten wir uns von unseren Kameraden. »Wir sehen uns spätestens in Kirkuk«, sagte Hauptmann Kohlhaas zu mir. »Und wenn nicht, nun ja, Hals und Beinbruch, was immer geschehen mag.«

Grobba drückte mir wortlos die Hand. Danach nahm er Gerhard die drei Goldbeutel ab und hastete davon. Minuten später war die Kolonne wie die sprichwörtliche Fata Morgana in einem See aus Licht und Staub verschwunden.

4

Ich kann mich nicht erinnern, ob ich mir in jenen Minuten ernsthafte Sorgen machte. Dies liegt wohl daran, dass ich damals wenig Zeit zum Nachdenken hatte, denn unser Chauffeur hatte, kaum dass Grobba, Kohlhaas und die anderen in ihre Wagen eingestiegen waren, wie selbstverständlich das Kommando über unsere kleine Restgruppe übernommen. Ein Teil der Ladung musste aus dem Frachtraum entfernt werden, um das Fahrzeug aus seiner Schräglage zu befreien und mit vereinten Kräften wieder in die Straßenmitte zu schieben. Diese Arbeit, zu der mich Omar sogleich eingeteilt hatte, war mir insofern willkommen, als ich Pupperls zaghaften Versuchen, mit mir ein Gespräch zu beginnen, mit dem Hinweis, beschäftigt zu sein, auszuweichen verstand.

Einige Unruhe kam auf, als Omar den kaputten Reifen inspiziere und darin ein Einschussloch zu erkennen glaubte. Es wäre aber fruchtlos gewesen, diesem Umstand eine allzu große Bedeutung beizumessen, zumal wir an unserer Unfallstelle keine Kugel fanden und unabhängig davon die Lage, in der wir uns befanden, ohnehin nicht ändern konnten. Oberleutnant Berger ermahnte uns nur, unsere Waffen zu entsichern und griffbereit zu halten. Außerdem stellte er einen der beiden Militärangehörigen unserer Gruppe, deren Namen mir entfallen sind, einen Unteroffizier, als Wache ab. Er sollte die Umgebung im Auge behalten.

Der Ersatzreifen wurde herbeigeschafft, und während Omar mit dem Wagenheber hantierte, folgte ich Gerhard hinter eine Ansammlung von Steinen, die in einigen Metern Entfernung von unserer Unfallstelle eine leichte, vor den Blicken der anderen schützende Bodenerhebung bildeten. Zuerst dachte ich, Gerhard habe jene Stelle aus demselben Grund aufgesucht wie ich, um nämlich einem dringenden körperlichen Bedürfnis Erleichterung zu verschaffen. Kaum war ich um den äußeren Rand des Hügels gebogen, sah ich jedoch, dass Gerhard auf dem Boden kniete und gerade dabei war, einen Gegenstand, den er in ein Taschentuch gewickelt und mit einem Knoten verschlossen hatte, in einem Spalt zwischen den Steinen zu verstecken.

»Was ist das?«, fragte ich und hoffte sehr, dass es nicht das war, was ich vermutete.

»Unsere Lebensversicherung«, flüsterte er und presste den ausgestreckten rechten Zeigefinger gegen seine Lippen. »Oder hast du etwa gedacht, ich sei ein Dieb? Bevor wir losfahren, nehme ich's wieder mit und lege es später zurück an seinen Platz. Keiner wird es merken. Doch bis dahin kann noch allerhand geschehen. Ich habe kein gutes Gefühl.« Und als wäre dies eine Bestätigung für seine Worte, kam es mir plötzlich vor, als hätte ich hinter der felsigen, stellenweise mit gelben Büschen bedeckten Hügelkette, die sich zwischen uns und der Dattelplantage befand, an der wir zuvor vorbeigefahren waren, eine Bewegung registriert und sogar das Wiehern eines Pferdes vernommen. Beides hielt ich in diesem Moment noch für Einbildung, die ich meiner Müdigkeit und der Anspannung zuschrieb.

Nachdem Gerhard sich entfernt hatte, erledigte ich das Geschäft, das mich hinter diese Bodenwelle geführt hatte, und wollte schon zu unserem reparaturbedürftigen Lastkraftwagen zurückkehren, als mich ein plötzlich einsetzender ohrenbetäubender Lärm aufschreckte. Reflexartig warf ich mich auf den Boden, sprang wenige Augenblicke später auf, rannte, ließ mich wieder fallen, rannte in gebückter Haltung, so schnell ich konnte, weiter und zog es schließlich vor, mich ausschließlich kriechend fortzubewegen. Aus den Augenwinkeln sah ich mehrere Reiter – mindestens ein Dutzend – mit atemberaubender Geschwindigkeit näher kommen. Im Staub und Sand, den sie aufwirbelten, konnte ich nicht erkennen, ob es sich um Einheimische oder um Briten handelte. Dass sie uns aber nicht nur einen freundlichen Höflichkeitsbesuch abstatten wollten, wurde spätestens dann klar, als eine Kugel wenige Meter von mir entfernt einen Stein traf und als Querschläger dicht an meinem linken Ohr vorbeiflog. Nur den Bruchteil einer Sekunde später war ich einem Hagel von Geschossen ausgesetzt, und während meine Kameraden ihre Pflicht erfüllten und sich dem Gefecht stellten, muss ich zu meiner Schande gestehen, dass ich mich in diesen Augenblicken größter Gefahr keineswegs heldisch verhalten habe. Statt an die Verteidigung zu denken und Schüsse aus meiner Pistole abzufeuern, kroch ich, einer Schlange gleich, in die Richtung unseres Fahrzeugs, unter dem ich mich zu verstecken beabsichtigte. Oberleutnant Berger, der hinter einem Felsbrocken in Deckung gegangen war, schrie mir mit heiserer Stimme etwas zu, doch glücklicherweise schluckte der Lärm seine Worte, so dass ich mich nicht verpfichtet fühlte, seinen Anweisungen Folge zu leisten.

Die spitzen Steine zerkratzten meine Uniform. Meine Knie und Handflächen waren aufgeschürft, der Sand verklebte mir Nase und Augen, aber ich hätte mich lieber in der Erde vergraben, als meinen Kopf auch nur zehn Zentimeter emporzuheben. Ich weiß nicht, wie lange das Gefecht gedauert hat, wahrscheinlich keine dreißig Sekunden – die Zeit, welche die Reiter benötigten, um von ihrem Hinterhalt bis zu unserer Unfallstelle zu gelangen. Ich selbst brauchte zehn, höchstens fünfzehn Sekunden, um bis zur schützenden Spalte unter dem Wagen zu kriechen, nahm also die entscheidenden Momente kaum wahr, soweit ich in meinem Zustand höchster Aufregung und mit dem Sand in meinen Augen überhaupt etwas wahrzunehmen imstande war. Ich weiß aber, dass ich außer dem Knallen der Schüsse, den Schreien meiner Kameraden und dem Pfeifen der Kugeln die Erderschütterungen, die von Dutzenden von Pferdehufen herrührten, zu erkennen glaubte, und dass es mir schien, als spürte ich jeden Einzelnen dieser Hufe im Nacken. Und bevor ich mich unter den Wagen flüchtete, bevor das Halbdunkel mich verschlang und für zehn Sekunden in einer angenehmen Welt außerhalb der Zeit versenkte, sah ich August von Krafft, einen Diplomaten, der in den letzten Wochen hauptsächlich durch seinen imposanten Bauch, seinen gezwirbelten Schnurrbart und eine alte Taschenuhr mit Goldkette Aufmerksamkeit erregt hatte, ohne jede Deckung in aufrechter Haltung am Straßenrand stehen und mit seiner Pistole auf die Staubwolke feuern, die in rasendem Tempo auf uns zukam.

Ich war nicht der Einzige, der sich unter das Fahrzeug geflüchtet hatte. Kaum hatte ich das sichere Versteck erreicht, spürte ich, wie sich jemand zuerst an meiner Hand, dann an meine Schultern klammerte und schließlich meinen ganzen Körper umschlang. Ich brauchte nicht lange, um zu erkennen, dass es sich um Pupperl handelte. Ich spürte, dass noch eine weitere Person neben uns auf der Erde lag, doch in diesem Augenblick war es mir ziemlich egal, wer sich außer mir selbst schändlich dem Kampf entzogen hatte. Ich hoffte nur, dass es Briten waren, die uns angriffen. Da ich eine deutsche Uniform trug, durfte ich mit einer dem Kriegsrecht entsprechenden Behandlung rechnen. Die Worte »I surrender!« lagen mir schon auf der Zunge. Ich würde meinen Namen, meinen Dienstgrad und meine Einheit nennen und darauf hoffen, dass es im Kriegsgefangenenlager eine gute Bibliothek gab.

Während der vier oder fünf Sekunden, in denen ich mich diesen angenehmen Zukunftsphantasien hingab, wurden auch die drei noch intakten Reifen kaputtgeschossen, infolgedessen sich der Wagen über uns langsam zu senken begann. Pupperl schluchzte und presste ihr Gesicht gegen meine Brust. »Lass uns zusammen sterben!«, rief sie, und plötzlich hörte ich dicht hinter meinem Rücken eine männliche Stimme. »Halten Sie den Mund! Halten Sie den Mund, sonst entdecken sie uns. Oh Gott, geben Sie ja keinen Piepser mehr von sich!« Die Stimme vibrierte, aus jedem Ton war Panik herauszuhören, eine Panik, die so intensiv war, dass es schien, als bestünde die Luft um mich herum und die schmutzige Erde, auf der wir lagen, aus purer Angst, die sich gerade materialisiert hatte. Es sollten weitere zwei bis drei Sekunden vergehen, bis ich verstand, dass es Gerhards Stimme war, die ich gehört hatte, und dass der Lastwagen viel zu hoch war, um sich der Illusion hinzugeben, nicht unter ihm entdeckt zu werden. Das weise Sprichwort von den bellenden Hunden, die nicht beißen, hatte sich also wieder einmal bewahrheitet. Gerhard, der sich rhetorisch jeder Schlacht stellte und der bei den meisten verbalen Auseinandersetzungen die Rolle des Aggressors spielte, war in einem Gefecht, in dem keine leeren Worte, sondern in einem höchsten Grade echte Geschosse aus Eisen und Stahl flogen, demnach kein größerer Held als ich. Doch leider hatte ich nicht die Möglichkeit, dieser Erkenntnis, die ich mit Genugtuung zur Kenntnis nahm, mit einem ironischen Kommentar die Krone aufzusetzen.

Die Unterseite des Wagens zerdrückte uns nicht. Ihre stetige Abwärtsbewegung wurde wenige Zentimeter über unseren Köpfen jäh unterbrochen, ließ uns aber kaum noch Bewegungsmöglichkeiten offen. Das Klappern der Hufe wurde lauter und die Vibrationen der Erde stärker, Schüsse jedoch waren keine mehr zu hören. Das Knattern von Bergers Maschinenpistole war verstummt, noch bevor ich in diesem Loch verschwunden war, und der letzte Schuss fiel gerade in jenem Moment, als eine Wolke aus Staub und Sand unter den Wagen gedrückt wurde und uns zu ersticken drohte.

Als ich wieder atmen konnte, hörte ich Stimmen, doch die Gespräche, die ich vernahm, wurden leider nicht auf Englisch geführt.

»Ich glaube, wir haben sie alle erledigt, Saddam.« Es war irakisches Arabisch, ein Beduinendialekt, für mich nach drei Wochen in diesem Land und einer intensiven Beschäftigung mit dessen sprachlichen Eigentümlichkeiten aber dennoch einigermaßen verständlich. Die staubbedeckten Schuhe blieben keinen Meter vor meinem Kopf stehen und machten einige Schritte nach links, in Richtung der Fahrerkabine.

»Der Fettling dort drüben atmet noch.« Saddam sprach einen Dialekt, der sich von dem seines Gesprächspartners unterschied. Wahrscheinlich stammte er aus der Golfregion.

»Dann geh und sieh nach. Aber verschwende keine Kugel.«

Die Stimmen wurden nun zahlreicher, sie vermischten sich zu einem unzusammenhängenden Ganzen, so dass ich nur noch vereinzelte Gesprächsfetzen unterscheiden konnte. Unzählige Schuhe und Stiefel verstellten mir die Sicht nach draußen, die sich ohnehin auf einen kleinen Teil der Straße beschränkt hatte. Dann aber hörte ich, lauter als alles andere, ein flehentliches Stöhnen unseres Kameraden August von Krafft. Sehen konnte ich ihn nicht.

»Nun gib ihm doch einen Schluck Wasser, Saddam, sei kein Unmensch. Und dann erlös ihn von seinem Leid.« Diese Stimme kannte ich doch!

»Oh mein Gott«, flüsterte Gerhard.

August von Krafft verstummte für einige Augenblicke, auf die ein Schmerzensschrei und ein Röcheln folgten. Pupperl kreischte.

Ich hielt ihr den Mund zu, aber es war zu spät. Neben den Schuhen tauchten plötzlich fünf oder sechs Gesichter auf, von denen einige vermummt waren. Im Dunkel konnte ich nur die Augen erkennen, genauer gesagt – den weißen, schimmernden Teil des Augapfels, was diesen Gesichtern etwas Dämonen- oder Lemurenhaftes verlieh.

»Sieh mal, Bilal, da sind noch drei.«

»Sollen wir die beiden Männer gleich erledigen?«

»Ja, stich sie ab, aber trödel nicht so herum wie das letzte Mal.«

»Die Frau gehört mir! Ich habe sie als Erster entdeckt.«

»Das würde dir so passen, Anwar.«

»Hölle und Teufel, ist das ein Gestank!«

Der Geruch nach Urin, Fäkalien und Erbrochenem war tatsächlich kaum zu ertragen, wobei ich nicht sagen konnte, ob Pupperl, Gerhard oder beide zusammen die Ursache dieser olfaktorischen Aura waren. Ich selbst war »trocken« geblieben. Jedenfalls hatte Gerhard zu schluchzen begonnen, und Pupperl, die zwar kein Arabisch sprach, aber den Sinn der Unterhaltung unserer Peiniger wohl intuitiv verstanden hatte, kreischte und lamentierte und wiederholte immer wieder den Satz: »Ich will zurück nach Zipf.«

Seltsamerweise entwickelte ich weitaus schwächer ausgeprägte Gefühle von Angst und Verzweiflung als meine beiden Leidensgenossen. Während des Luftgefechts über dem Mittelmeer hatte ich mich sehr viel mehr gefürchtet, auch wenn die Situation, in der wir uns nun befanden, noch auswegloser schien als damals im Flugzeug. Ich kann nicht behaupten, dass ich mich mit dem Tod abgefunden hatte oder in einen apathischen Schockzustand verfallen wäre. Aber schon wenige Sekunden nach dem Beginn der Auseinandersetzung hatte ich mich innerlich von mir selbst entfernt, so als beobachtete ich den Fortgang der Ereignisse aus der sicheren Distanz des Betrachters einer Theater- oder Kinovorstellung. Noch heute frage ich mich, wie ich mir über meine aufgeschürften Knie und die Möglichkeit einer Infektion Gedanken machen konnte, während das unmittelbare Ende meiner irdischen Existenz doch im wahrsten Sinne des Wortes zum Greifen nahe war.

»Gerhard, es scheint, dass die arabische Wahrsagerin sich nicht geirrt hatte, als sie dir den Tod im Wonnemonat Mai prophezeit hatte«, flüsterte ich.

Wären wir mutige Menschen gewesen, hätten wir unsere Pistolen nehmen und ein paar der Lemurengesichter mit in den Tod nehmen können. Aber Gerhard hatte seine Waffe ohnehin nicht mehr bei sich, und mir selbst kam in jenem Moment die Möglichkeit eines heldenhaften Abgangs gar nicht in den Sinn.

»Holt sie dort raus. Wenn sie unverletzt geblieben sind, könnten sie uns lebend mehr nützen als tot«, hörte ich aus einiger Entfernung wieder jene Stimme, die mir bekannt vorkam. Im nächsten Augenblick wurde ich am Kragen gepackt, der Tropenhelm rutsche mir ins Gesicht, ein stechender Schmerz fuhr mir in Oberschenkel und Knie, so als bohrten sich alle spitzen Steine der Straßen zwischen Bagdad und Kirkuk in mein Fleisch. Dann wurde ich auf die Beine gestellt und mit dem Rücken gegen das heiße Blech des Lastwagens geworfen. »Mach ja keine falsche Bewegung!«, hörte ich jemanden sagen und spürte die Klinge eines Messers an meinem Hals. Jemand nahm mir die Waffe, meine Armbanduhr und den goldenen Ehering ab und durchsuchte meine Taschen. Das grelle Sonnenlicht blendete mich, und das Erste, was ich erkennen konnte, war Oberleutnant Berger, der mit weit aufgerissenen Augen auf dem Rücken in einer Blutlache lag, Omars massigen Körper, der vornüber auf den noch nicht montierten Ersatzreifen gefallen war, und August von Krafft, der mit einer klaffenden Wunde am Bauch und durchgeschnittener Kehle am Straßenrand lag.

Aus den Augenwinkeln konnte ich erkennen, wie ein Mann von einem Pferd absprang und auf uns zukam.

»Yusuf Ibrahim!«, rief Gerhard mit dumpfer Stimme. »Warum überrascht es mich nicht, dich hier und unter diesen Umständen wiederzutreffen?«

»Ich folge dem Weg des Goldes … Oder hast du gedacht, ich warte, bis du dein Versprechen einlöst und mir einen Sitz im Parlament verschaffst?«

»Du bist ein toter Mann, Yusuf! Das Deutsche Reich wird dir diesen Überfall nie verzeihen. Unsere Agenten werden nicht eher ruhen, als bis sie dich exekutiert haben.«

»Schon möglich, aber bis es so weit ist, wirst du schon einige Zeit im Jenseits auf mich gewartet haben.«

5

Yusuf trug wie bei unserem Treffen in Abu Hassans Hütte eine Dischdascha und eine Kaffija. Doch diesmal hatte er einen Patronengürtel um die Taille und ein Gewehr in der Hand. Seine Kumpane waren ein bunt zusammengewürfelter Haufen, Gestalten, denen ich in der sprichwörtlichen dunklen Gasse nicht allein begegnen wollte, auch wenn die Macht der Suggestion wahrscheinlich stärker war als die Realität. Entwaffnet, der Kaffijas, Dischdaschas und speckigen Jacken entkleidet, geschoren und frisiert und mit europäischer Kleidung versehen, hätte man auch diese Herren für Gentlemen halten können, zumindest dann, wenn man über die Narben, gebrochenen und in entstellter Form verheilten Nasen oder die faulenden oder zur Gänze fehlenden Zähne hinweggesehen hätte.

Ein Mann, dem all diese Attribute vergangener Auseinandersetzungen fehlten, war Saddam, der, wie ich bald erkannte, als Yusufs rechte Hand fungierte.

Saddam war ein junger Mann, höchstens Ende zwanzig, groß, hager, mit einem klassischen Profil und intelligenten Augen.

Unter anderen Umständen hätte ich ihn mir als römischen Centurio vorstellen können, während Bilal, offenbar die Nummer drei der Räuberbande, eher an eine orientalische Mischung aus Falstaff und Sancho Panza erinnerte.

Zu allererst jedoch registrierte ich die beiden toten Pferde, die, offensichtlich von den Kugeln unserer Kameraden getroffen, auf halbem Wege zwischen der Hügelkette und unserem Standort tot auf der Erde lagen. Bald erkannte ich, dass deren Reiter den Angriff ebenfalls nicht überlebt hatten. Die beiden Toten ließen mich die Rache der Banditen fürchten. Dass außerdem zwei von ihnen verletzt waren – einer davon lag stöhnend auf dem Boden und wurde von einem anderen verarztet –, machte die Sache noch schlimmer. Aber Yusufs Bande, etwa zwölf bis fünfzehn Männer, war mehr an ihrer Beute als an ihren verletzten Freunden interessiert.

»Was machen wir jetzt mit ihnen?«, fragte Saddam. »Soll ich die beiden Männer jetzt oder erst später erledigen?«

»Warte noch«, sagte Yusuf.

»Darf ich die Frau haben?«, fragte Bilal.

»Beherrsch dich! Wir haben wenig Zeit und noch einiges zu erledigen.«

Ich stand zwischen meinen beiden Leidensgenossen, Gerhard rechts, Pupperl links von mir. Gerhard lehnte gegen den Lastwagen und rührte sich nicht, während Pupperl wie damals nach dem Luftkampf in Apathie verfallen war. Das Messer war inzwischen von meiner Kehle entfernt worden. Aber ich hatte ohnehin nicht die Absicht zu fliehen.

»Wo ist das Gold?«, fragte Yusuf. Er trat an Gerhard heran, fasste ihn an den Schultern, schüttelte ihn, bis sein Kopf gegen das Blech des Lastwagens schlug.

»Such es doch.« Gerhard wirkte plötzlich wieder gefasst. »Vielleicht wirst du fündig. Unser Leben, alles, was wir besitzen und mitführen, und die ganze Wüste gehören dir.«

Yusufs Kumpane waren ohnehin schon dabei, unseren Wagen auszuräumen. Nun mag man es als ein Possenspiel ansehen, welches sich das Schicksal mit uns oder vielmehr mit unseren Angreifern erlaubt hatte, oder schlichtweg als Zufall betrachten, aber unsere Ladung bestand fast nur aus den persönlichen Habseligkeiten unserer Delegationsmitglieder. Unsere Waffen, die Munition, die Funkerausrüstung, Unterlagen, Wertgegenstände und das Gold war mit dem Gros unserer Gesandtschaft längst in den Norden unterwegs. Was Yusuf und seinen Kumpanen also in die Hände fiel, waren Anzüge, Hemden, Blusen, Unterwäsche, Schuhe, Sonnenhüte, Bücher, einige Aufzeichnungen privater Natur, Straßenkarten für den nichtmilitärischen Gebrauch, Stadtpläne von Bagdad, Mossul, Kirkuk, Kerbala, Basra, Samarra und von anderen, weniger bedeutenden Orten sowie Schminksachen und ein paar wenige Schmuckgegenstände unserer Damen, darunter hauptsächlich Halsketten und Ohrringe aus minder wertvollem Material. Das alles, insbesondere die Kleidung, ließ sich für einen anständigen Preis verkaufen, doch das Risiko und den Aufwand eines »Raids« mit zwei Toten und zwei Verletzten, wie ihn unsere Angreifer durchgeführt hatten, rechtfertigte diese Beute nicht. Mit Ausnahme der Bücher wurde sie trotzdem in die Tragtaschen der Pferde umgeladen, genauso wie unser Papiergeld, bei dem es sich allerdings um keinen allzu hohen Betrag handelte, die Waffen, die uns und unseren toten Kameraden abgenommen worden waren, Teile des Motors unseres Fahrzeugs sowie Außenspiegel und Scheinwerfer, die sich auf dem Schwarzmarkt wohl genauso verscherbeln ließen wie Grobbas weißer Galaanzug oder Kohlhaas' schwarz-weiße Straßenschuhe, die er nur dann trug, wenn er sich, was selten der Fall war, in Zivil zeigte. Fräulein Mathildes Parfümfläschchen mit dem berühmten Grobbabesänftigungsmittel *Duft von Neapel* ging in die Brüche, während die rosafarbene Unterhose dieser Dame zum Gaudium der ganzen Runde in die Höhe gehoben und geschwenkt wurde.

»Das ist alles?«, fragte Saddam enttäuscht. »Du hattest uns mehr versprochen, Yusuf.«

»Halt den Mund! Ich habe schon geraubt und gestohlen, als du noch an den Titten deiner Mama genuckelt hast«, schnauzte ihn dieser an. »Ich bin mir sicher, dass ein Teil des Goldschatzes der Deutschen hier irgendwo sein muss. Das spüre ich, und mein Gefühl hat mich in diesen Dingen noch nie betrogen.« Er packte Gerhard an der Kehle. »Wo ist das Gold?«, brüllte er. »Ich habe doch gesehen, dass du drüben bei den Steinen etwas versteckt hast. Was war es?«

»Gold«, gab Gerhard freimütig zu. »Kein ganzer Beutel, aber genug, um deine Leute damit versöhnlich zu stimmen.«

»Wo ist es? Zeig mir die Stelle!«, schrie Yusuf.

»Auf keinen Fall. Du bringst mich ja sowieso um. Such es doch selbst. Aber beeile dich. Jeden Augenblick kann eine britische Militärpatrouille auftauchen.«

»Soll ich ihn zum Reden bringen?«, fragte Saddam. »Mit welcher Kniescheibe soll ich anfangen?«

»Rühr mich ja nicht an«, sagte Gerhard. »Unter meiner Zunge liegt eine kleine gläserne Kapsel, gefüllt mit Zyankali. Für den Fall, dass du es nicht weißt: Das ist ein starkes Gift, das sofort tödlich wirkt. Wenn du mir Schmerzen zufügst, zerbeiße ich die Kapsel, und du wirst nie erfahren, wo sich das Gold befindet.«

Gerhard war wieder in seinem Element. Wenn es um Worte ging, war er ein großer Kämpfer, und das Spiel, das er jetzt spielte, erforderte mehr Mut, als ich ihm zugetraut hatte.

»Der lügt doch, dieser feige Hund!«, schrie Saddam. »Reißt ihm die Zunge heraus. Das ist alles nur ein Trick. Yusuf, lass dir von diesem Köter nicht ans Bein pinkeln. Ich schlage ihm die Zähne ein. Mal sehen, ob er sich wirklich umbringt.«

»Wenn du ihn mir überlässt, Yusuf, habe ich ihn so schnell bewusstlos geschlagen, dass er gar nicht die Zeit hat, etwas zu zerbeißen«, verkündete Bilal.

»Eine gute Idee«, sagte Saddam.

»Willst du's riskieren?« Gerhard mühte sich ein Grinsen ab. »Wenn du dich irrst, mögen deine Freunde ihre Enttäuschung an dir auslassen. Nur lebend und unversehrt bin ich dein Schlüssel zum Gold.«

Saddam zögerte. Es war ihm deutlich anzusehen, dass er Gerhard nicht glaubte, aber er wusste nicht, wie er sich zu verhalten hatte.

»Was ist mit dem da?«, fragte Bilal und zeigte auf mich. »Oder mit diesem Weib? Wann dürfen wir uns endlich mit ihr vergnügen?«

»Die wissen nichts«, erklärte Gerhard.

Das entsprach der Wahrheit. Ich hatte zwar gesehen, wie Gerhard die in sein Taschentuch eingewickelten Goldmünzen versteckt hatte, aber ich hätte beim besten Willen nicht mehr sagen können, in welcher Steinritze sie lagen.

Yusuf spuckte wütend auf den Boden. Dann packte er Gerhard wieder an den Schultern, ohne ihn aber diesmal zu schütteln. »Ich glaube dir kein Wort! Du hast kein Gift im Mund. Aber angenommen, ich steige auf dein Spiel ein: Welche Spielregeln schlägst du vor?«

»Du lässt uns laufen. Dafür bekommst du das Gold, die Ladung des Wagens und alle Wertsachen, die wir bei uns haben.«

»Wieso glaubst du, dass ich euch einfach gehen lasse?«

»Hast du denn nicht selbst gesagt, dass du ein Ehrenmann bist, Yusuf? Wolltest du nicht sogar Parlamentarier werden? Möchtest du vor deinen Leuten als Wortbrüchiger dastehen, so dass bald die ganze Welt weiß – Yusuf Ibrahim ist nichts weiter als ein Lump, ein ehrloser Straßenköter. Auf sein Wort ist kein Verlass. Jeder darf ihm ins Gesicht spucken. War dein Großvater nicht Beduine? Willst du Schande über deinen und seinen Namen und über deine Söhne, die du noch zu zeugen gewillt bist, bringen?«

Wieder staunte ich über Gerhards schamlosen Mut, der jenem

eines Pokerspielers glich, der alles, was er jemals besaß oder jemals besitzen würde, verloren hat und nun sein eigenes Leben und das seiner Freunde auf eine einzige Karte setzt. Yusuf war ein Bandit und ein Mörder, und es schien mir, gelinde gesagt, gewagt, an sein Ehrgefühl und seinen Stolz zu appellieren. Ich hegte also die mehr als berechtigte Befürchtung, die Geschichte würde schlecht ausgehen und Gerhards Wagemut uns alle in den Abgrund reißen, an dessen Rand wir jetzt standen. Andererseits war unsere Lage ohnehin hoffnungslos. Einen »schlechten Ausgang« konnte man demnach beinahe schon als Hoffnungsschimmer am Horizont betrachten, und da ich immer noch in einer für mich selbst kaum erklärbaren Art und Weise ruhig blieb und weder Yusuf noch die anderen Banditen mir bislang eine besondere Beachtung geschenkt hatten, fand ich mich in der Rolle eines scheinbar unbeteiligten Zuschauers ein – eine Illusion, der ich mich nur allzu gerne hingab.

Plötzlich wandte sich Yusuf an mich. »Was sagst du eigentlich zu alledem?«

»Meine Lage erlaubt es mir nicht, etwas zu sagen. Nimm Gerhards Angebot an oder lass es bleiben. Ob du dich an dein Wort hältst oder nicht, ist deine Entscheidung. Du hast die Macht über uns. Alles andere musst du mit dir selbst ausmachen. Mein eigenes Schicksal ist vorgezeichnet. Es liegt in Gottes Hand. Ich nehme es an, so wie es kommt.«

Von allen unnützen und wenig geistreichen Sätzen, die ich in meinem Leben gesagt oder zu Papier gebracht habe, war dies wahrscheinlich das oberflächlichste und nichtssagendste Gewäsch. Yusuf aber schien es zu gefallen. Er lachte, klatschte in die Hände und verkündete, indem er sich zuerst Gerhard und dann seinen Kumpanen zuwandte: »Er wurde mir als kluger Mensch vorgestellt, und siehe da, er ist es auch. Redet wie ein Staatsmann. Ein Satz schöner als der andere. Wenn ich einmal Parlamentarier bin, möchte ich genauso schöne Sätze formulieren.«

Die Mitglieder von Yusufs Bande lachten.

»Na gut, aber sag mir eines, Gerhard. Warum sprichst du denn nicht nur vom Gold, sondern auch von euren Wertsachen und von der Ladung dieses Wagens? Die Wertsachen und die Ladung haben wir doch schon erbeutet. Du bist ein Witzbold. Willst du uns etwas anbieten, was wir ohnehin schon besitzen?«

Darauf folgte abermals Gelächter.

»Willst du mich berauben, oder willst du mit mir Geschäfte machen, Yusuf? Natürlich kannst du den ganzen Kram einfach mitnehmen, uns umbringen und dann das Gold suchen. Vielleicht findest du es sogar. In zwei Stunden oder drei oder erst übermorgen oder gar nicht, und vielleicht kassieren dich die Briten, während du mit deinen Leuten die Wüste absuchst, oder deine Leute erschlagen dich, weil du ihnen mehr versprochen hast, als du halten kannst. Außerdem kommen unsere Kameraden sowieso bald zurück und schießen euch alle über den Haufen … Oder aber du machst mit mir ein Geschäft: unser Leben und unsere Freiheit für das Gold und alles andere, was von Rechts wegen uns gehört und was ich, als Sprecher unserer kleinen Gruppe, dir anzubieten gewillt bin. Bei einem ehrlichen Geschäft gelten andere Spielregeln als bei einem Raubzug. Hattest du mich nicht gebeten, ich solle dir meine Spielregeln nennen? Was du gestohlen hast, ist eigentlich noch in unserem Besitz. Wenn du etwas kaufst, musst du eben einen Preis dafür zahlen.«

»Was soll denn dieser ganze Unsinn?«, fiel ihm Saddam ins Wort. Er machte einen Schritt auf Gerhard zu. Mimik und Gestik waren deutlich. »Merkst du denn nicht, Yusuf, dass dieser schmutzige kleine Hund dich zum Narren hält? Wie viel Zeit sollen wir hier noch vertrödeln? Ich habe kein gutes Gefühl. Es stimmt übrigens, was er über die Briten sagt – sie können jeden Augenblick auftauchen. Überlass mir den Hundesohn für nur fünf Minuten, und er erzählt uns alles, was wir wissen wollen.«

Ich stand barhäuptig in der Nachmittagshitze und hätte jedes

Gold der Welt für einen Hut, eine Kaffija oder ein einfaches Taschentuch hergegeben, für einen Schluck Wasser, die Erlaubnis, mich zu setzen, oder für einen halben Quadratmeter Schatten. Der Schmerz in meinen Knien – Hunderte kleiner Maulwürfe, die sich durch mein Fleisch und tief hinein in meinen Körper gruben – wanderte hinauf zur ausgetrockneten Kehle und von dort zu den Augen, die in ein gigantisches, unentwegt feuerndes Kanonenrohr starrten, dessen weißlich gelbem Licht ich auch dann nicht zu enfliehen vermochte, wenn ich die Augen schloss.

Yusuf erklärte seinen Kumpanen, dass er sich »den Spaß nicht nehmen« lasse, dass er »jetzt erst auf den Geschmack« komme und das Spiel bis zum Schluss auszukosten gedenke. Die Ruhe komme von Gott, die Hast hingegen sei eine Erfindung des Teufels. Die Briten hätten erst die südlichen Vororte von Bagdad erreicht. Es werde einen ganzen Tag dauern, bis sie in dieser, in seiner, Yusufs, Gegend aufkreuzten. Im Augenblick sei er der Herrscher über diesen Abschnitt der Straße, und wenn dies jemandem nicht gefalle, solle er ihn beseitigen und selbst Anführer werden. Ob Saddam wirklich glaube, einer solchen Aufgabe gewachsen zu sein?

Saddam zog vor, dies nicht glauben zu wollen, und der Rest von Yusufs Gruppe war mit dem bisherigen Anführer zufrieden, was sogleich lautstark und überzeugend kundgetan wurde. Nachdem diese Frage geklärt war, wandte sich Yusuf wieder Gerhard zu.

»Ein kleiner Beutel mit Goldmünzen, Uhren, billige Halsketten, Automobilteile und ein paar Kisten mit Klamotten? Du bist kein ehrlicher Geschäftsmann, Gerhard. Dein Leben wird dir doch mehr wert sein als das! Ich glaube nicht, dass du dich selbst so geringschätzt. Nein, so, fürchte ich, kommen wir nicht ins Geschäft.«

»Willst du nun das Gold oder nicht?«

»Vielleicht verzichte ich darauf, nur um des Vergnügens willen, jemanden wie dich sterben zu sehen. Weißt du, wie man Hunde mit einer einzigen Kugel erschießt?«

Er richtete das Gewehr auf Gerhards Kopf.

»Hast du mir noch etwas zu sagen?«

Gerhard schaute verzweifelt in meine Richtung. Trotz meiner Augenschmerzen erkannte ich, dass sein Gesicht weiß geworden war, so als wäre er nur mehr ein Toter auf Urlaub. Aber ich konnte ihm nicht helfen. Ich war mir nicht einmal sicher, ob ich ihm tatsächlich helfen würde, wenn ich es könnte, und zuckte nur mit den Schultern, eine Geste, die dieser Situation wohl nicht ganz angemessen war.

»Was ist?«, fragte Yusuf und streichelte mit dem Zeigenfinger den Abzug. »Wenn ich es mir recht überlege, möchte ich lieber dein Blut als dein Gold sehen. Deine beiden Begleiter lasse ich dafür frei. Schade, dass wir keinen Photographen unter uns haben. Ich könnte ein Photo von dir machen, während du das Leben aushauchst, und es dann an irgendwen verkaufen. Du hast doch selbst gesagt, dass man mit toten Menschen auf Photographien eine große Wirkung erzielen kann.«

»Warte, warte, warte!«, winselte Gerhard und schluckte die Schweißperlen, die ihm von der Oberlippe in den Mund tropften. »Warte doch!«

»Warum?«

»Nimm die Frau!«

»Was?«

»Ja, nimm doch die Frau! Sie gehört dir. Ich habe gesehen, welch begehrliche Blicke du ihr zugeworfen hast. Eine europäische Frau und eine Deutsche noch dazu. Ist das kein besonderer Leckerbissen für dich?«

Yusuf ließ die Mündung des Gewehrs sinken.

»Gerhard, du bist ein wahrer Menschenfreund.«

»Das Gold, unser ganzer Kram und die Frau für mein Leben

und das meines Freundes. Ich denke, das ist ein faires Angebot. Was sagst du, kommen wir so ins Geschäft?«

Von Yusufs Kumpanen kam zustimmendes Gemurmel.

»Das wär' doch was!«, meinte Bilal. »Ich bin dafür.«

Yusuf taxierte Pupperl, sein Blick wanderte von ihren Lippen zu ihrer Brust und hinunter zu den Beinen. »Hmmm«, murmelte er nachdenklich.

»Was passiert jetzt?«, fragte Pupperl, die ihren anfänglichen Schock überwunden zu haben schien. Nervös schaute sie mal mich, mal Gerhard und dann Yusuf an, aber ich zog es vor, ihr keine Antwort zu geben.

»Sie hat eine schöne Stimme«, meinte Yusuf, »sonst aber … na ja …«

»Sieh sie dir doch an!«, ereiferte sich Gerhard. »Sieh doch, wie hübsch, wie frisch und unschuldig sie ist, eine Frau mit einer Haut weiß wie Elfenbein und Brüsten formvollendet wie Zuckermelonen …«

Yusuf brüllte vor Lachen, und mit ihm lachten alle seine Kumpane, und ob dieses Lärms begannen die Pferde zu wiehern, und es kam mir vor, als würden auch sie lachen und als wäre gerade diese Pferdeheiterkeit besonders ausgelassen und unmittelbar.

»Gerhard, an dir ist eine Puffmutter verlorengegangen.« Yusuf wischte sich die Tränen aus den Augen. »Komm, sprich weiter, ich habe mich selten so gut unterhalten.«

»Sie ist jung, intelligent, lernfähig, heiter, warmherzig, eine Seele von einem Menschen. Das alles ist aber nichts im Vergleich zu ihren Hüften! Nichts im Vergleich zu ihren Schenkeln! Sieh sie dir an, diese außergewöhnlichen Schenkel! Sie sind groß und mächtig wie die Säulen am Portal des irakischen Parlamentsgebäudes. Diese Frau wird dich glücklich machen. Sie ist etwas Besonderes, sogar der Prophet, gesegnet sei sein Name, hätte sie sofort geheiratet. Sie ist weich wie ein himmlisches Kissen und garantiert noch Jungfrau.«

»Übertreib's nicht!«, flüsterte ich auf Deutsch. Aber leider hörte mich Gerhard nicht oder wollte mich nicht hören.

»Ach so? Eine Jungfrau?« Yusuf machte einen freudig erregten Eindruck. »Woher weißt du das? Hast du es etwa nachgepfrüft? Was bist du denn, Arzt oder Hebamme?« Auf diese Worte folgte wieder eine Lachexplosion.

»Sie ist ein anständiges Mädchen. Noch unverheiratet. Hat nicht einmal einen Verlobten und kommt vom Land. Aus Österreich. Stockkonservativ und katholisch. Sie ist bestimmt noch Jungfrau. Für jemanden wie dich ist das doch etwas ganz Besonderes: eine Europäerin, die Jungfrau ist, und du, Yusuf Ibrahim, darfst der Erste sein.«

Ich versuchte, Gerhard so unauffällig wie möglich ein Zeichen zu geben, er solle schweigen, hatte aber wieder keinen Erfolg.

»Ihr redet doch nicht über mich?«, fragte Pupperl unruhig. »Redet ihr über mich? Sebastian, so sag doch etwas!« Es war das erste Mal seit jener Nacht, dass sie mich duzte. Am liebsten hätte ich in diesem Moment einen Hitzschlag erlitten, um nichts mehr hören und nichts mehr sehen zu müssen, aber mein Körper war noch nicht bereit, mir diesen Gefallen zu erfüllen. Ich lehnte gegen den Lastwagen. Es schien mir, als werde ich demnächst umfallen, aber ich blieb stehen und schwieg.

»Wenn sie keine Jungfrau ist, dann ist das Geschäft verfallen«, erklärte Yusuf. »Dann werde ich dich töten und sie wahrscheinlich auch und ihn …« Er wandte sich mir zu: »Du wirst mir verzeihen, Effendi, wenn ich dein Schicksal vorerst im Ungefähren lasse.« Und dann machte er zum großen Amusement seiner Kumpane eine Verbeugung, die ich automatisch und keineswegs bewusst mit einem Nicken des Kopfes beantwortete.

»Wenn ich von dir das Gold bekomme, und wenn sie tatsächlich noch Jungfrau ist, werden wir dich und deinen klugen Freund in einem der nächsten Dörfer laufen lassen, und ihr seht uns nie wieder.«

»Einverstanden«, sagte Gerhard, und das erste Mal in meinem Leben war ich geneigt, Sophokles darin recht zu geben, dass das größte Glück des Menschen darin bestehe, nicht geboren worden zu sein.

6

Yusuf fasste Fräulein Elfie am Ärmel und zog sie vom Lastwagen fort. Unter den ausgelassenen Zurufen seiner Kumpane umrundete er sie, er streichelte ihre Haare, ihr Gesicht, ihren Nacken, während sie sich kaum mehr auf den Beinen halten konnte. Ich aber schwieg, schwieg die ganze Zeit, weil ich nicht wusste, was ich sagen sollte, weil ich zu feige war, etwas zu sagen, und weil ich nicht klug und nicht geistreich und auch nicht schlau genug war, um einen rettenden Ausweg zu finden. Vielleicht hätte ich sofort ins Gespräch eingreifen sollen, als Gerhard Fräulein Elfies Jungfräulichkeit thematisierte. Ich aber hatte gezögert, weil ich mir nicht darüber im Klaren war, ob ein solches Vorgehen Fräulein Elfie, vor allem aber mir selbst nützen oder eher schaden würde. Während ich im Geiste noch alle Für und Wider abwägte, war die Entwicklung der Ereignisse schon so weit vorangeschritten, dass mein Eingreifen, wie ich glaubte, keinen Sinn mehr haben würde. Zu meiner Schande muss ich gestehen, dass mir im Zuge der intensiven Überlegungen, die ich in den nächsten Jahren über mein damaliges Verhalten anstellte, immer deutlicher wurde, dass meine Entscheidungen leider nicht rational, sondern eher emotional und persönlich gefärbt waren und dass sie in erster Linie der Angst davor geschuldet waren, die Aufmerksamkeit der Hauptpersonen in einem größeren Maße auf mich selbst zu lenken, nachdem ich bis dahin, wie schon gesagt, das Glück gehabt hatte, in diesem Drama nur die Rolle einer Nebenfigur zu spielen. Zu meiner Verteidigung könnte ich allenfalls vorbringen, dass nicht ich es war, der das Unglück verursacht und durch ein gewagtes Hazardspiel noch zugespitzt hatte, und dass die Stärke meiner Persönlichkeit sich bestimmt nicht in der Bewältigung von Extremsituationen wie jener, in die wir geraten waren, manifestiert. Ob es der optimale Zeitpunkt war, als ich später doch noch ins Geschehen eingriff, und ob die Art meiner Reaktion die richtige war, mag eine höhere Instanz als die menschliche beurteilen.

Während ich also noch über meine eigene Rolle nachdachte und weiterhin passive Zurückhaltung übte, hatte Yusuf Fräulein Elfie unter den immer lauter werdenen Zurufen seiner Kumpane, in denen sich ihre niederen Instinkte und Phantasien auf das Deutlichste manifestierten, wieder gegen den Lastwagen gelehnt.

»Willst du die Sache gleich hier und jetzt und vor aller Augen erledigen?«, fragte Gerhard.

»Für wen hältst du mich?«, rief Yusuf empört. »Zuerst holen wir das Gold, dann suchen wir ein sicheres Versteck, dann kommt das Vergnügen, und danach lasse ich euch frei. Im Augenblick betrachte ich sie nur.«

Yusufs Betrachtungen fanden weniger mit den Augen als mit den Fingern statt. Diese glitten von Elfies Gesicht hinunter zu ihrer Brust, ihrem Bauch und schließlich zu ihren Schenkeln. »Ich habe die Säulen des irakischen Parlamentsgebäudes nie genau betrachtet«, murmelte Yusuf. »Vielleicht war das ein Fehler.«

»Der Herr …«, hörte ich plötzlich Elfies Stimme.

Das erste Mal seit Beginn dieser erniedrigenden Inspektion hatte die junge Frau etwas gesagt. Bis dahin hatte sie alles scheinbar unbeteiligt über sich ergehen lassen.

»Der Herr ist mein Hirte, mir wird nichts mangeln.«

Elfie hatte die Augen geschlossen. Sie zitterte nicht mehr.

»Er weidet mich auf einer grünen Aue und führet mich zum frischen Wasser …«

»Was brabbelt sie denn da?«, fragte Yusuf.

»Ach, was Frauen eben so brabbeln, wenn sie aufgeregt sind«, erklärte Gerhard und zwinkerte Yusuf zu. »Du weißt doch, wie Frauen sind. Mal Verführerin, mal Heilige und dann wieder ein Klageweib, aber alles gewürzt mit Tonnen unnützer Worte, die wie Konfetti auf dich niedergehen und überall an der Haut kleben bleiben.«

»Er erquicket meine Seele und führet mich auf rechter Straße um seines Namens willen ...«

»Ihr wird das Klagen und Brabbeln schon vergehen.«

Yusuf packte Fräulein Elfie am Oberarm.

»Und ob ich schon wanderte im finsteren Tal, fürchte ich kein Unglück; denn du bist bei mir ...« Immer lauter und fester wurde Elfies Stimme. Sie vermochte sogar das Gejohle von Yusufs Kumpanen zu übertönen, welches aber auf einmal leiser und leiser wurde.

Dies war der Moment, als ich das einzige Mal im Laufe dieser tragischen Ereignisse meine Passivität zu überwinden vermochte. Mit einer Vehemenz, von der ich selbst nie vermutet hatte, dass sie in mir verborgen lag, schrie ich: »Lass sie doch wenigstens zu Ende beten! Hörst du denn nicht, dass sie betet? Erschieß mich oder jag mich nackt in die Wüste, aber lass sie zu Ende beten!«

»... dein Stecken und Stab trösten mich ...«

Yusuf ließ Elfies Arm los. »Erschießen«, murmelte er nachdenklich.

»Du bereitest vor mir einen Tisch im Angesicht meiner Feinde ...«

»Was ist das für ein Gebet?«, fragte Saddam. »Ist das überhaupt ein Gebet, oder ist das irgendeine geheime Botschaft? Ich habe kein gutes Gefühl dabei.«

»Du!«, sagte Yusuf und zeigte mit dem Finger auf mich. »Ja du! Du wirst für mich übersetzen.«

»Das Gebet?«

»Das Gebet interessiert mich nicht. Ich möchte der Frau etwas sagen.«

»Du salbest mein Haupt mit Öl und schenkest mir voll ein …«

»Ich lasse sie ins nächste Dorf bringen und setze sie vor dem Haus des Bürgermeisters ab. Niemand von uns wird ihr ein Haar krümmen. Dann mag sie selbst schauen, wie sie mit den Dorfbewohnern und den Briten zurechtkommt.«

»Gutes und Barmherzigkeit werden mir folgen mein Leben lang …«

»Fräulein Elfie …«

»… und ich werde bleiben im Hause des Herrn immerdar.«

»Sadik, Ali, ihr werdet sie ins Dorf bringen, und wehe, ihr vergreift euch an ihr! Ihr wisst, dass ich es herausfinden werde.«

Ein Raunen der Enttäuschung ging durch die Runde. Er solle das Mädchen den anderen überlassen, wenn er es selbst nicht haben wolle, hieß es. Es sei unvernünftig, etwas Wertvolles, das einem zugefallen sei, wieder wegzugeben. Das Glück sei eifersüchtig wie eine böse Ehefrau. Betrügt man es, rächt es sich durch Launenhaftigkeit und Verweigerung. Es gäbe Menschen, die für eine junge Europäerin mehr bezahlen würden als für ein Rassepferd. Bilal erwähnte einen Scheich mit Kontakten nach Saudi-Arabien. Aber Yusuf hatte seine Entscheidung getroffen. Das Denken in Hierarchien war bei Straßenräubern nicht minder ausgeprägt als bei den führenden Mitgliedern der Oberschicht, die ich in Raschid Alis Villa kennengelernt hatte. Die Leute murrten, aber niemand wagte es, sich offen aufzulehnen.

»Was? Du verzichtest auf die Frau?«, fragte Gerhard. Verwirrung und Nervosität waren ihm anzuhören, aber den spöttischen Unterton konnte er nicht unterdrücken. »Sehr edel von dir. Ich wusste nicht, dass du eine sentimentale Ader hast, Yusuf. Wenn du so weitermachst, wirst du noch zum Retter von Witwen und Waisen, und ich bin geneigt, dich im Bericht an meine Vorgesetzten lobend zu erwähnen. Es könnte sein, dass unsere Agenten daraufhin verzichten, Jagd auf dich zu machen.«

»Sei still!«, schrie ich. »Warum kannst du nicht die Klappe halten? Deine Logorrhö stürzt uns ins Verderben.« Am liebsten hätte ich die Hand ausgestreckt und ihm den Mund zugehalten.

»Wenn du kein deutscher Diplomat, sondern einer von uns wärst«, sagte Yusuf und ging auf Gerhard zu, bis er dicht vor ihm stand, »könnte ich der Versuchung nachgeben, dich in meine Gruppe aufzunehmen. Bei den zahlreichen Unternehmungen, die ich in meinem Leben durchgeführt habe, habe ich schon einige Komplizen gehabt, die dir sehr ähnlich waren. Ich bin, wie du weißt, ein Hurensohn, und Hurensöhne können sich ihre Gefährten nur selten aussuchen. Aber ich kann entscheiden, mit wem ich Geschäfte mache, denn ein Geschäft beruht auf gegenseitigem Respekt, und mit jemandem wie dir, Gerhard, mache ich keine Geschäfte.« Nach diesen Worten hob er sein Gewehr, zielte auf Gerhards Kopf und drückte ab.

7

Ich wandere durch ein finsteres Tal und finde keinen Weg, der mich hinausführt. Wohin ich mich auch wende, überall nur Finsternis. Weit über mir, wo die Berggipfel sich zu berühren scheinen, kann ich ein schwaches Tageslicht erkennen, aber ich sehe keine Möglichkeit, dorthin zu gelangen. Was gäbe ich nur für einen Schluck Wasser, aber es gibt niemanden, der meine Seele erquickt, und der Stab, der auf mich niederfährt, tröstet mich nicht, sondern schlägt hart auf mein Haupt ein, bis die Berggipfel auseinanderklaffen und verschwinden und die Sonne mir wie ein Schlag ins Gesicht fällt.

Als ich zu mir kam, lag ich auf dem Rücken. Ein Stab (oder

war es eine Schuhspitze?) bewegte meinen Kopf, und mein Gesicht war noch feucht von Gerhards Blut.

»Der lebt noch«, hörte ich Saddams Stimme. »Soll ich ihn erledigen?«

»Du wirst noch mehrmals Gelegenheit haben, jemanden zu erledigen, Saddam, wenn nicht vorher jemand dich erledigt. Gönn dir eine Pause. Ein Messer, das man zu oft benutzt, wird schnell stumpf. Nimm dir Zeit, um es zu schleifen.« Yasin und Bilal hoben mich hoch. Die meisten ihrer Gefährten hatten ihre Pferde bestiegen und warteten auf das Zeichen zum Aufbruch. Pupperl hatte man schon fortgebracht. Einige Augenblicke später kehrte die Erinnerung zurück: Pupperls Kreischen, das aufgeregte Geschrei von Yusufs Kumpanen, Saddams weit aufgerissene Augen und Gerhards Gehirnmasse, die mir ins Gesicht spritzte. Was danach geschah, weiß ich nicht. Ich kann nicht sagen, wie lange ich ohne Bewusstsein gewesen war, aber ich hatte das Gefühl, dass mich nur wenige Minuten vom Tod trennten.

»Kannst du stehen?«, fragte Yusuf.

»Wasser!«, bettelte ich. »Nur einen Schluck.«

Yusuf reichte mir einen Schlauch mit Wasser, einen länglichen Behälter aus Ziegenleder, und ich griff gierig danach. Keine Limonade, kein Eistee, kein Wein oder Champagner und kein Bier der Welt hatten mir jemals so gut geschmeckt wie dieses warme, abgestandene Wasser, das schweißig schmeckte und nach altem Leder roch.

Dann riss mir Yusuf den Schlauch wieder aus der Hand. »Hattest du nicht gesagt, ich dürfe dich erschießen oder nackt in die Wüste jagen?«

Ich nickte.

»Worauf wartest du dann noch? Zieh dich aus!« Yusuf grinste.

»Wenn ich noch etwas sagen dürfte …«

»Du darfst nicht. Oder willst du lieber erschossen werden?«

Ich beeilte mich, Yusufs Befehlen nachzukommen, obwohl

der Tod durch Erschießen bestimmt weniger qualvoll war, als in dieser Wüsten- und Steppenlandschaft an Durst und Entkräftung zu sterben. Aber mein Überlebenstrieb war stärker als meine Vernunft.

»Was soll das?«, fragte mich Yusuf. »Schämst du dich für dein armseliges Ding so sehr, dass du es nicht herzeigen möchtest?«

Bereitwillig nahm ich das Gekicher und die dummen Witze auf mich und zog die Unterhose aus.

»Darf ich wenigstens die Schuhe wieder anziehen?«, stammelte ich.

Yusuf richtete das Gewehr auf mich.

»Lauf!«, schrie er. »Lauf, bevor ich es mir anders überlege!«

Aber ich konnte nicht rennen, ich konnte nicht einmal gehen, sondern hinkte davon.

»Schneller!«, hörte ich Yusufs Stimme hinter meinem Rücken. Mit letzter Kraft beschleunigte ich den Schritt. Noch zehn Schritte, beschloss ich, noch fünf, noch zwei. Ich hörte das Trampeln von Hufen und die schrillen Schreie der Männer, die ihre Pferde antrieben. Ich drehte mich um, sah eine Wolke aus Staub und Sand und ließ mich fallen.

Nur zu gerne wäre ich davongedriftet, hätte mich dem süßen Schlummer der Ohnmacht und des Vergessens hingegeben, wäre in der Sonne dahingeschmolzen, hätte mich aufgelöst. Aber noch war der Überlebenswille stark genug. In das Schicksal, meine irdische Existenz als Futter für aasfressende Vögel zu beenden, wollte ich mich nicht fügen. Also vermied ich es, die Augen zu schließen, quälte mich wieder empor und ging, ohne den Wunden, die meine Fußsohlen durch dorniges Gestrüpp, spitze Steine und kochend heißen Sand erlitten, Beachtung zu schenken, zurück zum Lastwagen. Hätte ich nur einen Gedanken an meine Füße verschwendet, wäre ich wahrscheinlich sofort umgefallen.

Der Lastwagen – mit offener Motorhaube, offenen Türen und

zerschossenen Reifen, ausgeweidet wie ein Tier – und meine toten Kameraden, deren Körper nun von Tausenden von Fliegen und anderen Insekten umschwirrt und belagert wurden, boten in dieser kargen und plötzlich gespenstisch leeren Landschaft einen derart grauenerregenden Anblick, dass ich mir für einen Moment beinahe die Rückkehr der Räuberbande wünschte, nur um nicht an dieser Stätte als einzig Lebender zurückbleiben zu müssen. Der Verwesungsprozess der Leichen war schon im Gange und der Geruch demzufolge kaum zu ertragen. Die klaffenden Wunden, die Augen und Münder der Ermordeten hatten die meisten Fliegen angezogen, so dass diese Stellen pechschwarz oder schimmrig grün zu sein schienen. Mein Entsetzen wurde noch größer, als ich feststellte, dass Yusuf meine Kleidung genauso mitgenommen hatte wie unsere Wasservorräte und die einzige mit Wasser gefüllte Feldflasche dem getöteten Diplomaten August von Krafft um den Hals hing. Um sie an mich zu nehmen, musste ich erst die Insekten verscheuchen und die Leiche drehen. Noch viel schlimmer als das war die Erkenntnis, dass ich meine Kameraden oder zumindest einen von ihnen entkleiden musste, wollte ich nicht innerhalb der nächsten halben Stunde an einem Hitzschlag oder einer anderen Folge der direkten Sonneneinstrahlung auf meinen nackten Körper sterben. Allerdings hatten die Banditen ihr Handwerk sehr gewissenhaft ausgeführt und alle Kleidungsstücke, die den Kampf unversehrt überstanden hatten, mit Ausnahme der Unterwäsche, und außerdem alle Schuhe mitgenommen. Es kostete mich viel Überwindung, um Gerhards Unterhose und Socken, Oberleutnant Bergers zerfetzte, blutige Khaki-Uniform und August von Kraffts Hut, der von Pferdehufen zetrampelt im Staub lag, an mich zu nehmen und anzuziehen. Derart angekleidet, verletzt, mit sonnenverbrannter Stirn und dem Schmutz auf meinen Wangen und meinem Kinn hätte ich durch mein Aussehen jedem Kind und wohl so manchem Erwachsenen einen Schock fürs Leben versetzt. Dass sich die Insekten nun auch auf meinem Körper niederließen, erinnerte mich daran, dass ich meinen Kameraden bald in eine andere Welt folgen würde. So sehr mich der Schatten unseres Lastwagens lockte, wusste ich dennoch, dass ich auf der Straße bleiben sollte, wollte ich, wenn das Schicksal sich meiner erbarmte, von jemandem in dieser gottverlassenen Gegend entdeckt und vielleicht sogar gerettet werden. An einen Fußmarsch ins nächste Dorf war in meinem Zustand jedenfalls nicht zu denken. Ich fand ein Fleckchen Erde im Schatten unseres Fahrzeuges, das nicht mit Blut, Gehirnmasse, Exkrementen oder Erbrochenem verunreinigt war, setzte mich und wartete.

Ich weiß nicht mehr, wie lange ich da gesessen habe, ob ich zeitweilig das Bewusstsein verloren hatte oder die grauenerregenden Gestalten, die ich wahrnahm, nur die Folge einer Fata Morgana gewesen waren. Schließlich wurde der Gestank derart unerträglich, dass ich wohl oder übel den Entschluss fassen musste, mich von diesem Ort fortzubewegen. Außerdem bereitete mir die Gegenwart großer schwarzer Vögel – ob sie real oder eingebildet waren, kann ich nicht sagen – einige Sorgen. Ich befürchtete, dass der Leichengestank noch weitere, weitaus unangenehmere Lebewesen anlocken könnte. Also schleppte ich mich die Straße entlang in jene Richtung, in der ich das Dorf vermutete. Noch heute staune ich, dass ich die Kraft dazu aufbrachte. Als ich im Schatten einer Dattelpalme zusammenbrach, war es Abend geworden, und als es Nacht wurde, hatte ich mit dem Leben abgeschlossen. Das Letzte, woran ich dachte, waren meine Kinder. Ich dachte, dass sie nun, wie viele andere in diesem Krieg, als Waisen aufwachsen müssten.

An der Pforte zum Schattenreich treffe ich Gerhard. Er hält seinen zerschossenen Kopf unter dem Arm und erklärt mir empört, man lasse ihn nicht auf die Wolke für privilegierte Kriegstote. Dabei sei er doch für sein Vaterland gestorben. Ich solle für ihn bürgen.

Wie soll ich das tun, ohne einen Meineid schwören zu müssen?, frage ich ihn.

Ach komm, sagt er, was kosten dich die paar Worte. Du bist geizig wie ein Jud. Lass mich nicht im Regen stehen.

Ein Regen!, rufe ich. Was für eine wunderbare Vorstellung! Je stärker, desto besser. Was ist schon das ganze Gold der Welt wert gegen einen Tropfen Wasser! Kaum habe ich diesen Wunsch ausgesprochen, regnet es plötzlich auf mich herunter, so als hätte eine unsichtbare Hand den Zauberstab geschwungen und mich erlöst. Ich öffne den Mund, um die Regentropfen einzufangen, und – als Folge eines weiteren wundersamen Zaubers – ändern die Tropfen ihre Richtung und fließen mir zu, vereinen sich zu einem dünnen Strahl und holen mich von der Schwelle des Schattenreiches, die ich schon überschritten zu haben glaubte, zurück ins Leben.

»Nicht so gierig, Kamerad. Sonst wirst du als beinahe Verdursteter noch ertrinken.«

Ich liege auf dem Rücken, ein Uniformierter stützt mit der linken Hand meinen Kopf und hält mir mit der rechten eine Wasserflasche an den Mund.

»Was bist du? Deutscher? Italiener?«

»I surrender«, flüstere ich.

»Das brauchst du nicht, jedenfalls nicht vor mir«, erklärt er. »Wie gerne hätte ich diese Worte schon am ersten Kriegstag gesagt, und nun bin ich der Einzige, der von meiner Kompanie noch übrig ist.«

8

Nadir war Korporal der irakischen Armee. Seine Einheit, die ursprünglich westlich von Bagdad stationiert gewesen war, hatte nach dem Zusammenbruch der irakischen Verteidigungslinien bei Falludscha und einigen Feindberührungen den Rückzug in Richtung Nordosten angetreten. Bald war die Befehlskette unterbrochen. Die Einheit fand sich isoliert in einem Abschnitt nördlich von Bagdad wieder und löste sich, nachdem das Kriegsende absehbar wurde, durch die immer häufiger werdenden Desertionen sukzessive von selbst auf. Der letzte Befehl, den Nadir am Vortag erhalten hatte, war, die Soldaten eines Außenpostens abzuholen und ins Dorf, wo sich der Stab der Kompanie befand, zurückzubringen. Das einzige noch einsatzfähige Fahrzeug war ein Lastwagen mit offener Ladefläche. Nadir fuhr los, fand aber statt des Außenpostens nur einen Schützengraben, in dem ein paar leere Konservendosen lagen. Die Männer hatten sich schon selbst den Marschbefehl erteilt. Als Nadir ins Dorf zurückkehrte, war der Kompaniestab ebenfalls verschwunden. Der Bürgermeister teilte Nadir mit, die Offiziere hätten »einen taktischen Ortswechsel« vorgenommen, von dessen Ziel und taktischem Nutzen er allerdings keine Ahnung habe. Da die Offiziere für Nadir keine weiteren Befehle hinterlassen hatten, beschloss dieser, nach Bagdad zu fahren, erstens, weil sich dort die Stammkaserne seiner Kompanie befand, zweitens, weil dort seine Tante mit ihrer Familie wohnte, und drittens, weil er sich genauso gut in Bagdad wie anderswo den Briten ergeben konnte. Er war im Morgengrauen losgefahren, hatte keine halbe Stunde später unser ausgeräumtes Fahrzeug und die Leichen passiert, war beunruhigt aufs Gaspedal gestiegen, bis er linkerhand hinter der Hügelkette am Rande der Dattelplantage einen Mann entdeckte, der sich am Boden wälzte und schrie. Zuerst wollte er weiterfahren, denn es war nicht auszuschließen, dass er in einen Hinterhalt geraten war. Schließlich aber siegte sein Mitleid über die Angst, und er hielt an. Das rettete mir das Leben.

»Ja, das Räuberunwesen, das hat noch niemand in den Griff bekommen«, sinnierte Nadir, während ich das trockene Fladenbrot verschlang, das er mir gegeben hatte. »Panarabisten, irakische Nationalisten, Freunde oder Feinde der Briten, es bleibt trotzdem alles beim Alten. Die Scheichs pressen die Leute aus, und die Banditen überfallen sie, nur dass das eine legal ist und das andere ein Verbrechen. Aber Raub ist Raub. Es gibt Leute, die das alles ändern wollen, aber wenn sie's geändert haben, bleibt es letztlich immer gleich. Nur die Herren heißen anders und wollen anders bezeichnet werden.«

»Mhm«, murmelte ich. Selten hatte mir ein Mahl so gut geschmeckt wie dieses.

Wir rasten in einem atemberaubenden Tempo auf Bagdad zu. Die irakischen Fahrer kannten nur zwei Geschwindigkeitsbereiche, jenen unter zwanzig und den über hundert Stundenkilometern, andere Geschwindigkeiten lagen unter ihrer Würde. Nadirs halsbrecherische Manöver ließen mich befürchten, dass ich nur deshalb Yusufs Überfall und die vielen Stunden in der Wüste überlebt hatte, um bei einem simplen Autounfall zu sterben. Selbstverständlich stand es mir aber nicht zu, meinen Retter zu einer vorsichtigeren Fahrweise zu ermahnen.

»Was hast du jetzt vor, Kamerad?«, wollte Nadir wissen.

Die Frage war in der Tat berechtigt, nur dass ich mir darüber noch keine Gedanken gemacht hatte. In der irakischen Kaserne auf das Eintreffen der Briten zu warten, wäre eine logische Alternative. Entschiede ich mich dafür, würde mir niemand einen Vorwurf machen, auch dann nicht, wenn dieser Krieg uns doch noch zu einem Endsieg führen sollte. Andererseits widerstrebte es mir, nun da ich wieder klar denken konnte, tatenlos und ohne den geringsten, wenn auch nur symbolischen Versuch der Flucht auf meine Festnahme zu warten. Da aber waghalsige Aktionen meine Sache nicht waren und ich glaubte, ohnehin schon genug erlebt und durchlitten zu haben, entschloss ich mich für einen Kompromiss. Der einzige Mensch, dem ich in Bagdad vertraute und dem ich uneingeschränkt Sympathie entgegenbrachte, war Karim Hakim, mein Verbindungsmann zu Canaris. Natürlich wusste ich nicht, ob sich Karim noch in der Stadt aufhielt oder zusammen mit den Vertretern des gestürzten Regimes ins Ausland geflüchtet war. Dennoch nannte ich Nadir seinen Namen und seine Adresse. Der hilfsbereite Korporal war sofort bereit, mich vor Karims Haus abzusetzen. Der kleine Umweg würde jetzt, da alles zusammenbricht, nichts ändern und niemandem schaden. Karim Hakim würde womöglich eigene Kanäle haben, um mich mit Hilfe der Abwehr außer Landes zu bringen. So könnte ich, unseren Endsieg vorausgesetzt, später gegenüber meinen Vorgesetzten, widrigstenfalls auch gegenüber der Gestapo, glaubhaft machen können, das Menschenmögliche getan zu haben, um mich der Kriegsgefangenschaft zu entziehen.

Nadir wählte einen anderen Weg als jenen, auf dem ich am Vortag in den Norden unterwegs gewesen war. Es handelte sich um eine breite und gerade Schotterpiste, die seltsamerweise auf keiner Karte verzeichnet war. Dabei kamen wir durch ein kleines Dorf, eigentlich einen Weiler mit zehn, höchstens fünfzehn Häusern aus Lehm und einer winzigen Moschee mit einem vier oder fünf Meter hohen Minarett. Von den Dorfbewohnern sah ich im Vorbeifahren niemanden außer ein paar Ziegen. Die Menschen waren auf den Feldern oder hatten sich in ihre Häuser zurückgezogen. Was ich aber sah, war ein weißes Laken, das von der Spitze des Minaretts verkündete, dass das Dörfchen für jeden kampflos zu haben war, der auf die wenig geistreiche Idee kommen sollte, es zu besetzen.

Kurz nachdem wir das Dorf passiert hatten, verdunkelte sich der Himmel plötzlich. Ein dichter Aschenregen ging auf uns nieder, bedeckte die Landschaft, ließ Bäume und Steine unter einer

Schicht aus Teer und Staub verschwinden, drang in die Fahrerkabine, verklebte mein Gesicht und bald meinen ganzen Körper, bis ich mich nicht rühren konnte und nur noch zu stammeln vermochte: »Was ist das? Wo kommt diese ganze Asche her und diese Dunkelheit?«

»Was für Asche? Welche Dunkelheit, Kamerad?«

Was danach geschah, weiß ich nicht mehr. Ich weiß nicht mehr, welche Geister mir im Delirium dieser neuerlichen Ohnmacht erschienen, und ich weiß nicht mehr, was mir Nadir zugeschrien, wie er mich geschüttelt und mir Wasser über den Kopf gegossen und schließlich den Wagen gewendet hat.

Als ich wieder zu mir kam, spürte ich das Sonnenlicht auf meinem Gesicht. Es kostete mich einige Zeit, bis ich erkannte, dass es durch ein schmales Fenster fiel und dass ich entkleidet auf einer harten Matratze in einem kleinen Zimmer lag, in dem ein Schrank und ein paar Truhen standen, das ansonsten aber eher karg eingerichtet war. Doch in diesem Augenblick machte ich mir nicht allzu viele Gedanken darüber, wo ich mich befand, sondern vielmehr wie ich meinen schier unerträglichen Durst und meinen starken Hunger stillen könnte. Auf einer der Truhen lag eine Dischdascha, die ich mir überzog, bevor ich, immer noch im Unklaren darüber, ob ich mich bei Freunden oder bei Feinden aufhielt, zur Tür schwankte. Diese war unverschlossen, was ich als gutes Zeichen deutete. Ich gelangte in einen größeren Raum, auf dessen Boden ein rot-weiß gemusterter Teppich lag. Ich war viel zu benommen, um weitere Details zu erkennen, und ich brauchte eine gute halbe Minute, um die einzige Person im Raum wahrzunehmen – einen älteren Mann etwa Mitte sechzig, der auf dem Boden hockte und eine Mahlzeit zu sich nahm. Es handelte sich, das weiß ich noch genau, um Bez Terma, eine Art Omelett mit Hackfleisch, das im Irak meist zum Frühstück gegessen wird. Es roch so verführerisch, dass ich mich beinahe dazugesetzt und mitgegessen hätte, ohne auf die Einladung zu warten. Diese erfolgte aber ohnehin prompt, denn der Mann wies mit der Hand auf einen Teller, der offensichtlich schon für mich bereitgestellt worden war, auf einen Krug mit Wasser und ein Glas und sagte mit einer schrillen, aber nicht unfreundlichen Stimme, die trotzdem wie ein Befehl klang: »Kommen Sie, mein Herr. Setzen Sie sich. Meine Frau wusste, dass Sie heute aufwachen werden, und hat deshalb schon alles für Sie zubereitet. Trinken Sie zuerst ein Glas Wasser. Sie müssen wieder zu Kräften kommen. Nun setzen Sie sich doch! Da ist Ihr Platz. Sie sind Gast in diesem Haus.«

»Heute?«, fragte ich verblüfft. »Wie lange habe ich denn geschlafen?«

»Schlaf? Das war kein Schlaf. Das war ein Kampf gegen den Satan, und zwar einer von der heftigeren Sorte. Vor zwei Tagen hat der Herr Korporal Sie zu uns gebracht.«

»Vor zwei Tagen?«, schrie ich. »Aber die Engländer!?«

»Die sind immer noch nicht eingetroffen. Entweder haben sie Besseres zu tun, oder sie haben einfach unser Dorf vergessen.«

»Ich möchte mich bei Ihnen bedanken …«

»Nun trinken Sie doch was, sonst fallen Sie um, und meine Frau muss sich zwei weitere Tage um Sie kümmern.«

Während ich gierig die Bez Terma verschlang, erfuhr ich, dass ich mich in jenem kleinen Dorf befand, in dem ich kurz vor meinem Zusammenbruch die weiße Fahne auf dem Minarett gesehen hatte. Das Haus, das mich beherbergte, gehörte einer Familie, deren Sohn im Krieg gefallen war. Er hatte in derselben Einheit wie Nadir gedient, und so hatten es diese freundlichen Menschen als ihre Pflicht angesehen, den Korporal und seinen »schwerkranken deutschen Kameraden« bei sich aufzunehmen. Der alte Mann hieß Abu Nagib und war der Großvater des getöteten Soldaten. Seine Frau hatte an meinem Bett gewacht, sie hatte mich gewaschen, sie hatte mir Medizin »nach einem altbewährten Rezept« verabreicht, wenn ich ab und zu aus meinem fiebrigen Wahn aufwachte und für kurze Zeit zur Besinnung kam – woran ich mich nachträglich nicht mehr erinnern konnte –, und sie hatte mein schweißtriefendes Gesicht abgetrocknet, wenn der Satan wieder einmal nahe daran war, die Oberhand zu gewinnen und Besitz von mir zu ergreifen. Ich wusste nicht, wie ich mich bei ihr bedanken oder ihr die Mühe vergelten sollte, aber ich bekam Umm Nagib ohnehin nicht zu Gesicht. Männer und Frauen nahmen die Mahlzeiten getrennt ein, und in der Aufregung, die bald folgen sollte, zog sie es vor, sich nicht zu zeigen. Ich hatte nicht einmal die Gelegenheit, mich länger als für die Dauer des Frühstücks mit Abu Nagib zu unterhalten, denn keine zehn Minuten nachdem ich zur Besinnung gekommen war, schaute ein Kind durch das Fenster, sah mich und lief mit einem Triumphgeheul davon. So erfuhr das ganze Dorf von meiner Genesung. Die Hütte füllte sich mit neugierigen Nachbarn, meist Kindern und älteren Leuten, die schon zu schwach waren, um auf den Feldern zu arbeiten, oder es sich erlauben konnten, ihr Tagwerk zu unterbrechen. Schließlich kam Nagib selbst, der älteste Sohn von Abu Nagib, es erschienen seine Brüder und seine Söhne, bis im Zimmer für die Anwesenden kein Platz mehr war und wir uns alle ins Freie begaben. Ich wurde mit Fragen überhäuft und erzählte meine Geschichte mehrere Male in einer etwas entschärften, für Kinderohren geeigneten Version.

Am meisten aber staunte ich, als plötzlich Nadir in einer frischgeputzten Uniform und sichtlich zufrieden mit sich selbst und der Welt auf mich zukam.

»Du hier?«, fragte ich. »Warum bist du denn nicht weitergefahren?«

»Was denkst du von mir, Kamerad?«, rief er empört. »Soll ich dich gerettet haben, nur um dich dann auf halbem Weg zurückzulassen? Soll ich mir, wenn ich dereinst vor meinem Richter stehe, sagen lassen, Nadir mache halbe Sachen?« Diese Worte machten auf unsere Gastgeber Eindruck. Sie nickten oder murmelten zustimmend. Nadir aber zwinkerte mir zu und sagte halblaut: »Außerdem wollte ich nicht noch im letzten Moment in den Kampf für eine Sache geschickt werden, die ohnehin schon verloren ist. Inzwischen sollen Raschid Ali und seine Regierung geflüchtet und der Regent Abd al-Illah nach Bagdad zurückgekehrt sein.«

»Der Krieg ist also endgültig vorbei?«

»Was fragst du mich?« Er zog eine Grimasse und hob in einer demonstrativen Geste die Hände entschuldigend in die Höhe. »Ich bin nur ein kleiner Korporal. Ich erfahre als Letzter, wie die Dinge wirklich stehen. Oder hast du jemals gehört, dass Korporale, Gefreite oder Sergeanten Kriege beginnen oder beenden?«

»Mir fiele da schon einer ein«, murmelte ich.

9

Gerne hätte ich mehr über meine freundlichen Gastgeber erzählt sowie das Dorf und seine Bewohner ausführlicher beschrieben, doch meine geschwächte körperliche Verfassung nach zwei Tagen Ohnmacht und Fieber hatte mich in einen seltsam hybriden Zustand zwischen Wachsein und Schlaf versetzt, der für eine kurze Zeit, bevor die Ermüdung sich des Körpers wieder bemächtigt, als durchaus angenehm erlebt wird. Auch wenn ich damals gewiss eine einigermaßen vernünftige Unterhaltung führen konnte und das eine oder andere wahrzunehmen imstande war, so hat mir mein Gedächtnis insofern einen Streich gespielt, als ich mich nachher kaum mehr an die wenigen Stunden erinnern konnte, die ich an jenem 1. Juni 1941 noch an jenem Ort zugebracht hatte. Was ich mit Sicherheit sagen kann, ist, dass Nadirs Lastwagen fahrtauglich war und wir demzufolge, mit guten Wünschen, Segenssprüchen sowie Wasser und Lebensmitteln ausgestattet, am Nachmittag Richtung Bagdad aufbrachen. Da ich die Gefahr, als Spion verhaftet und erschossen zu werden, noch etwas höher einschätzte als zwei Tage zuvor, zog ich es vor, meine schmutzige und zerfetzte deutsche Uniform wieder anzuziehen. Nur August von Kraffts Hut hatte ich gegen eine alte irakische Militärmütze, die mir jemand im Dorf mit auf die Reise gegeben hatte, eingetauscht.

Noch bevor wir die Vororte der Großstadt erreicht hatten, sahen wir Rauchschwaden am Horizont.

»Die Engländer werden doch nicht immer noch bombardieren?«, wunderte ich mich. »Oder wird etwa in der Stadt selbst gekämpft?«

»Das sind nicht die Engländer«, meinte Nadir. »Das sind meine Landsleute. Sie sind wie Hunde. Sie brauchen einen Herrn, der sie ständig abrichtet und an der kurzen Leine hält. Ist der Herr abwesend, beißen sie einander tot.«

Dieses Gleichnis verhieß wenig Gutes. Mein Gefühl des Unbehagens stieg von Minute zu Minute, aber wir hatten keine andere Wahl, als quer durch die Stadt zu fahren, wenn wir zu Karim Hakims Villa gelangen wollten.

Nadir war viel gelassener als ich. »Wenn es mein Schicksal ist, dass ich heute erschlagen werde, dann ist es ein Ding der Unmöglichkeit, dass ich stattdessen in fünf Jahren im Tigris ertrinke. Und wenn es mein Schicksal ist, dass ich im Tigris ertrinke, werde ich heute nicht erschlagen. Zur Not habe ich immer noch meine Pistole, um dem Schicksal zu seinem Recht zu verhelfen.« Dieser Logik konnte ich mit meinen argumentativen Mitteln nur schwer beikommen. Demzufolge überließ ich meinem Fahrer die Entscheidungen und beschloss, die Dinge einfach geschehen zu lassen und auf das Beste zu hoffen.

Auf den Straßen der äußeren Vororte, die wir durchqueren mussten, sah ich verschleierte Frauen, Kleinkinder, alte Männer, die auf Klappstühlen oder Hockern neben den Eingängen zu ihren Häusern saßen und unseren Lastwagen mit misstrauischen Blicken beäugten und einen leeren Bus, der mit offenen Türen an einer Haltestelle stand. Dann fuhren wir über zerbrochenes Geschirr, ein demoliertes Radiogerät, einen Tisch, dessen Beine geknickt waren, leere Tonkrüge, ein paar alte Bücher, deren Umschläge, wie es schien, mit Gewalt abgerissen worden waren, und ähnlichen, meist billigen Kram, der mitten auf der Straße lag und offenbar niemanden interessierte. Es kam mir so vor, als ob einige Häuser von ihren Bewohnern verlassen und ausgeräumt worden waren. Bei einem von ihnen waren die Türen aus den Angeln gerissen, die Fensterscheiben zerbrochen, und vor dem Eingang lagen ein blutiges Hemd und ein Stück Fleisch in einer Blutlache. Da wir schnell daran vorbeifuhren, konnte ich nicht erkennen, ob es sich um einen abgerissenen Arm oder um einen anderen Körperteil handelte.

»Das gefällt mir nicht«, murmelte ich.

»Mir auch nicht«, meinte Nadir und beschleunigte.

Was mich wunderte, war die Abwesenheit der britischen Truppen. Nachdem sie schon vor drei Tagen die südlichen Vororte erreicht hatten und die irakische Armee kaum mehr Widerstand leistete, konnte ich mir nicht erklären, warum die britischen Soldaten nicht schon längst auf den Straßen patroullierten.

Wir kamen auf einen großen Platz, in dessen Mitte ein Denkmal Faisals des Ersten stand. Der gusseiserne Monarch ritt stolz erhobenen Hauptes einen gusseisernen Araberhengst und wies mit ausgestreckter Hand Richtung Norden, eine symbolische Geste, wenn man bedenkt, dass die Reichtümer seines Landes zu einem Großteil in den Ölfeldern Kurdistans verborgen lagen.

Dieser Ort war weitgehend menschenleer. Von der Straße, in die wir einbiegen sollten, kam jedoch ein Lärm, ein dumpfes, anschwellendes, angsteinflößendes Summen, das von einem gigantischen Bienenschwarm herrühren konnte. Je näher es kam, umso deutlicher konnte ich zwei Worte ausmachen, die, wie mir schien, von Hunderten Menschen mit großer Leidenschaft skandiert wurden: »Allahu akbar! Allahu akbar! Allahu akbar!«

»Allahu akbar«, knurrte Nadir. »Ich frage mich, ob diese Leute wirklich verstehen, was sie schreien. Gott ist groß, aber noch größer ist ihre Gier.«

Kaum hatte er dies gesagt, war unser Lastwagen von einer lärmenden Meute umringt, die uns am Weiterfahren hinderte. Diese mit Holzknüppeln, Eisenstangen und Äxten Bewaffneten, unter denen sich neben Männern auch zahlreiche Jugendliche und Kinder befanden, beachteten uns vorerst nicht, sondern zogen mit den Rufen »Schlachtet die Juden!«, »Zertretet das Ungeziefer!« oder »Tötet die zionistischen Hunde!« durch die Straße. Diese Schlachtrufe wurden vom immer wiederkehrenden Refrain »Allahu akbar!« oder »Bismi llahi rrahmani rrahiem« unterbrochen. Der Mob bewegte sich zielstrebig auf ein zweigeschossiges Gebäude mit weißer Fassade zu, dessen repräsentativer Eingang mit einer hellblau gestrichenen Doppeltür versehen war. Im Schatten einer Palme war eine Terrasse angelegt, im Garten wuchsen rote und weiße Rosen, und im Zwischenraum zum Nachbargebäude war noch Platz für einen Anbau, dessen Fundamente und Stützpfeiler aus Stahlbeton schon errichtet worden waren. Es war mit Abstand das größte und gepflegteste Haus in diesem Teil der Straße.

»Holt euch ihre Frauen!«, brüllte ein fünfzehn- oder sechzehnjähriges Bürschchen mit schütterem Bart. Der Junge trug ein zerrissenes Hemd, das seine schmale Brust zum Teil bedeckte, aber den Bauchnabel offen ließ, ein zerknittertes cremefarbenes Sakko aus teurem Material, das offensichtlich bis vor kurzem noch nicht sein Eigentum gewesen war, und einen schwarzen Schuh auf dem linken sowie einen braunen auf dem rechten Fuß. »Ja'alla! Die Frauen! Nehmt euch die Frauen!«, kreischte er mit seiner hohen Stimme und machte mit dem Eisenrohr, das er in der Hand hielt, heftige Gesten, deren Eindeutigkeit eine detailliertere Beschreibung erübrigt.

Die Menge zertrampelte die Blumenbeete und zerschlug die

Terrassenstühle. Die Holztür hielt den Axthieben nicht stand, die Fensterscheiben im Erdgeschoss wurden eingeschlagen, dann hörte ich Schreie und das Weinen eines Kindes, das bald erstarb, und ich erblickte einen Mann auf dem Dach, dem fünf oder sechs andere hinterherjagten. »Allahu akbar!«, brüllte die Menge. »Nieder mit den Engländern und ihren jüdischen Lakaien, diesen Verrätern!« Ich sah eine schreiende Frau mit nacktem Oberkörper, die auf die Straße gezerrt wurde. »Allahu akbar!« Ich sah, wie der entstellte Körper des Mannes vom Dach geworfen wurde und wie die Leute ein samtgepolstertes Sofa, Bettgestelle, Matratzen, Truhen, Tische, Stühle, Kleidung, Bettwäsche, Geschirr, einen großen siebenarmigen Leuchter aus Silber, Weinflaschen, Teppiche und vieles andere aus dem Haus trugen. Jemand warf einen Stapel Bücher auf den Gehsteig und zündete sie an. »Allahu akbar!«

Die Frau hatte inzwischen aufgehört zu schreien.

Nadir und ich betrachteten schweigend dieses Schauspiel, und wenn wir etwas gesagt hätten, wären die Worte im Lärm, der uns umgab, untergegangen. Endlich schien es, als ob die Meute einen Teil der Straße freigeben würde. Nadir wollte schon losfahren, als die Tür der Fahrerkabine aufgerissen wurde und jemand von außen das Lenkrad ergriff.

»Allahu akbar!«, schrie Nadir so laut er konnte. »Tod den jüdischen Hunden!«

»Dann komm und hilf uns, Soldat«, sagte der Mann. »Deinen Laster könnten wir gut gebrauchen.« Seine Augen glänzten, als wäre er betrunken. Aber er roch nicht nach Alkohol, nur nach Tabak, nach lange nicht gewaschenen Kleidern und den Ausdünstungen von Schweiß und Zwiebeln.

»Geht nicht, ich habe einen wichtigen militärischen Auftrag zu erfüllen. Weißt du nicht, dass mitten in der Stadt eine neue Verteidigungslinie entsteht? In zehn Minuten rückt hier eine halbe Division an.«

Der Mann ließ das Lenkrad nicht los. »Aber der Krieg ist doch vorbei!«

»Willst du mir erklären, wann ein Krieg vorbei ist? Siehst du hier irgendwo britische Soldaten? Bin ich beim Militär oder du? Warum bist du eigentlich nicht eingerückt, Freundchen? Du schaust eigentlich recht gesund aus und bist im besten Alter. Drückeberger, was?«

Der Mann blieb ihm eine Antwort schuldig, aber er klammerte sich weiterhin an das Lenkrad.

Einige Jugendliche klopften gegen die Windschutzscheibe. Jemand öffnete die Tür auf meiner Seite, betrachtete mich, machte ein erstauntes Gesicht. Hinter meinem Rücken hörte ich Schritte auf der Ladefläche. Aus den Augenwinkeln sah ich eine Axt, an der Blut und Haare klebten.

»Wer ist das?«, fragte der Mann misstrauisch auf mich zeigend.

»Ein Freund, ein Deutscher, ein wichtiger Befehlshaber, ein Generaloberst, den ich ins Kriegsministerium bringen soll«, erklärte Nadir.

»Heil Hitler!«, sagte ich, weil mir in diesem Augenblick nichts Besseres einfiel.

»Wenn ihr uns nicht sofort passieren lässt, wird man euch alle an die Wand stellen!« Nadir zog seine Pistole und fuchtelte damit herum. »Wer will der Erste sein? Du? Du? Oder du, Sohn einer verkrüppelten läufigen Hündin und eines durchgeknallten geilen Rüden? Und was ist mit dir, du Natterngezücht? Willst du sterben?«

Aus den Fenstern des Hauses schossen Flammen empor, und plötzlich hörte ich wieder die Stimme des Bürschchens mit dem Eisenrohr: »Dort drüben! Dort drüben wohnen auch Juden!«

Nadir nützte den Umstand, dass der Mann neben ihm für einen Augenblick abgelenkt war und das Lenkrad losgelassen hatte. Er stieß ihn mit einer kräftigen Bewegung des linken Armes aus dem Wagen, knallte die Tür zu und gab Gas. Die Menge stob wütend auseinander. Die noch offene Tür auf meiner Seite schlug jemandem ins Gesicht und drückte ihn zu Boden, die Schritte auf der Ladefläche wurden schneller, dann sah ich im Rückspiegel, wie drei Männer von unserem Lastwagen absprangen und wie andere uns nachliefen, aber bald die Verfolgung aufgaben.

»Wenn's drauf ankommt, sind sie feige, nur wenn sie viel Arrak getrunken haben, werden sie manchmal mutig«, schimpfte Nadir, während wir an brennenden oder schon verkohlten Häusern, an Leichen, umgestürzten Autos, zerstörten Möbelstücken und – immer und immer wieder – an zerbrochenem Geschirr, Glassplittern, Tonscherben und zerfetzten Kleidungsstücken vorbeifuhren. »Gut, dass meine Tante auf der anderen Seite des Flusses in einem traditionellen muslimischen Viertel wohnt, in dem Fremde nicht willkommen sind, in dem keine Frau unverschleiert und ohne männliche Begleitung auf die Straße geht und sich seit Jahren kein Jude mehr gezeigt hat. Ich mag die Juden nicht, aber das, was hier passiert ...« Er sprach den Satz nicht zu Ende, sondern schüttelte nur den Kopf. Als wir fast am Ziel waren, brach er sein Schweigen wieder und sagte: »Im Dorf, wo ich geboren wurde, haben die Menschen noch Anstand.«

An jenem 1. Juni 1941, dem Tag, an dem der »Farhud«, der Pogrom, der Hunderten von Juden den Tod brachte und Tausende verletzt, verstümmelt, vergewaltigt und traumatisiert zurückließ, war ich zu sehr mit mir selbst beschäftigt, um die Ereignisse in ihrer ganzen Tragweite erkennen zu können. Später hörte ich ein Gerücht, nach dem die britischen Befehlshaber den Einmarsch in die Stadt absichtlich um 48 Stunden verzögert hätten, »damit sich das Volk austoben kann«. Erst am 2. Juni sollten die Briten durch die Verhängung einer Ausgangssperre den Pogrom beenden. Einem anderen Gerücht zufolge soll der Pogrom von Ex-Propagandachef Yunis al-Sabawi vorbereitet und befohlen worden sein. Als er dann tatsächlich ausbrach, war Yunis al-Sabawi jedoch längst auf der Flucht.

Viel später, als ich in den Sechzigerjahren Raschid Alis Vetter Achmed al-Falludschi, der sich zu diesem Zeitpunkt mit dem neuen, von der Baath-Partei getragenen Regime arrangiert hatte und einen höheren Verwaltungsposten bekleidete, wiedersah und auf meine Erlebnisse in jenen Kriegstagen zu sprechen kam, fielen mir Nadirs Worte ein. Achmed behauptete, dass der Farhud ein von der zionistischen Propaganda kreiertes Konstrukt sei. Eine Reihe kleinerer, wenn auch gewiss bedauerlicher Zwischenfälle sei von den Zionisten und ihren imperialistischen Helfershelfern aufgebauscht worden und würde dazu missbraucht, um dem Ansehen der arabischen Welt zu schaden und die Unterdrückung des palästinensischen Volkes zu rechtfertigen. Meinen Einwand, den ich einigermaßen verblüfft vorbrachte, dass ich doch nicht leugnen könne, was ich mit eigenen Augen gesehen hatte, wies er als »emotionell und unsachlich« zurück. Nach der schweren Zeit, die ich damals durchlitten habe, sei ich bestimmt für allerlei Sinnestäuschungen anfällig gewesen und hätte ein isoliertes Ereignis, das sich »vielleicht ein wenig anders zugetragen hatte«, in einer unzulässigen Art und Weise verallgemeinert. Nach diesem Gespräch dachte ich, dass die im Orient gebräuchlichen Schimpfwörter, die dem Angesprochenen oft eine verwandtschaftliche oder charakterliche Nähe zu einem Hund unterstellen, eigentlich als Kompliment aufgefasst werden müssten.

10

Die Straße, in der Karim Hakim wohnte, war von Ausschreitungen verschont geblieben. Seine Villa, die sich am Rande einer ausgedehnten Parkanlage befand, stand unter der Aufsicht dreier schwerbewaffneter Wächter, alles ehemalige Elitesoldaten, die bei Karim Hakim ein Vielfaches dessen verdienten, was ihr Sold einst betragen hatte.

Meine Befürchtungen waren umsonst gewesen. Karim Hakims Domizil wirkte keineswegs verlassen, sondern schien im Gegenteil zum Anziehungspunkt unzähliger Menschen geworden zu sein. Vor dem Hauptportal waren sechs Automobile geparkt. Auf der überdachten Terrasse waren ein Dutzend Männer mittleren Alters in ein Gespräch vertieft, das von heftigen Ausrufen und Gesten und einer nervösen Gereiztheit begleitet war und so gar nicht zum gepflegten Äußeren dieser europäisch gekleideten Herren passte. Im Garten tollte eine große Schar von Kindern herum, unter der Aufsicht einer Matrone von Ehrfurcht gebietender Körperfülle, die, wie ich später erfuhr, die Mutter von mindestens der Hälfte von ihnen war, und Habib, der Oberleibwächter, ging, eine Maschinenpistole schussbereit in Händen haltend, vor dem Gartentor auf und ab und beobachtete mit sichtlicher Nervosität die Straße.

»Um Gottes willen, Herr Oberleutnant, was ist Ihnen denn widerfahren?«, rief er aus, nachdem ich mich von Nadir verabschiedet hatte und mich dem Tor näherte. »Sie sehen aus wie der einzige Überlebende einer großen Vernichtungsschlacht.«

»Ganz so unrecht haben Sie damit nicht, lieber Habib. Das Vergnügen, mit Ihnen jetzt sprechen zu dürfen, ist nur einer Verkettung glücklicher Zufälle zu verdanken, und wenn ich ehrlich bin, dann kommt es mir momentan vor, als sei ich schon gestorben und würde träumen, noch am Leben zu sein.«

Karim Hakims Empfangsraum war belebt wie die Abfahrtshalle eines großen Bahnhofs. Zahllose Menschen, modern und traditionell gekleidet, ganze Familien mit Kindern, ältere Männer, die Pfeife rauchten, und Frauen, die ihre Säuglinge stillten, hatten sich auf den Teppichen niedergelassen, unterhielten sich, diskutierten, stritten oder starrten einfach vor sich hin. Die Stühle und Hocker hatte man aus dem Raum entfernt. Der großen Anzahl von Menschen wären sie nur im Wege gestanden.

Einige Menschen, die ich hier sah, wirkten aufgeregt, andere niedergeschlagen. Das Einzige, was sie gemeinsam hatten, war, dass niemand lachte oder auch nur lächelte. Karim Hakims Diener servierten Getränke und teilten Lebensmittel aus. Ich stellte fest, dass mit Ausnahme der Familien, die meist beisammenblieben, Frauen und Männer in zwei durch einen Paravent voneinander getrennten Gruppen saßen und dass einige der Anwesenden Koffer, Säcke oder mehrere Tüten bei sich hatten.

Nachdem der Wachmann mich ins Haus gelassen hatte, blieb ich unschlüssig stehen und betrachtete verblüfft diesen bunten Haufen, ohne zu verstehen, was hier vor sich ging. Während ich also mitten im Zimmer erstaunt und verwirrt darauf wartete, vom Hausherrn empfangen oder zumindest bei ihm gemeldet zu werden, kann man die Reaktion der Anwesenden auf meine Gegenwart als eine Mischung aus Bestürzung, Panik und offener Aggression bezeichnen. Die Gespräche verstummten, alle wandten die Köpfe in meine Richtung und starrten mich an. Nie habe ich so viel Schmerz und Angst in so vielen Blicken im selben Augenblick gesehen. Sogar die Kinder wurden still. Die Kleineren unter ihnen klammerten sich an ihre Mütter und begannen zu weinen. Und dann erhob sich ein junger Mann in einem abgewetzten dunklen Anzug und einem auf seinem dichten gelockten Haar schief sitzenden Fes, ein Jüngling, lang und dürr wie ein Fahnenmast, mit einem messerscharf geschnittenen Gesicht und zornigen Augen. »Was wollt ihr denn noch von uns?«, schrie er. »Habt ihr nicht schon genug Unheil angerichtet? Nehmt mich! Ihr wollt mich erschlagen? Dann schlagt mir den Schädel ein, aber lasst die Kinder in Ruhe!«

»Junger Mann«, erwiderte ich. »Sie müssen mich verwechseln. Ich will weder Ihnen noch sonst jemandem in diesem Raum etwas Böses. Außerdem irren Sie sich, wenn Sie glauben, dass ich nicht allein bin, es sei denn, Sie haben mich gerade im Pluralis Majestatis angesprochen, eine Ehre, die mir keinesfalls zusteht.«

Meine Worte hatten den Zorn des jungen Mannes nicht im

Geringsten besänftigt. Inzwischen waren weitere Männer aufgestanden und bewegten sich auf mich zu. Ihre Mienen verrieten, dass sie dies keineswegs in friedlicher Absicht taten.

»Du sprichst also unsere Sprache«, schrie der junge Mann. »Dann lass dir eines sagen, Deutscher …«

»Ich bin Oberleutnant Heisenberg, und mit wem habe ich das Vergnügen?«, unterbrach ich ihn. »Ich bin ein Freund des ehrenwerten Herrn Karim Hakim.«

Ich verstand immer noch nicht, was hier vorging, und wich einige Schritte zurück.

»Du deutscher Hund! Gleich werde ich dich …«

Ich war nicht neugierig darauf zu erfahren, was der junge Mann mit mir vorhatte, drehte mich um und wollte schon einen schnellen Rückzug in den Garten antreten, als ich Karim Hakims Stimme hinter meinem Rücken hörte: »Lassen Sie ihn in Ruhe, er ist ein Freund! Sie sind Gäste in meinem Haus, und ich muss Sie bitten, sich in entsprechender Weise zu benehmen.«

Karim Hakim begrüßte mich überschwänglich, umarmte mich demonstrativ, nannte mich einige Male hintereinander seinen Freund, hieß mich herzlich willkommen und führte mich in ein Nebenzimmer, wo wir ungestört waren.

»Wie sehen Sie denn aus?«, fragte er mich. »Sind Sie verprügelt worden, oder ist Ihnen noch Schlimmeres passiert?«

»Schlimmeres!«, antwortete ich lapidar. »Aber wer sind diese vielen Leute?«

»Das sind Juden. Haben Sie das denn nicht bemerkt? In Zeiten, da der Pöbel randaliert, muss ich doch als Moslem und als Mensch all jenen Gastfreundschaft erweisen, die in höchster Not des Schutzes bedürfen.«

Nun verstand ich alles und wunderte mich, dass ich das Offensichtliche nicht von selbst durchschaut hatte. Es hätte mir auffallen müssen, dass einige Männer Pejes hatten und dass sie Kopfbedeckungen und Kleidung trugen, die nur bei Juden üblich war. Mein Verstand hatte unter dem körperlichen und seelischen Zustand, in dem ich mich befand, offenbar noch stärker gelitten, als ich befürchtet hatte. Es wunderte mich allerdings, dass meine zerfetzte Uniform sogleich als eine deutsche erkannt worden war. Andererseits war dies nicht dermaßen ungewöhnlich, wie es auf den ersten Blick scheinen mochte, sagt doch ein altes Sprichwort: Einen Freund musst du erst finden, den Feind erkennst du sofort.

Übrigens sah mein Gastgeber ebenfalls mitgenommen aus. Er war unrasiert, seine Augen waren gerötet, und das leichte Zittern seiner Hände verriet eine innere Erregung, die sein immerwährendes Lächeln und seine ruhige Stimme genauso wenig zu verbergen vermochten wie seine gewählte Sprache und das tadellose Hocharabisch, dessen er sich im Umgang mit mir bediente. Dass er nicht nur außer sich, sondern regelrecht verwirrt war, bemerkte ich spätestens, als er sich eine Zigarre anzündete, ohne darauf Rücksicht zu nehmen, dass wir uns allem Anschein nach in einem der Schlafzimmer des Hauses aufhielten. Außerdem verabsäumte er es, mir ebenfalls eine Zigarre anzubieten, obwohl dies die Regeln der Höflichkeit geboten.

»Der aufgeputschte Pöbel ist wie ein Sandsturm«, sprach Karim Hakim. »Wenn er über dich hinwegfegt, ist er stark und unberechenbar und kennt kein Erbarmen, greifst du aber nach einem einzelnen Sandkorn, ist er so winzig, dass er unter deinem Nagel Platz hat. So ist es auch mit jenen Menschen, die man mit Fug und Recht als Abschaum bezeichnen kann. Jede Stechmücke hat mehr Anstand als sie, denn sie saugt nur so viel Blut, wie sie verdauen kann. Und doch sind diese Totschläger, die Schande über unser Land bringen, harmlose Irre im Vergleich zu den sogenannten großen Herren, die Niedertracht und Mordlust predigen und dann alles, was sie angerichtet haben, zurücklassen wie eine feige Meute räudiger Straßenköter, die winselnd vor ein paar Stockschlägen flüchtet. Der Prophet, gepriesen sei sein Name, hat gesagt, die Muslime sollen immerfort das Böse bekämpfen – mit der Hand, wer dazu imstande ist, wer dazu nicht imstande ist, mit der Zunge, und wem auch dies nicht möglich ist, dann wenigstens im Herzen. Aber bekämpft man das Böse mit der Hand, indem man seine Nachbarn totschlägt, mit denen man früher zusammengearbeitet, gefeiert oder Geschäfte gemacht hat? Bekämpft man es mit der Zunge, wenn man Gottes Größe preist, während man Frauen vergewaltigt? Und wie kann man es im Herzen bekämpfen, wenn dort nur Dürre herrscht, die alles Wertvolle verbrennen lässt?«

Da ich nicht annahm, dass Karim Hakim auf diese Suggestivfragen eine Antwort erwartete, bat ich ihn stattdessen um ein Glas Wasser und um frische Kleidung. Erst als ich ein Bad genommen, mich umgezogen, getrunken und gegessen hatte, erzählte ich meinem Gastgeber, was ich in den letzten Tagen durchlitten hatte, wobei ich zu meiner Schande gestehen muss, dass ich einige Details, die meine eigene Rolle in einem allzu ungünstigen Licht erscheinen lassen konnten, ausgelassen habe.

II

Meine Gefangennahme fand unspektakulär bei einer Tasse Tee statt. Die abenteuerliche Flucht, die ich mir als Beduine verkleidet oder auf dem Dach eines Eisenbahnwaggons vorgestellt hatte, blieb mir erspart. Am Morgen des 3. Juni 1941 teilte mir Karim Hakim mit, dass er einen Captain der britischen Armee, der, wie er mir »ganz im Vertrauen« versicherte, außerdem für den Secret Service tätig sei, zum Nachmittagstee erwartete. Ob ich dem Gentleman denn nicht Gesellschaft leisten möchte? »Glauben Sie mir«, sagte er, »es wird das Beste für Sie sein. Es haben Sie schon so viele Menschen hier im Hause gesehen, dass es nur eine Frage der Zeit ist, bis eine Militärpatrouille das Haus stürmt, um

Sie nötigenfalls mit Gewalt zu holen. Für eine waghalsige Flucht sind Sie nicht der richtige Mann, aber das wissen Sie ja selbst besser als ich, und Ihre Familie wird Sie bestimmt heil wiedersehen wollen. Außerdem würde ich mich sehr über das Vergnügen freuen, noch einige weitere Bücher von Ihnen lesen zu dürfen. Übrigens wäre es von Vorteil, wenn Sie die deutsche Uniform wieder anziehen würden. Sie wurde inzwischen gereinigt und notdürftig geflickt. Sie wollen doch nicht, dass man Sie fälschlicherweise für einen Spion hält und Ihnen etwas Böses antut, nicht wahr?«

Ich zögerte genau drei Sekunden lang. Dann erklärte ich mich einverstanden und beendete damit meine aktive Rolle im Zweiten Weltkrieg.

Captain Richard Geary hatte einen imposanten Oberkörper, der an ein gleichschenkliges Dreieck erinnerte. Der kultivierte Mittdreißiger mit rötlich blondem Oberlippenbart und hellgrünen Augen erzählte mir, dass er schon in der Public School seine Leidenschaft für den Boxsport entdeckt und während seiner Zeit als Student in Cambridge mit einer Reihe spektakulärer Turniersiege die Aufmerksamkeit der akademischen wie nichtakademischen Fachwelt auf sich gelenkt habe. Captain Geary war die seltene Mischung eines sportlich begeisterten und körperbewussten und gleichzeitig eines intellektuellen und hochgebildeten Menschen. Die eineinhalb Stunden, die ich mit ihm in Karim Hakims Gästezimmer verbrachte, gehörten zu den angenehmsten meines damaligen Irak-Aufenthaltes. Während Amin, der Diener, Tee, Kuchen und Kekse servierte, führten Captain Geary und ich ein anregendes Gespräch über den großen, aus dem heutigen Usbekistan stammenden Mathematiker Abu Ja'far Muhammad ibn Musa al-Khwarizmi, der im 9. Jahrhundert in Bagdad gelebt und gewirkt hatte und durch die Einführung der Ziffer Null in das arabische Zahlensystem einen unschätzbaren Beitrag zum wissenschaftlichen Fortschritt und zur Entwicklung der Menschheit geleistet hatte. Captain Geary hatte in Cambridge Mathematik und Nationalökonomie studiert, sich aber außerdem intensiv mit der Kulturgeschichte des Orients beschäftigt und die Grundlagen des Arabischen und Persischen erlernt. Nachdem ich mit dem Captain lange darüber diskutiert hatte, ob Abu Ya'qub ibn Ishaq al-Kindis Ansicht tatsächlich zutreffe, dass niemand Philosoph werden könne, ohne Mathematik und Logik studiert zu haben (er vertrat diese Ansicht vehement, während ich versuchte, sie in Frage zu stellen), meinte Geary, dass nun die Zeit zum Aufbruch gekommen sei. Die herzliche Begrüßung und Verabschiedung, die Karim Hakim dem sympathischen Engländer bereitete, ließ bei mir die Vermutung aufkommen, dass mein Gastgeber und der Captain sich schon von früher kannten. Dies und mein Verdacht, dass Karim Hakim nicht nur für Admiral Canaris und die deutsche Abwehr als Zuträger fungierte, wurden später bestätigt. In einem Brief, den ich einige Jahre nach dem Krieg von meinem einstigen Gastgeber und Lebensretter erhielt, wurde mir in einem scherzhaften und sehr freundschaftlichen Ton versichert, dass meine ausführlichen Berichte an Canaris nicht nur in Berlin, sondern sicherlich auch in London mit großem Interesse gelesen worden seien.

Draußen wurde ich von zwei bewaffneten Soldaten in Empfang genommen. Geary bat mich höflich, auf dem Hintersitz des offenen Militärfahrzeugs, das mich in die Kaserne bringen sollte, Platz zu nehmen. Die »Wachen« saßen rechts und links von mir, Geary neben dem Fahrer auf dem Vordersitz. Als wir losfuhren, stellte ich fest, dass ich völlig vergessen hatte, mich mit einem »I surrender« und der Nennung meiner Dienstnummer, meines Dienstgrades und meiner Einheit – wie es das Kriegsrecht gebot und damit sozusagen offiziell – in Kriegsgefangenschaft zu begeben. Doch diese Form wäre angesichts der Umstände meiner »bedingungslosen Kapitulation« wahrscheinlich nicht ganz angebracht gewesen.

Bei der Fahrt durch die Stadt war allerorts eine Stimmung der Resignation und Niedergeschlagenheit spürbar. Die Präsenz der britischen Truppen und der berittenen Polizei, die ich während des Pogroms kein einziges Mal zu Gesicht bekommen hatte, wurde von den wenigen Menschen, die sich auf die Straße wagten, weder mit Enthusiasmus noch mit Feindseligkeit quittiert. Rund um die ausgebrannten jüdischen Häuser wurden allerdings mit großer Hast die Straßen gesäubert, so als wollte man die Erinnerung an die unangenehmen Vorkommnisse, die erst wenige Stunden zurücklagen, so schnell wie möglich tilgen.

Die irakischen Juden interessierten die britischen Sieger, wie mir Captain Geary versicherte, nur wenig. »Ich schätze, Sie hatten unter den chaotischen Zuständen, dem Klima und den Leuten in diesem Land genauso zu leiden wie ich«, sagte er. »Ich kenne den Irak länger als Sie und habe mich längst daran gewöhnt, dass sich die Leute bei jeder passenden oder unpassenden Gelegenheit gegenseitig umbringen … Aber tun wir letztlich nicht dasselbe, nur konsequenter und manchmal mit etwas weniger Geschrei? Was meinen Sie?«

»Das kommt darauf an«, erwiderte ich ausweichend.

»Worauf?«

Doch ich zog es vor, meine Überlegungen nicht näher auszuführen, sondern wechselte das Thema und kam wieder auf al-Khwarizmi und die Zahl Null zu sprechen.

Damit war Großvaters *alles in allem recht unrühmlicher Kriegseinsatz im Irak* beendet. Die nächsten Jahre verbrachte er in einem Kriegsgefangenenlager in Australien. Die ausführliche Beschreibung der Überfahrt, eines kurzen Zwischenaufenthaltes in Indien und sein Lamento über die *primitiven Zustände im Lager* und dessen *mangelhafte Ausstattung mit angemessenem Lesematerial* überspringe ich.

Als Großvater im Frühjahr 1946 nach Deutschland zurückkehren durfte, war seine schlesische Heimat zu einem Teil Polens geworden. Breslau hieß nun Wrocław. Die deutsche Universität existierte nicht mehr. Meine Großmutter und ihre Kinder hatten Berlin verlassen und waren in die Westzone nach Gigricht gezogen, wo Großmutters Schwester, eben jene Tante Astrid, der ich meinen Namen verdanke, schon seit den Dreißigerjahren lebte.

Nach der Entnazifizierung und einem knappen Jahr als Geschichtslehrer an einer Realschule, eine Zeit, die für Großvater, seinen Angaben zufolge, *schlimmer als Krieg und Kriegsgefangenschaft zusammen* war, wurde er an die wiedereröffnete Universität Gigricht berufen, wo er als Professor Karriere machen sollte.

Abschließend möchte ich auszugsweise aus einem *kleinen Nachtrag* zitieren, den Großvater zu seinem *Irak-Abenteuer* verfasst hat:

Fritz Grobba kehrte mit dem Rest unserer Delegation wohlbehalten nach Berlin zurück und wurde im Februar 1942 zum *Bevollmächtigten des Auswärtigen Amtes für die arabischen Länder* ernannt. Er schmiedete weitere, immer fantastischer anmutende Pläne einer deutschen Invasion des Vorderen Orients und war unter anderem für die Betreuung der in Berlin lebenden Exil-Iraker zuständig. Im Sommer 1942 begleitete er Raschid Ali und den Großmufti bei einer Besichtigung des KZ Oranienburg, wo sich die beiden insbesondere für die dort eingesperrten Juden interessiert haben sollen. Bald danach fiel Grobba bei den Machthabern in Ungnade. Der Leiter der NSDAP-Kanzlei Martin Bormann behauptete, Grobba habe sich »von den Ideen der Freimaurerei nicht gelöst«. Auch habe sich dieser als Gesandter im Irak mehrmals mit Juden getroffen. Grobba wurde daraufhin der Zweigstelle der Deutschen Archiv-Kommission in Paris zugeteilt und mit der »Lektüre, Sichtung und Analyse von Orient-Akten« betraut. Als er davon erfuhr, soll er, wie mir ein ehemaliger Mitarbeiter später glaubhaft berichtete, »den größten Tobsuchtsanfall aller Zeiten« bekommen haben. Es habe der Überredungskunst vieler Freunde und Kollegen bedurft, um ihn davon abzuhalten, »persönlich auf den Obersalzberg zu fahren und sich Hitler zu Füßen zu werfen«.

Im Frühjahr 1944 kehrte Grobba nach Deutschland zurück, arbeitete einige Monate im Archiv Glogau bei Hermsdorf und kam danach im Zuge des »totalen Krieges« zu einem Arbeitseinsatz in der Rüstungsindustrie, der ihn nach Dresden führte.

Nach Kriegsende arrangierte er sich überraschend schnell mit der sowjetischen Besatzungsmacht und bekleidete in der thüringischen Kleinstadt Meiningen einige Monate lang sogar den Posten eines Oberstaatsanwalts. Mitte 1946 wurde er dennoch verhaftet und wegen »Spionage« zu zehn Jahren Lagerhaft verurteilt, die er nun in der Sowjetunion verbüßen musste. Nach seiner Freilassung im Jahre 1955 ließ er sich in Westdeutschland nieder und war als angesehener Diplomat und Orient-Experte maßgeblich am Aufbau der auswärtigen Gremien der BRD beteiligt. Er bereiste abermals den Orient, unter anderem auch den Irak, Syrien und den Libanon, gründete Deutsch-Arabische Gesellschaften und schrieb 1967 *Männer und Mächte im Orient* – seine Memoiren. Damals trat er an mich mit der Bitte heran, ein kurzes Nachwort zu seinem Buch zu verfassen, ein Ansinnen, das ich, nach der Lektüre des Manuskripts, höflich, aber bestimmt ablehnte. Fritz Grobba starb 1973 in Bad Godesberg.

Wilhelm Kohlhaas war in den verbleibenden Kriegsjahren weiterhin für die Abwehr und an mehreren Fronten, unter anderem in Nordafrika, im Einsatz. 1942 war er als Chef der Abwehr in Tiflis vorgesehen, ein Posten, den er als Folge des Kriegsumschwungs nicht mehr antreten konnte, da die deutsche Wehrmacht bekanntlich nie bis Tiflis gekommen ist. Nach dem Krieg kehrte er in seinen bürgerlichen Beruf als Jurist zurück, erreichte, bevor er in Pension ging, den Rang eines Regierungsdirektors und schrieb mehrere Bücher zur Geschichte und Kultur seiner schwäbischen Heimat, von denen einige, wie ich mich überzeugen konnte, durchaus lesenswert sind. Er lebt heute als hochbetagter und angesehener Rentner in Stuttgart und schickt mir regelmäßig jedes Jahr im Mai eine Ansichtskarte, auf der er die alten Zeiten beschwört und dem Wunsch Ausdruck verleiht, ich möge weiterhin bei guter Gesundheit bleiben.

Raschid Ali al-Gailani blieb bis 1945 als Leiter einer »irakischen Exilregierung« in Berlin. In seiner Heimat waren inzwischen König Faisal der Zweite und der Regent Emir Abd al-Illah aus dem transjordanischen Exil zurückgekehrt. Nach dem Zusammenbruch des Deutschen Reiches flüchtete Raschid Ali nach Saudi-Arabien. Nach dem Putsch von 1958, bei dem der Ministerpräsident, der König, der ehemalige Regent und andere Mitglieder der Königsfamilie ermordet wurden und der Irak zu einer Republik erklärt worden war, kehrte er in seine Heimat zurück. Von den neuen Verhältnissen war er jedoch alsbald enttäuscht und begann, eine Revolte gegen die neue Regierung vorzubereiten, um sich selbst wieder an die Macht zu putschen. Der Umsturz misslang, Raschid Ali wurde festgenommen, zum Tode verurteilt, später aber begnadigt und in sein ehemaliges Exilland Saudi-Arabien abgeschoben. Dort starb er 1965.

Amin al-Husseini, der Großmufti von Jerusalem, blieb ebenfalls bis 1945 in Deutschland. Er half bei der Aufstellung muslimischer SS-Divisionen in Bosnien und Kroatien, arbeitete eng mit Heinrich Himmler zusammen, forderte mehrmals, jedoch ohne Erfolg, die Bombardierung Tel Avivs und Jerusalems durch die deutsche Luftwaffe, betrieb nachhaltig die »Endlösung der Judenfrage«, was mehrere Treffen mit Adolf Eichmann und Sturmbannführer Friedrich Suhr, dem Leiter der Abteilung für Judenangelegenheiten im Reichssicherheitshauptamt, bezeugen, rief einen Dschihad gegen die Juden aus (»Tötet sie alle!«), appellierte an die indischen Moslems, sich gegen das britische Joch zu erheben, versuchte die Moslems der Sowjetunion für Deutschland zu gewinnen und entfaltete auch darüber hinaus eine rege Tätigkeit, die ihm viele Freunde und Sympathisanten, aber auch Gegner und Neider einbrachte. Unter anderem überwarf er sich mit Raschid Ali, mit dem er um die Führerschaft der in Deutschland lebenden Araber stritt.

Im Mai 1945 flüchtete der Großmufti in die Schweiz, wurde aber von dort nach Frankreich ausgewiesen. Doch weder die französischen noch die britischen Behörden hatten Interesse daran, Amin al-Husseini vor Gericht zu stellen, und das Nürnberger Kriegsverbrechertribunal erklärte sich für nicht zuständig, da es sich lediglich dazu befähigt sah, Kriegsverbrechern aus europäischen Ländern den Prozess zu machen. Großbritannien und Frankreich wiederum hofften, den Einfluss des Großmuftis auf die islamische Welt für ihre Zwecke zu nutzen, und sein Antisemitismus war den Regierungen beider Länder durchaus recht. Im Mai 1946 gelang dem Großmufti die »Flucht« aus der französischen Haft. Er reiste von Paris nach Kairo und erhielt in Ägypten politisches Asyl. Dort wurde er in den nächsten Jahren zu einer wichtigen Figur des antizionistischen Kampfes und des Widerstandes gegen Israel. Angeblich war es Amin al-Husseini, der die Ermordung des jordanischen Königs Abdallah im Jahre 1951 organisierte, nicht zuletzt deshalb, weil dieser den Posten des Muftis von Jerusalem an einen anderen vergeben hatte. In den folgenden Jahren konnte der ehemalige Großmufti keine größeren Erfolge mehr verbuchen, auch wenn er am Aufbau der Vorgängerorganisationen der PLO maßgeblich beteiligt war und als Yasir Arafats politischer Mentor gilt. Amin al-Husseini starb 1974 in Beirut.

Weniger Glück als ihre Mitstreiter hatten die vier Obristen des *Goldenen Quadrats*. Die Türkei, wo sie Asyl zu finden gedachten, lieferte die Geflüchteten an den Irak aus. Fahmi Sa'id und Mahmud Salman wurden schon im Mai 1942 und Oberst Kamil Shabib im April 1944 in Bagdad hingerichtet. Schließlich musste im

Oktober 1945 auch Salah al-Din al-Sabbagh den höchst unerfreulichen Gang zum Galgen antreten. Besser erging es Yunis al-Sabawi. Der ehemalige irakische Propagandachef verbrachte die nächsten Jahre wie Raschid Ali und Amin al-Husseini in Deutschland, wo er Nazi-Propaganda in arabischer Sprache produzierte. Danach verliert sich für mich seine Spur, und – ehrlich gesagt – war ich nach dem Krieg auch nicht sonderlich interessiert daran, den Lebensweg dieses trinkfreudigen, aber keineswegs besonders sympathischen Herrn weiterzuverfolgen.

Mein Freund Karim Hakim, der immer loyal zum König und zur Monarchie gestanden hatte, musste nach dem Umsturz des Jahres 1958 ins Exil gehen. Er ließ sich mit seiner Familie zuerst in Amman und dann in Beirut nieder und starb dort 1968 an den Folgen eines Lungenkarzinoms.

Achmed al-Falludschi hatte ein glückliches und erfolgreiches Leben. Mit viel Umsicht gelang es ihm, sich mit allen Machthabern, die den Irak seit den Dreißigerjahren bis in die Gegenwart regiert hatten, gut zu stellen. Als angesehener und allseits respektierter Rentner lebt er heute wie schon 1941 in seiner Bagdader Villa.

Über das Schicksal der meisten anderen Iraker, mit denen ich 1941 zu tun hatte, konnte ich später nichts mehr in Erfahrung bringen. Von Yusuf Ibrahim habe ich nie mehr etwas gehört.

Der gesamte Irak blieb bis 1947 von britischen Truppen besetzt und erklärte auf Druck der Alliierten Deutschland im Januar 1943 sogar den Krieg. Erst 1958, nach dem Sturz der Monarchie, war der britische Einfluss endgültig beendet. Großbritannien musste alle Militärstützpunkte im Irak räumen. Der letzte britische Soldat verließ im Frühjahr 1959 das Land.

Die irakischen Juden erholten sich nie mehr vom Trauma des Pogroms. Nach weiteren Schikanen und Verfolgungen wanderten die meisten von ihnen Ende der Vierziger- und zu Beginn der Fünfzigerjahre nach Israel aus.

Eine dramatische Wendung mit einem letztlich glücklichen Ausgang nahm das Leben von Franz Möhrle. Der Diplomat mit der scharfen Zunge sollte im Herbst 1941 den Posten des deutschen Konsuls in Genf antreten, als er in einem vertraulichen Gespräch unter vier Augen, das er mit einem Freund und Kollegen im Auswärtigen Amt führte, seinen Chef, den Reichsaußenminister Joachim von Ribbentrop, als »minder intelligenten Langweiler, Speichellecker und Nationalsozialisten im Streichholzschachtelformat« bezeichnete. Mit seiner Einschätzung des Außenministers hatte er nicht ganz unrecht, mit jener seines Freundes und Kollegen lag er jedoch völlig falsch. Dieser denunzierte ihn bei der Gestapo, woraufhin Möhrle einige Tage in Haft verbringen musste. Einer glücklichen Fügung, über deren Gründe man nur spekulieren kann, war es zu verdanken, dass er weder angeklagt noch in ein Konzentrationslager gesperrt, sondern wieder freigelassen wurde. Statt des Postens in Genf musste er jedoch jenen eines Konsuls in Tschangtschun, einer Stadt in der Mandschurei, die damals als sogenanntes Kaiserreich Mandschukuo von Japans Gnaden als unabhängiger Staat galt, antreten. Angeblich hatte Ribbentrop diesen Posten eigens für Möhrle geschaffen.

Möhrle erreichte seinen Bestimmungsort im November 1941 nach einer längeren Reise, die ihn über Spanien und Portugal, den Atlantik, quer durch die zu diesem Zeitpunkt noch neutrale USA, über Hawaii, Japan und Korea schließlich nach Nordchina führte. Dort richtete er sich allerdings gut ein, heiratete eine Chinesin aus der lokalen Oberschicht, lernte Chinesisch und Japanisch, hielt am 5. Mai 1945 vor den Honoratioren der Stadt eine Gedenkrede auf Adolf Hitler und setzte sich im August rechtzeitig vor dem Einmarsch der sowjetischen Truppen nach Südkorea ab, wo er einen Monat später von den Amerikanern verhaftet und, da der Krieg gegen Deutschland schon vorbei war und dem Zivilisten Möhrle keine Beteiligung an Kriegsverbrechen nachgewiesen werden konnte, alsbald in die Heimat entlassen wurde. 1950 wurde er in den diplomatischen Dienst der Bundesrepublik übernommen und verbrachte die nächsten fünfzehn Jahre auf diversen Posten im Nahen und Mittleren Osten und in Japan. Als Rentner kaufte er in der Nähe der oberbayrischen Stadt Rosenheim einen kleinen Bauernhof, wo er bis zu seinem Tode im Jahre 1982 seine Memoiren schrieb und Kaninchen züchtete.

Erwähnenswert ist auch das weitere Schicksal von Fräulein Mathilde Brühl, deren Gegenwart einst unseren Delegationsleiter Grobba derart eindrucksvoll zu besänftigen vermocht hatte. Nach dem Krieg studierte Fräulein Brühl in Göttingen Rechtswissenschaft und Volkswirtschaftslehre, heiratete, übersiedelte zu ihrem Ehemann nach Duisburg, war am Familiengericht als Richterin tätig, trat der SPD bei, ging in die Politik und bekleidete in den Siebzigerjahren eine Zeitlang das Amt der Stadtsenatorin für Frauenfragen und Soziales.

Und Elfriede »Pupperl« Niemetz? Es kostete mich Jahre, etwas über sie in Erfahrung zu bringen, bis ich schließlich erfuhr, dass sie als verheiratete Elfriede Mondel in Grieskirchen – unweit ihres Geburtsortes Zipf – lebte. Ich schrieb ihr einen langen Brief, in dem ich mich wortreich für mein einstiges Verhalten entschuldigte, meinen weiteren Werdegang schilderte und mich nach ihrem Befinden und ihren Erlebnissen am und in der Zeit nach jenem dramatischen 29. Mai 1941 erkundigte. Eine Woche später erhielt ich auf einem kleinen Zettel aus dünnem, hellgrauem Papier folgende mit Maschine geschriebene Antwort:

Sehr geehrter Herr Professor Heisenberg,

ich danke Ihnen für Ihren freundlichen Brief, die erklärenden Worte und das Interesse an meiner Person. Da ich mich aber an jene Wochen, als Sie für mein Leben eine gewisse Wichtigkeit gehabt haben, und an die Zeit unmittelbar danach nicht mehr gerne zurückerinnere und bislang weder mit meinem Mann noch mit Freunden oder sonst jemandem darüber gesprochen habe, bitte ich Sie, weder jetzt noch in Zukunft irgendeinen Kontakt, in welcher Form auch immer, zu mir zu suchen. In der Hoffnung auf Ihr Verständnis und mit den besten Wünschen verbleibe ich hochachtungsvoll Ihre

Elfriede Mondel, geb. Niemetz.

Grieskirchen, den 23. November 1952

Sieben

1

Das Gruppengespräch im *Weißen Halbmond* zieht sich hin. Es wogt hin und her, und das erste Mal, seit ich hierherkomme, ist mir langweilig, weil sich die Motive wiederholen, die Emotionen vorhersehbar sind und zu mir herüberschwappen, ohne mich anzurühren. Ich bin in einer Zwischenwelt gefangen. Es scheint, als bekäme ich langsam genug vom Elend der Welt. Mein Leben ist wie eine abschüssige Piste. Je schneller ich unterwegs bin, desto mehr Staub wirble ich auf, und wenn ich bremse, falle ich hart auf die Nase, und wenn ich umkehre, ist der steile Weg hinauf so beschwerlich, dass ich davor zurückschrecke. Vor vielen Jahren hatte mich meine Mutter genau davor gewarnt. Doch schließlich gibt es im Leben nicht nur ein Hinauf oder Hinunter. Ich könnte die Piste verlassen und querfeldein gehen oder einen Pfad suchen, der mir bis jetzt verborgen geblieben ist, weil ich nie nach links oder nach rechts geschaut habe. Der *Weiße Halbmond* hat mich innehalten lassen. Ich habe eine Ruhepause eingelegt. Nun ist die Zeit gekommen, wieder aufzubrechen.

Auf dem grünen Sessel spricht gerade eine Frau in meinem Alter über ihre Ehe mit einem Algerier, eine Geschichte, die knapp mit den Worten »isolate and destroy« umschrieben werden könnte. Dass diese Frau Laura heißt, berührt mich unangenehm. Dabei ist sie nicht einmal Italienerin, sondern kommt aus Meißen. Wenn sie ihren Namen mit sächsischem Tonfall ausspricht, klingt das so poetisch wie eine Rede von Erich Honecker.

Im Anschluss an das Gruppengespräch werden bei Wein, Mineralwasser und Knabbergebäck die üblichen Scherze und zynischen Bemerkungen zum Besten gegeben. Ich versuche, keine Spielverderberin zu sein, und gebe meinen Senf dazu, doch nach einer halben Stunde beginnen mich das Gespräch, die gespielte Solidarität, ja überhaupt die ganze Atmosphäre im Raum anzuwidern. Ich habe genug vom Suhlen im eigenen Saft. Die Frauen gehen mir auf die Nerven: Nora, die nicht aufhört zu grinsen und sich anschickt, allen an unserem Tisch das Essen und die Getränke zu holen, noch bevor jemand den Wunsch geäußert hat, etwas zu essen oder zu trinken, Edith mit dem hochnäsigen Blick der geistig Überlegenen und einer steifen Haltung, so als trage sie ein Korsett unter ihrer blau-weiß gestreiften Bluse, Ulrikes heiseres Gelächter und ihre billige, dick aufgetragene Schminke, die sie zehn Jahre älter aussehen lässt, Monika mit dem nervösen Zucken der Lippen, Corinna, die alle zehn Minuten in den Hof gehen muss, um zu rauchen, und sich dabei jedes Mal entschuldigt.

Ich unterbreche den Bericht einer dicken Frau namens Uschi über eine Reise nach Istanbul, wo ihr angeblich »die halbe Stadt nachgelaufen« sei, weil sie als blonde Hundertzwanzigkilofrau dem »türkischen Geilheitsideal« entsprochen habe.

»Ich kann nicht mehr!«, schreie ich. »Ich kann nicht mehr zuhören, ich kann nicht mehr reden, es ist längst alles gesagt. Ich möchte endlich etwas tun! Entweder ich bringe mich selbst um, oder ich kaufe mir einen Revolver und erschieße Adel in seinem Restaurant vor den Augen seiner Gäste. Am besten schieße ich ihm zuerst ins Knie und dann in die Eier.«

Ein peinliches Schweigen stellt sich ein. Sogar Noras unentwegtes Grinsen erstirbt in ihrem Gesicht. Monika senkt den Blick. Corinna dreht und wendet die Zigarettenschachtel und das Feuerzeug nervös in ihren Händen. Die Frauen an den anderen Tischen schauen zu uns herüber. So vergeht eine halbe Minute. Dann beginnt Ulrike plötzlich zu kichern. »Wenn ich den Kameltreiber erwischen würde, der mich infiziert hat«, sagt sie, »würde ich noch ganz andere Dinge mit ihm machen. Erschießen ist zu einfach. Am Spieß würde ich ihn braten. Im kochenden Öl würde ich ihn sieden oder zu Hackfleisch verarbeiten und an einen Kebabstand verkaufen. Garantiert halal!« Sie lacht, aber die anderen lachen nicht mit. Nora möchte etwas erwidern, doch Edith kommt ihr zuvor. Ihr schlanker Körper wird noch steifer und länger. Sie streckt den Zeigefinger der rechten Hand in die Höhe, räuspert sich und mustert die Runde über den Rand ihrer Brille. Ich halte ihrem Blick nicht stand und drehe den Kopf weg.

»Mädchen, ihr seid alle so phantasielos!«, verkündet Edith. »Umbringen, foltern, zu Hackfleisch verarbeiten. Ihr landet für den Rest eures Lebens im Gefängnis, die Presse wird sich vor Empörung überschlagen, und die Gutmenschen werden zuerst entsetzt sein und dann triumphieren. Schuld und Sühne – und die Gutmenschenwelt ist wieder im Gleichgewicht.«

»Was schlägst du also vor?«, frage ich.

»Du willst dich rächen?«

»Was sonst?«

»Aber zur Polizei wolltest du nicht gehen, nachdem dich dein Adel verdroschen hat.«

»Ich hab' schon mehrmals erklärt, dass ich wegen meiner Tochter …«

»Wegen meiner Tochter, wegen meiner Tochter …«, stänkert sie, lacht und macht eine obszöne Geste. »Was glaubst du, was mit deiner Tochter passiert, wenn du diesen Mann erschießt?«

»Schon gut, ich wollte doch nur etwas Dampf ablassen.«

»Schon klar. Aber nun mal im Ernst: Wenn du ihm wirklich eins auswischen möchtest, gibt es doch viel fiesere Methoden, bei denen du außerdem selbst kein Risiko eingehst.«

»Nun, dann erzähl mal«, sagt Laura, die sich gerade an unseren Tisch gesetzt hat.

Jetzt ist Edith in ihrem Element. Sie lässt einige Augenblicke verstreichen, nimmt einen Schluck Wein, rückt die Brille zurecht, macht einen Blick in die Runde, um sicherzugehen, dass alle die nötige Aufmerksamkeit für ihre Ausführungen aufbringen, und fragt mit sonorer Stimme: »Wie kann man in unserer heutigen Zeit einem Mann am meisten wehtun?« Jetzt schaut sie jede von uns einzeln an, hebt die Augenbrauen, wartet. Ich zucke mit den Schultern. »Nun, mach es nicht so spannend«, brummt Laura.

»Kastrieren?!«, platzt Corinna heraus.

»Ach was!« Edith ist voller Spott und Hohn. Ihre Stimme überschlägt sich. »Phantasie habe ich gesagt! Phantasie und logisches Denken! Ich glaube, du solltest eine Zigarette rauchen, um wieder klar denken zu können. Seit einigen Minuten rutschst du nervös auf dem Stuhl hin und her.«

»Nun mach mal halblang«, murmelt Corinna beleidigt. »Was soll denn das?«

»Schon gut, verzeih, das war nicht böse gemeint. Ich schieß manchmal übers Ziel.«

»Mensch, nun red schon!«, schreit Laura. »Ist das eine Quizsendung oder was?«

»Ich bin ja schon dabei. Kurz gesagt, es ist ganz einfach: Wenn du einem Mann wirklich schaden willst, behaupte nicht, er habe dich vergewaltigt. Das ist ein alter Hut. Du wirst nichts beweisen können, und die Sache ist aus der Welt. Behaupte nicht, er habe Geld unterschlagen oder jemanden ermordet oder beraubt. Das interessiert niemanden mehr, sobald seine Unschuld bewiesen ist. Doch wenn du sagst, er habe sich an ein Kind rangemacht, mag der Vorwurf, bei der Hysterie, die heute rund um dieses Thema gemacht wird, noch so haltlos sein, doch wenn der Verdacht einmal ausgesprochen ist, bleibt er kleben wie ein Stück

Scheiße. Da mögen den Mann noch so viele Gerichte freisprechen, und es mag noch so viele Richtigstellungen geben. Kinderschänder hat es immer gegeben. Doch das ist heute im öffentlichen Bewusstsein zu einem richtigen Modeverbrechen geworden. Vor zwanzig Jahren war es noch ein absolutes Tabu, darüber zu sprechen. In zehn oder fünfzehn Jahren wird vielleicht der Kindesmissbrauch durch Frauen in aller Munde sein. Dann wird jedes Aupair-Mädchen zur potenziellen Bestie. Seid ehrlich: Würde jemand von euch ein Kind, insbesondere dann, wenn es sich um euer eigenes handelt, in die Nähe eines Mannes lassen, der einmal wegen Kinderschändung vor Gericht gestanden hat? Ganz egal, wie das Urteil ausgefallen ist. Kein Rauch ohne Feuer, werdet ihr denken. Wer weiß, ob nicht doch was dran ist, werdet ihr euch sagen. Vor allem aber: Sicher ist sicher. Kaum ist ein Verdacht geboren, nagt er und plagt er und frisst sich immer tiefer und tiefer ins Bewusstsein. Je stärker der Zweifel, umso größer ist die Angst. Ihr würdet wahrscheinlich einen Bogen um einen solchen Mann machen und eure Nachbarn vor ihm warnen.«

»Ich verstehe«, sage ich. »Aber in Adels Fall wäre es doch etwas unglaubwürdig …«

»Warte, warte!«, unterbricht sie mich. »Ich bin noch nicht fertig. Ich sprach von Männern im Allgemeinen. Aber es gibt etwas noch viel Besseres. Ihr wisst wahrscheinlich schon, worauf ich hinauswill.«

Sie macht wieder eine kurze Pause und nimmt einen Schluck Wein.

»Wie schadet man in unserer Zeit am besten einem Araber?«

»Indem man behauptet, er sei ein Terrorist«, verkündet Corinna.

»Richtig! Siehst du, es geht auch ohne zu rauchen. Du denkst mit.«

Nun reden alle durcheinander.

»Wie soll das funktionieren?«, fragt Corinna. »Wenn ich so

etwas mache, stehe ich bald wegen übler Nachrede selbst vor Gericht.«

»Ich bin doch lieber fürs Rösten und Braten«, meint Ulrike.

»Bist du sicher, dass du nie für die Stasi gearbeitet hast?«, fragt Laura.

»Ich bin neugierig, wie viele Menschen diesen Gedanken schon vor uns gehabt haben«, sinniert Monika.

»Jetzt gehe ich doch eine rauchen!«, verkündet Corinna. Aber sie rührt sich nicht von der Stelle. Inzwischen sind die Frauen an den anderen Tischen auf unser Gespräch aufmerksam geworden. Einige haben sich zu uns gesetzt. Andere stehen hinter unseren Rücken und hören zu.

»Edith wird uns sicher erkären, wie eine solche Verleumdungskampagne praktisch ablaufen soll«, sage ich. »Sie hat sich bestimmt schon seit langer Zeit Gedanken darüber gemacht.«

Neben und hinter mir höre ich zustimmendes Gemurmel und fürchte schon, Edith würde wieder die gleiche Show abziehen wie früher, Fragen stellen, Pausen einlegen, Wein trinken. Diesmal jedoch rückt sie mit ihrer Antwort überraschend schnell heraus: »Von Verleumdungskampagne kann keine Rede sein. Es geht nicht darum, irgendwelche Wahlen zu gewinnen. Du schreibst einen anonymen Brief, am besten gleich ans BKA, in dem du deine Beobachtungen so glaubwürdig wie möglich schilderst. Und damit nichts schiefläuft, schickst du eine Kopie davon an die Presse. Der Rest erledigt sich von selbst. Ich spreche bewusst von einem Brief mit der Schneckenpost, denn Mails und SMS lassen sich bekanntlich leicht zurückverfolgen, und dann hat das BKA bald auch dich in der Mangel. Es wäre klug, den Brief auf einem Drucker auszudrucken, der nicht gerade bei dir im Wohnzimmer oder im Büro steht, Handschuhe zu tragen, wenn du das Papier und den Briefumschlag berührst, und selbstklebende Briefmarken zu verwenden.«

»Um keine DNA-Spuren zu hinterlassen«, erkläre ich Ulrike,

die nach Ediths letztem Satz ein überraschtes Gesicht gemacht hat.

»Was für ein Glück, dass du nicht in der DDR aufgewachsen bist«, bemerkt Laura. »Du hättest bestimmt eine große Karriere gemacht.«

Edith ignoriert diesen Seitenhieb. Sie schaut nicht einmal in Lauras Richtung, sondern setzt ihre Ausführungen fort: »Das Wortpaar Araber–Terrorist funktioniert auch sieben Jahre nach dem elften September und fünf Jahre nach den Anschlägen von Madrid und London todsicher genauso wie die Wortkombination Mann–Kinderschänder. Wird zwischen den beiden Worten eine Verbindung hergestellt und dabei ein Name ausgesprochen, ist er auf Ewigkeit damit verbunden. Sogar wenn die Polizei die Behauptung für völlig unbegründet hält, wird sie der Spur nachgehen, schon allein, um sich gegen spätere Vorwürfe zu wappnen, einen wichtigen Hinweis nicht ernst genommen zu haben. Angesichts der vielen Bedrohungsszenarien und der sensibilisierten Öffentlichkeit kann sich auch unsere Polizei keine Nachlässigkeiten mehr erlauben. Egal, wie die Geschichte ausgeht, dein Adel wird ein paar sehr unangenehme Tage erleben. Terrorverdächtigen werden oft die Konten gesperrt. Bereits Ermittlungen wegen Terrorverdachts reichen aus. Der Beweis, dass sich ein Tatverdacht erhärtet, ist nicht notwendig. Dein Adel wird in finanzielle Schwierigkeiten geraten und Probleme mit seiner Bank bekommen. Das BKA, das LKA, der BVS und eine Reihe anderer Behörden werden, egal, ob das rechtlich gedeckt ist oder nicht, Dossiers über ihn anlegen und seine Daten speichern, und jedes Mal, wenn irgendwo irgendwas passiert, das auch nur entfernt mit Terrorismus zu tun hat, wenn im Nahen Osten ein neuer Krieg beginnt, wenn das Computerprogramm in der Datenbank, aus welchem Grund auch immer, über eines der Reizwörter stolpert, sei es *Adel*, sei es *Restaurantbesitzer*, sei es *Gigricht* oder *Irak* oder *Ali Baba*, sei es Adels Geburtsjahr, das Jahr, in dem er nach

Deutschland kam oder eingebürgert wurde, oder eine Mischung dieser Reizwörter mit einer Reihe anderer, wird dieses Dossier wieder auftauchen. Keine schönen Zukunftsaussichten für Adel. Wer einmal im System ist, und das wissen wir alle – der kommt nie mehr heraus. Wenn er sich zudem noch ungeschickt verhält, sich in Widersprüche verwickelt oder schnippisch reagiert, kann ihm genauso gut passieren, dass er nicht im Gigrichter Polizeigefängnis, sondern im Irak, in Pakistan oder in Usbekistan landet. Es ist bekannt, dass nicht nur die Amerikaner, sondern auch wir Deutschen einzelne Terrorverdächtige den Verhörprofis fremder Geheimdienste überantworten. Hast du schon vom pakistanischen Geheimdienst ISI gehört? Im Vergleich zu dem, was die tun, sind Ulrikes Gewaltphantasien harmlose Sado-Maso-Spiele.«

Das Gemurmle hinter meinem Rücken wird lauter: ein Lachen, eine Bemerkung, die ich nicht wiederholen möchte, das Klirren von Gläsern, das Klappern von Stöckelschuhen auf dem Parkett, und dann dreht jemand den Wasserhahn hinter der Theke auf. »Ich mag den Sprudel nicht.« Durch die Geräuschkulisse hindurch höre ich deutlich nur diesen einen Satz, vielleicht weil er dreimal hintereinander wiederholt wird: »Ich mag den Sprudel nicht, ich trinke lieber Leitungswasser.«

Ich fixiere Edith mit den Augen und sage: »Du hast zu viele Horrorfilme gesehen. Wenn du so redest, geht es mir noch mieser als zuvor.«

»Na hör mal, du hast selbst die Tür zu diesem Gespräch geöffnet. Wer hat vom Erschießen geredet? Du oder ich? Außerdem sind meine Überlegungen keineswegs Horrorphantasien. Sie bilden die Realität ab. Eine ehemalige Kommilitonin von mir unterrichtet heute an der Juridischen Fakultät. Sie hat mir berichtet, dass sie im letzten Semester eine Lehrveranstaltung mit dem Titel *Ethik für Juristen* angeboten hat. In einem Gespräch mit ihren Studenten musste sie feststellen, dass viele von ihnen, beinahe die Hälfte, Foltermethoden durch Exekutivorgane des Staates in Extremfällen, insbesondere bei der Terrorbekämpfung, befürworten würden. Ich spreche, wie gesagt, nicht von irgendwem, sondern von Jusstudenten. Man bekommt den Eindruck, als seien die Jahrzehnte nach dem Krieg nur ein Zwischenspiel gewesen. Nun kehren wir zum Menschlichen, Allzumenschlichen zurück … Aber es war ja alles nur eine Gedankenspielerei. Lass uns was trinken.« Sie grinst, zwinkert mir zu und erhebt ihr Glas.

Das Thema ist damit keineswegs erledigt. Die Frauen malen sich die Szenen ihrer Rache in den plastischsten Farben aus, aber ich höre nicht mehr zu. Ich möchte nach Hause. Dass mich Ediths Überlegungen abstoßen, dass ich aber gleichzeitig über die praktische Ausführung eines solchen »Racheplans«, über den Wortlaut, in dem ich den Brief abfassen, oder den Briefkasten, in den ich ihn hineinwerfen würde, nachdenke, macht mir Angst. Ich beschließe, nicht mehr hierherzukommen.

Monika reißt mich aus meinen Gedanken: »Was meinst du dazu?«

»Hmm.« Ich habe in den letzten zehn Minuten nicht zugehört und weiß nicht, worüber die anderen diesmal gesprochen haben. »Hmmm.« Warum können sie mich nicht einfach in Ruhe lassen? »So auf die Schnelle ist das schwer zu beantworten, wir reden später darüber«, sage ich und folge Corinna hinaus in den Hof.

Es ist eine sternenklare Nacht. Der Hof ist nicht beleuchtet, und alle Fenster in den oberen Stockwerken sind dunkel. Ich mache einige Schritte und bleibe stehen. Es dauert einige Zeit, bis ich mich zurechtfinde. Dicht neben mir höre ich das Geräusch des Feuerzeugs. Ich sehe eine glimmende Zigarette – ein roter Punkt, in dessen schwachem Licht nur Corinnas Zeige- und Mittelfinger zu erkennen sind.

»Willst du auch eine?«, fragt sie.

»Ich rauche doch nicht.«

»Warum bist du dann hier?«

»Ich bin vor dem Gespräch geflüchtet.«

»Das ist der Vorteil, wenn man in Zeiten des Nichtraucherschutzes raucht. Man kann regelmäßig flüchten und eine Pause einlegen, ohne dass es unhöflich wirkt.«

»Aha.«

»Weißt du, was dein Problem ist?«

»Sag's mir.«

»Du bist zu klug. Du denkst zu viel nach.«

»Und wie fühlt man sich, wenn man nicht zu viel nachdenkt?«

»Man denkt nicht darüber nach, wie man sich fühlt, weil man nicht zu viel nachdenkt.«

»Ist das erstrebenswert?«

»Das weiß ich nicht. Indem ich darüber nachdenke, wie man sich fühlt, wenn man nicht zu viel nachdenkt, denke ich schon zu viel nach.«

»Warum kommst du eigentlich zu diesen Treffen?«

Corinna wirft ihre Zigarette auf den Boden, drückt sie mit der Schuhspitze aus und geht in den Innenraum zurück, ohne mir eine Antwort gegeben zu haben.

2

In dieser Nacht begegne ich Adel im Traum. Er ist an einen Stuhl gefesselt und wird vom pakistanischen Geheimdienst verhört. Das Zimmer, in dem wir uns befinden, erinnerte mich an das Innere einer Gefriertruhe, an einen Operationssaal oder an einen hell beleuchteten Laderaum eines Lkws. Jedenfalls ist es ein Raum ohne Fenster. Ich weiß nicht, warum ich hier bin, und kann nicht hören, was Adel sagt. Seinen verängstigten Gesichtsausdruck kann ich jedoch erkennen. Es freut mich, dass er klein und schwach aussieht und dass er offenbar um Gnade bettelt. Die beiden Schergen, die ihn verprügeln, kommen mir bekannt vor.

Sehen sie nicht aus wie die beiden Kellner aus dem indischen Restaurant *Taj Mahal?*

Ich versuche, mich nicht zu bewegen, bleibe still, als wäre ich nicht anwesend, halte den Atem an, schaue mich verzweifelt nach einem Versteck um. Sie bemerken mich dennoch. Einer der Schläger, der ältere der beiden, ein schmächtiger Mittfünfziger mit Melonenbauch, kurzem Hals und einem Kopf, der wie ein großes, braun bemaltes Osterei aussieht, lässt von Adel ab und wendet sich mir zu. Kein Zweifel: der Kellner aus dem *Taj Mahal.*

»Das hast du nicht vermutet, was?« Seine hohe Stimme hat denselben freundlichen, ein bisschen devoten Unterton wie im Restaurant, wenn er Papadam oder Hühnerfleisch mit Curry serviert.

»Sie konnte nicht ahnen, was unsere eigentliche Beschäftigung ist«, bemerkt der Jüngere, ein stämmiger Mann um die vierzig mit abstehenden Ohren wie unser Altbürgermeister und einer so flachen Nase, als wäre sie vor langer Zeit mit einem schweren Gegenstand zertrümmert worden und danach in dieser unförmigen, entstellten Form wieder verheilt.

»39 Jahre alt und hat immer noch keine Ahnung, dass die Welt nie so ist, wie sie scheint.«

Der Jüngere schaut mich an und macht eine höfliche Verbeugung: »Auf den ersten Blick ein harmloser Kellner, in Wirklichkeit ein Raubtier.«

»So wie der hier.« Der Ältere deutet auf Adel, der auf seinem Stuhl zappelt und etwas auf Arabisch zu erklären versucht. »Scheinbar ein ehrenwerter älterer Herr, tatsächlich aber ein Gewalttäter, der Frauen schlägt, ein geiler Bock, ein Ehebrecher, ein Trinker, selbstgefällig, wehleidig und egoistisch, alles in allem ein entbehrliches Individuum.«

»Völlig entbehrlich!«

Adel zappelt noch vehementer, so dass der Stuhl auf dem Betonboden des Zimmers hin und her rutscht.

»Und was ist mit ihr?« Der Jüngere zeigt mit den Finger auf mich.

»Sie ist zu klug, sie denkt zu viel nach.«

»Aber gleichzeitig auch dumm.«

»Natürlich. Klugheit kommt selten allein. Sie tritt fast immer in Begleitung ihrer älteren Schwester, der Blödheit, auf. Was haben uns die Eltern beigebracht, als wir Kinder waren? Rede nicht mit Fremden. Geh nicht mit ihnen mit und lade sie schon gar nicht zu dir nach Hause ein.«

»Hüte dich vor fremden Männern, die dich in einer Bar ansprechen.«

»Vor allem nicht, wenn der Fremde dich an jemanden erinnert, den du vergessen möchtest.«

Sie schauen mich erwartungsvoll an, aber ich stehe immer noch wie versteinert mitten im Raum und bringe kein Wort heraus.

»Was machen wir jetzt mit diesem Herrn?«, fragt der Jüngere.

»Wir sollten ihm eine Lektion erteilen.«

Die Augen des Jüngeren leuchten schelmisch auf.

»Hast du an etwas Besonderes gedacht? Ich schätze deine destruktive Fröhlichkeit.«

Der Ältere fährt sich mit der Hand durch sein schütteres Haar und runzelt die Stirn.

»Ich bin kein Gewaltmensch. Wie wäre es, wenn wir ihm seinen Todeszeitpunkt verraten?«

»Eine gute Idee.«

Der Jüngere wendet sich wieder Adel zu.

»Willst du erfahren, wann du stirbst?«

Adels Augen weiten sich. Er schüttelt vehement den Kopf.

»Also nicht. Aber ich will es wissen. Ich bin sehr neugierig«, sagt der Ältere und wendet sich wieder seinem Kollegen zu. »Erledigst du das?«

»Mit Vergnügen.« Der Jüngere geht auf die andere Seite des

Zimmers. An der Wand hängt ein schwarzer Telephonapparat, ein altes Modell mit Wählscheibe, ähnlich jenem, das mein Großvater in seinem Haus hatte, als ich noch ein Kind war. Er wählt eine lange Nummer, wartet und sagt dann mit brüchiger, unangenehmer Stimme: »Hallo? Ja, hier ISI Special Task Force for Mental Cleansing … Ja, ja, ich bin's … Danke, ich kann nicht klagen … Der geht's auch gut, sie ist nur wieder einmal auf Diät … Auch den Kindern geht's gut … Der Kleine ist nicht mehr klein, nächstes Jahr macht er Abitur … Und dir? … Probleme? … Was will er? Dir die Flügel stutzen? Nach allem, was du für ihn getan hast? Was sagt denn Moses dazu? … Aha, der ist also immer noch so streng und rigide. War ja nicht anders zu erwarten, dass er so reagiert. Hast du Moses jemals einen Witz erzählen gehört? Und dabei ist er Jude … Gut, was sagt Jesus? … Okay, der hat selbst gerne gelitten und erwartet das von allen anderen auch. Und Mohammed? … Ach o je. Aber dazu sag' ich lieber nichts, sonst … Ja, ja, natürlich, du hast recht, jetzt ist nicht der richtige Zeitpunkt, wir reden später darüber. Weswegen ich jetzt anrufe: Könntest du mir einen kleinen Gefallen tun? Ich hätte gerne den Todestag und die Todesursache eines Herrn Adel Haddad aus Gigricht … Ja, genau der … Natürlich, bis gleich.« Er legt auf, wendet sich seinem Kollegen und mir zu, hebt entschuldigend die Hände. »Dauert ein bisschen«, sagt er. »Überall dasselbe. Ob oben oder unten, man erstickt in Arbeit und muss erst die Systeme abgleichen.«

Der Ältere seufzt. »Wenigstens haben sie dort höhere Überstundenzulagen«, meint er.

Das Telephon läutet, eines dieser schrillen, durchdringenden Klingelgeräusche, die mich an meine Jugend erinnern, ohne nostalgische Gefühle zu wecken.

Der Jüngere greift nach dem Hörer. »Ja, ja … Das ist ja hochinteressant … Danke, Gabriel … Tschüss.«

Er legt den Hörer auf und sagt mit lauter, euphorischer

Stimme, so als verkünde er einen Gewinn im Euromillionenspiel: »Er stirbt am 13. Mai 2013 an Prostatakrebs auf der Intensivstation des Gigrichter Krankenhauses.«

Adel stöhnt und lässt den Kopf sinken. Der ältere Kellner schmunzelt. Der jüngere bleibt vor mir stehen und sagt: »Schau nicht so erstaunt! Wir wären kein professioneller Geheimdienst mit einem ausgezeichneten Ruf, wenn wir nicht auch einen Draht nach oben hätten. Wir haben überall unsere Leute sitzen.«

Auf einmal kann ich mich wieder bewegen. Ich weiche zurück, will hinaus aus diesem Kellerloch. Wo ist die Tür? Ich laufe an der Wand entlang, habe den Raum schon zweimal umrundet, die Tür aber immer noch nicht gefunden. Die beiden Kellner lachen mich aus. Ich muss hier raus! Ich bekomme keine Luft, und außerdem muss ich dringend pinkeln.

»Mama!«

Das Zimmer schwimmt unter meinen Füßen davon.

»Mama!!!«

»Verdammte Scheiße!«, schreie ich.

»Mama?«

Petra wischt mir mit der Bettdecke den Schweiß von der Stirn.

»Ich muss aufs Klo.«

»Du solltest über deine Alpträume mit einem Experten reden.«

»Du irrst dich. In allen Dingen bist du noch keine Expertin, mein Kind.«

»Ich meine doch nicht mich. Ich habe mit Gustav über deine Alpträume gesprochen …«

Ich springe aus dem Bett. »Was hast du? Hatte ich dich nicht um etwas gebeten?«

»Schrei mich nicht an. Alpträume sind doch nichts Peinliches.«

»Du hattest es mir versprochen!«

»Entschuldige, Mama. Aber es ist nun mal passiert.«

Ich fasse sie an den Schultern und schüttle sie. »Es ist mein Leben, hörst du!«

»Ich möchte dir doch nur helfen, Mama.«

»Oh Gott«, stöhne ich. »Bald kennt die ganze Stadt die verborgenen Seiten meines Privatlebens.«

»Ach Mama, mach dir nicht so viele Sorgen! So wichtig bist du nicht, und es wäre mir lieber, wenn dein Privatleben so aufregend wäre, dass es sich lohnen würde, über dessen verborgene Seiten zu tratschen.«

»Werd nicht frech, ja! Als Kind habe ich dich nie geschlagen, aber jetzt, da du erwachsen bist, kann es passieren, dass mir die Hand ausrutscht.«

»Jedenfalls hat Gustav mit seiner Mutter gesprochen, und die sprach mit einer Freundin, und die wiederum kennt einen Hypnotiseur, der Probleme dieser Art behandeln kann. In der Hypnose kommt dein Innerstes nach außen und wird damit greifbar. Soll ich den Kontakt herstellen?«

»Das könnte dir so passen!«

Ich schiebe meine Tochter zur Seite und laufe zur Toilette.

3

Als ich siebzehn Jahre alt war, führte Frau Wagner, meine Religionslehrerin im Gymnasium, ein Experiment durch. Es sei sehr einfach, erklärte sie: Meine Mitschüler und ich sollten fünfzehn Minuten lang weder an Gott noch an Jesus oder den Heiligen Geist denken. Wir sollten uns ausschließlich auf ihre Worte konzentrieren. In der nächsten Viertelstunde beschrieb sie eine nächtliche Schiffsreise von Athen auf die Insel Santorin, die sie mit ihrem Mann während der Sommerferien unternommen hatte. Ich aber hatte ständig ein Jesusbild vor Augen, die große

Pietà aus dem Gigrichter Dom, das Kruzifix in der Patscher Uferkapelle oder den singenden Jesus aus der berühmten Verfilmung des Musicals *Jesus Christ Superstar*. Auch wenn ich mich redlich bemühte, diese Bilder zu verdrängen, wurden sie von Minute zu Minute mächtiger und größer, bis sie schließlich das Schiff, das Santorin ansteuerte, gänzlich überlagert hatten. Fast hätte ich eine der Melodien aus dem Musical zu summen begonnen. Im Gespräch, das dem Experiment folgte, erfuhr ich, dass es meinen Mitschülern ähnlich ergangen war wie mir. Meine Sitznachbarin Beate hatte das Bild des Heiligen Geistes in der Gestalt einer weißen Taube im Kopf gehabt, und Michael, der sonst wenig für Religion übrighatte, behauptete, in seiner Vorstellung sei Jesus mit einem rotierenden Heiligenschein über dem Kopf zwischen den Sitzreihen herumspaziert.

So ähnlich geht es mir auch heute. Am liebsten würde ich das gestrige Gespräch vergessen. Der Alptraum, der mir für den Rest der Nacht den Schlaf geraubt hat, war schlimm genug. Trotzdem beginne ich mir bald Sätze zu überlegen, mit denen ich Adel in einem anonymen Brief des Terrorismus und anderer Verbrechen bezichtige. Während ich Bücher verkaufe und ein bemüht freundliches Gesicht mache, denke ich darüber nach, wie ich das Projekt »Rache an Adel« in die Tat umsetzen könnte. Selbstverständlich handelt es sich dabei nur um Hirngespinste.

Welches Schreibmaterial soll ich verwenden? Ich müsste mir ein neues Päckchen mit DIN-A4-Druckerpapier kaufen, das ich von Anfang an nur mit Handschuhen anfasse. Ich müsste mir Briefumschläge und Briefmarken besorgen und einen Briefkasten suchen, der sich nicht in der Siedlung, sondern am anderen Ende der Stadt befindet.

Für den Brief darf ich weder meinen Computer noch meinen Drucker verwenden. Sollte Adel tatsächlich von der Polizei verhört werden, wäre es nur eine Frage der Zeit, bis er mich hinter der Verleumdung vermuten und meinen Namen nennen würde.

Aus diesem Grund könnte ich den Brief auch nicht mit der Hand schreiben. Das Ausschneiden von Buchstaben aus einer Tageszeitung, wie ich es in Filmen gesehen oder in Kriminalromanen gelesen habe, wäre mir zu mühsam. Schließlich sollte der Brief mehr als nur ein paar Zeilen lang sein. Genauso wenig könnte ich auf die Computer von Freunden und Bekannten ausweichen. Jeder Drucker hat sein individuelles Schriftbild, und die Reste gelöschter Dateien bleiben auf der Festplatte noch lange Zeit gespeichert und können von Experten rekonstruiert werden. Ich könnte den Text in einem Internetcafé schreiben und ausdrucken, doch in einer Stadt wie Gigricht ist die Gefahr groß, dass man mich dort erkennt oder sich mein Gesicht merkt.

In der guten alten Zeit der Schreibmaschinen war alles leichter, überlege ich mir, während ich mit einer Kundin über das Sturmtief Emma spreche, das vor ein paar Tagen einige Menschen getötet und zahlreiche Verwüstungen hinterlassen hat.

»Wir hatten noch einigermaßen Glück«, erklärt die Kundin, während sie das Buch *Dem Rad in die Speichen fallen. Die Lebensgeschichte des Dietrich Bonhoeffer* in ihrer Tragtasche verstaut, »in Gigricht hat es nur wenige Schäden gegeben. Meine Schwägerin lebt in Oberschweffla. Das Dach ihres Hauses wurde völlig abgedeckt. Die Eibe im Garten ist umgeknickt und auf die Kinderschaukel gefallen. Außerdem ist ihr Hund verschwunden.«

»Nein? Wirklich?« Meine Stimme klingt dramatischer, als es diesem Gespräch angemessen wäre. »Das ist ja furchtbar!«

»Der Klimawandel wird uns alle noch umbringen«, meint die Frau.

Ich gebe ihr recht und erzähle etwas über den Orkan Kyrill, der letztes Jahr noch erheblich mehr Schäden angerichtet hat. Es gibt kein Thema, über das ich nicht mit Kunden plaudern könnte.

Meine alte Schreibmaschine im Keller! Warum ist mir die nicht gleich eingefallen? Der Laden, in dem ich sie 1985 gekauft habe, hat vor mehr als zehn Jahren dichtgemacht. Ich habe das Gerät seit meiner Schulzeit nicht mehr verwendet. Von den Deutsch- und Philosophiereferaten, die ich damit geschrieben habe, existieren bestimmt keine Kopien mehr. Das Heinrich-Heine-Gymnasium ist in den Neunzigerjahren in ein neues Gebäude umgezogen. Ich kann mir nicht vorstellen, dass die Schule noch ein Archiv mit den Referaten ihrer ehemaligen Schüler aus den Achtzigerjahren besitzt, und meine einstigen Klassenkameraden und Lehrer haben die Photokopien, die ich von meinen Referaten über Heinrich Böll, Christa Wolf oder Karl Jaspers in den Jahren 1986 oder 1987 gehalten habe, wohl kaum aufgehoben.

»Meine Freundin Martha ist Buchhändlerin in Oberschweffla«, erzähle ich der Kundin. »Ich sollte sie anrufen und fragen, wie sie den Sturm überstanden hat. Die Buchhandlung liegt direkt am Fluss. Beim letzten Hochwasser wurde sie überflutet. Zwei Nächte hatte sie mitgeholfen, eine Schutzwand aus Sandsäcken zu bauen. Es hat nichts geholfen.«

»Sie meinen sicher den *Buchladen Zach*. Meine Schwägerin kauft dort immer ihre Bücher.«

Ich kann mir nicht vorstellen, dass die alte Schreibmaschine nach zwanzig Jahren noch funktionstüchtig ist. Farbbänder werden für dieses Modell nicht mehr hergestellt. Übrigens sollte ich Martha tatsächlich anrufen. Ich könnte sie in den nächsten Tagen besuchen. Ein Ortswechsel wird mir guttun. Die Kleinstadt Oberschweffla liegt fünfzehn Kilometer von Gigricht entfernt. Mit der S-Bahn bin ich in zwanzig Minuten dort.

»Einen schönen Tag noch.«

Nachdem ich den Brief geschrieben habe, sollte ich die Schreibmaschine entsorgen. Der Recyclinghof kommt natürlich nicht in Frage. Am besten wäre es, sie in den Fluss zu werfen. Unter der Augustinusbrücke macht die Uferpromenade einen Bogen. Stufen führen hinunter zum Wasser. Diese Stelle ist in der

Nacht nicht beleuchtet. Aber ich müsste auf jeden Fall bis nach Mitternacht warten.

Der einzige Wermutstropfen ist, dass ich nicht dabei sein kann, wenn sie Adel verhören, wenn sie seine Bude auseinandernehmen, seine Freunde, seine Frau, seine Kinder und seine Nachbarn befragen, wenn sie sich entschuldigen und bald doch wieder belästigen, ihn belästigen und sich entschuldigen. Was ist schon eine Rache wert, wenn das Opfer nicht weiß, wer an der Quelle seines Unglücks steht? Vielleicht werde ich Adel aufsuchen, und wenn wir unter vier Augen sind, werde ich ihm ins Gesicht lachen. Andererseits genügt es, wenn er mich hinter der Aktion vermutet. Jemanden im Ungewissen zu lassen, ist auch eine Form von Rache.

Ich stelle mir Ediths Gesicht vor, wenn ich erzähle, was ich getan habe. Sie wird mir nicht glauben, niemand wird mir glauben, außer Corinna, die mich durchschaut hat und mir mehr zutraut als ich selbst. Wir werden unsere Späße machen, wir werden uns Szenen ausmalen, in denen wir das Schicksal überlisten und stärker sind als unsere Angst, wir werden uns aneinander aufrichten, wir werden uns kurzzeitig sanieren, Energie tanken, unsere Batterien aufladen, uns für die nächsten Tage wappnen. Und je nachdem, wie gut die Einzelne das Spiel beherrscht, werden die einen zu Vampiren, die anderen zu Energiespendern. Doch werden wir uns selbst und alle, die uns nahestehen, sogleich wieder fallenlassen, wenn wir das Spiel zu leidenschaftlich spielen und plötzlich ahnen, wie unscheinbar die Grenze zwischen Phantasie und Realität sein kann und wie stark wir wirklich sind.

4

Im Frühjahr 1980 war ich 72 Jahre alt. Meine jüngeren Kollegen warteten sehnsüchtig auf meine Emeritierung. Die Leitung des Instituts hatte ich schon an meinen lieben Freund, Professor Prang, abgegeben. Auf meine Vorlesungen, auf Kolloquien, Seminare und die Betreuung einiger Dissertanten wollte ich zu diesem Zeitpunkt noch nicht verzichten, auch wenn ich die Anzahl der Lehrveranstaltungen, die ich leitete, von Jahr zu Jahr reduziert hatte. Meinem fortgeschrittenen Alter entsprechend hätte ich längst meinen wohlverdienten Ruhestand genießen müssen, und so war es nur dem hohen Renommee zu verdanken, das ich in unserer Stadt besaß, dass ich weiterhin unterrichten und forschen durfte.

Mitte der Siebzigerjahre war meine Frau an den Folgen eines Schlaganfalls gestorben, ein sehr schwerer Verlust nach mehr als vierzig Jahren Ehe. Beinahe zeitgleich ließen sich sowohl mein Sohn als auch meine Tochter scheiden, eine Tatsache, die mir ebenfalls Kummer bereitete. Daraufhin verfiel meine Tochter dem Alkohol, während mein Sohn auf Reisen ging, mal auf Kuba, mal in Thailand oder Indonesien weilte, ohne sich darum zu kümmern, seinem Leben eine Richtung oder einen klaren Sinn zu geben. In jenen Jahren, als ich den Eindruck hatte, mein privates Lebensglück zerfalle wie ein altes Gemäuer, blieb die Arbeit mein einziger Trost. Der Rektor unserer Universität, mit dem ich seit ewigen Zeiten befreundet war, hielt mir jene Kollegen vom Leibe, die nicht einsehen wollten, dass ein lästiger Greis wie ich ein Hindernis für ihren beruflichen Aufstieg darstellen sollte. Scharfen Dobermännern gleich fletschten sie die Zähne, und es ist den großen Führungsqualitäten unseres Rektors zu verdanken, dass er diesen Bestien Beißkörbe anlegte. Eine gewisse Dame, die unverdientermaßen den Titel Dozentin führte und sich seit Jahren darum bemühte, diesem auch noch den einer

Professorin hinzuzufügen, war die Leithündin dieser Meute. Ihren Namen möchte ich lieber verschweigen. Die Habilitierung dieser Dame hatte ich erfolgreich zu verhindern vermocht, und vor vielen Jahren hatte ich ihre Dissertation mit dem Kommentar zurückgeschickt: *Sehr geschätzte Frau Kollegin, lernen Sie zuerst die Regeln der deutschen Rechtschreibung, bevor Sie mir eine wissenschaftliche Arbeit vorlegen.* Die »geschätzte Frau Kollegin« erwies sich als nachtragend, eine Eigenschaft, die bei mir selbst glücklicherweise nur schwach ausgeprägt ist und die ich deshalb nur selten bei anderen Menschen als selbstverständlich annehme.

Wer sich der Illusion hingibt, kultivierte Menschen, die sich der Wissenschaft oder der Kunst verschrieben haben, agierten gesitteter als die Beamten eines beliebigen Ministeriums, die bekanntermaßen einen Großteil ihrer Zeit darauf verschwenden, ihre Position zu verteidigen und zu intrigieren, statt ihrer eigentlichen beruflichen Tätigkeit nachzugehen, hat die destruktiven Seiten der menschlichen Natur gründlich verkannt. Jedenfalls hatte ich unserem Rektor verbindlich zugesagt, mich zum Abschluss des Sommersemesters 1983 endgültig in den Ruhestand zu verabschieden, und so wäre es bestimmt gekommen, wenn sich nicht in jenem Frühjahr 1980 ein Journalist namens Dirnhofer bei mir gemeldet hätte.

Karl-Heinrich Dirnhofer, Chefredakteur des *Gigrichter Tagblatts*, gehört zu jener Spezies von Menschen, die ihre eigene Bedeutung dermaßen überschätzen, dass sie, mit Eigenschaften wie Aufdringlichkeit und Selbstsicherheit über die Maßen ausgestattet, manchmal wider Erwarten dennoch – oder gerade deswegen – etwas Wichtiges bewegen können.

Eines Morgens läutete bei mir das Telephon: »Guten Morgen. Professor Heisenberg?« Eine tiefe, vom Zigarettenrauch angegriffene Stimme, ein wenig einschmeichelnd, beinahe sanft, keineswegs unangenehm.

»Am Apparat.«

»Dirnhofer ist mein Name. *Gigrichter Tagblatt.* Ich würde Sie gerne zu einem Gastkommentar in unserer Zeitung einladen. Es handelt sich dabei um eine …«

»Danke! Sehr freundlich, aber ich denke nicht, dass ich für Ihre Serie schreiben möchte.«

»Meine Serie?«

»Ich habe sie einige Male gelesen, muss aber offen gestehen, dass die gedankliche Tiefe der meisten Kommentare …«

»Ach!«, unterbrach er mich und lachte. »Sie meinen sicher die Kolumne. Dirniastisches zum Tag. Aber das ist gut zehn Jahre her, Herr Professor. Ich sehe, Sie sind kein regelmäßiger Leser unserer Zeitung. Na ja, macht nichts.«

»Was wollen Sie von mir?«

»Es geht um Folgendes: Wir machen zum aktuellen Anlass der gescheiterten US-Geiselbefreiung im Iran eine Sonderbeilage mit dem Titel *Im Reich der Mullahs* und hätten gerne von Ihnen, einem so renommierten Orientalisten, Historiker und Islamwissenschaftler, eine Expertenmeinung. Es ist ein großes Glück für uns, dass ein Mann von Ihren Fähigkeiten ausgerechnet in Gigricht, an unserer kleinen Universität, forscht und unterrichtet. Ich habe einige Ihrer Aufsätze in Fachzeitschriften gelesen und muss zugeben …«

»Was wollen Sie im Speziellen von mir haben?«, unterbrach ich ihn. »Etwas zur Geschichte der Schia? Oder zur Entwicklung Persiens von den Safawiden bis Ayatollah Khomeini? Oder etwas zur Geiselnahme in Teheran?«

»Nein, darüber schreiben schon unsere Redakteure. Von Ihnen, Herr Professor, hätten wir gerne etwas Profunderes, einen Gesamtüberblick zum Thema, der die Ursachen aufdeckt, die persönliche Stellungnahme eines Experten vom Fach sozusagen.«

»Das klingt für mich wie oberflächlich und hintergründig zugleich.«

»Sie sagen es! Was ich mir vorgestellt habe, wären ein paar

grundsätzliche Überlegungen zu den Gründen des Antimodernismus im Islam und der Faszination, die diese Religion in ihrer radikalen Form auf die Massen ausübt. Dieses Phänomen ist in den letzten Jahren bekanntlich nicht nur im Iran zu beobachten.«

»Sie haben recht. In der islamischen Welt findet tatsächlich ein Paradigmenwechsel statt.«

»Ich sehe – Sie verstehen genau, was ich meine. Vermeiden Sie aber bitte Ausdrücke wie Paradigmenwechsel. Das *Gigrichter Tagblatt* ist nicht die *New York Times*. Unsere Artikel sollten auch von Kindergärtnerinnen, Verkäuferinnen, Busfahrern und Lagerarbeitern verstanden werden. Es wäre also schön, wenn Sie das eine oder andere Wort, das außerhalb der Universitätsmauern nicht unbedingt zur Umgangssprache gehört, ersetzen oder umschreiben würden. Ich hoffe, Sie nehmen mir diese kleine Bitte nicht übel. Ihr guter Ruf wird darunter bestimmt nicht leiden.«

»Um meinen guten Ruf mache ich mir keine Sorgen, aber ich denke, einem Lagerarbeiter werden die Mullahs im Irak ziemlich egal sein.«

»Unterschätzen Sie Ihre Mitmenschen nicht, Herr Professor. Auch ein Lagerarbeiter will am Stammtisch mitreden können, und sogar eine Verkäuferin möchte ab und zu klug erscheinen.«

»Aber in einer Zeitungsspalte kann man ein solch komplexes Thema nicht abhandeln.«

»Keine Sorge, Herr Professor, wir stellen Ihnen genügend Platz zur Verfügung, auch eine Doppelseite, wenn es sein muss. Und selbstverständlich bekommen Sie den üblichen Honorarsatz … Wie wäre es mit dem nächsten Montag als Abgabetermin? Kriegen Sie das hin?«

Ich habe es »hingekriegt«. Der folgende Artikel wurde – sprachlich ein wenig vereinfacht und an manchen Stellen gekürzt – am darauffolgenden Wochenende im *Gigrichter Tagblatt* veröffentlicht. Er sollte weitreichende Folgen für mich haben.

Ende des 15. Jahrhunderts war die islamische Welt dem christlichen Abendland überlegen. 250 Jahre später war das Osmanische Reich ein korruptes Gebilde, das zu Recht als »kranker Mann am Bosporus« bezeichnet wurde, und Persien ein rückständiges Land, während in Europa und Amerika die ersten Demokratien entstanden. Das ist kein Zufall. Wie jeder Mensch, so ist auch der Mensch des Orients wie auch der Europäer ein Produkt seiner Geschichte, einer Geschichte, die unbewusst auf seine Mentalität einwirkt, sein Denken und Handeln sowie die Werteskala, der er sein Handeln und seine Perspektive auf die Welt unterordnet, prägt, vor allem aber seine Identität als Individuum bedingt. Historische Entwicklungen, die Jahrhunderte zurückliegen und aus sozialen Bedingungen entstanden sind, die der Vergangenheit angehören, oder Konflikte, die längst vergessen sind und niemanden mehr bewegen, sind demzufolge oft entscheidender als die sogenannten Sternstunden der Menscheit. Das korrupte Verhalten eines Papstes wie Alexander VI. in der Zeit um 1500 ist für die Hegemonie der europäischen Kultur in der Welt wichtiger als die Werke von Aufklärern wie Rousseau oder Voltaire. Das ist keine paradoxe Rhetorik und ist letztlich simpler zu erklären, als es auf den ersten Blick erscheinen mag.

Die wichtigste Schlüsselzeit der europäischen Geschichte war die Renaissance im 15. und 16. Jahrhundert. Die Renaissance war, um es sehr verkürzt auf den Punkt zu bringen, die Wiederentdeckung der griechisch-römischen Antike nach vielen Jahrhunderten des Mittelalters, das zwar nicht so finster war, wie man früher geglaubt hat, aber dennoch viel finsterer, als es manchen jungen Historikern lieb ist. Aus der Philosophie, der Kunst und der Literatur der Antike entwickelten die Humanisten der Renaissance das Bild des mündigen, selbstbestimmten Individuums, das sich zu verwirklichen trachtet. Ohne Renaissance hätte es keine Reformation gegeben, keinen Calvinismus, keine protestantische Arbeitsethik, keinen Kapitalismus und keine Eigeninitiative, keinen Wissensdrang und keinen technischen Fortschritt, keine Aufklärung, keine Menschenrechte, keine Demokratie, ja überhaupt keine Moderne, wie wir sie heute kennen. Im Orient hingegen hat es keine der Renaissance vergleichbare Entwicklung gegeben. Die Dominanz religiöser Überzeugungen, die im Islam wurzelten, blieb für weitere Jahrhunderte unumstritten, ja sie verstärkte sich noch durch das Aufkommen einer besonders strengen Auslegung der Scharia durch die Wahhabiten im 18. Jahrhundert oder durch fundamentalistische Strömungen in jüngster Zeit, welche in der iranischen Revolution gipfelten. Dieser Fundamentalismus ist aber letztlich nur eine Trotzreaktion, das Ergebnis einer historischen Niederlage des Orients, der auf die Herausforderungen der Moderne mit Abwehr reagiert. Die entscheidende Frage ist, warum die europäische Kultur um das Jahr 1500 zu einem beispiellosen Siegeszug ansetzte, während die orientalische stagnierte, oder, überspitzt formuliert: Warum hat Frankreich Algerien kolonisiert und nicht umgekehrt?

Warum war eine »Renaissance« in der islamischen Welt nicht möglich? Wohl einfach nur, weil es dort nichts wiederzuentdecken gab, das für arabische und persische Intellektuelle und Künstler jene Identifikations- und Projektionsfläche geboten hätte, wie es die griechisch-römische Antike für die Humanisten Italiens, Frankreichs oder Deutschlands gewesen ist. Worauf hätte ein Intellektueller in Kairo zurückgreifen können, wenn er der rigiden Welt der religiösen Tradition, die jeden Fortschritt erstickte, eine Alternative entgegensetzen hätte wollen? Die altgriechische Kultur, deren Zentrum Ägypten zur Zeit des Hellenismus zweifellos gewesen war, konnte ihm zwar als Gegenstand interessierter Betrachtung, manchmal auch begeisterter philosophischer Zuwendung, jedoch nicht als Objekt der Identifikation dienen. Der ägyptische Intellektuelle des Spätmittelalters verstand sich als Araber und nicht als ein Nachkomme der Hellenen. Die Welt des antiken Alexandria hätte er nie als einen Teil des eigenen Ichs angesehen, den es »wiederzuentdecken« galt. Die kreative Energie, die der Humanismus in Europa freisetzte, konnte nur deshalb entstehen, weil die Antike in Stockholm, London und Neapel als gemeinsames europäisches Erbe angesehen wurde. Die Beschäftigung mit der »eigenen« Vergangenheit war nicht abstrakt, sondern emotional aufgeladen. Leidenschaft aber ist, in welcher Form auch immer, die eigentliche treibende Kraft hinter gesellschaftsverändernden Prozessen.

Ein Italiener des 15. Jahrhunderts schrieb seine Texte auf Latein und verstand sich sehr wohl als Nachkomme der griechisch-römischen Zivilisation. Ein persischer Gelehrter hätte wahrscheinlich im Reich der Sassaniden und Parther einiges gefunden, das er als einen Teil des Eigenen wahrgenommen hätte, jedoch keinen Aristoteles oder Cicero, keinen Heraklit oder Plato, keinen Sokrates, Plautus oder Aristophanes, also nichts, was als Grundlage für die Entwicklung des Individuums im modernen Sinne hätte dienen können. Ironischerweise waren es aber gerade arabische oder persische Gelehrte, welche die alten griechischen Texte in ihren Bibliotheken und Übersetzerschulen für das Abendland gerettet haben. Ja, sie haben sie gesammelt. Sie haben sie auf intelligente Weise kommentiert und systematisiert, sie haben ihre Wissbegier befriedigt und aus ihnen zu lernen versucht, sie haben sie als Grundlage für ihre eigenen Philosophien, für die Weiterentwicklung der Mathematik und anderer Wissenschaften benutzt, aber sie haben sich nicht in einer Weise von ihnen inspirieren lassen wie ein Erasmus, ein Pico della Mirandola, ein Melanchton oder ein Thomas Morus, denn sie waren keine Europäer. Die griechischen Texte blieben ihnen fremd. Sie waren eine Herausforderung an ihren Verstand, aber sie berührten nicht ihr Herz.

Nun aber komme ich zu einem noch wesentlicheren Punkt,

warum es im Orient zu keiner Modernisierung gekommen ist, und dieser liegt in der Religion selbst, also im Islam, begründet, einer gegenüber dem Christentum viel vitaleren, einfacheren und im Grunde toleranteren Religion. Doch gerade dieser Umstand wurde den islamischen Gesellschaften in einer entscheidenden Phase der Weltgeschichte zum Verhängnis. Es hat sie im Orient natürlich sehr wohl gegeben – die Aufklärer und Ketzer, die Mystiker und Atheisten, doch die große Macht der Religion war nicht zu brechen, eben weil ihre Imame und Mullahs damals nicht so korrupt und korrumpierbar waren, weil der Islam nie so widersprüchlich war wie das Christentum, weil es kein Dogma, keine mächtige Kirche, keine klare Hierarchie und keinen Papst gegeben hat, der wie zum Beispiel Alexander VI. die katholische Kirche dermaßen in Verruf gebracht hatte, dass ein Martin Luther erst möglich wurde. Wo aber das Alte nicht morsch wird, kann nur schwer etwas Neues entstehen.

Akzeptiert man Oswald Spenglers Theorie vom Aufstieg und Niedergang der Kulturen als tauglichen Denkansatz, so wird man erkennen, dass der Islam um 1500 noch keineswegs im Niedergang begriffen war. In jener Zeit expandierte er sogar noch in solch entlegene Regionen wie das südliche Afrika, Malaysia oder Indonesien, und dies weitestgehend friedlich, durch Missionierung und freiwillige Konvertierung der einheimischen Bevölkerung. Während in Europa Andersgläubige verfolgt oder vertrieben wurden, konnten im Orient christliche und jüdische Gemeinden oft unbehelligt überleben. Die Christen stellen im Libanon bis heute die Mehrheit, jeder zehnte Ägypter ist vierzehn Jahrhunderte nach der arabischen Eroberung dieses Landes immer noch ein koptischer Christ, und in fünfhundert Jahren osmanischer Herrschaft ist der Balkan nur in einigen wenigen Regionen islamisiert worden. Ein muslimisches Granada als Teil des katholischen Spanien im Machtbereich des Großinquisitors können wir uns hingegen schwer vorstellen.

Alle rigiden, das Leben und das Denken einschränkenden oder frauenfeindlichen Tendenzen gibt es gleichwohl im Islam wie im Christentum oder im Judentum. Die Frage ist nur, ob eine Verkettung historischer Zufälle zum richtigen Zeitpunkt eine Weiterentwicklung erlaubt oder nicht. Um 1500 war der Islam eine verhältnismäßig junge Religion. Wäre der Islam früher und das Christentum später entstanden und nicht umgekehrt, dann wären es heute katholische Bischöfe und Kardinäle, die mit aufputschenden Reden und einer Kalaschnikow in der Hand die Welt in Angst und Schrecken versetzen würden. Eine Weltreligion hat nach fünfhundert Jahren gerade einmal die Flegeljahre hinter sich, und nach neunhundert Jahren ist sie im besten Alter. Als schließlich auch der Islam zu altern begann, als er erstarrte und in zunehmendem Maße dogmatische, fundamentalistische und intolerante Züge annahm, hatte der Orient den Anschluss an die Moderne längst verpasst. Zaghafte Versuche der Erneuerung, die mit einer Säkularisierung einhergingen, wie sie unter dem ägyptischen Potentaten Mohammed Ali zu Beginn des 19. Jahrhunderts oder einige Jahrzehnte später im Osmanischen Reich versucht wurden, konnten nicht mehr gelingen, weil das mächtige Europa in seinem Hinterhof keine neuen Konkurrenten zu dulden gewillt war. Vor allem aber scheiterten alle Versuche an der Mentalität der Untertanen jener fortschrittlichen Monarchen und aufgeklärten Revolutionäre, weil der Islam ähnlich wie das Christentum oder das Judentum eine Religion mit Totalitätsanspruch ist. Er prägt die Perspektive des Gläubigen auf die Welt genauso wie sein Handeln im Alltag. Dies betrifft das Wirtschaftsleben, die Speisevorschriften, das Sexualverhalten, die Hygiene sowie alle anderen Lebensbereiche. Damit bietet diese Religion in Zeiten der Unsicherheit ein ideales Rückzugsgebiet, in dem sich der Gläubige vor den Irritationen der Außenwelt geschützt fühlt. Dies hat der religiöse Fundamentalismus übrigens mit allen totalitären Ideologien gemeinsam.

Fundamentalismus ist der Ausdruck einer Lebensangst. Wenn Gott klare Regeln vorgibt, denen die Menschen und die Welt zu gehorchen haben, und wenn das reale Leben mit seinen realen Menschen – Menschen mit Schwächen, Abgründen und Widersprüchen – nur eine Anomalie, eine Abweichung von der Norm, ist, dann gibt es keinen Zweifel und keine Angst. Fundamentalismus ist die Flucht in die Sicherheit, in der alles, was wir tun und erleben, eine fundamentale Bedeutung oder sogar einen höheren Sinn hat, solange wir nur »das Richtige« tun. Fundamentalisten fehlt der Mut, am Leben zu scheitern und es trotzdem zu ertragen. Jedes Stolpern auf einem klaren, durch Gottes Regeln vorgezeichneten Weg ist hingegen nur folgerichtig, denn es ist Teil des (vermeintlich) unausweichlichen Kampfes zwischen dem, was ist, und dem, wie es sein sollte.

Fundamentalismus ist die Flucht in die Durchschaubarkeit und Ordnung einer in die Zukunft hineinprojizierten Utopie. Was die Utopie am Leben erhält, ist der Kampf. In ihren Feinden zerstört die zum Dogma erhobene Utopie die irritierende Unsicherheit der realen Welt. Einfache Antworten taugen nicht für komplizierte Fragen. Also muss jene Welt vernichtet werden, die komplizierte Fragen aufwirft.

Wie jede Ideologie will der Fundamentalismus also Sicherheit, und die größte Sicherheit bietet der Tod, weil er unumgänglich ist und somit immer die Aura der Macht hat. Wer den Tod verehrt, ist mächtig, weil der Tod etwas ist, dem die Menschen letztlich immer unterliegen. So gibt es keine Ideologie, die ohne Todesverehrung ausgekommen wäre. »Viva la muerte!«, war der Slogan der Falangisten im Spanischen Bürgerkrieg. Die SS marschierte unter dem Zeichen des Totenkopfs, und die größten Helden der Sowjetunion sind im Kampf gefallen.

Im engeren Sinne hat religiöser Fundamentalismus nichts mit Gott zu tun. Fundamentalismus ist ein zutiefst menschliches, ein emotionales und ein gesellschaftliches Problem. Fundamentalisten legen religiöse Lehren in ihrem Sinne aus. Wer will, findet in jeder Religion aggressive oder gewalttätige Züge. Und umgekehrt.

Im Vergleich zu anderen Dogmen haben religiöse Lehren den Vorteil, dass ihr Verfasser nicht hinterfragt oder verunglimpft werden kann. Gott ist schließlich Gott, während zum Beispiel Karl Marx eben doch nur ein Ökonom und Gesellschaftstheoretiker des 19. Jahrhunderts gewesen ist.

Milde ist bekanntlich keine ausgeprägt »fundamentalistische Eigenschaft«, genauso wenig wie Ironie oder Humor. In seiner Unerbittlichkeit und Einseitigkeit hat der Fundamentalismus immer auch etwas Banales und unfreiwillig Komisches an sich. Das Pathos der Mullahs und Imame ist nur einen Schritt von der Rührseligkeit entfernt. Für Karikaturisten und Satiriker ist Ayatollah Khomeini ein besonders dankbares Opfer. Fundamentalismus ist oft im wahrsten Sinne des Wortes explosiver Religionskitsch. Wie schon gesagt: Mit Gott hat das nichts zu tun. Wenn Gott uns tatsächlich nach seinem Ebenbild erschaffen hat oder zumindest so geformt hat, wie er es wollte, so war es auch sein Wille, dass wir nicht alles wissen und verstehen können, dass wir uns selbst, andere und sogar IHN manchmal auf die Schaufel nehmen dürfen, dass die Schicksalsschläge, die wir erleiden, und die Ungerechtigkeiten, mit denen wir konfrontiert sind, oft demütigend und unerklärlich sind, dass wir mit dem Schicksal hadern und verzweifeln dürfen und dass wir in unserem Leben hin und wieder keinen Ausweg finden.

Der Iran ist heute ein Staat mit faschistischen Zügen. Angesichts der US-Geiseln in Teheran, der Verfolgung religiöser und politischer Minderheiten, aber auch der zunehmenden Popularität dieses Landes in der islamischen Welt, stellt sich die Frage, wie der Westen mit dem radikalen Islam als neuem und durchaus gewichtigem Faktor im Weltgeschehen umgehen soll. Ich denke, dass man das Phänomen nicht unterschätzen und es, gerade in der arabischen Welt, mit entsprechend radikalen Mitteln bekämpfen sollte. Was jedoch den Iran betrifft, so wäre es vernünftiger, die neuen Eliten dieses Landes stärker an den Westen zu binden. Wer an der Macht ist, hat etwas zu verlieren und braucht Freunde. Die Verantwortlichen der US-Regierung haben es verabsäumt, sich Ayatollah Khomeini rechtzeitig zum Freund zu machen, wohl auch weil die mächtige jüdische Lobby in den USA, die den heutigen Iran als eine Bedrohung für Israel ansieht, dies nicht zugelassen hat. Jüdische Kreise sind die eigentlichen Drahtzieher hinter den Entscheidungen des schwachen Präsidenten Jimmy Carter, dessen Wiederwahl allerdings immer unwahrscheinlicher wird. Dabei wäre der schiitische Islam ein idealer Verbündeter des Westens, gibt es doch zwischen der Schia und dem Christentum zahlreiche Parallelen, so vor allem die ausgeprägten Vorstellungen von Schuld und Buße. Mentalitätsmäßig stehen gläubige Christen den Schiiten näher als der sunnitischen Mehrheit innerhalb des Islam. Es gibt aber auch große Ähnlichkeiten zwischen der Schia und dem Judentum, haben die Schiiten doch lange Zeit als verfolgte Minderheit im Nahen Osten gelebt und vergleichbare Methoden des Überlebens sowie Gefühle der Exklusivität entwickelt. Das messianische Erlösungsverständnis der Schiiten könnte ebenfalls seine Wurzeln im Judentum haben, ja manche Wissenschaftler behaupten sogar, die Grundlagen des schiitischen Glaubensverständnisses seien von einem gewissen Abdallah ibn Saba entwickelt worden, einem zum Islam konvertierten Juden. Wenn es also dem Westen gelänge, den Iran an sich zu binden, hätte er einen wertvollen Verbündeten sowohl im Kampf gegen den Kommunismus (der vor drei Monaten erfolgte sowjetische Einmarsch in Afghanistan zeigt deutlich, mit welchen Gefahren wir von dieser Seite zu rechnen haben) wie auch gegen andere radikale Strömungen in der islamischen Welt gewonnen.

6

Mein Artikel stieß in der Fachwelt auf eine geringere Resonanz, als ich erwartete, sei es, weil mir manche Kollegen »die Koketterie mit dem Journalismus« nicht verziehen, sei es, weil das *Gigrichter Tagblatt* als Provinzzeitung außerhalb unserer Stadt kaum wahrgenommen wurde. Ich erinnere mich, dass mir die Redaktion ein Honorar in der Höhe von 125 Mark auf mein Konto überwies, ein Umstand, den ich mit einem gewissen Amusement zur Kenntnis nahm. Bald hätte ich wohl nicht weiter über meinen kleinen Aufsatz nachgedacht, wenn nicht etwa zwei Wochen nach seinem Erscheinen der Rektor in mein Büro gekommen wäre. Er hielt die neueste Ausgabe des *Gigrichter Tagblatts* in der Hand und meinte mit besorgter Stimme: »Lieber Freund, ich sage es offen heraus: Ich bete zu Gott, dass du dir mit dieser Sache nicht dein eigenes Grab geschaufelt hast.«

»Es ist meistens Gott, zu dem man betet, es sei denn, man ist als Anhänger des sogenannten Teufelskultes …«

»Sebastian, mir ist jetzt nicht der Sinn nach semantischen Spielereien. Hier, lies!«

Er schlug die Zeitung auf einer der letzten Seiten auf und legte sie mir auf den Tisch.

»Was denn?«

»Nun schau doch hin … Nicht hier … In der linken Spalte!«

Es dauerte einige Zeit, bis ich in der Rubrik *Leserbriefe* den in Frage kommenden Text gefunden hatte:

Zu Professor Dr. Sebastian Heisenbergs Beitrag in der GT-Sonderbeilage *Im Reich der Mullahs* vom 31. März 1980:

Am vorletzten Sonntag ist im *Gigrichter Tagblatt* ein längerer Artikel von Universitätsprofessor Dr. Sebastian Heisenberg erschienen, in dem er sich neben zahlreichen Überlegungen zur Geschichte und Gegenwart der islamischen Welt, deren Beurteilung wir Religionswissenschaftlern, Historikern und Politologen überlassen, zu folgenden Sätzen hinreißen lässt: *Die Verantwortlichen der US-Regierung haben es verabsäumt, sich Ayatollah Khomeini rechtzeitig zum Freund zu machen, wohl auch weil die mächtige jüdische Lobby in den USA, die den heutigen Iran als eine Bedrohung für Israel ansieht, dies nicht zugelassen hat. Jüdische Kreise sind die eigentlichen Drahtzieher hinter den Entscheidungen des schwachen Präsidenten Jimmy Carter, dessen Wiederwahl allerdings immer unwahrscheinlicher wird.*

Es ist Professor Heisenberg natürlich unbenommen, die Politik der US-Regierung zu kritisieren oder die Chancen des amtierenden Präsidenten, wiedergewählt zu werden, zu beurteilen. Die antisemitischen Äußerungen können wir jedoch nicht hinnehmen. Die Mär von der »mächtigen« jüdischen Lobby in den USA wurde schon in der Nazizeit kolportiert, und die Vorstellung, eine mächtige jüdische Mafia stehe hinter allen wichtigen Entscheidungen der US-Politik, ist nicht nur in rechtsradikalen Kreisen ein beliebter Gemeinplatz. Dass sich ein angesehener Professor und Ehrenbürger dieser Stadt zu antisemitischen Aussagen dieser Art hinreißen lässt, vor allem aber, dass dies bislang unwidersprochen geblieben ist und das *Gigrichter Tagblatt* Heisenbergs Artikel unkommentiert abgedruckt hat, erfüllt uns mit Sorge. Mehr als die Vorurteile eines betagten Professors spiegelt gerade dieses (desinteressierte oder gar zustimmende) Schweigen die Zustände in Deutschland wider.

Wer ist eigentlich Professor Heisenberg? Geboren 1908 in Schlesien, NSDAP-Mitglied seit 1933, begann er unter den Nazis an der Universität in Breslau seine wissenschaftliche Karriere als Orientalist und Historiker, die er nach dem Krieg in Gigricht ungebrochen fortsetzen konnte. 1938 publizierte er ein Buch unter dem Titel *Mohammeds Kinder im Aufbruch. Eine faschistische Perspektive*, in dem er von einer jüdischen Weltverschwörung faselt und den Propheten Mohammed mit Adolf Hitler vergleicht. Zu

Beginn des Zweiten Weltkriegs arbeitete er für Goebbels' Reichspropagandaministerium als Radioredakteur, wobei er sich in seinen Beiträgen ebenfalls mit antisemitischen Hetztiraden hervortat. Danach war er für die deutsche Abwehr tätig und nahm 1941 an der missglückten deutschen Intervention im Irak teil. Nach dem Krieg war er bald entnazifiziert, ein angesehener Professor, Freund zahlreicher Bürgermeister, Ehrenbürger und gut zwanzig Jahre Vorsitzender der Deutsch-Arabischen Gesellschaft in Gigricht. Doch offenbar hat sich Professor Heisenberg von seinen ewiggestrigen Ansichten bis jetzt nicht ganz lösen können. Ich hoffe, dass die deutsche Öffentlichkeit und vor allem Professor Heisenbergs Universitätskollegen deutliche Worte finden, um sich von seinen Aussagen zu distanzieren.

Joseph Meisl, Honorarkonsul des Landes Israel in Gigricht

Stellungnahme des Chefredakteurs: Gastkommentare geben nicht die Meinung der Redaktion wieder. Sonderbeilagen dienen als Foren verschiedener Meinungen zu einem Thema. Die Redaktion sieht es nicht als ihre Aufgabe an, diese zu kommentieren oder klarzustellen.

»So ein mieser Denunziant!«, schrie ich. »Dabei ist dieser Joseph Meisl wahrscheinlich selbst nicht einmal Jude.«

»Garantiert nicht«, meinte der Rektor. »Er ist Honorarkonsul und Vorsitzender der Deutsch-Israelischen Gesellschaft. Ein besonders guter Deutscher also. Du weißt, wie diese Leute sind.«

»Was er schreibt, ist infam! Ich bin kein Antisemit! Ich zerre diesen Meisl vor Gericht.«

»Das wäre unklug. Oder willst du, dass sie alles ausgraben, was du irgendwann einmal vor 1945 geschrieben hast?«

»Ich war nicht schlechter als all die anderen Stiefellecker. Und jene, die sich heute am lautesten empören, weil die Zeit gekommen ist, sich zu empören, wären damals die eifrigsten Arschkriecher gewesen. Es ist immer derselbe Menschenschlag, der an der Wasseroberfläche schwimmt.«

»Das ändert nichts daran, dass es saublöd war, diese zwei Sätze zu schreiben. Und das auch noch in einer Tageszeitung! Mein Gott, Sebastian, verlierst du auf deine alten Tage noch deinen gesunden Menschenverstand?«

»Es war doch gar nicht so gemeint, wie es klingt! Ich habe große Hochachtung vor den Juden, vor ihrer Klugheit, ihrem Fleiß, ihrer Fähigkeit, immer in Schlüsselpositionen zu gelangen, ihrem Zusammengehörigkeitsgefühl. Wer soll es ihnen verübeln, dass sie Amerika kontrollieren und ihre eigenen Interessen verfolgen? Sollen doch die anderen einmal so schlau werden wie sie. In drei Generationen haben die Juden einen Staat aufgebaut und eine seit zweitausend Jahren tote Sprache wieder zum Leben erweckt – eine einmalige Errungenschaft in der Weltgeschichte. Das jüdische Volk hat Schlimmes erleiden müssen. Ich weiß, wovon ich spreche. Ich habe es mit eigenen Augen gesehen. In gewisser Weise waren diese beiden Sätze also als Kompliment gedacht.«

Der Rektor griff sich an den Kopf. »Sebastian, dir ist nicht zu helfen«, stöhnte er. »Am besten, du sagst nichts mehr. Bitte rede mit niemandem über dieses Thema. Wenn dich jemand auf den Artikel anspricht, kommentiere ihn nicht. Wenn du es mir erlaubst, werde ich in deinem Namen eine Stellungnahme abgeben.«

Zu jenem Zeitpunkt nahm ich die Sache noch nicht ernst. Bald jedoch brach der Sturm über mich herein.

In den Sechzigerjahren begegnete man Äußerungen, die antisemitisch ausgelegt hätten werden können, meist mit Schweigen, insbesondere dann, wenn es sich bei dem Betroffenen um eine angesehene Persönlichkeit handelte. Man tat so, als wäre die Äußerung gar nicht gefallen, es sei denn, sie war so ungeheuerlich, dass sie eine Grenze überschritt, bis zu der man stillschweigend alles als erträglich erachtete. Als Professor Huber im Jahre 1963 in der Universitätsmensa im Zuge eines hitzigen Streitgesprächs, das er mit einigen Kollegen führte, den Satz aussprach: »Zu den Juden fällt mir nur eines ein – Zyklon B war eine nützliche Erfindung«, musste er die Universität verlassen. Es war zu Studentenprotesten und sogar zu einer Anzeige, nicht jedoch zu einer Verurteilung gekommen. Als jedoch Professor Unterdorfer zwei Jahre später in einer Vorlesung erklärte, Einstein sei der größte Wissenschaftler des 20. Jahrhunderts gewesen, »obwohl er Jude war«, ließ man die Sache nach einer öffentlichen Entschuldigung des Professors dabei bewenden. Man sprach nie mehr darüber. Hätte man gar die Zugehörigkeit zur NSDAP oder antijüdische Kommentare vor 1945 als Kriterium angelegt, hätte man damals gut zwanzig Prozent des Lehrkörpers entlassen müssen. Auf der Juridischen Fakultät wäre es gewiss die Hälfte gewesen.

Bis 1980 hatten sich aber auch in Gigricht die Zeiten geändert. Für meine Feinde erwies sich meine unvorsichtige Formulierung als Glücksfall. Jene schon erwähnte Dozentin, die einen besonderen Groll gegen mich hegte, lief zwischen Dekanaten, Instituten, Fakultäts- und Studienrichtungsvertretungen hin und her, um mich anzuschwärzen und zu verleumden. Sie war es schließlich, die einen flammenden Artikel für das *Gigrichter Tagblatt* verfasste (der von allen ihren Freunden unterschrieben war), in dem sie ihre antifaschistische Gesinnung, die mir bis dahin nie aufgefallen war, hervorhob und mich zum Inbegriff des Bösen und der Heuchelei stilisierte. In der *Roten Lokomotive*, der Zeitschrift der Linken Liste, einer der zahlreichen von Taugenichtsen geleiteten Studentengruppen, in denen lange Haare und zottelige Bärte gezüchtet, aber wenig Konstruktives geleistet wurde, erschien ein weiterer Artikel, der mich verunglimpfte. Er trug den Titel *Nazis unter uns*. Eine Karikatur zeigte mich in SS-Uniform, mit einer Peitsche in der linken und einer Pistole in der rechten Hand.

Die Studenten begannen, meine Lehrveranstaltungen zu boykottieren. In der Mittagszeit musste ich meine Mahlzeiten im *Chat Noir*, meinem Lieblingsrestaurant in der Innenstadt, allein einnehmen, weil niemand von meinen Kollegen mit mir gesehen werden wollte. Die Ehrenbürgerschaft der Stadt Gigricht wurde mir aberkannt, nachdem mich der Bürgermeister in meinem Büro aufgesucht und sich bei mir entschuldigt hatte. Er müsse leider »Rücksicht auf die Stimmung im Land nehmen«, hatte er gesagt.

Nicht einmal die beschwichtigenden Stellungnahmen des Rektors konnten mir noch helfen.

Von Tag zu Tag geriet ich mehr in die Isolation eines Menschen, dessen Freunde zwar nie offiziell mit ihm gebrochen, aber den Kontakt unter den fadenscheinigsten Ausreden (oder auch ganz ohne Ausreden) eingeschränkt oder zur Gänze eingestellt hatten. Stattdessen stellten sich neue Bekannte bei mir ein, die gerne meine Freunde geworden wären. So rief zum Beispiel eines Tages ein Vertreter des Kameradschaftsbundes bei mir an.

»Spreche ich mit Herrn Oberleutnant Heisenberg?«

»Nein! Sie sprechen mit Herrn Professor Heisenberg! Meine Armeezeit liegt Gott sei Dank schon lange zurück. Auf den militärischen Rang der längst aufgelösten Armee eines untergegangenen Staates lege ich keinen Wert.«

Noch schlimmer erwiesen sich die Herren von der *Nationalzeitung* und der *Nationaldemokratischen Volkspartei*, die von mir Stellungnahmen im Sinne ihrer Weltanschauung erwarteten und sich sogar anschickten, mich zu interviewen. Es kostete mich einige Mühe, diesen Leuten verständlich zu machen, dass ich mit ihresgleichen nichts zu tun haben wollte. Außerdem erhielt ich zahlreiche Briefe (davon etliche ohne Absender oder Unterschrift), in denen ich entweder beschimpft oder über die Maßen gelobt wurde. Beides war mir gleichermaßen unangenehm, und so habe ich die meisten Schreiben sofort weggeworfen.

Ein Redakteur des lokalen Radiosenders wollte mich für ein Gespräch gewinnen. Mit dem Radio hätte ich ja in meinem Leben schon Erfahrungen gemacht, meinte er. Diesem Wunsch habe ich nicht entsprochen. Ich wollte mich nicht zwischen einer Werbung für Haarschampoo und einem schrillen Pop-Song öffentlich zum Hanswurst machen lassen. Dirnhofers Angebot einer »Entgegnung« habe ich aber angenommen. Ich schrieb einen kurzen Text, in dem ich in aller Schärfe, aber in gewählten Worten, mein Verhältnis zum Judentum und zum Nationalsozialismus richtigstellte. Zehn Jahre zuvor hätte das ausgereicht, diesmal jedoch machte meine Stellungnahme alles noch schlimmer. Man warf mir zum wiederholten Male Heuchelei und, wie sich einer der Langhaarigen in der *Roten Lokomotive* ausdrückte, »Schlappschwänzerei« vor, ein Ausdruck, der nicht nur niveaulos und beleidigend, sondern auch allen Regeln des guten deutschen Schreibstils widerspricht. Korrekterweise müsste es nämlich »Schlappschwanzerei« oder »Schlappschwanzhaftigkeit« heißen, weil der Wortstamm von »Schwanz« und nicht von »schwänzen« kommt. Doch auch diese »korrekten« Neologismen wären weder stimmig noch elegant gewesen.

Schließlich warf ich das Handtuch.

»Mein Freund, wir sollten schleunigst deine Emeritierung in die Wege leiten, bevor alles noch schlimmer wird«, erklärte mir der Rektor.

»Schlimmer kann es nicht mehr werden«, entgegnete ich.

»Glaub mir«, sagte er, »es gibt keine Situation im Leben, die nicht noch schlimmer werden könnte.«

Er hatte recht. Mit Ende des Sommersemesters 1980 ließ ich mich in den Ruhestand versetzen.

7

Der Sturm hat Plakatständer umgeworfen, er hat Fahnenmasten geknickt, Stromleitungen unterbrochen, Bäume entwurzelt und parkende Autos plattgedrückt. In Gigricht ist ein Mann ums Leben gekommen. Emma packte ihn auf der Brücke, umarmte ihn und stieß ihn samt dem Brückengeländer in den Fluss. Auch Marthas Buchladen hat einiges abbekommen. Eine Halteverbotstafel, die sich von ihrem Ständer losgerissen hatte, flog durch die Schaufensterscheibe und den ganzen Raum, bevor sie unter einem Berg von Büchern begraben wurde.

Auf dem Marienplatz in Patsch ist ein Marktstand eingestürzt. Der Besitzer, ein Türke, kam mit dem Schrecken davon. Das war am Samstag. Heute ist Mittwoch. Es ist wieder still und friedlich, so als wäre nichts geschehen. Adels Restaurant hat keine Sturmschäden davongetragen. Das Schild ist an seinem Platz, die Fensterscheiben sind blankgeputzt, und an der Tür hängt ein Zettel, auf dem *Heute geschlossene Gesellschaft* steht. Aus dem Inneren dringt orientalische Musik. Hinter den Vorhängen sehe ich Schatten von Menschen, die sich im Rhythmus der Musik bewegen. Ich werde mich davon nicht abhalten lassen. Ich lasse es nicht zu, dass ich den ganzen Weg umsonst gemacht habe. Zwei Haltestellen vor der Siedlung bin ich aus dem Bus gestiegen, bin in die Innenstadt zurück und von dort weiter nach Patsch gefahren, um endlich das zu tun, was ich schon vor Wochen hätte tun sollen. Ich atme tief durch und öffne die Tür.

In der kurzen Zeit, die ich im Raum bin, bevor mich der ältere Kellner, den ich von meinem letzten Besuch in Adels Restaurant kenne, wieder auf die Straße hinausdrängt, sehe ich etwa ein Dutzend tanzende Menschen, während andere um einen festlich geschmückten Tisch sitzen, in der Mitte ein junger Mann im Frack und eine noch jüngere Frau in einem weißen Kleid. Als ich eintrete, schauen sie kurz in meine Richtung, beachten mich aber nicht weiter. Der Kellner schlängelt sich mit einer Gemüseplatte und einem Wasserkrug in der Hand an den Tanzenden vorbei. Als er mich sieht, stellt er die Speisen und den Krug auf einem kleinen Nebentisch ab, läuft zu mir und schreit mir ins Ohr, um die laute Musik zu übertönen.

»Tut mir leid. Heute ist das Restaurant geschlossen.«

»Ich möchte nichts essen.« Auch ich muss meine Stimme anstrengen. »Ich muss mit Adel Haddad sprechen.«

»Der Chef ist beschäftigt. Kommen Sie morgen wieder.«

»Es handelt sich um eine Angelegenheit, die keinen Aufschub duldet. Bitte richten Sie ihrem Chef aus, dass Astrid Heisenberg dringend ein paar Worte mit ihm wechseln möchte. Sie werden sehen, dass er Zeit für mich finden wird, sobald er meinen Namen hört.«

Er wirft mir einen finsteren Blick zu, steigt von einem Fuß auf den anderen, schaut sich um. »Ich denke, es wird trotzdem bis morgen warten müssen. Der Neffe der Chefin feiert heute Hochzeit.«

»Ich rühre mich nicht von der Stelle.« Er mustert mich ein weiteres Mal, prüft, ob ich es ernst meine oder nicht. Sein gequältes Gesicht verrät, wie angestrengt er nachdenkt. Ich mache einen Schritt auf ihn zu und verschränke die Arme auf der Brust. Ich merke, dass mich die Hochzeitsgäste mit Neugierde beobachten. Aus den Augenwinkeln sehe ich sie nur wie in einer Reihe von Momentaufnahmen – eine alte Frau mit faltigem Doppelkinn, Diamantohrringen und einer goldenen Halskette, die für meinen Geschmack etwas zu protzig ist, einen kräftigen Vierzigjährigen mit Pomade im Haar, schwarz und glänzend wie seine Augen, einen gutaussehenden alten Mann mit der steifen Haltung eines pensionierten Berufsoffiziers, der sich mit dem jüngeren Kellner unterhält, und eine dürre Frau auf Stöckelschuhen, die über die Tanzfläche stolpert wie eine Ziege, die sich auf eine Eislaufbahn verirrt hat. Der Bräutigam geht lächelnd auf mich zu.

Er fragt nach meinem Namen und ob er richtig gehört habe, dass ich seinen Onkel kenne. Seine Stimme gefällt mir. Auch sein Lächeln hat etwas Einnehmendes. Wenn mir danach wäre, könnte ich mich glatt in ihn verlieben. Doch ehe ich ihm antworten kann, sehe ich Adel. Er trägt einen eleganten dunkelblauen Zweireiher, ein weißes Hemd mit Stehkragen, eine rote Fliege und ein paar Schuhe, mit denen Gustav bestimmt bei jedem Vorstellungsgespräch Erfolg hätte. Das letzte Mal, als ich hier war, trug Adel einen roten Fes und spielte einen osmanischen Würdenträger. Diesmal ist er wie ein Gentleman aus dem 19. Jahrhundert verkleidet. Wenn ich nicht eine solche Wut auf ihn hätte, könnte er mir fast leidtun, denn er wirkt derart außer sich und erschrocken, als habe ihm soeben jemand tatsächlich seinen Todeszeitpunkt verraten. Diese Mischung aus Bestürzung und Angst und die hastigen Schritte, mit denen er quer durch den Raum auf mich zuläuft, bleiben seinen Gästen nicht verborgen. Die Tanzenden bleiben stehen. Jemand dreht die Musik leiser. Die Gespräche am Tisch verstummen.

»Komm mit!«, zischt Adel mit gepresster Stimme, fasst mich am Oberarm und zieht mich hinaus auf die Straße und weitere zwanzig Schritte bis zum Nebenhaus und noch zehn Schritte, bis wir um die Ecke gebogen sind.

»Welche von den älteren Damen ist deine Frau?«, frage ich ihn. »Die Dicke mit dem Klunker oder die Dürre, die nicht tanzen kann?«

»Keine von beiden. Die Dürre ist die Mutter der Braut, und die Dicke ist ihre Cousine. Was willst du?«

»Das fragst du noch?«

»Was soll ich tun?«

»Du hättest mich anrufen oder mir zumindest schreiben können. Wenigstens ein kurzer Satz der Entschuldigung. Er hätte nichts ungeschehen gemacht, vielleicht alles noch schlimmer, aber er hätte den Schein gewahrt, ein Mindestmaß dessen, was sich gehört. Arschloch und Heuchler wäre mir immer noch lieber als ein feiges Arschloch.«

Er beobachtet angestrengt meine Schuhspitzen. »Es tut mir leid. Das meine ich ehrlich.«

»Willst du dich über mich lustig machen?«

Er wird unruhig, beginnt, lauter zu sprechen: »Bitte, verzeih mir! Ich weiß nicht, was in mich gefahren ist. Ich bin kein gewalttätiger Mensch. Nicht einmal gegen meine Kinder habe ich jemals die Hand erhoben. Ich war betrunken. Ich sollte weniger trinken. Ich verspreche dir, dass ich weniger trinken werde. Aber was du getan hast, darf eine Frau nicht tun. In solchen Augenblicken hat ein Mann keine Kontrolle über sich selbst. Du hast mich scharfgemacht, und dann hast du mich …« Er stockt.

»Also habe ich bekommen, was ich verdiene?«, schreie ich. »Du bist wirklich ein Schwein! Ich habe dich scharfgemacht? Ich? Du bist über mich hergefallen. Hatte ich nicht gesagt, du sollst warten?«

»Ich muss zurück zu meinen Gästen.«

In diesem Moment würde ich ihm gerne gegen das Schienbein oder mit dem Knie zwischen die Beine treten, aber ich kann mich nicht rühren, und auch er steht regungslos da. Seine Arme baumeln schlaff herab, als wären sie abgestorben. Seine Hände bewegen sich nicht. Sie legen nichts mehr offen, während seine Worte für sich sprechen.

»Warte einen Augenblick«, sagt er. »Ich komme gleich wieder. Lauf nicht weg. Ich bin in einer Minute bei dir.« Er hastet zurück zum Restaurant.

Später habe ich mich gefragt, was ich mir an diesem Abend von Adel eigentlich erwartet hatte. Wäre es mir besser gegangen, wenn er wortreicher gewesen wäre, wenn er Geschichten erzählt hätte wie damals in *Rosis Eck*?

Einige Minuten später kommt Adel tatsächlich wieder. Seine Schritte sind noch hastiger als zuvor. Der Schnee schmilzt auf seinen Haaren und Augenbrauen, rinnt in Form von Wassertropfen an Nase, Wangen und Kinn hinab. Sein Sakko und seine Hose sind nass, und seine teuren Schuhe versinken im Matsch.

»Für dich.« Er hält mir ein Kuvert entgegen.

»Was ist das?«

»Nur eine kleine Geste der Wiedergutmachung.«

»Was für eine Geste?«

Er schiebt das Kuvert in meine Manteltasche.

»Weißt du, am besten, wir vergessen die ganze Geschichte«, sagt er. »So als wäre sie nie geschehen. Es war alles nur eine Verkettung unglücklicher Umstände. Wir sind beide erwachsene, reife Menschen, nicht wahr? Lassen wir's gut sein. Ich bin verheiratet. Ich hatte nur einen Moment der Schwäche. Der Teufel, der in uns allen steckt, hat einmal in meinem Leben die Oberhand über mich gewonnen, ein Teufel, den ich sonst immer unter Kontrolle habe. Kannst du das nicht verstehen?«

»Du hast mir ins Gesicht geschlagen und mich verletzt im Bett liegen lassen …«

»Wenn du das jemandem erzählst, werde ich alles abstreiten«, sagt er mit Wut in der Stimme und hebt das erste Mal seit Beginn unseres Gesprächs die Arme. »Leg dich nicht mit mir an, hörst du!« Doch seine Gesten sind eher abwehrend als drohend.

»Astrid …«

Er ringt sichtlich nach Worten, doch der versöhnliche Schlusssatz will ihm nicht gelingen. Ich schweige und schaue ihm zu.

»Astrid? … Astrid, ich …«

Ich rühre mich nicht und presse die Lippen zusammen.

Er dreht sich um und geht.

Als er um die Ecke gebogen ist, ziehe ich das Kuvert aus meiner Manteltasche heraus und öffne es. Im Licht der Straßenbeleuchtung erkenne ich, dass es das ist, was ich vermutet habe. Ein Zweihunderteuroschein, drei Hunderter und – das darf doch nicht wahr sein! – ein Zwanziger. Zur Sicherheit schaue ich noch einmal nach. Tatsächlich – eine Zwanzigeurobanknote! »Nun ja«, erkläre ich der Straßenlaterne über meinem Kopf, »für einen Geschäftsmann hat offenbar alles seinen festen Tarif.«

Das Kuvert gleitet mir aus der Hand. Die Banknoten segeln im sanften Zickzack zu Boden, und das erste Mal seit der Nacht, als mich Adel verprügelt hat, höre ich mich schluchzen und habe Tränen in den Augen.

8

Gigricht, am 7. März 2008. An das Bundeskriminalamt, Thaerstraße 11, 65173 Wiesbaden, z. Hd.: Jörg Ziercke, Präsident.
Betreff: *Planung eines terroristischen Anschlags in Deutschland.*

Ich habe beschlossen, den Brief gleich an den Leiter der Behörde zu adressieren. Bis vor wenigen Minuten wusste ich noch nicht, dass ich ihn tatsächlich schreiben würde. Ich hatte zwar alles vorbereitet, Papier, Kuverts und Briefmarken gekauft, die Schreibmaschine geprüft (zu meiner großen Überraschung ist sie noch funktionstüchtig), die Adresse des BKA gefunden und mir ein paar Schlüsselsätze zurechtgelegt. Dennoch war es bis jetzt nur ein Gedankenspiel.

Es ist Freitagabend, doch anstatt ins Kino zu gehen, wie ich es ursprünglich vorhatte, bin ich nach einem längeren Spaziergang in der *Gräfin Ottilie* gelandet, weil ich unter Menschen und dennoch mit meinen Gedanken allein sein wollte. Manchmal suche ich diese Bar auf, um mich der Illusion hinzugeben, jung, trendy und modern zu sein – die meisten Besucher sind im Alter meiner Tochter. Das Lokal besteht aus zwei Teilen, jener links vom Haupteingang wird *Kitsch* genannt und ist im Zuckerbäckerstil des ausgehenden 19. Jahrhunderts eingerichtet, der rechte Bereich heißt *Cool* und hat eine entfernte Ähnlichkeit mit einem

Bunker aus dem Zweiten Weltkrieg. Die Wände bestehen aus Sichtbeton, an der Decke sind rote Neonleuchten angebracht, und das abstrakte Gemälde an der Wand könnte je nach Phantasie oder Perspektive entweder einen Elch oder eine nackte Frau darstellen. Die beiden Bereiche sind durch eine lange Theke getrennt. Der große Renner in diesem Lokal ist ein Cocktail mit der Bezeichnung *Ottilies Gift*, den man nur im *Cool* bestellen kann. Im *Kitsch* gibt es eine schwächere Version derselben Mischung. Sie heißt *Ottilies Schlummertrunk*. Bis Ende des vergangenen Jahres durfte im »coolen Bereich« geraucht werden. Jetzt müssen die Raucher hinaus auf die Terrasse, von der man direkt auf den Teich und den dahinter liegenden Park blicken kann. Die meisten Jugendlichen werfen ihre Kippen ins Wasser, anstatt sie in den bereitgestellten Aschenbechern auszudrücken. Das Rauchverbot gibt mir die Möglichkeit, endlich auch einmal im *Cool* Platz zu nehmen.

An einem Ecktisch, einer Stelle, die besser beleuchtet ist als der Rest des Raumes, finde ich einen noch freien Stuhl. Mir gegenüber sitzt ein junges Pärchen. Die beiden bestellen Bier. Dann greifen sie nach ihren Handys und beginnen, SMS zu verschicken. Manchmal legen sie eine Pause ein und wechseln ein paar Worte. Mich beachten sie nicht. Niemand schenkt mir hier irgendeine Aufmerksamkeit. Für die Kids bin ich zu alt, um angebaggert zu werden, und für netten Small Talk sind die Gäste im *Cool* zu cool.

Ottilies Gift schmeckt ähnlich wie Gin Tonic mit einem seltsamen Beigeschmack von Zimt und Lakritze. Wie ich bald merke, ist es deutlich stärker, wahrscheinlich doppelt oder dreimal so stark wie *Ottilies Schlummertrunk*. Schon nach einem halben Glas habe ich einen Schwips. Üblicherweise trinke ich nur sehr wenig. Ich mag die Wirkung des Alkohols nicht. Die Erinnerung an Mutters Saufabende hat mich immer davor bewahrt, Gefallen daran zu finden, und so war ich in meinem Leben noch kein einziges Mal betrunken. Doch in diesem Augenblick empfinde ich das leichte Schwindelgefühl im Kopf und die Müdigkeit in den Gliedern als angenehm. Ich hole ein Notizheft und einen Kugelschreiber aus meiner Handtasche und beginne zu schreiben.

Sehr geehrter Herr Ziercke! Ich wende mich an Sie in einer Angelegenheit, die bestimmt Ihr Interesse wecken wird. In der Stadt Gigricht befindet sich unter der Adresse Marienplatz 17 ein orientalisches Restaurant mit dem Namen »Die vierzig Köstlichkeiten des Ali Baba«, das einem seit 1970 in Deutschland lebenden gebürtigen Iraker namens Adel Haddad gehört. In den Räumlichkeiten des genannten Restaurants finden seit geraumer Zeit die Treffen einer Gruppe statt, die sich selbst als eine Zelle der Al-Kaida versteht. Ob »Al-Kaida Gigricht« Verbindungen zu anderen terroristischen Vereinigungen unterhält, ist mir nicht bekannt. Die konspirativen Zusammenkünfte finden meist in einem Hinterzimmer des Restaurants statt, zu dem die anderen Gäste keinen Zutritt haben. Bei den Terroristen, allesamt bis auf eine Ausnahme Zuwanderer aus dem arabischen Raum oder aus der Türkei, handelt es sich um etwa sechs bis acht Männer (ich habe nicht alle von ihnen kennengelernt) im Alter zwischen zwanzig und vierzig Jahren, deren richtige Namen mir unbekannt sind. Ein Mitglied der Gruppe ist ein gebürtiger Deutscher, der zum Islam konvertiert ist. Der Besitzer des Restaurants ist an den Planungen für Anschläge in Deutschland und anderen europäischen Ländern beteiligt. Ich selbst möchte meine Identität nicht preisgeben, um mich selbst nicht zu belasten. Auch auf meine persönlichen Motive für dieses Schreiben möchte ich nicht eingehen. Ich hoffe trotzdem, dass Sie der Sache nachgehen.

Adel Haddad ist derjenige, der die Geldmittel für die Beschaffung von Waffen und Sprengmitteln zur Verfügung stellt, wobei ich bislang nicht in Erfahrung bringen konnte, ob er hierbei nur auf sein eigenes Vermögen oder aber auch auf andere finanzielle Quellen zurückgreifen kann. Zu den geplanten Terrorakten gehören ein An-

schlag auf die ICE-Schnellstrecke Frankfurt–Köln (ein Symbol des technischen und ökonomischen Fortschritts des Westens), auf den RTL-II-Sender in Grünwald (für die Verbreitung von Schund und Pornographie) und auf die Hans-Oster-Bundeswehrkaserne in Gigricht (für die Beteiligung Deutschlands am Krieg gegen das afghanische Volk). Außerdem ist ein Selbstmordattentat in der Warschauer U-Bahn im Gespräch. Polen, einer der wichtigsten Verbündeten der USA im sogenannten Krieg gegen den Terror und gegen den Irak, ist bislang von Bestrafungsaktionen verschont geblieben – dies soll sich ändern. Das genaue Datum für die Attentate, die alle am selben Tag stattfinden sollen, steht noch nicht fest. Der Zeitraum zwischen Ende Mai und Anfang Juli dieses Jahres wurde jedoch ins Auge gefasst.

In der Hoffnung, dass Sie die Aktivitäten dieser Terrorgruppe unterbinden, verbleibe ich mit freundlichen Grüßen: Ein anonymer Freund

Sogleich kommt mir die Unterschrift albern vor. Ich streiche den »anonymen Freund« wieder. Auch die Floskel »Mit freundlichen Grüßen« erscheint mir angesichts des Inhalts meines Briefes unangebracht. Ich ändere sie in »Hochachtungsvoll«.

Ich bestelle mir ein weiteres Glas von *Ottilies Gift*. Wenn ich noch unschlüssig war, ob ich das, was ich in mein Heft geschrieben habe, auf meiner Schreibmaschine abtippen und wegschicken soll, so räumt das Gift nun endgültig alle Zweifel aus. Während ich zur Toilette gehe, merke ich, dass der Boden unter meinen Füßen auf und ab gleitet, so als befände ich mich im Restaurant eines Fährschiffes bei mittelstarkem Seegang.

Ich muss die Geschichte mit Adel endgültig zum Abschluss bringen, bevor ich auf die schiefe Bahn gerate. Das Beispiel vieler Kinder von Alkoholikern, die später selbst ein Alkoholproblem hatten, war mir schon in meiner Jugend eine Mahnung zur Selbstdisziplin. Als Achtzehnjährige hatte ich mir geschworen, nie mehr als ein Glas Wein, ein Bier oder einen Drink am Tag zu trinken. Nun habe ich das erste Mal in meinem Leben diese Regel gebrochen.

Ich bahne mir den Weg über die Brücke, die von der Insel, auf der das Schlösschen steht, zur Parkallee führt. Es ist zehn Uhr abends, doch viele Jugendliche sind schon betrunken. Sie beugen sich über das Geländer und kotzen sich die Seele aus dem Leib. Der Spaziergang durch den Park tut mir gut. Die leichte Übelkeit, die ich nach dem zweiten Glas von *Ottilies Gift* verspürte, ist nach wenigen Minuten verschwunden. Das Fährschiff ist im Hafen eingelaufen. Ich habe wieder festen Boden unter den Füßen. Die Nacht ist sternenklar. Der Schnee auf den Bäumen schimmert bläulich. Die eiskalte Luft reinigt meine Gedanken und lässt die Seele gefrieren. Ich gehe ein weiteres Mal die Sätze meines Briefes durch. Ich kenne sie auswendig. Ob ich wohl zu dick aufgetragen habe? Sollte ich den »geplanten Anschlag« auf den RTL-II-Sender nicht besser streichen? Meine Kolleginnen in der Buchhandlung haben gestern eine heftige Debatte über diesen Privatsender geführt. Grete, unsere Jüngste, hatte um ein Uhr nachts eine amerikanische Krimiserie geschaut, in der eine Sondereinheit der New Yorker Polizei Jagd auf Vergewaltiger und Kinderschänder macht. »Zuerst sieht man, wie Frauen gequält und Kinder missbraucht werden«, empörte sie sich, »und dann kommt eine Werbeunterbrechung, in der Telephonsex, Prostitution und Pornographie beworben werben. Halbnackte Frauen, die mit sanfter Stimme bitten, sie anzurufen, peitschenschwingende Dominas, Manga-Babes, die wie kleine Mädchen aussehen … Und dann, von einem Moment auf den anderen, geht es weiter mit der Krimiserie und dem Kampf gegen Sexualstraftäter.«

Dies sei nun einmal das Wesen der Privatwirtschaft, erwiderte Brigitte. Setzt man ihr keine Grenzen, habe sie einen unaufhaltsamen Drang zu Geschmacklosigkeit, Unmoral und Verbrechen. Warum sollte RTL besser agieren als irgendein anderer Konzern?

Dann diskutierten die beiden einige Zeit darüber, ob und in welcher Weise der Gesetzgeber den freien Medien Grenzen setzen sollte. Dieses Gespräch langweilte mich. Ich sehe kaum fern. Manchmal höre ich Radio, aber fast ausschließlich Nachrichten- und Kultursendungen. Ich wollte schon aufstehen und gehen, als sich plötzlich Erika einmischte, die sich üblicherweise aus solchen Kaffeepausenplaudereien heraushält: »Jag doch den RTL-Sender in die Luft, erschieß den Programmchef oder schalte am besten einfach den Fernseher aus. Hast du um ein Uhr nachts nichts Besseres zu tun, als in die Glotze zu starren?« Nach diesen Worten lief sie aus dem Hinterzimmer, in dem wir uns in den Pausen aufhalten, zurück in den Verkaufsraum. Die anderen beiden verstummten und schauten einander verblüfft an.

»Was ist denn in die gefahren?«, fragte Brigitte.

»Ach, weißt du's noch nicht?« Grete schielte in meine Richtung und flüsterte Brigitte verschwörerisch etwas ins Ohr.

»Wirklich?« Brigitte grinste und begann plötzlich zu kichern.

»Lach nicht so dreckig. Was soll Astrid über uns denken?«

»Es gibt Wichtigers, als über euch beide nachzudenken«, sagte ich und ging.

Ich erfuhr nicht, was mit Erika los war. Ich fragte nicht nach. Ihre Geheimnisse interessieren mich nicht. Ihr Vorschlag, den Sender in die Luft zu sprengen, fand jedoch Eingang in meinen Brief. Dass ich diese Woche einen Polen-Reiseführer und ein Buch zur Geschichte des deutschen Eisenbahnwesens verkauft habe, hat wohl ebenfalls meine Phantasie angeregt.

Ich werde den Anschlag auf den RTL-Sender weglassen. Sollte die Polizei meine Mitarbeiterinnen befragen, werden Brigitte und Grete womöglich auf die Idee kommen, das gestrige Gespräch zu erwähnen. Das scheint weit hergeholt, doch »wer das Risiko unterschätzt, verliert«, hatte Frau Hüpfer oft behauptet, allerdings immer mit dem Nachsatz: »Wer nichts riskiert, verliert ebenfalls.«

9

Die Busse fahren am späten Abend mit Intervallen von zwanzig Minuten. Während ich noch unschlüssig bin, ob ich mir ein Taxi rufen oder doch lieber zu Fuß nach Hause gehen soll, höre ich eine bekannte Stimme meinen Namen rufen.

»Soll ich Sie mitnehmen?« Der Mann steht neben der offenen Tür seines Wagens, eines alten Peugeot. »Der kleine Umweg in die Siedlung macht mir nichts aus, Frau Heisenberg. Oder wollen Sie woanders hin?«

»Danke, ich laufe lieber.«

»In dieser Kälte?«

Ich muss an jenes peinliche Gespräch in Adels Restaurant vor ein paar Wochen denken, als er an meinen Tisch kam und ich nicht mehr wusste, wer er war. Dummerweise weiß ich immer noch nicht, wo wir uns vor jenem Abend im Restaurant begegnet waren.

»Waren Sie auch in der *Ottilie*?«, frage ich ihn.

»Ja, hin und wieder macht es mir Spaß, so zu tun, als wär' ich noch jung.«

»Mir geht es genauso.«

»Wollen Sie wirklich nicht mitfahren?«

»Nun ja, warum eigentlich nicht … Wenn es Ihnen wirklich keine Umstände macht …« Ich stecke das Handy wieder ein und steige in seinen Wagen.

Mein geheimnisvoller Bekannter kurvt langsam um den Parkplatz. »Glatteis«, schimpft er. »Die sollten hier streuen, aber sie tun's nicht.« Es dauert einige Zeit, bis wir auf der Straße sind. Während er sich auf den schmalen Weg zwischen zwei Reihen geparkter Autos konzentriert, denke ich wieder angestrengt darüber nach, wo wir uns das erste Mal begegnet sind. Sein Gesicht ist mir bekannt. Vor einem halben Jahr hätte ich bestimmt noch gewusst, wer er ist. Schließlich bin ich nahe daran, Farbe zu bekennen und ihn nach seinem Namen zu fragen. Doch letztlich ist mir das doch zu peinlich.

»Wie geht es Ihnen, Frau Heisenberg?«

»Danke, sehr gut! Und Ihnen?«

»Ausgezeichnet.«

Dann schweigen wir. In der Ferne tauchen die Lichter der Siedlung auf – die beiden großen Wohnblöcke in der Mitte, die niedrigeren Bauten etwas neueren Datums an den Rändern. Im Halbdunkel der verschneiten Landschaft erinnert die Siedlung an einen gigantischen Ozeandampfer.

»Und beruflich? Alles in Ordnung?«, frage ich. Länger zu schweigen, käme mir unhöflich vor. Während einer gemeinsamen Autofahrt können zwanzig schweigsame Sekunden ziemlich lang sein.

»Die üblichen Probleme, Sie wissen ja.« Ich habe keine Ahnung, aber ich nicke.

»Wie geht es Petra?«

»Sie verbringt die meiste Zeit bei ihrem Freund, hält aber immer noch die Fiktion aufrecht, sie würde bei mir wohnen. Wenn sie erst das Abitur hat, werfe ich sie raus. Das wird schlimm. Vor allem für mich.«

»Mein ältester Sohn ist erst zwölf.«

»Ach ja?«

»Ja.«

Offenbar hat er ebenfalls keine Lust auf Small Talk.

Es fällt mir auf, dass er viel zu schnell unterwegs ist, dass er bei Rot über eine Kreuzung fährt und dass er nicht einmal angeschnallt ist.

»Soll ich langsamer fahren?«, fragt er mich, als er bemerkt, dass ich unentwegt auf den Tachometer starre.

»Nein, ich habe keine Angst.«

»Gut.«

Das erste Gebäude – unbeleuchtet – huscht wie ein Schatten

an uns vorbei. Die Tribüne des Fußballplatzes. Die Mannschaft dieses Viertels ist aus der Regionalliga in eine Unterliga abgestiegen. Das weiß ich von Petra, und die weiß es von Gustav. Gleich dahinter kommen ein paar Einfamilienhäuser mit Gärten, eine Querstraße und der erste Wohnblock.

»An der nächsten Ecke nach links, nicht wahr?«

»Ja. Dann ist es das vierte Haus auf der rechten Seite.«

In der Kurve höre ich, wie die Reifen quietschen, und ich werde gegen die Tür gepresst. Im Rückspiegel sehe ich, dass wir beinahe ein Verkehrschild gerammt haben.

»Sportlich«, sage ich.

»Wir sind gleich am Ziel.«

»Ist man denn jemals am Ziel?«

»Wie meinen Sie das?«

»Ach nichts.«

Er bleibt direkt vor meiner Haustür stehen. Es wundert mich, dass unsere Straße, die normalerweise zugeparkt ist, so leer wirkt. Vorne an der Kreuzung steht ein uralter roter VW Golf. Dahinter ist eine Parklücke, in die ein Lkw mit Anhänger hineinpassen würde. Wahrscheinlich ist an diesem Freitagabend die halbe Stadt unterwegs, um nachzuholen, was sie am vergangenen Wochenende durch das Sturmtief Emma versäumt hat.

»Vielen Dank fürs Heimbringen«, sage ich und möchte schon aussteigen, als mir plötzlich eine Idee kommt. »Haben Sie noch ein paar Minuten Zeit?«, frage ich ihn.

Er sieht mich spöttisch an. »Ich interessiere mich nicht für Ihre Briefmarkensammlung.«

»Ich wollte Sie nicht bitten, zu mir hinaufzukommen, sondern Ihnen nur eine Frage stellen.«

»Ach so, Pardon, nun bin ich es, der ins Fettnäpfchen getreten ist. Aber, wie das Sprichwort sagt: Wie man einander missversteht, hängt vom Grad der eigenen Verdorbenheit ab. Oder anders ausgedrückt: Wir hören nur das, was wir hören wollen.«

»Darf ich Ihnen nun eine Frage stellen?«

Er schaltet den Motor und das Scheinwerferlicht aus und dreht sich zu mir. »Ich höre.«

»Danke. Ich formuliere es sehr allgemein. Angenommen, Sie stehen vor der Entscheidung, etwas zu tun, das riskant, unmoralisch und völlig irre ist, oder aber, es nicht zu tun, dadurch aber Ihr Leben lang eine Verletzung mit sich herumzutragen und es später zu bereuen, nichts unternommen zu haben. Wie würden Sie sich entscheiden?«

»Schwer zu sagen«, antwortet er. »Das ist mir zu abstrakt. Worum geht es denn wirklich?«

»Das spielt keine Rolle. Es gibt zwei Alternativen: etwas zu tun, das unrecht ist, oder nichts zu tun und dadurch seine Selbstachtung zu verlieren. Das ist die grundsätzliche Frage.«

»Die Frage ist, ob Sie Ihre Selbstachtung nicht gerade dadurch verlieren, dass Sie etwas Unrechtes tun.«

»Auf jeden Fall.«

»Sie sprechen also von einer klassischen, also fundamentalen Lose-lose-Situation. Man steht vor zwei Alternativen, und man verliert, egal welche von beiden man wählt. Es kommt nur darauf an, auf welche Weise man verliert.«

»Sie haben es erfasst.«

»Das erinnert mich ein wenig an das Dilemma meiner Frau. Sie hat vor ein paar Jahren an einer Quizsendung im Radio teilgenommen und dabei ein teures Kleid gewonnen. Sie musste sich nur zwischen einem grünen und einem roten entscheiden. Das Problem war, dass ihr beide Kleider überhaupt nicht gefielen. Natürlich hätte sie ganz darauf verzichten können, aber wer verzichtet schon auf den Gewinn in einer Quizsendung.«

»Das ist nicht ganz das, was ich meine.«

»Okay. Das ist kein gutes Beispiel. Meine Frau hätte sich für ein Kleid entscheiden und es einer Freundin schenken oder zur Altkleidersammlung geben können. Insofern war das keine klassische, sondern nur eine einfache Lose-lose-Situation. Die meisten Lose-lose-Situationen, die uns klassisch erscheinen, sind in Wirklichkeit einfach. Das heißt – es gibt immer eine dritte Möglichkeit, auch wenn diese auf den ersten Blick wenig attraktiv ist.«

»Gelegentlich stehen wir aber vor klassischen Lose-lose-Situationen, die keinen dritten Weg zulassen. Das ist keine Illusion.«

»Sehen Sie das wirklich so? Sie sollten sich eine neue Brille zulegen.«

Er öffnet das Handschuhfach und holt eine Pralinenschachtel heraus.

»Darf ich Ihnen die schwierige Entscheidung ein bisschen versüßen?«

»Nein danke.«

Er legt die Schachtel ungeöffnet wieder zurück.

»Ich sehe nur zwei Alternativen, mit oder ohne Brille«, sage ich.

»Es gibt bestimmt keinen dritten Weg?«, fragt er.

»Nein.«

»Und es gibt niemanden, dem Sie die Entscheidung zuschieben können? Einer anderen Person, dem Zufall, einer Münze, die Sie werfen, den Spielkarten oder einem intensiven Gebet?«

»Nein.«

»Sie wollen mir wirklich nichts Konkretes erzählen?«

»Ganz sicher nicht.«

Er umklammert das Lenkrad mit beiden Händen und starrt nachdenklich durch die Windschutzscheibe in die Ferne, dorthin, wo die Straße hinter dem letzten Haus der Siedlung in der völligen Dunkelheit verschwindet.

»Dann wählen Sie, unabhängig von der Frage nach Recht oder Unrecht, den schwierigeren und den gefährlicheren Weg.«

»Wieso das?«

»Weil Sie sich später zumindest sagen können, dass Sie dazu den Mut aufgebracht haben. Es ist viel leichter, mutig zu sein, wenn man genau weiß, was das Richtige ist, und manchmal ist es gar nicht so schwer, ein Held zu werden. Aber versuchen Sie, eine Entscheidung zu treffen, wenn Sie von keiner der Alternativen überzeugt sind. Eine solche Aufgabe zu meistern, aufs Ganze zu gehen, alles auf eine Karte zu setzen – das ist Mut!«

»Klingt gut. Zumindest in der Theorie.«

»Stellen Sie sich vor, Sie haben einen miesen und gemeinen Chef. Sie haben sich mit ihm angelegt und verlieren deshalb Ihren Job. Entweder er entlässt Sie, oder er legt Ihnen nahe, selbst zu kündigen. Angenommen, Sie hätten die Möglichkeit, Ihren Chef vor allen anderen bloßzustellen, ihn zu beschimpfen oder zu demütigen, damit aber eine Klage und sogar eine Verurteilung zu riskieren, oder aber sang- und klanglos Ihren Schreibtisch zu räumen und zu verschwinden. In einem solchen Fall wäre ich für den Big Bang und das Risiko. Den Job verlieren Sie ja so oder so.«

Plötzlich habe ich keine Lust mehr, das Gespräch fortzusetzen. Ich beobachte, wie ein dicker Mann in den roten VW Golf steigt und wie das Licht im Wageninneren aufleuchtet. Ich sehe, wie der Mann einige Zeit telephoniert und dann wieder aussteigt.

»Ich muss jetzt nach Hause«, sage ich. »Vielen Dank, dass Sie sich Zeit für mich genommen haben.«

»Keine Ursache. Passen Sie auf sich auf, Frau Heisenberg.«

»Ich wünsche Ihnen ebenfalls alles Gute … Wie hat sich Ihre Frau damals eigentlich entschieden? Hat Sie das blaue oder das rote Kleid genommen?«

»Wissen Sie, es war ganz einfach. Sie hat mich entscheiden lassen. Mir haben nämlich beide Kleider gefallen, aber das rote fand ich schöner.«

10

Das Postamt Sankt Lukas ist ein Backsteingebäude aus den Dreißigerjahren. Der Briefkasten, den ich ausgewählt habe, befindet sich auf der hinteren Seite des Gebäudes in einer engen Gasse. Sankt Lukas ist ein alter Wohnbezirk westlich der Innenstadt, eine prestigeträchtige Gegend, weit genug von der Siedlung entfernt.

Trotz des Schnees und der Kälte bin ich mit dem Fahrrad gekommen. Ein Taxi wollte ich nicht nehmen, und zu Fuß hätte mich der Weg hierher Stunden gekostet. Es ist drei Uhr morgens. Ich habe den Brief geschrieben und die Schreibmaschine wie geplant im Fluss entsorgt. Der Text ist kürzer als die Rohfassung. Das Notizheft habe ich verbrannt. Außerdem habe ich das Datum auf den 8. März vordatiert, erstens, weil es tatsächlich schon nach Mitternacht war, als ich die Arbeit abgeschlossen hatte, und zweitens, weil ich es als eine stimmige Ironie des Schicksals ansehe, ein solches Schreiben ausgerechnet am Internationalen Frauentag verfasst zu haben.

Das Schild, das an der Vorderfront des Briefkastens angebracht ist, besagt, dass die nächste Abholung um neun Uhr morgens erfolgen wird. Es wundert mich, dass es noch Briefkästen gibt, die an Samstagen geleert werden. Ich werfe meinen Brief in den Schlitz und gehe schnell davon.

Mein Fahrrad steht auf der anderen Seite des Postamtes vor dem Haupteingang. Der Rathausplatz von Sankt Lukas ist vor ein paar Jahren zur Fußgängerzone mit Radweg umgestaltet worden. Wo früher die Fahrbahn war, hat man Pappeln gepflanzt. In der Mitte des Platzes stehen Parkbänke. Auf einer von ihnen schläft ein Obdachloser. Er hat sich in eine alte Steppdecke gewickelt und den Kopf auf einen Stapel alter Zeitungen gelegt.

Zwei Jugendliche stützen einen dritten in ihrer Mitte. Er ist so betrunken, dass er kaum gehen kann. Er schreit etwas, das ich aus der Ferne nicht verstehen kann, und versucht, sich loszureißen. Die anderen reden beruhigend auf ihn ein. Ich schaue ihnen nach, bis sie in eine Seitengasse einbiegen. Dann wende ich mich meinem Rad zu, aber etwas hindert mich daran, die Kette aufzusperren und davonzufahren. Die Übelkeit, die ich am Abend nach den beiden Gläsern von *Ottilies Gift* verspürt hatte, kehrt zurück. Mein Herz rast, die Knie zittern und drohen nachzugeben, und plötzlich verspüre ich einen Schmerz, der von den Augen tief in meinen Kopf hineinkriecht. Meine Wimpern zerschneiden das Licht der Straßenlaternen, und die Tränen in meinen Augen lassen das Postamt zerbrechen und als kubistisches Gemälde wieder zusammenwachsen. Und so sehr ich mich bemühe, an Adel und an meine Rache zu denken, habe ich stattdessen wieder jenes billige Hotelzimmer vor Augen, in dem ich am Morgen des zwölften Tages schluchzend auf dem Bett lag, und ich weiß, dass mich kein Schatten und nicht einmal die tiefste Finsternis, in die ich heute oder morgen oder irgendwann in der ferneren Zukunft flüchten mag, vor dem peinigenden Licht jenes Morgens werden schützen können.

Ich lasse die Radkette los und eile um das Gebäude herum zurück zum Briefkasten, ziehe die schwarzen Lederhandschuhe aus, die ich die ganze Zeit anhatte, kremple den rechten Ärmel meines Mantels hoch und versuche, meinen Arm durch den Briefschlitz in das Innere des Kastens zu stecken. Doch meine Finger greifen ins Leere. Das eiskalte Metall scheuert schmerzvoll an meiner Haut entlang. Der Arm lässt sich nicht weiter als bis zum Handgelenk hineinschieben. Vorsichtig ziehe ich die Hand wieder heraus, ständig das peinliche Bild vor Augen, wie mich am Morgen ein Postbeamter entdeckt, während ich immer noch krampfhaft versuche, den eingeklemmtem Arm aus dem Briefkastenschlitz zu befreien. Am Montag würde ich die Geschichte auf der Titelseite des *Gigrichter Tagblattes* nachlesen können.

Ich überlege, was ich tun soll. An der Seite des Kastens befindet sich eine Tür. Das Schloss scheint sehr robust zu sein, und es gibt nicht einmal einen Griff, an dem ich rütteln könnte. Der Fingernagel meines linken Zeigefingers bricht ab. Meine rechte Hand ist aufgeschürft. Die Kratzer schmerzen, einige bluten sogar.

»Verdammt!«, schreie ich und versetze dem Briefkasten einen Tritt. »Öffne dich, du blödes Ding!« Mit einem metallischen Lachen schimpft das Ding in meine Richtung zurück.

Ich schaue mich um. Die Seitengasse, in der ich mich befinde, ist menschenleer. Ein Glück, dass es erst halb vier Uhr morgens ist. Ich sollte nach Hause fahren und Werkzeug holen. Aber habe ich die nötige Kraft und Geschicklichkeit, um einen Briefkasten aufzubrechen? Vor allem aber: Schaffe ich das überhaupt ohne fremde Hilfe? Habe ich Zeit genug, um noch vor dem Morgengrauen, bevor in den Bäckereien und Verkaufsbuden die Rollläden hochgefahren werden, mit dem Fahrrad in die Siedlung und wieder hierher zurück, ans andere Ende der Stadt, zu fahren? Verzweifelt laufe ich zu meinem Fahrrad, bleibe aber auf halbem Weg unschlüssig stehen, drehe mich um, mache ein paar Schritte und habe plötzlich den rettenden Einfall. Ich schalte mein Handy ein, lehne mich an die Mauer des Postamtes und wähle Marthas Nummer.

Nach dem siebenten Freizeichen höre ich endlich Marthas Stimme. »Ja?«

»Hallo, hier ist Astrid.«

»Es ist mitten in der Nacht.«

»Ich weiß. Tut mir leid. Ich brauche deine Hilfe.«

»Ach, du bist es?! Hast du jemanden umgebracht, bist du auf der Flucht vor der Polizei, hat man dich als Geisel genommen, oder hast du dich nur aus deiner Wohnung ausgesperrt?«

»Nichts von alledem. Aber ich sitze trotzdem in der Klemme.«

»Was soll ich tun?«

»Könntest du in dein Auto steigen und zum Postamt Sankt Lukas kommen? Und nimm bitte ein Brecheisen mit.«

»Willst du nicht lieber bis nach dem Wochenende warten, um das Postamt auszurauben? Am Samstagmorgen wirst du nicht viel erbeuten.«

»Martha, mir ist nicht zum Scherzen zumute. Stell bitte keine Fragen, komm einfach. Ich weiß nicht, wer mir sonst helfen könnte.«

»Alles klar. Ich bin in einer halben Stunden bei dir.«

»Gott sei Dank! Du rettest mein Leben. Ich warte auf der hinteren Seite des Postamtes.«

»Okay, also bis gleich.«

Martha wohnt nicht in Oberschweffla, sondern in Feuchtlmoos, einem kleinen Dorf auf halbem Weg zwischen Oberschweffla und Gigricht. Dort hat sie von ihren Eltern ein Haus mit Garten geerbt. Von Feuchtlmoos sind es nur fünf Autominuten bis zur Schnellstraße. Die Abzweigung nach Sankt Lukas endet keine fünfhundert Meter vom Hauptplatz entfernt. Als hätte ich vorausgesehen, welche Wendung die Ereignisse dieser Nacht nehmen! Hätte ich einen Briefkasten im Zentrum, in Patsch oder in der Siedlung ausgesucht, müsste Martha durch die Stadt fahren und bräuchte mindestens eine Viertelstunde länger. Ich stecke das Handy in die Innentasche meines Mantels und spüre, dass mein Puls ruhiger wird. Auf Martha ist Verlass. Sie hält immer, was sie verspricht. 25 Minuten nach unserem Telephonat sehe ich ihren blauen Lieferwagen in die Straße einbiegen.

Martha betrachtet den Briefkasten mit prüfendem Auge. »Du hättest mir gleich sagen müssen, worum es geht. Dann hätte ich das passende Werkzeug mitgenommen. Mit dem Brecheisen allein wird es schwierig. Gut, dass ich zufällig einen Schraubenzieher im Handschuhfach habe. Ich muss prüfen, ob ich damit in den Spalt hineinkomme.«

Ich bin froh, dass Martha keine Fragen stellt. Sie merkt sofort, dass ich nicht reden möchte. Kluge Ratschläge kann ich von ihr ohnehin nicht erwarten, aber wenn ich krank im Bett läge und jemanden bräuchte, der für mich einkauft, in die Apotheke geht oder mir ein Abendessen kocht, würde ich nicht Helga, sondern Martha darum bitten. Martha kann ich die dunklen Seiten meiner Seele, meine Launen und meinen Zynismus, bedenkenlos zeigen, ohne sogleich befürchten zu müssen, dass sie etwas auf sich selbst bezieht.

»Wenn dieser Brief an mich adressiert ist, verspreche ich, dass ich ihn dir ungeöffnet zurückgebe.«

»Er ist leider nicht an dich adressiert, Martha.«

»Na gut. Aber du zahlst die Kaution und die Anwaltskosten.«

»Martha …«

»Red nicht, hilf mir lieber. Da, nimm die Taschenlampe. Wir haben keine Zeit zu verlieren.«

Während ich die Taschenlampe halte, schaue ich mich ängstlich um. Doch Gigricht ist nicht Berlin oder Köln. Zu dieser frühen Stunde sind wir die Einzigen auf der Straße. Die Fenster der umliegenden Häuser bleiben finster. Nur in der Ferne, drei Querstraßen weiter, brennt in einem der oberen Stockwerke eines Wohnblocks ein Licht.

Martha versucht, den Briefkasten aufzubrechen. Wenn jemand so etwas zustande bringt, dann sie. Sie ist zwar nur einen Meter sechzig groß, doch ihr 75 Kilo schwerer Körper besteht größtenteils aus Muskeln. Obwohl sie immer viel gegessen hat, ist Martha in ihrer Jugend schmächtig gewesen. Seit sie jedoch die Buchhandlung in Oberschweffla übernommen hat, täglich Bücherkisten schleppen und den Lieferwagen ein- und ausräumen muss, seit sie außerdem in die Wechseljahre gekommen ist, die Gartenarbeit als ihre liebste Freizeitbeschäftigung entdeckt hat und einmal in der Woche das *Torrero*, ein beliebtes Steakhouse in Oberschweffla, aufsucht, ist sie zunehmend in die Breite gegangen. Bei unserem gemeinsamen Urlaub am Gardasee staunte ich jeden Abend, welche Mengen sie zu sich nehmen konnte – vier Gänge waren das Minimum.

Marthas physische Kräfte setzen dem Briefkasten zu, er ächzt und stöhnt, doch er wehrt sich standhaft gegen den Übergriff. Martha hat schon mehrmals den Winkel gewechselt, unter dem sie den Schraubenzieher oder das Stemmeisen ansetzt – es hilft nichts.

»Lassen wir's bleiben«, sage ich schließlich. »Danke, dass du's versucht hast. Das werde ich dir nie vergessen!«

»So schnell gibt Martha nicht auf«, erklärt Martha, umklammert den Briefkasten mit ihren kurzen, kräftigen Armen und beginnt daran zu rütteln. Zu meiner Überraschung bewegt sich der Behälter um ein paar Zentimeter nach vorne. Die Schrauben, an denen er an der Hausmauer befestigt ist, knirschen. Ziegelsteinsplitter fallen auf den mit einer dünnen Schicht aus Schnee und gefrorenem Matsch überzogenen Asphalt.

»Ausgezeichnet«, flüstert Martha. »Da hat das Sturmtief Emma schon Vorarbeit geleistet.«

Sie steckt die gebogene Spitze des Brecheisens in den vergrößerten Spalt zwischen der Mauer und dem Kasten.

»Jetzt pass auf«, sagt sie. »Das wird ziemlich laut. Danach muss alles sehr schnell gehen. Du tust genau, was ich dir sage!«

»Okay!«

»Öffne schon mal die hintere Schiebetür des Wagens.«

Ich sehe, wie Martha den Griff des Brecheisens mit beiden Händen umklammert, wie sie tief durchatmet, in die Hocke geht, sich wieder aufrichtet, den Griff wie einen Hebel umlegt, ihn gegen die Mauer drückt, dabei einen Schritt nach vor geht und dann zur Seite springt. Ich sehe den Briefkasten umkippen, eine halbe Drehung in der Luft machen und mit einem furchtbaren Knall, laut und schmerzvoll wie eine Ohrfeige, auf den Gehsteig krachen. Ich sehe, wie die Lichter in den Fenstern eines nach dem anderen angehen, höre erstaunte und verärgerte Stimmen, einen Schrei und das Bellen mehrerer Hunde.

Keine zehn Sekunden später rasen wir davon, und während es mich durch die Beschleunigung in den Sitz drückt, glaube ich im Rückspiegel die Silhouette des Penners zu erkennen, der vorhin auf der Parkbank geschlafen hat.

II

Während einer meiner Sitzungen bei Frau Hüpfer – es dürfte Anfang oder Mitte 2001 gewesen sein – musste ich die Hand auf meinen Bauch legen, die Augen schließen und mich in die entscheidenden Momente meines Lebens »zurückemotionalisieren«. Frau Hüpfer liebte Neologismen dieser Art. Ich sollte meinen Empfindungen freien Lauf lassen. Vor allem aber sollte ich zehn Minuten schweigen. Seit einem halben Jahr habe ich ausschließlich geredet, meinte Frau Hüpfer. Nun sei der Augenblick gekommen, da ich mich nicht mehr hinter Worten verstecken dürfe. Ob ich bereit sei, mich darauf einzulassen? Ja natürlich, meinte ich. Frau Hüpfer konnte ich keinen Wunsch abschlagen.

Ich schloss die Augen und versuchte, mir Khaleds Gesicht vorzustellen. Frau Hüpfers türkisfarbene Bluse verwandelte sich in das Haus mit der blauen Fassade. Ich betrat das Haus und ging die Treppe hinauf.

Khaled war ein häufiger Gast in meinen Träumen. Oft wartete er an der Straßenecke auf mich. Der Busfahrer, dem ich jeden Morgen meinen Fahrausweis zeigte, nahm manchmal seine Gesichtszüge an. Der Verkäufer in der Bäckerei, wo ich zu Mittag meine Brötchen oder Croissants holte, grinste mit Khaleds Lächeln. Männer, die mit mir die Straße überquerten, im Park spazieren gingen oder am Abend zu den Parkplätzen, zu ihren Fahrrädern oder den Bushaltestellen eilten, hatten Khaleds Gang. Sie hatten seine Körperhaltung und sprachen mit seiner Stimme. Diesmal jedoch verweigerte Khaled die Rückkehr. Seit dreizehn Jahren verhöhnte er mich. In diesem Augenblick wünschte ich, er wäre in einem der marokkanischen Gefängnisse, von denen er mir erzählt hatte, verreckt und wie ein toter Hund auf eine Müllhalde geworfen worden. Diese Vorstellung war erregend, anziehend und abstoßend zugleich. Er war der Vater meiner Tochter. Nicht einmal in meiner Phantasie durfte ich ihm den Tod wünschen. Ich sollte mich nicht gehenlassen.

Ich überlegte, wo Khaled sein konnte. Ich versuchte, mir Bilder dieses unbekannten Orts auszumalen, doch so sehr ich mich darum bemühte, nahm ich nur das gedämpfte Tageslicht wahr, das durch meine geschlossenen Augenlider drang. Das Gesicht meiner Tochter blitzte kurz auf. Ich kniff die Augen zusammen und flüchtete in die Dunkelheit.

Meine Tochter stellt fest, dass ich »mitgenommen« aussehe. Ich arbeite zu viel, meint sie. Ich frage sie, woher sie das wisse. Sie übernachte immer seltener zu Hause. Wir sehen uns kaum mehr. Dass wir heute, am Samstag, miteinander zu Mittag essen, sei für mich beinahe schon ein Fest.

»Was hast du gestern Abend gemacht?«, fragt sie mich.

»Ich war in der *Gräfin Ottilie*.«

»Also Mama! In dieser völlig uncoolen Spelunke, wo sich die Proletenkinder vollllaufen lassen, hast du den Abend verbracht? Bitte erzähl niemandem was davon. Das ist ja turbopeinlich.«

»Und du?«, frage ich sie.

»Ich war bei Gustav.«

»Den ganzen Abend fernsehen.«

»Nicht nur.«

»Gut, fernsehen, und wenn nichts Interessantes im Programm ist, dann eben bumsen.«

»Du bist blöd!«, schreit sie, springt auf und läuft zur Garderobe. Es kostet mich einige Zeit, sie zu beruhigen und zu überreden, die Nachspeise – Apfelkompott und eine Käsesahnetorte – mit mir zu essen. Schließlich gibt sie nach.

»Aber schalte wenigstens das Radio ein«, sagt sie. »In dieser Wohnung ist es still wie in einer Gruft.«

»Einverstanden.«

Sie drückt einige Male den Suchknopf der Stereoanlage, so lange, bis sie *Radio Gigricht* gefunden hat. In der nächsten halben Stunde muss ich mir eine Mischung aus Hits und Oldies, Werbeunterbrechungen und dem Gequatsche einer Göre namens Sandra anhören.

Zu den neuesten Programmkreationen von *Radio Gigricht* gehört das sogenannte »Spontansingen«. Sandra ruft irgendwelche Leute an, deren Namen und Telephonnummern ein Zufallsgenerator ermittelt hat, und bittet sie, eines der Lieder vorzusingen, die innerhalb der letzten halben Stunde im Radio gesendet worden sind. Bei einer einigermaßen korrekten Wiedergabe und dem obligatorischen Endrefrain »Radio Gigricht, der Sender für die schönste Stadt zwischen der Oder und dem Rhein, gönn dir 'ne Pause, spitz die Ohren und hör rein« winkt ein Gewinn von 150 Euro. Manche der Auserwählten weigern sich oder legen auf, die meisten jedoch, Großmütter wie Enkel gleichermaßen, machen mit.

»Gustav hat auch einmal gesungen«, erzählt mir Petra.

»Hätte mich auch gewundert, wenn er bei so was nicht mitmacht. Die Gier ist was Grausliches.«

»Ja, soll er 150 Euro einfach herschenken?«

»Und für welchen Song hat er sich entschieden?«

»*Money, Money, Money* von *Abba*.«

»Gut, wenigstens war er ehrlich.«

»Sei nicht gemein. Pschscht! Jetzt kommen die Nachrichten.«

»Es ist dreizehn Uhr. Hier sind Nachrichten, Wetter und Verkehr für Gigricht und Umgebung. Kriminalität und Vandalismus nehmen in Gigricht zu. Seit dem Jahr 1998 ist die Anzahl der Gewaltverbrechen um siebzehn Prozent gestiegen, bei Diebstählen und Einbrüchen beträgt dieser Wert 29 Prozent, bei Sachbeschädigung, Ruhestörung und ähnlichen Delikten sogar 33 Prozent. Dabei werden die Täter immer dreister. Letzte Nacht zum Beispiel wurde in Sankt Lukas ein ganzer Briefkasten entwendet. Der Behälter wurde Augenzeugen zufolge von zwei Personen aus der Mauer des Postamtes gerissen und in einem Lieferwagen abtransportiert. Die Beschreibung der Täter ist bislang äußerst vage. Es dürfte sich um Männer zwischen Mitte zwanzig und etwa vierzig Jahren handeln, von denen einer klein und sehr kräftig ist, während die Größe und die Statur des anderen mit den Worten eher durchschnittlich umschrieben wird. Zwei Zeugen behaupten übereinstimmend, dass die Täter miteinander türkisch gesprochen hätten. Die Werkzeugspuren an der Wand und die schnelle Durchführung der Tat deuten darauf hin, dass das Verbrechen geplant war und überlegt ausgeführt worden ist, so Oberwachtmeister Werner Jens von der Polizeistation Sankt Lukas. Über die Hintergründe dieser Tat kann man vorerst nur Mutmaßungen anstellen. Laut Auskünften der Deutschen Post AG dürfte der materielle Wert der Postsendungen nur gering gewesen sein. Der Briefkasten selbst gehört zu einem gängigen Serienmodell. Dass es sich um eine versuchte Erpressung der Post handelt, kann nicht ausgeschlossen werden. Auf Nachfrage unserer Redaktion wollte ein Sprecher der Post dies weder bestätigen noch dementieren …«

»Unglaublich!«, sagt Petra. »Ein ganzer Briefkasten!«

»Ja«, pflichte ich ihr bei. »Sachen gibt's, die gibt's gar nicht. Wir leben in einer verrückten Welt.«

»Was die wohl damit gemacht haben? Wo versteckt oder entsorgt man einen Briefkasten?«

»Das kann ich mir auch nicht vorstellen«, sage ich und bin froh, dass meine Tochter nie in unser Kellerabteil hinuntergeht.

Ich habe den Briefkasten mit Decken und alten Kartonkisten getarnt. In der Nacht wussten Martha und ich nicht, was wir damit machen sollten, und haben diese Entscheidung auf einen späteren Zeitpunkt verschoben.

»Was empfinden Sie?«, fragte mich Frau Hüpfer. Ich öffnete die Augen und zuckte mit den Schultern. »Ich weiß es nicht. Wut? Nein, eigentlich nicht. Trauer? Nein. Nein wirklich, ich kann es nicht sagen. Ein bisschen Traurigkeit vielleicht … Oder haben Sie erwartet, dass ich weine?«

In Wirklichkeit war die Hand auf meinem Bauch von Minute zu Minute schwerer geworden. Ein Gefühl der Beklemmung hatte sich vom Magen in die Brust- und Bauchgegend und bis zu den Zehenspitzen ausgebreitet, auf meine Blase und meinen Darm gedrückt, ein Gefühl, das mir meinen Körper so unerträglich machte, dass ich augenblicklich die Augen öffnen, aufstehen und auf und ab gehen wollte, um diese Empfindung wie ein ekliges Paket abzuschütteln. Das alles hätte ich Frau Hüpfer gerne erzählt, aber es gab eine Grenze, über die ich nicht gehen konnte. Außerdem wäre es mir peinlich gewesen, darüber zu sprechen. Das ärgerte mich. Schließlich zahlte ich Frau Hüpfer nicht 180 Mark für jede Stunde, um ihr etwas vorzuspielen.

Frau Hüpfer wartete auf einen weiteren Kommentar von mir, ich aber wartete darauf, dass sie etwas sagte. Mit der Zeit wurde sie nervös. Das merkte ich an dem, wie sie die Lippen gegeneinanderrieb und zuerst das rechte über das linke, aber schon wenige Augenblicke später das linke über das rechte Bein schlug. Ich erinnere mich, dass sie an diesem Tag besonders elegant gekleidet war, dass die türkisfarbene Bluse hauteng ihren schlanken Oberkörper betonte und dass sie einen schwarzen Minirock trug. Ich stellte fest, dass ich schönere Beine hatte als sie. Nur ihre Hände waren schöner als meine.

Letztlich hatte ich den längeren Atem.

»Frau Heisenberg, Sie sind doch Buchhändlerin, nicht wahr?«

»Das wissen Sie doch.«

»Sie lieben Bücher.«

»Ja sicher.«

»Wissen Sie, was der Unterschied zwischen einem Buch und dem Leben ist?«

»Es gibt keinen.«

»Doch! Ein gedrucktes Buch ist etwas Fertiges. Es kann nicht mehr verändert werden. Das Leben jedoch ist ein Buch, das wir tagtäglich neu schreiben. Dieser schwierigen Aufgabe müssen wir uns stellen, egal, ob es sich um unsere Gegenwart, unsere Zukunftspläne oder um unsere Vergangenheit handelt.«

Nach dieser weisen Aussage bereute ich es nicht mehr, Frau Hüpfer nicht die ganze Wahrzeit erzählt zu haben. Aber ich brach weder die Sitzung noch die Therapie ab, sondern meinte nur, ich könne dasselbe Buch mehrmals und dabei jedes Mal völlig anders lesen. Danach erzählt ich, noch bevor Frau Hüpfer etwas darauf erwidern konnte, ich hätte in jenen fünfzehn Minuten des Schweigens das Bild meines Großvaters vor Augen gehabt. Ich sprach über die Bedeutung, die Großvater für mich in der Kindheit gehabt hatte, und die vielen Stunden, die ich mit ihm in seinem Haus zugebracht hatte, und je länger ich sprach, umso besser fühlte ich mich, und am Ende der Stunde hatte sich die Beklemmung aufgelöst. Es ging mir gut, so als hätte ich nie etwas empfunden.

Wenn ich an die vergangene Nacht denke, fühle ich mich wie an jenem Tag. Nicht der Diebstahl ist es, der mich quält, nicht der Briefkasten in meinem Keller oder die Angst, mich irgendwann für meine Tat verantworten zu müssen, sondern meine Empfindungen in jenen Minuten, nachdem ich den Brief in den Briefkasten geworfen hatte. Um die Erinnerung an meine Gefühle zu bannen, beginne ich, so wie damals, von meinem Großvater zu erzählen, und so wie damals fühle ich mich von Minute zu Minute besser. Dass Großvater heuer hundert Jahre alt geworden wäre, erzähle ich meiner Tochter, dass ich sein Manuskript bearbeite, dass ich seine Autobiographie publizieren möchte und mich freuen würde, wenn sie diesen Text liest.

»Ach, diese alten Geschichten!« Sie lächelt mich mitleidig an. »Aber natürlich, Mama. Klar werde ich es lesen. Ich weiß, wie viel dir Urgroßvater bedeutet hat.«

»Er schreibt, wie er 1941 mitten im Zweiten Weltkrieg in den Irak gefahren ist. Die Parallelen zum aktuellen Irakkrieg sind nicht von der Hand zu weisen.«

»Der Zweite Weltkrieg liegt schon lange zurück, und der Irak interessiert mich nicht. Diese ständigen Berichte von Terroranschlägen. Als ob wir nicht eigene Probleme hätten. Übrigens finde ich es gut, dass die USA und die Al-Kaida ihren Krieg hauptsächlich im Irak auskämpfen. So bleiben wir von diesem Wahnsinn verschont. Aber was geht das eigentlich mich an?«

»Mehr, als dir lieb ist.« Sogleich erschrecke ich über meine Worte und unterdrücke den nächsten Satz, den ich gerne gesagt hätte.

»Sag mal, Mama. War der Araber vielleicht wieder mal da?«

»Was?«

»Na, der ältere Orientale, der vor ein paar Wochen etwas desorientiert aus dem Schlafzimmer geschwankt ist. Was hast du mit ihm gemacht? Der alte Herr war völlig ausgepowert.«

»Das geht dich nichts an.«

»War er nun ein Araber oder ein Perser?«

»Iss deinen Kuchen fertig und geh wieder zu deinem langweiligen Freund. Du musst nicht alles wissen.«

12

Am Montag kehre ich zur Normalität zurück. Der menschliche Geist ist ein Mysterium. Seine besondere Faszination liegt darin, dass er über das eigene Geheimnis zwar Bescheid weiß, es aber nicht entschlüsseln kann. Sobald er es gelüftet zu haben glaubt, merkt er, dass er sich selbst auf eine falsche Fährte gelockt hat.

Die Ereignisse der letzten Woche kommen mir so absurd vor, als stammten sie aus einem Roman, den ich an einer beliebigen Stelle aufgeschlagen und nach der Lektüre von ein paar Seiten weggelegt hätte. Mein Telephonat mit Martha ist sachlich und knapp ausgefallen. Sie würde mir am kommenden Wochenende, am besten in der Nacht von Samstag auf Sonntag, helfen, den Briefkasten aufzubrechen. Danach würden wir den Behälter an einer entlegenen Stelle im Wald in einen Bach oder eine Schlucht werfen.

Von Montag bis Donnerstag bin ich damit beschäftigt, eine Reihe von Vorträgen und Lesungen vorzubreiten, die wir für den April und den Mai in der Buchhandlung geplant haben. Ich muss die Verlage kontaktieren, Bücher bestellen, Hotelzimmer reservieren, Plakate drucken lassen, Einladungen verschicken, unsere Homepage aktualisieren und mich nebenbei um das tägliche Geschäft kümmern. Am Freitag gönne ich mir eine Pause und beschränke mich auf den Buchverkauf.

An den Abenden bin ich so müde, dass mir nicht viel Zeit zum Nachdenken bleibt. Manchmal starre ich minutenlang aus dem Fenster. Wenn mich meine Tochter anspricht, höre ich sie nicht. Sie rüttelt an meiner Schulter. Sie rät mir, Doktor Schreiner, unseren Hausarzt, aufzusuchen.

In diesen Tagen lese ich nichts und gehe nur selten aus dem Haus. Hin und wieder schalte ich das Radio ein, aber weder *Radio Gigricht* noch die anderen Sender berichten über den entwendeten Briefkasten. Es scheint, als sei der Fall für die Behörden nichts als eine besonders kuriose Art von Vandalismus, der zu den Akten gelegt worden ist. Offenbar hat sich weder ein Trittbrettfahrer gefunden, der es der Mühe wert gefunden hat, die Post zu erpressen, noch ein Nachahmungstäter, der es ebenfalls auf einen Briefkasten abgesehen hat. Letztlich begreift man nie, was die Menschen inspiriert und was nicht.

Am Freitagabend gehe ich hinunter in den Keller, um zu prüfen, ob der Briefkasten noch an seinem Platz ist. Natürlich ist er dort. Wo sollte er sein? Es wundert mich, dass ich bis jetzt noch kein einziges Mal den Wunsch verspürt habe, den Kasten aufzubrechen. Hier, in meinem eigenen Keller, hätte ich dies auch ohne Marthas Hilfe geschafft. Doch jene Antriebs- und Lustlosigkeit, die mich seit Samstag begleitet und mir gerade einmal erlaubt, die Rolle der aktiven Buchhändlerin zu spielen, hindert mich daran, das Naheliegende zu tun. Jeder Handgriff ist mühsam wie ein Marathonlauf. Außerdem ist jeder Kontakt mit anderen Menschen eine Qual, und das erste Mal in meinem Leben wünsche ich mir, meine Tochter würde für ein paar Tage verreisen. Jeden Morgen kostet es mich viel Kraft, die Augen zu öffnen, mich aufzurichten, aus dem Bett zu steigen, zu duschen, gedanklich den Tagesablauf zu planen, zu überlegen, was ich unbedingt und dringend und was erst am nächsten oder übernächsten Tag erledigen sollte. Auf dem Weg von der Bushaltestelle zur Arbeit bleibe ich vor der Vitrine eines Spielzeugladens stehen, hinter der sich ein Spiegel befindet. Es kommt mir vor, als würde ich in die Kamera eines Polizeiphotographen blicken. Nur das Nummernschild an meiner Brust fehlt. Ich warte einige Augenblicke. Dann beginne ich mich zu transformieren, ziehe die Mundwinkel nach oben, richte mit ein paar routinierten Handbewegungen meine Frisur oder trage noch ein wenig Rouge auf meine Wangen auf. Ich stelle fest, dass meine Augen eine entfernte Ähnlichkeit mit Autoscheinwerfern haben. Ich kann vom Parklicht auf Abblendlicht und, wenn es sein muss, auf Fernlicht umschalten. Eine Frage der Disziplin. Der Geist ist wirklich ein Mysterium. Wenn ich eine halbe Minute später durch die Tür der Buchhandlung gehe, bin ich voller Tatendrang. Mein Chef meint, ich habe plötzlich so viel Energie. Meine Laune sei besser. Ich habe in zwei Tagen mehr geredet als in den beiden vorangegangenen Wochen.

Heute, am 14. März, wäre Großvater hundert Jahre alt geworden, aber weder habe ich Lust, auf sein Wohl im Jenseits zu trinken, noch eine Kerze anzuzünden oder sein Grab zu besuchen. Ich blättere in seinem Manuskript, aber ich habe keine Kraft, daran zu arbeiten. Nach wenigen Zeilen schließe ich die Datei und fahre den Computer runter.

Um Mitternacht liege ich im Bett und starre hinauf zur Decke. Ich habe es längst aufgegeben, bis hundert oder noch weiter zu zählen. Im Nebenzimmer höre ich Petra schnarchen. Dass sie in ihrem Alter schnarcht, bereitet mir Sorgen, zumal sie so auf ihre Gesundheit achtet. Alkohol trinkt sie nur, wenn sie zu einem besonderen Anlass mit jemandem anstoßen muss, und sie hat in ihrem Leben noch nie eine Zigarette geraucht. Seit Dienstag übernachtet Petra wieder bei mir, weil sie sich mit Gustav gestritten hat. Über den Grund der Auseinandersetzung wollte sie mir nichts erzählen. Vor einem Monat hätte ich mich gefreut und insgeheim gehofft, dass sie diesen opportunistischen Langweiler endlich zum Teufel schickt. Doch jetzt bringe ich nicht einmal mehr die Energie auf, mir darüber Gedanken zu machen. Ich liege auf dem Rücken und starre hinauf zur Decke, die ich in der Dunkelheit nicht sehen kann. Ich stelle mir vor, ich liege oben an der Decke und starre hinunter auf das Bett, das ich in der Dunkelheit nicht sehen kann, und dann stelle ich mir vor, wie die Decke, mit der ich mich oben an der Decke zudecke, immer wieder auf das Bett hinunterfällt, während ich als Folge eines faulen Zaubers oben liegen oder, besser gesagt, kleben bleibe.

Als ich aufwache, ist es halb sieben. Wie lange ich geschlafen habe, kann ich nicht sagen. Fünf Stunden vielleicht. Mir ist kalt. Ich ziehe meinen alten Schafwollpullover über das Nachthemd, gehe ins Wohnzimmer und schalte das Radio ein.

Radio Gigricht spielt den Song einer rumänischen Gruppe, der zur Überraschung aller vor fünf Jahren zu einem Sommerhit wurde, danach folgt ein Oldie – *Another Brick in the Wall* von *Pink Floyd* – und gleich darauf noch ein Klassiker, *Waterloo* von *Abba*. Während der Werbeunterbrechung mache ich mir einen Tee. Hunger habe ich keinen.

»Ja, Leute, raus aus den Federn«, quatscht Sandra mit ihrer Quakentenstimme. »Der *Abba*-Hit sollte euch sanft aus dem Schlaf rütteln. Draußen wird es schon hell, also wechselt aus dem Reich der Vampire zurück zu den Lebenden. Ein neuer Tag beginnt. Obwohl *Waterloo* nicht bedeuten soll, dass dieser Tag für euch zur Katastrophe werden muss … he, he … Übrigens, sorry, es ist ja Samstag, ihr könnt also ruhig noch liegen bleiben, aber es gibt natürlich Menschen, die auch heute arbeiten müssen, und wenn Sie jetzt zuhören, gehören Sie wahrscheinlich ebenfalls zur Kategorie der Wochenendarbeiterinnen. Und wenn Sie nicht arbeiten müssen, dann sind Sie jedenfalls kein Morgenmuffel, beziehungsweise Morgenmuffeline, he, he … Wochenendarbeiterinnen sind Leute, die mir persönlich sehr sympathisch sind, schließlich gehöre ich ja selbst dazu … he, he, he … Apropos: Hier ist auch gleich unsere Frühstücksfrage: Wären Sie bereit, für mehr Geld am Samstag und am Sonntag zu arbeiten, oder anders ausgedrückt, was ist Ihnen wichtiger, Freizeit oder Kohle? … Wir haben auch schon den ersten Anrufer. Mit wem spreche ich?«

Ich drehe das Gerät leiser, aber ich schalte es nicht aus, weil ich um sieben die Nachrichten hören möchte. Ich trinke einen Schluck aus meiner Tasse und verziehe das Gesicht. Offenbar habe ich mehr als die üblichen zwei Kandisintabletten in den Tee geworfen.

»Mama, bist du verrückt? Es ist Samstag!«

»Ich weiß. Geh wieder schlafen, ich nehm' die Kopfhörer.«

»Du hast echt Probleme!«

Ich bin froh, dass sie sogleich wieder in ihrem Zimmer verschwindet. Ich setze die Kopfhörer auf.

»Es ist sieben Uhr. Hier sind Nachrichten, Wetter und Verkehr für die Stadt Gigricht und Umgebung. Wie wir soeben erfahren haben, ist in der vergangenen Nacht in Gigricht eine uns noch nicht näher bekannte Anzahl von Männern verhaftet worden, die islamistischen Kreisen zugerechnet werden. Die Männer im Alter zwischen zwanzig und 35 Jahren planten eine Reihe von Terroranschlägen in Deutschland und im Ausland. Laut Angaben der Polizei wurden sie und ihr Umfeld schon seit Monaten von Beamten des Bundesverfassungsschutzes observiert. Unter den mutmaßlichen Terroristen befinden sich neben Zuwanderern aus der Türkei und aus dem arabischen Raum auch zwei gebürtige Deutsche, die zum Islam konvertiert sind. Ebenfalls verhaftet wurde der Besitzer des beliebten orientalischen Restaurants *Die vierzig Köstlichkeiten des Ali Baba*. Der deutsche Staatsbürger irakischer Herkunft lebt seit mehr als 35 Jahren in Gigricht. Ihm wird vorgeworfen, die Islamisten finanziell unterstützt und ihnen die Räumlichkeiten seines Lokals für konspirative Treffen zur Verfügung gestellt zu haben. Das Restaurant ist bis auf Weiteres geschlossen. Über nähere Einzelheiten dieses aufsehenerregenden Erfolgs der Sicherheitskräfte im Kampf gegen den Terror hoffen wir in unseren nächsten Nachrichtensendungen – jeweils zur vollen Stunde – berichten zu können …«

Ich springe auf, schalte das Gerät aus, laufe im Zimmer auf und ab. Ich bin verwirrt, fassungslos. Es dauert einige Zeit, bis ich merke, dass ich die Kopfhörer noch nicht abgenommen habe und das Kabel wie einen langen Rattenschwanz hinter mir herziehe. Ich reiße die Kopfhörer herunter und werfe sie mit einer heftigen Bewegung Richtung Fenster. In einem weiten Bogen fliegen sie knapp am Luster vorbei, verfehlen das Fenster, treffen den Bücherschrank und fallen auf den Parkettboden. Ich stehe mitten im Zimmer. Das Halbdunkel im Inneren des Raumes vermischt sich mit dem fahlen Licht des Morgens. Es scheint mir, als würden plötzlich die weiß gestrichenen Wände mit der giftgrünen Fassade des gegenüberliegenden Hauses zusammenwachsen. Mir ist übel. Ich lasse mich auf das Sofa fallen. Ich möchte lachen, aber es gelingt mir nicht. Ich kann mich nicht bewegen. Nur mein Herzschlag wird schneller und schneller.

»Mama, bist du wahnsinnig geworden? Was ist denn passiert?«

Sie steht nackt vor mir. Nackt, aber mit Brille!, denke ich. Nackt, zornig, mit Brille und viel schöner, als ich in ihrem Alter gewesen bin, stark und gleichzeitig verletzbar, verletzbar und liebenswert. Was wäre mein Leben schon wert, wenn es sie nicht gäbe?

»Zieh dir was über. Und dann komm her, ich muss mit dir reden.«

»Worüber denn?«

Sie geht in ihr Schlafzimmer zurück. Als sie wiederkommt, trägt sie ein hellblaues T-Shirt und eine weiße Unterhose.

»Setz dich.«

Sie setzt sich auf den Stuhl am Esstisch, wo vor kurzem noch ich gesessen habe.

»Was ist los? Worüber willst du mit mir reden?«

»Über deinen Vater.«

Sie wird bleich. In ihrem angespannten Gesicht erkenne ich meinen eigenen Schmerz. Ich kann ihrem Blick nicht standhalten, drehe mich weg und starre hinaus aus dem Fenster. Hinter den bunten Fassaden der Wohnblöcke und den Dächern der Siedlung sehe ich die ersten Sonnenstrahlen eines schönen Wintermorgens. Ich könnte schweigen und den Sonnenaufgang betrachten, so wie ich es schon oft gemacht habe, wenn ich nicht schlafen konnte. Aber ich habe keine Wahl. Ich drehe meinen

Kopf wieder vom Fenster weg, eine kleine Bewegung, die mich so viel Kraft kostet, als würde ich den Briefkasten, den ich gestohlen habe, allein hochheben wollen. Ich schaue meine Tochter an und beginne zu erzählen.

Nachwort

Die in diesem Roman geschilderten Ereignisse während des Anglo-Irakischen Krieges 1941 beruhen weitgehend auf Tatsachen. Fritz Grobba, Wilhelm Kohlhaas, Raschid Ali al-Gailani, Amin al-Husseini, Yunis al-Sabawi, die Obristen des »Goldenen Quadrats« und einige andere Personen sind historische Figuren. Eine Reihe von Charakteren und Episoden sind jedoch frei erfunden.

Ich selbst bin nie im Irak gewesen. Bei meinen Recherchen sind mir Bekannte und Freunde, insbesondere Herr Kamaran Bause, der aus dem Irak stammt und heute in Wien lebt, beratend zur Seite gestanden. Ihnen allen bin ich zu großem Dank verpflichtet.

Für arabische Begriffe, Orts- und Eigennamen habe ich – soweit dies möglich war – eine phonetische und nicht die in wissenschaftlichen Publikationen (oftmals auch in Zeitungen und Zeitschriften) gebräuchliche Schreibweise gewählt.

Von den für diesen Roman verwendeten zahlreichen Quellen war mir vor allem Wilhelm Kohlhaas' Buch »Hitler-Abenteuer im Irak. Ein Erlebnisbericht« (Verlag Herder, Freiburg im Breisgau 1989) eine große Hilfe. Die meisten Details des »deutschen Militäreinsatzes im Irak« sind diesem Buch entnommen. Weiters lieferten mir unter anderem der Roman des israelischen Schriftstellers Sami Michael »Bagdad. Sturm über der Stadt« (Deutsch von Mirijam Pressler, Verlag St. Gabriel, Mödling–Wien 1995), Fritz Grobbas »Menschen und Mächte im Orient. 25 Jahre diplomatischer Tätigkeit im Orient« (Musterschmidt Verlag, Göttingen 1967), Malise Ruthvens »Freya Stark in Iraq and Kuwait« (Garnet Publishing, Reading 1994), Hennig Fürtigs »Kleine Geschichte des Irak« (Verlag C. H. Beck, München 2003), Klaus Gensickes »Der Mufti von Jerusalem und die Nationalsozialisten. Eine politische Biographie Amin el-Husseinis« (Wissenschaftliche Buchgesellschaft, Darmstadt 2007) sowie Klaus-Michael Mallmanns und Martin Cüppers' »Halbmond und Hakenkreuz. Das Dritte Reich, die Araber und Palästina« (Wissenschaftliche Buchgesellschaft, Darmstadt 2006) wertvolles Hintergrundmaterial.

Die zitierten Ausschnitte aus dem Koran sind hauptsächlich der Übersetzung von Lazarus Goldschmidt aus dem Jahre 1916 entnommen, die erstmals 1920 in Berlin publiziert und vor kurzem vom Komet Verlag wieder veröffentlicht wurde. Einige Formulierungen wurden von mir geringfügig verändert oder der zeitgenössischen Schreib- und Ausdrucksweise angepasst.

Die fiktive Homepage »Politisch Inkorrekt« ist zum Teil der realen Website »PI Politically Incorrect« (www.pi-news.net) nachempfunden.

Auf S. 138 zitiert Elfriede Niemetz aus dem Gedicht »Vagabund« von Theodor Kramer (vgl.: Theodor Kramer: Solange der Atem uns trägt. Gedichte. Verlag der Theodor Kramer Gesellschaft, Wien 2004; Erstdruck des Gedichts am 15. Juni 1927 in der *Wiener Allgemeinen Zeitung*, erstmals in Buchform im 1929 erschienenen Gedichtband »Die Gaunerzinke«).